———— 阅读之前 没有真相

午 夜 文 库

杰夫里·迪弗
林肯·莱姆系列

杰夫里·迪弗 Jeffery Deaver（1950— ）

杰夫里·迪弗，一九五〇年出生于芝加哥，十一岁时写出了第一本小说，从此笔耕不辍。迪弗毕业于密苏里大学新闻系，后进入福德汉姆法学院研修法律；在法律界实践了一段时间后，在华尔街一家大律师事务所开始了律师生涯。他兴趣广泛，曾自己写歌、唱歌，进行巡演，也曾当过杂志社记者。与此同时，他开始发展自己真正的兴趣：写悬疑小说。一九九〇年起，迪弗成为一名全职作家。

迄今为止，迪弗共获得六次MWA（美国推理小说作家协会）的爱伦·坡奖提名、一次尼禄·沃尔夫奖、一次安东尼奖和三次埃勒里·奎因最佳短篇小说读者奖。迪弗的小说被翻译成三十五种语言，多次登上世界各地的畅销书排行榜。包括名作《人骨拼图》在内，他有三部作品被搬上银幕，同时也为享誉世界的詹姆斯·邦德系列创作了最新官方小说《自由裁决》。

迪弗的作品素以悬念重重、不断反转的情节著称，常常在小说的结尾推翻或多次推翻之前的结论，犹如山车般的阅读体验佐以极为丰富专业的刑侦学知识，令读者大呼过瘾。其最著名的林肯·莱姆系列便是个中翘楚，另外两个以非刑侦专业人员为主角的少女鲁伊系列和采景师约翰·佩勒腾系列也各有特色，同样继承了迪弗小说布局精细、节奏紧张的特点，惊悚悬疑的气氛保持到最后一页仍回味悠长。

除了犯罪侦探小说，作为美食家的他还有意大利美食方面的书行世。

杰夫里·迪弗 重要作品年表

少女鲁伊系列
1990 Death of a Blue Movie Star《蓝调艳星之死》
1991 Hard News《重要新闻》
1988 Manhattan Is My Beat《心跳曼哈顿》

采景师约翰·佩勒姆系列
1992 Shallow Graves《法外行走》
1993 Bloody River Blues《血河变奏》
2001 Hell's Kitchen《地狱厨房》

林肯·莱姆系列
1997 The Bone Collector《人骨拼图》
1998 The Coffin Dancer《棺材舞者》
2000 The Empty Chair《空椅子》
2002 The Stone Monkey《石猴子》
2003 The Vanished Man《消失的人》
2005 The Twelfth Card《第十二张牌》
2006 The Cold Moon《冷月》
2008 The Broken Window《碎窗》
2010 The Burning Wire《燃烧的电缆》
2013 The Kill Room《杀戮房间》
2014 The Skin Collector《人皮拼图》
2016 The Steel Kiss《钢吻》
2017 The Burial Hour《安葬时刻》
2018 The Cutting Edge《快乐至死》

凯瑟琳·丹斯系列
2007 The Sleeping Doll《睡偶》
2009 Roadside Crosses《路边的十字架》
2012 XO《唱片》
2015 Solitude Creek《孤独的小溪》

詹姆斯·邦德系列
2011 Carte Blanche《全权委托》

科尔特·肖系列
2019 The Never Game《游戏中毒》

杰夫里·迪弗 重要作品年表

非系列作品

1992 Mistress of Justice《正义的情妇》

1993 The lesson of Her Death《她死去的那一夜》

1994 Praying for Sleep《祈祷安息》

1995 A Maiden's Grave《少女的坟墓》

1999 The Devil's Teardrop《恶魔的泪珠》

2000 Speaking in Tongues《银舌恶魔》

2001 The Blue Nowhere《蓝色骇客》

2004 Garden of Beasts《野兽花园》

2008 The Bodies Left Behind《弃尸》

2010 Edge《边界》

2013 The October List《十月名单》

消失的人
The Vanished Man

[美]杰夫里·迪弗 著
夏维 译

新 星 出 版 社　NEW STAR PRESS

魔术师通常将技法划分为效果和方法。效果是观众所看到的，而方法则是藏在效果背后的秘密。

　　　　——彼得·拉蒙特，理查德·怀斯曼：《魔术原理》

目录

1	第一部 效果
321	第二部 方法
481	第三部 泄底

第一部 效果
四月二十日，星期六

魔术高手追求的是如何欺骗观众的头脑，而非观众的眼睛。

——马文·凯：《创意魔术手册》

1

各位来宾：

大家好！

欢迎各位前来观赏我们的表演。

在接下来的两天里，我们为您准备了一连串精彩节目，我们的魔术师、魔法师和各个技巧娴熟的高手将轮番登场，他们的表演绝对会让各位大呼过瘾，心醉神迷。

今天的第一个节目是哈里·胡迪尼[①]式的保留节目。大家一定都听过这个名字，他是世界上最伟大的脱逃大师，曾为多国元首和数位美国总统做过表演。他所表演的脱逃节目难度极高，在他英年早逝多年之后，有些动作迄今为止仍无人敢轻易尝试。

现在，我们的表演者将冒着窒息而死的危险，再次上演胡迪尼著名的脱逃节目：懒惰的绞刑手。

在这个节目中，我们的专家将俯身趴在地上，双手被德比式手铐[②]反扣在背后。他的脚踝会被绑紧，脖子上挂一条绞索式绳圈，这条绳子会连接到脚踝的位置。只要他的双腿一伸直，脖子上的绳套就会立刻拉紧，使他陷入恐怖的窒息状态。

[①]哈里·胡迪尼（Harry Houdini，1874—1926），美国著名舞台魔术师。
[②]德比式手铐（Darby Style），一种旧式手铐，为脱逃大师哈里·胡迪尼常用的表演工具。

为什么这个节目叫做"懒惰的绞刑手"呢？因为这是不假手于人，完全由自己执行的死刑。

在许多胡迪尼表演过的危险节目中，往往会有拿着刀和钥匙的助手站在一旁，以便在他面临无法脱困的紧急情况时迅速把他解救出来。有时，甚至还会有医生在场。

但是今天，我们完全没有这些防护措施。如果表演者无法在四分钟内逃脱，那么他就会当场丧命。

节目马上开始……但还是得提醒各位：

千万不要忘记，你们一旦来到这里，就已经暂时走出了现实。

你们以为亲眼所见的东西，可能根本就不存在；你们认为的魔术，可能正是上帝想要展示的严酷事实。

也许和你们一起来观赏节目的同伴，会彻底变成陌生人；你以为自己不认识的其他观众，也许对你知之甚详。

看似安全的东西，可能有致命的危险；而让你小心戒备的危险事物，可能只是让你分散注意力，目的是引诱你坠入更深的危险。

在我们的表演中，有什么事可以相信？有什么人值得信任？

好吧，各位来宾，这个问题的答案是：怀疑一切。

你也不该相信任何人，不论是谁。

现在，帷幕升起，灯光转暗，乐声渐弱，全场只听见屏息期待的庄严心跳。

演出正式开始……

这幢建筑物看上去如幽灵般阴森。

它是一幢哥特式建筑，夹在上西区的两块高地之间，外表已被煤烟熏黑，幽暗而阴郁。这幢建筑建造于维多利亚时期，楼顶有平缘的天台，窗户是百叶窗。它以前曾是一所寄宿学校，后来一度成了疗养院，禁锢了许多犯下罪行的精神病患者。

如今，它成了"曼哈顿音乐和表演艺术学校"，可能也是无数漂泊灵魂的寄居之地。

这个游荡在妙龄女郎尚有余温的尸体上方的灵魂应该是刚刚出现的。女子腹部朝下，俯卧在一间小演奏厅外阴暗的休息室中。她的眼睛已不会转动，但尚未模糊呆滞，脸颊上的鲜血也还没有变成棕褐色。

尽管她的皮肤白皙，但在那条绕住脖子又连到脚踝的绳子的收缩下，已变成如梅子般的深紫色。

散落在她身旁的是一个长笛琴盒、几张乐谱和一杯打翻在地的星巴克咖啡。咖啡溅在她的牛仔裤上，溅在她那件绿色的艾祖德①衬衫上，又在旁边的大理石地板上留下一摊深棕色的液体。

在她身旁的，是那个杀害她的凶手。他蹲在那里，仔细打量地上的死尸，一副从容不迫、不慌不忙的样子。今天是星期六，时间也还早。他知道周末学校不会上课，就算有学生来借用练习室，也都是去大楼的另一边。他俯身端详这名女子，眯起眼睛，对是否真能看见有灵魂从她的体内飘出感到好奇；但是，他什么也没看到。

他站直身子，思考着自己还能再对面前这具静止不动的尸体做些什么。

---

①艾祖德（Izod），美国著名休闲服饰品牌。

"你肯定那是尖叫声?"

"是……不,"警卫说,"也许不是尖叫,你知道的。是大叫,充满了绝望,只持续了一两秒,然后就没了。"

"还有别人听见了吗?"戴安·弗朗西斯科维奇又问。她是最基层的巡警,隶属第二十分局管辖。

身材肥胖的警卫喘着粗气,他看着眼前这位身材高挑、肤色黝黑的女警,然后两手一摊,摇了摇头。接着,他那双乌黑的手移至蓝色的裤管上,揩去掌心的汗水。

"要请求支援吗?"南希·奥索尼奥问。她和戴安一样是警界新人,个子稍矮,发色金黄。

尽管弗朗西斯科维奇自己也不确定,但她觉得还是先不要这么做。她们在上西区的巡逻往往是处理交通事故、顺手牵羊的扒手和偷车贼,根本没有与残暴凶徒交手的经验,今天这种情况还是第一次遇到。在这个星期六的上午,这名警卫看见她们的巡逻车经过,便要求她们过来协助查看他刚才听见的尖叫声。呃,或者说是绝望的大叫声。

"我们先进去看看,"弗朗西斯科维奇冷静地说,"看了情况再做决定。"

警卫说:"声音好像是从那边传来的,具体位置我不太确定。"

"这儿真是个鬼地方。"奥索尼奥说。她的性格不像弗朗西斯科维奇那么稳重,往往会率先介入冲突,拉开发生争吵的人,即使对方的身材比她魁梧两倍。

"那个声音很难说……你们知道我在说什么吗?我的意思是它传来的方向。"

戴安·弗朗西斯科维奇的心思却还停留在搭档刚才说的那句

话上。这该死的鬼地方,她在心里默默补上一句。

他们进入大楼,在阴暗中搜寻了一会儿,却没发现任何不正常之处。警卫开始有点怀疑自己的耳朵了。

弗朗西斯科维奇扭头指向走廊尽头的一扇门。"那扇门通向哪儿?"

"那里不会有学生,只有……"

弗朗西斯科维奇已经猛地把门推开了。

房门后面是一间通往第一演奏厅的小休息室。演奏厅大门前的地上倒着一名女子,她全身被捆绑,脖子上缠绕着绳索,双手被手铐铐住,两眼圆睁,似乎已经没有了生命的迹象。在她身旁,站着一名大约五十岁的男人,棕色头发,蓄着胡子。这个人原本正俯身专注地看着尸体,此时才抬起头,被突然闯进来的人吓了一跳。

"噢!"奥索尼奥惊叫一声。

"我的天哪!"警卫也跟着叫了起来。

两名女巡警同时拔出手枪,弗朗西斯科维奇直接把枪口对准那个男人,持枪的手稳定得让她自己都觉得有些惊讶。"你,别动!慢慢站直,离开她,把手举起来。"她的声音倒是不如她紧握住格洛克①的手那么稳定。

这个人照她说的话做了。

"现在趴在地上,双手别离开我的视线!"

奥索尼奥上前查看那名少女。

就在这时,弗朗西斯科维奇注意到那个男人的右手虽高举过头,却握成了拳头。

---

① 格洛克(Glock),奥地利枪械制造公司制造的警用手枪。

"张开你的……"

砰！

一道刺眼的强光亮起，顿时她什么也看不见了。爆出强光的东西似乎是从嫌疑犯手中扔出的，而且隔了一会儿才熄灭。奥索尼奥呆立在原地，而弗朗西斯科维奇立刻蹲了下来，拼命向后退，眯起眼睛努力恢复视力，手中的枪则不停地左右挥动。慌乱中，她知道刚才强光弹爆炸的时候，疑犯的眼睛一定是闭着的，现在他可能已经掏出自己的武器对准她们，要不就是拿出了刀准备发动攻击。

"人呢？人呢？"她大叫。

接着，透过模糊的视线和房里残存的烟雾，她看见那个杀人凶手跑进了演奏厅。门被猛地关上了，里面旋即传出叮叮当当的声响，凶手似乎正搬来桌椅想顶住那扇门。

奥索尼奥跪在年轻的女子身旁，用一把瑞士军刀割断她脖子上的绳索，把她的身体翻过来，开始做心肺复苏。

"里面有其他出口吗？"弗朗西斯科维奇朝警卫吼道。

"只有一个……在后面，要绕过转角，在右边。"

"有窗户吗？"

"没有。"

"喂，"她边对奥索尼奥说边往外跑，"你守住这个门！"

"知道了。"金发女警回答，接着又朝被害人的口中吹了一口气。

演奏厅里继续传出叮当声，弗朗西斯科维奇全速跑过转角，朝警卫说的那个出口奔去，同时低头用摩托罗拉步话机请求支援。再抬起头时，她竟然看见前方有个人出现在走廊尽头。弗朗西斯科维奇立即停住脚步，举枪对准这个人的胸口，同时把卤素手电筒光束打在他身上。

"我的天啊！"站在那里的是个年迈的清洁工，他"哇"地叫了一声，手里的扫帚掉落在地上。

弗朗西斯科维奇暗自庆幸，好在刚才她的食指放在手枪扳机的护弓外。"你看见有人从那扇门里出来吗？"

"出什么事了？"

"你看见什么人了吗？"弗朗西斯科维奇吼道。

"没有，警官。"

"你来这里多久了？"

"不知道……大概十分钟吧。"

演奏厅里又传出一声家具被拖动的声音，凶手似乎还在努力堵住大门。弗朗西斯科维奇把清洁工赶到另一边的走廊，让他和警卫待在一起，然后自己缓缓蹭到侧门边。她把手枪举至与眉同高，另一只手轻轻试了一下门钮。门没上锁。她退到一旁，这样万一嫌疑犯朝木门开枪的话，她就不会处于火力集中的位置。或许警校也这样教过，但弗朗西斯科维奇的这个做法却是从《纽约重案组》这部电视剧里学来的。

里面又传出"砰"的一声撞击。

"南希，听见了吗？"弗朗西斯科维奇低声朝步话机说。

奥索尼奥回答的声音有些颤抖。"她死了。我尽力了，但她还是死了。"

"他没从这里出来，他还在里面，我听见他弄出的声响了。"

"我尽力了，戴安，我真的尽力了。"

"放松，你要镇定一点，知道吗？你听见我说的话了吗？"

"听见了，我很镇定。真的。我请求支援了，现在我们冲进去抓他吧。"

"不，"弗朗西斯科维奇说，"暂时把他困在里面，直到特勤小组①的人赶来为止。现在我们应该先按兵不动，守住这里，守住所有出口，不能让他跑出来。"

但这时，她却听见嫌疑犯在里面大叫："我有人质，有个女孩在我手上。只要有人敢进来，我就杀了她！"

哦，天哪……

"喂，里面的，"弗朗西斯科维奇喊道，"你别担心，我们不会轻举妄动，你不要再伤害任何人了。"这样的说法符合事件处理程序吗？她已经没有把握了。此时不管是从犯罪剧集里得来的知识还是以前在警校的训练，似乎都已派不上用场了。从步话机中，她听见奥索尼奥正在呼叫总部，汇报说局面已演变成人质挟持事件。

弗朗西斯科维奇继续对嫌疑犯喊话："别紧张！你可以——"

演奏厅里发出一声震耳欲聋的枪响。弗朗西斯科维奇像条鱼似的跃了起来。"出什么事了？你开枪了吗？"她朝步话机吼道。

"不是我，"奥索尼奥回答，"我还以为是你开枪了。"

"你没事吧？"

"没事。他说他手上有人质，该不会是他开枪杀了那个女孩吧？"

"我不知道。我怎么会知道？"弗朗西斯科维奇说，心里却想着：那些赶来支援的人死到哪儿去了？

"戴安，"隔了一会儿，奥索尼奥才低声说，"我们应该冲进去。也许她中了枪，说不定伤势很严重。"接着，她再次朝里面吼道："喂，里面的！"没有回答，"喂！"

---

① 即 ESU（Emergency Service Unit），纽约市警察局的特警队。

里面一片死寂。

"也许是他自杀了。"弗朗西斯科维奇说。

也许是嫌疑犯故意开枪想让她们误以为他自杀,然后以逸待劳地等着她们进来。

此时,刚才那个恐怖的影像又出现在她的脑海中:通往演奏厅的旧门微启,一道苍白的光线投射在被害人身上,她的脸冰凉发紫,宛如冬日的薄雾。阻止这样的犯罪行为,正是她当初想当警察的最主要原因。阻止他们,或在必要的时候将他们逮捕。

"我们必须进去,戴安。"奥索尼奥轻声说。

"我也是这么想的。好,进去吧。"她的心有点发慌,这一瞬间既想到自己的家人,又想着待会儿在战斗射击时该如何正确地把左手弯起来扶在拿枪的右手上。"告诉那个警卫,说我们需要把里面的灯打开。"

过了一会儿,奥索尼奥说:"开关不在这里。他会等我的指示开灯。"通过步话机,弗朗西斯科维奇听见奥索尼奥紧张的喘息声。接着奥索尼奥说:"我准备好了,我们数三下就进去。你来数。"

"好,我数。一……等等。我进去的位置是在你的两点钟方向,别朝我开枪。"

"知道了。两点钟方向,我会——"

"你会出现在我的左边。"

"好。"

"一……"弗朗西斯科维奇的左手抓住了门把手,"二……"

这次,她把右手食指伸进了护弓,轻轻放在扳机的保险上——格洛克系列的手枪都有这样的保险装置。

"三!"弗朗西斯科维奇大吼一声,声音大得奥索尼奥不必通过步话机都能听见。她踢开房门冲入这间长方形的演奏厅,与此同时,所有的灯都"啪"的一声全亮了。

"不许动!"她厉声说道,但面对的却是一个空荡荡的房间。

她赶紧蹲下,感觉到皮肤因为紧张而起了一层鸡皮疙瘩。她把枪口左右晃动,搜寻演奏厅中的每一寸空间。嫌疑犯不见踪影,也没看到人质。

她向左望去,看见奥索尼奥站在那边的门口,和她一样紧张地做着搜寻动作。"去哪儿了?"她喃喃自语。

弗朗西斯科维奇摇摇头。她只看见大约五十把折叠椅整齐地排成数行,其中有四五把被推翻在地。然而,她却没见到嫌疑犯用来堵门的东西,两扇房门都很容易被踢开了。她的右边有一个低矮的舞台,上面摆着一个扩音器、两个音箱和一架破旧的钢琴。

两位女警只需站在原地,便可将演奏厅里的一切尽收眼底。

但,就是没看到嫌疑犯。

"怎么搞的,南希?你说这到底是怎么回事?"

奥索尼奥没有回答。她和弗朗西斯科维奇一样紧绷着神经,三百六十度全方位地扫视着演奏厅里的每一个影子、每一件家具,尽管嫌疑犯已不在这里是个显而易见的事实。

阴森……

这个演奏厅基本上是一间密室,没有窗户,空调通风口的直径只有六英寸左右。演奏厅顶端是木头天花板,没贴隔音砖,舞台上也没有活板门。这里仅有的两个出口就是奥索尼奥守住的那扇大门和弗朗西斯科维奇进来的那扇消防安全门。

人呢?弗朗西斯科维奇张开嘴,无声地用口型说。

她的搭档也同样张嘴无声地回应了一些话。弗朗西斯科维奇无法从她的唇形辨识内容,仅能由她的表情看出她想表达的意思:我完全不知道。

"唷!"演奏厅门口传来一个响亮的声音。她们同时转身、举枪,瞄准的却是空无一人的休息室。"外面救护车来了,还有一些警察。"说话的是那名警卫,他躲在门后,不敢探出身子。

弗朗西斯科维奇的心被他吓得怦怦狂跳,让他进来说话。

警卫问:"里面……呃……我是说,你们制伏他了?"

"他不在这儿。"奥索尼奥说,声音仍然有点颤抖。

"什么?"警卫小心翼翼地探出头,向演奏厅内窥视。

"这里有没有活板门或任何其他出口?"

"没有,没那种东西。他不在里面吗?"

弗朗西斯科维奇听见外面传来支援警察和急救人员的声音,听见他们身上的各式装备发出的叮当声。但她和奥索尼奥没有立刻出去和他们会合,两人六神无主地站在演奏厅中央,对嫌疑犯如何逃离这个根本没有出口的地方百思不得其解。

2

"他在听音乐。"

"我没听,是这段音乐刚好在播放。仅此而已。"

"音乐?呵呵。"朗·塞利托咕哝道,他刚刚才走进林肯·莱姆的卧室,"这还真巧啊。"

"他最近突然对爵士乐感兴趣了。"托马斯对这位挺着啤酒肚的探员说,"说实话,这可让我大吃一惊。"

"我说过了,"林肯·莱姆固执地说,"我在工作,而音响刚好播出这段旋律,成了背景音乐。你刚才说的'真巧'是什么意思?"

身穿白衬衫、棕色长裤,打了一条紫色领带的托马斯朝莱姆床前的液晶显示器扭了扭头,说:"不是这样的,他根本没在工作,除非你觉得花一小时盯着同一页纸也算是工作的话。他怎么不让我做这种工作呢?"

"指令,翻页。"电脑辨识出莱姆的声音,立即接受指示,将显示器上的《刑事科学期刊》翻了一页。莱姆仍嘴硬地对托马斯说:"好,不然你来考考我这篇文章,问问我最近在欧洲的恐怖分子实验室中发现的五种剧毒物质。你敢下注和我打赌吗?"

"我才不呢,我们还有别的事要忙。"看护托马斯回答,意思是莱姆该做治疗了。像林肯·莱姆这样四肢瘫痪的病人,每天都必须在看护的协助下进行各种不同的身体机能活动。

"过几分钟再做吧。"刑事鉴定学家莱姆说。此时的背景音乐正好是一段充满活力的爵士乐喇叭独奏。

"不行,现在就做。朗,抱歉必须让你先等一会儿了。"

"没问题。"大个子塞利托回答,旋即走出莱姆这间位于中央公园西面独幢住宅二层的卧室,轻轻关上了房门。

林肯·莱姆听着音乐,让托马斯熟练地帮他进行每日例行的身体机能活动,心中却纳闷刚才塞利托所说的话:真巧?

五分钟后,托马斯开门让塞利托进来。"你要咖啡吗?"

"好的,来一杯吧。妈的,今天是星期六,可我还是得一大早就起来工作。"

看护离开了卧室。

"林肯,我看起来如何?"这位中年探员问,同时在林肯·莱姆面前转了一圈。他身上还是穿着那件已成为他招牌行头的灰色西装,而且仿佛永远是用皱巴巴的布料制成的。

"时装表演吗?"莱姆问。

真巧?

接着,他的心思又飘回了那张 CD。一个人怎么可能把喇叭吹得这么柔和?金属乐器怎么可能发出这种声音?

探员继续说:"我减掉了十六磅,是雷切尔要我减的。脂肪是最大的问题,只要控制住脂肪,你就会惊讶地发觉居然能减轻这么多磅。"

"脂肪,没错,这点大家都知道。朗,你……"他的意思是要他快说重点。

"有件诡异的案子。就在半小时前,在离这里不远的一所音乐学校里发现了一具尸体。这案子是我负责的,所以我才来这里想请你帮个忙。"

音乐学校。而我刚好在听音乐。这算哪门子的狗屁巧合。

塞利托描述了一下案情。"一名学生被杀害，嫌疑犯来不及离开现场，差点被抓，但后来他却从某个暗门离开，没人找得到他。"

音乐是数理性的，身为科学家的莱姆很清楚这一点。音乐有逻辑性，有完美的结构。同时，他还认为，音乐是无限的，能谱出无限多的曲子。对音乐创作者来说，永远也不会觉得无聊。他也想知道，音乐是怎么被创作出来的。莱姆很清楚自己没什么创造力，尽管他在十一二岁的时候也上过钢琴课，而且还暗恋过教钢琴的奥斯本小姐，但钢琴却学得一团糟。他对这种乐器最美好的回忆，竟是在某次科学展览会上，他利用钢琴的共鸣弦作为振动仪，拍摄出频闪观测照片。

"你在听我说话吗，林肯？"

"有案子，你刚才说过了，有点奇怪。"

塞利托又讲了一些细节，渐渐引起了莱姆的注意。"那里肯定另有出口，但无论是学校的人还是我们的警员都找不到，不知道凶手是怎么逃走的。"

"现场情况如何？"

"很完整，已经封锁起来了。能请阿米莉亚过去看看吗？"

莱姆瞄了时钟一眼。"她至少还得再忙二十分钟。"

"没问题。"塞利托说，拍了拍肚皮，仿佛在寻找他那已经失去的体重，"我会用呼叫器找她。"

"暂时别干扰她。"

"怎么了？她在干什么？"

"哦，当然是危险的事。"莱姆说，注意力又回到轻柔圆润的喇叭独奏上,"还会有什么呢?"

她的脸紧贴在贫民公寓的砖墙上,闻到一股潮湿的砖头味。

她手心冒汗,火红色的头发上扣着浅灰色的警帽,头皮痒得难受。她一动不动,此时,一位穿着制服的警员悄悄来到她身旁,和她一样把脸贴在砖墙上。

"好了,现在的情况是……"这个男人边说边向他们的右边扭了扭头。他解释说,贫民公寓前方转过去是一片空地,嫌疑犯的汽车就停在空地上。几分钟前,在经过一场高速追逐赛后,嫌疑犯驾车逃到这里,把车停在空地上。

"那辆车还能开吗?"阿米莉亚·萨克斯问。

"不行了。它撞上一辆垃圾车,已经不能动了。一共有三名嫌疑犯。他们想跑,被我们抓住一个。一名嫌疑犯还留在车上,他持有某种长管猎枪,已经开枪打伤了我们一名巡警。"

"严重吗?"

"皮肉伤而已。"

"对方的火力已经被钳制住了?"

"没有。他的火力能突破包围圈,射进西面的楼里。"

"第三个嫌疑犯呢?"

警员叹了口气:"妈的,那家伙跑进了这幢房子的一层。"他朝他们紧靠着的那幢贫民公寓点了点头,"现在是僵持阶段。他抓了一个人质——一名怀孕的妇女。"

萨克斯仔细想着这些信息,同时把身体重心换到另一只脚,以减轻膝关节发炎造成的疼痛。该死,还真疼。她扫了一眼这名警员胸前的名牌。"威尔金斯,挟持人质的嫌疑犯用什么武器?"

"手枪，型号不明。"

"我们的人在哪里？"

年轻警员指向空地后方，那里有两名警员躲在一堵墙后面。"还有另外两个在屋子的正前方。"

"呼叫特勤小组支援了吗？"

"不知道。刚才嫌疑犯开枪的时候，我的步话机不小心掉了。"

"你穿防弹衣了吗？"

"没有。我之前正在路上巡逻……现在我们到底该怎么办？"

她打开自己的摩托罗拉步话机，转到某个特定的频道。"刑事现场鉴定组五八八五号警员呼叫指挥中心。"

不久，对方有了回应："我是队长七十四号，请说。"

"十点十三分，德兰西街六〇五号东侧空地，有警员受伤，需要支援，请出动紧急医疗和特勤小组。嫌疑犯共两名，都有武器，挟持了一名人质。我们还需要谈判专家。"

"收到，五八八五号。需要直升机监控吗？"

"不用，七十四号。一名嫌疑犯持有火力强大的长枪，直升机恐怕会成为靶子。"

"支援小组将会尽快赶到。不过现在特勤局封锁了半个下城，因为副总统要从肯尼迪机场进城。支援小组可能会耽搁一段时间，请你暂时先自行判断控制现场情况。完毕。"

"收到，完毕。"

副总统，她心想，下次别想我会投票给你。

威尔金斯摇着头说："谈判专家根本无法接近这幢公寓，别忘了外面还有一个嫌疑犯在车上。"

"这件事由我来处理。"萨克斯回答。

萨克斯慢慢移到公寓的一角，瞄向空地上的那辆车。那是一辆廉价的低底盘汽车，车头撞毁在一台垃圾车上，几个车门洞开，一眼就能看见车里那个端着长枪的瘦削男子。

由我来处理……

她高声喊道："车上的，你已经被包围了。如果再不把枪放下，我们就马上开火。快！"

他猛然转身，用长枪向她瞄准。她立即压低身子，蹲在掩体后。她拿起步话机，呼叫躲在空地后方墙壁后的那两名警员。"车上有人质吗？"

"没有。"

"确定吗？"

"完全确定。"警员回答，"刚才他开枪之前，我们都看清楚了。"

"好。你那里能开枪吗？"

"也许能穿过门射击。"

"不，别盲目开枪。移动一下找个好位置，但要确保一路都在有掩护物的前提下行进。"

"明白。"

她看见那两个人朝侧面移动。过了一会儿，其中一名警员说："我抵达射击位置了，现在要开枪吗？"

"先待命。"说完，她又高声喊，"车上拿长枪的那个，你还有十秒钟时间，时间一到我们就会开火。放下武器，你听见我说的话了吗？"说完，她又用西班牙语喊了一遍。

"去你妈的。"

她知道他听见她说的话了。

"十秒钟，"她喊道，"开始倒数。"

接着，她通过步话机对那两名警员说："给他二十秒，然后就可以开枪了。"

快到十秒的时候，车里的那个人把枪一丢，站了出来，双手高举过头。"别开枪！别开枪！"

"把手伸直，走到这边的屋角。你的手只要敢稍微放低一点，就马上会被击中。"

这个嫌疑犯一走到屋角，威尔金斯便立刻铐住了他，搜他的身。萨克斯弯下身子，对被捕的嫌疑犯说："里面那家伙，他是谁？"

"我干吗要告诉你……"

"你当然要告诉我。因为万一我们杀了他——我们马上就要这么做，你就会背上谋杀的重罪。你说，这个人值得你在奥塞宁①监狱蹲上四十五年吗？"

这个男人叹了口气。

"说，"她厉声说道，"姓名、住址、家庭状况，他平常晚餐爱吃什么，他妈妈叫什么名字，他有没有亲戚住在附近……什么事都可以讲，我敢说，绝对会有帮助。"

这个男人叹了口气开始说，萨克斯拿出纸笔匆匆记下重点。

步话机里传出呼叫声。人质谈判专家和特勤小组的人已经抵达这幢公寓的正前方。萨克斯把刚刚写好的纸条递给威尔金斯："把这张便条拿给谈判专家。"

接着，她对这名已被制伏的嫌疑犯宣读法律权利，同时心中暗想：刚才处理现场的方式是最理想的吗？她是否让同事的性命无谓地暴露于危险之中？她是否应该先去查看受伤警员的伤势？

---

① 奥塞宁（Ossining），美国纽约州东北部乡村，濒临哈得孙河。

五分钟后，值勤队长从屋角走来，微笑着说："嫌疑犯已释放了那名妇女，没有人受伤。我们一共逮到三名嫌疑犯，那名女警的伤势也不严重，只是一点擦伤而已。"

一位戴着警帽的金发女警也走来加入他们。"嘿，你们看，我们还得到一点奖品。"她举起两个袋子，其中一个装满白粉，另一个则装有吸管和一些吸毒用的工具。

队长端详着这两包东西，赞许地点了点头。但萨克斯却问："这是他们车上的东西吗？"

"不，我是在对街的一辆福特车里查到的。车主是目击者，我本来想问他一些事，但他一看到我就冒汗，一副紧张不安的样子，于是我就搜查了他的车。"

"那辆车停在哪里？"萨克斯又问。

"在他自己的车库里。"

"你申请搜查令了吗？"

"没有。我说过了，是因为他的神情看起来很可疑，我才留意到他车上的袋子。这是正当执勤。"

"不。"萨克斯摇摇头说，"这是非法搜查。"

"非法？我们上星期也拦过一辆超速的车，在那个人的车后座发现一公斤大麻。我们当即将他逮捕，完全没有问题。"

"这次和在街头执勤不同。车辆行驶在公路上时，车主所能要求的隐私权较低，只要你有正当理由就能进行搜索和逮捕。但是，当车辆停在私人产业上时，就算你看见了毒品，也必须先申请搜查令。"

"这太荒唐了。"这位女警辩驳说，"他车上有十盎司纯可卡因。他根本就是个毒贩子。缉毒组的人要花上好几个月的时间布线才能逮到一个像他这样的人。"

值勤队长对萨克斯说:"你确定你说的没错吗?"

"确定。"

"有什么建议?"

萨克斯说:"把毒品没收,先警告那个疑犯再放他走,然后把他的车牌号码和资料交给缉毒组处理。"接着,她看着这名金发女警说:"至于你,最好再去进修一下关于搜索和逮捕的法律课程。"

金发女警似乎还有话要说,但萨克斯已把注意力移开了。她看向那片空地,看着嫌疑犯那辆撞上垃圾车的廉价汽车。她眯起眼睛,仔细端详。

"警官,你……"队长也开口了。

但她不理他,径自问威尔金斯:"你说嫌疑犯一共有三名?"

"没错。"

"你怎么知道的?"

"这是被他们打劫的那家珠宝店的店员描述的。"

她立刻拔出格洛克手枪,跃入了空地。"看看那辆车的车门!"她厉声说。

"天哪。"威尔金斯喃喃地说。

那辆车的四个车门全都是打开的。显然从车里冲出的嫌疑犯至少有四名。

她采取蹲姿,目光扫过整片空地,然后举起手枪,指向空地附近唯一可能躲人的地方:垃圾车后面的一条死胡同。

"对方有武器!"她几乎在见到人影的同时便喊了出来。

附近的人佥都蹲下了,一名穿着T恤的壮汉拿着霰弹枪冲出空地,拔腿便朝街上狂奔。

嫌疑犯一离开藏身地,萨克斯的格洛克手枪便瞄准了这个男人的胸口。"放下武器！"她命令。

他犹豫了一下，露出了笑容，把散弹枪口转向那群警员。

她立即把格洛克手枪往前一推，同时，声调愉快地说："砰、砰……我打中你了。"

持霰弹枪的男人停住脚步，笑了起来。他摇了几下头，对萨克斯表示钦佩："真厉害，我以为我骗过你了。"他把枪扛在肩上，走向那群躲在贫民公寓旁的警察。刚才那名坐在车上的"嫌疑犯"在这个时候也转过身，好让威尔金斯打开锁住他的手铐。

先前的"人质"是由一名拉丁裔女警假扮的，她根本没有怀孕，而且还是萨克斯认识多年的朋友。她也走了过来，朝萨克斯的背上拍了一下："干得好，阿米莉亚，你救了我的小命。"

尽管萨克斯对自己刚才的表现也很满意，但她却仍保持严肃的表情，就像一位刚刚考完一项重要考试的学生。

事实上，刚才发生的整个事件，也的确是一次相当重要的考试。

阿米莉亚·萨克斯正在向一个新目标努力。她的父亲赫尔曼也是警察，一位持枪值勤的巡警，而且一辈子都待在巡警队里。萨克斯现在已达到和他一样的级别，在她调回局里晋升之前，或许还会在这个级别上停留好几年。然而，在"九一一"事件发生后，她打算为这座城市多做一点事。于是她提出申请，参加晋升为调查警司的考试。

没有任何机构的执法人员像纽约市警察局刑侦队的探员一样，必须面对这个大城市如此庞杂的犯罪挑战。该队的传统可以追溯到十九世纪八十年代刑侦队成立之初，首任队长为托马斯·伯恩斯，是个出了名的执着又聪明的警探。伯恩斯有这样几个打击犯罪的法宝：威吓、不屈不挠的精神和过人的推理能力——他曾经仅仅靠着掉在犯罪现场一条丝带上的细小纤维，追根溯源，破获了一个大盗窃集团。在伯恩斯的强势领导下，刑侦队的每个警探都成了传奇般的英雄人物。他们一如当年勇闯西部蛮荒之地的警长，奇迹般地大大降低了纽约市的犯罪行为生生率。

赫尔曼·萨克斯爱好收藏与警界有关的纪念品，而在他过世前不久，他才把自己最心爱的一个宝贝送给女儿——一个伯恩斯当年破案时用过的笔记本。萨克斯小时候，只要她母亲一不在身边，父亲便会拿出这本笔记，朗读几页字迹尚能辨识的内容，然后两人一起据此编出一个案子。

一八八三年十月十二日。找到另一条腿了！就在五号区的一个煤炭箱里。真希望能马上拿到卡顿·威廉姆斯的供词。

尽管刑侦队声名显赫，而且待遇颇高，但奇怪的是，和纽约市警察局的其他部门比起来，女性在刑侦队升职的概率似乎特别高。如果说托马斯·伯恩斯是男探员的代表性人物，那么玛丽·尚莱就可称得上是女探员的典范——她是萨克斯最崇拜的英雄之一。玛丽·尚莱二十世纪三十年代纵横于警界，是个强悍、永不服输的警察。她曾说过："既然你有枪，那就好好用它。"她办案时也正是这么做的。她在中城打击犯罪多年，最后以一级探员的身份退休。

无论如何，萨克斯不是只想做个警探而已。警探只是一种工作，而她还想要拥有官阶。纽约市警察局和所有警察机构一样，基层警员想升为警探必须先积累功绩和工龄。而要成为调查警司，则必须经过三个有难度的测试：笔试、口试以及实战考量——用模拟案件测试受测人处于交火状态下的应变管理技巧和组织联络能力。而这正是萨克斯刚刚参加的测验。

刚才那个说话温和的队长是资深警员，长得有点像影星劳伦斯·菲什伯恩。他是这次测试的主考官，负责在整个测验进行中为萨克斯的表现评分。

"好了，警官，"他说，"我们会写好测试报告，附在你的审核资料中。不过，我可以非正式地先透露一点给你。"他看了一下手中的笔记本，"你对市民和警员同事的威胁评估判断十分正确，呼叫寻求支援的时机也非常适当。你的警力部署让嫌疑犯找不到机会从火力牵制中逃脱，而且也把同事暴露于敌人火力之下的危险降至最低。你坚持合法搜查的行为是对的。还有，你会从已被逮捕的疑犯口中问出相关信息，交给谈判专家参考，这做得相当不错。我们本来没有把这一点列进测验项目，但以后会加进去的。最后，坦白地说，我们根本没想到你竟然会发现还有第四名嫌疑犯躲藏在现场，按照原来的计划，我们是要让他突然现身，开枪射伤威尔金斯警员，以此来测验你同时抢救同事并组织人员逮捕重罪疑犯的能力。"

他结束官方正式用语，微笑着说："结果你居然射死了这个混蛋。"

砰、砰。

他接着又问："你已经考完笔试和口试了吧？"

"是的，长官，成绩应该很快就会出来了。"

"我这个部门也会马上完成评估报告，送交评审会参考。现在你可以走了。"

"是，长官。"

此时，刚才那个扮演最后一名嫌疑犯——持霰弹枪的那个——的警察走了过来。他是个相当英俊的意大利人，他的家族也许已在布鲁克林码头区住了半个世纪了。她上下打量了他一番：这个人身上的肌肉像拳击手一样结实，下巴和脸颊布满黑色短胡楂，线条漂亮的屁股上插着一把大口径的铬合金手枪。他的笑容充满自信，使萨克斯不禁猜想，这家伙可能会用那把发亮的手枪当镜子，对着它刮胡子。

"我有话非告诉你不可……我参与过十几次考量测试了，还没见过比你更棒的，宝贝。"

最后那个称呼让她惊讶地笑了出来。无论是在巡警队还是警察局总部，都有不少粗鲁的男人，但这些人平时都刻意收敛，很少像他这样公开说出充满性别歧视的字眼。萨克斯至少已有一年多没从男性警员口中听见"宝贝"或"亲爱的"之类的字眼了。

"如果你不介意的话，请用'警员'称呼我。"

"不、不、不，"他笑着说，"测验已经结束，你不必绷得那么紧。"

"什么意思？"

"当我说'宝贝'的时候，就表示这已经不是测验内容了，你就不必……你知道，再用那种执行公务的态度说话。我之所以找你说话，是因为你的表现非常出色。还有，也因为你实在是……你知道的。"他盯着她的眼睛咧嘴微笑，散发出的魅力有如他腰后那把手枪一样闪亮，"我很少赞美什么人，出自我嘴里的，必定是值得说的话。"

因为你实在是……你知道的。

"嘿，你不会想太多吧？"

"不会，不过你还是叫我警员吧。我们还是彼此这样称呼比较合适。"

至少是在当着你的面的时候。

"嘿，我并不想冒犯你。你长得这么漂亮，而我又是个男人，你知道事情都……就这样……"

"好了,就这样吧。"她回了一句,转身想要离开。

他赶忙上前一步拦住她,皱起眉头。"嘿,等等,这样不太好吧?我请你喝杯咖啡怎么样?只要你对我的了解多一些,就会喜欢我这个人的。"

"不能期望太高啊。"他的一个同伴在旁边笑着起哄。

这个天真可爱的男人也笑着对他竖起了中指,然后又转身面向萨克斯。

此时,她身上的呼叫器响了。她低头查看,屏幕上出现的是林肯·莱姆的电话号码,后面还跟着"紧急"二字。

"我得走了。"她说。

"连喝杯咖啡的时间都没有吗?"他问,佯装生气。

"没有。"

"好吧,那留个电话如何?"

她用食指和拇指做出手枪的形状,举起瞄准他。"砰、砰。"说完,她便大步走向自己那辆黄色卡马诺[①]。

[①]卡马诺,雪佛兰汽车公司生产的一款敞篷跑车。

3

这是一所学校？

萨克斯提着一个黑色的大号刑事案现场鉴定工具箱，走进这条幽暗的走廊。她闻到发霉和朽木的味道，看见头上的天花板角落满是蜘蛛网和灰尘，绿色的墙面漆已经开裂。

怎么会有人在这种地方学音乐？这里根本就是萨克斯的母亲喜欢看的安·赖斯①小说里面的场景。

"很阴森吧？"一名鉴定组技师打趣道。

他说得没错。

走廊尽头，有六名警员站在一扇双开的大门旁边，其中有四名是巡警，两名是身着便服的探员。衣着邋遢的朗·塞利托正在询问学校的警卫，同时低头在记事本上写着什么。这名警卫身上的制服也和这里的墙壁、地板一样，沾染上了灰尘和污渍。

通过这道开启的大门，她看见另一个幽暗的房间，房间中央的地上有个浅色物体——那名遇害的死者。

她对现场鉴定组的技师说："这里需要打灯，要两个。"这名年轻人点点头，立刻回重案现场鉴定车上拿。刚才他把那辆载满各式现场搜证工具设备的厢型车停在了学校外面，车身有一半开

---

①安·赖斯（Ann Rice，1941— ），美国著名恐怖小说家，作品《夜访吸血鬼》曾被改拍成同名电影。

上了人行道，因为那里是他唯一能停车的地方，对驾驶一九六九年出厂的卡马诺SS型跑车、以平均时速七十英里开往这所学校的萨克斯来说，他开车的速度也许太慢了一些。

萨克斯看着这位仰面躺在十英尺之外的年轻金发女人，她的双手被反绑压在背后，腹部因此拱了起来。尽管这间演奏厅外休息室的光线十分昏暗，但萨克斯只瞄了一眼，就看见被害人脖子上有很深的勒痕，她的嘴唇和脸颊上都染有鲜血——这可能是被害人咬破舌头造成的。在勒杀案中，这是常见的现象。

她继续观察。死者没戴结婚戒指，翠绿色耳钉，脚上穿的是破旧的慢跑鞋。此外，死者没有明显遭抢劫、性侵害或凌虐的迹象。

"谁是最先到达现场的警员？"

一位留着黑褐色短发的高个子女人说："是我们。"同时扭头指向身旁的金发搭档。萨克斯看见她的胸牌上写着"戴安·弗朗西斯科维奇"，而另一位则是"南希·奥索尼奥"。她注意到她们的眼神仍十分不安，弗朗西斯科维奇的手一直反复拨弄着枪套上的纽扣，而奥索尼奥的视线则一直停滞在尸体上。她想，这两个人一定都是第一次碰上凶杀案。

两名女巡警对萨克斯概述了整件事的经过：她们发现了疑犯，突然一阵闪光，疑犯便消失了；情势变成疑犯困守，然后他就不见了。

"你说他宣称手上有人质？"

"他是这么说的，"奥索尼奥说，"但清查后发现学校里的人并没有少，我猜他是虚张声势。"

"被害人是谁？"

"斯维特兰娜·拉斯尼诃夫。"奥索尼奥说，"二十四岁，学生。"

正在和警卫谈话的塞利托转过头，对萨克斯说："贝迪和索尔正在询问今天早上待在这幢楼里的所有人。"

萨克斯朝现场扭了下头说："有谁进去过？"

塞利托说："最先赶来的巡警，"他朝那两位女警示意，"然后有两名急救小组和特勤小组的人。他们一清查完便马上退出来了，现场保存得十分完整。"

"还有那个警卫，"奥索尼奥说，"但他进去不到一分钟，就马上被我们赶出去了。"

"很好，"萨克斯说，"证人呢？"

奥索尼奥说："我们刚来的时候，有一名清洁工在演奏厅外面。"

"他说他什么也没看见。"弗朗西斯科维奇补充说。

萨克斯说："我还是需要采集他的鞋底纹路做比对，谁去帮我把他找来？"

"我去。"奥索尼奥说，随即立刻离开了。

萨克斯打开黑色的刑事鉴定工具箱，拿出一个干净的塑料袋，拉开拉链，取出里面的白色特卫强①连身服。她换上这套衣服，将帽子拉过头顶，再戴上手套。这种服装现在已成为纽约市警局所有鉴定部门的标准工作服，它能防止一些诸如毛发、皮肤细胞之类的微细物质从鉴定人员身上脱落污染现场。这种服装还配有一双靴子，不过萨克斯仍然依照莱姆的要求，在靴子上绑了两根皮筋，以免自己的脚印和被害人及疑犯的脚印混在一起。

她戴上耳机，调整好麦克风，将接头插在摩托罗拉对讲机

---

① 特卫强，一种由美国杜邦公司独家制造的特有非织造物，纺粘结构非常细密，可防止百分之九十九以上直径在零点五至零点七微米之间的微粒穿透。

上。她先呼叫总部请他们转接至普通民用电话，经过一番复杂的转接系统操作后，林肯·莱姆低沉的声音便清楚地传进她的耳朵里。"萨克斯，你到了？"

"嗯。这里和你说的一样……他们把疑犯逼至绝路，然后他就突然消失了。"

他轻声笑了一下。"而他们现在要我们把他找出来。我们应该先确认一下有没有人犯错。等等……指令。音量降低，降低。"步话机中的背景音乐消失了。

刚才那位陪萨克斯一起走过幽暗走廊的鉴定组技师回来了，搬来两盏架在三脚架上的照明灯。

她把照明灯安置在门口，打开开关，然后才小心翼翼跨过门槛，进入犯罪现场。

关于刑案现场的搜证方式虽有许多不同意见，但一般说来，警探们大都同意进入现场的人越少越好。然而，现在大部分警局都还是以小组为单位进入现场。在林肯·莱姆发生意外之前，他总是一个人搜查犯罪现场，而他现在也坚持阿米莉亚·萨克斯应该这么做。在有其他鉴定组员一起工作的情况下，你很容易分心，而且会觉得——不管是有意识于是无意识——同伴一定会找到你遗漏的东西，从而丧失警惕性，松懈下来。

此外，还有另一个重要理由支持单独搜索。莱姆相当清楚，搜索者与犯罪行为之间会产生一种可怕的微妙关联。鉴定人员若独自在现场搜索，比较容易重塑被害人和疑犯当时的心理状况，并据此做出正确的判断，找出隐藏的证物。

阿米莉亚·萨克斯此刻正即将陷入这种复杂的心理状态中。她看着那具年轻女性的尸体静静地躺在地上，附近只有一张纤维板桌子。

尸体旁有一个打翻的咖啡杯、一本乐谱和一小截银色的长笛组件。当凶手把绳索套上这个女人的脖子时，她显然正在组装长笛。直到断气，她手里仍紧紧抓着另一截未装好的长笛。当时，她想过要拿它作武器自卫吗？

或者，这个女人已彻底绝望，只想在死前牢牢抓住某个熟悉的东西？

"我走到尸体旁边了，莱姆。"她一边拍摄数码照片，一边用步话机和莱姆通话。

"继续说。"

"她仰卧在地，但警员最初发现她的时候，她是腹部朝下趴着的。她们为了给她做心肺复苏才把她翻过来的。她脖子上有明显遭人勒杀的伤痕。"萨克斯小心翼翼地将她翻回原来腹部朝下的姿势。"她的双手被某种旧式手铐铐住，我没见过这种手铐。她的手表坏了，停在大约八点钟的位置，看起来不像是不小心摔坏的。"她用戴着手套的手捏了一下女人细细的手腕，发现女人的腕骨也碎了。"没错，莱姆，手表是疑犯踩坏的。这块表不错，精工牌。疑犯为什么把它踩碎？为什么不把它拿走呢？"

"好问题，萨克斯……这也许是条线索，也许什么都不是。"

这句话倒是可以成为刑事鉴定科学的箴言之一，萨克斯心想。

"赶到现场的警员割断了她脖子上的绳索，没动绳结。"警察在割开被勒死的被害人身上的绳索时，应避免破坏绳结——绳结的系法可以透露出不少凶手的个人信息。

萨克斯接着使用黏胶滚筒来收集微细证物——近来刑事鉴定专家认为，过去使用的真空吸尘器存在吸入过多无关物质的缺点。因此现在大部分现场鉴定组的人员都改用滚筒，这是一种类似黏狗毛用的黏性滚轮。她把黏到的证物装袋，再用镊子从尸体身上采集毛发，并刮下指甲缝里的碎屑组织。

"我要开始走格子了。"萨克斯说。"走格子"一词是林肯·莱姆发明的，这是他坚持使用的刑案现场搜索方式。格状图形搜索法是容易理解的方法：先从一个方向来回搜寻，然后转个直角，把同样的地方再走一次。走格子时不仅要留意地面，也要注意观察现场的天花板和四周的墙壁。

她开始搜索，寻找一切被抛弃或掉落在现场的物品。她用滚轮黏取细微物证，用静电法采集脚印，并用数码相机拍摄现场的照片。虽然过一会儿会有摄影小组来拍摄完整的现场记录，但拿到这些照片还得花些时间，而莱姆又坚持必须在最短时间内取到一切可以参考的照片。

"警官？"塞利托喊道。

她回头望去。

"只是问一下……因为我们不知道那混蛋藏在哪里，所以想问你需不需要我找人进来支援？"

"不用。"她说，但也暗自感谢他的提醒：这里正是疑犯最后消失的地方。她想起林肯·莱姆的一条刑案现场守则：仔细搜索，小心背后。她摸摸身上那把格洛克手枪的枪柄，确认它的位置——在穿上特卫强服装后，枪套的位置变得比平时高了一些——以便能在紧急状况发生的第一时间抽出。检查过后，她便继续进行现场的搜证行动。

"有了，我找到一个东西。"过了一会儿，她通过步话机对林肯·莱姆说，"在休息室，离尸体约十英尺的地方有一小块黑布，是丝质的。我是说，看起来像丝质的。这块布盖在被害人的长笛零件上，应该是属于被害人或嫌疑犯的东西。"

休息室里已找不到其他东西了，她走进演奏厅，同时右手不由自主地移向格洛克手枪的枪柄。在发现演奏厅里根本没有暗门或其他出口，也没有任何可以让疑犯躲藏的地方之后，她才稍稍放松一些。然而，在她开始走格子时，还是感觉到一股不安的情绪在心中逐渐升起。

阴森……

"莱姆，这里有点奇怪……"

"我听不清楚，萨克斯。"

她这才发现，在不安之下，她说话的声音也变成了轻声细语。

"在倒在地上的椅子之间，系着一根烧焦的绳子，看起来像是引信一类的东西。我闻到燃烧过的硝酸盐和硫黄的味道。现场的警员说嫌疑犯曾开了一枪，但这里的气味不像是火药，而是别的东西。啊，有了……这是一种灰色鞭炮，也许这就是他们听见的枪声……等等，还有别的东西……椅子底下有一小块绿色的电路板，连接着一个扬声器。"

"小？"他不客气地说，"萨克斯，一英尺和一英亩比起来是小，一英亩和一百英亩比起来也是小。"

"对不起，这块电路板的面积大约是二英寸乘五英寸。"

"和一毛钱的硬币比起来这块电路板算是很大了，你说对不对？"

谢谢你，我知道了。她暗暗在心中嘀咕。

她把所有证物都装袋放好，从另一边的消防通道走了出去，把这里的脚印用静电法采集并拍摄成数码照片。她总算采集到了一些样本，足以用来比对被害人和疑犯曾经走过的地方。"都弄好了，莱姆，我半小时内就可以回到你那里。"

"找到他们说的暗门或秘密通道了吗？"

"没有。"

"好,那就快回来吧。"

她回到休息室,把现场交给摄影和指纹采集小组处理。在大门外,她找到弗朗西斯科维奇和奥索尼奥。"你们找到那个清洁工了吗?"她问,"我要看一下他的鞋。"

奥索尼奥摇了摇头。"他送妻子上班去了。我留了话,让他一回来就马上和我们联系。"

她的搭档则一脸严肃地说:"嗯,警员,南希和我都很不愿意见到这个混蛋逃掉。如果有任何事需要我们协助,我是说,如果以后有事需要用到我们的话,千万别客气,尽管来找我们就是了。"

萨克斯很清楚她们现在的感受。"没问题,我有事一定找你们帮忙。"她对她们说。

塞利托的步话机响了,他立刻拿起来接听。"是哈迪男孩①,他们已经完成对现场相关人员的询问工作了。"

萨克斯和塞利托走到大门门厅与这两个男人会面。他们一高一矮;一个脸上有雀斑,一个皮肤光洁。两人都是警察总局里的顶尖高手,专门负责刑案发生后对目击者和相关证人的询问工作。

"我们今天早上和七个人谈过。"

"再加上警卫。"

"没有老师——"

"都是学生。"

尽管这两个人的外表大相径庭,他们却有"双胞胎"的绰

---

① 哈迪是英语 hardy 的音译,意思是"艰苦的、勇敢的"。取自美国上世纪八十年代著名的系列侦探小说《哈迪兄弟》(*Hardy Boys*),该小说记述了两名少年侦探兄弟的奇遇。

号，因为这个二人小组总是联手出击，而且老是互相抢话。如果你非要仔细区分他们谁说了什么话，那只会让你更加糊涂。但如果把他们视为同一个人，再去听他们说些什么，就比较容易理解了。

"访谈的结果对案情帮助不是很大。"

"只有一件事大家觉得奇怪。"

"这个地方没什么特别。"说话的人抬起头，望向印有水渍的天花板上的一张蜘蛛网。

"没人熟悉被害人。当她今天早上进来的时候，是和一位朋友一起的。她——"

"那个朋友。"

"没见到里面有人。然后她们在这里待了五分钟，聊了一会儿。那个朋友大约八点钟就离开了。"

"所以，"莱姆说，刚才他们说的话全都通过步话机传进了他的耳朵里，"他早就待在演奏厅等她了。"

"那个被害人，"这两位警探的头发都是棕色的，而现在说话的是其中较矮的那位，"是从格鲁吉亚来到这里的——"

"是格鲁吉亚，不是美国的佐治亚①。"

"大约两个月前。她是那种很独立的人。"

"领事馆正在联络她的家人。"

"今天所有学生都在各自的练习室里，没人听见怪声，也没人见过任何不认识的人。"

"她为什么不去练习室？"

"据她的朋友说，她喜欢在演奏厅里的感觉。"

---

① 这两个地名的英文均为 Georgia。

"她有丈夫、男朋友或女朋友吗?"萨克斯问,想到谋杀案侦查的头条规则:疑犯通常认识被害人。

"其他学生都不清楚。"

"凶手是怎么进入学校的?"莱姆问,萨克斯立刻转达了这个问题。

大门口的警卫说:"只有正门是开着的。当然,我们还有消防逃生门,但那不可能从外面打开。"

"所以他一定得经过你那里,没错吧?"

"而且还要签名,他的样子也会被摄像机录下。"

萨克斯抬起头。"这里有监视摄像头,莱姆,但看来镜头大概有好几个月没擦了。"

他们聚集到警卫的办公桌前。警卫按下按钮,播放录像带。贝迪和索尔已调查过七个人,但他们都同意还有一个人——一个棕发、留胡须,穿牛仔裤和大夹克的成年人——不在刚才他们询问过的人员当中。

"就是他,"弗朗西斯科维奇说,"这个人就是凶手。"奥索尼奥也点头表示同意。

模糊的录像带画面上出现疑犯的身影,他在登记簿上签了字,便径自走进学校。这个人在签名的时候,警卫一直看着登记簿,而不是看着这个人的脸。

"你没看清他的长相吗?"萨克斯问。

"我没注意,"警卫替自己辩护说,"如果他们签了名,我就会放他们进去。这就是我唯一要做的事,我只负责到这个程度。我在这里的职责,只是防止任何人拿了学校的东西走出这座大门。"

"至少,我们有他的签名了,莱姆,还得到一个名字。当然名字可能是假的，但至少是疑犯的亲笔字迹。"

"他签在哪一行？"萨克斯问，用戴着手套的手拿起签名登记簿。

他们把录像带倒回最前面，然后快速播放。凶手是第四个在登记簿上签名的人，然而，登记簿上的第四个人名却是女性的名字。

莱姆叫道："数一下总共有几个人签名。"

萨克斯要警卫照做。他们看着屏幕数了一下，签名的人总共有九个，其中包括那名被害人在内共有八个学生，另一个则是那个杀人凶手。

"莱姆，有九个人签了名，可是登记簿上只有八个名字。"

"这是怎么回事？"塞利托问。

莱姆说："问警卫是否确定疑犯真的签了名，也许他只是做个样子而已。"

萨克斯把这个问题转达给警卫。

"他签了，我亲眼看见的。我不一定会看他们的脸，但一定会确定他们都签了名。"

这就是我咋一要做的事，我只负责到这个程度。

萨克斯摇摇头，一个指甲尖无意识地深深掐进另一只手的拇指指甲的根部。

"好吧，那就把登记簿连同其他证物一起带回来，我们在这里研究。"莱姆说。

在门厅的一角，一位年轻的亚裔女子双臂抱在胸前站着，透过凹凸不平的花饰铅框窗子看向外面，等待某人开车带她远离这个恐怖的地方。她突然转过身，开口对萨克斯说："我听见你们的话了。你们好像不知道那个人是怎么离开这幢建筑的，在他……那个之后。所以,你们认为他还待在这里?"

"不,我不这么认为。"萨克斯说,"我只是说,目前我们不知道他是用什么方法逃出去的。"

"可是,如果你们不知道他是怎么逃走的,这就表示他也有可能藏在这里,躲在某个地方等待杀害下一个人,而你们也不知道他可能躲在什么地方。"

萨克斯挤出一个让她放心的微笑。"我们在这附近部署了很多警察,在查出这究竟是怎么回事之前,他们都不会撤走,所以请你不必担心。"

然而,她心里却在想:这个女人说的一点儿都没错——是的,他的确有可能还待在这里,等待下一个牺牲者。

没错,我们根本没有任何线索,不知道这个人是谁,也不知道他此刻躲在哪里。

4

现在,尊敬的观众朋友,我们先休息一下。

各位一定相当喜欢懒惰的绞刑手……并且期待下面更精彩的演出。

请放松一会儿。

我们下一个节目很快就会开始……

这个男人走在曼哈顿上西区百老汇的街上。当他走到一个街角时,猛地停下,仿佛忽然想起什么事,转身走到一幢建筑物的阴影下,拿出挂在腰带上的手机,举到耳边。跟一般人接电话时一样,他一边说话,一边偶尔微笑一下,还不时小心地向四周张望,而这同样也是在路边接听手机的人很习惯做出的动作。

事实上,他根本没在打电话,只是利用这个动作掩饰东张西望的行为,以确定自己在离开音乐学校后,没有被人跟踪。

马勒里克此时的外貌和他半小时前离开那所学校时已完全不同。他现在是一头金发,没有胡子,穿着一件高领慢跑服。如果有路人停下仔细打量他,便会发觉他身上有几处古怪的地方:他的领口处的脖子上有一道突出的疤痕,一直延伸到深处;他的左手有两根指头——小指和无名指——像熔化的橡胶般紧紧黏合在一起。

但是,街上没有任何一个人注意他,这是因为他的动作和表情都非常自然。正如所有魔术师都熟知的定理——你的动作越自然，就越能让你隐形。

在确定没人跟踪后，他便继续迈着漫不经心的步子，转过街角，走到下一条横向的街道，沿着人行道的树荫朝自己的住处走去。他身旁只有几名慢跑者，三两个买了《纽约时报》、手提萨巴斯①超市购物袋回家的当地人。在这个星期天的早晨，这些人回家后或许会喝杯咖啡，悠闲地看看报纸，甚至，不慌不忙地享受一场清晨的鱼水之欢。

马勒里克走上公寓的楼梯。这是他几个月前租下的，一间阴暗、幽静的屋子，氛围与他位于拉斯维加斯郊外荒地的住宅和工作室大相径庭。他爬上楼梯，走向那间位于公寓后半部的房间。

我刚才说了，下一个节目即将开始。

现在，尊敬的观众，你们可以讨论一下刚才看到的幻象，和旁边座位上的人聊聊天，猜猜我们下一个节目是什么。

第二场表演在技巧上会更加复杂，对我们新上台的表演者将会是一次严酷的考验。我向各位保证，即将开始的第二场演出，绝对不会比懒惰的绞刑手逊色半分。

这些话喋喋不休地从马勒里克心中流出。尊敬的观众……他不断对这群想象中的人们说话——偶尔还会听见他们的掌声、大笑声，甚至，听见他们在紧张时刻发出的喘息声。这是语言上的"白噪音"②，是化了浓妆的马戏团团长或古老的魔术师会使用的一种戏剧腔调。这种串场词，表演者对观众的独白——不但能提供观赏表演必需的信息，还能使表演者与观众建立密切的关系，同时还能达到解除观众的心理防线、分散其注意力的效果。

---

① 萨巴斯（Zabar's），纽约一家专卖高级食品的超市。
② 白噪音，声学术语，指覆盖让人心烦声音的音响。

那场大火之后，马勒里克便切断了与朋友的一切联系，这些想象中的观众渐渐取代了朋友的位置，成为一直陪伴在他身边的人。这些串场词很快便充斥在他梦境和清醒时的思绪中，让他觉得备受折磨，逼得他快要发疯。不过他也由此得到了极大的安慰，觉得自三年前的那场悲剧发生之后，他并不是孤独一人。那些可敬可爱的观众总是与他在一起。

房间里弥漫着地板和壁纸散发出来的廉价亮光漆味和一种奇怪的肉味。屋子里家具不多：一套便宜的沙发和几把扶手椅，一张实用型的餐桌前只摆放了一把椅子。相反的是，这套公寓的几个卧室却塞满了东西，堆放了许多魔术师糊口的必备工具：演出道具、戏法装备、绳索、戏服、橡胶熔铸工具、假发、布匹、缝纫机、油漆、爆竹、化妆品、电路板、电线、电池、反光纸和棉花、保险丝、木工工具……多达上百种。

他冲了一杯花草茶端到餐桌前坐下，喝着热茶，搭配水果和低脂格兰诺拉①燕麦卷。魔术是一种耗费体能的艺术，唯有保持健康的身体才能有良好的演出。因此，健康的饮食和适量的运动，便成为魔术师成功的必要条件。

他很满意今天早上的演出。他轻而易举地便杀掉了第一位表演者——他忽然出现在她身后，将绳索套上她的脖子，她吓得浑身僵硬，想到这里他不禁兴奋得战栗起来。他在角落的黑绸布下神不知鬼不觉地躲藏了半个小时。警察的闯入是个意外——的确，那真把他吓了一跳。不过就和所有优秀的魔术师一样，马勒里克早已计划好脱身之法，而且实施得相当完美。

他吃完早餐，把空杯子拿进厨房，仔细洗干净后放在架子上

---

①格兰诺拉，美国商标名，一种燕麦卷，早餐营养食品。

晾干。他做事向来一丝不苟,这是被他那位粗暴、严苛又毫无幽默感的魔术导师训练出来的特质。

现在,这个男人走进最大的那间卧室,播放他预先拍摄好的下一个表演场地的录像带。这卷带子他已经看过十多次了,尽管对现场的一切早已烂熟于胸,但他现在还是要再研究一遍。这重要的"一百比一规则"同样是他的严师直接耳提面命灌输给他的。台下练习一百次,只为了台上的那一次。

在观看录像带的同时,他拉过来一张铺有绒布的表演桌。马勒里克不必盯着自己的双手,便在桌面上开始练习一些简单的扑克牌技法:鸽尾式假洗牌、三叠假切牌等,然后又练习了几种更具技巧性的技艺,例如翻转洗牌,滑行技法和追牌。之后,他才开始做一些难度较高,技法也更为复杂的动作,例如斯坦利手掌鬼牌、马多著名的六张牌秘法,以及其他几位世界知名的纸牌魔术大师和瑞奇·杰伊[①]表演过的几种技法,此外还练了几种卡迪尼[②]自创的技艺。

除此之外,马勒里克还练了一些哈里·胡迪尼早期使用的纸牌技艺。大部分的人都认为胡迪尼是脱逃专家,但事实上,他也曾是知名的魔术师,表演过让助手甚至是一头大象消失的大型舞台魔术,也表演室内魔术。对马勒里克来说,胡迪尼是影响他一生的重要人物。他十多岁登台表演时用的艺名就是"小胡迪尼"。他现在使用的名字"马勒里克"(Malerick)可分成两个部分,"艾里克"(erick)代表他过去的生活——在那场大火发生之前的生活,以及他个人对胡迪尼的崇敬——因为胡迪尼出生于匈牙利

[①] 瑞奇·杰伊(Ricky Jay, 1948—),纸牌技艺纯熟的魔术大师,目前仍频繁出现在舞台魔术表演、电影和电视界。
[②] 卡迪尼(Cardini, 1894—1973),英国魔术大师,曾发明许多魔术技艺,例如一球变四和各种出牌手法,至今仍为表演者使用。

的里克威兹镇。至于前面的"马勒"(Mal),对魔术有些研究的人可能会猜想这是取自举世闻名的魔术大师麦克斯·布烈特[①],因为他曾用"马勒维尼"(Mevini)的艺名表演。但事实上,马勒里克挑选这几个英文字母,只是因为它们是拉丁文中"邪恶"一词的词根,而这恰好反映出他魔术风格的黑暗本质。

他继续根据录像带做研究,和优秀的魔术师一样,演出前测量各种角度,记住现场的窗户,以及目击者和自己可能的位置。他看录像带时,双手仍然不停地翻动着扑克牌,发出如蛇行般轻微的咝咝声。K、J、Q、王和其他纸牌像潮水般流向黑色绒布,然后又像违反了地心引力一般弹回他粗壮的双手中,瞬间又消失得无影无踪。如果这时有人在一旁看见他的即兴表演,一定会拼命地摇头,难以置信地认为魔幻已进入了现实生活,因为人类绝不可能制造出他们刚才所亲眼见到的场景。

但事实恰恰相反:马勒里克漫不经心地在厚厚的黑色绒布上表演的纸牌技法根本不是什么奇迹,而是反复苦练熟能生巧的结果,仍在现实世界物理规则的统治之下。

哦,是的,尊敬的观众,你们刚才看到的以及你们将要看到的,全都是真实的。

真实得有如火烧肌肤。

真实得有如把绳索套上少女雪白的脖子。

真实得有如时钟指针缓慢地推移,移向我们下一个表演者即将经历的恐怖时刻。

---

① 麦克斯·布烈特(Max Breit,1873—1942),著名魔术师,出生于波兰与奥地利边界的小镇奥斯特拉沃(Ostrov),很小的时候便与家人一起移民美国。

"嗨，我来了。"

年轻的女子来到母亲床边坐下。窗外修剪整齐的花园中有一棵高大的橡树，树干上爬满了常春藤。过去几个月来，坐在这个位置的她总是把藤蔓的形状想象成各式各样的东西。但今天，那些纠结的藤蔓并不是一条龙，也不是一群飞鸟或是一队士兵，只是大都市里一株渴求生存的植物。

"妈妈，您今天感觉如何？"卡拉问。

"很好，亲爱的。你呢，日子过得还好吗？"

"比一些人好，但又比一些人差。你看，喜欢吗？"卡拉举起双手，把她短小而整齐的指甲展现给母亲看。这些指甲都涂得像钢琴键一样黑亮。

"很漂亮，亲爱的。我对粉红色已经有点厌倦了，现在无论走到哪儿都能见到那种颜色，俗不可耐。"

卡拉站起来，替母亲调整一下枕头的位置，然后再度坐下，捧着一大杯星巴克咖啡啜饮起来；咖啡是唯一让她上瘾的东西，尽管并不便宜，但她却控制不住。这已经是今天早上她喝的第三杯咖啡了。

她留着男孩式的短发，染成紫红色，在纽约居住的这几年里，她几乎把所有的颜色都试遍了。有人把她这种发型称为"小精灵式"，但她不喜欢这种说法，她自己把这个发型称为"简便式"，因为她可以在离开淋浴间后的一分钟内就走出大门——对一个凌晨三点才上床，又拒绝早起的人来说，这种发型确实非常方便。

今天她穿了一条黑色弹力裤，尽管身高只有五英尺，却穿了一双平底鞋。深紫色的上衣没有袖子，毫不遮掩地露出她手臂上结实的肌肉。卡拉毕业于萨拉·劳伦斯学院，这所学校以艺术与政治学见长，向来没有崇拜体格的传统，但她在毕业后加入了金吉姆健身中心①，定期去做力量训练和跑步机运动。一般人或许以为，一个在放荡不羁的格林尼治村住了八年，而年纪又不足三十岁的人一定会尝试刺青之类的身体艺术，至少会在身上打一两个洞，戴上金属环或钉纽以示炫耀。但是卡拉的皮肤很白净，身上既没有文身，也没有任何穿刺打洞的地方。

"妈妈，明天我有一场表演。在巴尔扎克先生的店里，你知道的。"

"我记得。"

"但这次不同，他决定让我单独表演，从头到尾都是我一个人。"

"真的吗，宝贝？"

"当然是真的。"

走廊里，盖尔德特先生刚好从门口经过："嗨，你们好。"

卡拉向他点点头。她回想起来，当她母亲刚住进这座城市中最好的疗养机构"斯托伊弗桑特－曼纳疗养院"时，曾和这位鳏夫引起过一场小小的骚动。

"他们以为我们晚上住在一起。"她低声告诉女儿。

"你们是吗？"卡拉问。她想到母亲已守寡五年，现在也该和另一个男人交往了。

"当然没有！"母亲哼了一声，真的动了气，"这是什么鬼话。"（这一事件充分体现了这个女人的处世性格：和她开点有点色情意味的小玩笑还可以，但她有一条清楚的界限，一旦越界，你就变成了敌人，即使是亲生骨肉也一样）

---

①金吉姆（Gold's Gym），著名的健身中心，在世界各地设有连锁店。

卡拉兴奋得手舞足蹈，眉飞色舞地跟母亲说着明天表演的事。她一边讲，一边仔细端详母亲。她发觉，尽管母亲已是七十几岁高龄，但皮肤却异常光滑，肤色健康红润得像襁褓中的婴儿；她的头发虽然大都灰白了，但其中还是夹杂许多不肯驯服的黑色发丝。美容师今天把她的头发盘起来，梳成了一个流行的发髻。"妈妈，明天会有一些朋友去看我表演。如果你也能来的话，那就更好了。"

"我试试看。"

坐在床边扶手椅上的卡拉发觉自己的拳头突然握了起来，身上的肌肉紧绷，呼吸也变得短而急促。

我试试看……

卡拉闭上眼睛，感觉两行泪水流了下来。妈的！

我试试看……

不、不、不，完全错了，她愤怒地想。她母亲不会说"我试试看"，这不是她习惯说的话。她应该说："我一定会去，亲爱的，我会坐在第一排。"要不，她就会冷淡地说："不，明天我不能去，你应该早点通知我的。"

不管母亲怎么样，都绝对不会说"我试试看"。她要么答应，要么拒绝。

除了现在——毕竟，她已不再是健全人了，最多只是个婴儿，整天只能睁着眼睛昏睡。

刚才这段对话其实完全出自卡拉的想象。嗯，应该这么说，卡拉说的话都是真实的，出于想象的只是她母亲的那部分，从"很好，亲爱的。你呢，日子过得还好吗？"开始，到最后出了差错的"我试试看"，全是卡拉自己想象出来的回答。

没错，母亲今天一个字都没说，昨天她来的时候也是一样，甚至更早以前就是这样了。她就像这样躺在外面有常春藤的窗边，陷入一种"醒着的昏迷"状态。有时，她就这样一连沉睡好几天；有时，她也会突然醒过来，但嘴里只嘟囔着一些毫无意义的可怕声音，似乎在说她的脑海中正有一支看不见的军队走过，无情地折磨着她的记忆和心智。

但这个悲剧还有一个更糟糕的部分。尽管相当罕见，但母亲还是会偶尔有一小段清醒的时刻。这段时间虽然短暂，但却完全打破了卡拉原本的绝望。就在她做好心理准备，接受了最坏的事实，知道她熟悉的母亲已永远离她远去时，母亲却又清醒了，正常得有如患脑出血之前一样。于是卡拉的心理防线被冲破了。她就像一位饱受虐待的妇人，只因为丈夫一点点的悔恨，便完全原谅了他。在母亲清醒的那个时刻，卡拉立即说服自己，她的病情一定会渐渐好转起来。

尽管医生告诉她，虽然母亲一度清醒，但却对病情没有任何帮助。可是，几个月前，母亲清醒过来的那个时刻，医生并不在母亲的病床边。当时，母亲突然醒过来，转头对卡拉说："嗨，亲爱的，你昨天带来的饼干都被我吃掉了。你特意加了好多核桃，你知道我喜欢那个，管它什么卡路里。"她露出少女般的微笑，"哈，真高兴你在这儿，我简直等不及了，现在就想告诉你昨晚布兰登先生用遥控器做了什么好事。"

卡拉惊讶地眨眨眼睛，因为她前一天的确带了核桃饼干来给母亲，而且里面确实多加了很多核桃。此外，母亲说得一点也没错，五楼那位疯疯癫癫的布兰登先生昨天真的偷了一个遥控器，利用玻璃窗反射，把信号发射到隔壁的护士休息室里，不断转换电视的频道和音量，让里面的人困惑了半个多小时，还以为这幢大楼闹鬼了呢。

看，这就是最好的证据！她那充满活力的母亲、她那最真实的母亲，的确有可能在某一天从那受伤的躯体中逃离出来。

但第二天卡拉再来时，却发现这个女人只是用怀疑的目光看着她，问她为什么来这里？来这里究竟想干什么？如果她是来催缴二十二块一毛五的电费账单，那么她已经付过了，而且有收据为证。在这个病房里，再也没有上演过类似核桃饼干和遥控器那样的精彩剧目。

现在，卡拉轻轻抚摸着母亲温暖、光滑、如婴儿般粉红的手臂，心里再次出现她平日来到这里时总会出现的感觉，一种已经麻木的三部曲式感受——她希望能让母亲安乐死，又希望她能突然好转，恢复过去充满精力的状态，最后，卡拉希望的是自己能早日脱离以上这两种相互矛盾的选择，尽快摆脱这种恐怖的负担。

她看了一眼手表，和往常一样，上班又快迟到了，巴尔扎克先生一定又要不高兴了。她将杯中的咖啡一饮而尽，把空杯子扔进垃圾桶，起身走到外面的走廊。

一位穿着白色制服的黑胖女人举手向她打招呼。"卡拉！你来多久了？"胖胖的脸上绽放出明朗的笑容。

"二十分钟了。"

"我应该早点过来的，"杰妮亚说，"她还醒着吗？"

"不，我来的时候她又睡着了。"

"噢，太遗憾了。"

"她之前说过话吗？"卡拉问。

"说过，不过没几句，不知道她是不是在和我们说话。看起来很像……大概她过去有段辉煌的时光吧？如果过一会儿她醒了，我和赛菲会带她到院子里散步。她喜欢这样。每次散步过后，她的情况总是会好一点。"

"我得去上班了，"卡拉对护士说，"对了，我明天有一场表演，就在店里。你还记得在哪儿吗？"

"当然记得。几点钟？"

"四点，你会来吧？"

"我明天下班很早，到时候一定过去。表演结束后，我们可以喝点桃子玛格丽特①，就像上次那样。"

"没问题，"卡拉回答，"对了，也带上彼得吧。"

杰妮亚皱起了眉头。"小姐，不是我说，但要想让这家伙在星期天出来见你，除非你是在尼克斯队或湖人队比赛的中场时间表演，而且还得在电视上播出。"

卡拉说："说不定真有那么一天。"

---

① 桃子玛格丽特，一种鸡尾酒。

5

一百年前,住在这幢屋子里的人可能是一位小有成就的金融家。

也可能是附近高级购物街——第十四街——上某男装店的老板。

说不定是个政治人物,活跃于坦慕尼协会①、深谙利用公众事务谋求个人财富的大人物。

然而,这幢位于西中央公园大道的豪宅目前的主人,对这幢建筑的历史既不清楚,也毫不关心。那些令房子看起来典雅别致的维多利亚式陈设和十九世纪末风格的小装饰,都不能引起林肯·莱姆的兴趣。他只喜欢房里现在的样子:一张杂乱而结实的大桌子、几张旋转凳、数台电脑以及各式科学仪器——有密度梯度仪、气相色谱分析仪、显微镜、各种颜色的塑料盒、烧杯、宽口瓶、温度计、丙烷桶、护目镜、几个造型古怪带有锁扣的黑色和灰色箱子,看起来里面似乎装着什么深奥的乐器。

还有电线。

屋里到处都是电线,密密麻麻铺在面积有限的地板上。有的电线绑成一捆连接在某台机器上,有些则消失在墙上随便凿的洞

---

①坦慕尼协会(Tammany Hall),成立于一七八九年的纽约市一民主党实力派组织,由原先的慈善团体发展而成,因其在十九世纪犯下的种种劣迹成为腐败政治的同义词。

里——为了布线,这几面历经百年而依然平整的水泥板墙,就这么被破坏了。

林肯·莱姆本人身边倒是没什么电线。他的"暴风箭"轮椅和楼上的床铺都装上了麦克风,利用先进的红外线和无线电技术,可以用声控来操纵周围的一些装置和电脑。现在除了操控轮椅还必须用到放在触控板上的左手无名指外,其他一些诸如接电话、收电子邮件、切换连接至电脑显示器的复合式电子显微镜画面的动作,都能由声控的方式完成。

他还可以声控操纵他新买的哈门卡顿[①]8000型接收器。而此时,这台机器正播着一首爵士乐,让这个临时实验室里充满了令人愉悦的音乐。

"控制,音响关闭。"听见楼下大门关上的声音,莱姆便不情愿地下达了这个指令。

音乐停了,取而代之的是从大门玄关和走廊传来的脚步声。他听得出,其中一个进来的人是阿米莉亚·萨克斯,她身材高挑,脚步声干脆轻快。接着,他又听到另一阵沉重的脚步声,那是来自朗·塞利托那双天生外翻的大八字脚。

"萨克斯。"他们一走进房间,莱姆便嘟囔着说,"那是个大现场吧?很大,是不是?"

"不太大。"莱姆这个问题让她皱起了眉头,"为什么这么问?"

他的目光落在那几个装有证物袋的灰色牛奶板条箱上,那是她和其他几名警员一起搬上来的。"我只是觉得奇怪,因为你去现场勘查花的时间太长了。你可以放心使用车上的闪光警示灯,

---

[①]哈门卡顿(Harmon Kardon),一家著名的音响设备公司。

你知道的,这正是它们被生产出来的目的。当然,你也可以打开警笛。"当莱姆闷得无聊时,不耐烦的情绪就会上来。在他的一生中,"无聊"是他最痛恨的邪恶力量。

然而,对他这些尖酸刻薄的话,萨克斯非但不为所动,心情反而似乎特别好。她只说:"谜题都在这里了,莱姆。"

他想起塞利托曾用"诡异"这个字眼来形容这桩命案。

"告诉我详细情节。事情是怎么发生的?"

萨克斯尽可能详细地把案发经过向莱姆叙述了一遍,一直说到疑犯最后从演奏厅逃脱为止。

"去现场处理的两名警员听见里面传出枪声,便决定开门冲进去。演奏厅只有两个门,她们算准时间,从这两个门同时冲了进去,但嫌疑犯已经逃走了。"

塞利托翻开笔记本。"那两名巡警说疑犯大约五十多岁,身材中等,除了胡子之外没有明显特征,头发是棕色的。案发时现场还有一名清洁工,但他说没看见任何人进出那间演奏厅。不过,你知道的,也许他患了目击者怕事症。学校方面会把这个清洁工的名字和电话号码告诉我,我会去看看是否能帮他想起什么事情来。"

"被害人呢?凶手杀人动机是什么?"

萨克斯说:"没有遭到性侵害,也没有被抢劫。"

塞利托补充:"我问过那对双胞胎。她一直都没有男朋友,没有任何会惹出麻烦的感情因素。"

"她是全日制的学生吗?"莱姆问,"还是有其他兼职工作?"

"是全日制的学生,不过她显然还在外面做一些演出。他们正在调查那个地方。"

莱姆招来看护托马斯,他的字写得很好看,请他和过去一样担任记录员的工作,把证物内容写在实验室里的那块写字板上。托马斯拿起笔,开始记录。

此时,大门处传来敲门声,托马斯便又退出房间。

"有访客!"托马斯在大门玄关处高喊。

"访客?"莱姆纳闷地说,现在他根本没有接待任何访客的心情。不过,这只是看护开的一个小玩笑,走进莱姆房间的不是别人,而是身材瘦削、脑袋谢顶的鉴定专家梅尔·库柏。莱姆认识他已经许多年了,在他担任纽约市警局侦查资源组组长时,曾因一宗盗窃绑架案而与纽约州北部的一个警察局合作。库柏当时就在那里工作,他毫不客气地质疑莱姆对某种土壤的分析,而且后来证明他的确是对的。这件事让莱姆印象深刻,他回去查了一下库柏的档案,发现他和自己一样,也是一位在鉴定领域相当活跃、备受尊敬的专家,也拥有国际刑事鉴定协会的会员资格。国际刑事鉴定协会是一个由利用指纹、DNA、现场重建和残存牙齿辨识个体的专家所组成的团体。库柏拥有数学、物理和有机化学等学位,在物证分析领域称得上是第一流的专家。

于是莱姆开始展开游说,想请库柏到大城市来,他最后终于答应了。这位平日说话语气轻柔、拥有交谊舞冠军头衔的刑事鉴定专家,目前任职于纽约市皇后区警察局犯罪实验室,不过当莱姆受托担任顾问,侦办一些复杂难缠的案件时,他就会跑来和莱姆一起工作。

和房里的众人打过招呼后,库柏把鼻梁上那副哈利·波特式的眼镜一推,眯起眼睛看着那些装有证物的板条箱,锐利的目光让他看上去仿佛是一名正在掂量对手分量的棋手。"我们拿到了什么?"

"'谜题',"莱姆说,"这是萨克斯的评价,谜题。"

"是吗？那就让我们看看能不能把谜题解开。"

库柏一边听塞利托讲述案情，一边戴上橡胶手套准备检查那些证物袋和罐子，莱姆驾着轮椅来到他旁边。"那个，"他用头示意，"是什么东西？"他的目光落在一个黏有扬声器的绿色电路板上。

"那是我在演奏厅里找到的，"萨克斯说，"不知道是什么东西，只知道是疑犯放在那里的——根据他的脚印判断。"

这块电路板似乎是一台电脑内部的零件，但莱姆对此毫不惊讶，因为犯罪者永远走在科技发展的尖端。著名的柯尔特1911点四五半自动手枪刚出厂时，除了军队以外没有人可以合法持有，但抢银行的劫匪就已经在使用了。除此之外，一些先进的无线电、通信器材、自动武器、激光探测器、卫星定位系统、移动技术、监视以及电脑加密等设备，往往在执法部门还没能拥有之前，就已经在歹徒的军火装备中了。

因此莱姆不得不承认，有些歹徒的知识的确已经超出他的专业能力范围。于是但凡涉及电脑、手机以及类似这种奇怪的电路板之类的证物——他将这些东西称为"纳斯达克证物"，他全都请其他专家处理。

"拿去市中心给托比·盖勒。"他做出指示。

托比·盖勒是联邦调查局纽约电脑犯罪防治处一位能干的年轻人，曾帮过他们很多忙。莱姆很清楚，只要把这块电路板交给盖勒，他就能告诉他们这是什么装置，以及是从什么东西上面拆下来的。

萨克斯立即把证物袋交给塞利托，他再转交给一名制服警员，由这名警员负责运送到市中心去。但萨克斯突然又让他回来，上前检查了证物袋上的保管卡，确认这名警员在文件上签了名,才放心让他离去。证物在从犯罪现场到法庭审理期间,所有经手的人都必须在那份单子上签名。

"萨克斯,你刚才参加的评估测验结果如何?"莱姆问。

"呃,"她犹豫了一下才说,"我觉得一定能过关。"

这样的回答让莱姆觉得有些惊讶。阿米莉亚·萨克斯并不是一个很自信的人,每当有人恭维她的时候,她总是很不好意思,很难坦然接受。

"我想也是。"他说。

"萨克斯'调查警司',"朗·塞利托想了一下说,"她的分数一定很高。"

接下来,他们继续研究在音乐学校现场找到的烟火类证物:引信和鞭炮。

至少,萨克斯已解开一个谜题了。她向大家解释说,凶手把两张椅子后仰,让它们只用两条后腿斜靠着,用一根细棉线绑住这两把椅子,使它们保持倾斜。接着他把一根引信绑在棉线中央,点燃。过了大概一分钟,引信冒出的火花把棉线烧断,椅子便倒向地板,发出砰砰的声音,让外面的人误以为凶手还在里面。另外,他还点燃第二根引信,引燃了鞭炮,让外面的人认为那是枪声。

"有办法根据这些东西追查疑犯吗?"塞利托问。

"这是很普通的引信——无法追查来源;那个鞭炮也炸了,查不出制造者,什么都没有。"库柏摇摇头说。莱姆知道他说得没错,因为摆在他面前的只剩一些细碎的纸屑,以及一根烧焦的引信金属芯。经过化验,那条棉线的成分也很简单,就是普通的纯棉,同样不可能由此追查出什么线索。

"现场还有一枚闪光弹,"萨克斯说,看了一眼手上的笔记本,"当警员看见他站在被害人身旁时,嫌疑犯举起了一只手,接着便是一道闪光,晃得她们什么都看不到了。"

"有闪光弹留下的痕迹吗?"

"我找不到,她们说大概在空气中挥发了。"

"好吧,朗,正如你所说的,'诡异'。"

"那就继续往下说吧。脚印呢?"

库柏调出纽约市警局的鞋印数字资料库,那是莱姆担任纽约市警察局侦查资源组组长时建立的档案资料。经过几分钟浏览比对后,库柏说:"是黑色的爱步牌便鞋,尺寸大约是十号。"

"痕迹证物呢?"莱姆问。

萨克斯从牛奶箱里拿出好几个塑料证物袋,里面装的都是从黏性滚筒上撕下来的胶带。"这是在他走过的地方和尸体附近采集到的东西。"

库柏接过袋子,将里面的长条形的胶带逐个取出,小心翼翼地分别放在几个检视盘上,避免它们交叉污染。黏在胶带上的东西大部分是灰尘,与萨克斯做的对照样本相符,这说明这些东西的来源既不属于凶手,也不属于被害人,而是在一般刑事案现场都会找到的东西。不过,有几条胶带上黏了一些纤维,而且是萨克斯在嫌疑犯走过的地方或触摸过的物体上采集到的。

"用显微镜看看。"

库柏用镊子夹起纤维放在载玻片上,然后放到双目显微镜下观察——这是分析纤维最常用的仪器。接着他按下一个按钮,原本由目镜才能看到的画面,立刻被投射到房间里的一台大型液晶电脑显示器上,每个人都能看得清清楚楚。

显示器上的纤维像一条灰色的粗绳索。

纤维是刑事鉴定中的一个重要线索,因为它们很常见,会从一个对象转移到另一个对象身上，而且很容易识别。它们可分成两大类：天然纤维和人造纤维。莱姆立即发现这既不是黏性纤维①，也不是高分子聚合纤维，所以说这些纤维是天然的。

"但这是哪一种天然纤维呢？"梅尔·库柏大声问。

"看一下细胞结构。我敢打赌这是排泄物。"

"什么？"塞利托问，"排泄物？你是说大便吗？"

"我指的是类似丝这样的东西，它是从虫子的消化道里出来的，然后染成灰色，再经过去光处理。梅尔，其他载玻片呢？"

梅尔把其他的载玻片一一放至显微镜下观察，证实这些纤维都是同一种。

"疑犯穿灰色衣物吗？"

"不是。"塞利托回答。

"被害人的衣服也不是灰色的。"萨克斯说。

又是一个谜。

"啊，"双眼还放在目镜上的库柏说，"这里好像有一根毛发。"

显示器上出现一根长长的棕色毛发。

"这是人类的头发。"这根毛发上有数百个毛鳞片，莱姆留意到这一点，于是便这么判断。如果是动物的毛发，就只会有几十个毛鳞片。"不过，这是假的。"

"假的？"塞利托问。

"嗯，"他耐着性子说，"这是真的头发，但是从假发上掉下来的。这很明显……你看头发的根部，那不是毛囊，而是胶质。虽然这可能不是嫌疑犯的头发，不过还是值得写在证物表上。"

---

①黏性纤维（viscous rayon），人造纤维的一种。

"这么说,他的头发不是棕色的了?"托马斯问。

"基本上是这样,"莱姆简洁地说,"这正是我们所关心的问题。你就写:疑犯可能戴一顶棕色假发。"

"遵命,主人。"

库柏继续进行检验,在另外两张黏性胶带上,找到一些细微的土壤颗粒和某种植物碎屑。

"梅尔,先放大植物碎屑。"

在对纽约市的刑事现场证物进行分析时,林肯·莱姆总把重点放在与地质、植物和动物相关的物品上,因为这座城市只有八分之一属于美洲大陆,剩下的全都由岛屿组成。这表示每个区在矿物、植物和动物种类上多多少少都具有自己的特色,就算与邻近区域有相同之处,也很容易追溯出特定的位置。

过了一会儿,显示器上出现了形状相当奇特的红色植物嫩枝和一小块叶片。

"太好了。"莱姆说。

"好什么?"托马斯问。

"这种植物很稀有。这是红色山核桃树,在这座城市很罕见。我只知道两个地方有,一个是中央公园,另一个是河畔公园,还有……啊,看看那个,看见那团蓝绿色的东西了吗?"

"在哪儿?"萨克斯问。

"没看到吗?就在那儿!"莱姆感到一种痛苦的沮丧,恨不能从轮椅上跳起来自己用手指出显示器上的位置,"就在右下角。如果说那根树枝是意大利,那么那一小团东西就是西西里岛。"

"看到了。"

"你觉得如何,梅尔?是地衣,没错吧?我敢说这是菊叶梅衣。"

"也许吧,"梅尔谨慎地说,"但是地衣的种类实在太多了。"

"可是蓝绿带灰的地衣却不多,"莱姆冷冷地说,"事实上,几乎没有。而这一种绝大部分只存在于中央公园……太好了,我们现在有两条线索指向这座公园了。现在,我们再来看看土壤。"

库柏换上另一个载玻片。显示器上出现如小行星般的土壤颗粒,但看不出什么明确的信息,于是莱姆说:"拿一点样本去做气相色谱分析。"

气相色谱分析仪是由两种化学分析仪器结合而成的,第一种仪器将受测物质分离为单纯的元素成分,第二种仪器则辨识这些元素的种类。一些看起来完全相同的白色粉末,经过仪器分析后可能会分离出十几种不同的化学物质,例如碳酸氢钠、砷、婴儿爽身粉、石炭酸和可卡因等。我们可以把色层分析仪想象成一个赛马场,起初所有的构成元素都站在同一条起跑线上,但由于每个成分出发后的行进速度不同,渐渐便产生了差别。到终点时,质谱仪会把这些成分与资料库中已知的庞大资料比对,进而确认这些成分的名称。

根据库柏的分析结果,萨克斯从现场取回的这些土壤中含有一种油脂,但经过比对后,资料库只能识别出这种油脂属于矿物油,而非植物油或动物油,除此之外,没有更详细的信息了。

莱姆立即做出指示:"把样本送到联邦调查局去,看看他们实验室的专家是否有办法处理。"说完,他又眯起眼睛看着下一个塑料袋。"那就是你找到的黑布吗?"

也许是条线索,也许什么都不是……

她点点头。"这块布是在被害人被勒杀的那个房间角落里找到的。"

"这是她带来的吗?"库柏问。

"也许,"莱姆说,"但也不能排除是来自凶手身上的可能。"

库柏小心翼翼地挑起这块布,仔细审视了一会儿。"是丝,手工缝的边。"

莱姆默默凝视着这块黑布。它折叠之后只是一小块,但一展开就变得相当大,足足有六英尺乘四英尺。

"我们已知他是先躲进那间休息室,等那个女孩进来,"莱姆说,"我敢说他就是这么干的——躲在角落里,把这块黑布盖在身上,于是别人就看不见他了。他本应把这块布带走的,但那两名巡警突然出现,让他来不及拿走。"

可怜的女孩。当杀手像变魔术一样出现,把绳索套上她的脖子,她一定被吓呆了吧?

库柏在这块黑布上找到几个黏在上面的斑点。他把这些污渍刮下放在载玻片上,显示器随即出现清晰的影像。在显微镜下,这些污渍呈现出不规则的边缘,有点像肉色的生菜。库柏用探针刺了一下,发现这些物质是潮湿的。

"这是什么鬼东西?"塞利托问。

莱姆判断说:"是某种橡胶,气球碎片——不对,没那么厚。再看看这个载玻片。梅尔,有一些弄脏了,应该也是肉色的。拿去做气相色谱分析。"

在他们等待分析结果时,门铃响了。

托马斯匆匆走出房间到楼下开门,回来时,手上多了一个信封。

"是指纹。"他说。

"啊,太好了,"莱姆说,"指纹送来了。梅尔,快用指纹自动辨识系统比对一下。"

联邦调查局功能强大的"指纹自动辨识系统"服务器在西弗

吉尼亚州。把指纹转成数字档案输进这部服务器后,便能和全国的联邦部门或州政府的指纹资料库进行比对,并能在几小时之内得到结果。如果指纹够清晰的话,甚至几分钟内就能得到答案。

"指纹情况如何?"莱姆问。

"还算清楚。"萨克斯把照片举给莱姆看。有许多指纹残缺不全,但其中一张照片上清楚地留下了嫌疑犯的整个左手掌印。莱姆一眼便发现这个杀手有两根指头变了形——无名指和小指,这两根手指黏在一起,被同一块皮肤裹住,而且上面很光滑,没有纹路。尽管莱姆对法医病理学也有相当的了解,但还是无法根据这张掌纹照片判断这是先天畸形还是后天受伤所致。

真是讽刺,莱姆看着这张照片心想,嫌疑犯受伤变形的是左手无名指,而那却是他颈部以下唯一能动的部位。

这个念头一闪,他又皱起眉头。"梅尔,让这个画面保持一会儿……萨克斯,拿近一点,我要看清楚些。"

萨克斯走到莱姆身旁,让他近距离再把指纹照片看了一遍。莱姆问:"你发现这些指纹有什么不寻常之处吗?"

她回答:"没有……等等。"她突然笑了出来,"这些指纹是一样的。"她快速翻动这些照片,"疑犯的指纹……全都是一样的。那个小疤痕,全都出现在相同的位置。"

"他一定是戴了某种手套,"库柏说,"上面有假的指纹。我从来没见过这种东西——除了在电视节目中。"

这名嫌疑犯到底是什么人?

显示器上出现了气相色谱分析仪的检验结果。"好了,我分离出了纯乳液……这是什么东西?"库柏沉吟着,"电脑判断说这是一种类似褐藻胶的东西。从来没听说过——"

"牙齿。"

"什么？"库柏问莱姆。

"这是一种粉末，加水调和后用来制造模子。牙科医生使用它来做牙套和修补牙齿。也许我们这名疑犯最近刚看过牙医。"

库柏继续研究显示器上的资料。"我们还有微量的蓖麻油、丙二醇、鲸蜡醇、云母、氧化铁、二氧化钛、焦油和一些中性色素。"

"有些是化妆品中常见的物质。"莱姆说。他回想起以前办过的一个案子，那次嫌疑犯用唇膏在被害人的镜子上写淫秽的字句，而莱姆根据在嫌疑犯袖子上找到的唇膏残余物质定了他的罪。为了处理那起案件，他曾专门研究过化妆品的成分。

"是她身上的吗？"库柏问萨克斯。

"不是，"萨克斯回答，"我检查过她的皮肤，被害人并没有使用化妆品。"

"好，先记在写字板上，以后再看看是否有什么用处。"

接下来是检查绳索，即杀人工具。梅尔·库柏在陶瓷检视板上研究了好一会儿，才抬起头说："这种绳索有两层，白色外层包裹住一条黑色的芯。内层和外层都是用丝线编成的，质地相当柔软，尽管是由两条绳索缠成的，却没有一般绳索那么粗。"

"这有什么用处？这根芯能让绳索更耐用吗？"莱姆问，"还是比较容易打结？或比较难解开？到底是为什么？"

"不知道。"

"又多了一个谜题。"萨克斯用戏剧性的夸张口吻说。莱姆要不是心里表示同意的话，一定会立刻发火的。

"是啊，"他有点狼狈地承认，"这对我来说是全新的东西。我们继续吧，我想看一些熟悉的、我们能用的东西。"

"那个绳结呢？"

"是行家系的，但我认不出这是什么结。"库柏说。

"把一张绳结的照片送到联邦调查局。然后……我们在海事博物馆里有认识的人吗？"

"他们帮我们解决过几次绳结的问题，"萨克斯说，"我会传一张照片给他们。"

这时，联邦调查局纽约办事处电脑犯罪中心的托比·盖勒打了电话过来。"很有趣，林肯。"

"真高兴我们让你觉得有趣了，"莱姆嘟囔着说，"你何不直接告诉我们，你从这个玩具中发现了什么对我们有帮助的东西？"

留着一头鬈发的年轻人丝毫没有受莱姆刻薄语气的影响，尤其是当谈论的话题涉及电脑零件的时候。"这是一个数码录音器，体积相当小。你的嫌疑犯录了一些声音在硬盘里，延迟了一段时间后才播放。我不知道他到底录下了什么，因为他放入了一个自动清除程序，把所有资料都毁了。"

"他录下了他自己的声音，"莱姆喃喃地说，"现场警员听见他说手上有人质，但其实那是录音器播放出来的。目的和那两张椅子一样，疑犯故意用录音器来蒙骗外面的人，让他们以为他还在那个房间里。"

"有道理。这个录音器上有一个很特别的扬声器，这个装置虽小，但拥有很不错的低音和中音，可以把人类的声音模仿得很像。"

"磁盘上没留下任何东西吗？"

"没有，什么都没剩。"

"妈的，我想要嫌疑犯的声波纹。"

"抱歉，它已经被自动清除了。"

莱姆闷闷不乐地叹了口气，剩下该向盖勒道谢的话，便全由萨克斯去说了。

接下来，他们开始查看被害人手上那只被踩碎的手表，但没人能想出嫌疑犯这么做的原因。除了手表被损坏时显示的时间外，也找不出任何线索。有时候，嫌疑犯会故意把犯罪现场的手表或时钟调到一个错误的时间，然后再加以破坏，以此误导警方的调查。但这只表停住的时间正是被害人死亡的时刻。这代表什么呢？

谜题……

看护托马斯把他们观察到的信息记在写字板上时，莱姆开始继续检验下一个证物袋里的东西——学校门房的签名簿。"签名簿上有一个名字不见了，"他沉思着说，"九个人签了名，但上面只有八个名字……我想我们必须请专家帮忙了。"莱姆立即对麦克风发出指令："指令，电话。拨号，金凯德，逗号，帕克。"

6

电脑显示器上出现弗吉尼亚州的区号七〇三,接着电话便拨出去了。

铃声响后,一个小女孩接起了电话。"这里是金凯德家。"

"嗯……帕克在吗?我想找你父亲说话。"

"请问您是?"

"林肯·莱姆,从纽约打来的。"

"请稍等。"

过了一会儿,电话那头出现了一个悠闲自在的声音,说话者正是那位全国最优秀的文件档案鉴定专家。"嗨,林肯,有一两个月没见了吧?"

"一直很忙,"莱姆回答,"你呢,最近在做什么?"

"哦,还不是那些麻烦事,差点引起国际争端。我们这里的英国文化协会要我去鉴定一本爱德华国王的日记,那是他们从私人收藏家手里买来的。请注意我这句话的时态,林肯。"

"你的意思是他们已经付了钱了。"

"六十万美元。"

"还真有点贵。他们真的那么想要吗?"

"哦,这件事背后倒是有不少有趣的传言,涉及丘吉尔和张伯伦。不过,当然这不关我的事。"

"当然与你无关。"莱姆耐着性子说。每当他想要请别人免费提供协助时,脾气和耐性总是会变得稍微好一些。

"这本日记我看过了,我还能做什么?我只能提出质疑。"

"质疑"一词本身并无恶意,可是如果出自像金凯德这样的文件鉴定专家,就等于已给这本日记烙上"伪造"的恶名。

"哦,他们会处理的,"他继续说,"不过,我这才想起他们还没付我钱……不,亲爱的,要等蛋糕凉透之后才能撒上糖霜……因为我说了真话。"

金凯德是联邦调查局总部文件鉴定科的前任科长,也是一位单亲爸爸。为了能多陪陪两个孩子——罗比和斯蒂芬尼,他辞去了调查局的工作,在家里成立了一个私人文件鉴定工作室。

"玛格丽特好吗?"萨克斯对着麦克风说。

"是你吗,阿米莉亚?"

"是我。"

"她很好,不过我好几天没见到她了。这星期三我们带孩子们到星球乐园玩,在我正要开始用激光枪和她对打时,她的呼叫器响了。她接到命令,必须去踹开某人的门然后逮捕他,地点大概是巴拿马、厄瓜多尔之类的地方,详细情况她并没有告诉我。话说回来,你们还好吧?"

"我们正在办一个案子,现在需要你的协助。情况是这样的:我们要追捕的疑犯在警卫室的登记簿上写下了名字,你懂我的意思吗?"

"我明白。所以,你们需要我帮忙做笔迹鉴定?"

"问题是,我们在登记簿上找不到疑犯的名字。"

"名字消失了?"

"是的。"

"而你们也肯定疑犯的确签了名?"

"完全肯定。那名警卫亲眼看到疑犯把字迹留在登记簿上,这一点毫无疑问。"

"现在却什么也看不到?"

"什么都没有了。"

金凯德突然哈哈大笑。"他还真聪明,这样登记簿上就不会留下他进入大楼的记录了。接着,后面的人会把名字写在原本他写过但已变成空白的位置,破坏他之前留下的字迹。"

"没错。"

"登记簿的下一页留下什么痕迹了吗?"

莱姆看着库柏,后者马上调亮灯光,倾斜地照着登记簿的下一页。除了用铅笔轻轻涂在页面上之外,专家采集证据的另一种方法便是用灯光照射。库柏摇了摇头。

"没有痕迹,"莱姆告诉文件鉴定专家,然后又问,"他到底怎么办到的?"

"他用了泻药。"金凯德说。

"什么意思?"塞利托问。

"意思是说他用了隐形墨水,我们的行话叫'泻药'。早期的医用泻药中含有酚酞,但现在这种药物已被食品药品管理局[①]禁止使用了。把一颗含有酚酞的泻药溶解在酒精里,就能制造出蓝色墨水。这种墨水是碱性的,你可以拿来写字,但墨水和空气接触过一段时间后,蓝色的墨迹就会完全消失。"

"确实如此,"莱姆说,回想起过去学过的化学基础知识,"因为空气中的二氧化碳使墨水发生酸化,所以最后颜色就会被

[①] 美国食品药品管理局(FDA),隶属于美国卫生教育福利部,负责全国药品、食品、生物制品、化妆品、兽药、医疗器械以及诊断用品等的管理。

抵消。"

"完全正确。现在已经很难找到酚酞了,不过还是可以用百里酚酞指示剂和氢氧化钠做出拥有同样效果的东西。"

"这种东西必须到特定的地方购买吗?"

"嗯……"金凯德想了一下,"可以说……等等,亲爱的,爸爸在打电话……不,没关系。所有蛋糕放到烤箱里看起来都会歪向一边。我马上就过去……林肯?我只能说,理论上说这是很有创意的做法,可是我在调查局服务这么多年,却从来没遇到过哪个疑犯或间谍使用过这种隐形墨水。你知道的,这种东西只会出现在小说里,或一些舞台表演者才会使用。"

表演者,莱姆厌恶地想,不禁又看向写字板,望着贴在上面的斯维特兰娜·拉斯尼诃夫悲惨遇害的照片。"凶手在什么地方能买到这种东西?"

"看来应该是在玩具店或魔术用品商店。"

有意思……

"谢谢你,帕克,这对我们很有帮助。"

"有空来玩吧,"萨克斯说,"把孩子们都带来。"

这个邀请立刻让莱姆皱起了眉头,他低声对萨克斯说:"你怎么不干脆让他们把所有朋友都找来,把整个学校的……"

萨克斯笑着嘘了一声。

挂断电话后,莱姆生气地说:"发现的事情越多,知道的事却越少。"

贝迪和索尔打电话来,说斯维特兰娜在音乐学校里似乎人缘不错,没有什么敌人。她在校外的兼职环境也很正常,不至于与人结怨而遭到报复,因为她做的是在儿童生日聚会上献唱的工作。

法医实验室送来了一个包裹，里面是一个塑料证物袋，装着那副凶手用来铐住被害人的旧式手铐。他们遵照莱姆的指示，没把这副手铐解开。由于强行打开手铐的锁会破坏极具价值的证物，因此他们完全按照莱姆的吩咐，用挤压的方法把手铐从被害人手腕上硬脱了下来。

"我从来没见过这种东西，"库柏说着把手铐举了起来，"除了在电影里。"

莱姆表示同意。这副手铐是老式的，很重，而且是用表面粗糙不平的锻铁打造的。

库柏用毛刷和胶带仔细处理过整副手铐，却找不到任何证物。但由于这副手铐的样式实在过于老旧，因此也缩小了来源的范围，多少对他们产生了一些鼓舞。莱姆让库柏把手铐拍成照片，以便让调查员拿去给厂商做比对。

塞利托又接到另一个电话。他听了一会儿，然后一脸困惑地说："不可能……你确定吗？……是……好的。"挂了电话，他看着莱姆说："真搞不懂。"

"怎么了？"莱姆问。他已经不想再听到任何谜题了。

"是那所音乐学校的总务处主任打来的，他说学校根本没有那名清洁工。"

"可是那两名巡警都看见了。"萨克斯立刻说。

"学校的清洁工星期六是不工作的，他们只在工作日的傍晚打扫，而且其中没有人符合那两名警员的描述。"

没有那名清洁工？

塞利托翻开笔记本。"他就在演奏厅的第二扇大门外面打扫，当时他……"

"啊，该死，"莱姆突然吼道，"那个人就是凶手！"他看着塞利托。"那个清洁工的外表看起来和疑犯完全不一样吗？"

塞利托核对了一下笔记本的记录。"那名清洁工六十来岁，秃头，穿着灰色的连身工作服。"

"灰色的工作服！"莱姆叫道。

"没错。"

"那就是那些丝质纤维的来源，它来自那套工作服。"

"你在说什么？"库柏问。

"嫌疑犯杀了那名学生，而警方突然出现时，他用闪光弹扰乱她们的视线，趁机跑进演奏厅，设置好引信和数码录音器，让她们以为他还待在里面，然后他换上清洁工的衣服，从第二扇门跑了出去。"

"林肯，这可不是在 A 线地铁上抢项链，只要脱下一件运动衫就行，"身材矮胖的塞利托指出，"在这么短的时间内，他怎么可能做到呢？估算一下，他离开警察的视线大概只有六十秒。"

"那好，如果你能提出任何与超自然力量无关的解释，我倒愿意听一听。"

"我不知道，总之那是不可能的。"

"不可能？"莱姆不快地嘟囔着，一边把轮椅驶到写字板前，托马斯已经把萨克斯拍摄的脚印数码照片打印出来贴在了上面，"那么，这些证据又怎么说？"莱姆先看了看嫌疑犯的脚印，然后又去看萨克斯在清洁工出现的走廊附近采集到的脚印。

"鞋子。"他宣布。

"是一样的吗？"塞利托问。

"没错，"萨克斯说，她也走到了写字板前，"都是爱步牌，十号。"

"天哪。"塞利托喃喃地说。

莱姆问道:"好,来看看我们都掌握了什么?嫌疑犯五十岁左右,中等身材,没留胡子,有两根手指畸形。刻意掩饰指纹,因此可能有前科——这就是所有我们目前知道的东西。"但他随即又皱起眉头。"不对,"他阴沉地说,"我们知道的不只这些,还有其他东西……他随身带了一套供更换的衣服和谋杀用的凶器……他是有计划的犯罪者。"他看了一眼塞利托,又补充道:"而且极有可能再次作案。"

萨克斯点点头,同意了这个严酷的事实。

莱姆看着托马斯写在写字板证物表上的流畅字迹,心里想着:是什么把这些证物串在一起的呢?

黑色的丝布、化妆品、迅速换下的服装、易容术、闪光弹和爆竹。

还有隐形墨水。

莱姆缓缓地说:"我想,我们的疑犯受到过一些魔术训练。"

萨克斯点点头:"有可能。"

塞利托也点头同意:"好,就算这样,那我们现在该怎么办?"

"对我来说很简单,"莱姆说,"找到我们自己的。"

"我们自己的什么?"塞利托问。

"当然是我们自己的魔术师。"

"再来一次。"

她已经做了八次了。

"再来一次?"

这个男人点点头。

于是，卡拉又做了一次。

卡拉练习的魔术是"三块手帕解脱术"，这是由著名的魔术表演者和教师哈兰·塔贝尔①发明的，是一项很受观众欢迎的表演。三种不同颜色的绸布看似打了死结一样纠缠在一起，表演者必须瞬间将其解开。这是一项动作很难做得流畅的魔术，但卡拉觉得自己已经掌握得不错了。

但大卫·巴尔扎克却不这么认为。"你的硬币响了。"他叹了口气——这是很苛刻的批评，表示魔术表演太笨拙或技巧过于明显。卡拉刚完成，这个身材肥胖、蓄着一头浓密白发，山羊胡子上染着烟草渍的老人便夸张地直摇头。

"我觉得很流畅啊，"她不满地说，"对我来说已经算是很流畅了。"

"但你不是观众，我才是。再来一次。"

他们所在的地方是"烟与镜"后面的一个小舞台。十年前，巴尔扎克先生从魔术界退休，结束国际巡回表演生涯，买下了这家破旧的小商店，专门出售魔术用品，出租表演服装和各式道具。这家店每星期还举行业余魔术师表演活动，请顾客和当地居民免费观赏。一年半以前，卡拉为《自我》杂志担任业余编辑，她好不容易才鼓足勇气到这里来——巴尔扎克先生的盛名让她犹豫了好几个月。这位年事已高的魔术师看了她的表演，然后又请她到办公室详谈，伟大的巴尔扎克先生用沙哑但亲切的口吻告诉她，说她很有潜力，加以适当的训练，可以成为伟大的魔术师。他又进一步提议，请她来这家店里工作，而薪水则是由他亲自担任她的魔术导师和顾问。

---

①哈兰·塔贝尔（Harlan Tarbell，1890—1960），二十世纪初美国的魔术舞台表演家和指导教师，撰有著名的《塔贝尔魔术教程》。

卡拉当时已从中西部搬来纽约数年，早已领悟了在这座城市生活的规则；她明白"顾问"一词的背后另有含义，尤其是巴尔扎克先生离过四次婚，而她又是一位比他年轻四十岁、散发着青春魅力的女人。但巴尔扎克确实是一位享有盛誉的魔术师——他曾长年在约翰尼·卡森①的节目上表演，一直都是拉斯维加斯的榜上明星。他曾数十次在世界各国巡回演出，认识各地著名的魔术大师。卡拉一直对魔术饱含热情，而这正是千载难逢的好机会。于是，她接受了这个提议。

课程一开始，她小心提防巴尔扎克先生，准备了上百个拒绝留下来过夜的借口。然而，在上过课后，她还是异常不安，不过原因却和她预想的完全不同。

他把她批评得体无完肤。

她几乎每个基本动作都遭到严厉的批评，一个小时后，巴尔扎克先生对着她苍白、泪迹斑斑的脸大声吼道："我说过你有潜力，但我没说你很棒。如果你只是想找个人来增强自信心的话，那么你找错地方了。现在，你是要回家去找妈妈哭泣呢，还是继续练习？"

她决定继续练习。

他们就这样开始了这段爱恨交加的师徒关系，迄今为止已维持了十八个月。这段日子里，卡拉总是不断地练习，练习，再练习，一星期里有六七天都到凌晨才睡。巴尔扎克先生在世界各地巡回演出时有过很多助手，但他只收了其中的两名为徒，而这两次经历都很让他失望。他不会再让这样的事发生在卡拉身上。

有时朋友们会问卡拉，为什么对魔术如此喜爱和着迷。他们

---

① 约翰尼·卡森（Johnny Carson），美国 NBC 电台著名脱口秀节目《今夜秀》的主持人。

可能会像收看本周电影一样期待听到一个饱受父母虐待或教师摧残的儿童的故事，或至少是一段胆小的女孩为了躲避学校里的帮派逃入多彩世界的情节。然而，他们见到的却是一个完全正常的女孩——她是愉快的女童子军，是成绩优等的学生，她参加过体操队、学过饼干烘焙，还曾是校内合唱团的一员。她的魔术之路开始得一点也不具戏剧性，第一次是在克利夫兰，爷爷奶奶带她去看了佩恩和特勒①的演出；一个月之后，她的父亲正巧要参加涡轮产品大会，全家便一起到拉斯维加斯旅游，这才使她第一次接触到飞老虎和炫目的魔术表演，令她兴奋不已。

事情就是这样。十三岁在肯尼迪中学读二年级时，她创立了魔术俱乐部，并把做保姆打工赚来的钱全都用来购买魔术杂志、教学录像带和套装道具。不仅如此，只要大苹果马戏团和太阳马戏团在距家五十英里以内的地方巡回演出，她就去替人整理庭院、铲扫积雪，存钱去买入场券。

也不能说卡拉走上并坚持这条路是完全没有理由的。只是，驱使她这么做的动力相当简单，就是那短暂的一瞬，观众脸上的惊讶表情——他们也许只是二十多个在感恩节晚餐上不得不观看她表演的亲戚（尽管她父亲绝对不可能答应让她在客厅地板上挖洞装活板门，但她还是改变了一下方法，成功表演了让猫浮在空中的绝技），当然还有挤满礼堂的同学和家长（她曾在高中优秀学生联欢会上演出，获得全场起立鼓掌，并一连返场了两次）。

可是，在这段师从大卫·巴尔扎克的日子里，她完全得不到那种成功演出的愉悦。过去一年半以来，她甚至不时地觉得自己似乎失去了以前曾经拥有的那种才能。

---

①佩恩和特勒（Penn and Teller），拉斯维加斯的喜剧魔术双人表演组合。

不过，就在她萌生退意时，巴尔扎克看了她排练后竟然点了点头，还微微露出了笑容。有几次，他甚至开口说："这次做得滴水不漏。"

那一刻，卡拉觉得自己的世界又变得完美起来。

但是，她生活中的大多数时间却如尘埃般飘来荡去，整日忙于商店的杂务，替巴尔扎克先生记账、清点存货、计算员工薪资，同时也担任"烟与镜商店"的网站 www.smokeandmirrors.com 的管理员，投入的时间越来越多。由于巴尔扎克先生付给她的薪水不高，她还必须同时做别的工作才能应付生活开支，于是她又找了另一份和自己的文学学位总算有点关系的差事——替另一家魔术剧场的网站写文章。可是，大约一年前，她母亲健康的状况开始恶化，作为独生女的卡拉，不得不把她仅有的一点空余时间全部用来陪伴母亲了。

这真是让人心力交瘁的生活。

但直到目前为止，卡拉还应付得了。只要再过几年，巴尔扎克先生一定会宣布说她已能登台表演，允许她带着他的祝福离开，并且替她安排与世界各地的魔术节目制作人见面。

就像杰妮亚常说的：撑住，姑娘，要牢牢骑稳在飞驰的骏马身上。

现在，卡拉又完成了一次"塔贝尔三块手帕解脱术"。巴尔扎克先生把烟灰往地上一弹，皱起眉头说："左手无名指还得再抬高一些。"

"手帕打的结被你看见了吗？"

"如果我没看见的话，"他生气地大吼，"我为什么要叫你把无名指再抬高一些？再来一次。"

于是同样的魔术又再次重复。

这次，卡拉记得把那根他妈的无名指微微再抬得他妈的高一些。

唰唰唰……那几条交缠在一起的手帕顺畅地各自滑开了，然后像几面胜利的旗帜飞向空中。

"啊。"巴尔扎克叹了一声，微微点了点头。

这倒不是传统的赞美词汇，但卡拉知道他这声"啊"背后的含义。

她把魔术道具放至一旁，走向柜台后面那片凌乱的工作区，开始忙着清点登记星期五下午才送来的货物。

巴尔扎克先生回到电脑前，继续构思他答应替网站写的一篇关于加斯珀·马斯克林的文章。马斯克林是英国魔术师。"二战"期间，他曾在北非建立了一支特种部队，运用魔术技巧来和纳粹作战。巴尔扎克先生写作全凭记忆，既不参考任何文献也不收集资料。这点正是大卫·巴尔扎克的另一项特长：他对魔术界的了解极其精深，就像他暴躁的脾气一样让人捉摸不透。

"你听说过奇幻马戏团要来城里表演吗？"她大声说，"今晚首演。"

这位老魔术师只哼了一声。他正在戴隐形眼镜；巴尔扎克特别注重自己的形象，总是将自己最好的一面展示给观众，即使对顾客也一样。

"你想去吗？"她继续说下去，"我觉得我们应该去看看。"

奇幻马戏团是规模更大、历史更悠久的太阳马戏团的竞争对手。它结合了传统的马戏表演、古典意大利即兴喜剧、现代音乐和舞蹈、前卫的表演艺术和街头魔术，属于先锋派的马戏表演团。

但大卫·巴尔扎克却是古典的传统派，走的是拉斯维加斯、大西洋城和"午夜漫谈"①的路线。"有用的东西为什么还要改变？"他不高兴地说。

尽管如此，卡拉还是很喜欢奇幻马戏团，并打定主意一定要拉他去看表演。可是就在她开始展开说服行动前，从商店大门突然进来了一位十分美丽的红发女警。她径直走进店内，要求见商店的负责人。

"我就是老板，名叫大卫·巴尔扎克。请问你有什么事？"

这位女警说："我们正在侦办一起案件，涉案的疑犯可能受过一点魔术训练。目前我们正在调查全城的魔术用品商店，希望你能协助我们。"

"你是说，又有人干了欺诈之类的事？"巴尔扎克问，语气让卡拉听来都觉得他充满了戒备。过去，魔术常常被人和骗子联系在一起，例如有人会说，扒手手上的技巧就像魔术师一样熟练，还有一些江湖术士也常常利用魔术技巧，欺骗失去亲人的人说他们具有通灵能力，可以和他们死去的亲人沟通。

但这次，这位女警的来访，证明了这种有损形象的联想又升级了。

"事实上，"她说，瞟了卡拉一眼，又转头看向巴尔扎克，"这次是一起凶杀案。"

---

①午夜漫谈（The Late Show），著名主持人大卫·莱特曼（David Letterman）主持的美国 CBS 电台节目。

7

"我带了一张清单,上面列出了在犯罪现场找到的东西,"阿米莉亚·萨克斯对魔术店老板说,"不知道你这里是否出售。"

巴尔扎克先生从萨克斯手中接过清单查看,而萨克斯则利用这段时间打量这家"烟与镜"。这家商店位于曼哈顿切尔西区的摄影街上,商店内部全漆成了黑色,弥漫着霉味和化学塑料制品的气味。几百件演出服松松垮垮地悬挂在周围的衣架上,散发出石化产品的味道。柜台的玻璃肮脏模糊,很多地方都有裂缝,靠胶带固定。柜台里摆满了扑克牌、魔法棍、假钱币和布满灰尘的魔术道具盒。一座根据电影《异形》中的形象复制的怪物,如真人大小,伫立在一个穿着戏服戴着戴安娜王妃面具的模特旁边("做宴会上的皇后!"模特旁边写着这句广告词,仿佛店里没人知道戴安娜王妃已不在人世了)。

巴尔扎克先生用手轻拍了一下这份清单,撇头往柜台一指。"我帮不上忙。没错,这上面有几样东西我这里卖,不过那是全国所有魔术道具商店都会卖的东西,甚至很多玩具店里都有。"

萨克斯注意到,刚才他的目光停留在这份清单上的时间只有几秒。"那么,这样东西呢?"萨克斯拿出那张打印出来的手铐照片。

他飞快地瞟了一眼。"我完全不懂脱逃术方面的事。"

这算是回答了？"你的意思是，你不知道这是什么手铐？"

"不知道。"

"这件事非常重要。"萨克斯不依不饶。

那位有着迷人的蓝色眼睛和黑色指甲的年轻女子，也走过来看了一眼这张照片。"这是德比式手铐。"她说，但随即被巴尔扎克先生冷冷地瞪了一眼。她沉默了一会儿，然后又说："这是十九世纪伦敦苏格兰场使用的警用手铐，很多脱逃术专家都使用这种手铐，这也是胡迪尼的最爱。"

"可能的来源有哪些？"

坐在办公椅上的巴尔扎克不耐烦地挪了挪身子。"不知道。我说过了，这不是我们的领域。"

那个女子点了点头，证明巴尔扎克先生所言非虚。"这附近可能有一些脱逃术博物馆，你可以去和他们联系一下。"

"对了，一会儿你进完货后，"巴尔扎克冷冷地对她说，"就去处理那些订单。昨晚你走了之后又有十几张订单进来。"他点燃一根香烟。

萨克斯又把清单递过去。"你说你出售上面的几样东西，你这里有顾客资料吗？"

"我是说类似这样的产品。另外，没有，我们没有留下顾客的资料。"

在连续追问了几个问题后，萨克斯终于使他承认店里有最近客户留下的邮购和网上订购的资料。那位年轻女子查了一下，却没发现有谁购买过这张清单上的物品。

"真抱歉，"巴尔扎克说，"我很希望我们能帮上忙。"

"我也很希望你能帮上更多的忙，"萨克斯说，她仍不想放弃，"因为，你也知道，那家伙杀了一个女人，然后利用魔术技巧逃脱。我们担心他会故技重演。"

巴尔扎克皱起眉头,仿佛表示他也很关心此事。"真可怕……不过,你可以去'东区魔术'或'剧场'问问,他们的规模都比我这里大多了。"

"我们已经有其他警员去那里了。"

"哦,那就好。"

她沉默了一会儿,说:"这样吧,如果你想起任何有关的事,请随时打电话给我们。"她努力挤出一个服务市民时该有的微笑,一个纽约市警局调查警司的微笑——记住:公共关系的重要性绝不亚于犯罪侦查。

"祝你好运,警员。"

"谢谢。"她说。

你这个冷血的混蛋。

她朝那位年轻女人点头道别,却瞥见她正捧着一个纸杯喝咖啡。"啊,我想再请问一下,这附近什么地方能买到好喝的咖啡?"

"第五街和第十九街。"她立即回答。

"那里的面包圈也不错。"巴尔扎克说。和魔术无关的事,他倒很快就能提供有用的信息。

萨克斯走出店外,转身朝第五街走去,很快便找到他们推荐的那家咖啡厅。她推门走进去,点了一杯卡布奇诺。她坐在窗边一张狭长的红木高桌前,一边喝着热气腾腾的咖啡,一边看着外面在这个星期六的早晨走在切尔西区街上的人们——有成衣店的店员,有带着助手的摄影师,有居住在附近豪宅内富有的雅皮士,有贫穷的艺术家,有年轻的情侣和年老的夫妻,还有一两个古怪的素描画匠。

以及，一位刚刚走进这家咖啡厅的魔术商店店员。

"嗨！"这位留着一头茶紫色短发、肩上背着一个破旧的假斑马纹皮包的女子向她打招呼。她点了大杯咖啡，加了许多糖，然后走到萨克斯身旁坐下。

刚才萨克斯问哪里有咖啡厅，是因为她瞥见这个女子对她投来一个充满暗示的眼神；她似乎有话要说，但不能在巴尔扎克先生面前说。

女郎大口吞了几口咖啡，然后才说："大卫他刚刚……"

"不肯合作？"

她若有所思地皱了一下眉头。"没错，他的态度很明显。任何属于他的世界之外的事，他都不信任，也不想参与。他大概担心我们会惹上出庭作证之类的麻烦，也觉得我不该因为这件事而分心。"

"为什么他会这样？"

"因为他的职业。"

"魔术师？"

"是的。不瞒你说，他是我的老板，但也是我的老师。"

"你叫什么名字？"

"卡拉……这是我的艺名，不过我现在已习惯用这个名字了。"她微微一笑，"这个名字比父母给我取的好多了。"

萨克斯扬起眉毛，对她的话感到好奇。

"我的本名就先不说了吧。"她说。

"那么，"萨克斯说，"你刚才在店里为什么要偷偷对我使眼色？"

"大卫刚才说得没错，你那张清单上的东西，在任何一个魔术商店都买得到，还有上百个网络商店出售这些东西。不过那副德比式手铐,就很稀有了。你应该到新奥尔良的'胡迪尼脱逃术博物馆'去查查,那是全世界最棒的地方。我对脱逃术也很有兴趣,不过,这点我可没有跟老爷子说过。"卡拉用"老爷子"代指巴尔扎克先生,显出她对他的尊重,"大卫的确有点顽固……你能告诉我事情的经过吗?讲讲命案的详情?"

通常,萨克斯不太愿意对他人泄露正在侦办中的案件,但她希望获得卡拉的协助,于是大致叙述了这件谋杀案的经过。

"天哪,太恐怖了。"卡拉听完后,忍不住低声说。

"的确,"萨克斯轻声说,"确实很恐怖。"

"关于他消失的方法,我想有些细节应该让你知道,警员……啊,我该叫你警员吗?还是你喜欢我用警探之类的头衔称呼你?"

"叫我阿米莉亚就行了。"她想起自己先前在测试中的优异表现,一时不禁有些暗自欣喜。

砰、砰……

卡拉又喝了几口咖啡,觉得还不够甜,便拧开糖罐,倒了更多糖粉进去。萨克斯看着她那双漂亮的手,又低头看着自己的指甲,这才发现自己有两片指甲裂开了,根部的皮全都泛出了血丝。她面前这位女郎的指甲倒是锉得光滑平整,黑色的指甲油映出咖啡厅上方的灯光,呈现出一个个小图像。这让阿米莉亚·萨克斯心里感到一阵刺痛,同时因她完美的指甲和良好的自制力而惭愧。不过,这种情绪像风一样一扫而过,很快便被她赶走了。

卡拉问:"你知道什么是魔术吗?"

"大卫·科波菲尔,"萨克斯立刻回答,"还有胡迪尼。"

"科波菲尔算是,但胡迪尼不是,因为他是脱逃专家。这么说吧，对我们来说，魔术是和手上的戏法或近景魔术有些不同的。就像……"卡拉用手指捏起一个刚才买咖啡找回来的二十五美分硬币，放进手掌中握住。当她再摊开手掌时，这枚硬币就不见了。

萨克斯笑了。硬币怎么会凭空消失呢？

"这算手部的一点技巧，而魔术则涉及大型物体、人类或动物。依照你刚刚的描述，那个凶手使用的是典型的魔术技巧，我们称之为'消失的人'。"

"正在消失的人？"

"不，是已经消失的人。在魔术界，我们使用'消失'代表'让它不见'，例如我刚才对那枚硬币所做的。"

"说下去。"

"这种表演方式和你刚才所描述的有点区别，但基本上都涉及了同一点：魔术师从一个密闭的空间中逃脱。台下的观众亲眼看着他走进舞台上的小空间——他们之所以能看得到背面，是因为后面有一面大镜子。他们也能听见他敲墙壁的声音。但等助手把墙壁敲开时，魔术师已经不见了。这时，台上有一位助手转过身来，观众才发现他就是刚才那位魔术师。"

"这是怎么做到的？"

"他进入的那个空间后面有一道门。魔术师用一大块黑布盖住自己，这样观众就无法在镜子里看见他。而他一走进那个空间，便马上从那道门溜出去。这时原本装在墙上的扩音器就会发出声音，让人误以为他还待在里面。另外，还会有一个秘密机关不停撞击墙壁，制造出像他在里面敲打的样子。而在这位魔术师一离开这密封的空间后，他就马上在黑布后面换上和助手一模一样的衣服。"

萨克斯点点头。"没错，他的确如此。我们能列出熟悉这种技法的人的名单吗？"

"不能，很抱歉……这实在是很普通的技巧。"

消失的人……

萨克斯想起凶手曾在极短时间内伪装成一位老人，又想起巴尔扎克不肯合作的态度，想起他对卡拉说话的时候眼神中所流露出的冷淡——近乎残酷的神情。于是，她忍不住问："我想问一下……他今天早上在哪里？"

"谁？"

"巴尔扎克先生。"

"在那里。我是说，在那幢房子里，他就住在那儿，在商店楼上……等等，你该不会怀疑他吧？"

"这是我们的例行问题。"萨克斯含糊地说。不过，卡拉似乎一点儿也不觉得这个问题有些冒犯，而只觉得好笑。她终于忍不住笑了起来。"呃，我知道他很粗鲁，而且他有点……我猜你会说这叫火暴脾气。但你知道吗？他脾气虽然不好，但绝对不会去伤害任何人的。"

萨克斯点点头，又接着问："这么说，你知道他今天早上八点在什么地方？"

卡拉点了点头。"知道，就在店里。他一大早就起床，因为他有一个朋友要准备表演，打算过来借一些器材。那时我打过电话告诉他，说我今天会晚点到。"

萨克斯点点头。过了一会儿，又问："你能临时请个假吗？"

"我？不可能。"她尴尬地笑了一下，"我现在是运气好才能溜出来，店里还有一大堆事等着我去做，然后还得花三四个小时和大卫一起排演我明天要表演的节目。在表演的前一天，他是绝对不会让我请假的。我……"

萨克斯看着她清澈的蓝眼睛。"我们真的很担心这个凶手再度杀人。"

卡拉低下头,目光扫过她们面前这张窄长的红木高桌。

"真的,只要几个小时就行。你来帮我们研究证物,大家一起想想。"

"他不会放我走的,你根本不了解大卫。"

"我只知道,假如我有办法,一定会去阻止疑犯再伤害任何人。"

卡拉已喝完了咖啡,心不在焉地玩着空杯子。"竟然用我们这行的技巧杀人。"她喃喃地说,语气里充满了憎恶。

萨克斯没再说话,让沉默为自己争辩。

终于,这个年轻女郎扮了个鬼脸。"我妈妈住在疗养院里,病情时好时坏。巴尔扎克先生知道这件事,所以我想我可以撒个谎,就说我妈妈的情况又恶化了,我必须过去看看。"

"我们真的很需要你的帮助。"

"好吧,"她无奈地说,"天啊,用妈妈的病当借口……上帝不会原谅我的。"

萨克斯又瞟了一眼卡拉完美的黑色指甲。"对了,还有一件事:刚才那枚硬币跑到哪儿去了?"

"看看你的咖啡杯底下。"

不可能的事。"不会吧?"

萨克斯举起杯子。那枚硬币居然真的出现在杯子下面。

她一脸迷惑地问:"你是怎么办到的?"

卡拉只露出一个神秘的笑容。她朝杯子点点头。"我们再来玩个游戏。"她拿起那枚二十五美分的硬币。"正面你请,背面就算我的,三局两胜。"她说着把硬币抛向空中。

萨克斯点点头。"没问题。"

这位年轻女郎接住铜板,低头看向手掌,然后抬起头说:"我们说三局两胜,对吧?"

萨克斯点点头。

卡拉打开手掌。在她的手中出现了三枚镍币,两个一角,一个五分,全部都是正面朝上。刚才那枚二十五美分的硬币已经不见了。"我想,这表示这两杯咖啡的钱该由你出了。"

8

"林肯,这位是卡拉。"

莱姆看得出来,萨克斯一定事先提醒过这个女人,但她还是在第一眼见到他时惊讶得忍不住眼睛直眨,还又偷偷瞟了他一眼。就是那种他非常熟悉的表情,还有那种熟悉的笑容。

这就是那种著名的"别看他的身体"式的目光,以及"啊,我并没留意到你是个残废"式的笑容。

莱姆还相当清楚,她一进来便会开始倒计时,只盼着能快点儿离开这里。

但是,这位精灵般的女人却大步走进设在莱姆客厅里的实验室。"你好,很高兴认识你。"她开口说,目光牢牢地盯着他的眼睛。至少,她没显露出一丝一毫不自然的动作,不像其他人,总是虚伪地表现出想伸出手来握手,然后又恐惧讨好般地把手收回去。

没关系,卡拉,你别担心。你只要能尽快把你知道的事告诉我这个残废,就能马上离开这个鬼地方了。

他敷衍地对她笑了一下,完全配合她刚才的举动,然后说他也很高兴认识她。

他的这句话并没有讽刺意味,至少,是基于工作上的立场来说的。毕竟,卡拉是唯一愿意来帮助他们解决难题的魔术师,其他商店的人全都不愿帮忙,而且每个人都提供了案发时的不在场证明。

萨克斯继续向卡拉介绍了朗·塞利托和梅尔·库柏。在介绍到托马斯时,他亲切地点了个头,接着便搬出他的经典话语——完全不理会莱姆高不高兴——问她是否想喝点什么饮料。

"托马斯,这里又不是教堂的聚会。"莱姆嘟囔道。

卡拉婉拒了一下,但托马斯却执着地认为非得喝点什么才行。真是盛情难却。

"那么,咖啡好了。"她说。

"马上来。"

"我只要黑咖啡加糖……糖包可以要双份吗?"

"这里不是……"莱姆又有话想说了。

"既然大家都在,"托马斯大声说,"那我就煮一大壶好了,顺便拿点面包圈来。"

"还有面包圈?"塞利托问。

"你干脆利用空闲的时间去开餐厅算了,"莱姆朝他的看护吼道,"免得你总想着这些事。"

"什么叫空闲时间?"这位整洁利落的金发男人马上挖苦莱姆,接着便去了厨房。

"萨克斯警员告诉我们,"莱姆对卡拉说,"说你知道一些能对我们有帮助的事。"

"也许有吧。"她再次仔细打量着莱姆的脸。那种熟悉的表情又出现了,而且这次更明显了些。哦,看在上帝的分上,求求你问些什么吧。问我这伤是怎么来的,问我疼不疼,问我用导管小便是什么滋味。

"对了,我们该怎么称呼他?"塞利托用手拍了一下写着证物清单的写字板。在还不知道疑犯的名字前,许多警探都习惯先给疑犯取一个绰号。"叫他'魔术师'怎么样?"

"不好,听起来太乏味了。"莱姆说,同时看向那几张被害人的照片,"不如叫他'魔法师'吧。"这个突然想出来的名字让他自己都觉得有些惊讶。

"我觉得不错。"

塞利托马上拿起笔,用远不如托马斯优美的字迹,把这个名字写在证物表的最上面。

魔法师……

"现在,我们看看能不能让他现形。"莱姆说。

萨克斯说:"卡拉,给他们讲讲'消失的人'。"

年轻女郎一面用手抚摸她男孩般的头发,一面描述魔术师的技法,而内容几乎和"魔法师"在音乐学校采用的手法如出一辙。

但同时,她也说出了一个令人泄气的事实——这种手法是所有魔术师都通晓熟知的。

莱姆问:"再给我们多讲一点关于戏法方面的事,要技术层面的,这样如果他下次又想对哪个人下手,我们才好有所防备。"

"你要我泄底?"

"什么?"

"泄底。"卡拉说,随即解释,"你也知道,魔术师的所有魔术都是由效果和方法构成的。'效果'是观众所看到的景象,例如,把少女浮在空中,或让铜板穿过结实的桌面;'方法'则是魔术师使用的机械装置——例如把少女吊起的钢丝,把铜板藏在手掌中然后从桌下用绳索拉出另一个一模一样的硬币。"

效果和方法,莱姆不禁联想,这和我正在做的事很像:"效果"是逮捕一位不可能逮到的疑犯,而"方法"是让我们达到此目的的科学和逻辑。

卡拉继续说:"泄底的意思是——说出戏法实施的方法。就像我刚才那样,透露了'消失的人'戏法是如何实施的。这是很敏感的事。巴尔扎克先生——我的老师——最痛恨的就是那些喜欢在公共场所泄底,随便把其他魔术师的手法透露给大家的人。"

托马斯端着一个托盘进来,为每个想喝咖啡的人倒了一杯。卡拉加了不少糖,尽管莱姆觉得咖啡看起来还很烫嘴,但她还是飞快地喝了好几口。莱姆的眼神飘过客厅,落在对面书架上那瓶十八年的纯麦芽麦卡伦威士忌上。托马斯捕捉到了他的眼神,便说:"现在刚刚上午,你休想碰那种东西。"

塞利托看着托盘里的面包圈,露出贪婪的眼神。但他只允许自己吃半个,而且没涂奶油干酪。他一口一口仔细地嚼着,脸上的表情却显得相当痛苦。

接下来,他们把所有证物都拿出来给卡拉看,而她在一件件仔细研究过后,却说出了一个令人沮丧的消息——这些证物的来源多得难以估计。那条绳子是"变色绳索"戏法的道具,在全国所有Ｆ．Ａ．Ｏ．施瓦茨玩具店和魔术道具商店都能买到。那个绳结是胡迪尼在表演脱逃术时采用的系法,他当时也只能用割断绳索的方式才能逃脱,基本上表演者是不可能解开的。

"就算不铐上手铐,"卡拉轻声说,"那个女孩也不可能挣脱这种捆缚。"

"这种绳结很罕见吗?"

她的回答是否定的,只要对胡迪尼的戏法稍有研究的人,都知道这种绳结的打法。

卡拉对证物表上的物品一一予以解释:化妆品里的蓖麻油,

表示他使用相当逼真和耐用的舞台化妆品；乳液，正如莱姆猜测的，可能是来自假指套，而这也是很普通的魔术道具。至于藻胶，卡拉说，和牙医无关，这是用来灌注橡胶模型的，可能是制作指套或他用来伪装成清洁工的头套。隐形墨水也不是什么新奇的东西，一些魔术师经常会在表演中使用。

她向大家解释，在这些证物中只有少数几样不常见，例如电路板——她说，这是一种"秘密装置"，是观众看不见的道具——是嫌疑犯自己制作的。至于那副德比式手铐，也相当罕见。莱姆当即决定立刻派人去卡拉提起过的那家新奥尔良脱逃术博物馆查访，而萨克斯建议可以找先前去现场处理的那两名巡警戴安·弗朗西斯科维奇和南希·奥索尼奥，因为这种差事最适合像她们这样满腔热血的新手。莱姆同意了，塞利托马上联络巡警队安排这件事。

"关于脱逃术呢？"塞利托说，"疑犯为什么能在这么短的时间内换装改扮成清洁工？"

"这叫'变装术'，"卡拉说，"快速变身，这种戏法我也研究过几年，偶尔会在表演中使用，不过有些人却以此作为主要表演项目。变装术可以做到出神入化，我几年前看过阿图罗·布拉奇蒂[①]的表演，他在一场表演中可以变装三四十次，而且有些变装用时不到三秒。"

"三秒？"

"没错。而且，真正精通快速变装的魔术师不仅是换衣服而已，他们还是优秀的演员。他们会改换走路的姿态，行为举止完全不同，连说话的腔调都不一样。这种表演必须在事前做好周密

[①] 阿图罗·布拉奇蒂（Arturo Brachetti，1957— ），意大利著名的变装术表演大师。

的准备,那些衣服都是很容易就能扯下的,用的是按扣或尼龙贴。其实快速变装也可以说是快速脱衣,而这些衣服都是丝质或尼龙的,材质相当轻薄,所以可以一次穿上好几层。我有时可以在外衣下面穿上五套这种戏服。"

"丝?我们找到了灰色的丝质纤维,"莱姆说,"根据现场警员的描述,那名清洁工身穿灰色制服,看起来已经磨损……所以,这应该是把丝布打磨过才制造出来的效果。"

卡拉点点头。"这样布料看起来才会像棉布或亚麻,不会反光。此外,还有折叠帽、鞋套、伸缩雨伞和购物袋,这些道具都能贴身藏在身上。当然,也包括假发。"

她接着说下去:"如果要改变容貌,最重要的就是眉毛。只要把眉毛一变,整张脸就会有六七成不同了。然后再加上一些辅助物品——我们称之为'装备',例如用特殊胶水在脸上贴上橡胶条和橡胶片。快速变装的表演者会研究不同种族和性别的脸部基本结构差异。优秀的变装师熟知女性和男性面部的区别,因此能在几秒内改变性别。我们还会研究脸部和身体的不同心理反应动作,这样我们就能随意扮出美丽、丑陋、恐惧、同情或穷困的样子,想怎么变都行。"

尽管这些魔术奥秘相当有趣,但莱姆还是希望得到具体的意见。"你能不能提供明确一点的东西,好帮助我们找到疑犯。"

她摇摇头。"我没法找到任何特别的东西,无法让你们把范围缩小到某家店或某个地方。不过,我倒是能提供一些整体意见。"

"请说。"

"从疑犯使用的绳索和指套来看,他应该深知手部戏法。这表示,他也可能精于扒窃皮夹、藏匿手枪、刀子或诸如此类的东西,也容易拿到别人的钥匙和身份证。他还懂得变装术,而这明显给你们造成了很大的困扰。不过,更重要的是'消失的人'戏法,引信和爆竹、隐形墨水、黑丝布和闪光棉,表示他受过专业的魔术训练。"

她解释了手部戏法和魔术的不同,说明魔术师的表演常涉及人类或较大的物体。

"为什么你说这对我们很重要?"

卡拉点点头说:"因为魔术不仅要靠表演者的身体技巧,还必须研究观众的心理反应,设计出一套蒙骗他们的戏法——瞒过的不仅是他们的眼睛,还有他们的心思。他们的重点不是让你们因为一个两毛五分钱的硬币被变不见了而发笑;魔术是让你们从内心里相信你们所看到的事,尽管那全都和事实相反。这点你们必须牢记于心,千万别忘了。"

"什么?"莱姆问。

"误导——巴尔扎克先生说这就是魔术的灵魂。你们应该都听过'手比眼快'这种形容吧?但这是错的,是不可能的,眼睛永远比手快。所以,魔术师只能欺骗眼睛,不让它们注意他的手正在做什么。"

"你是说,就像分散和转移注意力?"塞利托问。

"这是其中的一种策略。误导是把观众的注意力引导到表演者想让他们注意的地方,远离不想被他们注意的东西。巴尔扎克先生曾经告诉我一堆规则,例如,观众不会注意他们熟悉的东西,而会把视线投向罕见的物品;他们不会注意一连串熟悉的动作,而会把焦点放在一个不寻常的举手投足;他们会忽略一直存在的东西,而把视线投向会移动的物体。你想把某个东西变不见吗?很简单,你只要把同样的动作连续做四五次,观众很快就会厌烦,此时他们的注意力就降低了。他们虽然一直瞪着你的双手,却无法看见你在做什么,这时就是使出戏法的时机。"

"他会用来误导你们的方法通常有两种:第一种是生理误导。你们看着。"卡拉走到萨克斯身旁,眯起眼睛看着自己的右手,然后缓缓把右手提起,指向屋里的一面墙。接着,她把右手放下。"瞧,你们全都看着我的右手,以及我的手指出的方向,这是很自然的反应。但你们大概没注意,我的左手已经偷到了阿米莉亚的手枪。"

萨克斯微微一颤,立即低头看去。果然,她的枪套空了,卡拉的左手正拿着她那把格洛克手枪。

"当心点儿。"萨克斯说,马上把手枪夺回来插进枪套。

"再来,你们看那个角落。"她又举起了右手。但这次,莱姆和屋里的人全都把注意力移向卡拉的左手了。

"你们全都注意我的左手了,对吧?"她笑了起来,"但你们没发现我的脚已经从桌子底下钩出了一个白色的东西。"

"那是我的便盆。"莱姆有点不高兴地说。虽然因为再次被戏弄而觉得有些不快,但他刚才很自然地说出这个粗鄙器物的名字,让他觉得自己大有进步。

"真的吗?"她问,丝毫没有胆怯的样子。"好,它不只是个便盆,它还是一个错误的引导。因为刚才当你们全都看着它的时候,我的另一只手已经拿到了这个东西。看这儿。"她说,"这东西很重要吗?"她把催泪瓦斯罐还给萨克斯。

萨克斯皱了一下眉,慌忙低头检查腰带,看看在卡拉交还催泪瓦斯罐后是否又有别的东西不见了。

"所以,这就是生理误导,是很容易的事。另一种误导方式是心理层面的,这种就比较困难。观众不是傻瓜,他们都很清楚你要欺骗他们。我的意思是，这正是他们花钱买票进场看表演的理由，没错吧？所以，我们必须降低或消除观众的戒心。心理误导中最重要的一件事，就是要把动作做得自然。表面上，你做出的动作和说出的话都符合观众的期盼，但私底下，你却偷偷干了见不得人又逍遥法外的事……"她的声音突然变小了，意识到自己刚才无意中说出的话，竟恰如其分地描述了早上那位女学生的命案。

但卡拉只停顿了一下，便继续说下去："当你在做出一些不自然的动作时，观众全都会把注意力投射过来。例如，我说我可以读出你脑中的想法，然后做出这个动作。"卡拉举起双手，按在萨克斯左右两边的太阳穴上，闭上了眼睛。

一会儿之后，她退后一步，接着把一样东西还给萨克斯。那是刚刚偷偷从她左耳上摘下的耳环。

"我完全没有感觉。"

"但观众却能马上发觉我是如何办到的，因为用手触摸一个人假装在读他的想法，大部分观众绝不会相信这点，这并不符合自然规律。但如果我说，戏法的一部分内容是低声说一个字，不让任何人听见。"她又凑近萨克斯，以右手遮住自己的嘴巴，"瞧，这是很不自然的动作。"

"你别想偷走我的另一只耳环。"萨克斯笑着说，举起手护住了耳朵。

"但我把你的项链变不见了。"

即使是莱姆也忍不住大吃一惊，同时又觉得有趣极了——萨克斯虽勉强保持微笑，却狠狠地摸向自己的脖子和胸口，无法阻止身上的首饰不断失踪。塞利托像个小孩一样大笑起来，而梅尔·库柏也暂停研究证物的工作，目不转睛地看着卡拉的表演。

萨克斯环顾一下四周，找不到自己的项链，便又把目光落在卡拉身上。卡拉把右手摊开给她看。"项链不见了。"

"等等，"莱姆提出质疑，"我发现你的左手一直握拳，而且藏在大腿后面。照你的说法，这算是不自然的动作，所以我猜项链应该在你的左手上。"

"哎呀，你真厉害。"卡拉说，但马上忍不住笑了，"但想抓到我的动作恐怕还差一点。"她立即把左手也摊开，手心里一样没有东西。

莱姆皱起了眉头。

"为什么我要把左手握拳藏在身后？很简单，因为这是心理误导最重要的一环。我之所以这么做，是因为我知道你们一定会注意到，然后会把目光焦点放在我的左手。用专业术语说，这是一种'强制行为'。我强制你以为已经发现了我的动作，而当你这么认为时，你的思想就自动关闭了，自动停止继续思考其他的可能性。如此一来，当你和其他人都在盯着我的左手时，刚好给了我一个好机会把项链放进阿米莉亚的口袋里。"

萨克斯把手伸进口袋，果然掏出了那条项链。

库柏立刻鼓掌叫好。莱姆虽不情愿，但还是发出了一声赞叹。

卡拉看向那张证物表。"所以，这就是杀人嫌疑犯打算做的事——误导。你们会以为自己已经想到了他下一步的动作，但这却是他意料中的一部分。就像我刚才所做的，他会利用你们的怀疑、利用你们的智慧，来对抗你们。事实上，他如果想成功完成戏法，也非得利用你们的怀疑和智慧不可。巴尔扎克先生说过，最厉害的魔术师会直接宣布他即将要做的事，把他接下来要变的戏法告诉大家。如果你不相信，就会去注意完全相反的地方，而当你们这么做时，就中了他的圈套。这样你们就会彻底失败，胜利全部操纵在他的手里。"提到老师的名字，突然让她觉得有些不自在。她看了一下时钟，脸上微微露出一丝苦相。"我出来太久，现在真的该走了。"

萨克斯谢过她，而塞利托则说："我去找辆车送你回店里。"

"啊，送我到那附近就好，我不想让他看见我和警察……对了，有件事或许你们可以去做。今天晚上有个马戏团表演，是很有名的'奇幻马戏团'。我听说节目中有快速变装的表演，你们有空的话应该过去看一看。"

萨克斯点点头说："他们表演的地方就在对面的中央公园。"

在春天和夏天这两个季节，经常有人在中央公园举办大型户外音乐会之类的表演。不久之前，莱姆和萨克斯便曾欣赏了保罗·西蒙的演唱会——他们打开卧室窗户，在窗边欣赏了一场免费的表演。

莱姆埋怨说："原来整晚播放吵死人音乐的就是他们。"

"你不喜欢马戏团？"塞利托说。

"我当然不喜欢，"他厉声说，"谁会喜欢呢？难吃的食物、讨厌的小丑、在你家孩子面前随时都有死亡危险的杂耍演员……不过……"他转向卡拉说："这个建议很好，谢谢你……虽然我们当中应该有人早点想到的。"他看向房里的所有人，语带讥讽地说。

莱姆看着她背起那个丑陋的黑白条纹皮包，准备从他面前逃开，溜回那个没有残废的世界。

别担心，你可以赶快逃离这个鬼地方，回到你的世界里。

她暂停了一下，又看了一眼证物表，皱了皱眉头，转身朝门口走去。

"等等。"莱姆说。

她回过身。

"我希望你留下来。"

"什么?"

"请你留下来协助我们侦办这件案子,至少,请你今天留下来。你可以与朗或阿米莉亚一起去马戏团找那边的人谈谈。也许还有一些与魔术有关的证物尚待我们挖掘。"

"啊,不行,我真的没办法。我现在来这里都已经很勉强了,真的不能再耽搁太多时间。"

莱姆说:"我们很需要你帮忙,我们才刚刚揭开这家伙神秘的表层而已。"

"巴尔扎克先生你是见过的。"她对萨克斯说。

在很不愉快的情况下……

"可是,林肯……"塞利托吞吞吐吐地说,"最好别让太多市民参与调查,这是规矩。"

"你有一次还不是找了灵媒?"莱姆冷冷地说。

"我才他妈的没找她,是总局的人找的。"

"那么,上次你找了那个狗专家来,然后……"

"你一直说'你'这个字,不,除了你以外,我没找过市民帮忙。光是你这一桩,就够让我吃屎的了。"

"呵呵,朗,你既然干了警察这一行,就绝对会有吃不完的屎。"他转头看着卡拉,"拜托你,这真的很重要。"

她开始踌躇了。"你真的认为他会再去杀下一个人?"

"没错,"莱姆回答,"我们就是这么判断的。"

她微微点了点头。"如果我因为这样被开除的话,至少也算做了一件善事。"说完,她又笑了起来,"你知道吗?罗伯特·胡迪也做过同样的事。"

"他是谁?"

"是法国著名的幻术专家和魔术师,他帮过警方不少忙,也协助过法国军方。那好像是十九世纪的事吧,我不太清楚,只知道当时好像有一些阿尔及利亚的极端主义分子,他们企图煽动当地的部落对抗法国人,声称自己拥有魔力。于是,法国政府便派胡迪到阿尔及利亚去,让他用魔术和他们斗法,好让那些部落的人相信法国人的魔法更高明、更有威力。这个计策果然成功了。罗伯特·胡迪打败了那些人。"说到这里,她不禁皱起了眉头,"不过,他们差点儿把他杀了。"

"你放心,"萨克斯安抚她,"我敢保证这种事绝不会发生在你身上。"

卡拉再次看向证物表。"你们一直都这么做吗?把知道的所有线索都写在写字板上?"

"没错。"萨克斯说。

"我有个主意……魔术师大都有自己的特色。以这位'魔法师'来说,他不是能同时做到快速变装和大型魔术这两种表演吗?这点并不寻常。所以应该也把他会的技能写下来,这样或许能缩小一点可疑人物的范围。"

"说得没错,"塞利托说,"给他做个素描,非常好。"

但卡拉的眉头又蹙了起来。"我得找个人去店里替我才行。巴尔扎克先生今天要和朋友出门……哦,天啊,他一定会不高兴的。"她环顾房间,"有没有电话能借一下?嗯,我想借那部'特别的'电话。"

"特别的?"托马斯问。

"嗯,可以在私下讲的,这样才不会让人听见我在对老板撒谎。"

"啊，原来是这种电话，"托马斯说，一手搭上了她的肩膀，把电话所在位置的方向指给她看，"这种电话，我都是到走廊上去打的。"

魔法师

音乐学校命案现场

- 嫌疑犯外貌描述：棕发、假胡子、无明显特征。年约五十岁，中等身材，左手无名指和小指粘连在一起。能快速换装扮成年老、秃头的清洁工。
- 杀人动机不明。
- 被害人：斯维特兰娜·拉斯尼诃夫。
  音乐学校全日制学生。
  正在调查其家庭、朋友、同学及同事关系，寻找可能的线索。
  无男友，无已知仇人。兼职工作为在儿童生日聚会上表演。
- 附有扬声器的电路板。
  已送至联邦调查局纽约办事处实验室检验。
  数码录音器，可能录有嫌疑犯的声音。
  所有资料已被销毁。
  录音器是一种"秘密装置"，是自制物品。
- 使用旧式手铐铐住被害人。
  德比式手铐。曾被苏格兰场使用。已派人前往新奥尔良的胡迪尼博物馆查访。
- 被害人的手表被破坏，指针正好停在上午八点。
- 棉线，用来绑住折叠椅。样式普通，无法追查来源。
- 爆竹，用来制造枪声效果。已毁坏。
  来源过于广泛，无法追查。
- 保险丝，型号普通。
  来源过于广泛，无法追查。
- 现场警员汇报遇到强烈闪光。
  未发现可追查物品。
  闪光棉或闪光纸。
  来源过于广泛，无法追查。
- 疑犯鞋子：十号爱步牌。
- 丝质纤维，染成灰色，经过打磨去光处理。
  从快速变装的清洁工服装上掉落。
- 疑犯可能戴棕色假发。
- 红山核桃树和梅衣属地衣，主要生长地点均为中央公园。
- 泥土中含有不寻常的矿物油。
  已送至联邦调查局化验。
- 黑色丝质布，七十二英寸×四十八英寸，用于遮盖。无法追查来源。
  魔术师经常使用这种黑布。
- 手上戴套子以掩盖指纹。
  魔术师用的指套。
- 橡胶痕迹，蓖麻油，化妆品。
  舞台化妆用品。
- 藻胶痕迹。
  用来铸造橡胶"装备"。
- 凶手武器：白色丝织绳索，有黑色丝质内芯。
  绳索为魔术演出之用，可变色。无法追查来源。
- 特殊绳结。

魔法师

已送至联邦调查局及海事博物馆，目前尚无进一步消息。
胡迪尼表演使用的绳结，实际上无法解开。
在门房登记簿上使用隐形墨水。

魔法师描述

- 嫌疑犯会利用误导来对付被害人和逃避警方追捕。
  生理误导（转移注意力）。
  心理误导（消除怀疑心）。
- 逃离音乐学校的方式近似"消失的人"戏法。过于普通无法追查。
- 嫌疑犯身份很可能是魔术师。
- 手部技法熟练。
- 也懂得变换术（快速变装）。使用容易脱下的衣物，尼龙和丝质布料，光头头套，指套和其他橡胶装备。可能为任何年纪、性别与人种。

9

她们在行进中扑面而来的是各种混杂的气味：盛开的紫丁香、小贩推车上的椒盐脆饼、居民家里的烤鸡、肋排以及人们身上的防晒霜。

萨克斯和卡拉走在中央公园湿漉漉的草坪上，朝奇幻马戏团那顶巨大的白色帐篷走去。

一对坐在长椅上亲吻的情侣让卡拉想到了一个问题。她问萨克斯："其实，他不只是你的上司吧？"

"你是说林肯？没错。"

"我看得出来……你们是怎么认识的？"

"因为一个案子，几年前的一宗连环绑架杀人案。"

"他变成那个样子，应该很不好受吧？"

"那倒也没有。"萨克斯回答得很简单，但这是实话。

"医生对他的状况束手无策吗？"

"他考虑过动手术，但风险很大，而且也不一定能对他有多少帮助。去年他决定放弃做这种手术，至今再也没有提过，所以目前可能还会再搁置一段时间。说不定他以后会改变主意，到时候再看吧。"

"听你的口气，你似乎不太愿意让他动手术。"

"我的确不愿意。风险太大，而收效甚微。对我来说，这是在权衡各种风险。譬如说，假如你要去逮捕一名重案犯，一个被多方通缉的匪徒。你收到逮捕令，但目前只知道他藏在一幢公寓里，完全不知道他是正在睡觉还是拿着一把 MP5 冲锋枪对准大门，那么你会不会一脚踢开房门冲进去呢？还是会先按兵不动，等支援的人赶来再找机会将他逮捕？有时候，是需要冒一点风险的，但有时则恰好相反。我不确定他的手术属于哪一种情况，但只要他想做，我就绝对支持他。这就是我们相处的方式。"

萨克斯说莱姆曾接受过一系列治疗，包括利用电击刺激肌肉以及一整套康复运动。曾有一些瘫痪病人接受过这种治疗，比如克里斯托弗·里夫[①]的情况也确实获得了明显的改善。"里夫是个果敢坚定的人，"萨克斯说，"具有非凡的意志力。莱姆也是这种人。他很少提起这件事，可有时会突然消失，只让托马斯陪同，专心致志地做这种康复运动，一连几天都音信全无。"

"另一种形式的'消失的人'，对吧？"年轻的女郎问。

"没错。"萨克斯微笑着回答。两人沉默了一会儿，萨克斯不知道卡拉是否还想了解更多，不确定她想不想听有关克服困难和障碍的故事，是否想由瘫痪病人的一些艰难的生活细节中获得启发。也许，她想知道当他们出现在公众场合时旁人的反应，或从他们的交往中了解一些亲密关系的本质。但如果卡拉只是出于好奇，那她就不愿再说下去了。

然而，萨克斯感觉到的却是一种羡慕。卡拉说："我最近和男人的关系可不像你这么好运气。"

"没遇到喜欢的人吗？"

"也不是这样，"卡拉郁郁寡欢地说，"我们最后一次联系是

---

① 克里斯托弗·里夫（Christopher Reeve，1952–2004），扮演超人的美国演员。

法国吐司和含羞草①。那是在我住的地方，我们一起在床上吃早餐，很浪漫吧。他说第二天会再打电话给我。"

"结果他没这么做。"

"没有。我得补充一下，刚才提到的床上早餐，已是三个星期以前的事了。"

"你打电话找过他吗？"

"我才不呢，"她倔强地说，"这是他该做的事。"

"干得不错。"萨克斯很清楚，骄傲和力量是同源的东西。

卡拉笑了。"以前曾经有位名叫威廉·埃尔斯沃斯·罗宾逊的魔术师，他表演过一种十分受观众欢迎的魔术，叫作'如何除掉老婆'，或者叫'离婚机器'。"她又笑了一声，"这就是我的故事，我可以把男友都变没了，速度比任何人都快。"

"嗯，男人总是具有快速让自己消失的能力，这你是知道的。"

"不管是在杂志社还是魔术商店，我认识的男人，大都只对两件事感兴趣。要么就是一夜情，要么就完全相反——急着向你求婚，打算和你一起搬到郊区去住……有人向你求过婚吗？"

"当然，"萨克斯说，"这会让人浑身发毛。不过，还是得看看求婚者是谁。"

"你说得对，阿米莉亚。但不管是一夜情、求婚还是搬到郊区……这些对我都是一种困扰。我都不想要。偶尔有个性伙伴就行了，还是实际一点吧。"

"如果是同行呢？"

"啊，你也注意到我把他们从这个追逐求偶规则中排除了。同

---

①含羞草（Mimosa），用香槟和橙汁调制而成的一种鸡尾酒。

行……不行，我做不到，肯定会因为兴趣而起冲突的。虽然他们总说喜欢坚强的女人，但事实上，他们绝大部分都不会与同行交往。尽管现在情况比以前好了很多，但魔术界的男女比例大约仍只有一百比一。对了，你一定听说过一些著名的女魔术师，像日本的'天功公主'①，就是这一行中的佼佼者。当然，除了她以外，也有一些相当不错的女魔术师，可是她们出名都是最近几年的事。如果是在二三十年前，你绝对不可能看到女性成为魔术舞台上的明星，她们那时顶多只能当助手而已。"卡拉瞄了萨克斯一眼，"这跟你们警界很像，对吧？"

"现在的情况比以前好多了，到我这一代已经不是这样了。真正艰苦的是六七十年代，那时女性才刚刚开始打破坚冰。不过，我倒是有一点经验可以分享。在我调到刑案现场鉴定组前，是移动式警员——"

"什么？"

"移动式警员，是指专门在街头巡逻的警察。而如果你是在中城的'地狱厨房'②那个区工作的话，他们一定会找一位有经验的男警员来和你搭档。有时候，我会遇到极顽固的男警，他讨厌和女警共事，不喜欢这种安排。在整个值勤过程中，他对我一言不发。整整八个小时，我们走在街上，而这家伙竟然一句话都不对我说。吃午餐的时候，我只能默默坐在那里看着餐厅里的客人，而他坐在离我两英尺外的地方，自顾自地看着报纸的体育版，而且还不停叹气，因为他必须浪费时间与女人待在一起。"过去的事开始一件件在她的脑海中浮现，"我在七五之家任职的时候——"

---

①天功公主（Princess Tenko, 1959— ），日本女魔术师引田天功的艺名。
②地狱厨房（Hell's Kitchen），指纽约曼哈顿西区，著名的犯罪多发地带。

"什么?"

萨克斯解释:"指分局,我们都用'家'来称呼它。大部分警察都不说第七十五分局,只简称为'七五'或'七十五',就像我们说梅西百货公司是位于三四街一样。"

"明白了。"

"总之,那时队长休假去了,由一位观念古板的警官暂代。那是我第一次到七五之家,而且是队里唯一的女性。那天,当我走进局里的会议室参加点名时,居然看见讲台上面贴了十几片高洁丝。"

"不会吧!"

"不骗你。要是队长在的话,绝对不会让任何人这么做。但警察有时候就像小孩似的,只要大人不在,他们逮着机会就胡闹起来。"

"这和电影上看到的可不太一样。"

"电影是在好莱坞拍的,不是在七五之家。"

"那你怎么办?怎么处理那些高洁丝?"

"我走到第一排,问一位坐在讲台前的警员我可不可以坐他的位置——因为无论如何,我一定要坐在那个地方。他们全都大笑起来,笑得特别疯狂,我很惊讶居然没有人笑得尿裤子。反正,我坐了下来,开始专心把代理队长交代的事记下来,抄下一些诸如需要特别注意的逮捕令、社区关系和街边的贩毒行为。大约两分钟后,代理队长就不再笑了,而其他人也都停止了笑声。场面变得有点窘,但尴尬的人不是我,而是他们自己。"

"你知道是谁干的吗?"

"当然。"

"你举报他了吗?"

"没有。你知道吗,这是身为女警最为难的地方。你必须和这些人合作,你需要他们在后面支援,替你掩护。你可以对每件事都提出抗议,但如果你真的这么做,你会失去得更多。最困难的部分并不是面对战斗的勇气,而是要知道何时、怎样去战斗。"

骄傲和力量……

"和我们很像,我猜,我们这行也一样。但是,如果你很厉害,能把观众吸引进剧场,经理就会雇用你——这是规则。如果他们不雇用你,你就无法证明自己能吸引观众;而你既然无法证明自己能带来门票收入,他们就不会雇用你。"

她们已走到那座灯火通明的巨大帐篷跟前。萨克斯看见,当这位年轻女孩看着面前这座帐篷时,眼中闪耀着兴奋的神采。

"你很想来这里工作吧?"

"工作?哦,不,我会说:这里就是我梦想中的天堂。不管是奇幻马戏团、NBC还是HBO的特别节目,都是我梦寐以求的地方。"她停了一下,环顾了一下四周,接着又说,"巴尔扎克先生让我什么戏法都学,这是很重要的,因为你必须知道以前那些人好在什么地方。但是……"她扭头指向帐篷,"……这里代表的却是未来魔术的发展方向。像大卫·科波菲尔、大卫·布莱恩……比如表演艺术、街头魔术和性感魔术。"

"你应该到这里应聘才对。"

"我?开什么玩笑,"卡拉说,"我还没准备好。想登台表演就要完美,就要是最棒的。"

"你是说,要比男人更强?"

"不,是比'所有人'都强,无论男人还是女人。"

"为什么?"

"为了观众,"卡拉解释,"巴尔扎克先生就像一张坏了的唱片,反复不停地念着:这是你欠观众的。你在台上每一次呼吸都是为了观众。魔术不能只是过得去而已,不能只是差强人意,而是必须让所有人都赞叹不已。如果观众中有一个人识破你的动作,那你就失败了;如果你稍有犹豫,施展得不顺畅,那你也失败了;如果台下有观众打哈欠或不停看表,那更代表你的失败。"

"但是,一个人不可能永远保持百分之百完美无缺吧?"

"必须如此。"卡拉简单地回答,心里却惊讶她竟然会有不同的想法。

她们已走到奇幻马戏团的帐篷门口,里面正在排练今晚开幕的表演。几十个表演者在帐篷内走动,有人身着戏服,有人只穿短裤、T恤或牛仔裤。

"啊啊……"卡拉发出了兴奋的叫声,脸上的表情就像个小女孩,睁大眼睛注视着这明亮的白色帐篷中的一切事物。

萨克斯后上方突然传来噼啪声,把她吓了一跳。她往后看去,只见两面大旗升在离地面三四十英尺高的地方,在阳光的照耀下在风中猎猎飘动。其中一面旗子上印有"奇幻马戏团"几个大字。

另一面旗上则是一幅大图,上面是一位瘦削的男人,身着黑白相间的方格花纹紧身衣裤。他的双手前伸,掌心朝上,像是在招呼观众进场看演出。旗子上的男人戴着一个半罩式塌鼻子面具,五官和表情都十分诡异。这个画面让萨克斯立即联想起"魔法师",想到他也是隐匿在面具的伪装之下。

他的动机和计划同样深藏不露。

卡拉注意到萨克斯的目光。"那是Arlecchino,"她说,"英文里叫'丑角'。你知道即兴喜剧吗?"

"不知道。"萨克斯说。

"那是意大利的戏剧,大概是从十六世纪开始的吧,延续了几百年。奇幻马戏团就是以这个作为表演主题的。"她指着帐篷旁边的几面小旗帜,上面也是一个个古怪的面具,有长鼻、有鸟嘴,有的眉毛高高挑起,有的颊骨又高又弯,全都是想象出来的造型,看起来相当古怪。卡拉继续说:"即兴喜剧团大概有十几个固定角色,演员在舞台上会戴上面具,以此来辨识他们扮演的是哪个人物。"

"喜剧?"萨克斯问。她扬起眉毛,目光瞟向一个恶魔般的面具。

"我想,大概可以说是黑色喜剧吧。丑角毕竟不是英雄人物,也不是什么高尚的人。他关心的事只有食物和女人,而且总是神出鬼没,悄悄出现在你的身后。还有一个角色叫作 Pulcinella,是虐待狂,总是对人使出各种卑鄙诡计,即使对自己的爱人也不例外。另外还有一位医生,专门对人下毒。唯一的真理之声是一个女性角色,她被称为 Columbine。"卡拉又说,"这个角色是必须由女人来扮演的,这也是我喜欢即兴喜剧的理由之一。不像在英国,他们根本不允许女人登台演出。"

旗子又沙沙作响。丑角的眼睛在背后窥视着她,仿佛魔法师悄然而至。此时,早上在音乐学校的那些对话,如回音般在萨克斯的心中响起。

没错,我们根本没有任何线索,不知道这个人是谁,也不知道他此刻躲在哪里……

她转过身,看见一名警卫朝她们走来。这个人盯着她身上的制服说:"警官,有事吗?"

萨克斯要求见马戏团经理,但对方说他有事不在,问她们想不想找助理谈谈。

萨克斯说可以。过了一会儿，一位矮小、瘦弱、皮肤黝黑的像吉卜赛人的女子匆匆赶来。

"有什么事吗？"她问，明显带有不知道是什么地方的口音。

表明身份后，萨克斯说："我们正在调查发生在这个区的连环犯罪事件。我们想知道的是，你们团里有没有魔术师或快速变装师的演出。"

女人脸上流露出关切的神情。"我们有，那是当然的。"她说，"是，艾丽娜·科罗多亚和弗拉德·科罗多亚夫妇。"

"名字怎么拼？"

卡拉看着萨克斯把这两个名字抄在笔记本上，点了点头。"没错，我听说过他们。几年前他们还是莫斯科马戏团的人。"

"的确如此。"马戏团助理证实了卡拉的话。

"他们今天早上都在这里吗？"

"是的。他们一直在彩排，二十分钟前才离开，现在大概去逛街买东西了。"

"你确定他们除了现在之外，其他时间都没离开过？"

"确定。我的工作就是监督他们，确定大家各就各位。"

"还有其他人吗？"萨克斯问，"也许还有人也受过魔术或变装的训练，即使他们的程度还不能登台做这种表演。"

"没有了，我们团里只有这两个人会。"

"好吧，"萨克斯说，"待会儿会有两名警员来这里守在门外，他们大概十五分钟后就会到了。如果你看到有人有任何反常举动，或是有人对你们的团员或观众造成困扰，就请你马上告知两位警员。"这个做法是出自莱姆的建议。

"我会告诉大家的。只是，能不能请问一下，究竟出了什么事？"

"今天有一名具有魔术表演经验的男子涉及一桩谋杀命案。目前我们还看不出这件命案和你们的演出有何关联,但安全起见,还是这么做比较好。"

她们两人向马戏团助理道了谢,便转身离开。助理虽然说了再见,但眼神中却流露出一种不安,也许后悔自己刚才不该多嘴问她们来访的理由。

一走出帐篷,萨克斯便问:"那两个人是什么背景?"

"那两个乌克兰人吗?"

"是啊。他们可以信任吗?"

"他们是夫妻,带着两个孩子四处闯荡。他们是目前世界上变装最快的两个艺人,我实在想象不出他们有任何涉及命案的理由。"

萨克斯拨通了莱姆的电话号码,但接电话的人是托马斯。她把刚才查到的这两位乌克兰籍表演者的姓名告诉他。"请梅尔或谁去NCIC[①]和国务院调查一下他们的背景。"

"没问题。"

她挂断电话,和卡拉一起走出公园,朝西方一团青灰色的乌云走去。和天空其他明亮的区域比起来,这团乌云很像一道道伤痕累累的瘀青。

她身后又传来一种声响,仍然是那几面在风中飘动的旗帜发出的。喜爱捉弄人的丑角仍不停地向路过的人们招手,似乎想邀请他们进入那与世隔绝的另一个国度。

[①] NCIC,指 National Crime Information Center,即国家犯罪信息中心,归美国联邦调查局管辖,它的计算机设备安装在位于华盛顿的联邦调查局总部内。这个庞大的计算机设备群除了在许多重要的执法机构、联邦机构和军方机构有直接相联的计算机终端外,还与各州的计算机相连,各州的计算机中心又与本州的警察、司法、鉴证等部门联网。

提起精神了吗？尊敬的观众？

你们都休息好了吗？

很好，我们第二个节目即将开始了。

你们也许没听过P.T.赛尔比特这个名字，但只要你们看过魔术表演，或在电视上见过魔术师演出，你们也许就会熟悉这位在一九〇〇至一九一〇年间红极一时的英国人创造的一些戏法。

赛尔比特在表演生涯之初并未取艺名，而是使用自己的真名：珀西·托马斯·迪博斯。但他很快发觉，这样温和的名字着实与他所表演的节目不相配，毕竟他的特色不是玩纸牌、把鸽子变没或是使一个儿童悬空。他的拿手好戏是让全世界所有观众都无比惊讶，却又不断走进剧场的"虐待"戏法。

赛尔比特——没错，这个艺名正是把他的姓氏倒过来写构成的①——独创了著名的"活针垫"戏法，让观众以为他在一个女孩身上插上了八十四根锐利的钉子。他的另一个发明是"四度空间"，让所有观众惊骇地眼睁睁看着一个巨大的箱子落在妙龄女郎身上，以为这名女郎肯定会被压死。我个人最喜欢的赛尔比特戏法，是他在一九二二年开始表演的，戏法名字很清楚地说明了内容。各位可敬的观众，这就是："血的崇拜"，或"女孩之死"。

今天，我要呈现在各位眼前的是赛尔比特平生最著名的魔术。这个魔术他曾在数十个国家表演过，甚至还受邀至伦敦，在大剧院为皇家官廷演出。

这个魔术叫作……

啊，不对……

不对，我不能事先透露。可敬的观众，我不能说出这个魔术

---

①赛尔比特，原文为Selbit，倒过来写，双写b，就是这位魔术师的姓氏迪博斯（Tibbles）。

的名称,为的是给各位留下一些悬念,屏息等待那一刻的来临。不过,我给诸位一点儿提示:过去赛尔比特要表演这个节目之前,会吩咐助手把一些假血倒在剧场外的水沟里,以诱惑观众进场。当然,他这个办法大获成功。

那么,就请各位欣赏我们下一个节目吧。

希望你们都觉得愉快。

但我也知道,有一个人绝对不会这么想。

10

我睡了多久?这个年轻人心想。

表演直到午夜才结束,然后他又到白马酒吧不知道喝到几点,回到家已是凌晨三点。然后和布拉琪在电话里聊了四十分钟,不,大概有一个小时。早上八点三十分,那莫名其妙的水管修理工便开始莫名其妙地砰砰敲打起来。

我到底睡了几个小时?

这个数字游戏让托尼·卡尔沃特十分困惑,他最后决定还是别去弄清楚自己究竟有多疲惫。幸好他是在百老汇工作,而不是拍广告的人,否则往往得从——天哪,上帝啊——清晨六点开始工作。他今天下午的行程是去吉尔格剧院,而这也表示,这个周末他都得工作。

他检查了化妆箱,决定多放一些刺青遮瑕膏进去,因为今天登台的节目是"雕刻下巴的男孩"。这位极受欢迎的明星一向声称自己喜欢的是天真无邪的小女明星,但如果让那些远从提尼克[①]和花园市[②]来的女士们,看见他结实的肱二头肌上刺着的"罗伯特,永远爱你"几个字,难免会让人对他的诚实心生怀疑。

[①] 提尼克(Teaneck),新泽西城镇名。
[②] 花园市(Garden City),纽约纳苏县的一个乡村。

卡尔沃特盖上黄色的大化妆箱，站到门后的镜子前瞄了自己一眼。他不得不承认，他的外表看起来比自己实际的感觉要好很多。他的脸上仍留有一点晒黑的痕迹，那是二月份到圣托马斯旅行留下的成果。而他匀称的体形也完全让人看不出他天天灌进肚中的那些啤酒。（看在上帝的分上，保持一天四瓶就行了。没问题的。但是，我们能忍受吗？）至于他的眼睛……是的，眼睛看起来很红，不过这很容易处理。造型师掌握着数百种让年老看起来年轻，让苍白看起来美丽，让疲惫看起来充满活力的方法。他先点了几滴眼药水，然后使出撒手锏——用消除黑眼圈的眼部遮瑕膏在眼睛下方涂抹了几下。

卡尔沃特穿上皮夹克，锁上房门，沿着长廊走去。他住的这幢公寓位于东村，在这个只差几分钟就到正午的时刻，公寓里一片宁静。他猜，公寓里的人大概都出去了，外出享受这一年中第一个美好的春季周末；要不，他们就因昨夜的放荡生活而还在沉睡中。

他打开后门走出这幢公寓。这是他的习惯，他总是先走进公寓后方的这条巷子。然而，就在他打算往巷口走去时，突然发现四十英尺外，在一条从这巷子岔出去的死胡同里，好像有什么东西动了一下。

他停下来，眯着眼往那个阴暗的地方望去。是只小动物。天哪，会不会是老鼠？

不对，那是一只猫，身上显然受了伤。他向四周望去，但巷子里没有任何人。

哦，可怜的小东西。

卡尔沃特并没养宠物，但去年曾有一位邻居把一只诺里奇小猎犬托给他养，他还记得那个人告诉他，如果发生什么事，比伯的宠物医院就在圣马克街上的转角处。他必须带这只猫去乘地铁，也许他姐姐会愿意养。她收养了几个孩子了，多一只猫又有何妨？

在这附近僻静的巷子里停留太久不是个好主意，但卡尔沃特已看清楚巷子里只有他一个人。他慢慢地走过鹅卵石地，这样才不会吓着那只小猫。它正侧躺在那儿，发出微弱的喵喵声。

能把它抱起来吗？它会不会突然扑到他身上猛抓？他想起一些防范猫爪抓伤导致发烧而必须采取的措施。不过，这只小动物看起来这么虚弱，似乎已完全没有伤害他的能力。

"嘿，你怎么啦？小家伙？"他柔声问，"你受伤了吗？"

他蹲下来，把化妆箱放在鹅卵石地上，小心翼翼地把手伸出去，随时准备闪避这只猫突然对他发动的攻击。他摸到了猫咪，但立刻像触了电似的把手抽回。这只动物的身体不但冰冷，而且还很瘦——他感觉自己摸到皮肤底下坚硬的骨头。它死了吗？可是，不对，它的脚还在动，而且又轻轻发出了喵喵声。

他又碰了一下小猫。这次……等等，它皮肤底下的不是骨头，而是木棍！塞在它体内的是一个金属盒子。

什么东西？

他被电视的滑稽录像节目拍进去了吗？还是哪个混蛋想跟他开玩笑？

他抬起头，看见有个人突然出现在离他十英尺远的地方。卡尔沃特倒抽一口凉气，不禁往后退了一步。那是一个蹲在地上的男人……

啊，不对，他这时才看清楚。那是他自己的影像，映在一面和人一样高、放在暗巷角落的镜子里。卡尔沃特从镜中看见自己的脸，神情惊讶，双眼圆睁。就这么愣了好一会儿后，他才放松地笑了起来。但随即,他又皱起眉头,看着自己慢慢地往后倒下——那面镜子缓缓倒在鹅卵石地上,摔成碎片。

从镜子后面,跳出一个留着胡子的中年男人。他举起一根极粗的铁棒,奔向卡尔沃特。

"不!救命!"这位年轻人高声尖叫,匆忙后退,"天啊!天啊!"

铁棒挥了过来,凶狠地在空中划出一道弧形,击向他的头部。

但卡尔沃特飞快地抓起化妆箱,朝攻击者扔去,使铁棒偏离了目标。他勉强站稳身子,拔腿开始奔跑。攻击者想立刻追上来,却不小心在湿漉漉的鹅卵石上滑了一跤,重重地摔在地上。

"钱包拿去!拿去!"他掏出钱包朝后丢去。但这个人丝毫不予理睬,爬起来后仍继续追上来。他就站在卡尔沃特与大街之间,因此他唯一的逃生方向就是回到那幢建筑里。

哦,天啊,天啊。上帝……

"救命,救命,救命啊!"

钥匙!他心想,得赶快拿出来!他慌忙从牛仔裤口袋里掏出钥匙,同时回头望了攻击者一眼。那个人离他只有三十英尺左右。如果我不能在第一时间把门锁打开,那么就……死定了。

卡尔沃特的动作迅速,他用力把金属钥匙向前探去,钥匙也奇迹般地立刻滑进了锁孔里。他快速转动,门锁开了,他拔出钥匙,跃进大门,重重地把铁门甩上。这扇大门立即自动扣上了门锁。

他吓得喘着粗气,心怦怦狂跳,却不敢在门后休息太久。这个人是强盗?是性变态?还是毒贩子?不管是什么人,他心想,绝对不能让这家伙逃掉。于是他立刻奔过长廊,回到自己的住处门前。这道房门也同样很快被打开了。他冲进家里，立刻把房门关上、锁好。

他匆匆跑进厨房，抓起电话拨了九一一。过了一会儿，有个女性的声音说："这里是警局和火警紧急报案中心。"

"有个男人！有人刚刚袭击我！他就在外面。"

"你受伤了吗？"

"没有，但你们得马上派警察来！"他喊道，"尽快！"

"他还在你旁边吗？"

"不，他进不来。我把门锁上了。但他可能还在巷子里！你们得快一点儿！"

卡尔沃特突然感觉一阵微风吹来。这是怎么回事？他觉得纳闷。这种感觉似乎很熟悉，而他顿时明白——这是他的住处大门被打开时引起的空气对流。

九一一的值勤人员说："喂？先生，你还在吗？请你……"

卡尔沃特猛然扭头看向门口，旋即尖叫了一声。他看见那个留胡子拿铁棒的男人就站在离他几英尺的地方，从容不迫地从墙上拔下了电话线。那两道门不是都锁上了吗？他是怎么把门打开的？

卡尔沃特不断退后，撞上了冰箱——他已经无路可退了。

"你想干什么？"他低声说，紧盯着这个男人的脖子和他畸形的左手，"你到底想怎么样？"

这位攻击者没理他，反而朝四周张望了一下。他先看向厨房的桌面，然后目光又瞟向客厅的那张木制大茶几。他似乎因为发现了某个东西而高兴起来。他转回头，似乎像后来才决定实施这一动作似的，抡起铁棒朝卡尔沃特高举的双手挥去。

他们抵达了现场，没开警笛。

来了两辆警车，车上各有两名警员。

第一辆警车还没完全停下，坐在车上的小队长便跃出了车门。他们在接获九一一通报后，只花了六分钟就抵达现场。虽然那个报案电话被突然切断，但由于报案中心装有来电地址自动辨识系统的设备，因此马上查出了报案人所在的位置。

六分钟……如果运气好的话，他们有机会找到平安无事的报案人。若是运气不佳，至少也能困住刚杀了人、此时仍留在现场搜刮财物的嫌疑犯。

他拿起摩托罗拉步话机呼叫："调查警司四五三一号呼叫总台，我已抵达第九街报案现场。完毕。"

"收到，四五三一号。紧急医疗小组的救护车已在路上，请问有无伤者。完毕。"

"目前情况不明。完毕。"

"收到，四五三一号。完毕。"

他派一名警员绕到公寓后面守住门窗出入口，又让另一名警员留在正门，第三名警员和他一起奔进公寓一楼的大厅。

如果他们运气好的话，嫌疑犯也许会跳窗逃跑，从而跌断一条腿。在今天这个风和日丽的日子里，他完全没有心情与那些混账在地上扭打。

这里是字母城①，此地南北向的街道全以字母 A、B、C、D 命名。尽管这里治安已渐渐改善，但仍是曼哈顿最危险的区域之一。因此，当这两个警察一奔进一楼大厅，就已经把手枪抽出来拿在手上了。

---

①字母城（Alphabet City），纽约曼哈顿的一个区，因其以字母 A、B、C、D 为街道名称而得名，这些街道也是曼哈顿地区仅有的以单个字母为名称的街道。

如果他们运气好,遇到的嫌疑犯也许只拿着小刀,或像上星期遇到的那个精神病患者所用的武器:他用筷子当剑,用垃圾桶盖子当盾牌。

不过,至少他们已经得到第一个好运气了——他们不需找人来替他们打开上锁的防盗安全大门。就在他们跑到大门跟前时,正好有一位老太太开门出来。她提着一个沉甸甸的购物袋,袋口露出一个巨大的菠萝,而她整个人也因袋子的重量而向一旁歪斜。她被这两名警察吓了一跳,惊讶地不停眨着眼睛,但还是扶住大门让他们快步奔入。对于她好奇而提出的问题,这两位警察只匆匆丢下一句话:"老太太,不关你的事。"

如果我们运气好的话……

报案者的门牌号码是1J,在公寓一层的后半部。小队长快步跑到这扇房门前,闪至左侧。另一位警员站在门的另一边,他向这扇门瞄了一眼,点了点头。于是,小队长便抡起拳头,重重捶向房门。"警察,开门!快开门!"

屋里没有回应。

"我们是警察!"

他试着转了一下门把手。好运气又来了,这道门并没有上锁。小队长用力把门推开,然后两个人同时往后退,等待了一下。过了好一会儿,小队长才慢慢把头探出来,向屋内窥视。

"哦,我的天啊……"当他看见客厅中央的景象时,忍不住叫了出来。

"运气"这个字眼彻底从他的脑海中消失了。

快速变装戏法的成功要诀是:只要在外貌和举止上做一点

简单但明显的改变，便能让观众分散注意力，从而达到误导的效果。

而把自己变装为一位七十五岁的老太太，就是差异最大的改变。

马勒里克知道警方一定会迅速到达现场。于是，他在卡尔沃特的屋子里做完简短的表演后，便快速换上他逃脱用的服装：一件高领的蓝色连衣裙和一顶白色假发。他把弹力牛仔裤的裤腿拉高，藏进裙摆，露出一双不透明的弹力裤袜。他摘掉胡子，在脸上扑上大量腮红，画上眉线，又用一根黄褐色的细眉笔在脸上连画几十下，制造出满脸皱纹的效果。最后，他再换上另一双鞋。

至于误导的部分，他找到一个购物袋，在里面塞满报纸，把那根铁棒和其他用来表演的武器也一起塞进去，然后又从卡尔沃特的冰箱里拿出一个新鲜菠萝放在最上面。如此一来，就算在他离开这幢建筑时遇到其他人，这些人或许会瞟他一眼，但注意力最后一定会落在这个超大的菠萝上。

此时，身上仍穿着女人服饰的他已走到距那幢公寓四分之一英里远的地方。他停下脚步，靠在一幢建筑物的墙边，仿佛走累了停下来喘口气的样子。在确定无人注意后，他马上溜进一条暗巷，伸手一拉，便把身上那件用小尼龙搭扣扣上的连衣裙整件脱了下来。他把裙子和假发塞进套在腰上的一条宽松紧带里，利用松紧带的弹力压平这些衣物，这样藏在衬衫底下就没人能发现了。

他放下裤腿，从兜里掏出一个小袋子，取出里面的卸妆棉。他将脸部的腮红、皱纹和眉线彻底擦干净，再用一面放在口袋里的小镜子检查了一下。卸妆完毕后，他把卸妆棉丢进购物袋和菠萝放在一起，然后用一个绿色的垃圾袋把所有东西都装在里面。

他找了一辆违规停放的汽车，打开汽车后备厢，把这个垃圾袋扔了进去。警方绝对不会想到去搜查路边车辆的后备厢，而且，更有可能的是，在这辆车的车主回来之前，这辆车已经被交警拖走了。

走回街上，他朝西区的地铁站入口走去。

尊敬的观众，你们觉得这第二场表演精彩吗？

他自己觉得这次表演相当完美，因为他"不小心"在湿滑的鹅卵石上摔了一跤，而让表演者得以乘机逃走，又锁上了两道门。

但是，当马勒里克走到卡尔沃特的后门时，他手中已握着开锁工具了。

马勒里克曾研究过多年开锁技术，这是师父教他的第一个技巧。开锁需要两样工具：一把扳钳，用来伸进锁孔中转动，以抵住里面的锁齿；另一样工具是撬片，用来——挑开锁孔中的锁齿，好让门锁能转至开启的位置。

如果一次只挑开一根锁齿，那需要花很长的时间才能把锁打开。不过，马勒里克学过一种难度相当高的技术，称为"擦揉法"，这种开锁方法是将工具插入锁孔中来回快速移动，同时把所有的锁齿都推开。唯有在开锁者能完全正确地感觉出锁孔的转矩和施加于锁齿上的压力时，擦揉法才能成功，而马勒里克就是凭借这种技巧，才能在不到三十秒的时间内，只用一根几英寸长的开锁工具便打开了这幢公寓的后门以及卡尔沃特住处的房门。

各位观众，这似乎是不可能的事吧？

但这就是魔术师的能力，你们也都知道：把不可能的事变成事实。

他在地铁入口处停了一下，买了一份《纽约时报》，一边假装翻报纸,一边暗暗打量来往的行人。和上次一样,这次看起来还是没人跟踪他,于是他便匆匆走下楼梯去搭乘列车。严格来说,真正严谨的表演者会再多等一会儿,直到完全确定没被人跟踪才能离开。但马勒里克没有那么多时间。下一个要表演的节目难度会更高,他为自己设下了最大的挑战,因此他必须提前做好准备。

为了不让观众失望,他绝不能冒任何风险。

11

"惨不忍睹,莱姆。"

阿米莉亚·萨克斯置身于这幢位于字母城中心的公寓,站在1J的门口,对着麦克风说。

早些时候,朗·塞利托便要求总部的所有接线员,如果纽约市内再发生任何命案,立刻通知他。这件特殊命案的消息一传来,他们便断定这是"魔法师"的杰作:凶手神秘地闯入被害人家中是一条值得注意的线索,但更关键的是,和今天早上发生在音乐学校的命案一样,凶手又踩碎了被害人的手表。

两起命案的杀人手法倒是完全不同,这点让萨克斯立即把现场状况向莱姆做了汇报。当塞利托在大厅指挥现场的警探和巡警时,萨克斯开始检查这名不幸的被害人——托尼·卡尔沃特。他仰面朝天躺在客厅的茶几上,四肢张开,手脚分别被绑在茶几的四个桌腿上,腹部被人剖开,深度直达脊椎,整个人几乎被劈成两半。

萨克斯把被害人的死状描述给莱姆。

"嗯,"林肯·莱姆不带任何情绪地说,"前后一致。"

"一致?"

"我是说,他仍坚持采用魔术的手法。第一次杀人用绳索,这次是把人锯断。"他的音量突然提高了,像在对屋内某个人说话,萨克斯推测应该是卡拉。"这是魔术的手段,没错吧?把人从中锯开?"沉默了一会儿后,莱姆又对萨克斯说:"她说这是典型的魔术手法。"

他说得没错,萨克斯心想。刚才她被眼前的景象震慑住了,完全没想到两件命案的关联。

魔术手法……

叫分尸也许更恰当。

要客观,她对自己说。一位调查警司是绝对会让自己保持客观的。

不过,此时她突然闪过一个念头。"莱姆,你觉得……"

"什么?"

"你觉得疑犯开始锯他时,他还是活着的吗?因为他的四肢全被绑在桌脚上,像展开翅膀的鹰。"

"哦,你的意思是说死者或许会留下东西给我们,留下能指认杀手身份的线索?这个想法很好。"

"不,"她轻声说,"我只是在想死者的痛苦。"

"哦,是那个……"

那个……

"从现场血迹就能看出来了。"

接着,她注意到死者卡尔沃特的太阳穴上有明显的钝器外伤。伤处的血流得不多,这表示当他的头颅被击碎后,心脏也立刻停止了跳动。

"不,莱姆,看来死者被切割是在他死后发生的事。"

她隐约听见莱姆在对托马斯说话,让他把这一点写在证物表上。莱姆还说了些别的,但她没再留意。眼前被害人的惨状牢牢占据了她的思绪,一时无法转移。不过,这也是她自愿的。没错，她可以忘记死者，像刑案现场鉴定组的警员必须做到的那样，而且她再过一会儿就会这么做了。只是，她觉得死者应该得到片刻的哀思与敬重。她之所以这么做并非出于任何灵魂或玄学上的观念，不是这样的，她这么做完全是为了自己，只有这样做她的心才不会慢慢变冷，不会像这一行的大多数人一样变成铁石心肠。

她似乎听见莱姆在对她说话。"你说什么？"她问。

"现场留下武器了吗？"

"没看到，不过我还没开始搜索。"

塞利托与一位调查警司及一名穿制服的警员从门口走进来。"我们和邻居谈过了。"其中一名警员说，他朝尸体扭了扭头，接着又抬头仔细看了一眼。萨克斯猜想，这名警员可能没有如此近距离观看这种大屠杀的经验。"被害人是同性恋，为人很不错。这附近所有人都喜欢他，即使他是同性恋也没妨碍什么人或做出什么不恰当的事。他们很久没见到有外人在这里出入了。"

萨克斯点点头，朝着麦克风说："莱姆，看来死者并不认识凶手。"

"现在还不能这么说吧？"莱姆说，"'魔法师'挑中了类型完全不同的人。不知他是哪一行的？"

"他做什么工作的？"她问现场警员。

"他是造型师，在百老汇的一家剧院工作。我们在后巷找到了他的化妆箱，里面都是发胶、粉底、刷子之类的东西，他好像正准备去上班。"

不知道卡尔沃特以前有没有为商业摄影师工作过，萨克斯心想，如果他有的话，说不定当年她在麦迪逊大道仙黛公司当模特儿时，就曾接受过他的造型化妆。和大部分摄影师和广告公司的人比起来，只有造型化妆师才会把这些模特当人看待。广告公司的人也许会说："好吧，快给她涂上颜色，让我们看看会变成什么样子。"而化妆师则会低声说："很抱歉，我不知道她原来是一段篱笆。"

这里是属于第五分局的辖区，此时该分局的一位亚裔警探走进大门，他阖上手机，用愉快的声音对现场的人说："案子怎么样了？"

"怎么样了？"塞利托咕哝道，"你们怎么会让嫌疑犯逃走？被害人自己打九一一报案，你们赶来处理的人应该在十分钟内抵达现场吧？"

"我们六分钟就到了。"警探说。

那名调查警司说："我们没开警笛，抵达这里后便守住了所有出入口。当我们进入现场时，被害人的尸体还是温的，我说的是三十七摄氏度。我们挨家挨户地敲门，但没见到疑犯的踪影。"

"有目击者吗？"

调查警司点点头。"我们进来的时候只在大厅遇到一个人，她是一个老太太，就是她开门让我们进来的。等她回来后我们会再询问她，说不定她曾看见凶手的长相。"

"她离开这里了吗？"塞利托问。

"是的。"

他们的对话全被莱姆听见了。"你知道他是谁了吧？"莱姆通过步话机对萨克斯说。

"可恶。"她忍不住叫了起来。

警探说："别担心，我们已在每一户人家的门底下都塞了名片。这位老太太一定住在其中的一扇门里，等她回来自然会和我们联络。"

"不，她不会回来了，"萨克斯叹了口气说，"因为那个人就是凶手。"

"她？"调查警司提高了嗓门，随即笑了出来。

"她其实不是'她'，"萨克斯向他解释，"'她'只是看起来像个老太太。"

"喂，警员，"塞利托说，"你的想象力太丰富了吧，那家伙总不可能改变自己的性别吧？"

"他能。你忘了卡拉是怎么说的吗？她就是那个人，长官，敢打个赌吗？"

耳机中，她听见莱姆的声音说："如果是我，就不会跟你赌。"

调查警司还在继续反驳。"她的样子看起来有七十多岁，手里还提着一个大购物袋，里面装了菠萝……"

"你瞧。"她说，指着厨房的工作台，上面有两片尖尖的叶片。在叶片旁边还有一小张用橡皮圈穿起来的卡片，上面写着：新鲜菠萝，都乐公司生产销售。

可恶，他们差点儿就逮到他了，刚才就在他们眼皮底下。

"还有，"莱姆又说，"他可能把杀人凶器也藏在购物袋里带走了。"

她把莱姆的话转述给这位脸色越来越差的第五分局警探。

"你没看清她的脸，对吧？"萨克斯问那名调查警司。

"没仔细看，只是扫了一眼而已。你也知道，老女人都是那副样子，脸上涂满化妆品。整个脸上都是……那东西怎么称呼？我祖母的脸上也是涂满那种东西……"

"腮红？"萨克斯问。

"没错，还有画得很重的眉毛……好吧，我们马上去找她。

她……他不可能跑太远的。"

莱姆说："萨克斯，疑犯一定会再度变装，说不定会把脱下来的衣物扔在附近。"

她对这位亚裔警探说："他现在的打扮一定又变了，不过现场这位调查警司能提供一些嫌疑犯所穿的女装的描述。你应该派人去搜查附近的垃圾桶和街巷。"

这位警探皱起眉头，冷冷地打量了萨克斯一番。塞利托对她抛来一个警告的目光，提醒她：想当调查警司有一个要点，那就是在真正成为调查警司前，别表现得像调查警司一样。然后，他才批准开始进行搜查，于是那位警探便拿起步话机开始呼叫。

萨克斯穿上特卫强连身服，开始进行现场取证，搜查的范围包括公寓、走廊和后巷——她在那儿找到一个让她捉摸不透的奇怪证物：一个黑色的玩具猫。接着是搜查这名年轻死者的住所，尸体被运走后，她便开始整理证物。

她做完现场鉴定正打算去开车，却被塞利托叫住了。

"喂，等一下，警员。"他刚打完一个电话，从脸上的表情看来，刚才这段谈话似乎令他很不愉快。"我得去和局长、署长开会谈谈'魔法师'这件案子，不过我要你帮我做一件事。我们已经决定再增派一个人进专案小组，我想请你去接他过来。"

"没问题。不过，为什么要增加人手呢？"

"因为我们在四小时之内已有两具尸体，而疑犯却无影无踪，"他气急败坏地说，"这表示，上级长官不高兴了。告诉你一件身为调查警司必须学会的事——当你的上级不高兴，你也就不高兴了。"

叹息桥。

这座桥位于曼哈顿下城的中央街上，连接着曼哈顿拘留中心的两座高塔。

叹息桥——不知曾有多少人从上面走过。有身上背着上百条人命的黑手党老大；有吓得六神无主的少年，他什么坏事也没干过，只是拿了一根萨米·索沙棒球棍去对付那个把他妹妹肚子搞大的混蛋；有铤而走险的混混，为了四十二美元而杀害一名观光客，因为他需要快克、需要威士忌……

此时，阿米莉亚·萨克斯正走在这座天桥上，朝拘留所走去。这个拘留所的正式名称叫伯纳德·B.克里克中心，但人们还是习惯用原本坐落在街对面城市监狱的绰号来称呼它——坟墓。萨克斯把名字报给守卫，解下身上的格洛克手枪——她把随身携带的那把弹簧刀留在车上了，然后通过一扇哐哐作响的电动大门进入安全大厅。她一进去，门便在她身后关上了。

几分钟后，她要找的那个男人从旁边一间囚犯会客室走出来。这个人体态端正，年近四十，头上留着稀薄的棕发，随和的脸上挂着一丝淡淡的微笑，身穿蓝色衬衫和牛仔裤，外披一件黑色的运动夹克。

"嗨，阿米莉亚，你来了，"这个人慢条斯理地说，"我是要和你一起去见林肯吗？"

"嗨，罗兰，你说对了。"

罗兰·贝尔警探的夹克敞开着，萨克斯一眼便瞥见他腰上的皮带。他和大家一样服从规定，卸下武器才进拘留所，但她注意到贝尔的腰带上有两个空枪套。她回想起以前他们在一起工作时，曾经常谈起"钉钉子"——南方人喜欢用这个词来指代射击——的经验。射击是贝尔的兴趣之一，但对萨克斯来说，却是一种竞赛。

之前的那间囚犯会谈室里还有另外两个男人，这时他们都走了出来，加入他们的谈话。其中一名身穿西装的男人是她认识的警探，路易斯·马丁内斯。他是个沉默寡言的人，有一双敏锐的眼睛。

第二个男人穿的是周末休闲服：卡其色长裤，黑色的艾祖德衬衫，外面套了一件褪色的风衣。贝尔为他和萨克斯作了介绍，说他名叫查尔斯·格雷迪，但刚才萨克斯一见面就立刻认出他了。他是助理检察官，在纽约的执法机构中算是一位响当当的人物。当别的检察官都早已转业或改调至其他更能获得利益的地方时，这位身材瘦削、已近中年的哈佛法学院毕业生仍固执地留在州检察官办公室供职。许多新闻媒体在提到他的时候，往往会用"斗牛犬"和"顽固到底"之类的词来形容他，甚至喜欢将他比作纽约前市长鲁道夫·朱利安尼。但与这位市长不同的是，格雷迪没有任何政治野心。他一直满足于留在检察官办公室，沉醉于自己的爱好——他简单地称之为"把坏蛋送进监狱"。

在这方面他可是声名卓著。他胜诉使被告被判有罪案件的纪录，是这座城市有史以来最高的。

至于贝尔出现在这里的原因，也和格雷迪最近侦办的案件有关，因为州检察官起诉了一名住在纽约州北部乡间小镇的保险经纪人。此人名叫安德鲁·康斯塔布尔，现年四十五岁，在保险这一行默默无闻，却因参加了当地的军事团体"爱国者会"而声名大噪。他因涉嫌密谋恶意教唆杀人而被起诉，整件案子因为必须改变审判地点而移至纽约市开庭。

随着审判日期的临近，格雷迪不断收到不明人士的死亡威胁警告。接着，就在几天前，格雷迪接到一个从弗雷德·德尔瑞办公室打来的电话——德尔瑞是联邦调查局探员,经常与莱姆和塞利托合作。他最近参加了一项机密的反恐行动,但他手下的探员却得到线报,获悉近日内可能会有人对格雷迪采取极端暴力行动。这个星期四晚上或星期五凌晨,有小偷进入了格雷迪的办公室,这终于迫使警方展开行动,调罗兰·贝尔来负责保护检察官的生命安全。

说起话来轻声细语的罗兰·贝尔是土生土长的北卡罗来纳州人,他一直与塞利托合作,侦办凶杀案及一些重大刑事案。除此之外,他还是纽约市警察局一个非正式机构的负责人,这个机构简称为"SWAT",但并不是众人皆知的"特殊武器战术小组",而是"保护证人小组"。

贝尔曾这样解释:"这是一种让某人在受到加害时活下去的专业技术。"

于是,贝尔身上便肩负了双重任务。他平日除了和塞利托与莱姆一起侦查刑事案外,还得担任保护证人的行动负责人。

此时,他已妥善安排好保护格雷迪的安全,而警察总局的最高长官——那位表示不高兴的长官,下令全力搜捕"魔法师"。专案小组需要得力的人手,而贝尔自然是最合适的人选。

"那就是安德鲁·康斯塔布尔。"格雷迪对贝尔说,用头指向会谈室墙上那面朦胧的玻璃窗。

萨克斯走到玻璃窗前,看见里面坐着一位身材瘦削、相貌奇特的犯人。他穿着一件橙色连身服,低着头坐在桌前,一直不停地轻轻点着头。

"看出什么了吗?"格雷迪又问。

"没有,"贝尔慢条斯理地说,"我觉得他这个人很土气,也很顽固,你知道我的意思吗?但那个家伙还算有礼貌。事实上,查尔斯，我得这么说，我觉得他一点儿也不认为自己有罪。"

"他当然不这么认为，"格雷迪做了个鬼脸，"要犯人承认自己有罪是很难的事。"接着，他微微露出笑容说："但这就是他们付给我高薪要我做的事。"尽管格雷迪这么说，但其实他的薪水比刚进华尔街法律事务所的职员还少。

贝尔问："关于你办公室失窃的事有什么进展吗？初步现场鉴定报告送来没有？我想看看。"

"他们正在加紧做，到时我保证会让你拿到一份复本。"

贝尔说："我现在有另一件案子要去处理，不过我手下的人都会留下来，保护你和你的家人。保持电话联络。"

"谢谢你，警探。"格雷迪说，接着又补充了一句，"我会和你的手下一起去接我女儿，然后和你那位女朋友会合。你再说一次她住在哪里？"

"露西住在北卡罗来纳州。"

"她也是警察，没错吧？"

"没错，她是郡警察局的警长，田纳斯康纳镇。"

路易斯看出格雷迪检察官想朝大门走，于是马上站到他身旁。"查尔斯，麻烦你先在这里等一下。"他走出安全管制区，从柜台的警卫那里领回自己的手枪，然后小心翼翼地察看大门口和外面的天桥。

这时，有个斯文的声音从萨克斯身后传来。

"你好，小姐。"

萨克斯听出这句话带有一种特殊的轻快节奏，说话者显然拥有多年公共服务以及经常与大众接触的经验。她转过头，看见安德鲁·康斯塔布尔正站在一名彪悍的警卫员旁边。这名犯人相当高，腰杆挺得笔直，浓密的花白头发梳成了波浪状。站在他身边的还有一位又矮又胖的律师。

他继续说："你是为格雷迪工作,也来参与这件案子吗?"

"安德鲁。"他的律师警告他。

他点点头,但还是扬起眉毛,直视着萨克斯。

"这不是我的案子。"她轻蔑地回答。

"哦,不是吗?本来想告诉你我刚才对贝尔警探说的事。我真的不知道任何与威胁格雷迪先生生命安全有关的事。"他转身看向贝尔,而贝尔瞪着他。尽管这位北卡罗来纳州的警探有时看起来会有些害羞和腼腆,但在面对犯人的时候,他展现出的永远是强硬的一面。比如现在,他就用冰冷的目光看着他。

"你必须尽职地保护检察官,这点我完全明白。但是,相信我,我绝对不会做出任何伤害格雷迪先生的事。我们这个国家之所以伟大,其中一个重要原因是——公平竞争。"一阵笑声,"我会在法庭上击败他,这是我即将要做的事——这得归功于我身边这位相当杰出的年轻朋友。"他向自己的律师点点头,然后又以好奇的目光看着贝尔,"我只是想说,警探,我想你也许有兴趣知道我的'爱国者会'在坎顿瀑布所做的一切。"

"我?"

"哦,我不是指那些没意义的疯狂阴谋,我是说我们真正做过的事。"

这位被告的辩护律师说:"安德鲁,够了,你最好保持沉默。"

"只是聊聊天,乔伊。"他仍看着贝尔,"你觉得怎么样?"

"你到底想说什么?"贝尔严肃地说。

出人意料的是,他并未说一些涉及种族歧视或讽刺这位警探的南方血统之类的话语,而只这么说:"国家权力、劳工大众、地方政府与联邦的对抗。警探,你该去看看我们的网站。"他笑了出来。"人民期待纳粹,他们得到了托马斯·杰弗逊和乔治·梅森①。"贝尔没有回答,这个包围住众人的密闭空间里充斥着凝重的沉默。刚说完话的犯人摇摇头,看似羞愧地苦笑了起来。"天啊,真抱歉……有时我就是控制不了自己,做出这种布道似的可笑行为。只要有人聚集在我身边,你看看就会发生这样的事——我一下就让大家讨厌我了。"

警卫说:"我们走吧。"

"好的,那么……"这位犯人说,先向萨克斯点了个头,又对贝尔颔首致意。他沿着长廊慢慢走远,脚上的镣铐发出轻轻的碰撞声。他的律师也向检察官点点头——他们两人此时是相互敌对却又彼此尊重和小心提防的对手——然后离开了安全管制区。

过了一会儿,格雷迪、贝尔和萨克斯也跟着离开。

萨克斯说:"他看起来倒不像怪物。他是因为什么案子被起诉的?"

格雷迪说:"有烟酒枪械管制局的探员到纽约州北部卧底,调查一宗与军火有关的案件,结果查出这可能是由康斯塔布尔策划的阴谋。他手下有一些人打算用九一一报假案,引诱州警到郡里比较偏远的地方。如果赶来的州警是黑人,就绑架他们,脱光他们的衣服,并用私刑处死。哦,对了,甚至有人建议割掉他们的生殖器。"

萨克斯在警界多年,早已不知处理过多少怪诞荒谬之事,但这时还是惊讶得直眨眼睛。"你不是在开玩笑吧?"

格雷迪点点头。"这只是刚开始,动用私刑的背后还有一个

---

①乔治·梅森(George Mason,1725—1792),美国南部种植园主,政治家。

更大的计划。他们打算，如果他们杀掉了足够多的黑人州警，而新闻媒体也大肆报道的话，便会引起黑人的抗议和暴动，而这正好给全国白人一个报复并清洗他们的好借口。他们甚至希望拉丁裔和亚裔种族也加入黑人的行列，好让白种人的革命将他们一次驱逐干净。"

"如今这种时代还有这样的事？"

"你很惊讶吧。"

贝尔对路易斯点点头。"现在他交给你保护了，多加小心。"

"没问题。"警探回答。这位彪形大汉保护格雷迪离开拘留所大厅，而萨克斯和贝尔则去登记柜台那里领回武器。当他们走在叹息桥上，朝刑事法庭走去时，萨克斯把有关"魔法师"以及他行凶的经过全告诉了贝尔。

在听完她描述托尼·卡尔沃特惨死的情况后，贝尔不禁皱起眉头。"杀人动机？"

"不详。"

"他有效仿的对象吗？"

"答案同上。"

"疑犯的相貌呢？"贝尔再问。

"这点也不确定。"

"一点儿线索都没有？"

"我们判断这个人是白种男性，中等身材。"

"这么说来，目前还没有目击凶手的人，对吧？"

"事实上，见过他的人还不少。他第一次出现的时候，是个深色头发、蓄着胡子的五十多岁男人；第二次，他是个六十几岁的光头清洁工；第三次出现时，是个七十几岁的老太太。"

贝尔看着萨克斯，以为她在开玩笑，等着她先忍不住笑出来。但看到萨克斯一直表情严肃,他才主动问:"你没开玩笑?"

"这是事实,罗兰。"

"我的枪法虽好,"贝尔摇摇头,拍拍挂在右侧腰上的自动手枪说,"但总要有个目标才行。"

那就要靠祈祷了。阿米莉亚·萨克斯心想。

12

　　第二个命案现场的证物已经送到了，梅尔·库柏立即把这些证物塑料袋和玻璃瓶摆放在莱姆客厅中间的工作台上。

　　塞利托也已从总局回来，他刚刚就"魔法师"一案开了一个严肃的会议。局长和市长都想知道这件案子的细节和侦办进度，但塞利托却讲不出个什么细节，也提不出任何进展。

　　莱姆已接到背景调查报告，奇幻马戏团那两位乌克兰魔术师都没有前科。而在帐篷前站岗的两名警员也四处检查过，回报说并未发现任何线索或可疑活动。

　　不一会儿，萨克斯走进房间，旁边跟着举止稳重的罗兰·贝尔。当塞利托荟获上级指示要他多增加一位警探加入专案小组时，莱姆便立刻提议找贝尔——他的阅历和经验都很丰富，而且又是枪法一流的神枪手，万一到时与嫌疑犯发生激战，他可以做萨克斯强力的后援。

　　贝尔一一与房里的人打过招呼，但先前没有人对他提过卡拉。他用疑惑的目光看着她，而卡拉则回答："我和他一样，"她用头指了指莱姆，"也算是顾问。"

　　"很高兴认识你。"贝尔说，同时惊讶得直眨眼睛，看着卡拉漫不经心地同时玩着三枚硬币，在手指关节间来回翻动。

　　萨克斯开始与库柏一起研究证物。莱姆问："这名死者是谁?"

"死者托尼·卡尔沃特，三十二岁，未婚。呃……以他的情况来说，应该是'没有伴侣'。"

"与那位音乐学校学生有什么关系吗?"

"目前还不知道，"塞利托回答，"贝迪和索尔正在清查这一点。"

"他的职业是什么?"库柏问。

"百老汇的化妆造型师。"

而第一位被害人是音乐学校的学生，莱姆心想。一个是单身女性，一个是男同性恋，他们的住处和工作领域都差得很远。造成他们遇害的共同点是什么呢？他问："有没有性用品?"

由于第一个命案现场并无性侵害的迹象，因此莱姆对萨克斯所说的一点儿也不惊讶："不，除非他带着记忆回家、上床……而且沉溺于此。"她走到写字板前，把尸体的数码照片贴了上去。

莱姆驾着轮椅驶近写字板，仔细研究这几张恐怖的照片。

"真是令人恶心的变态。"塞利托骂道，提供了一个毫无建设性的结论。

"使用的武器是什么?"罗兰·贝尔问。

"看来像是横截锯。"库柏检查过几张伤口特写照片后说。

不管是在北卡罗来纳州还是纽约，贝尔都已见过不少类似这样的屠杀场景，但他还是摇摇头："哦，这真是恐怖。"

在莱姆专心研究照片的时候，他突然听见一个奇怪的声音，似乎有某种不规则的咝咝声从附近传来。他掉转头，看见卡拉就站在他身后，那个声音正是她在惊骇之下的呼吸声。她怔怔地看着卡尔沃特的尸体照片，一只手不由自主地抓着头上的短发，因受到惊吓而睁大的眼睛充满了泪水。她无法止住下颌的颤抖，匆匆转身离开写字板。

"你没事吧……"萨克斯说。

卡拉摆摆手，双眼紧闭，呼吸异常急促。

莱姆一见到她脸上的表情，便明白她正遭受极大的痛苦，已经快到极限。对他来说，这种恐怖是他在刑事案鉴定生涯中必须承受的，但却不属于卡拉的世界。当然，她在舞台上看似也会遭遇一些危难和惊险，不过那都只是幻觉。要一般市民主动来面对这种血淋淋的景象，可以说是要求太高；而这对警方来说也是件可耻的事，因为他们迫切需要她的协助，才使她面对这样的痛苦。然而，莱姆在见到她脸上的惊骇表情后，便知道他们不能再逼她往下深入了。他甚至猜想，或许她马上就要吐出来了。

萨克斯想上前扶住她，但被莱姆摇头制止了。他无声传达出的信息是：他知道他们或许会失去这个女孩，他们必须让她退出。

但是，这次他判断错了。

卡拉深吸了一口气，就像潜水员在离开船艇下水之前做的那样，然后又转身看向写字板，眼中射出坚毅的目光。她已克制住自己的情绪，下定决心再度面对这几张血腥的照片。

在一番仔细观察后，她才点了点头。"P.T.赛尔比特。"她边说，边擦拭了一下眼睛。

"这是人名吗？"萨克斯问。

卡拉点点头。"巴尔扎克先生曾表演过这个人的几种戏法。他是一九〇〇至一九一〇年间的魔术师，曾做过类似的演出。这个戏法名称叫'活锯女郎'，和这次命案的情形相同，把人绑住，四肢分开，然后用锯子锯开。唯一不同的地方只在于：凶手挑选了一名男性来进行这次表演。"她眨了眨眼睛，惊讶自己竟然会用"表演"这个字眼,"我的意思是,实施这次犯罪。"

莱姆又问了一样的问题:"懂得这种戏法的人数有限吗?"

"没有,这个戏法太出名了,比'消失的人'还要著名,只要对魔术史稍有了解的人一定都知道。"

他早已预料到会得到这个答案,但还是说:"托马斯,还是把这点写上去吧。"说完,他又对萨克斯说:"好,现在告诉我们发生在卡尔沃特身上的事。"

"被害人似乎打算去上班,便从后门出去——附近邻居说这是他的习惯。他在走过一条死巷的巷口时,看到了这个……"她指着一个装在塑料袋中的黑色玩具猫说,"一只玩具猫。"

卡拉看了玩具猫一眼。"这是电动的,像机器人一样,我们把它叫作'假物'。"

"假什么?"

"假……物。这是一种道具,用来欺骗观众,让他们以为那是真的东西。就像一把没有刃的刀,或一个内部有暗层的杯子。"

萨克斯按下玩具猫身上的开关,这只假猫便开始走动,还不时发出很像猫叫的喵喵声。"被害人一定是看见了这只猫,才会走过去查看,说不定还以为这只猫受伤了,"她继续说,"'魔法师'就是利用这招诱使被害人走入死巷。"

"来源可查吗?"莱姆问库柏。

"香港新陆公司制造,我查过该公司的网站了,这种玩具的销售地点在全国有好几百家。"

莱姆叹了口气。看来,"来源过于广泛,无法追查"已成为这个案子里最常出现的一句话。

萨克斯继续说下去:"于是卡尔沃特走向那只猫,蹲下查看。而疑犯这时躲在某处,然后……"

"是镜子。"莱姆打断她的话,转头看向卡拉,而卡拉点了点头。"魔术师经常利用镜子,只要把它们放对角度,就能让藏在镜子后面的任何人或东西隐形。"

莱姆这时想起来,卡拉工作的那家商店就叫"烟与镜"。

"但后来似乎出现了意想不到的情况,使被害人有机会逃走,"塞利托接过来说了下去,"接下来就是比较戏剧化的部分了。我们查过九一一的报案录音,卡尔沃特逃回公寓,回到自己的住处,然后打电话报警。他说攻击他的人就在屋外,而所有的门都已锁上了。可就在这时候,电话突然断了,看来'魔法师'那时已闯入屋内。"

"也许是从窗户进去的……萨克斯,你检查过消防安全门吗?"

"没有。至于窗户,都是从里面锁上的。"

"好,但你还是应该去搜查一下消防门。"莱姆简短地说。

"他不会从那里进来,没那么多时间。"

"那么,他一定抢到了被害人家中的钥匙。"

"钥匙上没有他的指纹,"萨克斯说,"只有被害人的。"

"他一定有钥匙。"莱姆坚持。

"不,"卡拉说,"他是自己开锁进去的。"

"不可能。"莱姆说,"也许他以前曾潜入那里,早已准备好复制的钥匙。萨克斯,你应该再回去检查一下,看看他是否……"

"锁是被他用工具打开的,"这位年轻女子固执地说,"这点我敢保证。"

莱姆摇摇头。"六十秒的时间能连开两道锁?根本不可能。"

卡拉叹了口气。"对不起,但我不得不说,六十秒的时间绝对够他连开两道锁。而且，说不定他花的时间更少。"

"好吧，那就先让我们假设他办不到，"莱姆不高兴地说，"然后……"

卡拉打断他的话。"先让我们假设他办到了。这点相当重要，绝对不可以遗漏。这个事实可以帮助我们多了解他一点。有个很重要的信息——对他来说，门锁根本就不在话下。"

莱姆瞄了塞利托一眼，而这位警探立刻说："我得说，我在盗窃组服务时，逮捕过十几个惯偷，但他们之中没有人有这么快的开锁速度。"

"巴尔扎克先生要我每星期练十个小时的开锁技术，"卡拉说，"我没带工具来，但如果要我做的话，我一样能在三十秒内打开你的外门，用六十秒打开里面的门，而且这是在我还没学会擦揉开锁的情况下。如果是'魔法师'，他可以再把时间缩短一半以上。我知道你们喜欢讲证据，什么事都得看证物，但如果你要阿米莉亚回去搜索根本不存在的东西，那只是白白浪费时间而已。"

"你确定？"塞利托问。

"百分之百。"

萨克斯瞟了莱姆一眼。他极不情愿地接受了卡拉的假设——但抛开工作不谈，他倒是很高兴看到这个女孩的勇气，这非常有助于改善她初见莱姆时的"那种表情"和"那种笑容"。他点点头，对托马斯说："好吧，把这点写在表格上，就写我们这位先生开锁技巧娴熟。"

萨克斯继续说："现场找不到'魔法师'用来击昏被害人的武器。从死者头上的钝器外伤判断，嫌疑犯使用的可能是铁棒，而且已被他带离了现场。"

指纹采集的结果送来了。从命案现场死者陈尸处以及"魔法师"有可能触摸过的地方，一共采集到八十九枚指纹，但莱姆凑近一看，立即发现其中一些指纹的样子很奇怪。他知道那是嫌疑犯的指套造成的，便懒得再去研究其余的指纹了。

他们把重点转到萨克斯从现场收集回来的证物上，结果找出微量的矿物油，与早上音乐学校的现场一样。此外，他们还发现更多的橡胶、化妆品和藻胶。

第五分局的姓关的警探打电话来，说他们已搜索过卡尔沃特住处附近的所有垃圾箱，但没发现嫌疑犯换装所用的道具或杀人凶器。莱姆谢过他，请他继续搜查。这位警探虽然答应了，但敷衍的口气让莱姆知道，搜查就到此为止了。

莱姆问萨克斯："你说他弄碎了卡尔沃特的手表？"

"是的。手表停在正午，只超过几秒而已。"

"上一个被害人遇害的时间是早上八点，看来，他是在按照时间表进行。说不定，今天下午四点就会出现第三名被害人。"

现在只剩不到三个小时了。

库柏说："镜子这方面也没有线索。查不出生产厂家——看来他是从镜框上取下来的。镜子上面有一些真正的指纹，可是有些被疑犯的指套痕迹盖住了，因此我猜这些指纹应该是出售这面镜子的店员或制造商留下的。不过，我还是会把它们全部输进指纹自动识别系统做比对。"

"我还找到一双鞋子。"萨克斯一边说，一边从板条箱里取出了一个塑料袋。

"是他的吗？"

"大概是吧。这双鞋和我们在音乐学校发现的鞋印的信息一致，都是爱步牌，而且同样是十号。"

"奇怪，他为什么故意把鞋子留下来？"塞利托纳闷道。

莱姆猜道："也许他认为我们已经知道他在第一个现场穿的是爱步牌鞋子，如果他扮成老太太还穿着这双鞋，恐怕就会被赶至现场的警员识破。"

梅尔·库柏说："我们从这双鞋的鞋面、鞋底和鞋尖的锯齿凹痕处采下不少痕迹证物。"他打开一个袋子，把里面的物质全倒了出来。"还真不少呢。"他淡淡地说了一声，随即俯身开始仔细检视这堆东西。

虽然这仅仅是一小堆残渣杂质，但对刑事鉴定人员而言，却大得像座山一样，里面可能富含大量信息。"梅尔，放大看，"莱姆说，"我们一起看看里头到底有什么。"

尽管科学仪器日新月异，但在刑事实验室中，最常用的工具就是显微镜。而且从理论上而言，现代显微镜与十六世纪荷兰人安东尼·范·列文虎克[①]发明的那台简陋的黄铜座显微镜相比，其实没有什么区别。

莱姆拥有一台老旧的扫描式电子显微镜，但现在已很少用了。他在客厅临时搭建的实验室里另有两台显微镜。其中一台是德国莱茨公司的复合式偏光显微镜，这台显微镜型号虽旧，却是莱姆最信赖的设备。这种显微镜有三个观察孔——在观察者使用的双眼接目镜中央，另有一个拍摄镜头。

第二台是库柏现在正在使用的立体显微镜，是他先前用来检验在第一个命案现场找到的纤维所使用的工具。与其他显微镜比起来，这台显微镜的倍率并不高，只适合用来检验三维的物体，例如昆虫、植物和矿物等。

[①]安东尼·范·列文虎克（Antonie van Leeuwenhoek，1632—1723），荷兰显微镜学家，微生物学的开拓者。

电脑显示器上出现了显微镜下的影像，这是供莱姆和其他专案小组成员一起观看的。

如果是刚接触刑事鉴定科学的学生，一定会马上把显微镜调到最高倍率，将证物放至最大。但根据实践经验，最适当的检视倍率其实并不是很高。库柏一开始只放大四倍，接着才调成放大三十倍。

"啊，焦点对准一点，对准一点。"莱姆叫道。

库柏调整接目镜上的高倍旋钮，显示器上的影像便立即变得清晰了。

"好了，就这样移动吧。"莱姆说。

库柏调整显微镜台上的控制钮，移动载玻片镜台。他轻轻转动，显示器上便有数百个各种形状的物体慢慢掠过，有些色泽极暗，有些呈红色或绿色，有些是半透明的。每当莱姆透过显微镜的接目镜观察时，他总觉得自己就像个偷窥狂，因窥视这未知的世界而兴奋不已。

而且，这个世界尚有许多事物有待探索。

"里面有毛发，"莱姆说，"是动物的。"他从毛发上的鳞片数量上得出这个结论。

"什么动物？"萨克斯问。

"是狗，我肯定。"库柏先回答了，而莱姆的意见也与他一致。库柏立即上网，不一会儿，便从纽约市警局的资料库中调出动物毛发的影像档案。"有两个品种符合……不对，有三种。一种是毛发长度中等的品种，例如德国牧羊犬或玛利诺犬。另外还有两种长毛品种，英国牧羊犬和伯瑞犬。"库柏把显示器上的影像固定了，所有人便看见一团略带棕色纹理的棒状和管状物。

"那个长长的东西是什么？"塞利托问。

"是纤维吗？"萨克斯猜测。

莱姆看向塞利托说的那个东西。"是干草，或某种植物，但其他东西我就认不出来了。梅尔，用气相色谱分析仪检验一下。"

没多久，气相色谱分析仪便完成化验结果，机器显示器上出现一张图表，里面列有各项分析出来的物质：胆色素、粪胆素、尿胆素、吲哚、硝酸盐、粪臭素、硫醇、硫化氢。

"啊！"

"啊？"塞利托问，"你说'啊'是什么意思？"

"指令，显微镜一号。"

显示器又换回刚才的影像。

"这很明显……死了的细菌、半消化的纤维与野草。这是狗屎！哦，抱歉我说了粗话，"他语带讥讽地说，"这是狗的粪便。看来，我们这位疑犯踩到他不该踩的东西了。"

这是令人兴奋的发现。毛发和粪便都是典型的优良物证，只要他们在某个嫌疑人身上、某个特定地点或某辆车上找到同样的痕迹，那么就几乎可以断定这个人就是"魔法师"或他曾经接触过的地方。

联邦调查局的自动指纹辨识系统已将报告送回，没有那块遗留在现场小巷镜子上的指纹相符的比对，但这早已是众人预料中的事。

"现场还有什么东西？"莱姆问。

"没了，"萨克斯说，"就这些。"

在莱姆重新浏览一遍证物表的时候，楼下的门铃响了，托马斯前去应门。不一会儿，他带了一位穿制服的警员进来。和许多第一次走进这位传说中的林肯·莱姆隐居之地的年轻人一样，这名警员战战兢兢地站在门口，不敢踏入室内。"我想找贝尔警探，他们说他到这里来了。"

"我就是。"贝尔说。

"这是查尔斯·格雷迪办公室盗窃案的现场鉴定报告。"

"谢谢你，小子。"贝尔接过公文袋，朝他点了点头。这位年轻人紧张地看了林肯·莱姆一眼，便赶紧转身离开了。

贝尔抽出报告翻了一下，却耸了耸肩："这不是我的专业。嘿，林肯，有没有空帮我看一下？"

"没问题，罗兰，"莱姆说，"你把订书钉拆下来，文件放在那边那台翻页机上，托马斯会帮你的。这是什么案子？是和安德鲁·康斯塔布尔有关的案子吗？"

"是的。"他把查尔斯·格雷迪办公室遭窃的事告诉莱姆。当看护托马斯把这份现场鉴定报告放在架子上后，莱姆便把轮椅驶至翻页机前。他很仔细地看了第一页，然后才说："指令，翻页。"接着又继续看下去。

嫌疑犯入侵的方式很简单，他在走廊上打碎了办公室大门上的玻璃，然后伸手进去打开了门锁，至于那扇介于秘书办公室和检察官个人办公室之间的木门，由于门上有两个锁，再加上木门相当厚重，因此窃贼无法闯入。

现场鉴定小组的取证人员在秘书办公室的桌面及其附近找到一些有趣的东西，他们找到了一些纤维。不过，报告上只注明了它的颜色——大部分是白色，少部分是黑色，而只有一根是红色——除此之外便无其他描述了。此外，他们还找到两块微小的金箔碎片。

警方判断窃贼闯入的时间是在清洁工打扫完毕之后，因此这些纤维应该不是格雷迪的秘书或其他在白天正常进入这间办公室的人留下的。现场鉴定组判断，这些纤维极有可能来自嫌疑犯。

莱姆读完了最后一页。"就这样？"他问。

"看来是。"贝尔回答。

莱姆嘀咕了一声，然后说："指令，电话，拨号佩雷蒂，逗号，文森特。"

佩雷蒂当年是由莱姆亲自录取进入现场鉴定小组的，当时莱姆认为他在刑事鉴定上极具天分。但事实证明，他更杰出的地方在于比刑事鉴定更深奥难懂的警察局内部的政治艺术，这点与总是喜欢身先士卒亲临命案现场的莱姆完全不同。在莱姆因伤退休后，佩雷蒂便接任了侦查资源组组长的职务。

电话好不容易接通了，佩雷蒂接起电话便说："林肯，你好吗？"

"很好。文森特，我……"

"你在忙'魔法师'那个案子，对吧？进展如何？"

"仍在进行中。我打电话来是有别的事。现在罗兰·贝尔在我这里，我刚拿到格雷迪办公室遭人入侵一案的报告……"

"哦，那是与安德鲁·康斯塔布尔一案有关的案子。没错，那件案子与格雷迪的安全有关。你有什么事要我做吗？"

"我正在看这份报告，但这份报告只是初步的。我需要更多信息。鉴定小组在现场找到一些纤维，我想知道这些纤维的成分、长度、直径、色温、所用染料，以及正确的数量。"

"等等，我去拿笔。"过了一会儿，他说，"好了，请讲。"

"我还需要地板上所有脚印的静电采样照片，需要知道在秘书办公桌、柜子和书架上的所有东西。我想知道在所有表面、抽屉和墙上的东西，想知道它们确切的位置。"

"所有疑犯触摸过的东西？好，我想应该没问题。我会……"

"不对，文森特，是办公室的所有东西，在里面的'一切'

东西。纸夹、那位秘书孩子的照片、放在最上层抽屉里的模型。我才不管疑犯到底有没有触摸过。"

这些话令佩雷蒂有些不高兴了，但他还是说："我会找人照你说的话做。"

莱姆想不通为什么佩雷蒂不亲自去做，如果是他，即使他身为侦查资源组组长，也一定会立刻亲自去把这些事情都完成。

但现在他的身份只是顾问，对侦查资源组的影响力已极为有限。"谢谢你，文森特。"

"别客气。"电话那端的男人冷冷地说。

电话挂断后，莱姆对贝尔说："目前我帮不上什么忙，罗兰，除非有更多的资料。"

他又看了一眼报告。纤维和乌合之众……谜题。但在这个时刻，他们必须把重点放在另一个人身上。莱姆自身尚且面临许多待解的谜题，而且时间已经不够用了。那两只被踩碎的手表停住的时间就写在证物表上，提醒他——在"魔法师"找到下一位被害者前，他们只剩下不到三个小时的时间了。

魔法师

音乐学校命案现场

- 嫌疑犯外貌描述：棕发、假胡子、无明显特征。年约五十岁，中等身材，左手无名指和小指粘连在一起。能快速换装扮成年老、秃头的清洁工。
- 杀人动机不明。
- 被害人：斯维特兰娜·拉斯尼诃夫。
  音乐学校全日制学生。
  正在调查其家庭、朋友、同学及同事关系，寻找可能的线索。
  无男友，已无知仇人。兼职工作为在儿童生日聚会上表演。
- 附有扬声器的电路板。
  已送至联邦调查局纽约办事处实验室检验。
  数码录音器，可能录有嫌疑犯的声音。所有资料都已被销毁。
  录音器是一种"秘密装置"，是自制物品。
- 使用旧式手铐铐住被害人。
  德比式手铐。曾被苏格兰场使用。已派人前往新奥尔良的胡迪尼博物馆查访。
- 被害人的手表被破坏，指针正好停在上午八点。
- 棉线，用来绑住折叠椅。样式普通，来源无法追查。
- 爆竹，用来制造枪声效果。已毁坏。
  来源过于广泛，无法追查。
- 保险丝，型号普通。
  来源过于广泛，无法追查。
- 现场警员汇报遇到强烈闪光。未发现可追查物品。
  闪光棉或闪光纸。
  来源过于广泛，无法追查。
- 疑犯鞋子：十号爱步牌。
- 丝质纤维，染成灰色，经过打磨去光处理。
  从快速变装的清洁工服装上掉落。
- 疑犯可能戴棕色假发。
- 红山核桃树和梅衣属地衣，主要生长地点均为中央公园。
- 泥土中含有不寻常的矿物油。
  已送至联邦调查局化验。
- 黑色丝质布，七十二英寸×四十八英寸，用于遮盖。无法追查来源。
  魔术师经常使用这种黑布。
- 手上戴套子以掩盖指纹。
  魔术师用的指套。
- 橡胶痕迹，蓖麻油，化妆品。
  舞台化妆用品。
- 藻胶痕迹。
  用来铸造橡胶"装备"。
- 凶手武器：白色丝织绳索，有黑色丝质内芯。
  绳索为魔术演出之用，可变色。无法追查来源。
- 特殊绳结。
  已送至联邦调查局及海事博物馆，目前尚无进一步消息。
  胡迪尼表演使用的绳结，实际上无法解开。
- 在门房登记簿上使用隐形墨水。

魔法师

东村命案现场

- 第二号被害人：托尼·卡尔沃特。
  剧院化妆造型师。
  无已知仇人。
  与第一位被害人无明显关系。
- 无明显杀人动机。
- 死因：
  头部钝器外伤致命，死后尸体被锯成两半。
- 疑犯扮成七十几岁老妇人逃亡。正在邻近地区进行搜索，寻找疑犯丢弃的衣服和其他证物。
  尚未有发现。
- 手表被破坏，时间停在正午十二点。
  固定模式？下一位被害人可能在下午四点遇害。
- 疑犯躲藏在镜子后面。镜子无法追查来源。
  指纹已送联邦调查局。
  无相符比对。
- 使用玩具猫（假物）以引诱被害人进入死巷。玩具无法追查来源。
- 再次发现矿物油，与第一个现场相同。等待联邦调查局的化验报告。
- 再次发现来自指套的橡胶和化妆品。
- 再次发现藻胶。
- 爱步牌鞋子被遗留在现场。
- 鞋上有狗毛，可能为三种犬类。鞋子上有粪便。

魔法师描述

- 嫌疑犯会利用误导来对付被害人和逃避警方追捕。
  生理误导（转移注意力）。
  心理误导（消除怀疑心）。
- 逃离音乐学校的方式近似"消失的人"戏法。过于普通无法追查。
- 嫌疑犯身份很可能是魔术师。
- 手部技法熟练。
- 也懂得变换术（快速变装）。使用容易脱下的衣物，尼龙和丝质布料，光头头套，指套和其他橡胶装备。可能为任何年纪、性别与人种。
- 卡尔沃特之死是赛尔比特的"活锯女郎"戏法。
- 精通开锁技巧（可能掌握"擦揉开锁法"）。

13

一九〇〇年,曼哈顿的马匹数量已超过十万。而且,在一百年前,这座岛上的空间就已弥足珍贵,因此当时便出现了许多两层或三层楼的马厩,许多家畜都被豢养在好几层的兽房里。

这种多层马厩至今仍存在于纽约市内,其中最著名的便是上西区的"哈默斯泰德骑术学院"。这所学院的大楼建于一八八五年,至今仍保存完好。学院的平地部分是一个大操场,作为骑术课程或马术表演活动之用;操场四周便是数百座大大小小的马厩。你或许会以为,在二十一世纪,像曼哈顿这样的市区根本不可能存在这种大型繁忙的马厩,但如果你注意到离这里只有几个街区远的中央公园中,有一条长达六英里、保养良好的骑马专用小径,应该就不会觉得太意外了。

这所学院共有九十匹马,有些是私人所有,有些则可供大众租借。这时,其中一匹出租马匹便由一位红发少女牵着走下马厩前的陡坡,等待租马的人前来领取。

在每星期六的这个时刻,当谢丽尔·马斯顿看着这匹高大、活泼、臀部布满斑点的阿巴卢萨①马时,她心里总会油然而升一种兴奋之情。

---

① 阿巴卢萨(Appaloosa),马种名,特征为后半身皮毛上布有杂纹斑点。

"嗨，小唐尼。"她轻轻呼唤这匹马的小名。这匹马的真正的名字是唐璜·迪·米德堡，而马斯顿总爱说，它是喜欢为女性服务的绅士。这虽是玩笑话，却也是事实：如果坐在这匹马上的是男性骑手，它就会忸怩不安、不停嘶鸣，抗拒着不肯前进；但一旦马斯顿骑上马背，它便立刻乖乖地任她摆布了。

"一小时后见。"她对红发少女说，随即跨上马背，握住柔软的缰绳，感受着她胯下马匹身上那令人惊异的肌肉。

她轻轻抚摸过马儿的胸口，便骑马上路，他们一起走出八十六街，慢慢朝东走向中央公园。马蹄铁掌在柏油路面上发出清脆的啪嗒声，吸引了路旁不少人好奇的眼光，他们纷纷回过头，目不转睛地盯着这匹高大的骏马，以及这位穿着马裤、红色夹克，头戴黑色天鹅绒头盔、帽后垂着一条长长的金色发辫、高高坐在马背上的尖脸女人。

在越过马路进入中央公园时，马斯顿转头往南边望去，看见中城那幢她一周在里面花五十个小时埋头于公司法事务的办公大楼。原本，她只要一想到工作，就会有千百种思绪排山倒海般涌来，想到一个同事整天挂在嘴边的那些"当务之急"的案子。但在现在这个时刻，这些事情完全没有干扰她。她坐在马背上，坐在造物主最伟大的作品上，这时是没有任何东西能干扰她的。小唐尼沿着开满水仙、迎春花和丁香花的小径缓缓前行，此刻她感受到的只有迎面而来的温暖阳光和泥土的芬芳。

这是春天第一个美丽的日子。

在前半小时里，她慢慢沿着湖畔前行。人与马是两种完全不同的动物，各有各的强大与聪明，却能彼此互补，产生如此独一无二的密切关系。马斯顿陶醉在这种喜悦的关系中，享受一小段恣意快跑的乐趣，来到公园北边靠近哈莱姆区偏僻地带的一个急弯处，才把速度放慢，缓缓前进。

这是一段完全平静祥和的时光。

直到意外发生。

她不知道事情是怎么发生的，在她放慢速度、打算穿过两座灌木丛之间的空隙时，突然有一只鸽子直直撞向小唐尼的脸。小唐尼发出一声嘶鸣，戛然停住脚步，使马斯顿整个人差点向前飞出去。它接着又立起，使她又差点从它的臀部滑下去。

她紧紧抓住马鬃和鞍部的边缘，才没从八英尺高的马背跌落在坚硬的石板地上。"吁！唐尼，"她高声叫着，轻拍它的脖子想安抚它，"没事的，小唐尼。吁！"

然而，它还是发狂般地抬起前腿，不断用后腿站立。难道刚才那只鸟弄伤它的眼睛了？她关心这匹马的安危，但心中也产生了相当大的恐惧感。小径两旁全是一颗颗突起的石块，如果小唐尼再继续这样站立下去，便极有可能踏上不平坦的地面，失去平衡而摔倒——而且极有可能把她压在下面。她知道在骑乘活动中发生严重意外受伤的人，几乎都不是因为摔下马背，而是因人马一起摔倒而被夹在几百公斤重的马匹与坚硬的地面之间造成的。

"唐尼！"她吓得大叫。但它又再次以后腿站立而起，保持这个姿势，在慌乱中慢慢接近了石块突起的区域。

"天啊！"马斯顿尖叫起来，"不、不……"

她知道她已无法再控制它了。它的后蹄已踏到了石块，马斯顿感觉到它身上的肌肉因惊慌而颤抖。它大声嘶鸣，马斯顿知道它也经已察觉自己即将失去平衡了。

她知道自己就要摔断双腿了。说不定，她上半身的骨头都会跌个粉碎。

她似乎已经感受到那即将到来的剧痛，同时也感受到马儿即将承受的痛楚。

"不！唐尼……"

就在此时，一个身穿慢跑装的男人不知从灌木丛的什么地方忽然跳出来。他睁大双眼看着马，然后飞跃上前一把抓住了衔铁和缰绳。

"快走开！"马斯顿喊道，"它失去控制了！"

这个人一定会被它踢中脑袋的。

"你快点躲……"

然而……这是怎么回事？

这个身材瘦削的男人看也不看她一眼，只直视着这匹马棕色的眼睛。他低声说了几个她无法听清的字眼，然后，这匹阿巴卢萨马竟然奇迹般地安静了下来。小唐尼不再站立，四只脚全稳稳地踩回了地面，尽管它仍有些不安，身上的颤抖亦未完全停止——正如她此时怦怦狂跳的心脏一般——不过最糟糕的时刻似乎已经过去了。这个男人抱住马头往下拉，贴近自己的脸颊，又对它说了几句话。

等马完全平静后，他才退后几步，再次称赞了几句，这才抬起头看着她。"你没事吧？"他问。

"没事，"马斯顿摸着胸口，深深吸了一口气。"我只是……这发生得太突然了。"

"刚才是怎么回事？"

"它被一只鸟吓着了。那只鸟直接朝它的脸飞来，不知道有没有撞到它的眼睛。"

男人上前仔细检视。"看起来好像没事。虽然我不是兽医，不过没见着任何伤口。"

"你刚刚是怎么做到的？"她问，"难道你懂……？"

"你是说我能和马说话?"他回答,笑了起来,羞涩地避开了她的目光。对他来说,看马匹的眼睛似乎比看人来得自在。"当然不是。不过我经常骑马,我猜,我大概具有能使马镇定下来的特质吧。"

"我还以为它要摔倒了。"

他害羞地对她微微一笑。"我还真希望懂得一些能让你镇静下来的话。"

"对我的马有效的话,对我一样有用。真不知该怎么感谢你才好。"

小径上又来了一位骑士。这位蓄有胡子的男人牵着小唐尼离开小径,让后面过来的那匹栗色母马通过。

他仔细地打量着马斯顿的这匹马。"它叫什么名字?"

"唐璜。"

"这是你从哈默斯泰德租来的?还是自己养的?"

"租来的,不过我觉得它就像我养的马一样。我每星期都骑它。"

"我也经常租马来骑。马真是一种美丽的动物。"

马斯顿现在总算完全平静下来了,开始仔细观察眼前这个人。他是个英俊的男人,大约五十出头,蓄有整齐的胡子,两道粗厚的眉毛在鼻梁上方交会。她看见他的脖子和胸部有似乎伤疤的痕迹,而且左手有些变形。不过,她并不怎么在意这些缺憾,因为这个男人也喜欢马,光凭这一点便已对她构成了极大的吸引力。谢丽尔·马斯顿已离婚四年,今年三十八岁的她,知道此时他们彼此都在互相打量。

他微微一笑,避开她的眼光。"我想……"他的声音又含混起来,于是他索性拍拍小唐尼如波浪般起伏的脊背,以填补这段沉默的空白。

马斯顿扬扬眉毛。"你想说什么？"她鼓励他说下去。

"嗯……你大概要骑到黄昏吧，可我也许再也见不到你了……"他终于克服羞怯，鼓足勇气说，"我只是在想，如果约你一起去喝咖啡的话，是不是太冒昧。"

"当然不，"她回答，很高兴见到他如此勇敢的态度，但她也立刻补了一句，好让他了解一下自己的安排，"我还剩二十分钟左右，得先把这趟马骑完……如果让你等二十分钟，会不会耽误你的时间？"

"不会，不会。我二十分钟后会在马厩等你。"

"那好。"谢丽尔说，"啊，我忘了问了，你的马术是英式的还是美式的？"

"老实说，我骑的是无鞍马，我以前是职业骑手。"

"真的吗？在哪儿表演？"

"信不信由你，"他害羞地回答，"我的马术是在马戏团里学的。"

14

库柏的电脑发出嘀的一声,表示收到一封电子邮件。

"是我们联邦调查局的朋友发来的。"他立刻点开这封邮件,看完之后说,"是矿物油的化验报告,这种油是商业用油,品牌名是'光洁',用途为保养马鞍、缰绳、皮革喂食袋等与马术有关的制品。"

马术……

莱姆驾着"暴风箭"轮椅转了一下,向写字板上的证物表看去。

"哎,错了,错了……"

"怎么了?"萨克斯问。

"我把'魔法师'鞋子上的粪便弄错了。"

"怎么回事?"

"那不是狗粪,而是马粪!看看里面的植物成分。我到底在想什么?狗是肉食动物,怎么会去吃草料呢?……好,我们重新想想。泥土、粪便和其他证物,都足以把他锁定在中央公园……还有那些毛发。你们知道犬丘吗?这个地方也在中央公园。"

"那个区域就在对面,"塞利托说,"很多人都去那里遛狗。"

"卡拉,"莱姆高声问,"奇幻马戏团有马吗?"

"没有,"她说,"他们不做动物表演。"

"好,那就先把马戏团排除……这么说,他还可能去什么地方呢?犬丘紧挨着那条骑马专用的小径,应该没错吧?也许这样猜很大胆,但他有可能到那里去观察骑马的人,其中或许有一位将成为他的目标。这个人不一定是下一个被害者,但暂且先这么假设——因为这是眼下我们唯一能肯定的线索。"

塞利托说:"我记得这个地区有一座马厩,没错吧?"

"我在附近见过,"萨克斯说,"好像是在第八十街。"

"去查查,"莱姆叫道,"快派人去。"

萨克斯瞄了一眼时钟。现在是下午一点三十五分。"嗯,时间应该够,我们还有两个半小时去寻找下一个牺牲者。"

"很好,"塞利托说,"我会派跟踪小组去公园和马厩附近布线。如果他们能在两点半之前就位,就有充裕的时间盯住疑犯。"

这时,莱姆注意到卡拉皱起了眉头。"怎么了?"他问。

"呃……我不认为你们有这么多时间。"

"为什么?"

"我不是告诉过你们有关误导的事吗?"

"我记得。"

"还有一种误导的方式是利用时间。变戏法的人会故意让观众认为在某个时间将会发生某件事,但其实这件事是发生在另一个时间。举例来说,魔术师会以相同的时间间隔重复某个动作,这样观众潜意识里便自然会认为他的动作只会在这些特定的时间点上发生。但如果表演者突然缩短间隔,提早做出这个动作,观众便完全不会留意他所做的事。时间误导这个招数很常见,魔术师总是会故意让观众抓住时间的间隔。"

"就像故意踩碎被害人的手表?"萨克斯问。

"没错。"

莱姆问:"所以,你认为我们等不到四点了?"

卡拉耸耸肩。"也不一定。说不定他打算杀前三个人都间隔四小时,直到第四名才突然缩短成一个小时。这我可就不清楚了。"

"我们现在什么都不清楚,"莱姆断然说,"你是怎么想的,卡拉?如果你是嫌疑犯,你打算怎么做?"

莱姆突然让她模拟凶手的心态,让她不由得难堪地笑了笑。在经过一番令人尴尬的思考之后,她说:"他现在一定知道你们已经看到那两块手表,他知道你们是聪明人,不需要再暗示太多。如果我是他,我不会等到四点才下手杀第三个人,而是现在就动手了。"

"你说得很好,"莱姆说,"别管跟踪小组和便衣警察了,朗,你马上打电话给霍曼,让他派特勤小组的人到公园去,要立刻全部出动。"

"林肯,这样做会打草惊蛇吧?如果他只是变了装在那里观察呢?"

"我认为我们必须抓住这个机会。告诉特勤小组的人,要他们去找……谁知道他妈的要他们去找什么?你就尽你所能,把疑犯的样子向他们描述一下吧。"

五十来岁的杀手,六十来岁的清洁工,七十多岁的老太太……

库柏从显示器前抬起头。"找到马厩了,是哈默斯泰德骑术学院。"

确定地点后,贝尔、塞利托和萨克斯立即起身往房门口走。

卡拉说:"我也想去。"

"不行。"莱姆说。

"也许那里有一些只有我才能注意到的东西。如果有人快速换装或做出一些魔术动作，我一眼就可以识破。"

"不，太危险了。普通市民不能参与警方的逮捕行动，这是规定。"

"我才不管什么规定，"这位年轻女郎俯身看着莱姆，用反抗的语气说，"我一定要去帮忙。"

"卡拉……"

莱姆想反驳，但还没开口就被卡拉的动作堵了回去。她看着贴在写字板上的现场照片，看了托尼·卡尔沃特和斯维特兰娜·拉斯尼诃夫的尸体照片一眼，然后又回头冷冷地盯着莱姆。这只是个简单的动作，却足以提醒莱姆：是他要求她留在这里，是他要求她走进这个残酷的世界，是他把她从纯真少女变成一位能直视这些恐怖景象而不皱一下眉头的人。

"好吧，"莱姆说，然后又朝萨克斯点了一下头，"不过你要寸步不离地看着她。"

她相当谨慎。马勒里克通过观察发现，正如一般在曼哈顿刚刚和某位男性邂逅的女性一样，即使这位巧遇的对象再羞涩、再友善，而且能将受惊失控的马安抚住，也无法在短时间内迅速突破她的小心提防。

不过，谢丽尔·马斯顿还是慢慢地放松了，她开心地听他讲述一个又一个当年在马戏团里骑无鞍马的故事。在这些经过渲染的故事中，她的戒备一点一点地消除了。

哈默斯泰德的马夫和值班兽医给小唐尼做过检查，发现它并没有受到任何伤害，马勒里克便和他下一位完全不知情的表演者一起离开马厩,来到这家位于河畔大道上的餐厅。

现在,这个女人正在和"约翰"——这是他在这次约会中所扮演的角色——亲切地聊天,谈她在这座城市里的生活,谈她早年对马的钟爱,谈她过去拥有或骑过的马匹,谈她想在弗吉尼亚州的米德尔堡买一座避暑庄园的愿望。为了配合她的话题,他偶尔说一些和马有关的知识——这都是他在马戏团中的魔术师生涯中所学到的。动物在魔术界永远占有重要的地位,魔术师会将它们催眠,把它们变不见,或变成另一种完全不同的生物。十九世纪的魔术师最常表演的戏法,是把一只公鸡变成鸭子——这种戏法相当简单,只要给鸭子套上能快速脱下的公鸡服装便行了。在那个不怎么讲政治敏感的年代,杀死动物然后再让它复活也是相当受欢迎的戏法——实际上动物根本没受到任何伤害。毕竟,对魔术师来说,他们没必要为了创造出死亡的幻象而真的杀死一头动物,因为这样花费太高了。

马勒里克今天在中央公园用来勾引谢丽尔·马斯顿的手法,是从二十世纪初擅长利用动物表演的魔术大师霍华德·瑟斯顿的一项著名魔术演变而来。但是,马勒里克的表演不一定能得到瑟斯顿的称赞,因为这名魔术师在表演中会将动物当作人类助手一般善待,像对待家庭成员一样爱护,但马勒里克却不像他这么人道。他刚才徒手抓了一只鸽子,轻轻抚摸它的脖子和侧腹,直到鸽子陷入催眠状态为止——这是魔术师已使用多年的技巧,可以制造出它已死的假象。当谢丽尔·马斯顿骑马出现时,他便拿起鸽子用力砸向马的脸部。然而,小唐尼之所以会惊慌、痛苦地突然用后腿站立,其实与这只鸽子无关,而是因为一个足以伤害马的听觉的超音波高频发生器。当马勒里克从灌木丛中现身,"解救"谢丽尔时,他先关掉了这个超音波发生器,这样当他抓住缰绳的时候，马就自然平静下来了。

现在，一点一点地，马斯顿的戒心越来越低，因为她发现他们两人有太多相似之处。

或者说，看似如此。

她之所以会有这种错觉，是因为马勒里克使用心灵魔术的结果。这虽然不是他的强项，但他的能力已足以达到这样的效果。当然，这里所说的"心灵魔术"并非真的利用心灵感应去解读一个人的内心想法，而只是采用了心理学的技巧，来推测出事情的真相。马勒里克现在就和最厉害的心灵魔术师一样，他使用的手法叫作"读身术"，这是相对于"读心术"而言的一种技术。此时，他一边提出问题，一边仔细留意谢丽尔身体姿态和面部表情的细微变化以及她的手部动作。这些动作有的他无法参透，有的却能传达出明显的事实。

例如，他故意提到最近有位朋友刚离婚，并立即从她的肢体语言判断出她也有这种经历，而且是受伤害的那一方。于是，他皱起眉头，对她坦白自己也离了婚，是因为妻子有外遇而离开了他。这件事曾对他造成了极大的打击，不过现在他已经痊愈了。

"我放弃了一艘船，"她说，同样露出痛苦的表情，"为了离开那个混账，我连那艘二十四英尺长的帆船都放弃了。"

马勒里克还会使用"巴纳姆陈述法"[①]，让她误以为他们有更多相似之处。这种手法最典型的例子是：一位心灵魔术师认真地打量求教者，严肃地跟对方说："我认为你的个性通常是属于外向型的，但偶尔你也会发现自己相当害羞。"

---

① 巴纳姆陈述法（Barnum Statement），指陈述者提出某条适用于任何人身上的论述，但宣称此论述为听者之独特个性，而使听者深信不疑。最常见的例子便是报纸杂志上的星座命理解析。

这样的分析相当精辟，然而，却几乎适用于所有人。

很快，他们的谈话开始围绕家庭成员展开。约翰和谢丽尔都没有孩子，都养猫，父母都离了婚，而且都喜欢打网球。看看，他们之间竟有这么多共同点！简直是天造地设的一对……

时间应该差不多了，他心想，尽管他可以不必这么匆忙。就算警方已经找到了什么线索，知道他接下来打算做的事，但他们一定认为他会等到下午四点才会杀害下一个人，而现在才两点而已。不过，基于个人理由，他还是渴望能尽快开始他的下一场表演。

尊敬的观众，你们也许认为魔术世界和现实世界是绝不会交汇的，但这并非事实。

我想起了约翰·穆赫兰，他曾是著名的魔术师，也是魔术杂志《斯芬克斯》的编辑。但是，他在二十世纪五十年代却突然宣告退休，从此远离了魔术界和媒体。

没人知道原因，谣言随之而起。有人说，他开始为美国情报局工作，教授间谍如何利用魔术技巧在神不知鬼不觉的情况下使用药物，让疑心最重的敌人也不知道自己何时被下了药。

尊敬的观众，你们看见我手中有什么东西吗？请仔细看着我的手指。什么都没有，对吧？我的手看起来是空的。当然，你们一定会猜测，其实我的手上是藏着东西的……

现在，马勒里克使用的正是穆赫兰的那招下药技巧，他用左手拿起汤匙，假装无意识地敲击桌面，以吸引谢丽尔的目光。她的目光只停留了片刻，却给了马勒里克充分的时间，利用右手伸手取糖的动作，把一个小胶囊里的粉末全倒入她的咖啡杯中。

约翰·穆赫兰绝对会以他为荣的。

只过了一会儿，马勒里克便知道药粉已经发挥作用了；她的眼神变得迷离起来，身体开始左右摇晃，但是她并未察觉自己有什么地方出了问题。这种药真是好东西，此药是著名的迷奸药罗眠乐①——被害人要到第二天早上醒来才会知道自己被下了药。然而，以谢丽尔·马斯顿的情况来说，她永远不会有机会发现了。

他看着她，脸上带着微笑。"嘿，你想去看个有趣的东西吗？"

"有趣？"她昏昏沉沉地问，接着两眼不停地眨着，毫无顾忌地笑起来。

他付了账，然后对她说："我刚买了一艘船。"

她愉快地笑着。"船？我喜欢船。是什么样的船？"

"帆船，有三十八英尺长。以前我和前妻有过一艘，"马勒里克悲凉地告诉她，"但离婚后就归她了。"

"约翰，你没开玩笑吧！"她说，疲倦地笑着，"我和前夫也有过一艘！而离婚后也归他了。"

"真的吗？"他笑着回答，从座位上站起身，"嘿，我们一起到河边去，到那里你就能看到了。"

"我真想马上飞过去。"她摇摇摆摆地站了起来，搀住他的胳膊。

他扶着她走出餐厅大门。这次的剂量刚刚好，她已经完全顺从，但又不会在到达哈得孙河岸边的灌木丛之前昏过去。

他们一起朝河滨公园走去。"你刚才提到了船。"她说，整个人已如喝醉一般。

"没错。"

---

①罗眠乐（Rohypnol），医学名称为氟硝西泮，一种麻醉性安眠药物。

"我前夫和我有过一艘。"她说。

"我知道,"马勒里克说,"你说过了。"

"哦?我说过了吗?"谢丽尔又笑了。

"等等,"他说,"我得去拿个东西。"

他走到他的汽车旁——那辆偷来的马自达,从后座拿出一个大运动包,然后锁好车。运动包中传出一声清脆的金属撞击声。谢丽尔看了一眼,似乎有话想问,但立刻就忘记想说什么了。

"我们往这边走。"马勒里克拉着她走向十字路口,穿过人行天桥,走上公园大道,再往下走到河岸边一块杂草丛生的荒芜地带。

他放开她的手,从背后紧紧环抱住她。他的双手从她的腋下穿过,指尖触到了她的胸部,感觉到她把头一歪,无力地靠着他的肩膀。

"看那边。"她举起晃动的手,指着哈得孙河说。在金光闪闪的暗蓝色河面上,航行着数十艘帆船和游艇。

马勒里克说:"我的船就在那里。"

"我喜欢船。"

"我也是。"他轻声说。

"真的吗?"她笑了,然后又喃喃地说,她和前夫也有过一艘,但离婚后已经归他所有了。

15

这家骑术学院可以说是旧日纽约的一个画面。

在浓烈的马厩气味中,阿米莉亚·萨克斯的目光穿过拱门进入这座木头建筑的内部,落在里面的马匹和马背上的骑手身上——这些人身穿褐色裤子,黑色或红色的马术夹克,头戴天鹅绒头盔。

在骑术学院的大厅中,已经聚集了五六名从附近第二十分局调来的制服警员。除此之外,还有更多警力投入了中央公园,他们在朗·塞利托的指挥下沿着骑马小径部署,全力寻找那个狡猾的嫌疑犯。

萨克斯和贝尔走进办公室,贝尔掏出金色盾形警徽,出示给柜台后的一个女人看。这个女人抬起头,看到外面的一群警察,便紧张地问:"怎么了?出了什么事吗?"

"小姐,你们保养马鞍和皮革用的是'光洁'牌矿物油吗?"

她看向办公室里的一位助理,那人点点头说:"是的,我们经常使用,而且用量相当大。"

贝尔又问:"今天我们在一个命案现场发现'光洁'矿物油的残迹,又找到一些马匹的粪便。我们据此判断作案的凶手可能会盯上你们这里的某位工作人员或骑手。"

"不会吧!谁被他盯上了?"

"很抱歉，目前我们无法确定，甚至连嫌疑犯的相貌都还不敢肯定。我们只知道嫌疑犯中等身材，白种人，年纪在五十岁左右。他可能蓄有胡子，棕色头发，但这点我们不能确定，只知道这个人的左手可能有点畸形。我们希望你通知这里的所有工作人员和常来的客人，问问他们是否注意到符合上述特征的人，问问有没有人发觉自己好像被人跟踪或受到威胁。"

"没问题，"她不安地说，"我会尽力的，放心好了。"

贝尔带了几名巡警从一扇老木门走进气味刺鼻的铺满锯木屑的骑马场。"我们进去搜查一下。"他回头对萨克斯喊。

萨克斯点点头，然后转头看向窗外，看了一下卡拉是否安全。卡拉一个人坐在塞利托的车上，那辆车停在街边，紧邻着萨克斯的那辆卡马诺跑车，车身上没有任何警用标志。刚才萨克斯极力坚持，一定要卡拉留在安全的地方。

罗伯特·胡迪打败了那些人。不过，他们差点儿把他杀了。

你放心，我敢保证这种事绝不会发生在你身上。

萨克斯看了一眼挂钟，现在是下午两点。她用步话机呼叫总部，请他们接通莱姆家的电话。不一会儿，莱姆的声音便出现了。"萨克斯，朗那边的人在中央公园毫无发现，你那儿的情况如何？"

"这里的经理正在通知学院里的工作人员和顾客，罗兰带着组员去马厩搜索了。"说完，萨克斯瞟了那名女经理一眼，看见她正被一群职员围着，每个人都皱起了眉头，脸上露出忧虑的神情。其中，有一名红头发的圆脸女孩突然惊讶地捂住嘴，然后用力点了点头。

"等等，莱姆，这里好像有线索了。"

经理招手示意萨克斯过去，那位红发少女立即对她说："我不知道这件事是否重要,但我觉得还是说一下比较好。"

"你叫什么名字?"

"特雷西?"她回答的口气像在发问一样,"我是这里的马童?"

"说下去。"

"好的。我想说的是,我知道有一位客人每个星期六都固定来骑马,她叫谢丽尔·马斯顿。"

莱姆的声音顿时在萨克斯耳边响起。"都是在同一个时间吗?快问她这个人是不是每周都在固定的时间来。"

萨克斯转达了这个问题。

"没错,她都在固定时间来,"少女说,"你知道吗,她像时钟一样准,几年来都是如此。"

莱姆通过麦克风提醒萨克斯:"有固定习惯的人比较容易下手。让她说下去。"

"特雷西,你再说说她的事。"

"她今天不是来骑马吗?不是半小时前才来还马吗?唐璜是她最心爱的马,刚才她把它牵回来交给我,说希望我和兽医仔细给唐璜做个检查,因为先前有一只飞鸟撞上它的脸,让它受到了惊吓。在我们给它检查的时候,她对我们提到一个男人,说刚才多亏了他才使唐尼平静下来。我们做完检查,告诉她唐尼一点儿事也没有,可她还一直在说那个男人,说那个男人很有趣,她兴奋极了,因为她待会儿要和他一起去喝咖啡,还说那个男人说不定懂马语。我看见他就站在楼下等她,然后,我发现一件事——他的手是怎么回事?他似乎有点儿刻意隐藏。看起来,那个人好像只有三根手指。"

"就是他!"萨克斯说,"你知道他们往哪个方向走了吗?"

她指向西边，完全和中央公园相反的方向。"应该是往那边走。"

"让她描述清楚那个男人的长相。"莱姆叫道。

这个女孩说，那个男人留着胡子，眉毛相当奇特。"两条眉毛好像连在一起。"

如果要改变容貌，最重要的就是眉毛。只要把眉毛一变，整张脸就会有六七成不同了。

"衣着打扮呢？"她问。

"穿风衣，慢跑鞋，运动长裤。"

"什么颜色？"

"夹克和裤子都是暗色的，好像是深蓝色或黑色。我看不到他夹克里面穿什么衣服。"

贝尔带着刚才那些警员回来了，一个劲嘟囔着："什么狗屁也没发现。"

"这里有线索了。"她告诉他那名女骑手和那个留胡子男人的事，然后又问红发少女，"你确定她真的不认识那个男人？"

"绝对不认识。马斯顿小姐和我认识好几年了，她说过她现在根本不约会，她早就不相信男人了。她的前夫欺骗了她，离婚时还将他们共有的帆船占为己有。她一直无法走出这个伤痛的阴影。"

各位朋友，最优秀的魔术师，懂得在表演中设计出一套"程序"。程序的意思是事先计划好流程，然后逐步小心进行——以确保每次表演都能在最后掀起高潮。

在我们今天的第三个节目中，我们已在中央公园看到由骏马小唐尼领衔演出的动物魔术，接着我们稍稍放慢了速度，展示了一些典型的手部技法，又附带结合了一点心灵魔术的表演。

现在，该回到脱逃术上了。

我们即将见到的，可以称得上是哈里·胡迪尼最著名的脱逃术。在这个由他自创的表演中，他先将自己捆绑起来，倒吊着塞入一个灌满水的狭窄水缸里。他只有几分钟时间可以用腰部力量曲身上来解开脚腕上的绳结，打开水缸上的盖子逃生，否则便会溺毙而亡。

当然，这个水缸是经过巧妙设计的。表面上看起来是保护水缸玻璃不致碎裂的杆柱，实际上是供他抓握之用，好让他借力弯起身体，触到他的脚踝。至于锁住他双脚和水缸上盖的锁，都暗藏隐秘的解锁开关，可以令他在瞬间解开。

我们这次重新演出这位逃脱大师最著名的节目，不必多说，没有提供上述的那些机关，我们的表演者必须全靠自己的本领。此外，这次我还加上一些个人自创的小小变化。当然，这都是为了你们，希望各位能享受最好的观赏效果。

现在，向胡迪尼先生致敬的好戏，"水缸折磨"即将开始。

马勒里克没戴胡须，身穿斜纹裤和白色衬衫，里面还穿了一件白色T恤。他把铁链紧紧地缠在谢丽尔·马斯顿的身上，先从脚踝开始，然后是胸部，最后是双手。

他动作停顿了一下，又四下查看一番。他们现在藏身于一片浓密的灌木丛中，无论从马路还是河面上都看不见他们，附近也没有任何人经过。

这里是一个小小的污水塘，离哈得孙河很近。过去这里显然是一个游艇港湾，但由于垃圾和沙石淤积，形成了这个直径大约十英尺、弥漫着恶臭的小水塘。水塘的一端有一个生锈的码头，码头中央有一个锈迹斑斑的起重机，过去这是用来将船只吊离水面的。现在，马勒里克将一条绳索甩上起重机，将垂下来的绳索尾端绑在谢丽尔脚腕的铁链上。

脱逃术专家都喜欢铁链。它有强烈的视觉效果，看起来似乎比丝线或绳索更难对付，因此脱逃术专家都像受虐狂般地爱用这种东西。此外，铁链的重量也足以把一个被绑起来的表演者沉入水面之下。

"不、不、不要……"女人昏沉沉地说。

他一面抚摸她的头发，一面观察绑好的铁链。铁链绑得简单而结实。胡迪尼曾写道："说来奇怪，我发现越是能满足观众视觉享受的，其实越容易逃脱。"

这是实话，马勒里克已通过亲身经验证明了这一点。粗壮的绳索和铁链一圈圈缠在魔术师身上，尽管具有良好的戏剧效果，但实际上却十分容易逃脱。相对而言，如果只用几条铁链简单地捆绑锁牢，反而难以挣脱。现在这位表演者身上捆绑的铁链就是最好的例子。

"不要……"女人喃喃地哀求，"疼，别这样！……你为什么……"

马勒里克用胶带封住了她的嘴，接着站直身子，牢牢抓住绳索慢慢拉动。绳索吊起这位哀泣不止的女律师的双脚，将她倒吊离地，然后再慢慢降下，缓缓接近那片漆黑的水面。

在这个春光明媚的午后，七十九街和八十街之间的西区学院中央广场上正有一个热闹的小工艺品集市。游人众多，在人群中，根本无法发现嫌疑犯和即将遇害的牺牲者的踪影。

在这个春光明媚的午后，附近人流如织、数不胜数的餐厅和咖啡馆，每一家都可能是"魔法师"选择的地方，而此刻他可能正对谢丽尔·马斯顿提议，要带她去开车兜风或到她的住处小坐片刻。

在这个春光明媚的午后，五十条小巷将这里分隔成上百个区域，每条小巷都僻静无人，条条都是极佳的谋杀场所。

萨克斯、贝尔和卡拉在街上拼命奔跑，不断将视线投向集市、餐厅和每一条小巷，投向每一个他们想到值得搜寻的地方。

但一无所获。

然而，在漫长的绝望之后，终于出现了一道曙光。

这两位警察和卡拉走进河畔大道的"伊莱咖啡店"，扫视咖啡馆中的人群。此时，萨克斯突然抓住贝尔的手臂，用头示意收银台，上面有一顶黑色的骑士绒帽和一条脏兮兮的皮质马鞭。

萨克斯冲向咖啡馆经理，抓住这位肤色黝黑的中东人问："这是一个女人落下的吗？"

"是的。就在十分钟之前，她……"

"她和一个男人在一起，对吗？"

"是的。"

"那个男人有胡子、穿慢跑装？"

"没错。她忘了帽子和马鞭，就掉在那张桌子旁的地上。"

"你知道他们去哪里了吗？"贝尔问。

"发生什么事了？是不是……"

"他们去哪儿了？"萨克斯急问。

"好！好……我听他说，他要带她去看船。但我希望他最好把她送回家。"

"什么意思？"萨克斯问。

"那个女人看起来生病了。我猜,所以她才会忘了把帽子和马鞭带走。"

"生病?"

"她连站都站不稳,你懂我的意思吗?她看起来就像喝醉了,可是他们只喝了咖啡而已。她刚刚进来的时候,看起来还好好的,一切正常。"

"他给她下药了。"萨克斯低声对贝尔说。

"下药?"咖啡馆经理问,"喂,这到底是怎么回事?"

萨克斯问:"他们刚才坐的是哪张桌子?"

经理伸手指向一张桌子,现在正有四个女人坐在那儿,边吃东西边七嘴八舌地聊天。

"对不起,打扰一下。"萨克斯走过去对她们说,同时将这个座位飞快地检查了一遍。她没看见桌面或桌子底下有任何明显的证物。

"我们得赶紧去找她。"她对贝尔说。

"既然他提到船,我们就往西找,到哈得孙河去。"

萨克斯扭头指向"魔法师"和谢丽尔坐过的位置。"这是刑事案现场——别清扫或擦拭地面。还有,马上把她们移到另一桌去。"她指着那四位睁大眼睛、全部安静下来的女人大声吩咐,然后转身冲出咖啡馆,奔入耀眼的阳光中。

16

她看见她的丈夫在哭泣。

他流下懊悔的眼泪,抱歉他必须"结束这段婚姻"。

结束这段婚姻。

就像把垃圾拿出去倒掉。

就像牵着狗去散步。

这是他妈的"婚姻"!不是平常的生活琐事。

但罗伊却不这么想。罗伊只想让那个矮胖的助理安全分析师取代她,就是这么回事。

又一股呛人的泥水蹿进她的鼻孔。

空气、空气、空气……给我空气!

这时,谢丽尔·马斯顿看见了她的父母。那是几十年前的一个圣诞节,他们有些不好意思地推出那辆圣诞老人从北极带来送给她的自行车。看,亲爱的,圣诞老人连粉红色的头盔都准备好了,要你保护你的小脑袋瓜……

"啊……"

谢丽尔被吊离了肮脏的池塘,离开那不透明的油腻腻的水面。她全身被铁链紧紧缚住,头朝下,因呛水而不断咳嗽。她被倒吊在高出水面的起重机上,身体不停地缓缓转动。

她感觉头顶怦怦直跳,血液直往她的脑门冲。"住手、住手、住手!"她无声地尖叫着。这是怎么回事?她记得小唐尼受惊立起,有人上来帮忙,一个好人,她记得在希腊餐厅喝咖啡,聊天,讲到有关游艇的事,接着这个世界就在晕眩、愚蠢的笑声中崩塌了。

然后是铁链。还有这恐怖的池水。

此时,这个男人正愉快而好奇地看着她的脸,仿佛她已经死了。

她不明白他怎么能用这种方式对待她。一个对马如此温柔的男人,竟然会对她如此残酷。你忘了吗?是我!我们知道彼此的事,我们都离过婚、没有孩子、喜欢马、喜欢猫和游艇……我们简直可说是心意相通的伴侣!但惯性拖着她缓缓转动,此刻映入她眼帘的是哈得孙河对岸那一排颠倒的新泽西风光,而他已无法再看见她那双恳求的眼睛。

她又慢慢旋转回来,再度看见池塘边的野蔷薇、百合花,还有那个人。

他低头看着她,点了点头,然后又放长绳索,让她再次沉入那恶心的池水之中。

谢丽尔弓起身子用力曲身,拼命想离开水面,仿佛那是一锅滚烫的开水。但是,她身体的重量,铁链的重量,都拉着她向水里沉。她屏住呼吸,浑身颤抖,猛力摇头,徒劳地想挣开那牢不可脱的金属链条。她看见棕绿色的池水、看见水中到处悬浮的微粒和小虫。

接着,谢丽尔的丈夫又出现了。他就出现在她面前,向她解释,不停解释为什么离婚对她来说是最好的选择。罗伊抬起头,揩去脸上的鳄鱼眼泪,说离婚并不算什么,唯有这样她才能真正获得快乐。瞧,这里有一个要送给她的礼物。他打开一扇门,门后有一辆崭新的施温牌自行车，车把上系有彩带，后面有两个小辅助轮，以及一顶用来保护她头部的粉红色头盔。

谢丽尔放弃了。你赢了，你赢了。带走那该死的游艇、带走你那该死的女友，只要放过我、让我安静地生活。她用鼻子猛吸了一大口，好让那具有慰藉作用的死亡进入她的肺。

"在那边！"阿米莉亚·萨克斯大叫。

她和贝尔冲过过街天桥，奔向哈得孙河边那片浓密的灌木丛。这里多年前显然是一座小码头，但如今通往大河的水道已经淤塞，形成一个杂草丛生、充满垃圾和死水的池塘。

有个男人正站在池塘边破败的码头上。他身穿斜纹长裤和白衬衫，手中握着一条绳索。这条绳索悬挂在一座锈痕斑斑的起重机上，另一端已没入水中。

"喂，"贝尔叫道，"你！"

这个人的头发是棕色的，这点没错，但他的衣服却不相同，而且脸上并没有胡子。此外，他的眉毛看起来也不是很浓重。萨克斯看不到他的左手，无法判断他的手指是不是畸形地黏在一起。

但是，这又代表什么呢？

"魔法师"可能是男人，也可能是女人。

"魔法师"可能是隐形的。

在他们奔至码头时，这个人露出松了一口气的表情。"快点过来！"他大叫，"快来帮忙！来这里！水里有个女人！"

此时卡拉并不在他们身旁，贝尔和萨克斯让她留在天桥那边等待，然后他们才冲进这环绕在黝黑池塘周围的灌木丛中。"别相信他。"萨克斯边跑边低声对贝尔说。

"我的想法也一样,阿米莉亚。"

那个男人用力拉动绳索,水面上先露出了一双脚,接着是一条棕色长裤,紧接着是一位不省人事的女人的身体。萨克斯看见她全身上下都被铁链捆绑着。哦,可怜的人!她心想。嫌疑犯竟然把她吊起来,让她头朝下沉入水中!求求你,上帝,千万别让她死了。

他们快速靠近,贝尔边跑边用步话机呼叫,要求警力支援和派遣医护人员。在人行道东侧的几个路人都停了下来,好奇地观望池塘这边发生的事。

"帮帮我!我一个人没法把她拉起来!"码头上的男人对贝尔和萨克斯叫道。他的声音相当急促,似乎因为用力过度而喘不过气。"那个人把她绑起来扔进水里,他想杀了她!"

但萨克斯却拔出手枪,对准了这个男人。

"喂,你想干什么?"他惊慌地问,"我是来救她的!"他瞟了一眼别在自己腰带上的手机。"是我打电话给九一一报案的。"

她还是无法看见他的左手——被他的右手紧紧攥着。

"把你的手放在绳子上,先生,"她说,"放在我看得见的地方。"

"我什么也没做!"他喘着气说,但声音很奇怪。这也许不是用力过度造成的,而是他可能有气喘病。

贝尔避开萨克斯枪口的火力范围,奔至起重机旁,推动它的吊杆转向泥泞的岸边。当这个女人的身体已在伸手可及的距离时,他马上伸开双臂一把抱住她。那个男人这才松开了绳索。贝尔把女人放在草地上,她软绵绵地瘫倒在地,脸色已经发紫。贝尔立即撕去她嘴上的胶带,扯开她身上的铁链,开始对她实施心肺复苏。

这阵骚动已经引来十几个人聚拢围观，萨克斯对他们喊："别靠近现场！不过，有人是医生吗？"

没有人回答。她回头看了被害人一眼，看见她的身体在抖动……太好了！他们总算及时赶到。只要再等一会儿，她就能清醒过来指认这个男人了。接着，她看向案发现场，发现了一样东西——在附近有一团色彩鲜艳的水手蓝布料，上面有拉链和袖子。或许，这就是他快速变装之前穿的慢跑服。

那个男人也顺着她的目光望去。

他脸上有反应吗？是否微微抽搐了一下？萨克斯觉得似乎有，却又无法确定。

"先生，"她果断地说，"在我们把事情弄清楚前，我得用手铐铐住你。请你把手……"

就在这个时候，另一个惊慌失措的男声突然传来："小姐小心！你右边有个穿慢跑服的男人！他手上有枪！"

人们立刻发出尖叫趴在地上，萨克斯也蹲了下来，急转向右，睁大眼睛搜寻目标。"罗兰，小心！"

贝尔早已趴在地上。他卧倒在那个女人身边，和萨克斯一样朝那个方向望去，他那把西格索尔手枪也已经握在手中。

但是，萨克斯却没见到任何穿慢跑服的人。也许他……

啊，不对，她突然想到。糟了！她顿时懊悔不已，立即明白这是怎么回事——刚才那个声音是疑犯装出来的，是腹语术！

她迅速回头，却正好看见一道强光从疑犯的手中爆开。一瞬间迸射出的强光，迷住了她的眼睛。

"阿米莉亚！"贝尔叫道，"我什么都看不见了！他在哪儿？"

"我也……"

从"魔法师"所在的地方连续响起数声枪响。旁观的人们一听见枪声，立刻惊慌地四散奔逃。贝尔也开了枪。萨克斯和贝尔都眯起眼睛，试图看清疑犯的身影，但等她的视力恢复时，才发现嫌疑犯早已逃离了现场，而她所瞄准的目标只是"魔法师"引燃爆竹后所留下的一团烟雾。

她急忙看向东边，发现"魔法师"已经跑到公园小径的另一边去了。嫌疑犯本想往大街上跑，但他看见一辆鸣笛发出闪光的警车正飞速朝他驶来，便转身奔上一排宽阔的台阶，跑进附近的一所学院，消失在学院广场上集市的人流中，有如一条溜进长草丛的铜斑蛇。

17

他们无处不在……

几十个警察。

都在寻找他。

马勒里克靠在一幢教学大楼冰凉的石灰墙上喘气，感觉肺部因狂奔而刺痛，腰上的肌肉也像着了火似的痛楚难当。

在他面前，是一个正在举行商品展销会的大广场，上面挤满了人。他回过头，看向西边，张望自己过来的方向。那里的出入口已被警察封锁。广场的南北两侧都是高大的水泥建筑，窗户全都封死，也没有任何小门可以进出。唯一的逃离出口只有东侧，他必须穿过这个足球场一样大的广阔区域，越过广场上密布的摊位和人群。

他开始朝东走去，但不敢跑。

因为"魔法师"知道，动作过大会引人注目。

缓慢才能让你隐形。

他慢悠悠地欣赏小摊上的商品，愉快地聆听一位吉他手的演出，又对着一位拿着气球打结的小丑大笑。他和这里的所有人一样，做出与众人同类的动作。

因为与众不同会引人注目。

相似才能让你隐形。

他慢慢向东移动，同时暗自纳闷警方为什么能找到他？当然，他的计划是他们会在今天的某一时刻发现这位溺毙的女律师的尸体。可是他们来得太快了——仿佛他们已预料到他已经在这座城市某处绑架了一个人，甚至预料到那个人就是骑术学院里的人。怎么会这样呢？

他逐渐接近东边的出口。

他走过一个个棚子和摊位，经过一支在布置成红白蓝三色的布幕舞台上表演的新奥尔良爵士乐团。出口就在前方了——东边的那座阶梯，可从广场通往百老汇路。再走五十英尺他就自由了，四十英尺。

三十……

然而，这时他却突然看见一团耀眼的亮光，亮得就像他刚才为了从那名红发女警面前逃走而引燃的闪光棉。这团亮光来自四辆巡逻车的车顶，它们的轮胎发出尖锐的声音，急刹车后停在阶梯旁，同时有五六名身着制服的警员冲下车。他们站在警车旁边，扫视阶梯下的人群。在这时，另外又赶来了一群便衣警察，他们鱼贯走下阶梯，混入广场上的人群中，开始一一拦检广场上的男人。

这下，他被彻底包围了。马勒里克小心地转了个身，掉头朝广场中央走去。

便衣警察缓缓向西移动，他们拦住所有五十岁出头、胡子刮得干干净净、身穿浅色衬衫和棕色长裤的男人。这正是此时他身上的装扮。

但是，他们也同时拦下五十多岁、留有胡子、穿着其他类型衣服的男人。这表示，警方已经知道他拥有快速变装技能了。

接着，他又发现一件令他震惊的事：那位有着坚毅眼神、火红头发、差点就在池塘边将他逮捕的女警,此时也出现在广场西边的阶梯上,并快速奔进了人群之中。

马勒里克转过身,低头假装欣赏一些做工非常粗糙的陶制雕像。

该怎么办?他的脑子在飞快地转着:他还有一套衣服可换,此时就穿在他的衣服底下。但是,换上这套衣服后,他就没有别的衣服可换了。

那位红发女警拦住了一个人,而那个人的体态和衣着都与他相似。她走近那个男人,仔细打量了他一会儿,才转身走开,继续扫视广场上的群众。

刚才为谢丽尔·马斯顿做心肺复苏的那位棕发警察也出现了,他站在阶梯顶端,正和身边的警员讨论什么事。和他在一起的还有另一个女子,她留着紫色短发,身材相当瘦小,看起来并不像警察。这个女子瞄向广场上的群众,然后在一名女警耳边说了几句话,而这名女警立即朝另一个方向走去。这个短发女子一直站在那位棕发男警身旁,此时,他们也走下了阶梯,开始朝人群移动。

马勒里克知道自己迟早会被警方发现。他必须趁更多警察前来搜索之前,赶紧离开这个集市。他走向成排摆放的流动厕所,进入其中一间玻璃纤维小屋,在里面进行变装。不到三十秒,他便又走了出来,还很有礼貌地扶着厕所的小门,好让等在外面的一位中年妇女进去。但这名妇女犹豫了一下,便掉头离开了,她宁可继续等另一间厕所,也不愿使用这个留着马尾、挺着啤酒肚、头戴宾州石油帽、身穿油腻的长袖哈雷-戴维森牛仔上衣和脏兮兮黑色牛仔裤的摩托车手刚刚上过的厕所。

他捡起一份旧报纸,卷了起来,用左手拿着以便遮住手指,然后继续向集市的东侧移动,边走边把玩沿路摊位上的彩色玻璃、马克杯和盆碗、手工玩具、水晶饰品和 CD。有个警察瞄了他一眼,但视线很快就别向一旁,而他也立刻转身离去。

他越来越接近集市东侧的出口了。

通往百老汇路的台阶约有三十码宽,而那些制服警员已完全封锁住了出口。此时,他们拦下所有打算离开广场的成年男女,逐个盘问,要求他们出示身份证件。

他看见那位男性警察和那个紫色头发的女子就在附近。他们站在一个货摊旁,而她正低声在他耳旁说话。难道她已经注意到他了吗?

此时,马勒里克心中猛地升起一股难以抑制的怒气。他细心计划了这次演出,安排好每一个程序,精心设计了每一个戏法,一到明天就会上演的终场高潮。这个周末应该会出现史上最完美的魔术表演,但现在,一切都成为泡影了。他想到自己让师父失望了,想到自己让尊敬的观众们失望了……他发现自己的手正握着一小张刚才看过的自由女神的油画,此时竟然开始微微颤抖起来。

不!我不能接受!他愤怒地想。

他放下画,转了个身。

但他立刻停下来,倒抽了一口气。

那位红发女警就站在几英尺外,正在四处张望。他马上假装专注地看一个珠宝摊,同时操着浓厚的布鲁克林口音询问小贩一对耳环多少钱。

从眼角的余光中,他发现那个女警瞄了他一眼,但目光很快就移开了。接着她对着步话机说:"这里是五八八五号,请将步话机转接至林肯·莱姆家。"一会儿后,又说:"莱姆,我们在商展会场上。他一定还在这里……他不可能在封锁前离开这个地方。我们会找到他的,就算我们必须清查这里的所有人,也一定要找到他。"

马勒里克溜走了。接下来该怎么办?

误导——这似乎是目前唯一能使用的招数。他必须用某件事让警方分心,好给他五秒钟时间突破警方的封锁线,混入百老汇大街上的人群中。

可是,什么事才能误导他们,给他足够逃脱的时间呢?

他身上已经没有爆竹了,无法再制造类似枪声的效果。在摊位的棚子上放一把火呢?不行,这似乎无法造成太大的恐慌。

愤怒再度袭上心头。

但这时,他突然听见师父多年前的声音。当年,还是个小男孩的他在舞台上犯了一个错误,差点毁掉师父的一场演出。表演结束后,师父把他带到一旁,而他早已哭得泪流满面,只低着头看着地板。此时,他的师父问:"你说,什么是魔术?"

"是科学和逻辑。"马勒里克本能地回答——他的师父早已向徒弟们的脑海中灌输了上百条类似的定理。

"没错,魔术就是科学和逻辑。如果发生了意外,不管是由你、你的助手,还是由上帝造成的,你都必须马上用科学和逻辑去改变它。在意外发生后,你不能浪费一秒钟,必须马上做出反应。要勇敢一些,看着你的观众,把灾难变成掌声。"

此时,这些话又出现在马勒里克心中,使他渐渐冷静下来。他把骑手发辫往后一撩,环顾四周,思考下一步该怎么做。

勇敢一些,看着你的观众。

把灾难变成掌声。

萨克斯再次看向身旁的人群，一对带着两个孩子的夫妇、一对上了年纪的夫妇、一个穿哈雷上衣的摩托车手和两个正与珠宝小贩讨价还价的年轻欧洲女郎。

她看见贝尔就在广场的另一端，站在一个小吃摊旁。但卡拉呢？她应该在他身边，寸步不离才对。她想朝贝尔挥手，但此时突然有一群人缓缓从他们之间走过，使她一时无法看见贝尔的身影。于是她朝贝尔所在的方向走去，同时左顾右盼，打量身旁的人们。

此时，她忽然有种感觉，觉得这里就像今天早上的音乐学院，弥漫着一股令人不安的气氛。尽管这里的天空是如此晴朗，阳光是如此灿烂，与上午那个哥特式建筑的现场截然不同。

阴森……

她知道问题出在哪里。当你在巡逻时会有两种情况，一是身上"有线"，否则就是"无线"。"有线"是警察的术语，意思是你和邻近的区域有所联系。这不只是了解巡逻区域中的人和地理环境；还包括知道自己的目标是什么，在巡逻中会遇到什么样的疑犯、危险程度如何；明白他们会以怎样的手段对付那些被害人……还有你。

如果你在一个区域中"无线"，就表示你对自己的区域一无所知。

但就"魔法师"而言，萨克斯很清楚，此时自己就是在"无线"的状态。他现在可能在九号列车上直奔下城而去，或许就在距离她三英尺的地方。她完全没有概念。

事实上，就在刚才，似乎有个人从她身后经过。她感觉到有一股气息吹过，又像是谁的衣服拂过她的脖子。萨克斯急忙转身，在恐惧中颤抖着把手按在枪把上，心中只想着先前卡拉是如此简单地让她分了心，轻而易举地将她的手枪从枪套中偷走。

站在她附近的人有五六个，但看起来都很正常，看不出是谁对她吹出那股气流。

或者就是他们中的一个？

一个人一瘸一拐地走开了。这个人不可能是"魔法师"。

或者他就是？

他可能在几秒钟内变成任何人，记得吗？

在她身边有一对年老的夫妇、一个梳着马尾辫的摩托车手、三个青少年和一个穿着联合爱迪生电信公司制服的壮汉。她完全不知所措，既愤怒又恐惧——为自己，也为身边的所有人。

无线……

这时，突然响起一个女人的尖叫声。

有个声音大叫："哎呀，快看！天啊，有人受伤了。"

萨克斯拔出手枪，向旁边人群聚集起来的地方冲去。

"快找医生！"

"怎么回事？"

"哦，天啊！宝贝，别看！"

在广场的东边已聚集起一大群人，离那个小吃摊并不远。他们惊恐地看着倒在红砖地上的一个人。

萨克斯拿起步话机呼叫医疗小组支援，同时用力推开人群。"让一让、让一让……"

她挤进人群内圈，顿时惊愕地张大嘴巴。

"不……"她喃喃地说。哦，不……

阿米莉亚·萨克斯愕然地看着这位刚遭到"魔法师"毒手的被害人。

卡拉躺在地上，鲜血染红了她紫色的背心和附近的石砖。她仰卧在地，失去神采的双眼木然地望着碧蓝的天空。

18

震惊中,萨克斯用手捂住了嘴。

哦,上帝,不……

罗伯特·胡迪打败了那些人。不过,他们差点儿把他杀了。

你放心,我敢保证这种事绝不会发生在你身上。

然而,她没做到。她太专注于寻找"魔法师"的下落,忘记了这个女人的安危。

不、不,莱姆,有些死者你是不能忘却的。她永远也无法忘记这个悲剧。

但接着她又想:现在不是哀痛的时候,以后多得是反省和自责的时间,眼下她必须用他妈的警察的模式思考。"魔法师"就在附近,而且此刻正要脱逃。这是一个命案现场,你很清楚应该怎么做。

第一步:封锁脱逃路线。

第二步:封锁现场。

第三步:确认身份,保护并调查现场目击者。

她转身面对旁边的两位巡警,打算吩咐他们负责执行这些工作,但就在她开口之前,她听见步话机中传来一阵嘈杂的声音。"巡逻车四十七号呼叫所有支援一〇二四状况的警员:疑犯刚才突破集市东侧的封锁线,现在正在西尾街朝七十九街前进,徒步向北逃窜……嫌疑犯身穿牛仔裤、蓝色上衣,上面有哈雷－戴维森图案。深色头发,扎辫子、头戴黑色棒球帽。无法分辨嫌疑犯身上是否有武器……他混入人群中,我跟丢了……请所有待命巡警和警车回应。"

是那个摩托车手!他换掉了刚才身上的商务休闲服,迅速变了装。他刚才刺了卡拉一刀,以转移警方的注意力,然后趁他们奔向卡拉的时候,突破了警方的封锁线。

而我刚才就在离他三英尺远的地方!

步话机陆续传出其他警员回应呼叫的声音,尽管已被嫌疑犯领先许多,但他们还是加入了追逐。萨克斯在人群中看见了罗兰·贝尔。他皱着眉,低头看着倒在地上的卡拉,一边把步话机耳机贴在耳边,聆听和萨克斯收到的完全一样的通信内容。他们两人对望了一眼,而他默默地扭头指向嫌疑犯逃跑的方向。萨克斯立刻高声对附近的巡警下令,要求他们封锁犯罪现场、呼叫医生并寻找现场目击者。

"可是……"那位年轻的秃顶警员似乎有话要说。她猜这个人可能不太高兴,毕竟这个命令是来自警衔和他一样的同事。

"没有什么'可是'!"她说。此刻她没心情去和他比较谁的资历老上几周或几天。"有什么问题以后再向你的上级申诉吧。"

即使他回了什么话,她也已听不见了;她不理会膝关节的疼痛,紧跟在罗兰·贝尔身后三步并作两步地奔上台阶,开始追逐那个杀害他们好友的男人。

他速度很快。
但我更快。

已有六年资历的巡警劳伦斯·伯克从河畔公园冲出，全速奔跑在西尾街上，紧跟在那个身穿哈雷T恤、全力向前奔逃的混账身后，和他只有二十英尺的距离。

他避开路上行人、跳过坑洼不平的地面，就像当年高中球赛那样，紧紧跟在对方的接球员之后。

也和当年一样，"长腿"拉里①已慢慢缩短了与对手的距离。

刚才他正要赶往哈得孙河的现场，支援一〇二四状况。然而，就在他收到步话机传出的追捕指示，掉头转身之际，却赫然发现步话机里通报的那名疑犯——一个浑身肮脏的摩托车手，正好就出现在自己面前。

"喂，你！站住！"

但那个人并未停下。他闪躲过伯克，向北仓皇逃窜。于是，就像当年在伍德鲁威尔逊中学校友的比赛中奋力冲刺七十二码、紧追在克里斯·布罗德里克后面一样，一心打算在离终点线两英尺前的地方狠狠把他拖倒，长腿拉里铆足了劲，火速追赶疑犯。

伯克并没有拔出手枪。除非发生疑犯持有武器，想对你开枪或向路人射击的紧急情况，否则就不能用枪来制止他。而且，如果从一个人的背后开枪，光是在事后的用枪时机调查会上就很难过关，更别提日后对升迁有何影响了。

"喂！给我站住！"伯克吼道。

这个摩托车手转向东边，跑在这条横向的马路上。他回头看见长腿拉里仍紧紧跟在后面，不禁惊恐地瞪大眼睛。

于是他立刻向左一拐，窜进一条小巷，但这个警察转弯的动作比他更流畅，依然紧追不舍。

---

①拉里（Larry）为劳伦斯（Lawrence）的昵称。

有些警察局配有追捕网或震慑枪,可以远距离阻止疑犯逃亡,但纽约市警察局还没有这种高科技装备。不过,在这次突发状况中,是否有这种装备并不重要,因为拉里·伯克还有更多比跑步更厉害的技能,比如"狮子扑兔"——美式足球中的擒抱扭倒术。

在离疑犯不到三英尺时,他飞身向前一跃,对准嫌疑犯的上半身,好在落下摔倒时利用这家伙的身体当垫子。

"啊!"摩托车手大叫一声。他们抱在一起摔在柏油路面上,向前滚动撞进了一个垃圾堆。

"妈的!"伯克骂道,感觉胳膊肘的皮擦破了,"你他妈的混账!"

"我什么也没做!"摩托车手高喊,"你干吗追我?"

"闭嘴。"

伯克铐住了他的双手,同时因为这家伙跑得很快,他又用塑料束缚绳绑住他的脚踝,捆得结结实实。他看着自己胳膊肘渗出的鲜血。"妈的,我擦破皮了。哎哟……还真疼。他妈的。"

"我什么也没做,我只是在集市上逛逛,我只是……"

伯克朝路旁的鹅卵石吐了一口唾沫,又做了几个深呼吸后,才喘着气说:"给我闭嘴,你有什么意见吗?我不会再讲第二遍……妈的!还真疼!"

他小心地搜了对方的身,找到了一个钱包,里面只有钱,没有任何身份证件。奇怪的是,他在这个人身上也找不到武器或毒品,这对摩托车帮的骑手而言倒是件不寻常的事。

"你想怎么吓唬我都行,但是我要请律师。我会控告你的!如果你以为我犯了法,那你就大错特错了。"

此时,伯克掀开了这家伙身上的衬衫和T恤,顿时惊讶得直眨眼睛。这个人的胸口和腹部都布满了极为丑陋的疤痕，看起来令人毛骨悚然。更奇怪的是他绑在腰上的一个袋子。这个袋子就像伯克和老婆去欧洲度假时用的腰包，原本他以为腰包中会藏有刀子，但他却从里面翻出慢跑裤、高领套头毛衫、斜纹裤、白衬衫和一部手机。而且——这点更诡异了——腰包里还有一个面具。这些衣物全被折叠卷成一团，紧紧地塞在腰包里，而这个人把腰包缠在身上，似乎想让自己看起来更胖一点。

真是奇怪……

伯克又深吸了一口气，但很不走运，他结结实实地吸了一口垃圾的臭味和小巷中的尿骚味。他按下步话机的通话钮。"巡警五二一二号呼叫总部。我已逮捕一〇二四状况的疑犯，目前铐住他了。完毕。"

"有人受伤吗？"

"没有。"

如果疼得要命的胳膊肘不算的话。

"位置？"

"西尾街东侧，约一个半街区处，完毕。等一下，我去看看这条横街的名字。"

伯克走到巷口查看街道名称，并等待其他同事的出现。此时，刚才大量分泌的肾上腺素已逐渐退去，取而代之的是一种令人兴奋的满足感。他没开一枪，就把那个混账制伏了……他妈的，这种感觉真好——好得就像他当年擒抱住克里斯·布罗德里克一样。那时布罗德里克像个娘儿们一样惊叫一声，便被他拖倒在离终点线不到一码的地方，尽管他已跑过大半个球场，却完全不知道长腿拉里一直紧紧跟在他的身后。

"喂，你没事吧？"

贝尔碰了一下阿米莉亚·萨克斯的胳膊。卡拉的死对她的震撼太大，使她一时无法回答。她只点了点头，难过地不停喘气。

她顾不上刚才的狂奔对膝关节造成的疼痛，和贝尔继续快步走向西尾街，赶往伯克巡警刚才报告的地点。

不知道卡拉有没有男朋友？有没有兄弟姐妹？哦，天啊，我们该怎么对她父母说呢？

不对，不是"我们"。

该去通知她父母的人是"我"。这都是我的错，是我去找她来帮忙的。

在满腔哀伤中，她匆匆奔向疑犯被逮捕的那条小巷。贝尔又瞥了她一眼，同时深吸了一口气。

至少，他们已经抓到"魔法师"了。

不过，私下里她却有些遗憾，没能亲手逮到这个人。她多么希望在小巷中独自面对"魔法师"的人是自己，而且手中紧握着手枪。她也许会在使用摩托罗拉步话机之前就先动用格洛克手枪，对准他的肩膀开一枪。在电影里，肩部的枪伤只算是皮肉伤，一点儿也不碍事，片中的英雄人物顶多挂一条绷带就又生龙活虎了。但事实上，就算是再小的枪伤，都能对你的生活造成很大的影响；有时，影响甚至是一辈子的。

可是现在凶手已经被捕了，她只能期待法律以连环杀人罪制裁他。

别担心、别担心、别担心……

卡拉……

萨克斯突然发现，她甚至都不知道她的真名。

这是我的艺名，不过我现在已习惯用这个名字了。这个名字比父母给我取的名字好多了。

她想起卡拉说过的话,眼泪差点掉下来。

这时,她感觉贝尔好像正在对她说话。"呃……你没事吧?萨克斯?"

她敷衍地点了点头。

他们转过街角来到第八十八街,到达那个巡警逮捕疑犯的位置。这条街的首尾两端都被纽约市警察局的警车封锁了。贝尔向街上望去,发现街边有条小巷。"在那里。"他伸手指道,同时做出手势要求几名警察——包括便衣警员和制服巡警——跟他一起上前。

"好,我们去押他吧,"萨克斯喃喃地说,"天啊,真希望由格雷迪检察官来起诉他。"

他们来到巷口,朝阴暗的巷子望去。巷子里什么也没有。

"不是这条小巷吗?"贝尔问。

"他说是第八十八街,没错吧?"萨克斯说,"西尾街向东一个街区,我确定刚才他是这么说的。"

"我听到的也一样。"一位警员说。

"一定是这个地方,"萨克斯看向街头街尾,"这里没有其他小巷了。"

此时又有三个警员走过来。"怎么了?"其中一人问,不停地东张西望,"到底是不是这里?"

贝尔立刻拿起步话机。"巡警五二一二号请回答,完毕。"

没有回应。

"巡警五二一二号,你在哪条街上?请确认是否为第八十八街,完毕。"

萨克斯朝巷子深处望去。"天哪……"她的心顿时一沉。

她奔进巷内，看见垃圾堆旁的鹅卵石地上扔着一副手铐，铐环已经被打开。在手铐旁边还有一条塑料束缚绳，绳索明显有被割断的痕迹。贝尔跑到了她身旁。

"他把手铐打开，割断了绳索！"萨克斯说，急切地四处查看。

"怎么了？人呢？都去哪了？"一位制服警员问。

"拉里呢？"另一个人叫道。

"大概又追上去了吧？"有人提出假设，"说不定他跑到收不到步话机信号的地方去了。"

"也许是吧。"贝尔说，但语气中却流露出了担心。毕竟，警用的摩托罗拉步话机性能极佳，几乎超过所有手机，在这个城市范围内很少有故障或收不到信号的现象。

贝尔呼叫总部，回报此时状况为一〇三九，即疑犯脱逃，一名警员失踪或持续追捕中。他询问总机人员是否曾接到伯克传来的信息，但得到的答案是完全没有。附近地区也没有任何警员回报听见枪声之类的状况。

萨克斯查遍整条巷子寻找线索，只想判断"魔法师"朝哪个方向逃跑，以及他可能丢弃那名巡警尸体的地点——假如嫌疑犯夺走了伯克的枪，并将他杀害的话。但她和贝尔仔细搜寻了一遍，却没发现任何有关巡警和疑犯的线索。于是，她只好回到巷口警员聚集的地方。

真是可怕的一天。早上有两个人遇害，接着是卡拉。

现在，又有一名警察失踪了。

她把手移句挂在胳膊上的那个SP-50型对讲机，取下拿在手中。该通知莱姆了。哦，天啊，我真不想打这个电话。但无论如何，她还是用步话机呼叫了总部，请他们帮忙转接。然而，就在她等待电话接通之际,突然感觉自己的袖子好像被人拉动了一下。

萨克斯转过身。她顿时惊讶地倒抽一口气,步话机也从手中滑落,像个钟摆般悬在腰际左右摇摆。

站在她面前的有两个人。一个是那位秃顶警员,萨克斯十分钟前才在集市上对他下过命令。

另一个是卡拉。此时她身上穿着一件纽约市警察局的防风夹克,皱着眉上下打量这条巷子,然后问:"怎么回事?那个人去哪儿了?"

19

"你没事?"萨克斯一时瞠目结舌。"你不是……等等,这到底是怎么回事?"

"没事?当然,我好得很……"卡拉看见萨克斯满脸惊讶,便说,"原来你不知道?"

秃顶警察对萨克斯说:"我刚才想告诉你,但你没给我机会就跑了。"

"告诉我?……"萨克斯已经说不下去了,她太震惊了——同时心中也已被宽慰之情填满,一时再也说不出话。

"你以为我真的受伤了?"卡拉说,"天哪!"

贝尔走了过来,对卡拉点了点头。卡拉对他说:"她根本不知道。"

"知道什么?"

"我们的计划啊,假装我被人刺杀。"

贝尔也满脸惊讶。"天哪,你以为她真的被人杀了?"

那位秃顶巡警对贝尔报告说:"我想告诉她实情。但一开始我找不到她,等我找到时,她却让我封锁现场、呼叫医疗人员,然后就走了。"

卡拉解释说:"罗兰和我不是说好了吗?我们认为'魔法师'下一步可能会故意伤人——也许会放把火、开枪或用刀刺伤群众。你也知道，他会使用误导的手段，借此逃脱。既然如此，我们就干脆自己来制造好了。"

"这是为了把那小子赶出丛林，"贝尔接着说，"她从卖食物的小摊上拿了一点番茄酱，涂在自己身上，然后尖叫一声。"

卡拉掀开身上那件蓝色的夹克，展示出紫色背心上的红色痕迹。

贝尔继续说下去。"尽管我们也担心这会对集市上的一些人造成惊吓……"

原来是这样，我还以为……

"……但我们也考虑过，与其有人真的受到'魔法师'的伤害，还不如这样。"贝尔又满心赞赏地补了一句，"不骗你，这都是她的点子。"

"我有种感觉，我知道他心里的想法。"卡拉说。

"天哪，"萨克斯发现自己还在不停地颤抖，"这实在太逼真了。"

贝尔点点头。"她的演技实在是太好了。"

萨克斯拥抱了卡拉一下，然后严肃地说："不过，从现在开始，你要紧紧跟在我身边，至少要在我看得见的地方。我还年轻，不想现在就被吓出心脏病。"

他们等了一会儿，一直没接到有人发现嫌疑犯的报告。最后贝尔只得说："阿米莉亚，你去勘查这里的现场，我去询问刚才那位被害人，看能不能问出什么事。待会儿我们在集市那里碰头。"

一辆刑案现场鉴定车已停在第八十八街。萨克斯走向那辆车，拿了装备工具，便开始到巷子里做现场鉴定。这时，她腰际的步话机突然发出嘀嘀的声响，把她吓了一跳。她连忙拔下挂在腰带上的免提耳机,把插头接上步话机。"五八八五号回答,完毕。"

"萨克斯,你那儿到底是怎么回事?我听说你们抓到他,然后又让他跑了?"

她把事情的经过告诉莱姆,说明刚才他们是如何把"魔法师"从集市中引出来的。

"卡拉的点子?故意装死?唔唔……"这句话最后实际上只是哼了一声,但对林肯·莱姆来说,这已代表了最高的赞美。

"但他又消失了,"萨克斯说,"那个逮捕他的警员也不见了。也许他又追了下去,但真正的情况没人知道。罗兰正在询问刚才获救的那个女人,看看她那里有没有什么线索。"

"好,那你快去勘查这个现场吧,萨克斯。"

"不是'这个'现场,而是'这几个',"萨克斯生气地纠正他,"咖啡厅、池塘还有这条巷子,现场实在太多了。"

"一点儿也不多,"莱姆回答,"不过,我们已经有三倍的机会找到有用的证物了。"

莱姆说得没错。

从这三个现场中的确收集到了大量证物。

处理这些现场让萨克斯感到相当费劲,原因是"魔法师"在每个现场都出现过。她感觉他似乎还在这附近徘徊,让她不得不经常神经质地停下来,把手按在格洛克的枪把上,回头查看杀手是不是突然出现在她身后。

仔细搜查,小心背后。

她并没有看到任何人。但是,斯维特兰娜·拉斯尼诃夫同样没看到杀手就躲在黑色的幕布下面，不知道他已从阴影中悄悄接近她。

托尼·卡尔沃特在走向那只玩具猫时，也没看见杀手就躲在巷子里的镜子后面。

而且，就连谢丽尔·马斯顿也没看到"魔法师"的真面目，即使她曾与他面对面。她看到的完全是另一个人，完全没有察觉这个人心中暗藏的恐怖计划。

萨克斯在这些不同的地方走格子，用数码相机拍摄照片，采集现场的指纹和脚印。勘查结束后，她回到集市与罗兰·贝尔会合。罗兰已去过医院，询问了躺在病床上的谢丽尔·马斯顿，但他们却无法采信嫌疑犯对她说过的任何话——"全是谎言！"马斯顿伤心地说。不过马斯顿倒是描述了嫌疑犯的相貌，包括一些明显的疤痕细节。她还回想起他们曾先走到一辆汽车边，而且也记得那辆车的款式和车牌的前几位号码。这真是天大的好消息。只要线索足够，就至少有一百种追踪疑犯或车辆的方法。林肯·莱姆还曾替汽车这种东西取了个绰号，叫"证物产生器"。

车辆管理所回报有一辆车符合被害人的描述，一辆二〇〇一年出厂的茶色马自达626，一周前在怀特普莱恩斯[①]的机场被盗。塞利托对都会区各执法机构发出紧急通知，要求他们所有人协助搜寻这辆汽车；同时，他还派遣警员到被害人遭攻击地点的附近几个街区巡查，看看他们是否能找到那辆车，尽管没有人相信嫌疑犯的那辆车还会留在原地不动。

贝尔对众人描述了谢丽尔·马斯顿所受的痛苦折磨，而就在他的话即将告一段落时，有位巡警拿着步话机过来打断了他。

---

①怀特普莱恩斯（White Plains），又译白原，美国纽约州中南部威切斯特郡城市，位于曼哈顿岛东北四十公里，是纽约的住宅卫星城市，也是商业中心。

"贝尔警探吗？你能再描述一遍那辆车吗？被疑犯开走的那辆。"

"茶色马自达，款式是626。车牌号码是FET237。"

"就是这辆！"这位巡警立刻朝步话机说。接着他又对贝尔和萨克斯说："我刚接到回报——有一辆巡逻车在中央公园西路上发现这辆车。他们想追上去，但是，我听他们说，疑犯开车越过安全岛冲进公园。巡逻车想跟上去，结果却堵在安全岛上。"

"在中央公园西路上的什么地方？"萨克斯问。

"九十二街附近。"

"他可能弃车逃跑了。"贝尔说。

"他会弃车的，"萨克斯说，"但他会先把车开到一段距离之外。"她扭头指向那几个装有证物的板条箱。"把这些都送到莱姆那里。"这句话说完不到十秒钟，萨克斯便已坐进她那辆卡马诺跑车，发动引擎，系上赛车用安全带，啪嗒一声将扣环扣上。

"阿米莉亚，等等！"贝尔叫道，"特勤小组的人已经赶过去了。"

但固特异轮胎摩擦地面发出的吱嘎声和在车后留下的一阵蓝色烟雾，是她对贝尔这句话唯一的回答。

萨克斯开车飞驰在中央公园西路上，向北急驶。她全神贯注地握着方向盘，专心闪避路上的行人、龟爬似的汽车、自行车手和溜旱冰的人。

还有婴儿车。他们似乎到处都是。天啊，为什么这些小孩不回家去睡午觉？

她把蓝色警示灯甩到车顶，将电源接头插进点烟器里。明亮的蓝光开始旋转,当她继续加速向前时,发现自己按喇叭的节奏刚好配合了蓝光转动的频率。

一个灰色的影子突然出现在她面前。

妈的……她立刻急踩刹车,这辆卡马诺跑车只差一点点,就撞上了前面那辆突然打算掉头、价值是她年收入两倍的高级房车。她避过这辆车,继续猛踩油门,引擎立刻隆隆地咆哮着发出回应。她控制车速,把时速表指针压在五十英里以下,直到过了第九十街,待交通状况稍有好转,她才把油门踏到了底。

几秒钟不到,车速便加到了七十英里。

此时,她丢在副驾驶座上的摩托罗拉步话机中发出嘀嘀声。她腾出一只手抓起耳机,戴在耳朵上。

"喂?"她直接回答,完全省去了警用步话机必须使用的呼叫方式和代号。

"阿米莉亚?我是罗兰。"贝尔说,他也一样没采用标准通信规定。

"请说。"

"我们又发现那辆车了。"

"他在哪儿?"她高声问,声音压过了隆隆的引擎声。

"等等……好了,他开出公园,到了中央公园北路,和一辆卡车发生剐蹭后,继续逃逸。"

"往哪个方向逃?"

"这……这是不到一分钟前发生的事。现在他正朝北走。"

"知道了。"

往北想去哈莱姆区吗?萨克斯心想。哈莱姆区的确有许多条路可以出城,但她认为他不会走那几条路,因为这些路上都有桥梁,而且大多必须开上高架路,很容易被警方拦截。

最有可能的是，他会在那附近找个没人的地方弃车，然后再去偷或抢一辆新车。

她的耳机里传出另外一个人的声音。"萨克斯，我们找到他了！"

"在哪里？莱姆？"

"嫌疑犯已在第一二五街拐向西边了，"莱姆说，"离第五大道不远。"

"我就要抵达第一二五街和亚当·鲍威尔路口了，我会想办法拦住他，但支援警力也得尽快赶来。"

"他们已在路上了。萨克斯，你刚才到底开了多快？"

"我没空看时速表。"

"这样最好，你还是专心注意路上的车况吧。"

她一路鸣叫着来到交通繁忙的第一二五街十字路口，然后把车横过来，挡住了西向的两条车道。她跳下车，掏出格洛克手枪。此时有几辆车正停在东向的车道上，萨克斯对车上的驾驶员喊道："下车！这是警方行动，所有人快下车去找掩护。"车上的司机——一位快递员和一个穿着麦当劳制服的女人，立即照她说的去做了。

如此一来，第一二五街的双向车道都被封锁住了。

"所有人，"她大声喊道，"全都去躲起来！快点儿！"

"哟！"

"真酷啊。"

她转向右边，发现有四个小混混靠在一道铁丝网旁。他们正轻浮地打量这位红发女警以及她手上的奥地利手枪和横向挡在路中央的那辆底特律轿车。

街上大部分行人都已找到地方躲避，只有这四个人还留在原处,一副懒洋洋的模样。为什么要躲呢？韦斯利·斯奈普斯[①]主演的电影可不是经常来他们住的这个地方拍摄。

萨克斯看见了那辆马自达汽车，就在前方不远处，正疯狂地一路向西朝她临时设置的路障冲来。"魔法师"并未发现前面有路障，等他发觉时，已经无法回转躲避了。他用力踩下刹车踏板，使得后方的一辆垃圾车也跟着紧急刹车而倾斜了车身。垃圾车上的司机和清洁队员看清前方的状况，便开门跳车逃走了，剩下这辆卡车阻挡了"魔法师"的退路。

萨克斯又瞄了那几个青少年一眼。"快趴下！"她大叫。

他们仍不理她，满脸不屑的表情。

她耸耸肩，俯身靠在卡马诺跑车的顶棚上，把手枪准星对准了马自达汽车的挡风玻璃。

终于，她又再次面对"魔法师"了。她看见了他的脸、看见了他身上的蓝色哈雷T恤；她看见他那条压在黑色棒球帽下的假辫子在前后摇晃，看见他正在左右张望附近是否有别的街巷可以逃脱。

但这附近已无路可走了。

"喂！马自达车上的人！你马上给我下车趴在地上！"

没有回答。

"萨克斯？"莱姆的声音突然从耳机里传出，"你能不能……"

她立刻拔掉耳机，把准星对得更准，直接瞄准车上这个凶手的头部。

既然你有枪，那就好好用它……

玛丽·尚莱警探说过的这句话，此刻在她脑中响起。萨克斯深吸了一口气，稳住心情，然后牢牢握住手枪，先往上稍稍抬起，再略微偏向左，以修正地心引力和四月的微风对弹道造成的影响。

在你开枪射击之时,除了你和目标之外,一切都不能存在。你和目标之间有一条看不见的线,有类似光源般的动能。你能否击中目标,全凭这个动能的来源。如果动能来自你的大脑,你或许能击中瞄准的目标;但若动能来自你的心,那么你就不会有任何失误。此时,萨克斯的动能正是来自后者。她心中浮现出那几位被"魔法师"伤害的牺牲者的影子——托尼·卡尔沃特、斯维特兰娜·拉斯尼诃夫、谢丽尔·马斯顿和拉里·伯克巡警。她知道,自己绝对不会错失这一枪。

来吧,她心想,你这狗娘养的混账,把车开过来,开过来试试看。

快过来!

给我一个开枪的理由……

这辆车往前动了一下。她的右手食指立刻滑入了扳机护弓之内。

"魔法师"就像觉察了她这个动作似的,立刻踩下了刹车。

"过来……"她发现自己在喃喃自语。

她思考该如何处理眼前的状况。如果他只是想开车从她旁边冲过去,那么她应该朝水箱风扇和轮胎开枪,以便能生擒他;但如果他直接对她撞过来或冲向人行道,有可能伤及他人的话,她就可以直接朝他身上开枪。

"哟!"路旁小混混中的一个叫了起来。

"开枪射那个混蛋!"

"把他的屎尿打出来,小娘儿们!"

不必你们教我,小鬼。我已准备好,愿意并能够……

她打定主意,只要"魔法师"开车前进十英尺,无论车速快慢,她都要开枪射击。那辆车的引擎加速运转了,而她看见——或是想象——那辆和邦迪创可贴同一种颜色的汽车开始抖动起来。

十英尺。我只需要这么多。

汽车引擎又传出一阵咆哮声。过来吧!她无声地恳求。

就在此时,萨克斯看见一团慢慢移动的黄色影子,从那辆马自达汽车后面渐渐接近。

那是一辆坐满孩子的"锡安先知会礼拜堂"的校车,校车司机完全不知道前面发生的事,从路边把车子开上马路,朝这边驶来,然后又紧急停在那辆马自达汽车和垃圾车之间。

糟糕……

现在就算直接朝马自达车开枪,子弹也可能穿透目标,从而射进那辆校车里。

她把手指移开扳机,枪口微微举高至安全角度。透过马自达汽车的挡风玻璃,她看见"魔法师"正抬起头看向右上方,他也已经从后视镜中看见了后面的那辆校车。

接着,他又把视线移回正前方,直视着她。萨克斯有种感觉,他似乎露出了微笑,因为他断定她现在已经不能开枪了。

马自达的轮胎发出尖锐的摩擦声,他将油门踏板踩到底,加速朝萨克斯冲过来,时速二十英里、四十英里、五十英里……在这辆教会学校校车的神圣保护之下,"魔法师"直接冲向那名女警,以及她那辆颜色比这辆校车还鲜黄的卡马诺跑车。

20

那辆马自达一冲过来，萨克斯便抢先一步跃向路旁，希望能从侧面开枪射击。

她举起格洛克手枪，瞄准"魔法师"头部那块暗黑色的轮廓。然而，在目标后面却有十几家商店和公寓、有蹲伏在人行道上躲避的路人。她连开一枪的机会都没有。

但她的拉拉队可不管这些。

"喂，小娘儿们，快开枪射那混账啊。"

"你在等什么？"

她放下枪，沮丧地垂下双肩，眼睁睁看着马自达汽车冲向她那辆卡马诺跑车。

不，别撞这辆车……不要！

她想起当年父亲买下这辆一九六九年的"肌肉车"[①]送给她的情景，想到他们如何一起改装这辆破车，把引擎和吊挂系统重新大修，换上全新的传动装置，又拆下车上多余的装置以减轻重量提升马力。这辆跑车和对警察工作的挚爱，是父亲留给她的全部遗产。

"魔法师"驾车冲向这辆卡马诺跑车，在只差三十英尺时，

---

①肌肉车（muscle car），美国俚语，指大马力中型汽车或高速中型汽车。

突然把方向盘往左打，朝萨克斯蹲伏的地方撞去。萨克斯急忙向一旁跳开，而他立即把方向盘改往右边打，想回到刚才的路线，但这辆马自达汽车却打滑了，呈斜角直接冲向人行道。车身斜擦过卡马诺跑车的前座车门和右前挡泥板，把它撞得转了个圈，越过两条车道，滑向另一边的人行道。原本站在那里的四个小混混总算露出了一点活力，顿时四散逃开。

萨克斯也往旁边闪躲，双膝重重地撞在水泥地上，当即因关节炎的疼痛而张大了嘴。她那辆卡马诺跑车就停在几英尺外的地方，车尾已悬空，骑在一个被撞翻的橙色垃圾铁桶上。

马自达汽车冲上了人行道，然后又回到马路上。"魔法师"把车转向右边，朝北逃逸。萨克斯从地上爬起来，但已来不及举枪瞄准那辆灰棕色的汽车射击了。她赶紧检查卡马诺跑车的情况。车的侧面被撞瘪了，车头的右前端也一样，但是已被撞裂的挡泥板并未卡住轮胎。太好了，她或许还有机会追上他。她跳上车，发动引擎，推上一挡。引擎发出一阵咆哮，指针转速冲过五千转，可这辆车却动也不动。这是怎么回事？难道传动系统被撞坏了吗？

她把头探出车窗，看见两个后轮，即驱动轮，全都离开了地面——真是要感谢那个垃圾桶的"帮忙"。她愤怒地叹了口气，狠狠地用手掌在方向盘上拍了一下。该死！她看见那辆马自达才驶出三个街区外。"魔法师"逃脱的速度没有先前那么快了，刚才那次碰撞也让他的车有所损伤。他们还是有机会抓到他的。

但前方却没有半辆警车出现拦阻他。

她必须……

突然，这辆卡马诺跑车开始猛烈摇晃起来。

她从后视镜看去，看见三个刚才的小混混已脱掉身上的夹克，正用力想把卡马诺跑车从垃圾桶上推下来。第四个则慢慢踱步到车窗边，他的体形比其他几个都魁梧，显然是他们的首领。他低下头，黝黑的脸孔中央露出一颗闪亮的金牙。"嘿。"

萨克斯点点头，看着他的眼睛。

他回头看向他的朋友。"喂，黑鬼们，加把劲儿！你们一副抽筋了的样子。"

"去你妈的。"后方传来气喘吁吁的回答声。

他又低下头。"嘿，女士，我们会把你推下来的。我说，你刚才想用什么枪射那混蛋？"

"格洛克手枪，口径点四〇。"

他瞄向她露在皮套外的枪把。"真厉害。是格洛克二十三改良后的 C 型吗？"

"不，是标准型。"

"那是把好枪。我自己倒是有一把史密斯。"他撩起运动衫，脸上带着挑衅和自豪混杂在一起的表情，将那把史密斯－威森自动手枪擦得发亮的银色握把给萨克斯看。"不过，以后我也要弄一把和你一样的格洛克。"

那么，她心想，现在这是一名持枪在街头闲逛的少年了。如果身为调查警司，该如何处理眼前的情况？

车子跳了一下，从垃圾箱上脱困，后轮已准备好转动了。

不管一位正式的调查警司会怎么说、怎么做，都与眼前的情况无关。她打定主意，要以"自己"的方式处理这件事。她严肃地对他点点头。"谢谢你了，小鬼。"接着，她又恶狠狠地警告他说，"你最好别向任何人开枪，免得让我回头来找你，听见了吗？"

他咧嘴露出一个灿烂的微笑。

她啪嗒一声挂上一挡，宽宽的轮胎立刻在柏油路面上摩擦出一阵青烟。八秒钟不到，萨克斯就已加速到了六十英里。

"快、快、快。"她对自己说，牢牢盯着前方那个模糊的棕褐色影子。这辆雪佛兰跑车摇晃得很厉害，但幸好还能保持直线前进。萨克斯戴上摩托罗拉步话机的耳机，呼叫总部回报追捕情况，并要求支援警力变换路线部署拦截。

高速奔驰，猛按喇叭……拥挤的哈莱姆区街道并不适合高速追逐。但"魔法师"和她处在同样的交通状况下，而且他的驾驶技术不及她的一半。慢慢地，他们之间的距离越来越近。接着，他突然转弯冲向一个学校的操场。这个操场上的人不多，但还是有一些孩子在打半场篮球和垒球。操场的大门有挂锁，想进里面玩的人只能从门缝中挤过，否则就得爬过二十英尺高的铁丝网。

然而，"魔法师"只是踩下油门，径直撞开大门冲进操场，加速往操场另一端的铁丝网门冲去。孩子们顿时四散逃开，几个来不及跳开的孩子，只差一点就被他撞上了。

萨克斯犹豫了一下，在车子不是很稳定和有小孩在操场上玩的情况下，她决定不跟进去。她加速绕过这个街区，祈祷能在另一端赶上他。她的车滑过街口，戛然停在操场另一端的出口外。

但"魔法师"已不见踪影了。

她没看见他是如何逃走的。她花了不到十秒就绕过了操场和学校，他暂时离开她视线的时间只有这么短暂。从操场另一端的铁丝网门出来只有一条死巷，巷尾有一排灌木丛和小树苗。她看见灌木丛后面就是高架的哈莱姆河环河公路，穿过高架桥下的只有肮脏的泥土河岸，再过去便是哈莱姆河。

所以，他逃走了……而这次追逐的结果，是必须花五千元去做汽车修理。天啊……

这时，步话机里传出了声音："所有在亚当·鲍威尔路和一五三街附近区域的人员注意，我们接获报案有一〇五四状况。"

这代表车祸事故，可能有人伤亡。

"有车辆冲入哈得孙河。重复，有一辆车掉进了河里。"

会是他吗？她心想。"命案现场监视组警员五八八五号确认一〇五四状况，请问是否有那辆车的详细描述。完毕。"

"是马自达或丰田汽车，新型款式，灰棕色。"

"知道了，总部，这辆车应该是刚才中央公园追捕行动中的疑犯驾驶的。我目前状况为一〇八四，已抵达现场。完毕。"

"收到，五八八五号。完毕。"

萨克斯加速开到死巷尾端，把车停在人行道上。她跳下车，看见一辆救护车和一辆特勤小组的厢型车也正好开过来。这两辆车沿着刚才那辆快速冲过的马自达汽车压倒树丛所开出的路线，摇摇晃晃地驶入灌木丛。萨克斯跟在后面，小心翼翼地走在灌木丛中的碎石子地上。他们一穿过灌木丛，便看见一片东倒西歪的小屋和棚子。这里有几十个流浪汉，多数是男性，他们都生活在这个泥泞不堪，满是植物、垃圾、废弃家电用品和零件被剥光的生锈车辆的地方。

"魔法师"显然认为灌木丛后面还有一条路，所以才以高速穿过这片灌木林。萨克斯看见地上有清晰的刹车痕迹，知道刚才他虽惊慌地踩了刹车，却无法遏制车子在滑溜溜的泥地上滑行。那辆车撞上了一座小木屋，把它撞得四分五裂，然后冲上一座废弃的码头，坠入河中。

两名特勤小组的警员帮忙把小屋里的居民从废墟中拖出——他们都没有受伤，其他警员则全都盯着河面，寻找那个司机的踪影。萨克斯用步话机呼叫莱姆和塞利托,告诉他们现场的情况,并请塞利托帮忙呼叫,要求总部优先派一辆命案现场鉴定车来这里。

"他们抓到他了吗?阿米莉亚?"塞利托问,"你告诉我,说他们已经抓到他了。"

看着漂浮在污浊水面上的一层光亮的机油油膜,她回答:"没看到嫌疑犯的踪影。"

萨克斯经过一个残破的马桶和一个散发出腐烂气味的垃圾袋,走向那几个用西班牙语交谈的男人。他们手上都拿着钓竿;这个地方是有名的钓鱼区,可以用红虫或鱼肉做饵,钓上斑纹鲈鱼、鲑鱼和大西洋小鳕鱼。这些钓客虽然都喝了酒,但还相当清醒,足以条理清楚地告诉她事情的经过。那辆车从灌木林中高速冲出来,直接飞进河里。他们都看见驾驶座上有一个戴帽子的男人,而且全都肯定那个人并没有跳出车外。

萨克斯也问了卡罗斯和他朋友几句话——这两个人就是住在那间被撞毁的木屋里的流浪汉。他们都受了惊吓,而且,由于那辆马自达汽车撞来时他们都正待在屋子里,因此什么也没看见。卡罗斯很生气,认为这件事该由市政府负责赔偿他的损失。这里还有另两个目击证人,当事件发生时,他们正在附近的垃圾堆中捡空瓶铝罐,而他们描述的事件经过和那些钓鱼者一模一样。

更多警车赶到现场,后面还跟着电视台的采访车。记者把摄像机对准岸边被撞毁的木屋,然后拍摄河面上的警用巡逻艇。此时,巡逻艇尾端有两名身穿潜水衣的潜水员,他们已穿戴好装备,用背滚式翻身下水进行搜索。

现在搜捕救援行动的重心已转至河面,岸上的部分便由阿米莉亚·萨克斯负责勘查监视。她在卡马诺跑车上放置的鉴定装备并不多,但黄色封锁胶带却带了不少,于是她在岸边围起了一个广大的区域。等她完成现场封锁,刑案现场鉴定车也已经抵达。她戴上耳卭,呼叫总部,再次把步话机转接到莱姆的住处。

"刚才现场的情况我们都知道了,萨克斯。那两个潜水员有没有什么发现?"

"还没有。"

"他跳出车外了吗?"

"目击者都说他没有。莱姆,我现在要开始在岸边做现场勘查了,"她说,"希望我运气好。"

"运气好?"

"那当然,我觉得处理这个现场实在很麻烦。希望潜水员会找到他的尸体,这样我就不必浪费时间勘查这个现场了。"

"就算嫌疑犯已死,之后还是有调查会和……"

"我开玩笑的,莱姆。"

"哦,很好,不过这次这个嫌疑犯让我实在笑不出来。你快去走格子吧。"

她提了一个现场鉴定工具箱走到封锁现场外围,正要把箱子打开,却突然听见一个口音很重的人着急的喊叫声。"天啊,出什么事了?大家都没事吧?"

在电视采访记者所在位置的附近出现了一个头发整齐、身穿牛仔裤和运动夹克的拉美裔男子。他奋力推开围观的人群,一瞥见那个被撞毁的小屋,便开始大步朝那边奔去。

"喂!"萨克斯朝他大喊。但他却没听见。

这个人俯身从黄色封锁胶带下钻过,直接奔向那个小屋。他不但践踏了马自达汽车留下的轮胎痕迹,同时也破坏了"魔法师"可能从车上丢出或掉落的东西。甚至,如果"魔法师"刚才跳车逃跑的话——尽管那些钓客都坚称他来不及这么做，疑犯留下的脚印也都被这个人给破坏了。

萨克斯现在对任何人都有疑心。她仔细看向那个人的左手，发现此人的无名指和小指并没有黏在一起。所以，他并不是"魔法师"。那么他是谁呢？萨克斯纳闷。还有，他跑进她的刑案现场做什么？

这个男人此时已奔至那幢损毁的小屋前，他弯腰抓起木头、薄板和变形的金属，随手便往身后丢。

"喂，你干什么！"她大叫，"你快离开这里！"

他转头大喊："可能有人被压在里面！"

她气坏了，愤怒地对他吼："这是刑事案现场！你不能进来！"

"可能有人被压在里面！"他又重复了一遍。

"不！所有人都出来了，他们都没事。喂，你有没有听见我……老兄，你听见我说的话了吗？"

不管他有没有听见，显然都不重要了，至少对他来说是如此。他发疯似的拼命挖掘。他为什么要这么做？这个男人衣着整齐，手上还戴了一只劳力士金表；蓬头垢面的卡罗斯显然不是他的亲戚。

她心中暗自默念那句最著名的警察祷词——上帝啊，让我们免受关系人的骚扰吧——然后招手对旁边的两个巡警说："把他拉出来。"

他仍不停嚷着："这里需要医护人员！可能有小孩被压在里面。"

萨克斯皱起眉头，看着这两名警员的脚印也加进了这个不断被破坏的现场。他们抓住入侵者的手臂，把他拉倒。他挥舞着双手挣脱警员的控制，又对萨克斯大喊自己叫什么维克多·拉莫斯，仿佛他是个尽人皆知的黑手党，并教训说警方如此无视这个区域拉美裔人群的生活，政府应该为此感到羞耻。

"女士，你根本不懂——"

"把他铐起来，"她说，"然后拖出去。"她心想，这次是刑事侦查优先，警察工作守则上列的社区关系只好摆到第二位了。

两名警员铐住了这位红脸男子，把不停怒吼咒骂的他拖出了现场。"要把他送进警察局吗？"其中一名警员喊道。

"不用，先让他中场休息一下好了。"她喊道，立即引来一阵围观者的笑声。

她看着他被暂时安置在一辆警车的后座，但在这个似乎不可能成功的搜寻行动中，这辆车也是另一个障碍物。

萨克斯换上特卫强现场鉴定装，拿了照相机和空证物袋，又在鞋子上套上橡皮筋，才走进刑事案现场，先从卡罗斯被摧毁的"宅院"开始。她从容不迫地仔细搜寻。在经历一整天令人悲痛的追逐过程后，阿米莉亚·萨克斯再也不愿接受事物的表面证据。没错，"魔法师"此时可能沉在灰棕色河面下四十英尺深的地方，但他也可能轻易地从车内逃出，游至附近的河岸。

就算有人发现他已远至数英里外的地方，穿着另一套新服装走向他的下一位被害人，萨克斯也丝毫不会感到惊讶。

拉尔夫·斯文森牧师已经来到城里好几天了——这是他第一次来纽约，但他发觉自己永远也无法适应这个地方。

他是个瘦小的男人，有点谢顶，有点害羞。他在一个小镇上照料人们的灵魂。那个地方比曼哈顿小几千倍，也落后了几十年。

在家乡，他只要望向教堂窗外，就能看见连绵起伏的坡地和在野地上安详吃草的畜群，但在这个靠近唐人街的地方，他从廉价旅馆钉死的窗户看出去，看见的却是对面房子砖墙上的一个个下流的、不堪入目的喷漆字。

在家乡，他只要走在小镇的街道上，人们就会向他打招呼说："你好，牧师"或"拉尔夫，你刚才的布道真精彩"，但来到纽约后，这里的人只对他说："给我一块钱"或"我有艾滋病"，甚至只有两个字"吸我"。

幸好，斯文森牧师待在这座城市里的时间不会太长，因此他觉得自己应该还能在这小小的文化冲击中存活上一段时间。

在过去的几个小时里，他一直逼自己翻阅旅馆提供的那本老旧破烂的基甸《圣经》①，但最后还是放弃了。圣马太写的福音故事虽然迷人，却完全不能掩盖隔壁房间那个同性恋男妓和嫖客性交所发出的声音。他们高声嘶吼，或许因为疼痛，或许出于愉悦，但更有可能的是两者同时存在。

牧师知道自己应该感到光荣，因为他被挑中来纽约执行这次任务。可是，他感觉自己也像当年前往不信仰主的希腊和小亚细亚传教的使徒保罗，面对的总是嘲弄和奚落。

"啊、啊、啊、啊……对，就是这里……哦，对、对、对，就是那儿、就是那儿……"

好，这真是够了。即使保罗当年也不会面对这种程度的邪恶堕落。那场音乐演奏会还有几个小时才会开始，但斯文森牧师决定早点出门。他稍稍梳了几下头发，戴上眼镜，把《圣经》、纽约市地图和一份布道演讲稿放进公文包。他沿着楼梯下楼走至

---

① 基甸《圣经》（Gideon Bible），美国《圣经》有三种流行版本，这是小旅馆中最常提供的一个版本。

大厅,还有另一个妓女坐在那里。这个人是——或看起来是——一个女人。

我们在天上的父,充满慈爱……

他感觉胃部一阵紧缩,匆匆加快脚步,目光只是直勾勾地盯着地板,以为会听到一番挑逗的言语。但这个女人——或这个男人,或不管到底是什么性别——只微微笑了笑,然后说:"真是个美丽的黄昏。对吧,牧师?"

斯文森牧师惊讶地眨眨眼,才报以微笑。"是啊,的确是。"他忍住冲动,没把到嘴边的"我的孩子"说出口,从他担任神职工作后便再也没用过这句话,只说:"祝你有个愉快的一天。"

他步出大门,走进纽约市下东区忙乱的街道。

他在旅馆门前的人行道上驻足了一会儿。一辆出租车呼啸而过,年轻的亚洲人和拉丁美洲人脚步匆忙地行走,街上的公共汽车排放出富含金属元素的炙热废气,几名骑着破自行车的送快递的中国男孩嗖嗖地在人行道上穿行。一切都是如此令人身心疲惫。这位牧师感到焦躁沮丧,但他心想,等他走到那座将要举行演奏会的教堂后,或许就能放松一些。他已研究过地图,知道这段路很长,不过他可以沿路做一些事,以排解这令人发狂的焦虑。他可以逛逛街、买些东西,停下来吃个晚餐,或研究他的布道讲稿。

当他向东走去时,觉得好像有人在监视他。他立刻扭头向左望去,看向旅馆旁边的一条小巷。有一个人半蹲着躲在一个垃圾车后,这是一位瘦小、棕发的男人。他身穿工作服,手里拿着一个小工具,正意味深长地打量着牧师。接着,好像知道自己被发现了似的,背转身,退进巷子深处。

斯文森牧师紧紧抱住公文包,怀疑自己在演奏会开始前,没留在安全的旅馆房间——虽然里面又臭又吵——而跑到外面来,是不是犯了个严重的错误。接着,他轻轻笑了出来。放松一些,他对自己说,这个人只不过是个管理员或打杂的工人,也许还是这家旅馆雇来的。他刚才只是过于惊讶,不相信一位牧师竟然会从这种脏乱的地方走出来。

更何况——当他开始往北走时,他心中这么想——自己是身穿牧师服装的人,既然神召唤了他,就一定会给他某种程度的豁免权,即使是在这个现代的索多玛城[①]。

[①]索多玛城(Sodom),死海南岸的古城,传说因为罪恶而被神消灭。

21

明明这一秒还在,但下一秒就不见了。

这个红球不可能从卡拉伸直的右手上直接移到她的耳后。

但事实的确如此。

而且,当卡拉从耳后把这颗红球拿出来并抛向空中时,它根本没有消失,而又从她弯起的左胳膊肘中冒了出来。

事实的确如此。

这是怎么做到的?莱姆深感纳闷。

卡拉已回到莱姆的住处,在楼下的实验室里等着阿米莉亚·萨克斯和罗兰·贝尔回来。当梅尔·库柏忙着把证物放上检验桌时,房间里突然响起一张钢琴爵士乐 CD 的乐声——这是莱姆用他自己的小小手上戏法播放的。

此时,卡拉站在窗前,身上穿着萨克斯放在楼上衣橱里的那件黑色 T 恤。托马斯正在替她清洗上衣,想办法洗掉她在集市上即兴演出时,用亨氏五七牛排酱制造出来的血迹。

"这些是从哪儿来的?"莱姆问,用头指向那几个球。他并没看到她打开皮包或把手伸进口袋。

她微笑着说,这是她"变"出来的。莱姆皱起眉头,发现魔术师还喜欢耍另一种戏法,总喜欢爱把不及物动词当作及物动词来用。

"你住哪里?"他问。

"格林尼治村。"

莱姆点点头,想起了过去的事。"以前我还没离婚的时候,我们夫妻俩和大部分朋友都住在那里,还有苏荷和特里贝卡区。"

"我一般往北不过第二十三街。"她说。

莱姆发出一阵笑声。"在我那个年代,第十四街才是非军事区的开始。"

"看来,是我们这边赢了。"她开玩笑说,手中的红球不断消失又出现,从一只手传到另一只手。接着,她开始做起即兴杂耍表演,轮番在空中抛接这几颗红球。

"你的口音是什么地方的?"他问。

"我说话有口音吗?"她问。

"有一点儿。你的音调变化和别人不太一样。"

"大概是俄亥俄州吧,中西部。"

"我也是,"莱姆告诉她,"我是伊利诺伊州人。"

"但我十八岁时就来这里了,念的是布朗克斯维尔区的大学。"

"萨拉劳伦斯学院,主修戏剧。"莱姆猜。

"英语系。"

"然后你喜欢这里,就留了下来。"

"嗯,我曾经很喜欢这里,所以才离开乡下来到城市。我父亲死后,我母亲也搬了过来,为了离我近一些。"

她有个守寡的母亲。这点和萨克斯一样,莱姆心想,但不知道她与母亲之间是否也存在类似萨克斯和她母亲之间的问题。萨克斯和她母亲近几年的关系改善了许多,但在她少女时期,她母亲罗丝的脾气却相当暴躁、阴郁、喜怒无常。罗丝完全不明白为什么自己的丈夫只想当一名警察，不明白自己的女儿为什么完全不肯按她的期望做事。于是，这对父女很自然地建立起一种同盟关系，从而使得她们之间的情况更糟。萨克斯曾告诉莱姆，在那段关系恶劣的日子，车库成为她和父亲的避难所，在那里，他们找到了一个有理可循的安乐世界：当化油器装不上去时，必定是违反了某项可以理解的物理世界的法则——若不是机械出了故障，就是某块垫圈切错了大小。引擎、悬挂系统和传动装置并不会让你陷入通俗闹剧般的情绪，也不会私下嘀咕说你的坏话。即使在最糟糕的情况下，它们也不会责怪你的错误和失败。

莱姆和罗丝·萨克斯见过几面，发觉她是个迷人、爱唠叨、性情古怪并极度以女儿为荣的女人。但他也知道，以前她们母女之间，绝对不是现在他所看到的这种关系。

"你们目前的关系好吗？自从她搬来之后？"莱姆怀疑地问。

"这听起来很像情境喜剧的情节吗？不，你猜错了，我妈妈她人很好。她……呃，你也知道，就是妈妈嘛。她们当然会有妈妈们的做法，这是不会改变的。"

"她住在哪里？"

"她住在疗养院里，在上东区。"

"她生了重病吗？"

"不严重，她会好起来的。"卡拉心不在焉地让球在指节上滚动，然后翻进手掌。"等她好些了，我们要去英国，就我们两个人去。我们要去伦敦、斯特拉特福德和科兹沃斯。我父母和我曾去过一次，那是我这辈子最美好的一次假期。这次再去，我要试试在左边车道开车和喝温啤酒的感觉，因为上次他们都不允许我做这些事。当然，那年我才十三岁。你去过英国吗？"

"去过。我以前常和苏格兰场合作,也去那里教过课。可是自从……呃,我好几年没去了。"

"魔术师和魔法师在英国比较受欢迎,不像在美国。他们那里有悠久的历史。我想带我妈妈去看看伦敦的埃及宫,一百年前,那里曾是全世界魔术师的中心。你知道,这有点像朝圣之旅。"

莱姆看向房门口,没见到托马斯人影。"你帮我个忙好吗?"

"没问题。"

"我需要吃点药了。"

卡拉看到墙边有一些药罐。

"不是这里,是在那边的书柜里。"

"哦,看到了。哪一瓶?"她问。

"最旁边那瓶,麦卡伦,十八年份的。"他低声说,"如果你动作轻一点,不弄出声来的话更好。"

"嘿,那你找对人了。罗伯特·胡迪说过,若想当成功的魔术师,就必须熟练三种技能:灵巧、灵巧和灵巧。"只一会儿工夫,几乎在完全无声和不引人注意的情况下,莱姆的玻璃杯中便出现了大半杯充满烟熏气味的威士忌。即使托马斯此时待在这里,恐怕也不会发现卡拉偷偷替莱姆倒了酒。她插进一根吸管,然后把玻璃杯放在莱姆轮椅的杯架上。

"你也来点儿吧。"他说。

卡拉摇摇头,伸手指着咖啡壶——她一个人就快喝光了一壶。"我的药是这个。"

莱姆啜了一口威士忌。他仰起头,让那股灼热的暖流深深流入喉咙深处,然后消失。他盯着她的双手,看着她拿着红球做出一个个不可思议的动作,接着又啜了一口酒。"我觉得很棒。"

"棒什么?"

"幻觉这个点子。"

你别他妈的这么容易感伤,他对自己说。你一喝酒,就变得多愁善感起来。但是,这种自知之明却无法阻止他再喝一口威士忌,他继续说道:"你也知道,有时候,现实是很难让人接受的。"同样,他也无法阻止自己在这个时候看了一眼自己无法动弹的身体。

此话一说出口他便立刻后悔了,同时也后悔自己刚才不该瞄自己的身体。他想换话题,但卡拉却不像一般人那样立刻表现出同情和怜悯,而只是说:"你知道吗?我并不确定现实的成分到底有多少。"

他皱起眉头,不懂她这句话的意思。

"我们一生中的绝大部分难道不是幻觉吗?"她继续说。

"什么意思?"

"这么说吧,过去的一切都成了记忆,对吧?"

"没错。"

"而未来的一切又都是想象。这两者都是幻觉——记忆是不可信的,而我们又无法推测未来。唯一完全真实的,唯有此时我们所在的现在——可这又是不停地从想象变成记忆的过程。所以,你懂了吗? 我们一生中的绝大部分都是幻觉。"

莱姆微笑起来。身为一个科学家和逻辑学家,他很想从她的理论中找出漏洞,但还是失败了。他不得不承认,她说的一点儿也没错,自己大部分时间都花在对"过去"的回忆上,回忆意外发生前的生活,以及之后产生的巨大变化。

可是未来会怎样呢?哦,对,他经常憧憬未来:除了萨克斯和托马斯,没什么人认识他。他每天至少花一小时锻炼身体——进行关节活动练习、去附近的医院做水疗,或者在卧室楼上的电动自行车上骑行锻炼。这些训练都对恢复神经和心脏机能有利，同时也有助于提高肌肉的耐力，并能提高免疫力，预防其他疾病。当然，他付出这些努力只是为了保持身材健美，而这一切都建立在他能康复的基础上。

他又把卡拉的理论放在工作上：只要一有案子，他便不停扫描他那巨大的记忆库，搜寻刑事鉴定的知识和曾经发生过的案例，以此来推断疑犯可能藏身之处以及下一步想采取的行动。

过去的一切都是记忆，未来的一切都是想象……

"当我们开口说第一句话的时候……"她说着，在咖啡里加了一勺糖，"我得向你坦白。"

他又喝了一口酒。"坦白什么？"

"我第一次看见你的时候，就有一种感觉。"

啊，对了，他想起来了。那种目光，那最熟悉的"快从这个残废面前逃走"的目光，而且配合着微笑表演。但还有比这更糟的事，那就是针对这个目光和微笑而提出的"非常笨拙的道歉"。

她犹豫了一下，觉得有点难为情，然后才说："我的感觉是——你真是个厉害的魔术师啊！"

"我？"莱姆惊讶地问。

卡拉点点头。"你代表的就是现实与认知。当人们看到你，看见你是个残障人士时……你是这么说的吗？"

"官方的说法是'身心障碍'，但我对自己的说法是：我'报废'了。"

卡拉笑了起来，接着又说："他们看见你不能动，很可能认为你心理也有问题，或认为你的反应一定很迟钝。没错吧？"

这是实话。不认识莱姆的人，经常大声把话说得很慢，用最简单的字眼解释再清楚不过的事，莱姆有时会故意用漫无边际的话回应,或干脆装妥瑞氏症①,好把那些吓坏的访客赶出房间——这让托马斯很生气。"他们对你会产生第一印象,认为真实的你不可能藏身在他们看见的幻觉之后。一半的人会受到你身体状况的影响,而另一半的人连看都不敢看你。这就是你欺骗他们的方式……无论如何,当我第一次看到你,看到你坐在这张轮椅上、一副受尽痛苦折磨的样子,我居然没有半点同情,也不想问你的身体状况,连说声'很遗憾'都没有。当时我只是在想,妈的,你是多厉害的一个表演者啊!我知道这很蠢,但我有种感觉,觉得你自己也很清楚这种状况。"

这些话让莱姆彻底开心了,他向她保证:"相信我,我不会对那些装怜悯或装斯文的人客气的,愚蠢反而好一点。"

"是吗?"

"没错。"

她举起了咖啡杯。"敬最著名的魔术师——无法移动者。"

"我可没办法做什么手部戏法。"莱姆说。

卡拉回答:"巴尔扎克先生常说,'头脑'戏法才是最厉害的技术。"

这时,他们听见大门打开的声音,以及萨克斯和塞利托走进长廊时的说话声。莱姆扬起一条眉毛,赶紧低头凑近吸管。他小声说:"看清楚了,这是我自创的戏法,名叫'消失的有罪物证'。"

朗·塞利托问:"首先,你们觉得他死了吗?是不是躺在河

---

① 妥瑞氏症(Tourette's Syndrome),是当今常见的神经精神疾病,除了动作性与语音性的抽搐症状外,也常伴有其他精神行为疾病,如注意力缺损、多动症或强迫症。

底喂鱼了？"

萨克斯和莱姆对视了一眼，异口同声地说："不可能。"

这位胖警探又说："可是你们知道那里的水流有多急吗？有些孩子想游过这条河，但从此再也没见到他们。"

"除非让我看到尸体，"莱姆说，"我才相信。"

尽管他不认为疑犯已经溺毙，但至少有件事是值得庆幸的：现在已过下午四点，离前一位被害人遇袭已过了两个小时，而他们还没听到任何人遇害或失踪的消息。那名凶手差点被捕，又下水游了个泳，可能已对他产生了一些恫吓作用；也许他知道警方已循线追来，只好放弃攻击行动或至少暂时躲一阵子。这给了莱姆和专案小组人员一个喘息的机会，使他们可以利用这段时间找出嫌疑犯的藏身之处。

"拉里·伯克的下落如何？"莱姆问。

塞利托摇摇头。"我们派了几十个人出去找，再加上一群志愿者——那些不当班的警员和消防队员。牧师已去安慰他的妻子和孩子了，市长也提供了悬赏奖金……但我得说，情况看来不妙。我猜他可能被塞进那辆车的行李箱，跟着一起沉入水中了。"

"他们还没把那辆车捞上来吗？"

"他们根本还没找到那辆车。河水黑得像深夜，下面还有暗流。有个潜水员告诉我，说很可能那辆车还没沉到河底，就被冲到半英里以外的地方了。"

"我们得尽快找到那辆车，"莱姆说，"还有，疑犯可能拿走了伯克的武器和步话机。朗，我们应该更换通信频率，这样他才无法监听我们的行动。"

"没问题。"他立即呼叫总部，要求把所有与"魔法师"有关的联络频率全改成全市特别警用频率。

"快开始研究证物吧。萨克斯,我们现在有什么东西?"

"在那家希腊餐厅没有任何发现,"她皱起眉头说,"我吩咐过餐厅老板要保持现场完整,但这个要求似乎没有传达下去,也许他根本不想传达。等我回到那家餐厅,服务员已把桌子擦干净,连地板都拖好了。"

"池塘那里呢?发现嫌疑犯的那个现场?"

"我们在那里找到了一些东西,"萨克斯说,"他用闪光棉让我们暂时失明,然后又放了一些爆竹,一开始我们还以为他开了枪。"

库柏仔细端详这些燃烧过的渣滓。"和之前的一样,无法追踪来源。"

"好吧,"莱姆叹了口气,"还有其他东西吗?"

"有铁链,一共两条。"

"魔法师"用这两条铁链绑住谢丽尔·马斯顿的双手和脚踝,又用类似狗链上的那种扣环加以固定。库柏和莱姆仔细检验这些证物,但铁链和扣环上都没有制造厂商的记号。同样的情况也出现在绳索和嫌疑犯用来粘住被害人嘴巴的胶带上。

至于嫌疑犯从车上拿下来的那个运动包,他们推测是用来装铁链和绳索的。这个包没有品牌,产地为中国。如果警方人手充足,全力投入对折扣店和街头小贩的查访,有时的确可能查出一些常见品牌商品的来源。但对这种大量制造的廉价包而言,根本不可能投入如此大规模的搜寻行动。

库柏把包倒过来,移至一个瓷制的检验盘上方,连续拍了袋底几下,把里面的东西倒出来。从包里掉出一些白色粉末,库柏立刻拿去做药物化验,证明这些白色粉末是罗眠乐。

"这是迷奸药。"萨克斯对卡拉说。

袋子里还有一些细小的半透明颗粒，有黏性，看起来类似粘在袋子拉链和背带上的物质。"我没见过这种东西。"库柏说。

但卡拉看了一眼便说："这是魔术师专用的黏蜡。在表演时，我们会用它把东西暂时黏在一起。也许他先把迷奸药的胶囊打开，用这种蜡黏在手掌上，然后利用把手伸到她的饮料或咖啡上面的机会，偷偷把药粉倒了进去。"

"这些蜡的来源呢？"莱姆挖苦说，"让我猜猜……全世界任何魔术用品店都买得到，对吧？"

卡拉点点头。"很遗憾。"

库柏又从袋子里发现一些细小的金属碎片以及一个黑色的圆形痕迹——看来这个袋子里好像装过油漆罐，这道黑色痕迹可能是罐底的残留物造成的。

显微镜检视表明这些金属物质可能是铜，而且上面有独一无二的金属加工纹理，但林肯·莱姆却不愿意做任何臆断。"把照片拍下来，送到咱们调查局的朋友那里。"库柏立即拍摄照片，压缩文件，通过电子邮件把资料送至华盛顿。

至于那个黑色的痕迹，经过检验后证明并非油漆，而只是一般的墨水。但资料库无法辨别这是哪一种牌子，也没有其他可识别的特征。

"那是什么？"莱姆问，目光落在一个装有海蓝色衣物的证物袋上。

"咱们运气不错，"萨克斯说，"那是他诱拐马斯顿时穿着的防风夹克。当时他忙着逃走，来不及把这件衣服带走。"

"能具体化吗？"莱姆问，希望衣服上会有字母缩写或洗衣店的标志。

经过一段漫长的检查后，库柏才说："什么都没有，就连衣服上的标签也全被剪掉了。"

"不过，"萨克斯说，"我们在兜里找到了一些东西。"

他们检验的第一样物品是一张大型有线电视公司CTN的记者证。记者证上的名字是CTN的记者斯坦利·谢弗斯坦，照片上是一个消瘦、棕发、蓄有胡子的男人。塞利托立刻打电话到这家电视公司，和安全部门的领导谈了一会儿。结果查出，谢弗斯坦是他们公司的高级记者之一，并已在都市新闻台工作了许多年。他的记者证是上周失窃的——当时他去下城参加一个新闻发布会。扒手显然割断了挂绳，把记者证揣进兜里，而这位记者却浑然不觉。

莱姆猜想，疑犯之所以选中谢弗斯坦的记者证，大概是因为这位记者的外貌和"魔法师"有几分相似：同样是五十来岁，瘦长脸以及深色的头发。

尽管这张记者证已经作废，但安全部的领导说："如果那家伙出示了这张通行证，门卫或警察一看到我们公司的标志，恐怕不会仔细检查就放行。"

塞利托一挂断电话，莱姆便对库柏说："把斯坦利·谢弗斯坦这个名字输入VICAP[①]和NCIC。"

"没问题。但为什么要查呢？"

"不为什么。"莱姆说。

查证结果显示：两个资料库中皆无此人的资料，但莱姆并没有感到意外。他并不是真的认为这位记者和"魔法师"有什么关联，只是在面对这个格外狡猾的疑犯时，丝毫不能存有侥

[①] VICAP，指 Violent Criminal Apprehension Program，即暴力罪犯追踪程序，这是联邦调查局于一九八〇年建立的一套程序，用于从国内法律强制执行机构收集暴力犯罪的信息。

幸心理。

这件夹克的衣兜里还有一张旅馆用的灰色塑料门卡。莱姆对于这个发现十分高兴。虽然门卡上没有旅馆的名字,上面只印了一个钥匙图案和一个箭头,以此告诉客人该把哪一端插进锁孔里。不过,莱姆认为门卡上的磁条里一定有密码,能告诉他们这是哪一家旅馆、哪一个房间的钥匙。

库柏在门卡背后找到制造商的名字。"俄亥俄州阿克伦市ＡＰＣ公司。"根据这个信息,他从商业贸易资料库中查出了更详细的线索。ＡＰＣ是"美国塑料卡片公司"①的缩写,这家公司生产了几百种不同的身份识别卡或门卡。

不到几分钟,专案小组就已联系到了ＡＰＣ公司的董事长本人,利用扩音器电话和他通话。这位董事长还真敬业,莱姆心想,他不但周六还在工作,而且还亲自接电话。莱姆把当前的情况向他简单介绍了一下,又描述了卡片的式样,然后问他们公司在纽约的大都会区一共向几家旅馆售出了这种门卡。

"呃,那是ＡＰＣ－４２型,是最畅销的一款。我们为所有的门禁系统公司制作这种卡片,像爱尔克、世乐、泰莎、温格、萨金特……几乎每家公司都有。"

"范围能缩小到具体是哪一家旅馆吗?"

"恐怕你们得逐个打电话到旅馆问,看谁使用的门卡是ＡＰＣ－４２型。我们公司是有这样的资料,但我不知道怎么把它调出来。我会想办法联系我们的销售部经理或他的助理,但这大概需要一两天。"

"哦。"塞利托叫了一声。

---

①原文为 American Plastic Cards。

的确，这真是太慢了。

挂断电话后，莱姆决定不能只是坐着等待APC公司的答复，便请塞利托把钥匙资料告诉贝迪和索尔，要他们开始逐家查访曼哈顿的所有旅馆和酒店，弄清楚到底是哪些饭店使用这种泛滥的APC-42型门卡。他还要求库柏马上采集那张记者证和门卡上的指纹——但一无所获。从这两张卡片上只找到一点模糊的污迹，以及两个和之前一样的指套痕迹。

罗兰·贝尔终于从犯罪现场回来了。库柏立刻把专案组目前的研究进展向他简要叙述了一下。然后，大家便回到证物检验上。"魔法师"的夹克里还有一些东西：一张餐厅收据，餐厅名为"纽约贝德福车站河畔旅店"，这张收据显示在四月六日星期六，两周前，有四个人在这里的十二号桌吃午餐。他们点了火鸡、肉卷、牛排和一份当日特餐。没有人喝酒，所有人喝的都是果汁饮料。

萨克斯摇摇头说："这个什么贝德福车站到底在哪里？"

"我猜大概在纽约州北部吧。"库柏说。

"收据上有餐厅的电话号码，"贝尔慢吞吞地说，"打电话给他们，问问黛比或坦妮亚或随便哪个漂亮的女服务员，看有没有人记得哪四个常客坐在……"他瞟了一眼那张收据，"……第十二号桌。至少问问她们有没有人记得点这些食物的客人。时间虽然隔得有点远，但也没准会有人记得。"

"号码是多少？"塞利托警探问。

贝尔念了出来。

时间的确是隔得太久了。正如莱姆所料，餐厅经理和女服务员都不记得有谁在那个周六在餐厅用过餐。

"那地方挺红火，"塞利托眼珠转了转，下了结论，"根本问不出答案。"

"有些不妙。"萨克斯说。

"什么?"

"他为什么会和其他三个人一起吃午饭呢?"

"问得好,"贝尔说,"你的意思是还有其他人和疑犯一起合作?"

塞利托插嘴道:"不,我不这么认为。重复固定模式作案的疑犯通常习惯独来独往。"

卡拉提出反对意见:"我觉得不一定。如果是近距离的表演者或室内魔术师,他们的确都是独自演出。但别忘了,他是个幻术师。幻术师通常需要和其他人合作演出,包括从观众中挑选出的志愿者以及站在舞台上的助手——这些都是观众看得见、摸得着的人。实际上,幻术师还有一些帮手,他们在暗中为幻术师工作,但台下的观众却一无所知。他们可能伪装成舞台工作人员,混在观众之中;或干脆假扮成自告奋勇上台的观众。在一场完美的演出中,你根本无法确定身边人的真实身份。"

天啊,莱姆心想,光是这一个嫌疑犯就够棘手的了。他懂得快速变装、逃脱和各种魔术技能,如果他还有帮手,将会使他变得危险上百倍。

"先写下来,托马斯。"他大声说,"现在,咱们来看看在巷子里找到的东西——伯克曾逮捕他的那个现场。"

第一样证物是那位巡警的手铐。

"他只用了几秒钟就打开了这副手铐,身上肯定藏有钥匙。"萨克斯说。这是令全国所有警察沮丧不已的事,大部分手铐都能用极普通的钥匙打开,而这种钥匙在军需用品店只要花几块钱就能买到。

莱姆坐着轮椅来到检验桌前,仔细研究这副手铐。"把它转过来……停在这里……他可能是用钥匙开的锁,不过钥匙孔里有新的刮痕。我敢说,他是用开锁工具撬开的……"

"可是伯克一定会先搜他的身,"萨克斯提出质疑,"他能把开锁工具藏在哪儿?"

卡拉说:"哪里都能藏,头发或是嘴里。"

"嘴里?"莱姆灵光一闪,"梅尔,用 ALS 照射这副手铐。"

库柏戴上护目镜,打开多波域光源①,将光束投射在手铐上。"有了,在锁孔附近有一些细微的污点。"这表示,莱姆对卡拉解释说,手铐上有人类的体液,很可能是唾液。

"这是胡迪尼惯用的戏法。有时他会请观众上台检查他的嘴巴,以证明他的嘴里没藏东西。然后在他即将开始逃脱表演之前,他的妻子会上台和他拥吻——他说这是为了祈求好运,但实际上是让她把藏在嘴里的钥匙传到他的口中。"

"但他的双手是反铐在背后的,"塞利托说,"这样怎么能拿到嘴里的钥匙呢?"

"那个啊,"卡拉笑着说,"任何脱逃术高手都有办法在三四秒钟内把铐在背后的手移到身体正面来。"

库柏把手铐上的唾液痕迹作了化验。有些人的体液中会含有他本人分泌的抗体,检验者可由此鉴定出血型。但在这个案例中,他们只能证明"魔法师"并不属于这类人。

萨克斯还找到一块非常小的金属片,边缘呈锐利的锯齿形。

"啊,这一定也是他的东西,"卡拉说,"另一种逃脱工具,

---

①多波域光源(Alternative Light Source),简称 ALS,是利用特殊波长的可见光源照射受检物体,使之发出波长较长且肉眼可以看到的荧光,鉴定人员再使用适当的滤光镜,进行勘查或拍照。

剃刀锯。他很可能是用这个割断他脚腕上的塑料绳。"

"这个东西不可能也藏在嘴里吧？这样岂不是太危险了吗？"

"一点儿也不危险。在表演中我们经常会把细针、刀片之类的东西藏在嘴里，只要经过练习就相当安全。"

他们继续检查其余证物。在那条巷子的现场中，他们又发现了更多橡胶和化妆品的痕迹，而且都和先前找到的类似。此外，现场也出现了更多的"光洁"牌油渍。

"萨克斯，在他冲进河里的那个现场，你有没有什么发现？"

"只有泥地上的刹车痕。"她把库柏刚用电脑打印出来的数码照片钉在写字板上。"有些想帮忙的市民差点儿破坏现场，"她解释，"不过我花了半小时在那一团糟的现场中搜索，确定他没并掉落任何证物，也没有跳车逃生。"

塞利托问贝尔："那位被害人呢？那个姓马斯顿的女人？她有没有什么可提供的线索？"

这位北卡罗来纳州警探把先前问询她所得到的情况向大家做了简报。

她是个律师，怎么会选中她呢？莱姆十分纳闷。"魔法师"挑选被害人的模式究竟是什么？ 音乐家、化妆师和律师……

贝尔继续补充道："她离过婚，前夫住在加州。虽然离婚的过程不是很愉快，但我不认为她前夫有涉案的嫌疑。我已请洛杉矶警察局打过电话，他提供了今天的不在场证明，几周以前也没去过贝德福吃午餐。此外，NCIC 和 VICAP 中也都没有他的资料。"

据谢丽尔·马斯顿的描述，"魔法师"是个消瘦、结实、蓄着胡子、脖子和胸部上都有疤痕的男人。"对了，她也证实疑犯的手指是变形的，有两根手指黏在一起，这和我们推测的一样。

还有，疑犯在谈到自己的住址时语焉不详，使用的假名是'约翰'。她提供的情况就这么多。"

都没什么用，莱姆心想。

贝尔又详述了疑犯是如何与她搭讪以及接下来发生的事。莱姆问卡拉："你觉得其中运用了魔术技巧吗？"

"他可能先把鸽子或海鸥催眠，然后向马身上扔，再运用某种秘密装置让马焦虑骚动。"

"那是什么装置？"莱姆问，"你知道有谁能制造吗？"

"不知道，那可能是自制的。魔法师通常会使用电极片或电棒让狮子在接到提示时发出咆哮，那个装置可能属于类似的东西。不过现在动物保护主义者绝对不会放过这种事。"

贝尔继续往下说，描述马斯顿和"魔法师"一起去喝咖啡时的情景。

"她说有件事很奇怪，他似乎能看穿她的心思。"贝尔转述了马斯顿告诉他的话，说"魔法师"对她似乎相当熟悉。

"那是根据肢体语言判断的，"卡拉说，"他会先说一些话，然后观察她，仔细研究她的反应，借此可以得知很多信息。就像那些江湖术士或推销员一样，一个真正的心理学专家只要随便和你聊一些看似无关紧要的话，便可以从中得到各种信息。"

"后来，就在她开始放松戒备、逐渐习惯和这个人相处时，他对她下了药，然后把她带到池塘边，最后便把她倒吊着沉进水里。"

"这是模仿'水缸折磨'的戏码，"卡拉说，"是胡迪尼最著名的节目之一。"

"他是怎么从池塘边逃走的？"莱姆问萨克斯。

"起初我并不确定那个人就是他，他一定是快速换装了，"她说,"他的衣服和先前的完全不同……"她瞟了卡拉一眼,"眉毛也变了。我看不到他的手,没法确定他的手指是否畸形。后来他用腹语术让我分了心……那时我一直盯着他的脸,却完全没看到他的嘴在动。"

卡拉说:"我敢说,他用腹语术说的话绝对不带'b'、'm'和'p'等辅音,甚至连'f'或'v'这两个辅音也不用。"

"你说得对,他那时说的话好像真的是这样。'小心!你右边有个穿慢跑装的男人,他手上有枪!'果然是标准的行话。"她苦笑了一下,"那时我把头扭了过去——跟疑犯一起扭头,就像在场的所有人一样。这时他就引燃了闪光棉,让我暂时失明。他又放了几个爆竹,让我误以为他开了枪。他把我耍得团团转。"

莱姆看见她脸上露出一丝不悦的神情,知道阿米莉亚·萨克斯在众人面前忍住了,她会把最糟糕的情绪留到自己独处的时候。

然而,卡拉却安慰她说:"你不必自责。听觉是最容易被蒙骗的感官,连我们在舞台上表演时都不太常用,因为这种伎俩真的算不上高明。"

萨克斯耸耸肩,没理会卡拉的安慰,继续说:"当罗兰和我都被强光闪得暂时失明时,他乘机溜走,逃进了那个集市。"又是一个苦笑,"十五分钟后我又看到了他——那个穿着哈雷T恤的摩托车手。我是说,看在上帝的分上,他竟然就站在我的面前。"

"天啊,"卡拉摇摇头说,"他的硬币肯定不会说话。"

"什么意思?"莱姆问,"硬币?"

"哦,这是魔术师的行话,指的是在用硬币表演魔术时,不能让硬币发出任何声音,不过我们常用这句话来形容某人的表演非常出色。另一种说法是：他做得滴水不漏。"

她走到证物板前，拿起写字板专用笔，在"魔法师描述"那栏做了补充。她边写边说："所以，他会近距离魔术和心理分析，还有腹语术，还有动物戏法。我们知道他会开锁——根据第二个命案现场——但现在我们已经知道他是个脱逃专家了。他还有哪种魔术没做过？"

莱姆抬起头，看着她写字，此时托马斯拿着一个大信封走进客厅。

他把信封递给贝尔。"是给你的。"

"这是什么？"这位来自北卡罗来纳的警探问，把信封里的东西倒了出来，立刻开始阅读。他一边看，一边慢慢地点头。"嘿，林肯，这是格雷迪办公室失窃案现场勘查的补充报告，是你让佩雷蒂做的。想看看吗？"

报告上附了一张便条，上面只草草地写着——"致林肯·莱姆：一切照办。佩雷蒂"。

莱姆仔细阅读这份报告，每看完一页，就严肃地点一下头，托马斯便立刻替他翻页。这份刑事案现场鉴定报告还附有一份完整的秘书办公室物品清单，也清楚地标出了房间里所有脚印的位置，完全按照莱姆的要求。他将这份报告反复看了好几遍，之后合上眼睛，开始想象那个现场。

过了一会儿，他又开始看在现场发现的那些纤维的完整检验报告。白色的纤维大部分是聚酯和人造丝的混合物，有些属于粗棉花纤维——也是白色的。这些纤维大部分都暗淡无光，还有些脏。至于那些黑色的纤维，则是羊毛。

"梅尔，你对这些黑色纤维有什么看法？"

这位技师马上起身，走过来仔细观察报告上的照片。"照片拍得不太清楚……"他说，但没过多久，他还是得出了结论，"像出自某种织得很紧密的布料，斜纹织物。"

"华达呢？"莱姆问。

"这个样本太小了，无法根据斜纹来判断。不过，我觉得很有可能是华达呢。"

莱姆继续看下去，发现在现场找到的唯一的红色纤维是一种绸缎。"好，很好。"他闭上眼睛，在心中整理这些证物。

过了一会儿，他转头问库柏："梅尔，你对纤维和布料有多少研究？"

"不太多。不过林肯，要是按照你的逻辑，你不该问'你对什么东西有多少研究？'这不是重点，你应该说：'你知道能去哪里找到它吗？'而对于这个问题，我的回答是，可以。"

魔法师

音乐学校命案现场

- 嫌疑犯外貌描述：棕发、假胡子、无明显特征。年约五十岁，中等身材，左手无名指和小指粘连在一起。能快速换装扮成年老、秃头的清洁工。
- 杀人动机不明。
- 被害人：斯维特兰娜·拉斯尼诃夫。
  音乐学校全日制学生。
  正在调查其家庭、朋友、同学及同事关系，寻找可能的线索。
  无男友，无已知仇人。兼职工作为在儿童生日聚会上表演。
- 附有扬声器的电路板。
  已送至联邦调查局纽约办事处实验室检验。
  数码录音器，可能录有嫌疑犯的声音。所有资料都已被销毁。
  录音器是一种"秘密装置"，是自制物品。
- 使用旧式手铐铐住被害人。
  德比式手铐。曾被苏格兰场使用。已派人前往新奥尔良的胡迪尼博物馆查访。
- 被害人的手表被破坏，指针正好停在上午八点。
- 棉线，用来绑住折叠椅。样式普通，无法追查来源。
- 爆竹，用来制造枪声效果。已毁坏。
  来源过于广泛，无法追查。
- 保险丝，型号普通。
  来源过于广泛，无法追查。
- 现场警员汇报遇到强烈闪光。未发现可追查物品。
  闪光棉或闪光纸。
  来源过于广泛，无法追查。
- 疑犯鞋子：十号爱步牌。
- 丝质纤维，染成灰色，经过打磨去光处理。
  从快速变装的清洁工服装上掉落。
- 疑犯可能戴棕色假发。
- 红山核桃树和梅衣属地衣，主要生长地点均为中央公园。
- 泥土中含有不寻常的矿物油。
  已送至联邦调查局化验。
  保养马鞍和皮革的"光洁"牌护理油。
- 黑色丝质布，七十二英寸×四十八英寸，用于遮盖。无法追查来源。
  魔术师经常使用这种黑布。
- 手上戴套子以掩盖指纹。
  魔术师用的指套。
- 橡胶痕迹，蓖麻油，化妆品。
  舞台化妆用品。
- 藻胶痕迹。
  用来铸造橡胶"装备"。
- 凶手武器：白色丝织绳索，有黑色丝质内芯。
  绳索为魔术演出之用，可变色。无法追查来源。

魔法师

- 特殊绳结。
  已送至联邦调查局及海事博物馆，目前尚无进一步消息。
  胡迪尼表演使用的绳结，实际上无法解开。
  在门房登记簿上使用隐形墨水。

东村命案现场

- 第二号被害人：托尼·卡尔沃特。
  剧院化妆造型师。
  无已知仇人。
  与第一位被害人无明显关系。
- 无明显杀人动机。
- 死因：
  头部钝器外伤致命，死后尸体被锯成两半。
- 疑犯扮成七十几岁老妇人逃亡。正在邻近地区进行搜索，寻找疑犯丢弃的衣服和其他证物。
  尚未有发现。
- 手表被破坏，时间停在正午十二点。
  固定模式？下一位被害人可能在下午四点遇害。
- 疑犯躲藏在镜子后面。镜子无法追查来源。
  指纹已送联邦调查局。
  无相符比对。
- 使用玩具猫（假物）以引诱被害人进入死巷。玩具无法追查来源。
- 再次发现矿物油，与第一个现场相同。
  等待联邦调查局的化验报告。
  保养马鞍和皮革的"光洁"牌护理油。
- 再次发现来自指套的橡胶和化妆品。

- 再次发现藻胶。
- 爱步牌鞋子被遗留在现场。
- 鞋上有狗毛，可能为三种犬类。
  鞋子上有粪便。
  粪便为马粪，不是狗屎。

哈得孙河命案现场

- 被害人：谢丽尔·马斯顿。
  律师。
  已离婚，但前夫并未涉嫌谋杀。
- 行凶动机不明。
- 疑犯使用的假名为"约翰"。颈部和胸口有疤痕。确认疑犯左手有畸形现象。
- 疑犯快速变装换上斜纹棉裤、正装衬衫，未留胡须，扮成商务人士模样；之后又变装换上牛仔裤和哈雷T恤，扮成摩托车手。
- 作案车辆已沉入哈莱姆河。疑犯可能已逃脱。
- 水管胶带，用于封住被害人的嘴。无法追查来源。
- 爆竹。模式同前。无法追查来源。
- 铁链和扣环配件。无法追查来源。
- 绳索。式样普通，无法追查来源。
- 再度发现化妆品、橡胶和"光洁"。
- 运动袋，中国制造。无法追查来源。内有：
  迷奸药罗眠乐粉末。
  魔术师专用黏蜡，无法追查来源。

魔法师

- 铜片（?）碎屑，已送联邦调查局化验。
  普通墨水，黑色。
- 海军蓝防风夹克一件，无姓名缩写或洗衣店记号。内有：
  CTN 电视公司通行证，所有人为斯坦利·谢弗斯坦（此人非疑犯——NCIC 和 VICAP 亦无其资料）。
  塑料门卡一张，俄亥俄州阿克伦市美国塑料卡片公司制造，型号为 APC-42 型，上面无指纹。
  该公司董事长正在调阅销售资料。
  贝迪和索尔警探已开始查访市内各家旅馆。纽约贝德福车站河畔旅店收据一张，表明两周前的星期六，曾有四个人至该餐厅用午餐，桌号为十二。餐品为：火鸡、肉卷、牛排和当日特餐。喝无酒精饮料。餐厅人员已不记得这些客人是谁（同谋？）。
- 魔法师被捕的小巷现场。
  开锁脱逃。
  唾液（钥匙藏于口中）。
  无法鉴定血型。
  小锯刀，用来割断束缚绳索。
- 哈莱姆河现场：
  无任何证物，除泥土上的刹车痕迹。

魔法师描述

- 嫌疑犯会利用误导来对付被害人和逃避警方追捕。
  生理误导（转移注意力）。
  心理误导（消除怀疑心）。
- 逃离音乐学校的方式近似"消失的人"戏法。过于普通无法追查。
- 嫌疑犯身份很可能是魔术师。
- 手部技法熟练。
- 也懂得变换术（快速变装）。使用容易脱下的衣物、尼龙和丝质布料、光头头套、指套和其他橡胶装备。可能为任何年纪、性别与人种。
- 卡尔沃特之死是赛尔比特的"活锯女郎"戏法。
- 精通开锁技巧（可能掌握"擦揉开锁法"）。
- 通晓脱逃术技巧。
- 有动物表演经验。
- 利用心理分析以取得被害人个人信息。
- 利用手部戏法对被害人下药。
- 企图使用胡迪尼的逃脱戏法"水缸折磨"杀害被害人。
- 腹语术。

22

哈里·胡迪尼虽然以脱逃术举世闻名，但事实上，在他之前或和他同时代的魔术师中，也有许多人是伟大的脱逃术专家。

胡迪尼之所以能从这些人中脱颖而出，只有一个简单的原因：接受挑战。他每到一处表演，往往会邀请当地人提出挑战，用他们提供的装置或地点——也许是警用手铐，也许是镇上的拘留所——考验自己的逃脱能力。

正是这样的挑战，在表演中加入人与人对抗的成分，才是胡迪尼的伟大之处。他也正是在这些挑战下，技巧日益娴熟。

"我也这样。"马勒里克一面想，一面走进了公寓大门。他从哈莱姆河逃脱后，先去做了一点勘查工作才回到自己的住处。但直到现在，今天下午发生的事仍让他颤抖不已。过去，在那次大火意外前，他在做例行演出时通常会在表演中加入一些危险的元素，一些真正的危险。这个观念是师父灌输给他的：如果没有危险，怎么能吸引观众呢？对马勒里克来说，最大的过错，就是让那些前来看你表演的观众觉得无聊。然而，他没想到此次这个特别节目竟然会演变成一连串的挑战与冒险——警方远比他所预料的厉害得多。他们是如何猜到他会盯上骑术学院的那个女人的？他们怎么知道他会在哪里淹死她？他们先把他困在集市，后来又发现那辆马自达汽车继而展开追捕。距离是如此接近，逼得他不得不让车冲进河里，然后在千钧一发之际逃生。没错，他会继续接受挑战，可此时不免有些草木皆兵。对于下次的表演他还想准备得更周密一些，但最终还是决定要一直待在家中，直到最后演出的时刻来临。

更何况，他现在还有一点事要做。这是必须为自己做的，而不是为那些"尊敬的观众朋友"。他拉上窗帘，把一根蜡烛放在壁炉架上一个镶嵌着花纹的小木盒旁。他划了根火柴，点燃蜡烛，然后坐在廉价沙发粗糙的布面上。他调整呼吸，缓缓吸入空气，再慢慢呼出。

慢、慢、慢……

注意力集中在烛光上，让思绪飘入冥想中。

纵观魔术史，古往今来的表演者大致可分为两个派别。第一个派别是由巧手魔术师、喜剧魔术师、道具魔术师和魔术高手组成，特色是以熟练的肢体技巧来达到娱乐观众的目的。

第二个派别的人则颇具争议，他们研究的是超自然秘术。即使在今天这个科学时代，仍然有许多魔术师坚称他们真的拥有超自然力量，可以读出他人心思、用意念移动物体、预测未来，甚至与灵魂沟通。

几千年来，这些江湖骗子、占卜师和灵媒便不断宣称他们能为痛失亲人的家属召唤死者的灵魂。但在各国政府开始用法律制裁这种欺诈行为之前，就有许多正派的魔术师出面揭发一些会让人误以为是灵异现象的戏法内幕，以保护那些容易受骗的善良民众。哈里·胡迪尼本人一生就奉献出了大量的时间和金钱，公开挑战那些假灵媒。但颇具讽刺意味的是，他这么做的理由只有一个：他一直无法从母亲去世的伤痛中走出来，渴望能找到一个真正的灵媒，好让他能与母亲的灵魂沟通。

马勒里克看着蜡烛和火焰，专心凝视着，只祈求他心灵伴侣的灵魂能出现，拂动那黄色的烛光，好带给他一些暗示。他之所以用蜡烛作为沟通的媒介，是因为火永远带走了他的爱人，火永远地改变了他的生活。

等等，火光跳动了一下吗？似有似无。他无法分辨。

在他心中，两种派别的魔术正在激烈碰撞着。当然，马勒里克很清楚，一位优秀的魔术师，他的例行程序只不过是物理、化学和心理学的组合而已。然而，他内心却免不了有一些矛盾，或许，魔术师真的握有开启超自然界大门的钥匙：上帝也是一位魔术师，它让人们倒下的身体消失，将我们挚爱的人的灵魂藏于掌心，而后改换形式，再把他们还给我们——一群既悲伤又满怀希望的观众。

这并不是完全不可能的，马勒里克告诉自己。他……

此时，烛火真的闪动了一下！没错，他这次确定看到了。

烛火摇曳着微微向那个木盒飘动，这极有可能是他过世爱人的亡灵出现的征兆。召唤她的并不是这些装置或技巧，而是存在于他们之间的一丝联系。唯有在他集中精神，全力感知时，这个魔法才会生效。

"你来了吗？"他低声说，"是你吗？"

他的呼吸非常轻柔，生怕呼出的气息会干扰蜡烛，使它产生闪动的现象。马勒里克想要得到的是肯定的答案，证明自己并非孤身一人。

马勒里克静坐良久，深陷于冥想状态中。最后，蜡烛烧完了，灰色的轻烟盘旋着升至天花板，然后慢慢消散。

他看了一眼手表。不能再等了。他收拾起必需的服装和道具，将它们摆放好或穿戴在身上，然后又仔细给自己化上妆。

镜中人告诉他,此时他已成为那个角色,准备好登场了。

他走到公寓大门前,向窗外望去。街上空无一人。

随后,他开门走进这个春天的夜晚,开始这最后一场演出。这次的节目将会……没错,绝对会比前一次演出更具挑战性。

火和幻影都是灵魂的伴侣。

闪光、烛火、熊熊的烈焰,都是脱逃术高手最钟爱的布景……

尊敬的观众朋友,火,是魔鬼的玩具,而魔鬼和魔术有着密不可分的关系。火能照亮亦能遮蔽,火能摧毁亦能创造。

火还有变形的能力。

这就是我们下一个节目的主题,我把这个节目称为——"烧焦的人"。

这所社区小学位于格林尼治村第五大道附近,校舍是古老而典雅的石灰岩建筑,外观看起来正如它的校名一样谦逊质朴。但很少有人知道,纽约市里一些极其富有或拥有良好政治关系的家庭,都把孩子送到这里来学习阅读、写作和算术。

这所学校之所以声名远扬,除了因为它的教学质量极高之外——如果能用这种说法来评价一所小学的话——同时也因为它是这座城市中的一个重要的文化艺术场所。

譬如说,在今天——周六晚上八点整,这里即将举行一场音乐演奏会。

而拉尔夫·斯文森牧师此时便在前往这场音乐会的路上。

他穿过唐人街和小意大利区,终于平安来到格林尼治村,沿途没受到任何伤害,被乞丐骚扰要钱的次数也和一般人差不多,而且现在他差不多已忘得干干净净了。他走进一家意式小餐馆,吃了一盘意大利面——他只认得意大利语菜单上的"面"和"饺"两个词。而且由于老婆不在身边,他还点了一杯红酒。这份晚餐十分美味,他在餐厅里坐了很长时间,一边喝着平日被禁止的饮料,一边欣赏眼前的街景,看着孩子们在这个热闹又充满异国情调的街上嬉戏玩耍。

他付了账单,因用教会的基金支付酒钱而生出些微负罪感,接着便继续朝格林尼治村北边走去。他沿着这条路,来到一个名叫"华盛顿广场"的公园。一开始,他认为此地简直就是索多玛城的缩影,但随着他深入这座喧闹的公园,斯文森牧师发现真正有罪的人,就只有在公共场所放音乐、吵得让人受不了的青少年,以及不用纸袋包裹就公然饮酒的那些人。虽然在他的道德观中,他坚信罪人一定会被送进地狱——就像旅馆里那个叫得让他睡不着的同性恋男妓;但他也发现,其实这些在精神上偶有闪失的人,并不像那些注定被打入地狱、永远无法离开的人那样罪无可恕。

然而,公园才走了一半,他便觉得越来越不安,又想起旅馆旁边那个手拿工具、身穿连身工装的男人。斯文森牧师相信,他刚才又见到这个人了——就在他离开旅馆不久,从一面橱窗中发现的。那时他立刻回头查看,但没看到那个工人,只见到一个身穿深色运动夹克的瘦削男人,正在后面盯着他。牧师一回头,这个男人马上把头扭开,并转身向附近的一个公共厕所走去。

是我多心了吗?

也许吧,毕竟这个人和刚才那名工人看起来完全没有关系。但是,就在牧师离开广场公园,往北走在第五大道上闪躲人行道上数以百计的直排轮溜冰者时,他又感觉被人跟踪了,感觉好像后面又有人在打量他。这次，他捕捉到的是一个戴着厚重眼镜、身穿棕色运动外套和T恤的金发男人。斯文森牧师发现他的目光确实投向自己所在的地方，而且，这个人也紧随他的脚步，穿过马路走到和他同一边的人行道上了。

然而现在，他相信的确是自己多心了。这几个人长得完全不一样，不可能全都在跟踪他。放松点儿，他心想，又继续沿着挤满出外享受春日夜晚的人的第五大道，走向那所社区小学。

斯文森牧师抵达社区小学的时候大概是晚上七点整，离学校开门还有半个小时。他放下公文包，双臂交叉叠在胸前。随后又想到，不行，他应该把公文包抱着才对。于是他又把公文包提了起来。他沿着学校旁边一座花园的铁篱笆漫步，不时紧张地回头张望。

不，没有任何人。没有拿工具的工人，也没有穿运动服的人，他现在……

"打扰一下，牧师？"

他吓了一跳，马上转过身去。面前站着一个皮肤黝黑、大概两天没刮胡子的高个子男人。

"嗯，有事吗？"

"你是来听演奏会的吗？"这个人说着，指了指那所社区小学。

"是啊。"他回答，努力压抑不安的情绪，不让声音颤抖。

"演奏会几点开始？"

"晚上八点，不过大门七点半就会开了。"

"谢谢你，牧师。"

"不客气。"

这名男子微笑了一下，径直朝学校那边走去。斯文森牧师仍保持警惕，紧张地牢牢握住公文包的提把。他看了一眼手表：七点十五分。

在那似乎永无止尽的五分钟过去后,他终于看见他所等待的东西、他千里迢迢来到此地的目标——那辆挂着政府机关车牌的黑色林肯高级轿车。这辆车停在社区小学前的街边。在暮色中,斯文森牧师眯起眼睛,仔细看向那块车牌。没错,就是这辆车……主啊,感谢你。

两个身穿黑西装的年轻人从车前门走出来,他们左右张望,观察街上的行人——也瞟了他一眼,然后露出了放心的表情。

其中一人弯下身,隔着稍稍降下的车窗,对坐在轿车后座的人说了些话。

牧师知道那个年轻人说话的对象是谁:起诉安德鲁·康斯塔布尔的助理检察官查尔斯·格雷迪。格雷迪和妻子是来参加演奏会的,因为他们的女儿也参加了这次演出。事实上,这位检察官正是他来到这座索多玛城的目的。斯文森牧师就像圣徒保罗一样,进入这个不信仰主的世界,目的是揭露他们生活方式的错误,并将真理带给他们。不过,他打算采用的方法,却比当年的保罗更强硬和坚定:他计划用放在公文包里的手枪刺杀查尔斯·格雷迪。而此刻,那个公文包正被斯文森牧师紧紧抱在胸前,宛如《圣经》中的约柜[①]。

[①]约柜,藏于古犹太圣殿至圣所内、刻有十诫的两块石板。

23

他仔细研究眼前的情况。

他必须算好角度,看好逃亡路线,注意漫步在人行道上的行人以及第五大道上的车流。他绝对不能失败,因为有太多事寄托在他的成功之上;而且,出于某些个人的利害关系,他非得让查尔斯·格雷迪在今天丧命不可。

上个星期二的午夜,当地的民兵杰迪·巴恩斯突然出现在斯文森牧师那座既是家又是教堂的大房子门口。据说,几个月前在州警扫荡过安德鲁·康斯塔布尔的爱国者会后,巴恩斯便躲进坎顿瀑布森林深处的露营区。

"给我弄点咖啡。"巴恩斯不客气地说,同时眼神残暴、狂热地紧紧盯着受到惊吓的牧师。

那时,雨点断断续续地敲打在铁皮屋顶上。这个留着灰色平头、眼神冷漠的巴恩斯身体健壮,行事谨慎,一向独来独往。他凑到牧师耳边说:"我要你替我做点儿事,拉尔夫。"

"什么事?"

巴恩斯把脚向前伸,看着斯文森牧师亲手用胶合板钉成并仔细刷上一层薄薄亮光漆的祭坛。"有一个人侵犯了我们,控告我们;这个人是'他们'中的一员。"

斯文森牧师知道巴恩斯说的"他们"是指一个不明确的联

盟，成员包括联邦政府、州政府、媒体记者、非基督教徒、政党党员和一些知识分子——至于"我们"，则代表所有不属于上述群体的人，而且必须是白人。牧师并不像巴恩斯那样狂热，也没有他那种强健的体魄。这点几乎把他的灵魂吓出了窍——但他当然也相信，这些人传播的思想中确实存在几分真理。

"我们必须阻止他。"

"阻止谁？"

"一个纽约市的检察官。"

"哦，就是起诉安德鲁的那个人？"

"就是他。查尔斯·格雷迪。"

"你让我做什么？"斯文森牧师问，以为他要请他写信游说，或是做一次义正词严的布道。

"杀了他。"巴恩斯简洁地说。

"什么？"

"我要你去纽约，在那里杀了他。"

"哦，上帝啊。不，这我可做不到。"他努力让自己镇静下来，尽管双手早已颤抖得不听使唤，把杯中的咖啡泼出来不少，溅到了《赞美诗集》上。"首先，这样做有什么好处？这样根本帮不了安德鲁。更何况，他们都知道他是幕后指使人，这样做的话只会让情况更糟……"

"和康斯塔布尔没有关系，他已经无关紧要了。这么做是为了更重要的事。我们必须向世人声明，你知道的，就像华盛顿那些混蛋总喜欢在记者会上说的那句话，我们要'送个信'给他们。"

"算了吧，杰迪。我干不了，这实在太疯狂了。"

"不，我认为你行。"

"可是，我是个牧师。"

"你每个星期天都去打猎——换个角度看，这也是谋杀；而且你还去过越南，杀过人——如果你以前说的都是真的的话。"

"那是三十年前的事了，"牧师绝望地嚷道，眼神却不敢接触面前这个人的目光，"我不想再杀人了。"

"我敢说，克莱拉·辛普森会希望你去。"此话一出，两人立即陷入沉默。过了好一会儿，巴恩斯又说："软弱会害了你，拉尔夫。"

上帝，上帝，上帝……

那是去年的事。维尼·辛普森做完日常农活回家时，不小心在教堂后面牧师亲手盖的运动场边，发现自己十三岁的女儿克莱拉正和牧师在做那档子事。他本来要冲出去报警，杰迪·巴恩斯却出面解决了这件事。斯文森牧师这时才想到，巴恩斯当时之所以管这件事，只是为了控制他。"求求你，看在……"

"克莱拉写了一封信，刚好在我身上。我说过是我去年让她写的吗？无论如何……她写了这封信，还非常仔细描地述了你身体隐秘部位的特征——这些我是不愿意看的，不过我猜陪审团一定会很感兴趣。"

"你不能这么做。不、不……"

"我不想和你吵架，拉尔夫。现在的情况是：如果你不同意，那么下个月你就准备到监牢里去和黑鬼做你和克莱拉做的事吧。怎么样？现在你的选择是什么？"

"该死。"

"那我把这句话当成'愿意'喽。既然如此，我就把详细计划告诉你。"

巴恩斯给他一把手枪，一家旅馆的地址以及格雷迪办公室的位置，然后开车把他载到了纽约市。

几天前，斯文森牧师一来到纽约，便花了几天时间展开调查和确认的工作。他在星期四下午走进州政府大楼，由于他那有点迷惑的表情和身上那件老旧的神职人员服装，他在州政府大楼里几乎畅通无阻。他四处乱逛，终于在一条无人的长廊中发现一个清洁工作间。他钻进工作间，一直躲到午夜，之后才潜入格雷迪的办公室，发现这位检察官会在今天晚上和家人一起到这所社区小学参加音乐演奏会；他的女儿是乐团里年纪最小的演出者之一。

现在，这位牧师不安地站在这所学校门前，随身携带武器，全身的神经像猫一般绷紧，目不转睛地看车外的保镖和坐在后座的格雷迪检察官说话。他已计划好这次行动，要用消音手枪射杀格雷迪和他的保镖，然后随众人一起趴在地上，尖叫着说有人开车经过突然拔枪射击了那辆车。在一片混乱中，他应该可以趁机逃走。

应该可以……

现在，他很想做个祷告，但问题是，尽管格雷迪是魔鬼的帮凶，可要我们的天父帮他杀掉这个手无寸铁的白人基督徒，似乎是件很为难的事。于是，他决定默默背诵《圣经·启示录》里的章节。

我看见另一个天使从天上下来。他握有大权，他的光辉照耀着大地……

斯文森牧师来回踱步，心想，不能再等下去了。紧张，太紧张了……他只想尽快回到他的羊群身边，回到他的农场、他的教堂以及他广受欢迎的布道中。

还有，回去找克莱拉·辛普森。现在她快十五岁了，无论从哪一点来看，这都该是一场公平合理的游戏。

天使大声呼喊："倒塌了！大巴比伦倒塌了！她成为魔鬼的窝，邪神的巢穴……"

他想到格雷迪的家人。这位检察官的妻子并没做错任何事，尽管她嫁给一个罪人，但不能等同于罪人或那些替罪人工作的人。不，他必须放过格雷迪太太。

除非她看见他，发现是他开的枪。

至于巴恩斯告诉他的那个小女孩，克里西……他不知道她多大，也不知道她长得什么样。

你所贪恋的各种美食都不见了，一切的荣华富贵都消失了，再也找不回来了……

就是现在，他心想，行动、行动、行动。

一个强壮的天使举起一块像磨盘那样大的石头，抛进海里。大巴比伦城也要这样被摔下去，永远不再出现……

他心想，格雷迪，那块"报应之石"已经在我手里——一把瑞士手枪。至于信息的传递者，并不是来自天堂的天使，而是所有思想正确的美国人之中的一位代表。

他迈步上前。

那两名保镖仍在看别的地方。

他打开公文包，拿出一张兰德·麦克纳利书店出版的地图和那把手枪。他把武器藏在色彩鲜艳的地图中，小心翼翼地接近那辆高级轿车。格雷迪的保镖此时正站在人行道上，两个人都背对着他。其中一人弯下腰，替车内的检察官打开车门。

二十英尺……

斯文森牧师心中暗暗对格雷迪说，愿上帝垂怜你……

而此时，天使的磨盘突然砸在他身上。

"趴下！趴下！快，快，快！"

六个男女，上百个恶魔，抓住了斯文森牧师的胳膊，将他重重摔在人行道上。"别动，别动，别动，别动！"

一个人抢去了他的枪，另一个人夺走了他的公文包，又一个人压住他的脖子，像用整座城市罪恶的重量将他压在人行道上。他的脸贴在水泥地上，腰部和肩窝顿时一阵剧痛。他的双手被手铐咔嗒一声铐住，身上所有的口袋都被翻了出来。

斯文森牧师被按在地上，看见格雷迪坐驾的后门打开了，出来的是三个警察，全都戴着头盔、穿着防弹背心。

"头低下去，头低下、低下……"

我们天上的主基督啊……

他看见有个男人的双脚向他走近。与周围那些动作凶恶粗鲁、说话令人厌恶的警员相比，这个人显得彬彬有礼。他以浓重的南方口音说："先生，我们现在要把你翻过来，然后我会宣读你的权利。如果你听得懂的话，请让我知道。"

几个警察把他翻过来，然后从地上拖起。

牧师顿时大吃一惊。

说话的这个男人，正是他刚才认为在华盛顿广场跟踪过他的那个穿深色运动外套的男人。这个人身边还有一位戴眼镜的金发男人，看起来显然是这次跟踪行动的负责人。他们旁边还站着一个人，而他居然就是刚才来问他音乐会几点开始的那个黑人。

"先生，我是贝尔警探，我现在要宣读你的权利了。你准备好了吗？很好，我们开始吧。"

贝尔检查了斯文森牧师公文包里的东西。

一个H&K手枪的备用弹匣；一本黄色的记事簿，上面潦草地写着一些看起来十分蹩脚的布道词；一本指导手册《如何用五十美元在纽约过一天》。公文包里还有一本破旧的基甸《圣经》，上面印有旅馆名和地址：艾得菲旅馆，纽约州纽约市百老汇路二三二号。

嗯，贝尔恶作剧般地想，看来我们可以再加上一条偷窃《圣经》的罪名。

然而，公文包里的东西却无法直接证明这次谋刺格雷迪的行动与安德鲁·康斯塔布尔有任何关系。失望之余，他把这些证物交给手下人登记处理，然后打电话通知莱姆，说这次"拯救小命"的临时行动已经成功了。

不久前，在莱姆开口请贝尔再等几分钟后，他便继续仔细研究第二份现场报告，而梅尔·库柏也同时针对在格雷迪办公室发现的纤维进行调查。最后，莱姆绞尽脑汁地做出了一些推论。根据办公室的脚印痕迹，可以判断这位入侵者曾在某个地方站立不动了一段时间，而这个位置是在秘书办公桌的右前方。根据办公室物品清单，秘书办公桌上只有一样重要的东西——日历。而这本日历在本周末只记载了一件事，那便是在社区小学举行的演奏会。

这表示，闯入办公室的疑犯无疑已注意到了这件事。莱姆还大胆推测，这位预谋攻击者，可能会化装成牧师或神职人员。在联邦调查局资料库的协助下，库柏根据那些黑色纤维和染料，追溯至一家明尼苏达州的织布工厂。库柏和莱姆从这家工厂的网站得知，他们擅长制造黑色华达呢布料，提供给专门缝制神职人员服饰的成衣厂。单凭这一点还不足以推导出上述结论，但莱姆也注意到，现场鉴定人员发现的那些白色纤维是聚酯混合浆过的棉花,这是来自一种质地极轻的白色衬衫,有硬领子的神职人员专用衬衣符合这一点。

至于那根唯一的红色绸缎纤维,可能是来自某本书上的绸缎书签。这本书可能很旧,而且是精装的,譬如说《圣经》。多年前,莱姆曾侦办过一桩职业杀手把毒药藏在挖空《圣经》中的案件;当时,现场鉴定人员也曾在那名杀手的办公室中发现类似的红色纤维。

于是,贝尔便要求格雷迪和他的家人留在家中不要外出,改由几名特勤小组的队员开着他的轿车前往音乐会现场。至于其他组员,则部署在学校北边的第五大道、西边的第六大道、东边的大学区路和南边的华盛顿广场公园一带。

果然,率领组员到公园一带部署的贝尔,真的发现了一名神色紧张匆匆赶往学校的牧师。贝尔一开始跟在他后面,但在被发现后,他便马上离开,由另一名特勤队组员接手,一路跟到了学校附近。在学校外,第三名特警队员借故上前问他演奏会开始的时间,以便近距离观察,判断他身上是否藏有武器。不过,这名队员没有任何发现,而那时也还没有理由,不能对他搜身。

但这名疑犯还是处在警方的密切监视之下,而当他从公文包中拿出手枪,朝诱饵移动时,所有人便立刻一哄而上,将他制伏了。

原本他们以为此人是假扮成牧师,但翻出斯文森皮夹中的证件后,他们才惊讶地发现这个人居然是真的牧师——尽管他公文包中记事本上的布道讲稿写得糟透了。贝尔退出 H&K 手枪中的弹匣,拉动滑膛,取出弹仓里的子弹。"这把枪对教会的人来说太大了点吧?"他说。

"我是牧师。"

"有什么差别?"

"我是正式被授予神职的。"

"很好。不过我想知道,刚才我已经宣读了你的权利,但你也可以选择保持缄默。老实说,先生,如果你承认你刚才的所作所为、坦白招供,事情就会变得简单一些。说吧,是谁派你来刺杀格雷迪先生的?"

"是上帝。"

"嗯,"贝尔说,"好的。但除了上帝外,还有其他人吗?"

"我只说这么多,对你或对其他人都一样。我的答案只有一个:上帝。"

"那么,好吧,我们现在就回警察局,看看他会不会降下旨意让你保释。"

24

这东西也能算是音乐？

先是咚咚的鼓声，接着是铜管乐器反复单调的吹奏，一阵阵钻入莱姆的客厅。声音来自街对面的公园，是从奇幻马戏团发出的，乐声刺耳，曲调低俗急促。莱姆努力不理会它，继续与查尔斯·格雷迪通话——这位检察官刚才打电话来，感谢莱姆帮忙逮捕了进城欲谋杀他的牧师。

贝尔刚刚去过拘留所提审康斯塔布尔。这名犯人说他认识斯文森，但一年前就已将他逐出爱国者会了，因为他有一个"不健康的嗜好"，喜欢和教区内某些民众的女儿鬼混。在斯文森离开爱国者会后，康斯塔布尔便再也没和他联系过，而且后来他自己便一直和那些偏远地区的民兵在一起。这名犯人完全否认自己知道有关此次谋杀行动的任何细节。

尽管如此，格雷迪还是请人搬了一个箱子送到莱姆这里，里面全是从那所社区小学门前的现场和斯文森牧师下榻的旅馆房间搜来的证物。莱姆迅速看了一遍，但没发现任何与康斯塔布尔有关的东西。他把这个结果向格雷迪说明，然后又补充说："我们必须把证物送去给那里的刑事鉴定人员……那个镇叫什么名字？"

"坎顿瀑布。"

"他们可以做一些土壤或微细证物的比对，也许会有什么东西能将斯文森和康斯塔布尔联系起来。我这里完全没有那个地方的样本。"

"谢谢你帮忙，林肯，我会尽快派人把证物送过去的。"

"如果你希望我写一些专家意见的话，我很乐意。"莱姆说，但不得不把这句话又重复了一遍；刚才这句话的后半截已被一阵特别喧闹的喇叭声盖过去了。

天啊，这算什么，他心想，就算让我作曲也一定比这种音乐好听。

托马斯请莱姆休息片刻，替他量血压，结果有些偏高。"我不喜欢这个血压。"托马斯说。

"嗯，严格说来，我不喜欢的事可多了。"莱姆开始闹情绪，因这件案子各项进程进展得十分缓慢而愤怒：一位联邦调查局的专家从华盛顿打电话来，说他们最快必须等到明天上午，才可能交出那块在魔术师的袋子里找到的金属片的报告；贝迪和索尔在曼哈顿已经跑了五十多家旅馆，但还没发现任何一家使用在魔术师的慢跑夹克里发现的那张美国塑料公司的门卡；塞利托也呼叫过在奇幻马戏团外轮班站岗的警员——早上值班的警员此时已下班，换了另外两名警员，但他们同样回报说没有任何可疑状况。

而且，最糟糕的是，他们到现在还是无法找到拉里·伯克，这位曾在集市附近一度逮捕"魔法师"的巡警。数十名警员在西区一带搜寻，却找不到目击者，找不到任何证物，对他的下落一无所知。唯一勉强算是好消息的是：伯克的尸体并不在那辆马自达汽车内。这辆赃车虽然还没被打捞上岸，但有一位潜水人员冒着激流勇敢地深入水底，在仔细查看后，他回报说车内和行李箱里都没有任何尸体。

"咱们的吃的呢？"塞利托问，走到窗边看向外面。萨克斯和卡拉出门到街上去了，打算从附近的古巴餐厅带一些外卖回来。卡拉对晚餐没什么兴趣，倒是相当期待能喝到生平第一杯古巴咖啡。托马斯说古巴咖啡是"半杯意大利浓缩咖啡，半杯浓缩牛奶加上半杯的糖"。尽管对这个比例存疑，但托马斯提到了咖啡，还是让卡拉兴奋不已。

胖警探转身对莱姆说："你吃过古巴三明治吗？那可是最美味的。"

然而，不管是食物也好，案情也好，对托马斯来说都没有任何意义。"睡觉的时间到了。"

"现在才晚上九点三十八分，托马斯，"莱姆指出，"实际上，现在只能算午后时分而已。所以，还不到——睡——觉——的——时——间。"莱姆歌唱似的拖长了声音说，想在语气中同时表现出孩子气和威胁的意味。"现在那个混蛋杀手还逍遥法外，心中盘算着他应该隔多久杀死一个人。也许是四小时，也许是两小时。"他瞟了一眼时钟。"这时候他说不定正在进行他九点三十八分的杀人计划。我知道你不喜欢，但是我还有工作要做。"

"不，你不能这样。如果你不想今天到此为止，我可以同意，不过我们必须上楼一会儿，我先帮你收拾一下，然后你再小睡片刻，一两个小时就行。"

"哈哈，你想骗我睡到天亮。我不会的，今晚我要通宵。"

托马斯灵机一动，转过身坚定地向大家宣布："林肯现在要上楼了，几小时后再下来。"

"你想现在下班休息吧？"莱姆不高兴地吼道。

"你现在去睡一觉吧？"托马斯毫不客气。

"这太荒唐了。"他咕哝道，但最后还是投降了。他明白这种危险性。瘫痪者如果维持一个姿势不动坐得太久，或是末端血管受到压迫，或是太久没有"撒尿"或"拉屎"——这是莱姆最喜欢在陌生人面前说的粗话，就有可能发生自主神经异常反射——血压突然急速上升，可能造成中风，从而导致更严重的瘫痪或死亡。自主神经异常反射的现象并不常发生，但一旦出现，就会以极快的速度把你送进医院或坟墓，因此莱姆才会勉强同意动身上楼，解决一些个人的隐秘琐事，然后再稍微休息一会儿。在他身体失能之后，最令他深恶痛绝的便是像现在这种时刻——必须中断"正常"生活。这总会让他感到愤怒，同时，尽管他奋力抗拒，但仍免不了感到一种深深的沮丧。

到楼上卧室后，托马斯替莱姆处理好一些必要的身体琐事。"好，休息两小时，现在快睡吧。"

"一小时。"莱姆厉声说。

托马斯本想争辩，但这时他看着莱姆的脸，他在莱姆脸上看见的可能是愤怒和"别惹我"的眼神，可这并没有办法动摇他半分，他发现自己竟然也开始关心"魔法师"谋杀名单上的下一位被害人了。于是，托马斯让步说："好，就一小时，但你非睡不可。"

"一小时就一小时，"莱姆回答，接着又扮了个鬼脸，"我会有个好梦的……不过，你也知道，来一小杯有助于提高睡眠品质。"

托马斯调整了一下自己那条漂亮的紫色领带——这是让步的征兆，莱姆就像一条鲨鱼，只要一丝血腥就能嗅到猎物的位置。"一杯就行。"他苦苦恳求。

"好吧。"托马斯拿起玻璃杯，倒了一点上了年份的麦卡伦威士忌，插上吸管凑到莱姆嘴边。

鉴定专家深深啜了一口。"啊，真是天堂……"说完，他看着已经空了的玻璃杯。"改天我会教你如何好好地倒一杯酒。"

"我一小时后回来。"托马斯说。

"指令，闹钟。"莱姆严肃地说。液晶银幕上出现了一个闹钟的画面，而他用语音下指令，把闹钟的响铃调到一个小时后。

"我会上来叫你的。"托马斯说。

"哦，我只是预防你突然有事走不开或忘记了，"莱姆不太好意思地说，"这样就确定我到时一定会起床了，不是吗？"

看护离开了，他轻轻带上房门，而莱姆立即把视线投向窗户那里，看向那两只在窗台上筑巢的鹰。它们傲视着这座城市，以它们特有的方式转动头部，动作看似抽搐，却又带着几分优雅。然后，其中一只——狩猎技术较佳的那只雌鸟，飞快地瞄了他一眼，眨了眨细长的眼睛，仿佛已察觉到他的目光。它把头一偏，继续凝视那吵闹声的来源——在公园里举行表演的奇幻马戏团。

莱姆闭上眼睛，但思绪仍快速在那些证物之中飞驰，试图悟出"魔法师"行凶的动机。铜片、旅馆门卡、通行证、墨水……这些证物究竟有何含义？一个又一个神秘的……想着想着，他的眼睛突然睁开了。这实在太荒唐了，他一点也不觉得疲惫，只想快点下楼继续工作。此时的他根本不需要任何睡眠。

他感觉有一阵轻风拂过脸颊，心中顿时升起一股对托马斯的怒气——他竟然没把空调关掉。当全身瘫痪的人流鼻涕的时候，最好他妈的身旁有人在，好帮他把鼻涕擦掉。莱姆用语音调出屏幕上的温度控制面板，心想到时可以对托马斯说他睡不着的理由是因为屋里的温度太低了。然而，当他看见面板上的温度显示，才发现屋里的空调根本没开。

那么，这阵微风是从哪儿来的？

房门仍紧紧关着。

又来了！他再次感觉到了。这绝对是空气的流动，这次拂过他右侧的脸颊。他急忙把头向右偏。这阵风是从窗户那边来的吗？不可能，窗户也都是关上的。除非，只有一种可能……

但这时，他又看向房门。

天啊，他心想，胸口顿时感到一股寒意。他卧室的房门上有一道门闩，这种门闩只能从里面拉上，从外面是无法控制的。

但现在，它锁上了。

他感觉到有一阵气息吹来，热乎乎的，和自己的距离似乎非常近。紧接着，他听见一个微弱的喘息声。

"你在哪儿？"莱姆低声说。

一只手突然出现在他面前，让他吃了一惊。这只手有两根指头已变了形，好像溶化后又黏在一起。手上还拿着一把剃刀，刀刃对准了莱姆的双眼。

"如果你敢呼救，""魔法师"轻声说，"如果你敢发出声音，我就马上刺瞎你。明白吗？"

林肯·莱姆点点头。

25

"魔法师"手上的刀消失了。

他并没把刀子扔掉,也没有藏起来。这一秒,这个长条形的金属出现在他的手指间,对准莱姆的脸;而下一秒,刀子又不见了。

这个男人的头发是棕色的,没有胡子,身上穿着警察制服。他在房间里四处走动,扫视着房里的书籍、CD唱片和海报。他点点头,似乎对某个东西相当欣赏。那是一个奇怪的装饰品:一个小小的红色神龛,里面摆放着一尊中国的战神和警察之神——关帝像。这位刑事科学家的卧室里竟然会有如此与他的身份不相称的东西,但"魔法师"似乎一点儿也不觉得奇怪。

他走回莱姆身边。

"原来,"这个男人看着莱姆的医用可调节病床,声音嘶哑地说,"你和我想象的不大一样。"

"那辆车,"莱姆说,"沉入河里的那辆,你是怎么逃出来的?"

"哦,那个啊?"他不屑一顾地说,"你是说沉车障眼法?我根本没在车里,早在它冲进水里之前,就跳出去藏进了灌木丛……这是很简单的戏法:只要把窗户关紧,这样目击者看到的大部分都是车窗的反光,然后再把我的帽子放在椅背头枕上。观众看到我在车内，完全是出于自己的想象。胡迪尼也经常这么做，有时他甚至根本没进过那些他打算脱逃出来的车辆。"

"所以，河边的轮胎印并不是刹车痕，"莱姆说，"而是由车轮加速造成的。"他恼怒自己竟然没想到这个，"你在油门上压了一块砖头。"

"放砖头太不自然了，很容易被找到那辆车的潜水员识破，所以我放的是普通的石头。""魔法师"仔细凝视着莱姆，然后用嘶嘶的声音说："可是，你从不认为我已经死了。"这句话并不是疑问句。

"你是怎么潜入这个房间的？为什么我没听到任何声音？"

"我比你早进来，十分钟前我就溜上楼了。我之前也去过你楼下那间'战情室'——不知道你怎么给它命名，可是没人留意我。"

"你就是刚才送证物来的那个人？"莱姆隐约回想起来，那几箱在社区小学和斯文森牧师旅馆房间收集到的证物，是由一位巡警送进来的。

"没错，我刚才就站在楼下的门口，有个警察搬了几个箱子来。我向他打了个招呼，替他把箱子搬上来。如果你身穿警察制服，而且看起来一副煞有介事的模样，那么谁都不会阻拦你。"

"然后你就上楼躲在这里——披着一块和墙壁同样颜色的丝布。"

"这个戏法已经被你识破了，不是吗？"

莱姆皱起眉头，看着这个人身上的警察制服。这套衣服看起来是真的制服，而不是戏服，唯一和一般制服不同的地方在于，这个人没挂胸牌。莱姆的心突然一沉，他知道这套衣服是从哪儿来的了。这套制服肯定是拉里·伯克的，那个在集市展附近的巷子一度逮捕"魔法师"的巡警。"你杀了他……拉里·伯克,你杀了他,然后换上了他的衣服。"

"魔法师"低头看了一眼身上的制服,耸耸肩说:"更正一下,我是先换上了他的制服。"又是一段嘶哑、不带任何情绪的嗓音,"我希望他脱光衣服,这样我才能从容逃走。他自己脱下来的,省了我不少事。然后我才开了枪。"

莱姆心中涌起深深的挫败感。他虽然猜到"魔法师"会拿走伯克的步话机和手枪,但却从没料到这个人会利用伯克的制服变装,并对追捕他的人展开攻击。他喃喃地问:"他的尸体在哪儿?"

"在西区。"

"西区的哪里?"

"我想,我还是保密吧。再过一两天总会有人找到他的,最近天气热得很。"

"你他妈的混蛋!"莱姆骂道。他现在虽是平民身份,但在内心深处,林肯·莱姆永远是个警察。他和伯克同样身为警察,再也没有比这更密切的伙伴关系了。

天气热得很……

他努力保持冷静,装出漫不经心的样子。"你怎么找到我的?"

"在集市上,我离你的一位同伴很近,就是那个红头发的女警。我们的距离太近了,就像咱们俩现在的距离一样。我还朝她的脖子吹了口气——相比之下,我也说不清是那时还是现在让我觉得更开心……无论如何,我听见她用步话机和你通话,她还提到你的名字。我没花多少力气就查到了你的资料,你的名字经常见报。你是个名人。"

"名人？我这种畸形人，像吗？"

"当然。"

莱姆摇摇头，缓缓地说："我已经是过去式了，早就离开指令的核心了。"

这句话中的"指令"二字从莱姆的唇边溜进架在床头板上的麦克风，进入电脑中的语音辨识系统。"指令"是个关键词，可以启动电脑，让它准备好接受下一个命令指示。屏幕上出现了一个工作窗口，只能从他这边看得到，"魔法师"那里则不能。请输入指示？电脑无声地提出请求。

"指令核心？""魔法师"问，"这是什么意思？"

"我以前在警局里掌管整个部门，但现在，那些年轻的警员甚至不回我的电话。"

电脑抓住了这句话的最后两个字。它马上做出回应：你想打电话给谁？

莱姆叹了口气。"我给你讲个故事：就在不久前的某一天，我要找一位警探，他是局里的警官，名叫朗·塞利托。"电脑立即回应。拨号，朗·塞利托。

"那时我告诉他……"

突然，"魔法师"皱起眉头。

他飞速上前一步，把莱姆面前的屏幕转了过来，只看了一眼便当即脸色大变。他飞快地拔掉电脑连接至墙边的电话线，又拔掉电脑的插头。电脑只发出"啵"的一声轻响，就彻底陷入了沉默。

"魔法师"转过身来，离莱姆只有几英尺的距离。莱姆把头往枕头上一仰，以为那把锋利的剃刀将马上出现。然而，对方竟然后退了一步，呼吸急促起来，发出哮喘患者才有的那种咝咝声。从他的表情来看,莱姆这次的举动似乎让他颇为赞赏。

"你也懂那一套,对不对?"他问,脸上露出冷笑,"这是纯粹的魔术,你用语言转移我的注意力,使出典型的言语误导手法。这叫'策略',我们的专有名词。你做得很好,刚才说的话都非常自然——直到你提到那个朋友的名字为止。是这个特定的姓名毁了你的魔术,你懂吗?姓名是不自然的,只会让我起疑心。不过,在这之前,你的表现真的很不错。"

敬最著名的魔术师——无法移动者……

他继续说:"但是,我也并不差。"他上前一步,把空空的手掌打开给莱姆看。他手指一挥,从距离莱姆眼睛极近的地方掠过,使他不由得感到一阵瑟缩。他感觉耳边有个东西划过,当"魔法师"的手再次举起时,手指间忽然多出四个双刃剃刀。他握起拳头,那四个刀片便化成了一个,夹在他的拇指和食指之间。

不、不能……这比疼痛更让莱姆畏惧,他害怕再丧失身上任何一个感官。"魔法师"把刀片移至莱姆的眼前,来回移动着。

接着,他笑了一下,退后两步。他偏过头,看向房里另一边的阴暗处。"现在,尊敬的观众朋友,就让我们开始今天的魔术表演。这一次,将由这位朋友协助演出。"他这些话是用戏剧性的夸张腔调说出的,听起来十分诡异。

"魔法师"举起一只手,露出那把亮闪闪的剃刀,另一只手则迅速流畅地解开莱姆的睡裤和内裤的裤带。那把剃刀在他手中像飞盘一样不停转动,同时缓缓朝莱姆的鼠蹊部推进。

这位刑事鉴定学家的脸不由得抽搐了一下。

"他一定会这么想……""魔法师"对那些想象中的观众说,"他知道这把剃刀正贴在他皮肤上,也许已经割开他的皮肤、他的生殖器,切开了静脉或动脉。而他居然什么也感觉不到!"

莱姆看着自己的裤子,等待鲜血从那里冒出来。

然而,"魔法师"却微笑着说:"不过,那把刀说不定已经不在那里了……也许跑到别的地方去了。也许是这里。"他把手伸进嘴巴,取出一把长条形的刀片,高高举起。接着,他皱了一下眉头。"等等……"他又从嘴里掏出一把刀片,紧接着又是一把。现在,刚才那四把剃刀又回到他手中了,他把刀片像扑克牌一样展成扇形,然后抛向莱姆的身体上方。莱姆张开嘴,不禁畏缩了一下,以为刀片会掉下来刺伤他。但是……什么也没发生。这些刀片全都消失了。

凭着颈部和太阳穴的感觉,莱姆知道此时自己的心脏跳得很快,前额和太阳穴也渗出了汗水。他瞥了闹钟一眼。觉得这段时间漫长得像已过了好几个小时,但实际上,托马斯才离开了十五分钟而已。

莱姆问:"你为什么这么做?为什么杀害那些人?你的目的是什么?"

"我并没有全部杀掉他们,"他愤怒地纠正莱姆,"你破坏了我在哈得孙河和骑马者的表演。"

"好吧。那么,你为什么要'攻击'他们?"

"这并不是为了我自己。"他回答,然后突然咳起来。

"不是为了自己?"莱姆怀疑地说。

"这么说好了,这些人所代表的,并不只是他们表面上看起来的那个人。"

"这是什么意思?'代表'?能解释一下吗?"

"魔法师"喃喃地说:"不,我没必要向你解释。"接着,他看了房门一眼,"而且咱们的时间也不够了。"他围着莱姆的病床缓缓绕行，呼吸相当粗重。"你知道观众心里在想些什么吗？有些观众会希望看到魔术师无法及时逃出来，希望看到他淹死，看到他掉到钉床上，看到他被烈焰吞噬。有个魔术名叫'燃烧的镜子'，这是我的最爱。节目开始时，魔术师会先呆呆地看着一面镜子。他看见镜中有位美丽的女人，深深吸引着他。后来，他终于忍受不了诱惑，便踏进了镜子中。这时，观众会看见场景变换，现在站在镜子外面的是那个美丽的女人。突然，一阵烟雾升起，而她快速变装，转眼就变成了撒旦。"

"于是，这位魔术师就被困在地狱里了。他被铁链锁在地上，四周开始冒出火焰，将他团团围住。他唯一的逃生出口就是那面镜子，而且必须穿过烈焰才能逃生。火墙越来越近，就在他即将被大火吞噬之时，他突然挣脱了铁链，跃进火中，穿过镜子回到另一边的安全之地。恶魔奔向魔术师，飞上空中，然后消失不见。接着，魔术师拿起铁锤将镜子打碎，在舞台上走了几步，然后停了下来，打一个响指。此时，一道闪光突然出现，而你可能会这么猜，在闪光中，魔术师变成了恶魔……观众们都爱看这一套……但我知道，其实很多人都希望胜利者是烈焰，让表演者死亡。"他停了一下，"当然，这种事总是不断反复上演。"

"你到底是谁？"莱姆喃喃地说，感到完全绝望了。

"我？""魔法师"凑近他，愤怒地吼道，"我是北方的巫师，是有史以来最伟大的魔术师；我就是胡迪尼，那个能从燃烧的镜子里逃出来的人。手铐、铁链、密室、脚镣、绳索……任何东西都无法困住我。"他恶狠狠地紧瞪着莱姆，"除了……除了你以外。你很厉害。我真害怕你会成为唯一能困住我的东西。我必须先来阻止你，赶在明天中午以前……"

"为什么？明天中午会发生什么事？"

"魔法师"没回答，只是转身看向阴暗处。"尊敬的观众朋友，现在登场的是我们今天的压轴好戏——'烧焦的人'。各位请看我们这位表演者，他身上没有铁链、没有手铐、没有绳索，但他却不可能逃走。这个难度简直比世界上第一个脱逃术还高——当年圣彼得被关进监狱，双脚锁上脚镣，外面有重重警卫看守，而他却成功逃脱了。当然，他有一位很重要的伙伴——上帝。不过，我们今晚的表演者完全没有外援，他只能靠他自己了。"

"魔法师"手中出现了一个小小的灰色物体，莱姆还来不及扭开头，"魔法师"的手就突然压了过来。瞬间，莱姆的嘴便被一块水管胶带粘住了。

接着他关掉屋里所有的灯，只留下一盏小夜灯。他走回莱姆床边，先伸出食指，然后和拇指摩擦了一下。一道三英寸长的火焰顿时从他的食指顶端升起。

"魔法师"来回移动这根手指。"你出汗了，我看见你流汗了。"他把火焰凑近莱姆的脸，"火焰……很迷人吧？在魔术中，它也许是最令人赞叹的东西。火是最佳的误导品，所有人都会看着火光，绝对不会把目光移开。这时我的另一只手可以做任何事，而你绝对不会注意到。比如说……"

"魔法师"的另一只手中突然出现了莱姆那瓶苏格兰威士忌。他先含了一小口酒，然后把火焰举至唇边，双目直视莱姆，让他不由得感到一阵畏惧。不过"魔法师"却笑了，他把头一偏，张嘴朝天花板上喷出一道火焰，同时微微向后一退，看着这道烈酒化成的火焰消失在黑暗的空中。

莱姆瞄向房间角落的墙壁。

"魔法师"又大笑起来。"你以为这样会触动火警探测器？我早来一步,已经把电池拆下来了。"他又朝天花板喷了一次火焰,才把瓶子放下。

忽然,一块白色的手帕出现了。他把手帕盖在莱姆的鼻子上。这块手帕浸过了汽油,辛辣的油气顿时让莱姆的眼睛和鼻子感到一阵刺痛。"魔法师"把手帕卷成一条短绳,又扯开莱姆的睡衣领口,把手帕像围巾一样裹住他的脖子。

他走到门口,无声地拉开门闩,推开门,向外张望。

在汽油味中,莱姆还嗅出了另一股味道。这是什么气味?一种浓浓的、烟熏般的味道……啊,是威士忌。"魔法师"一定没把塞子塞回瓶口。

但很快,这股气味便盖过了汽油味。这股气味太重了,房间里立刻充满了酒味。莱姆当即明白这个人做了什么好事。他把酒从床边一路倒到门口,把烈酒当成了导火引线。"魔法师"手指一弹,一道白色的火球从他的手掌飞出,落入淌在地上的纯麦芽威士忌上。

烈酒被引燃了,蓝色的火焰在地板上快速前进。火焰很快引燃一堆杂志、引燃床边的一个纸盒以及一把藤椅。

用不了多久,火焰便会爬上床单,吞噬他毫无知觉的身体;然后吞噬他有知觉的脸和脑袋——这才是真正恐怖的时刻。他转头看向"魔法师",但他已经离开了,房门已被关上。烟雾开始刺激莱姆的眼睛,又灌入他的鼻子。火焰渐渐爬近,引燃了纸盒、书籍和海报,熔化了CD。

不到一分钟,蓝色和黄色的火焰就已蔓延到林肯·莱姆床边的地毯上了。

26

这位勤奋的纽约市警局警员，也许是听见奇怪的声音，也许是看见哪户人家的房门没关好上锁，才走进西区的一条巷子里。十五秒钟后，巷子里走出了另外一个男人，身穿茶色套头毛线衫、紧身牛仔裤、头戴棒球帽。

马勒里克脱去了拉里·伯克巡警的伪装，另有所图地走在百老汇大道上。此时你若看见他的脸，一定会留意到他环顾四周时脸上出现的那种轻浮表情。你会猜想，这又是一个四处游荡的落寞男人，一心想去逛逛西区的酒吧以重振中年后逐渐丧失的自我和生殖能力。

他在一家位于地下室的酒吧门外驻足片刻，向内张望。他发现这是个暂避藏身的好地方。他可以在这里待一会儿，等时间一过，再回到林肯·莱姆住处附近溜达溜达，看看那场火能造成多大的损害。

他找了一张吧台最靠边的凳子，在离厨房很近的地方坐下，点了一杯雪碧和一份火鸡三明治。他环顾四周，酒吧内光线阴暗，烟雾弥漫，空中充斥着电子游戏机和一架落满灰尘的点唱机发出的声响。他闻到汗味、香水味和消毒水味，听见一阵阵被酒精诱发的笑声和漫无主题的嗡嗡的谈话声。这幅景象把他带回了过去，回到他的年轻岁月，回到那座建立在沙漠上的城市里。

拉斯维加斯是一面在炫目灯光环绕下的镜子；即使你凝视这面镜子几小时，看见的却永远都是你自己，看见你脸上的青春痘、皱纹、虚荣心和对未来的迷茫。这是个布满沙尘、生活环境险恶的地方，尽管"条带区"①有令人心醉神迷的繁华幻象，但在驶过霓虹灯后一两个街区，这幅富丽堂皇的景象便迅速消退，无法扩散到这个城市的其他地方：拖车，破旧的小木屋，土黄色的长条形商场，典当订婚戒指、西装夹克、人造假手和任何能换成钱的东西的当铺。

而且，四处可见布满沙尘、无边无际的灰棕色沙漠。

这就是马勒里克出生的地方。

他的父亲是穿黑西装的发牌员，母亲是赌场饭店里的服务员——直到她发福后，才被调为待在屋里的兑币员。他们是被赌场经理和度假客人视为蝼蚁的拉斯维加斯服务大军中的一分子，尽管一生都与潮水般的钱财共度，但他们都时时警觉到，这些可以闻到油墨味、香味和汗臭的钞票只是在他们手上停留极其短暂的时间，最终还是会像河川一般归于一个地方。

就像许多拉斯维加斯的小孩一样，由于双亲工作时间长，又不固定轮班，他们都学会了独立生活。而且，也正如各地那些生长在不幸家庭的孩子一样，他们往往都会被某个地方吸引，在那里找到一些慰藉。

对他来说，这个地方就是"条带区"。

尊敬的观众朋友，现在我要解释一下有关"误导"这件事，说说我们是如何运用魔术转移你的注意力的，运用动作、颜色、光线、意外和声音等方法，让你分心。话说回来，误导并不只是

---

①条带区(Strip)，拉斯维加斯新市区，主要繁华地段是拉斯维加斯大道。

魔术的一项技巧，事实上，它在生活中也随处可见。我们全都无可避免地会被闪亮夺目的东西吸引，远离无聊，远离一成不变，远离争吵不休的家庭，远离沙漠边缘这炎热又让人窒息的时光，远离那些见你瘦小、懦弱便欺侮追赶你、用硬得像蝎壳般的拳头殴打你的不良少年……

条带区是他的庇护所。

尤其是那里的魔术商店。在拉斯维加斯，这种魔术商店相当多，因为对世界各地的魔术表演者而言，这里可以说是魔术界的首都。这个男孩发现，这些商店并不只是贩售道具商品而已，这里也是那些已正式登台演出或学习中的魔术师聚会聊天的场所。他们会在这里闲聊，分享彼此的故事和经验。

男孩就是在这些商店中的一家得知了一项和自己有关的重要事实——没错，他可能瘦小又懦弱，而且跑得又慢，但是，他的手指却灵巧过人。在这些地方工作的人——魔术商店的店员往往本身也是想当魔术师或已从魔术界退下来的人，偶尔会对他露一手盖、夹、丢、藏等手部技巧，而他往往一学就会。有位店员便扬起眉毛，对这个十三岁的孩子说："你是天生的prestidigitator。"

这个男孩皱起眉头，不知道这个词是什么意思。

"这是一位法国魔术师在十八世纪创造的词，"这个店员解释，"presti就像presto，是快速的意思；digit是指手指。prestidigitation，意思就是'快速的指头'，我们称之为'巧手戏法'。"

于是他渐渐明白，也许他除了是家里的怪胎，是学校里被欺负的可怜虫，还可以有另一种身份。

每天下午三点十分离开学校后，他便直接到他最喜欢的那家店，在那里闲逛和偷学戏法，回家后反复练习。后来，那家商店的经理便开始雇用他，请他在商店后面的"魔术洞穴"为顾客示范教学或来段简短的戏法表演。

直到现在，他还清楚地记得当年他第一次踏上低矮的台阶走上舞台的情景。从他可以在台上说话、演出的那一天开始，小胡迪尼——他的第一个艺名——便牢牢把握住每一次上台的机会。他向观众展示戏法并愚弄他们，这能让他们感到眩晕和愉悦，这些都是多么令人欣喜的事啊。当然，还有吓吓他们。他特别喜欢吓唬台下的那些观众。

不过，有天他终于遭遇到了一点阻碍——来自他的母亲。她发现自己的儿子几乎很少待在家里后，便闯进他的房间搜索翻查，想找出他一直往外跑的原因。"我找到了这些钱，"有天傍晚当他从后门溜进来时，他母亲丢下吃了一半的晚餐站起来，冲进厨房挡住他，"你怎么解释？"

"是从'阿布拉卡达巴'来的。"

"那是什么东西？"

"是一家魔术商店，就在热带街。我正想告诉你……"

"你跑到条带区去了？"

"妈妈，我只是去那家店，那是魔术商店。"

"你去那里做什么？喝酒吗？让我闻闻你的嘴。"

"不要！"他拒绝这位嘴上还留有意大利面酱残迹的胖女人的要求，因为她的气味已经够吓人的了。

"如果他们在赌场逮到你，我就会丢掉工作，你爸爸也会丢掉工作。"

"我只是去魔术店而已，在那里表演魔术。那里的人偶尔会给我一点小费。"

"小费？这些钱也未免太多了吧？我以前当服务员的时候可从来没拿过这么多小费。"

"因为我很厉害。"男孩说。

"我也是啊……表演？什么表演？"

"魔术。"他生气了。上星期他才刚告诉过她这件事。"你看好。"他立刻在母亲面前露了一手纸牌戏法。

"你的确挺厉害的，"她点点头说，"不过因为你对我撒了谎，所以这些钱我必须没收。"

"我没撒谎！"

"你没告诉我你在做什么，这就跟说谎一样。"

"妈妈！那是我的钱。"

"你说了谎，就必须付出代价。"

她费了点力气才把钱塞进被肚皮撑得很紧的牛仔裤口袋里。她犹豫了一下，又说："好吧，如果你告诉我一些事，我就还给你十块钱。"

"什么事？"

"你说，你有没有看到你爸爸和蒂芙尼·罗姆在一起？"

"我不知道……她是谁？"

"你知道，别装了。她是黄沙酒店的服务员，两个月前和她丈夫一起来我们家吃饭。记得吗？那天她穿黄色上衣。"

"我……"

"你有没有看到他们？昨天他们是不是一起开车去沙漠了？"

"我没看见他们。"

她仔细看着他脸上的表情，觉得他并没有说谎。"如果你哪天看到了，一定要赶快告诉我。"

说完，她便丢下他，回客厅继续吃她那盘酱汁已经冷却凝固的意大利面。

"妈妈,我的钱!"

"闭嘴,给你上一课,这就是双赌法①。"

有一天,这个男孩在阿布拉卡达巴进行一次小型魔术表演时,赫然看见有位身材瘦削、脸上没有任何笑容的男人走进店里。他径直走向魔术洞穴,顿时,店里所有的魔术师和店员都安静下来。此人是极著名的魔术师,向来以脾气暴躁和擅长黑色恐怖的魔术闻名。这位传说中的人物竟然也会出现在拉斯维加斯的热带街上,这让大家都大吃一惊。

在表演完毕后,这位魔术师招手让这个男孩过来,并朝舞台上用手写的海报撇了个头。"你怎么称呼自己?小胡迪尼?"

"是的。"

"你觉得你配得上这个名字吗?"

"我不知道……我只是喜欢这个名字而已。"

"你再露一手我看看。"他朝一张绒布桌点点头。

男孩照做了,不过在这位传说中的人物注视之下,他显得有些紧张。

这个人点了点头,似乎颇有赞许之意。一位十四岁的男孩居然会得到大师的赞美,这让店里的魔术师们全都惊讶得说不出话来。

"你想学点功夫吗?"

男孩点点头,不禁全身发抖。

"你把硬币给我。"

男孩摊开手掌,将硬币递了过去。这位魔术师低头一看,却

---

①双赌法,指需在一天内两次比赛中获胜才算赢的赌法。

皱着眉头说:"东西呢?"

他的手中什么也没有。男孩满脸惊慌,魔术师却朗声大笑。刚才他小露一手,神不知鬼不觉地将硬币偷走,这些硬币早已在他自己的手掌中了。这让男孩大吃一惊,因为他竟然毫无察觉。

"现在,我要把这个硬币举起来……"

男孩跟着抬起头,但他的本能突然开口告诉他:快把手掌合上!他要把硬币塞回来了。截住他的动作,就可以让他在满满一屋子魔术师面前出丑。

然而,这位魔术师虽没低下头,却停住了动作。他低声说:"你确定要这么做?"

男孩眨着眼睛,惊讶地说:"我……"

"你再考虑一下。"他瞥了男孩的手掌一眼。

小胡迪尼低头看向自己的手掌,紧张地想要逮住这位伟大的魔术师的手。令他惊讶的是,他发现这个人"已经"放了一样东西在他手掌上了,但并不是刚才那些硬币,而是五把双刃刀片。如果小胡迪尼按照原计划握起拳头,那么他可能就得马上去医院缝上十几针了。

"让我看看你的手。"他说,把刀片从他手掌中拿走,瞬间就让它们消失了。

小胡迪尼把手摊开,让那个男人握着,用两根拇指抚摸。他感觉仿佛一股电流从他的手上流过。

"你拥有一双伟大的手,"他低声说,只有男孩一个人可以听见,"你具备了先天的条件,而且我知道你也很有决心……不过你还没有憧憬,目前还没有。"说着,魔术师手中又出现了一把刀片。他用这把刀片切开一张纸,而纸张立即淌出了鲜血。他把纸张揉成一团,然后摊开。纸张又完好如新,上面既没有刀痕也没有血迹。他把这张纸交给男孩,而他立刻发现这张纸上写有地址,是用红色墨水写的。

周围立刻响起一片热烈的掌声和赞叹声,里面包含着嫉妒,也有发自内心的钦佩。"来找我。"他凑上前,嘴唇几乎贴上了小胡迪尼的耳朵,低声说,"你还有很多功夫要学,而我也有很多东西可以教你。"

男孩留下了魔术师的地址,但一直没有勇气去找他。后来,在他十五岁的生日宴会上,他的母亲做了一件永远改变了他生活的事——她先发表了一篇冗长唠叨的演说,然后把一整盘意大利面砸在她丈夫身上,理由是最近她又得到一些他和那位臭名昭著的罗姆太太有关的情报。之后酒瓶乱飞,碎片满地,家中鸡飞狗跳。闹到最后,警察都来了。

这个男孩觉得他已经受够了。第二天,男孩便去拜访那位魔术师,而他也愿意收下这个徒弟。这个时机选得刚刚好,因为两天后他就要开始展开全美巡回之旅,而且急需一位助手。于是,小胡迪尼取出了他秘密账户里所有的钱,和大师胡迪尼当年一样,离家出走,从此正式当上魔术师,不过,他们两人之间倒有一点很大的不同——哈里·胡迪尼那时离家是为了赚钱养家,而且没多久就又重新和家人团聚了;而小马勒里克却从此再也没见过他的家人。

"嗨,你好吗?"

一个女人沙哑的声音把他从遥远的记忆中唤回现实,回到这间上西区的酒吧。她应该是这里的常客,他心想。她年届五十,因为再怎么努力也无法唤回十年的青春,才只好选择这个灯光昏暗的地方作为她的狩猎场所。她已在他旁边的高凳上坐下,倾身向前,故意露出胸前的乳沟。

"什么?"

"只是来跟你问个好。我好像没在这儿见过你。"

"我才刚来纽约一两天而已。"

"啊,"她醉意朦胧地说,"我说,我需要来个火?"这句话传达出一个令他感到不悦的信息,仿佛替她点烟是一种恩宠有加的特权似的。

"哦,没问题。"

他拿起打火机点着火。她用枯瘦的手指抓住他的手,导引火焰移向她的唇边,火苗摇曳得十分厉害。

"谢了。"她仰头朝天喷出一道狭长的烟雾。但她一转头,却看见马勒里克已把酒钱压在盘子边缘,打算离开这家酒吧。

她皱起眉头。

"我得走了,"他对她微笑着说,"对了,这东西你留着吧。"

他交给她一个金属小打火机。她接过来一看,顿时大吃一惊,眉头拧在一起。这是她自己的打火机,刚才当她的身体贴近他时,他从她的皮包里摸走了这个打火机。

马勒里克冷冷地说:"我觉得你根本不需要这个东西。"

他把她一个人丢在吧台,不理会她羞辱的泪水已混着睫毛膏流下脸颊。他想到那些他已执行或计划执行的残酷魔术——鲜血、肢解、火焰……但这次,却可能是让他感到最满意的一次演出。

当她离莱姆的住处还有两个街区远时,就听见了警车尖锐的笛声。

在听见这些紧急车辆发出的电子笛声时,阿米莉亚·萨克斯不免多疑起来,以为这个声音是直接从莱姆家传来的。

当然不可能,她告诉自己。

没有那么巧的事。

然而,那些顶部射出的红蓝光线的车辆,却的确都聚集在中央公园西路,而那里正是莱姆家的所在地。

别多心了,姑娘,她再次对自己说,这只是你的幻想,是受到在公园演出的奇幻马戏团那面怪诞丑角旗帜的干扰,是受到那些戴面具的表演者和"魔法师"犯下的连环杀人事件的影响。是这些事情汇合起来,才使她如此敏感多疑。

阴森……

别想那么多了。

她不停换手提着装满蒜味古巴食物的大购物袋,和卡拉继续沿着热闹的人行道走下去,两个女人聊起父母、职业、奇幻马戏团。当然,也聊了一些关于男人的事。

砰,砰……

年轻的卡拉拿着特浓古巴咖啡边走边喝,她说,这杯咖啡她只喝了一口就爱上了,它的价格只有星巴克的一半,但浓度却是星巴克的两倍。"我的数学不是很好,不过我觉得这样似乎比四倍还浓。"卡拉说,"说真的,我真喜欢这种发现,生活中应该经常出现这种小惊喜,你觉得呢?"

可是萨克斯已无心听她说什么话了。另一辆救护车加速驶过。她默默在心中祷告:让这辆救护车开过莱姆的家吧。

但它没有。救护车戛然停在莱姆那幢房子的街角。

"不……"她喃喃地说。

"怎么了?"卡拉纳闷,"出事了吗?"

萨克斯的心狂跳起来。她扔下食物袋,拔腿往那幢房子狂奔。

"哦，林肯……"

卡拉跟着追上去，热咖啡溅出来弄湿她的手，于是她索性把这杯咖啡扔掉。她奋力追上萨克斯。"到底怎么了？"

一转过街角，萨克斯便看见六辆消防车和救护车。

刚刚她还猜想莱姆可能又发生自主神经异常反射的病症，但从眼前的情况来看显然是火警。她抬头看向二楼，顿时惊讶地张大嘴巴。浓烟正不断从莱姆的卧室冒出。

老天，不！

萨克斯俯身钻过警方的警戒线，朝门口那群消防队员奔去。她跳上建筑物门前的台阶，此时已完全感觉不到膝关节炎的痛楚了。她冲进大门，差点在大理石地板上摔了一跤。莱姆住处的玄关和客厅看起来都安然无恙，但楼梯处却弥漫着白烟。

两名消防队员从楼上走下来，从他们脸上的表情来看，似乎已宣告放弃了什么。

"林肯！"她尖叫一声，便朝楼梯冲去。

"别去，阿米莉亚！"朗·塞利托嘶哑的声音从走廊传来。

她转过身，心慌意乱，以为他想阻止她上楼去看莱姆已被烧焦的尸体。如果是"魔法师"杀死莱姆的话，那么他就死定了。世上没有任何人或任何事能阻止她。

"朗！"

他用手势示意她离开楼梯，然后搂住了她。"他不在上面，阿米莉亚。"

"他已经……"

"不、不，他没事，好得很。托马斯把他带下楼，到后面的客房去了。他就在这层。"

"谢天谢地。"卡拉说。她环顾四周，惊讶地看见从楼梯上又走下几个消防队员。这些人不分男女，个个都身材魁梧，尤其在穿戴上制服和装备之后。

托马斯沉着脸从后面的房间走过来。"他没事，阿米莉亚。没有烧伤，只是吸入了一些浓烟而已。他血压偏高，不过已吃了药，不会有事的。"

"出了什么事？"她问塞利托。

"是'魔法师'，"塞利托咕哝着，忍不住叹了口气，"他杀了拉里·伯克，穿上了他的制服，所以才能混进来。他溜进莱姆的房间，在他床边放了把火，我们在楼下根本不知道。是街上有人看见浓烟冒出来，才打电话给九一一报案。总机的人马上通知我，我和托马斯、梅尔才立刻冲上楼，在消防车还没来之前就把莱姆救出来了。"

她又问塞利托："我猜，这次还是没抓到他，对吧？"

一阵苦笑。"你说呢？他就这么消失了，无影无踪。"

在那次造成他全身瘫痪的意外事件发生后，莱姆隔了好一阵才从双腿再也不能行走的悲伤中走出来。他放弃了这个不可能达到的目标，把仅存的意志和力量放到另一个更可能做到的事上。

靠自己的力量呼吸。

对像莱姆这样第四颈椎受伤的瘫痪者而言，他们可以说已处在是否终生需要呼吸器的临界线上——这得视从脑部通往横膈膜的神经是否受损而定。莱姆的情况是，一开始他的肺部确实无法自主工作，因此只能依靠呼吸器，将导管直接插入他的胸腔。

莱姆非常痛恨这种机器，痛恨它机械式的打气抽气，痛恨这种不需要呼吸的奇怪感觉，尽管他知道自己其实根本无法感觉到。这种机器还有个讨厌的习性，就是偶尔会出些故障，停止运转。

好在后来他的肺又恢复了工作，使他得以脱离人工呼吸器的束缚。医生说，他出现这种改善，是身体在创伤后自然稳定的结果。但莱姆心里很清楚真正的答案——他是靠自己的力量做到的，靠自己的意志力。把空气吸进肺里——没错，一开始的空气量确实很少，但至少这是他自己的呼吸，是他这一生中所实现的最伟大的事。于是，他更加努力运动，希望能增加身体的感觉，甚至让四肢能再度活动；只不过，接下来的进展，却不足以让他感受到当医生第一次把他身上的呼吸器拆下时的那种喜悦。

今晚，他躺在这间小客房里，回想着刚才浓烟从烧着的布匹、纸张和塑料上升起，弥漫在他卧室里的情景。在惊慌中，他并没多想被烧死的感觉，只想到那可怕的浓烟会像铁叉般戳进他的肺，夺走他在与病魔对抗过程中唯一获得的胜利果实。仿佛"魔法师"对他这最脆弱的一点已早有察觉似的。

当托马斯、塞利托和库柏冲进卧室时，他的眼神并未落在那两个警察抱来的灭火器上，而只专注于看护托马斯手上的绿色氧气筒。他心里只想着：先救我的肺！

火势尚未扑灭，托马斯便已将氧气罩盖上他的脸，而他立即深深吸了一口这甜美的气体。他们护送他下楼后，紧急医疗小组和莱姆的私人医生都仔细给他做了检查，替他清理和包扎他受到的一点点烧伤，又仔细寻找他身体上是否有被剃刀割伤的伤口（结果他们什么也没发现，莱姆的睡衣里也没有任何刀片）。脊椎神经科医生说莱姆的肺部并未受损，不过托马斯应该比平时更常

288

替他翻身,以保持肺部的清洁。

直到这时,莱姆才渐渐恢复平静,但仍免不了有些焦虑。这名杀手所做的,是比让他身体受到伤害更残忍的事。这次的攻击事件提醒了莱姆,他的生命是多么珍贵,却也同时让他感觉到,自己的未来是多么的不确定。

他讨厌这样的感觉,这种无助又身不由己的恐怖感受。

"林肯!"萨克斯奔进房间,往这张旧克林尼特隆医疗床上一坐,扑在他的胸前,紧紧抱住他。他低下头,把脸抵在她的头发上。萨克斯哭了起来。在莱姆的印象中,从他们认识到现在,他大概只见她流过两次眼泪。

"别叫我的名字,"他轻声说,"记得吗?这样会招来噩运,咱们今天的运气已经够糟了。"

"你没事吧?"

"没事,我很好。"他话说的声音很小,心中感觉到一种毫无理性的恐惧,生怕只要自己一大声说话,残留的烟雾分子就会穿刺而过,弄瘪他的肺泡。"那两只鸟呢?"他问,心中只希望窗台上的那两只游隼不要出事。他并不介意它们换到别的房子筑巢,但如果它们因为这场火而受伤或死亡的话,他一定会沮丧得要死。

"托马斯说它们都很好,现在已经飞到另一个窗台去了。"

她紧紧抱着他好一会儿,直到托马斯出现在门口。"该给你翻身了。"

萨克斯再次拥抱了他一下,然后才起身退后,让托马斯到床边帮莱姆做一些身体运动。

"你去搜索现场,"莱姆对她说,"他肯定留下了一些东西。那时他围了一条手帕在我脖子上,还拿出了几个刀片。"

萨克斯说她会去做，便离开了房间，只有托马斯留下来，熟练地替他做一些清洁肺部的运动。

二十分钟后，萨克斯回来了。她脱下特卫强服装，细心叠好，放回刑案现场鉴定箱中。

"找到的东西不多，"她回报，"只找到那条手帕和几个脚印，他现在穿的是另一双爱步的新鞋。除此之外，就算他留下其他东西，也都已经气化了。哦，对了，我还找到一个威士忌的空瓶子，但我猜这瓶酒应该是你的。"

"没错，是我的。"莱姆喃喃地说。通常他在这个时候都会开个玩笑，说一些用十八年份的纯麦芽威士忌当导火线实在是最严厉的惩罚之类的笑话，但在今天这个时候，他一点儿幽默感也生不出来。

他知道现场留下的证物不会很多。在一般火警现场找到的线索，通常只能说明起火点和起火原因，而这两点他们已经知道了。尽管如此，莱姆仍觉得现场应该还有别的东西。

"水管胶带呢？托马斯把它撕开就丢了。"

"没找到，应该是烧掉了。"

"你应该到床头的后面看看，'魔法师'在那里站过，他可能……"

"我看过了。"

"那么，就再去看一遍。你漏了东西，一定错过了。"

"我没有。"她简洁地回答。

"什么？"

"忘了刑案现场吧。我只能说……全烧焦了。"

"我们必须得把这件案子向前推进。"

"现在正要推进了，莱姆，我打算询问一下目击者。"

"有目击者？"他嘟囔道，"没人告诉我有目击者。"

"有。"

她走到门边，朝客厅那里召唤朗·塞利托过来加入他们。他缓缓走进房间，先嗅了一下自己的夹克，然后皱起鼻头。"这件夹克花了我两百四十块，妈的，这下可报销了。你有什么事吗？警员？"

"我想要询问目击者，警官，你带录音机了吗？"

"当然。"他拿出录音机递给她，"目击者在哪儿？"

莱姆说："别管目击者了，萨克斯，你知道他们都是不可信的。还是专心研究证物吧。"

"不，这次一定会得到一些好线索，我敢保证。"

莱姆瞄了房门口一眼。"嗯，目击者到底是谁？"

"是你。"萨克斯说，拉了一张椅子在床边坐下。

27

"我？这太荒谬了。"

"不，一点也不荒谬。"

"算了吧，你再去走一次格子。你一定漏了什么，刚才搜索得太快了。如果你是新手的话……"

"我不是新手，我知道该怎么用最快的速度搜索现场，也知道该在何时停止搜索，把时间拿去做更有效率的事。"她拿起塞利托的小录音机，检查过里面的带子后，便按下了录音键。

"我是纽约市警察局巡警阿米莉亚·萨克斯，编号五八八五。以下为询问目击者林肯·莱姆的录音内容，他是中央公园西路三四五号发生的一○二四攻击和一○二九纵火事件的目击者。侦讯日期为四月二十日，星期六。"她把录音机放在莱姆床边的桌子上。

但莱姆却睁大眼睛看着它，仿佛这台录音机是一条蛇。

"好了，"她说，"请你描述一下案发经过。"

"我已经跟朗——"

"现在告诉我。"

他露出讽刺的表情，两眼盯着天花板。"他中等身材，男性，五十到五十五岁，身穿警察制服。这次没留胡子，脖子和胸前有伤疤组织和斑痕。"

"他的领口是敞开的吗？你怎么可能看到他的胸部？"

"对不起，"他以更露骨的讽刺语调说，"他的脖子底端有伤疤组织，'估计'会一直向下延伸到胸口。他左手的小指和无名指黏在一起。他有……'看起来'是棕色的眼珠。"

"很好，莱姆，"她说，"我们以前不知道他眼珠的颜色。"

"但我们也无法确定他有没有戴隐形眼镜。"他马上反驳，感觉这次让他得了一分，"我可以回想得更清楚一些，不过需要一点东西帮忙。"他看向托马斯。

"什么东西？"

"我敢说，厨房里还有一瓶没有受到牵连的麦卡伦。"

"过一会儿再说，"萨克斯说，"我需要你保持头脑清醒。"

"可是……"

她用指甲尖抠着头皮，继续说下去："现在，我想知道事情的详细经过。他都说了些什么？"

"我没办法记清楚，"他不耐烦地说，"都是一些疯狂的呓语，而且我也没心情留意他了说些什么。"

"也许你会觉得他说的话很疯狂，但我敢打赌，他的话中一定有可以利用的线索。"

"萨克斯，"他讽刺地问，"你不觉得我可能被吓坏了吗？我的意思是，也许我那时根本心慌意乱，什么都搞不清楚。"

她碰了一下他的肩，他那里还有知觉。"我知道你不相信人证，但有时这些人确实看到了一些东西……访谈这些人是我的专长，莱姆。"

阿米莉亚·萨克斯的身份是巡警，终日混在街头的警察。

"我会引导你回想事情的经过，就像你带领我走格子一样。我们一定会找出一些重要的线索。"

她站了起来，走到房门口高喊："卡拉？"

没错，他不相信证人，即使是那些站在最有利位置、未曾亲自涉入事件的人也一样。只要是和犯罪有关，尤其是遭受暴力攻击的被害人，都是不可信赖的。就连现在，莱姆回想先前疑犯出现的情景，也只是想到一连串支离破碎的片段而已——"魔法师"躲在他后面，站得高高的，点燃了火焰。威士忌的味道，烟雾冒起来的画面。他根本毫无头绪，无法把疑犯从出现到离开的经过完整地回忆一遍。

正如卡拉所说，记忆只是一种幻觉。

过了一会儿，卡拉走进了客房。"你没事吧，林肯？"

"很好。"他喃喃地说。

萨克斯向卡拉解释说希望她也来听听莱姆说的事，或许能从疑犯说的话中找出一些对案情有帮助的线索。萨克斯又坐了下来，把椅子拉到床前。"咱们继续，莱姆。告诉我事情的经过，不要用专业术语。"

他犹豫了一下，瞄了一眼那台录音机。随后，他开始尝试回忆，把记得的事一一说了出来。"魔法师"出现，承认他杀了那名警察，夺走他的制服，又告诉莱姆那个警察尸体的事。

天气热得很……

一想到这里，莱姆便说："当时他看起来就像在表演一场魔术，而把我当成协助演出的表演者。"他脑海里再度响起那个人诡异的自言自语，于是他又说："我想起一件事了。他有气喘病，要不就是呼吸声特别重。他常常张嘴深呼吸，发出咝咝的声音。"

"很好，"萨克斯说，"我在池塘边的现场也注意到了，但事后忘了提。他还说了什么？"

莱姆看着客房黑乎乎的天花板，摇了摇头。"还不就是那些，他不是恐吓要烧死我,就是威胁说要用刀划伤我……对了,你在搜索我卧室的时候,找到剃刀片了吗?"

"没有。"

"你瞧,这就是我说的——证物。我知道那时他把一个刀片丢进我的睡裤里。刚才医生没找到,所以一定是掉出来了。这才是你应该去仔细寻找的东西。"

"也许刀片根本不在你的裤子里,"卡拉说,"我知道这种戏法,他把刀片藏回手掌里了。"

"呃,我的意思是,当你受人折磨的时候,其实是没办法太仔细听对方说了什么话的。"

"别这样,莱姆,继续回想下去。那是今天傍晚的事,卡拉和我出去买晚餐。你正在研究那些证物。托马斯带你上楼。你觉得累了。没错吧?"

"没有,"这位刑事鉴定家说,"我不觉得累,是他非要把我带到楼上不可。"

"我想你一定很不高兴。"

"没错。"

"所以你在卧室里一直醒着。"

他想到卧室的灯光,想到窗外游隼的剪影,想到托马斯关上了房门。

"那时相当安静……"萨克斯又说。

"才怪,当时一点都不安静,街对面该死的马戏团一直吵个不停。无论如何,我还是设了闹钟……"

"设定当时是几点?"

"我不知道,知道几点钟很重要吗?"

"一个细节可以衍生出其他两个。"

莱姆皱起眉头。"这句话是从哪儿学来的？幸运签饼干吗？"

她笑了。"是我想出来的，不过听起来还不错，你觉得呢？下次你的书改版时，可以考虑把这句话放进去。"

"我才不写关于证人的章节呢，"莱姆说，"我只写证物。"他反驳了她，再次生出胜利的感觉。

"接下来，你刚开始是如何察觉他闯入卧室的？你听见什么声音了吗？"

"不，我感觉有一阵风。一开始，我以为那是空调，但后来才知道那是他弄出来的。他偷偷往我的脖子和脸上吹气。"

"这是为了……为什么？"

"为了吓我，我猜，而且他成功了。"莱姆闭上眼睛，想起当时的一些细节，便点点头说，"我试图打电话给朗，但是他……"他瞄了卡拉一眼，"他识破了我的意图。他一开始就恐吓说要杀我……不对，他恐吓说要刺瞎我，如果我敢求救的话。我打电话的事被他识破后，我以为他真要这么做了。但是……很奇怪……他看起来似乎大受感动。他竟然夸奖我的误导手法……"他说话的声音渐渐变小，思绪又陷入了模糊地带。

"他是怎么闯进来的？"

"他和送格雷迪暗杀案证物的警察一起走进来的。"

"该死！"塞利托说，"从现在开始，想进这幢房子的人一律要检查证件，所有人都要。"

"他提到误导，"萨克斯继续刚才的话题，"他还夸奖你。除了这些，他还说了什么吗？"

"我忘了，"莱姆喃喃地说，"没说什么。"

"什么都没说？"她轻声问。

"我，忘，了。"林肯·莱姆生气了，气萨克斯在逼他，气她不肯让他喝一杯酒,好麻痹那恐怖的感觉。他更气自己让她失望了。

但她也必须明白,逼他回想当时现场的情况是件残忍的事——这是强迫他回到那大火之中,回到那一阵阵钻进他鼻孔、危及他珍贵肺脏的浓烟里……

等等。浓烟……

林肯·莱姆说:"火。"

"火?"

"我想起来了,他最常提到的就是这个字,看来他似乎对火相当着迷。他还提到了一个魔术名,叫作……对了,叫'燃烧的镜子'。据他说,这种魔术会在舞台上燃起大火,而'魔法师'必须从火中逃脱。我记得,他后来好像会变成恶魔,要不,就是有人会变成恶魔。"

莱姆和萨克斯一起看向卡拉,而她则点了点头。"我知道这个表演,但并不常见。舞台上需要的装置太多,而且相当危险。现在的剧场老板都不愿意让表演者演出这个戏码了。"

"他继续讲到和火有关的事,说它是舞台上唯一不能造假的东西,又说观众一看到火就会暗暗希望'魔法师'被火烧死。对了,我又想起别的事了。他……"

"继续说,莱姆,你表现得很好。"

"别打岔,"他不高兴地说,"我不是说过那时他好像在表演节目吗?他似乎有妄想症,一直盯着空白的墙壁,对看不见的人说话。他好像说'什么的观众',我忘了他是怎么称呼他们的了。他是个疯子。"

"想象中的观众。"

"没错。等一下……我想起来了,他是说'尊敬的观众朋友'。他就是那样对那些根本不存在的人说：'尊敬的观众朋友。'"

萨克斯皱起眉头，看了卡拉一眼，但这次卡拉也耸了耸肩。"我们经常会对观众说话，这叫行话。在很久以前，表演者会说'我尊贵的观众'或'我最亲爱的女士和先生'，不过大家都觉得这样太恶心虚伪，因此现在的行话就没那么讲规矩了。"

"莱姆，你继续说下去。"

"我没什么好说了，萨克斯，能说的都说了，剩下的都是模糊一片。"

"我敢说一定不只如此。这就像个很大的刑案现场，重要的线索就在里面，它可能是弄清整个案情的钥匙。你要换个方向想，才能够找出来。"她俯身靠近莱姆，"现在，假设这里就是你的卧室，你躺在楼上的那张医疗床上。这时他站在什么地方？"

这位刑事鉴定专家点点头。"在那里，靠近床尾的地方，面对我。他在我左边，靠近房门的那侧。"

"他的姿势呢？"

"姿势？我不知道。"

"想一想。"

"我想是面对我的。他的双手动个不停，好像在公开演说一样。"

萨克斯站起来，依他刚才说的话站到那个位置。"是这里吗？"

"再近一点。"

她移动了一下。

"就是那里。"

她站在那儿，摆出疑犯当时的姿势，如此确实勾起了莱姆的一些回忆。"我想起一点了……他提到那些被害人,说他杀害他们并不是为了他自己。"

"不是为了他自己。"

"他杀他们是……对了,我想起来了。他杀他们是因为他们'代表'的东西。"

萨克斯点点头,用笔记下重点,作为录音之外的辅助。"代表?"她困惑地说,"这是什么意思?"

"我也不知道。被害人一个是音乐家,一个是律师,一个是化妆师,他们的年龄、性别、职业和住所都不同,看不出他们之间有任何关系。他们会代表什么?上层中产阶级生活,城市居民,高等教育……也许其中有线索存在——他们被挑中也许有合理的原因。但是,谁知道呢?"

萨克斯皱起眉头说:"你说得不对。"

"什么?"

她缓缓地说:"你刚才对于记忆的描述并不正确。"

"我当然不可能把他说的话一个字一个字记下来,那时我身边又没有速记员。"

"我不是这个意思。"萨克斯想了一下,然后点点头说,"你把他说的话'个性化'了。你用的是'你的'语言,而不是他的。'都市居民'、'合理'……我要知道的是当时他使用的语言。"

"我不记得他怎么说的,萨克斯。他说他攻击那些被害人并非为了他自己。仅此而已。"

她摇摇头。"不对,我敢说他绝不会这么说。"

"什么意思?"

"杀人者'绝对不会'用'被害人'称呼那些被他杀掉的人,这是不可能的。他们不会将他们人性化。至少,对'魔法师'

这样的疑犯来说,他绝不会这么做。"

"萨克斯,这是警校心理学教的屁话。"

"不,现实就是如此,莱姆。我们会认为他们是被害人,但疑犯只会认为他们应该因为某个理由而必须死。你再想想,他一定没说'被害人',对不对?"

"这有什么差别?"

"因为他说过他们是某种代表,而我们必须找出那是什么。他到底怎么称呼那些人?"

"我不记得了。"

"好吧,我知道他没说'被害人'。那么,他有没有提过别的称呼?例如斯维特兰娜、托尼……他怎么称呼谢丽尔·马斯顿?叫她金发女郎?律师?还是说那个大胸的女人?我敢说他一定不会使用'都市居民'这个字眼。"

莱姆闭上眼睛,努力回想当时的情景。然而,他还是摇摇头。"我不……"

突然,一个字眼跃进了他的脑海。"骑马者。"

"什么?"

"你说对了,他不是用'被害人'一词。他用'骑马者'来称呼她。"

"太好了!"她说。

莱姆顿时得意极了。

"那么其他人呢?"

"没了,他只提到一个人而已。"莱姆对这点非常肯定。

塞利托说:"所以他把被害人视为做某项特殊活动的人——不管那是不是他们的工作。"

"没错,"芙姆同意,"玩音乐的人、替人化妆的人、骑马的人。"

"可是,我们该怎么利用这个线索呢?"塞利托问。

萨克斯在刑案现场也经常提出相同的问题,于是她马上搬出莱姆每次的回答:"目前还不知道,警官,不过我们对他的了解又更进一步了。"说完,她又浏览了一下自己的笔记,"好了,现在我们知道他会玩剃刀,提到燃烧的镜子的表演;他会对他尊敬的观众朋友说话,他对火相当着迷;他挑选化妆师、音乐家和骑马者加以杀害,因为他们都代表了某样东西——不管那是什么。除了这些,你还能想到什么事吗?"

莱姆再次闭上眼睛,努力思索。

但他只是不断看到剃刀、火焰,闻到浓烟的味道。

"没了。"他说,睁开眼睛看着她,"大概就是这些了。"

"那好。你做得很好,莱姆。"

然而,他却听出她这句话的意思。他很熟悉这种口气,因为这正是他经常用的说话方式。

这表示,其实她还不打算结束。

她从笔记本上抬起头,缓缓地说:"你知道吗,你总是引用洛卡德的话。"

莱姆点点头。洛卡德是法国最早的警探和刑事鉴定家,他发现一条与刑案现场有关的原则,后人便以他的名字称呼。这条原则是:凡是刑案现场,在疑犯和被害人或现场本身之间,必然出现微量证物交换的现象。

"那好,我认为和证物一样,现场也会发生'心理上'的交换现象。"

莱姆大笑起来,觉得这个想法疯狂透了。洛卡德是科学家,他绝对不愿看到有人把他创造的原则应用在狡猾难以捉摸的人心上。"你到底想说什么?"

她继续说下去:"你的嘴并不是一开始就被贴上胶带的,对吧?"

"没错,是到最后才被贴上。"

"所以,这表示你和他有段沟通的经历。你参与了交换过程。"

"我?"

"不是吗?难道你没对他说任何话?"

"我当然说了。但这又如何?重要的是他说过的话。"

"我认为,他一定会说一些事来回应你。"

莱姆仔细盯着萨克斯。她的脸颊上沾有一块新月形的煤灰污痕,微翘的上唇上方已淌出了汗珠。她坐得离他很近,虽然语气一直保持平静,但从她的坐姿上,他能感觉到她因全神贯注而呈现出的紧张情绪。当然,她自己并未察觉,但莱姆知道,此时她所感觉的,似乎正是过去他在数英里之外引导她勘查刑案现场时的那种心情。

"莱姆,你回想一下,"她说,"想想当你和疑犯独处的时候——并不一定单指'魔法师',任何疑犯都可以,你会对他们说什么?你想从他们身上知道什么?"

他长叹了一口气,声音听起来充满嘲讽和无奈。然而,萨克斯提出的问题的确引出了他的一些回忆。"我想起来了!"他说,"我问他是谁?"

"好问题。他是怎么回答的?"

"他说他是巫师……不,不只是巫师,而是某个特别的名词。"莱姆眯起眼睛,努力让自己回到那个恐怖的场景,"他好像说他是什么巫师……好像是邪恶的西方巫师。"他皱着眉想了一下,又说:"有了,他说他是北方的巫师。我记得他是这么说的。"

"这个名词有任何意义吗?"萨克斯问卡拉。

"没有。"

"他说他可以从任何地方逃脱。唯一的例外是,他担心没办法逃过我们这一关……呃,他指的人是我。他害怕我们会阻止他,所以才会来这里。他说必须在明天中午以前先阻止我,那应该是他再度杀人的时间。不对,等等。这是我个人的解释。他并没说什么时候会再去犯案。"

"不过你解释得很有道理,"塞利托说,"他刚开始每四小时杀一人,然后间隔两小时。从今天中午过后就没有新的被害人了,如果伯克不算的话。他现在正在休养憩息,打算明天再次作案。"

"我就是这么想的,朗。"

"北方的巫师,"萨克斯说,低头看着手中的记事簿,"我……"

莱姆又叹了口气。"萨克斯,我觉得真的够了。我完全被掏空了。"

萨克斯关掉录音机,俯身靠近莱姆,用纸巾拭去他额上的汗水。"我知道。但我刚才要说的是,我想喝一杯酒。你觉得这句话如何?"

"要喝酒的话,一定要请你或卡拉来倒酒,"莱姆对她说,"千万别让那家伙碰。"他小心眼儿地朝托马斯扭了个头。

"你想来点什么吗?"托马斯问卡拉。

莱姆说:"我敢说,她想喝爱尔兰'咖啡'……为什么星巴克不卖这种东西呢?"

卡拉婉拒了莱姆的威士忌,只要一杯麦斯威尔或佛吉斯的速溶咖啡。

塞利托则问有没有东西可吃,因为他本来要吃的三明治和卡拉的咖啡一样,都没能平安回到莱姆的这幢房子。

在看护托马斯离开客房到厨房去之后,萨克斯把刚做好的笔记递给卡拉,请她把她认为和"魔法师"描述有关的资料都记在写字板上。卡拉立即起身,带着笔记本走进莱姆的客厅实验室。

"你刚才做得很好,"塞利托对萨克斯说,"询问得棒极了,我没见过哪位调查警司能做得比你好。"

萨克斯点头表示心领了,脸上不带任何笑容。但莱姆看得出来,其实她听到赞扬还是很开心的。

几分钟后,梅尔·库柏走进客房——他的脸也是脏兮兮的——举起一个塑料袋说:"那辆马自达车上的证物全在这里。"这个袋子里装着一大张纸,看起来像是对折起来的《纽约时报》。一看就知道这个现场不是萨克斯处理的:任何纸类证物若是浸湿了的话,就应该装在纸袋或纤维网格容器里,而不能用塑料袋。塑料袋会促使霉菌生长,加快证物被毁的速度。

"他们就只找到这个?"莱姆问。

"到目前为止是。他们还没办法把车吊起来,太危险了。"

莱姆再问:"看得见报纸的日期吗?"

库柏检查了一下这张湿漉漉的纸,"是两天前的。"

"那么这张报纸是'魔法师'的,"莱姆指出,"这辆车是在这个日期之前被偷的。为什么有人只留下一张而不是整份报纸呢?"这个问题,正如莱姆提过的许多问题一样,完全是出于修辞的目的,实际上,他根本不需要任何人的回答,"因为这张报纸上必定有一篇对他来说很重要的文章。因此这篇文章对我们也很重要。当然,说不定他和那些糟老头一样,对报上的女性内衣广告有特殊嗜好。但就算真是这样，也是有帮助的线索。你能看出上面有些什么内容吗？"

"不行，现在还不能打开，太湿了。"

"好吧，那就送到文件实验室去。如果他们也没办法打开，至少可以用红外线扫描报上的标题。"

库柏安排一位警员把这个证物送到纽约市警察局位于皇后区的犯罪实验室，又打电话告知留守在那里的文件分析组长，要他用最快的速度检验。做完这些以后，他马上回到实验室，把这张报纸换装到另一个较适合运送的袋子里。

托马斯端着饮料回来了，此外还准备了一盘三明治。塞利托立即朝这盘食物发起猛攻。

几分钟后，卡拉也回来了，十分感激地从托马斯手中接过咖啡。她一边把糖加进杯里，一边对萨克斯说："刚才我在把那些线索写在写字板上的时候，突然闪过了一个念头，所以我就拨了一通电话。我想，我已经知道那个人的真名了。"

"谁的真名？"莱姆边啜饮他那杯苏格兰佳酿边问。

"当然是'魔法师'的。"

整间客房顿时安静下来，只剩下卡拉用汤匙搅拌咖啡发出的轻轻的声音。

28

"你知道他的名字？"塞利托问，"他是谁？"

"我想，这个人名叫埃里克·威尔。"

"怎么拼？"莱姆问。

"W—E—I—R。"她又把更多糖加进咖啡，然后说："他是表演者，几年前还是一名魔术师。我打电话给巴尔扎克先生，因为魔术界没人知道得比他更多。我把那个人的描述资料告诉了他，也告诉他那个人今晚对林肯说的一些事。他变得有点古怪，发了顿脾气，"她瞄了萨克斯一眼，"和今天早上一样，他一开始不想帮忙，不过最后他还是冷静下来，告诉我这个人很像威尔。"

"为什么？"萨克斯问。

"这个嘛，因为他差不多是那个年纪，五十出头。而且威尔向来以从事极危险的表演闻名，熟练利刃和刀具的手部戏法。此外，他还是少数曾做过'燃烧的镜子'表演的魔术师之一。还记得我说过魔术师都有擅长的戏法吗？很难找到一个能精通各种不同种类戏法的人——这个人不但要会魔术、脱逃术、变装术和手部戏法，而且还要懂得腹语术和心理学。结果，这些威尔正好全都学过。他还特别熟悉胡迪尼的戏法，这个周末他犯下的案件，有些手法正是源自或改良于胡迪尼的一些表演。

"然后，他还提到一件事——提到那位巫师。这个人是十九

306

世纪的魔术师,名叫约翰·亨利·安德森。'北方的巫师'是他给自己取的外号。这个人是个天才,但玩火的运气却不好。他的表演有几次差一点被火弄砸。大卫告诉我,那个叫威尔的人也曾在一场马戏团的大火中受过伤。"

"他身上的疤痕,"莱姆说,"正是被火烧伤的痕迹。"

"还有,他说话的声音也许不是气喘,"萨克斯推测说,"那场火说不定也造成了他肺部的损伤。"

"那场意外是何时发生的?"塞利托问。

"三年前。威尔在排演时出事,马戏团的帐篷被烧毁,他的妻子也死于那场大火。那时他们才刚结婚不久。除了他们两人,其他人的伤势都不严重。"

这是一条好线索。"梅尔!"莱姆突然高喊,忘了这样可能会伤及他想小心保护的肺,"梅尔!"

梅尔·库柏匆匆走进客房。"你的情况好多了,我听得出来。"

"你马上搜寻电脑资料库,去 VICAP、NCIC 和州政府的资料库查询。要查的人是埃里克·威尔,他是个表演者、魔术师、魔法师。这个人极有可能就是疑犯。"

"你找出他的名字了?"库柏大为惊讶地问。

莱姆指向卡拉。"是她查出来的。"

"哇!"

几分钟后,库柏捧着一叠打印的文件回来。他一边对众人说话,一边翻阅这些文件。"资料不太多,"库柏说,"看来他似乎把生活的一切都刻意隐藏起来了。他的全名是埃里克·艾伯特·威尔,一九五〇年十月生于拉斯维加斯。早年没有任何记录。威尔先在好几家马戏团、赌场和娱乐公司当表演助手,后来才独立表演，成为魔术师和快速变装专家。三年前，他和玛丽·哥斯葛罗夫结婚，婚后在克利夫兰的'托马斯·哈斯伯和凯勒兄弟马戏团'中演出。有一次在排演中，马戏团发生了一场大火。帐篷全被烧毁，他也严重烧伤，灼伤达到三级，而他的妻子也在这次意外中罹难。此后就没有任何他的资料了。"

"追查一下威尔的家人。"

塞利托说这件事交给他。由于贝迪和索尔目前都还有要务脱不开身，因此他便打电话回总部找重案组的一些警探，要他们投入调查工作。

"这里还有一点资料，"库柏一边说，一边翻阅手中的打印文件，"在那场火灾发生的前几年，威尔曾在新泽西州由于危害他人安全罪而遭到逮捕，并且入狱三十天。那次好像是舞台上出了差错，造成台下许多观众严重灼伤。随后剧团经理便遭民事诉讼缠身，被人控告必须赔偿剧院毁损和工作人员受伤造成的损失；威尔本人也因为没遵守合约而吃了官司。那次的事件过后，有一次剧团经理发现威尔在表演中使用了真枪和真子弹；他不理会经理的劝告，于是遭到开除。"库柏又翻看了几页内容，然后继续说，"这里有份文件，上面记载了那场大火中两个助手的名字。一个住在雷诺市，另一个住在拉斯维加斯。我已经通过内华达州警局查到了他们的电话。"

"现在是当地时间晚上九点，"莱姆瞥了一眼时钟，"把电话扩音器接上，托马斯。"

"不行，今晚发生太多事了，现在你需要休息。"

"我们只打两个电话，然后就乖乖睡觉，我保证。"

这位看护踌躇起来。

"求你了，多谢。"

托马斯点点头，随后走出客房。再回来时，他已搬来了电话，把线路接好，然后把控制器放在莱姆床边的桌子上。"十分钟后，我就会把总电路关上。"看护语带威胁地说，口气严肃得让莱姆相信他真的会这么做。

"公平合理。"

塞利托吃掉了第二个三明治，然后开始拨电话。电话里传出的是亚瑟·罗塞的妻子录下的电话应答机留言，说他们一家人此时都不在，请来电者留言。塞利托照做了，接着又拨了另一位助手的电话。

电话只响了一声，约翰·济丁便接起电话。塞利托向他解释说目前正在调查一起刑事案件，有几个问题想请教他。那个人沉默了一会儿，随后，小小的扩音器中传出那个男人紧张的声音。"呃，你们是哪个单位的？是纽约市警察局吗？"

"没错。"

"好，我想应该可以。"

塞利托问："你曾经为一个名叫埃里克·威尔的人工作，对吗？"

沉默了一会儿，电话那端的人又断断续续地说："威尔先生？嗯，是的。为什么问这个？"他的声音既尖又高，听起来就像刚喝过十几杯咖啡。

"你知道他现在在什么地方吗？"

"为什么你要问我他的事？"

"我说过了，这是刑事案件的调查需要，他很可能有重大嫌疑。"

"我的天啊……什么刑事案件？你想知道他什么事？"

"只是几个很普通的问题，"塞利托说，"你最近和他联络过吗?"

电话那端又没有声音。莱姆知道,此时这个紧张不安的男人一定在思索究竟是该全盘吐露实情还是漫天扯谎。

"先生?"塞利托说。

"好的,这实在可笑极了,你居然会问我他的事。"他的语速飞快,就像一大把玻璃珠落在金属板上,"老实告诉你,我已经好几年没有威尔先生的消息了。我以为他已经死了。我最后一次为他工作的时候发生了一场大火,那是在俄亥俄州。他被烧伤了,伤得很重。他从那次之后就没有任何消息了,我们都以为他死了。不过,在六七个星期之前,他竟然打了一个电话给我。"

"从哪里打的?"莱姆问。

"不知道,他没说,我也没问。不是每个接到电话的人都会问'你从哪儿打来的?'至少一开始不会。这点我想都没想过。你们每次都会这么问吗?"

莱姆再问:"他打这个电话的目的是什么?"

"好的,好的。他打电话来是想知道,我还有没有跟发生火灾意外的那个马戏团的人联络。那是哈斯伯马戏团,不过它在俄亥俄州,而且已经是三年前的事了。哈斯伯后来就没再经营马戏团了,那场火灾让他垮了台,现在马戏团已转手,改为其他类型的表演。我住在雷诺市,怎么可能和那边的人联系呢?所以我告诉他我没有,而他就马上那个了,你知道的。"

莱姆皱起眉头。

萨克斯猜:"是发脾气吗?"

"哦,没错,我就是这个意思。"

"继续说吧,"莱姆说,努力忍住不耐烦的情绪,"告诉我们他还说了什么。"

"就这个,只有这些了。我正要告诉你,我的意思是,只有这么一点小事。是这样的,他说话的方式就和过去一样,还是那副老样子……你知道他打电话来都怎么说吗?"

"怎么说?"莱姆接话。

"他第一句话总是说'我是埃里克',而不是'你好'或'约翰,最近好吗?还记得我吧?'他绝不会,而总是说:'我是埃里克。'从那次火灾后,我就再也没和他说过话,而他打电话来怎么说?还是:'我是埃里克。'事情过了那么多年了,我离开了他,拼命努力工作……而他打电话来的态度就像我还在替他工作。我知道我没有做错任何事,但那时他的口气好像有些事是我的责任一样。就像你记下了顾客点的菜,而当你把食物端上去时,他们却说那不是他们点的东西。但大家都知道这是怎么回事——是他们自己改变主意,然后把事情弄得好像是你搞错了一样。一切都是你的错,你就是那个故意惹麻烦的人。"

萨克斯又说:"你能告诉我们有关他的事吗?比如他还有哪些朋友?常去什么地方?有哪些爱好或是习惯?"

"没问题,"那飞快的语速又来了,"这些问题综合起来只有一个答案,那就是魔术。"

"什么?"莱姆问。

"魔术就是他的朋友,他常去的地方和他的嗜好。你知道我在说什么吗?没别的了,他早就全身心地投入他的职业里了。"

萨克斯问:"那么,他的思考方式呢?你知道他是怎么想事情的吗?"

一阵长长的沉默。"三年了,从那场大火发生后,我每星期用两个五十分钟的时间去想清楚这个人,但我无法办到。他还是在伤害我。我……"济丁突然发出一阵刺耳又怪异的笑声,"你们听懂了吗？我刚才说'伤害'，其实我真正的意思是'阴魂不散'，他就像鬼魂一样，一直纠缠着我。弗洛伊德学派的人会怎么说？下星期一上午九点，我该再把这些事和心理医生分享，对不对？我始终在他的纠缠下无法脱身，而且对他那什么该死的思维方式一无所知。"

莱姆看见所有人都因为这个人的胡言乱语而生气地皱起眉头，于是他说："我们听说他的妻子死于那场大火。你知道什么和她家人有关的事吗？"

"玛丽？我不清楚。火灾意外发生时，他们才刚刚结婚一两个星期。他们是真心相爱的。我们以为她会使他安定下来，让他少来纠缠我们。我们都是这么想的，不过，我们真的一点也不了解她。"

"你知道还有谁认识他吗？能不能给我们几个名字？"

"亚瑟·罗塞是他的第一个助手，我是第二个。我们都是他的小鬼。大家管我们叫'埃里克的小鬼'，每个人都这么叫。"

莱姆说："我们已经打电话给亚瑟了。还有别人吗？"

"我只想到一个人，他那时是哈斯伯马戏团的经理。他叫爱德华·卡德斯基。如果我没记错的话，他现在应该是在芝加哥当制作人。"

塞利托记下这个人名字的拼法，然后问："威尔后来又打过电话找你吗？"

"没有。他也许只是不需要我了。但只用了不到五分钟，他就伸出魔爪伤害我、纠缠我。"

我是埃里克……

"哎呀，我不能再说下去了。我还得去熨制服，星期天一早要值班，实在很忙。"

对方挂断电话后,萨克斯慢慢走到电话扩音器前,压下断线按钮。"真受不了。"她咕哝道。

"他需要多吃点药。"塞利托也说。

"不过,至少我们找到一条线索了,"莱姆说,"马上追查卡德斯基。"

梅尔·库柏再次离开客房,几分钟后回来时,他已打印出一些剧院公司的资料,并查出卡德斯基目前是风城芝加哥南华尔街上的一位制作人。塞利托马上拨了电话。不出所料,在星期六的晚上,接电话的只有应答机。于是,他录下了留言。

塞利托说:"他让助手的生活陷于不安,他的情绪不稳定,是受过伤害的人。可是,到底是什么事让他变得如此令人生厌?"

这句话让萨克斯抬起头来。"我们打电话去问特里。"

特里·多宾斯是纽约市警察局的心理学专家。尽管那里的专家不止他一人,但他却是唯一擅长行为分析的专家,这是他在弗吉尼亚州匡蒂科的联邦调查局学习和磨炼出来的特长。多亏媒体和一些通俗小说的帮忙,使得大众对"心理描述"一词耳熟能详,而且了解它的价值——但对莱姆来说,他觉得这种方式仅适用于某些类型的犯罪。大致来说,一般罪犯的心理层面其实毫无神秘可言。不过,碰上这次既不明白疑犯犯罪动机,也无法预料谁是下一个受害者的案件时,行为分析确实可以帮上很大的忙。它能让侦查员获得一些线索,或找出对疑犯有一些认识的人,能预估他的下一个动作,安排诱饵在适当的地点,执行跟踪,或回头参考过去一些相似的犯罪。

塞利托马上翻开电话簿找到纽约市警察局那栏,直接打电话到多宾斯的住处。

"特里。"

"朗,你那里有麦克风回音,我猜林肯一定在那里。"

"没错。"莱姆发出声音。他向来喜欢多宾斯这个人,当年在他发生脊椎受伤意外后醒来时,第一眼看到的人便是他。莱姆记得,这个人对足球、歌剧和神秘难解的人类心理三者的研究可以说难分上下,而且同样热爱。

"抱歉,这么晚打扰你,"塞利托说,但口气却一点也没抱歉的意思,"可是我们需要你帮忙分析一位难缠的疑犯。"

"是新闻上说的那个人吗?他今天早上在音乐学校杀害了一名学生?很可能又杀了一位巡警?"

"没错。他还杀死了一名化妆师,也险些让一名骑马的女士丧了命。由于这些被害人差异很大,两名女性,一名同性恋男性,没有任何性侵害行为,这使我们无法从中判断出任何线索。而且,嫌疑犯还亲口告诉林肯,说他明天中午就要进行下一次谋杀行动。"

"他'亲口'告诉林肯?用电话?还是写信?"

"是当面说的。"莱姆说。

"嗯,肯定是一段很精彩的对话。"

"精彩到令你难以置信。"

塞利托和莱姆开始对多宾斯讲述这次案件的情节,尽可能把知道的一切都对他讲了一遍。

多宾斯在提了好几个问题后,沉默了一会儿,然后才说:"我看出有两种力量在驱使他,不过这两种力量会彼此强化,最后达到同样的结果……他还在从事表演工作吗?"

"没有了,"卡拉说,"从那场大火后,他就没登台了,至少没有人听说过。"

"公开表演是一种影响深远的经历,"多宾斯说,"它具有很大的驱使性,因此当一个曾经成功的人在表演上遭到挫败时,他所感到的失落感也会相对增大。演员和音乐家——我猜,魔术师可能也一样——都会尽其所能延长他们的职业生涯。所以刚才说的结果是:那场大火基本上已彻底毁掉了这个人的一切。"

消失的人,莱姆想到了这个名词。

"因此,他现在的动机已不只是成功的野心、不只是想取悦他的观众,也不只是把自己全身心地献给他的职业,除了这些,他还添加了愤怒。这是由第二种力量引起的:那场大火让他身体有了残缺,伤了他的肺部,身为公众人物的他,会对这些缺陷特别敏感。这会使愤怒成倍地放大。我想,我们可以称之为'歌剧魅影综合征'。他会把自己视为怪物。"

"所以,他想报复?"

"没错,但这不一定像字面意思那么简单:那场火可以说'谋杀'了他——谋杀了他旧有的自我——这样一来,他在谋杀他人时,或许会觉得舒服些,可以减少愤怒累积在他心中的焦虑。"

"那么,为什么挑选这些人呢?"

"目前还无法知道。你再说一遍他们的职业?"

"一位音乐学校的学生,一位化妆师和一位律师。不过,疑犯用'骑马者'来代指那位律师。"

"在他的愤怒中,必然有一些附带的东西。我不知道那会是什么——目前的资料不够,还无法判断。但是,根据书中的说法,这些愤怒情绪的附带物,都会涉及过去生活中的'坩埚时刻'——指那些极重要、改变命运的时刻。也许他的妻子是个音乐家,或他们是在音乐会上认识的。至于化妆师——也许是一种母亲的代表。例如说,他可能觉得和她在一起最快乐的时光,就是坐在浴室里像个小男孩一样看着她对着镜子化妆。至于马的部分?谁知道呢?也许他和他父亲曾一起骑过马,而他觉得开心极了。像这样的快乐时光,如今都由于那场大火而不复存在了,因此他才可能把目标锁定在会勾起他回忆的那些人。要不,理由也可能完全相反:那些被害人所代表的正好是他最不愉快的经历。你们不是说他的妻子是在排演的时候遇难的吗?也许当时现场有音乐在演奏。"

"可是,他精心设计了作案的计划,跟踪这些人,找出他们并加以杀害。"莱姆问,"这一定是经过好几个月深思熟虑才能成形的。"

"思想是可以止痒的。"多宾斯说。

"还有一件事,特里,他会对想象中的观众说话……等等,我一直以为他是说'可贵'的观众,但我现在想起来了,他是用'尊敬的'这个字眼。他和他们说话的样子,就像真的有人在现场一样。'现在,尊敬的观众朋友,我们即将进行什么什么什么。'"

"'尊敬的',"心理学家说,"这是很重要的。在他失去职业舞台、失去最爱的人之后,他转变了他爱的对象,把他的爱转移到观众身上——一种不具人格的多量化对象。对于只喜爱群体或大众的人来说,他们可能会漠视单独的个体,甚至对他们造成威胁。这并不单指陌生的人,即使是他们的父母、伴侣、孩子或其他家庭成员也一样。"

莱姆突然想到,约翰·济丁说话的语气,就像一个被父亲虐待的孩子。

多宾斯继续说:"而在威尔的案例中,这种思绪模式更加危险。他并非对'真正'的观众说话,而是对想象中的人,这让我想到:真实的人们对他来说已不具任何意义。即使他要大开杀戒,也不会因为屠杀的对象太多而心软。这家伙会成为相当麻烦的人物。"

"谢谢你,特里。"

"如果你们逮到他,请通知我一下,我想要花一些时间研究他的心理。"

挂断电话后,塞利托马上说:"也许我们可以……"

"去睡觉吧。"托马斯说。

"什么?"这位警探问。

"我说的不是'可不可以',而是'必须如此'。林肯,你马上睡觉去;其他人,都给我离开。你看起来脸色既苍白又疲倦,在我的看护之下,绝对不允许有人发生心血管或神经系统方面的问题。如果你没忘记的话,我早在几小时前就要你去睡觉了。"

"好吧,好吧。"莱姆妥协了。但老实说,他也真的累了。此外,尽管他没对任何人讲,但之前的那场火的确把他吓坏了。

于是,专案小组成员开始各自回家。当卡拉穿上夹克时,莱姆发现她看起来一副沮丧的样子。

"你没事吧?"萨克斯问。

她耸下一下肩。"为了要向巴尔扎克先生打听威尔的事,我已把实情告诉他了。他非常不高兴,看来我回去之后一定会为此付出代价。"

"我们会写一张字条给他,"萨克斯开了个小玩笑,"给你写张假条。"

但这个女孩只是微笑了一下。

莱姆叫了起来。"写什么假条？如果不是你的话，我们根本不可能知道这个疑犯是什么人。你回去让他给我打个电话，我来替他修修脑袋。"

卡拉更笑不出来了。"谢谢你。"

"你不会还想回店里吧？"萨克斯问。

"我必须回去一下。巴尔扎克先生对店里的事一窍不通，我得去把账单收据整理一下，并且告诉他我明天计划要表演的节目。"

莱姆对她会如此敬畏巴尔扎克先生丝毫不觉得惊讶；从这件案子中，他已经知道在魔术圈里，师父对徒弟的权力是极大的。他留意到她总是说"巴尔扎克先生"，偶尔才叫他的名字"大卫"，而且绝不是在现在这种时候。他回想起，尽管魔术师几乎已毁掉了约翰·济丁的生活，但那位助手在称呼这名凶手时，仍然使用了最尊敬的称谓。

"你还是回家去吧，"萨克斯坚持说，"看在上帝的分上，你今天已经被杀死一次了。"

卡拉又微微笑了一下，然后耸了耸肩，"我不会在店里停留太久的。"她走到门边，又停下来说，"我明天下午有场表演，但如果你们有需要的话，明天上午我还是可以过来一趟的。"

"先谢谢你了，"莱姆说，"不过我们会努力在中午以前逮住他，不会让你在这里待太久。"

托马斯带着卡拉走出房门，穿过长廊从大门离开。

萨克斯也走到客房门外，吸了一口仍带着烟味的空气。"咳！"她马上吐了出来，然后飞速奔上楼。"我洗澡去了。"她喊道。

十分钟后，莱姆听见她走下楼梯的声音，但她并没有马上到客房来。屋子的另一边传来砰磅的吱嘎声，然后是托马斯刻意放低音量的说话声。过了好一会儿，她才回到客房。她身上穿着黑色T恤和丝绸内裤，这是她最喜欢的睡衣。但除此之外，还多了两样平常睡觉时不会带在身边的装备：她的格洛克手枪和警用的制式长管手电筒。

她把这两样东西放在身旁的桌子上。

"那家伙想进来太容易了，"她边爬上他旁边的床边说，"我检查过屋里的每一个角落，用椅子顶住了所有的房门，又告诉托马斯，只要他一听见任何声音就放声大叫，但不要轻举妄动——我现在很有开枪射击的心情，但可不希望被我射中的人是他。"

第二部 方法
四月二十一日，星期天

魔术效果就像一种诱惑。这两者都是通过精心设计深植在对象心中的细节而产生的。

——索尔·斯坦

29

星期天上午在挫败中度过——搜索埃里克·威尔的行动停滞不前。

他们已知的是：在俄亥俄州那场大火之后，这位魔术师曾在当地一家医院的烧伤中心住过几个星期，之后便不辞而别，连出院手续都没有办理。有据可查的是，不久他卖掉了在拉斯维加斯市区的房子，但没有更多消息表明他购置了别的房屋。不过，莱姆判断，在那个人们富得流油的城市，谁都可以轻轻松松地甩出成堆的钞票找个沙漠买下一小块地，不会有人过问，也不会留下任何文件记录。

贝迪和索尔找到了威尔的岳母柯斯葛罗夫太太，可她也不知道威尔现在何处。那次意外发生后，他从未和她联络过，甚至没有为她女儿的遇难向她表示过慰问和哀悼之情。然而，她坚称，她对此一点也不感到惊讶，威尔是个既自私又残忍的人，他迷恋她的女儿，肯定是对她施了催眠术才让她愿意嫁给他。不仅她，其他亲戚也都和威尔没有联系。

库柏将这些有限的信息拼凑起来，再次上网搜索威尔，但找到的资料并不多。VICAP和NCIC都没有他的记录，其他资料也没透露新的信息。负责调查威尔家人的警员发现，他是家里的独子，双亲都已过世，因此再也找不出任何与他有亲戚关系的人。

接近中午的时候,威尔的另一位助手亚瑟·罗塞从拉斯维加斯回电给他们。当得知他的前任老板涉及重大刑事案件时,他丝毫没有感到诧异,而且回答的也是他们已经知道的事:威尔是世界上最伟大的魔术师之一,但他把魔术看得太重,所以也因危险表演和性情暴戾而出了名。身为徒弟的罗塞,至今仍觉得他的学徒生涯是一场噩梦。

"我刚才说'伤害',其实我真正的意思是'阴魂不散',他就像鬼魂一样一直纠缠着我。"

"所有的年轻助手都会受到师父的影响,"罗塞在电话那端对他们说,"但我的心理医生说,在与威尔的相处中,我们都被他催眠了。"

和济丁一样,他们两人竟然都接受了心理治疗。

"他说,我们和他在一起会产生一种'斯德哥尔摩效应'的关系,你知道那是什么意思吗?"

莱姆说他对这种状况很熟悉:人质会和绑架者形成一种亲密关系,甚至会对绑架者产生好感乃至萌生爱意。

"你最后一次见到他是什么时候?"萨克斯问。晋升评估测试已经结束,今天她穿的是轻便装——牛仔裤和一件草绿色针织衫。

"在医院的烧伤中心,那是三年前的事。起初我还定期去探望他,但他满口都是报复,要报复那些曾经伤害过他或是对他表演那种魔术持反对意见的人。不久他就失踪了,从那以后我再也没见过他。"

罗塞又想起,两个月前,威尔突然打了个电话找他。莱姆立刻想到,威尔差不多在同一时间也打电话找过他的另一位助手。这个电话是罗塞的老婆接的。"他没留电话,只说会再打来,但后来却没下文了。感谢上帝。坦白说,如果是我接了那个电话,还真不知该如何应付。"

"你知道电话是从哪里打来的吗?"

"不知道。我问过凯丝——我怕他到回到这个城市来了——可她说他并没说,而来电显示的号码是未知。"

"他没告诉你妻子他打电话来是为了什么事吗?有没有什么线索能透露他人在哪里?"

"她说他的声音听起来很奇怪,有些发颤,很难听清他说的话。我记得在那场大火后,他的肺部好像受到损伤,这使他更令人恐惧。"

我深有同感,莱姆心想。

"他问最近我们有没有和爱德华·卡德斯基有关的消息——那场大火发生时,此人是哈斯伯马戏团的舞台监督。他只问了这个。"

罗塞无法提供其他有用的线索,于是他们便结束了通话。

托马斯带着两位女警走进客厅。萨克斯向她们点头致意,并向莱姆做介绍。这两位女警正是戴安·弗朗西斯科维奇和南希·奥索尼奥。

他记得,这两个人是昨天第一起命案发生时在场的巡警,后来他委派她们去追查那副老式手铐的来源。

戴安说:"我们根据你的建议,走访了所有的零售商和博物馆主管。"她们的制服虽仍保持挺括,但两人都神态疲惫。看来,她们的确认真地执行了这项任务,而且很可能整晚都没睡。

"和你们想的一样,那副手铐确实是德比式的,"南希说,"这种手铐很罕见,而且价格昂贵。不过我们还是整理出一份名单,一共有十二个人,他们……"

"哦,我的天啊,你看!"戴安指向证物板,上面有托马斯写下的一条线索：

·疑犯身份：埃里克·威尔

南希立刻翻看手中的一沓文件。"上个月，埃里克·威尔通过邮购，在西雅图的'里奇威古董兵器店'购买了一副这种手铐。"

"收件地址呢？"莱姆兴奋地问。

"是丹佛的一个邮箱。我们查过了，但这个信箱的租约已经失效，没有记录可查。"

"付款方式呢？"萨克斯问。

"现金。"南希和莱姆异口同声。莱姆接着说："他才不会犯下任何愚蠢的错误，完全不可能。这条线索也断了，但至少我们可以证明他就是我们要找的人。"

莱姆向这两名女警道过谢后，萨克斯便送她们离开客厅出门。

电话铃又响了。来电区号看起来很眼熟，但莱姆一时想不起来。"指令。接电话。喂？"

"您好，我是州警局的兰辛警督，我想找罗兰·贝尔探员。他们告诉我这个电话号码，说这里是他的临时指挥部。"

"嗨，哈维，"贝尔走到麦克风旁边说，"我在这儿。"他对莱姆解释道："是康斯塔布尔那件案子，他是我们在坎顿瀑布的联络人。"

兰辛继续说："我今天早上收到你送来的证物，现在我们的刑事鉴定人员已经开始干活了。我们还派了两名探员去找斯文森的老婆——她丈夫就是你们昨天傍晚逮捕的那名牧师。她没提供任何有用的线索，我们的人也搜过他的住处，但找不到任何他与康斯塔布尔或爱国者会的人有关的证物。"

"什么都没有吗?"贝尔叹了口气,"真糟糕。我还以为他是那种粗心大意的人。"

"也许爱国者会的人先去过了,抢先清理过那个地方。"

"还有另一种可能,老兄,我觉得我们好像缺少一些运气。好吧,继续保持联络。谢谢你了,哈维。"

"我们一有新的消息,一定会马上通知你。"

他们结束了通话。

"康斯塔布尔的案子和这件案子一样麻烦。"罗兰朝写字板扭了下头说。

前门传来有人敲门的声音。

卡拉带着一大杯咖啡走进客厅,她的脸色十分憔悴,看起来比萨克斯还要疲惫。

塞利托正在滔滔不绝地转述珍妮·克莱格①的一篇关于减肥新科技的演说,但却被另一通电话打断了。

"林肯吗?"扩音器噼啪作响,传出一个男人的声音,"我是贝迪。我们已经将使用那种门卡的旅馆缩小到三家。花了这么多时间……"

他的搭档索尔的声音插了进来:"我们调查发现,有许多月租型或长期投宿旅馆也会使用这种卡片式钥匙。"

"这还没算上那些计时收费的休息型旅馆,但那些完全是另外一回事。"

"必须把它们全部查出来。不过不管怎么说,我们总算有了结果。这张门卡可能是,我说的是'可能',是切尔西旅馆、贝克曼旅馆和……和哪一家来着?"

---

① 珍妮·克莱格(Jenny Craig, 1932—),美国减肥指导者,珍妮·克莱格营养品公司的创始人。

"兰汉姆·阿姆斯旅馆。"他的搭档说。

"没错。只有这几家使用这种颜色的四十二型门卡。我们目前在贝克曼旅馆,这里位于第三十四街和第五大道的路口。现在我们准备去试一试。"

"你说'试一试'是什么意思?"莱姆问。

"该怎么说呢?"贝迪或索尔有点迟疑地说,"门卡在这边是有效的,但在另一边就不行了。"

"什么意思?"莱姆再问。

"是这样的。只有旅馆房间门上的插口才能辨识这种门卡,拿到前台却不行。前台的那种机器只能把密码刻录到空白门卡里,但无法告诉你已刻录好的门卡是属于哪一个房间的。"

"为什么不能?这太荒唐了。"

"因为没人会想知道。"

"当然,除了我们。所以,我们现在要一间一间去试这张门卡了。"

"该死!"莱姆吼道。

"你说的正是我们的心里话。"他们其中一人说。

塞利托问:"好吧,需要我加派一点人手过去吗?"

"不用了。我们一次只能试一扇门,没别的方法可行。如果恰好房间里有一位新入住的客人——"

"——这张门卡就失效了,这只会让我们的心情更糟。"

"喂,两位?"贝尔朝麦克风说。

"请说,罗兰。"

"我们听出你的声音了。"

"你们刚才提到兰汉姆·阿姆斯,那家旅馆在哪里?"

"在东七十五区,靠近莱克斯。"

"这个名字我觉得很熟,但一时想不起来。"

"这个地方我们排在第二位。"

"试完贝克曼旅馆就过去。"

"总共有六百八十二个房间,我们最好马上开始。"

他们结束通话,好让这对"双胞胎"警探开始展开这项艰巨的任务。

库柏的电脑响了一声,有电子邮件发送进来。他马上点开。"是华盛顿的联邦调查局实验室……他们总算把'魔法师'运动背包里那些金属碎屑的报告做出来了。他们说,根据上面的痕迹,它与一种时钟的机械装置吻合。"

"那不是时钟,"莱姆说,"显而易见。"

"你怎么知道的?"贝尔问。

"那是导火索。"萨克斯严肃地说。

"我也这么认为。"莱姆说。

"一枚汽油炸弹?"库柏问,朝昨晚威尔留下的那块手绢"纪念品"扬了扬头,这块手帕曾被浸泡过汽油。

"有可能。"

"他有足够的汽油,又对火十分着迷。他会去烧死下一个被害人。"

就像发生在他身上的事一样。

那场火可以说"谋杀"了他——谋杀了他旧有的自我——这样一来,他在谋杀他人时,或许会觉得舒服些,可以减少愤怒累积在他心中的焦虑。

莱姆发现已经快中午十二点了,下午即将来临……下一位被害人即将面临死亡。只是,他会在何时作案呢?是十二点零一分?还是下午四点整?一股混杂了挫折和愤怒的战栗从他的脑中产生，随后消失在他毫无知觉的身体中。他们的时间已经不多了。

也许，是根本没时间了。

然而，凭目前已知的证物线索，他推断不出半点结果。他觉得时间行进得异常缓慢，有如静脉滴注的点滴。

收到一份传真文件。库柏马上读了出来。"是皇后区的文件实验室传来的，他们已经打开马自达车里的那份报纸。上面没有任何标记，也没有圈起来的地方。报纸上的新闻标题都在这里。"

他把这张传真贴在写字板上。

电力中断　警察局停工四小时

共和党大会于纽约市召开

家长抗议女子学校安全设施简陋

民兵密谋杀人案周一开庭

周末集会广筹慈善机构经费

老少皆宜的春季娱乐

州长市长会晤共商新西区规划

"这里面肯定有一条具有特殊意义。"莱姆说。但是，是哪一条呢？嫌疑犯把目标锁定在女子学校？还是锁定在集会上？警察局电力突然中断，会不会是因为他去那里试验某种新装置造成的？尽管他们又取得了新的证物，但案情仍旧扑朔迷离。莱姆的挫败感更重了。

塞利托的手机响了。他接起电话，所有人都紧张地看着他，害怕又发生了新的谋杀。

现在已经是一点零三分了。

时间已进入下午，进入杀戮时刻。

幸好，这个电话通知的显然不是坏消息。塞利托惊喜地扬起眉毛，对着电话说："太好了……真的吗？嗯，离这儿并不远。你能过来吗？"他把莱姆住处的地址告诉电话那端的人，随后便挂断了电话。

"谁打来的？"

"爱德华·卡德斯基，就是俄亥俄州那个威尔被烧伤的马戏团的经理。他现在刚好在纽约，而且已经收到我们的留言，现在正要赶来和我们谈谈。"

这个男人健壮结实，中等身材，留着银灰色的胡子和同色卷发。

自从昨晚威尔突然造访后，莱姆变得有些敏感多疑。他和爱德华·卡德斯基打过招呼后，便要求对他的身份进行查验。

"请别介意。"塞利托边核查边解释，由于疑犯有可能化妆成任何人，才不得不如此麻烦。

卡德斯基很少遇到不认识他的人，更别说要他出示身份证明了，但他还是按照要求，拿出伊利诺伊州核发的驾照递给塞利托。梅尔仔细比对了照片和眼前的人，朝莱姆点了点头。他刚才已在线联络了伊利诺伊州的机动车辆管理所，调出这张驾照的详细资料，上面也有这个人的照片，确定此人身份无误。

"你们留言说，有和埃里克·威尔有关的事要问我？"卡德斯基说。他的目光如老鹰般锐利，盛气凌人。

"没错。"

"这么说他还活着？"

这个人竟然这么问，顿时让莱姆泄了气。这说明，卡德斯基知道的事似乎比他们还少。

莱姆说："他活得可好了，而且还是纽约市连续几宗凶杀案的嫌疑人。"

"不会吧！他杀了什么人？"

"几位市民，还有一名警察，"塞利托说，"我们希望你能提供一些线索，以便我们找到他。"

"自从那场大火发生后，我就再也没有他的消息了。你们知道那件事吗？"

"知道一些，"萨克斯说，"你可以详细讲一讲。"

"要知道，他为了这件事怨恨我……那是三年前的事了。威尔和他的助手在我们马戏团中做魔术和快速变装的表演。哎，他们真的很棒。应该说，是令人赞叹不已。但我们也连续几个月都接到投诉，马戏团的同事和观众都有。威尔会吓唬观众，他就像一个独裁者，而他的助手都像是被他洗了脑，对他言听计从。魔术对他而言就像宗教。经常有人在威尔的彩排或正式表演中受伤，受伤的人甚至包括那些自告奋勇上台的观众。但威尔根本不在乎，他认为魔术表演一定要有一点风险才能趋于完美。他说魔术就像一块烙铁，会在你的灵魂上留下深深的烙印。"这位制作人冷冷地笑了起来，"但在今天的娱乐事业中，这是不可能被接受的，对吧？所以我和西德尼·凯勒——马戏团的老板——

讨论之后决定只能开除他。于是，在一个周日的早上，我让舞台经理去请他在日场演出之前离开。"

"是发生大火的那天吗？"莱姆问。

卡德斯基点点头。"经理发现威尔当时正在布置舞台，用了许多丙烷绳，准备表演'燃烧的镜子'。经理把我们的决定告诉他，但威尔毫不理睬——他把经理推下舞台，继续布置他的表演机关。于是我冲上舞台，他一把揪住我。我们并没有真的打起来，只是扭打纠缠了一会儿。但那时有条丙烷绳松了。我们碰倒了一把铁椅子，我猜，可能在撞击时产生了一点火花，结果引燃了汽油。他被烧伤，而他的妻子则被烧死。整个马戏团的帐篷都毁了。我们商量过要起诉他，但他却溜出医院，从此销声匿迹。"

"我们已知他在新泽西州有一个危害他人安全的犯罪记录，你知不知道他是否在其他什么地方被逮捕过？"莱姆问。

"不知道。"卡德斯基摇摇头，"我真不该雇用他，但如果你看过他的表演，就能明白我为什么这么做了。他是这一行里最棒的，观众或许会被他吓着，甚至可说被他虐待，但他们还是心甘情愿地花钱买票看他的表演。你们真应该听听现场的热烈掌声。"这位制作人看了一眼手表，一点四十五分。"真抱歉，我的演出再过十五分钟就要开场了……我想，你们最好多派一点警车到那边去。既然威尔已在附近出没，那么在我们周围什么事都有可能发生。"

"派去哪里？"莱姆问。

"去我演出的地方。"他朝中央公园的方向扬了扬头。

"那是你的剧团？奇幻马戏团？"

"是啊。我还以为你们都知道了呢，你们不是派了一辆警车停在那里……你肯定知道，奇幻马戏团就是以前的哈斯伯和凯勒兄弟马戏团。"

"什么？"塞利托问。

莱姆瞟了卡拉一眼，她连忙摇头。"昨晚我和巴尔扎克先生通话时，他并没有告诉我这件事。"

"在那场大火之后，"卡德斯基说，"我们将戏团进行了重组。鉴于太阳马戏团当年的成功，我向西德尼·凯勒建议走他们过去的路线。于是，拿到保险理赔金后，我们便成立了奇幻马戏团。"

"坏了，坏了，坏了。"莱姆瞪着证物表喃喃地说，"这就是威尔出现的动机，"他大声宣布，"他的目标就是那个马戏团——奇幻马戏团。"

"什么？"

他的目光仍停留在证物表上，寻找符合这个假设的线索。

最后，他肯定地点了点头。"狗！"

"什么？"萨克斯问。

"去他妈的狗！看看证物表，你们看！动物毛发和中央公园的泥土都出自狗丘！就在窗户外面。"他用力朝前方伸着头，"他在骑马小径上不是为了观察谢丽尔·马斯顿，而是在观察那个马戏团。那张报纸，在马自达汽车上找出的那张！你们看看上面的标题：'老少皆宜的春季娱乐'。快给那家报社打电话，看看那则消息是否和奇幻马戏团有关。托马斯，打电话给彼得！快！"

这位看护有位好朋友在《纽约时报》当记者，这个年轻人过去曾帮过他们不少忙。托马斯抄起电话打到报社，虽然彼得·霍汀斯是国际新闻部的记者，但他很快就帮他们找到了答案。他把这个标题的内容告诉托马斯，由他转述给众人："这则新闻报道的就是那个马戏团，全部的细节都写出来了，包括演出时间、节目内容、演员介绍,甚至还特辟了一个小版块专门介绍安全措施。"

"该死!"莱姆吼道,"他是在收集情报……而那张通行证呢?可以让他在后台自由出入。"莱姆眯起眼睛看着证物表。"有了!我明白了。那些被害人各自代表的是什么?是马戏团里的工作。一位化妆师、一位马术骑师……至于第一位被害人呢?没错,她虽然是学生,但兼职的工作是什么?是唱歌和逗小孩开心——和马戏团里的小丑所做的一样。"

"至于谋杀使用的方法,"萨克斯点出,"全是魔术技巧。"

"没错,他已经盯上你的马戏团了。特里·多宾斯说,他的根本动机是复仇。妈的,他一定在你的剧场里埋好了炸弹。"

"我的上帝,"卡德斯基惊叫起来,"那里面有两千个人!而演出再过十分钟就要开始了!"

开演时间是午后两点……

"这是星期天的日场演出,"莱姆补充道,"完全和三年前在俄亥俄州一样。"

塞利托抓起摩托罗拉步话机,呼叫派驻在马戏团门口的那两名警员。没有人回应。他皱起眉头,用莱姆的传声器拨了一个号码。

"我是科斯洛夫斯基警员。"不一会儿,有个男人接起电话。

塞利托报出自己身份后,便朝电话吼道:"你的步话机为什么没开?"

"步话机?哦,我们已经下班了,警督。"

"下什么班?你不是还在值勤中吗?"

"是这样的,警官,有人通知我们说可以结束站岗了。"

"什么?"

"半小时前,有位探员来通知我们,说这里不再需要监视了,还说今天可以下班休息了。我现在正带着家人前往洛克威海滩,我……"

"描述一下那个人的长相。"

"五十几岁,留胡子,棕色头发。"

"后来他去哪里了?"

"不知道。他走到我们的车边,出示了警徽,然后就让我们下班了。"

塞利托恶狠狠地挂断电话。"真的发生了……哦,天啊,真的发生了。"他朝萨克斯吼道,"快通知第六分局,让防爆小组马上过去。"说完,他立刻呼叫总部,要求紧急救援小组和消防车马上出动前往奇幻马戏团的演出地点。

卡德斯基奔向大门。"我得去疏散帐篷里的人。"

贝尔说他正在联络紧急医疗小组的人,马上在哥伦比亚长老会医院成立临时烧伤中心。

"还要派更多便衣到公园里去,"莱姆说,"越多越好。我有种感觉,'魔法师'一定会在附近观看的。"

"会吗?"塞利托问。

"他会留下来看大火烧起,一定会待在距离极近的地方。我记得他在我卧室里盯着火焰的那种眼神。他喜欢看火,绝对不会错过这最盛大的一幕。"

魔法师

音乐学校命案现场

- 嫌疑犯外貌描述：棕发、假胡子、无明显特征。年约五十岁，中等身材，左手无名指和小指粘连在一起。能快速换装扮成年老、秃头的清洁工。
- 杀人动机不明。
- 被害人：斯维特兰娜·拉斯尼诃夫。
  音乐学校全日制学生。
  正在调查其家庭、朋友、同学及同事关系，寻找可能的线索。
  无男友，无已知仇人。兼职工作为在儿童生日聚会上表演。
- 附有扬声器的电路板。
  已送至联邦调查局纽约办事处实验室检验。
  数码录音器，可能录有嫌疑犯的声音。所有资料都已被销毁。
  录音器是一种"秘密装置"，是自制物品。
- 使用旧式手铐铐住被害人。
  德比式手铐。曾被苏格兰场使用。已派人前往新奥尔良的胡迪尼博物馆查访。
  上个月出售给埃里克·威尔。寄至丹佛的一个邮政信箱。无其他线索。
- 被害人的手表被破坏，指针正好停在上午八点。
- 棉线，用来绑住折叠椅。样式普通，无法追查来源。
- 爆竹，用来制造枪声效果。已毁坏。
  来源过于广泛，无法追查。
- 保险丝，型号普通。
  来源过于广泛，无法追查。
- 现场警员汇报遇到强烈闪光。未发现可追查物品。
  闪光棉或闪光纸。
  来源过于广泛，无法追查。
- 疑犯鞋子：十号爱步牌。
- 丝质纤维，染成灰色，经过打磨去光处理。
  从快速变装的清洁工服装上掉落。
- 疑犯可能戴棕色假发。
- 红山核桃树和梅衣属地衣，主要生长地点均为中央公园。
- 泥土中含有不寻常的矿物油。已送至联邦调查局化验。
  保养马鞍和皮革的"光洁"牌护理油。
- 黑色丝质布，七十二英寸×四十八英寸，用于遮盖。无法追查来源。
  魔术师经常使用这种黑布。
- 手上戴套子以掩盖指纹。
  魔术师用的指套。
- 橡胶痕迹，蓖麻油，化妆品。
  舞台化妆用品。
- 藻胶痕迹。
  用来铸造橡胶"装备"。
- 凶手武器：白色丝织绳索，有黑色丝质内芯。
  绳索为魔术演出之用，可变色。无法追查来源。

魔法师

- 特殊绳结。
  已送至联邦调查局及海事博物馆,目前尚无进一步消息。
  胡迪尼表演使月的绳结,实际上无法解开。
  在门房登记簿上使用隐形墨水。

东村命案现场

- 第二号被害人:托尼·卡尔沃特。
  剧院化妆造型师。
  无已知仇人。
  与第一位被害人无明显关系。
- 无明显杀人动机。
- 死因:
  头部钝器外伤致命,死后尸体被锯成两半。
- 疑犯扮成七十几岁老妇人逃亡。正在邻近地区进行搜索,寻找疑犯丢弃的衣服和其他证物。
  尚未有发现。
- 手表被破坏,时间停在正午十二点。
  固定模式?下一位被害人可能在下午四点遇害。
- 疑犯躲藏在镜子后面。镜子无法追查来源。
  指纹已送联邦调查局。
  无相符比对。
- 使用玩具猫(假物)以引诱被害人进入死巷。玩具无法追查来源。
- 再次发现矿物油,与第一个现场相同。
  等待联邦调查局的化验报告。
  保养马鞍和皮革的"光洁"牌护理油。
- 再次发现来自指套的橡胶和化妆品。

- 再次发现藻胶。
- 爱步牌鞋子被遗留在现场。
- 鞋上有狗毛,可能为三种犬类。
  鞋子上有粪便。
  粪便为马粪,不是狗屎。

哈得孙河命案现场

- 被害人:谢丽尔·马斯顿。
  律师。
  已离婚,但前夫并未涉嫌谋杀。
- 行凶动机不明。
- 疑犯使用的假名为"约翰"。颈部和胸口有疤痕。确认疑犯左手有畸形现象。
- 疑犯快速变装换上斜纹棉裤、正装衬衫,未留胡须,扮成商务人士模样;之后又变装换上牛仔裤和哈雷T恤,扮成摩托车手。
- 作案车辆已沉入哈莱姆河。疑犯可能已逃脱。
- 水管胶带,用于封住被害人的嘴。无法追查来源。
- 爆竹。模式同前。无法追查来源。
- 铁链和扣环配件。无法追查来源。
- 绳索。式样普通,无法追查来源。
- 再度发现化妆品、橡胶和"光洁"。
- 运动袋,中国制造。无法追查来源。内有:
  迷奸药罗眠乐粉末。
  魔术师专用黏蜡,无法追查

魔法师

来源。
铜片（?）碎屑，已送联邦调查局化验。
有时钟装置，可能为炸弹定时器。
普通墨水，黑色。
- 海军蓝防风夹克一件，无姓名缩写或洗衣店记号。内有：
CTN 电视公司通行证，所有人为斯坦利·谢弗斯坦（此人非疑犯——NCIC 和 VICAP 亦无其资料）。
塑料门卡一张，俄亥俄州阿克伦市美国塑料卡片公司制造，型号为 APC-42 型，上面无指纹。
该公司董事长正在调阅销售资料。
贝迪和索尔警探已开始查访市内各家旅馆。
范围缩小至切尔西旅馆、贝克曼旅馆、兰汉姆·阿姆斯旅馆。仍在调查中。
纽约贝德福车站河畔旅店收据一张，表明两周前的星期六，曾有四个人至该餐厅用午餐，桌号为十二。餐品为：火鸡、肉卷、牛排和当日特餐。喝无酒精饮料。餐厅人员已不记得这些客人是谁（同谋?）。
- 魔法师被捕的小巷现场。
开锁脱逃。
唾液（钥匙藏于口中）。
无法鉴定血型。
小锯刀，用来割断束缚绳索。
- 哈莱姆河现场：
泥土上的刹车痕迹，无其他证物。
车上找到一张报纸，报纸上新闻标题有：
电力中断　警察局停工四小时
共和党大会于纽约市召开
家长抗议女子学校安全设施简陋
民兵密谋杀人案周一开庭
周末集会广筹慈善机构经费
老少皆宜的春季娱乐
州长市长会晤共商新西区规划

林肯·莱姆遇袭现场

- 被害人：林肯·莱姆。
- 疑犯身份：埃里克·威尔。
旧住处：拉斯维加斯。
三年前于俄亥俄州被火烧伤。
意外发生于哈斯伯和凯勒兄弟马戏团，制作人为爱德华·卡德斯基。三度烧伤，就医后失踪。
曾在新泽西州犯危害他人安全罪。
对火焰着迷。
精神状况异常，幻想面前有"尊敬的观众朋友"。
喜欢表演危险性节目。
妻子玛丽·柯斯葛罗夫，在当年的意外火灾中丧生。
大火发生后便未再与她家人联络。
威尔双亲已故，查无其他亲戚。
自称为"北方的巫师"。
攻击莱姆动机：因为他会阻止他周日午后的行动（下一位被害人?）。

魔法师

眼珠为棕色。
- 心理状况描述（根据纽约市警局心理专家特里·多宾斯）：出于复仇心态行凶，但他本人可能并无察觉。心态失衡，总是愤懑不平。他借助杀人，来缓解一些失去妻子和表演生涯被断送的痛苦。
- 威尔最近和旧日助手联络：居住在内华达州的约翰·济丁和亚瑟·罗塞，询问有关火灾意外和涉及该事件的相关人员。助手形容威尔是疯狂、有支配欲、难以自制、极具危险性但又十分聪明的人。
  警方正在联系火灾发生时的马戏团经理爱德华·卡德斯葛。
- 因被害人具代表性而引起行凶动机——也许代表他在大火发生之前的某些快乐或痛苦时刻。
- 浸泡过汽油的手帕，来源无法追查。
- 爱步牌鞋子，来源无法追查。

魔法师描述

- 嫌疑犯会利用误导来对付被害人和逃避警方追捕。
  生理误导（转移注意力）。
  心理误导（消除怀疑心）。
- 逃离音乐学校的方式近似"消失的人"戏法。过于普通无法追查。
- 嫌疑犯身份很可能是魔术师。
- 手部技法熟练。
- 也懂得变换术（快速变装）。使用容易脱下的衣物，尼龙和丝质布料，光头头套，指套和其他橡胶装备。可能为任何年纪、性别与人种。
- 卡尔沃特之死是赛尔比特的"活锯女郎"戏法。
- 精通开锁技巧（可能掌握"擦揉开锁法"）。
- 通晓脱逃术技巧。
- 有动物表演经验。
- 利用心理分析以取得被害人个人信息。
- 利用手部戏法对被害人下药。
- 企图使用胡迪尼的逃脱戏法"水缸折磨"杀害被害人。
- 腹语术。
- 用刀娴熟。
- 熟悉"燃烧的镜子"。该表演十分罕见，高度危险。

30

他担心的不是火。

当爱德华·卡德斯基冲出林肯·莱姆的家门,选择最短的路径全速奔向奇幻马戏团的帐篷时,心中只想着一件事。他知道马戏团的帐篷采用了最新的防火材料,能阻止大火燃烧,即使发生严重的火灾,火势蔓延的速度也不会太快。真正的危险是惊慌,是数量庞大的人们在惊慌失措地逃命时彼此拉扯、碰撞、推挤和践踏而造成的骨折、胸闷和窒息……

要拯救马戏团观众的性命,唯一的方法就是让他们不慌不忙地离开表演场地。过去,如果马戏团发生火情,马戏团老板会给乐团指挥发一个暗号,让指挥马上带领乐团演奏一曲活力十足的约翰·菲利普·苏泽[1]的军乐《星条旗永不落》,以此警告小丑、杂技演员和现场的工作人员。此时,所有人都会进入紧急应变状态,镇静地带领观众由各个逃生出口离开——当然,这些工作人员绝对不会只顾自己"弃船"逃生。

多年来,由于马戏团帐篷内的疏散效率越来越高,这首在遇到紧急情况时才会演奏的曲子已经很久不用了。但是,如果今天在马戏团中有一枚炸弹爆炸,当那些燃烧的化学物质向四面八方

---

[1] 约翰·菲利普·苏泽(John Philip Sousa, 1854—1932),美国管乐队指挥和许多进行曲的作者。

飞溅时，该怎么办？

人群一定会同时涌向出口，会有上千人在推挤踩踏中丧生。

爱德华·卡德斯基奔进帐篷，看见两千六百人已端坐在观众席上，热切地盼望他的演出赶快开始。

他的演出。

他就是这么想的：这是他一手创造的节目。卡德斯基曾在杂耍节目中演过沿街叫卖的小贩；在三流城市中的二流剧场里拉幕布跑腿；在一些靠卖苦力气赚钱的地方马戏团里当过掌管工资和票务的经理。他努力奋斗多年，才超越了普通庸俗花哨的巡回马戏团的水平，制作出这些广受好评的节目。他曾一度达到这个目标，那是在哈斯伯和凯勒兄弟马戏团——被埃里克·威尔毁掉的那个马戏团。现在，他又凭借奇幻马戏团再次做到了。这些节目已经举世闻名，他有了好名声，甚至有了些许威望。即使是那些只去歌剧院、只看新闻和音乐频道的人，也不敢小觑他。

他还记得当时哈斯伯帐篷中炙人的烈焰和那些有如雪花般飘落的死灰色的烟灰。他记得火焰的咆哮，在那阵令人惊恐的噪声中，他一手建立的剧团就这么在他面前缓缓崩塌。然而，今天的情况和上次有一点不同：三年前，马戏团的帐篷是空的，但今天却有上千位男女老幼会葬身火海。

一看到卡德斯基忧心忡忡的目光，他的助理凯瑟琳·杜妮便匆匆跟了上来。她是一位年轻的黑发女郎，在来这里工作之前，曾在迪士尼的主题公园担任级别颇高的管理职务。她拥有一项过人的天赋：能像心电感应一样察觉卡德斯基心中的念头。"怎么了？"她小声问。

他把从林肯·莱姆和警方那里得来的消息告诉她，而她马上将目光扫向帐篷，和他一样徒劳地搜寻炸弹可能安放的地点和未知的受害人。

"现在咱们该怎么办？"她简短地问。

他想了想，随即做出指示。说完，他又补了一句。"做完这些你马上走，离开这里。"

"可你会留下来吗？万一……"

"你快去照我说的做。"他固执地说，同时用力握了握她的手，温柔地说："我会跟你在外面会合，我不会有事的。"

她想上前拥抱他，但他用目光制止了。在大庭广众之下，他不希望观众中有人留意到他们的举动从而察觉出有什么异常。"你慢慢走，保持微笑。记住，不管在什么情况下，我们都是表演者。"

凯瑟琳点点头，先找到灯光师，然后再到乐团指挥那里传达了卡德斯基的指示。交代完毕后，她走向帐篷的主出入口，站在门边。

卡德斯基拉直领带，调整西服上的纽扣，然后看向乐团，点头示意。鼓声响起。

演出开始了，他心想。

他露出灿烂的笑容，大步走进圆形场地，观众便开始安静下来。他走到场地的中央，鼓声戛然而止，不久，两道白色光束便集中在他身上。虽然这是他交代过的，他让凯瑟琳去和灯光师说用主灯照射他，但这一瞬间他仍然吓了一跳，以为这道亮光是汽油炸弹爆炸产生的强光。

但他的笑容却没有一丝波动，而且他立刻就恢复了镇定。他将无线麦克风举到嘴边，开始对观众说："午安，各位女士、各位先生，欢迎来到奇幻马戏团。"从容、友善且颇具威仪。"我们今天为各位准备了一场精彩的表演，在开始之前，我有件事想麻烦各位，请各位多多包涵。虽然有些许不便，但我想，为了使演出达到最佳效果，这样做还是值得的。我们待会儿在帐篷外面有一个特别节目，实在抱歉……我们曾试图把广场酒店搬进来，可是酒店的管理部门不准我们这么做，因为有些住宿的客人会不高兴。"

观众席响起一阵笑声。

"所以，我请大家拿好自己的票根，起身走到外面的中央公园去。"

人群中传出一阵窃窃私语，想知道外面会表演什么节目。

他微笑着说："请各位在外面随便找个位置，只要能看见中央公园南路上的那些大楼，你们就一定能清楚地看到待会儿的表演。"

看台上的观众此时全部兴奋地说笑起来。他说的是什么表演？会不会是有哪个不怕死的人在摩天大楼之间表演高空走钢丝？

"那么，就请第一排的观众开始。请各位保持秩序，从最近的出口依次离开。"

观众席上的灯光亮了。他看见凯瑟琳站在大门口，面带微笑地引导观众离开帐篷。求你了，他在心中默默对她喊道，你快出去！快跑！

观众们高声嬉笑着纷纷起身——在耀眼的灯光下，他只能模糊地看出他们的身影。他们看着同伴，考虑该让谁先走，该从哪个出口离开；然后他们牵着小孩的手，拿着手袋和爆米花纸筒，检查入场票根是不是还在手上。

卡德斯基微笑着看他们起身，从容走向出口离开帐篷到安全的地方。可是，他心里想的却是：

一九〇三年十二月，伊利诺伊州的芝加哥市，埃德·弗伊的著名歌舞杂耍团在易洛魁剧场举行日场演出。一盏聚光灯引起大火，火势迅速从舞台蔓延至观众席。场内两千名观众慌乱奔向出口，踩踏拥挤将出口彻底堵死，连消防队都无法进入抢救。在这场事故中，有六百多名观众惨死。

一九四四年七月，康涅狄格州的哈特福德市，也有一场日场演出。正当林林班①中著名的瓦琳达家族将要开始最受欢迎的高空走钢丝表演时，帐篷东南边突然起火。大火很快便吞噬了整座帐篷——因为帐篷用汽油和石蜡做过防水处理，短短几分钟内，就有超过一百五十名观众因为烧伤、窒息或踩踏而丧生。

不只是芝加哥和哈特福德，还有许多城市也发生过类似的不幸事件。数年来，有成千上万的人在剧场或马戏团的火灾中丧生。今天呢？这里会有怎样的结局？难道奇幻马戏团——他一手创建的戏团，将会以那种悲惨的形式被人们记住吗？

观众们秩序井然地离开帐篷，但为了避免引起惊慌而产生的代价是疏散过于缓慢。现在还有许多人待在帐篷里，而且，似乎还有很多人仍留在座位上，宁可错过公园里的精彩演出也不愿起身离开自己的座位。等大部分人都离开后，他还得亲自去告诉这些人事情的真相。

炸弹究竟何时才会引爆？也许不会马上爆炸。威尔应该会给迟到的观众机会，给他们时间找好位置坐下——这样杀伤力才能达到最大。现在的时间是两点十分，也许他会把引爆时间设在整数的时间，比如两点一刻或两点半。

还有，炸弹藏在哪里呢？

---

①美国知名马戏班，最早由林林兄弟五人组成（Albert C.1852—1916，Alfred T.1861—1919，Charles 1863—1926，John 1866—1936，Otto 1858—1911），故名林林班，后更名为林林兄弟、巴纳和巴雷马戏团(Ringling Bros. and Barnum & Bailey)。

他毫无头绪，不知道希望杀伤力达到最大的威尔会把炸弹安放在什么地方。

他的目光穿过整个表演场，看向挤在大门口的群众，他看见了凯瑟琳的身影——她正向他招手，示意他赶紧离开。

但他还不能走。无论怎样，他也要将帐篷里的人疏散完毕，即使必须动手强制疏散，他也得把剩下的观众全弄出去；只要里面还有人在，就算帐篷已开始起火，他也要冲回去抢救仍留在里面的人。他会是最后一个离开帐篷的人。

他咧开嘴对她笑着摇了摇头，然后举起麦克风，继续劝说观众外面正有一场精彩的演出在等着他们。这时，一声嘹亮的乐声打断了他的话。他回头看向乐队席，那些乐手完全按照卡德斯基的指示，此刻都已撤离，只剩乐团指挥仍站在有时会播放一些预先录好音乐的电脑音控台前。他们目光交汇，卡德斯基对他点了点头表示同意。于是，这位阅历丰富的马戏团乐队老指挥立刻放进一卷录音带，将音量调大。帐篷内顿时响起《星条旗永不落》的军乐声。

阿米莉亚·萨克斯从拥挤的出口挤进奇幻马戏团，奔向帐篷中央。她听见嘹亮的军乐声，看见爱德华·卡德斯基正拿着麦克风，用热情洋溢的口吻鼓励观众赶紧出去欣赏一场特别演出——她知道，这一定是为了避免造成惊慌而编造的借口。

真是个聪明的主意，她想，同时也在想象着这么多人如果同时涌向出口将会造成的可怕场景。

萨克斯是第一位赶到现场的警员，而外面逐渐接近的警笛声告诉她其他救援人员即将陆续抵达。但她不愿坐等，立刻独自展开搜索。她环顾四周，思考何处才是安置炸弹的最佳地点。她想，若欲造成最大的伤害，疑犯一定会把炸弹安放在出口附近的座位下面。

"这个"或"这些"炸弹肯定很笨重。和火药或塑料炸药不同，若想用汽油弹造成严重损伤，那么炸弹本身的体积必须足够大。这种炸弹可能藏在大号购物袋或大纸箱中，甚至藏在油桶里。她瞥见一个塑料垃圾桶，桶身很大，估计至少有五十加仑的容量。这个垃圾桶就放在主要出口旁边，此时正有几十个打算离开帐篷的人缓缓从它旁边走过。萨克斯发现，在帐篷里，有二十个到二十五个像这样的垃圾桶，而这种深绿色的容器均是藏放炸弹的极佳选择。

她奔向离她最近的那个垃圾桶。垃圾桶上有一个呈倒V字形的旋转盖，使她无法看见桶内的情况。但她知道打开盖子并不会触动或引燃雷管，因为他们已由那些铜屑得知，疑犯使用的是定时器。她从后兜里掏出一把小手电，将光束射进这个肮脏、散发着恶臭的垃圾桶里。桶里已有半桶的纸屑、食品包装纸和空纸杯，无法看见垃圾桶底部。她只好把桶轻轻抬了一下——这太轻了，即使是一加仑的汽油也不止这个分量。

她抬头看向帐篷其他地方。帐篷里面还有几百个人，他们正缓慢地从出口离开。

她一口气连续检查了十几个垃圾桶，又立刻奔向下一个。

但她突然停住脚步，眯起眼睛凝视前方。在主看台底下、靠近帐篷南侧出口的地方，有一个约四英尺见方的物体，上面罩了一块黑色的防水布。她立刻想起用布匹使自己隐身是威尔惯用的伎俩。不管这块防水布下盖的是什么东西，实际上就等于隐了形，而且，这东西的大小也足以存放几百加仑汽油。

在这个物体附近约二十英尺外的地方还有一大群观众。

帐篷外,警车的笛声越来越响亮,随后因已到达帐篷附近而渐渐安静下来。消防队员和警察开始进入现场。她向离自己最近的一名警员亮出警徽,问:"防爆小组来了没有?"

"大概再过五六分钟就到了。"

她点点头,让他们去仔细检查所有的垃圾桶,自己则朝那个被防水布盖住的箱子走去。

就在这个时候,事情发生了。

炸弹并没有爆炸。但惊慌的情绪却像炸弹一样迅速地炸开了。

萨克斯无法确定是什么引发了这场惊慌。也许是停在帐篷外的紧急救援车辆和拨开人群推挤而入的消防队员,让有些观众产生不安的情绪。紧跟着,萨克斯听见正门外传来一连串响亮的爆裂声——她记起这是昨天就听过的声音,是那面喜剧人物的巨大旗帜被强风吹动而发出的猎猎声响。然而,在帐篷出口附近的观众却误以为外面有人开枪射击而惊慌失措地急忙退回帐篷,想从别的出口离开。一时间,帐篷内充斥着各种各样的声音。这声音极大,就像是在惊恐之下倒抽一口气。先是一种低沉的沙沙声,继而变成一阵嗡嗡的喧哗。

随后,惊慌的波涛汹涌地蔓延开来。

尖叫声响成一片,人群拼命朝出口挤去。萨克斯突然被身后恐慌的人潮推挤向前,颧骨重重地撞上前方一个男人的肩膀,撞得她头晕目眩。惊恐的喊叫声越来越大,人们捕风捉影地高喊着火了、有炸弹、恐怖分子袭击之类的消息。

"别推!"她高喊一声,但没人听她的话。人群已变成一股无法阻挡的洪流,上千的个体融合成了一个整体。尽管里面有些人想要脱离这毁灭性的团体,但在周围人群不断的拥挤下,他们只能被困在这股洪流中,成为疯狂向出口光亮处涌去的人群中的一分子。

萨克斯身边有两个男孩,他们的脸涨得通红,上面布满了惊恐。她好不容易才把胳膊从这两个少年的夹挤下抽出,脑袋又被人猛推了一下。她一低头,瞥见地上有一团血肉模糊的东西,当即倒抽一口气,以为是个小孩已被人踩踏在地。但幸好,那只是一块炸开的气球碎片。她看见地上还有一个婴儿奶瓶、一块绿色的布、四散的爆米花、一个小丑面具以及一个已在众人的踩踏下成了碎片的随身听。如果有人在这个时候跌倒的话,一定会在几秒钟之内就被众人踩死。然而此时,萨克斯却感觉自己无法保持平衡,身体几乎失去控制,似乎随时都有可能无助地倒向地面。

她的双脚确实已完全离开地面,像个三明治一样被两个大汗淋漓的身体夹起——一个是穿着鲜红艾祖德衬衫、将一个啜泣的小孩高举过头的大个子男人,另一个是似乎快昏过去的女人。尖叫声变得更响亮了,小孩和大人的声音全混在一起,这使惊慌的情绪越发不可收拾。热气紧紧地裹着她,很快就让她无法呼吸,胸口负荷的压力已接近让心脏停止跳动的危险程度。幽闭恐惧症——阿米莉亚·萨克斯最恐惧的事物之一——现在已张开它坚实的双臂紧紧环绕着她,她觉得自己已被一种难以承受的幽闭感吞噬了。

只要你移动,他们就逮不到你……

但是,现在她怎么也动不了。她被一群潮湿而强有力的躯体裹挟其中。此时,这已不能算是人类的身体了,而是一堆由肌肉、汗水、拳头、唾液和腿脚组成的物体,这个物体不断用力地将她向它的深处挤压。

不!不要!让我动起来吧!让我把手抽出来、让我呼吸一口新鲜空气!

她觉得自己看见了血,看见了模糊的肌肉。

也许这都夹自她的身上。

在恐惧、惊慌和窒息中,阿米莉亚·萨克斯觉得自己就快昏过去了。

不!千万不能倒在他们脚下!不能倒下!

求求你!

她完全无法呼吸,一丝空气都无法进入她的肺部。接着,就在自己眼前只有几英寸远的地方,她看见一个人的膝盖。膝盖砰地撞上她的脸颊,并像生根一般黏在她的脸上。她闻到牛仔裤的肮脏臭味,看见一只已磨损的靴子。

千万别让我倒下!

但这时她才意识到,也许她已经摔倒了。

31

在曼哈顿上东区的兰汉姆·阿姆斯旅馆里，马勒里克身穿旅馆服务员的制服，走在十五层的长廊上。他端着一个客房专用的大托盘，上面放着一个盖着圆金属盖的餐盘和一个插着一大朵红色郁金香的花瓶。

他身上的一切都和周遭的环境完全契合。马勒里克本人生就了一副谦恭顺从的面容。再加上他那游移的目光、浅浅的笑容、不引人注目的步伐和光洁无瑕的托盘，完全就是一位愉快的侍者。

他全身上下只有一处与兰汉姆·阿姆斯的其他服务员不同：在托盘上的那个圆金属盖下，盛的不是英式早餐或总汇三明治，而是一把装有子弹的贝瑞塔自动手枪，上面还配有一个香肠大小的消音器，另外还有一个开锁工具包和其他工具。

"住得还愉快吗？"他问一对迎面走来的夫妻。

是的，他们回答，并祝他下午过得愉快。

他在走廊上又遇到几位房客，都一一对他们点头，微笑致意。这些人或已享用过周日的午餐走回房里，或正打算出门欣赏这个美好春日的午后风景。

他经过一扇窗户，从这里可以看到外面的一大片绿地——那是中央公园的一角。他很想知道这时在奇幻马戏团的白色帐篷内会爆发起怎样的骚动——他花了好几天在凶案现场留下线索，才把警方引至那个地方。

或许应该说,把他们"误导"到那里。

误导和花招是使魔术成功的秘诀,没有人能做得比拥有无数面孔的马勒里克更好。他既能像火柴划亮般出现,又能像烛火吹熄般消失。

他是一个可以让自己消失的人。

警方此时一定乱了阵脚,他们认为炸弹可能随时会爆炸,而正在拼命寻找。然而,那里并没有炸弹,奇幻马戏团里的两千名观众并没有任何危险——若真的有,也只是有些人可能会在盲目的惊慌中推挤踩踏而丧命。

走到长廊尽头,马勒里克向身后瞥了一眼,发现现在这里只有他一个人了。他立刻把托盘放在一扇客房门边的地上,掀起圆盘的盖子,拿起那把黑色手枪塞进服务员制服的拉链衣兜里。接着,他打开皮质工具包,挑出一把螺丝刀,然后便把整个工具包都揣进兜里。他动作飞快地卸下装在窗户上、只能让窗户稍稍推开几英寸的金属防护装置——他心想,也只有人类才会逮着机会就自杀,不是吗?——把窗户整个向外推开。他将螺丝刀小心地插回工具包,拉上拉锁,双手一撑便跃上窗台,站到外面突起的壁阶①上。他小心翼翼地走在这个离地面一百五十英尺高的狭窄壁阶上。

壁阶有二十英尺宽——这是他几天前住进这家旅馆后,测量了房间窗台外的壁阶得到的数据——尽管以前他接触杂技的次数有限,但他还是拥有了所有伟大的魔术师都具备的过人的平衡能力。他走在这条由石灰石筑成的壁阶上,从容得像是在人行道上

---

①壁阶,建筑学术语,指为缩减上方墙壁的厚度而形成的墙壁狭长部分或凹陷处。

行走一样。漫步了十五英尺后，他抵达旅馆建筑的一角。他停住脚步，望着紧挨着兰汉姆·阿姆斯旅馆的那幢建筑物。

这幢建筑物面向东七十五街，建筑物外面没有壁阶，但有一个防火逃生通道，离他现在站的地方只有不到六英尺——这里的下方是一个通风天井，充满无休止的空调运转声。马勒里克纵身一跃，越过两幢建筑物之间深不见底的空间，轻巧地落在那个防火逃生出口上。

接着，他向上爬了两层，停在十七层的一扇窗户外。他匆匆向内一瞥，里面的通道上没有人。他把手枪和工具包放在窗台上，扯下身上伪装用的旅馆服务员制服，露出早已穿在里面的灰西装、白衬衫和领带。他把枪插在腰带上，用工具打开这扇窗户上的锁，一跃便进入了楼内。

马勒里克静止不动，调匀呼吸，然后才沿着走廊走向他锁定的那个房间。他站在大门前，蹲了下来，再次打开工具包，将一个金属片插入锁孔，抵住锁芯。不到三秒，他便打开了锁；不到五秒，就抽出了门闩。他把门微微向内推开，留出一个仅容铰链露出来的缝隙。他取出装有润滑油的喷雾罐在铰链上喷了几下，好让大门在被推开时不发出任何声音。不一会儿，马勒里克便已进入这套房间内狭长昏暗的玄关，接着，他将大门轻轻关上。

他环顾四周，辨认方向。

玄关的墙上挂有几张批量生产的达利的超现实风景画、几张家人的照片。墙上最显眼的是一幅儿童绘制的蹩脚的纽约市风景水彩画——这位画家的签名是"克里西"。大门旁边摆了一张廉价桌子，一只桌腿短了一截，用一沓折成方形的黄色标准书写纸垫了起来。一只雪橇孤零零地靠在玄关的角落里，用来固定的绑带已经断开。墙上的壁纸老旧不堪，污迹斑斑。

循着起居室里的电视声，马勒里克顺着走廊走了进去。但他暂时绕了一下路，溜进一个阴暗的小房间，里面有一架乌木制的川井牌儿童钢琴。钢琴上有一本摊开的乐谱，上面的空白处写满了标注的要点。那个"克里西"的钢笔字签名又出现在这本乐谱的封面上。马勒里克仅知道一些基本的乐理知识，但他翻看了一下，发现这本教材似乎难度颇高。

他判断这个女孩是个蹩脚的画家，但却是一个优秀的少年音乐家——这个名叫克里斯汀·格雷迪的小女孩，正是纽约市助理检察官查尔斯·格雷迪的女儿。

这里就是这位检察官的家。有人付给马勒里克十万美金，雇他来此地杀人行凶。

阿米莉亚·萨克斯坐在奇幻马戏团帐篷外的草地上，五官因腰部右侧发出的阵阵疼痛而皱成一团。她在协助数十位群众避开踩踏逃离帐篷后，才总算找到一个地方好好地喘口气。

戴着面具的丑角仍待在那面巨大的黑白旗上俯瞰着她；旗子依然在风中猎猎作响。在帐篷内发生那阵因它而起的骚乱后，它看起来比昨天更吓人，更加丑陋不堪、面目可憎。

她躲过了惨遭践踏的致命威胁——刚才她并没有倒下，那重重撞在她脸上的膝盖和靴子，原来出自一个在惊慌中爬上观众头顶、踩在众人肩膀上想逃出去的男人。尽管如此，此时她还是感觉自己的背部、胸口和脸都隐隐作痛。她在这里坐了大约十五分钟，但仍觉得头晕恶心，一半是因为刚才的推挤，另一半是幽闭空间恐惧症作祟。她能够忍受狭小的空间，甚至像电梯那样逼仄也可以，但像刚才那样完全动弹不得，仍是一种令她最痛苦的精神折磨。

她附近一些受伤的人都已得到救治，都没什么大碍。紧急医疗小组的队长告诉她，这些人大都是扭伤或被硬物划伤。少数几个人有脱臼现象，只有一个人手臂骨折。

萨克斯和她附近的这些观众是从帐篷南侧的出口逃出来的。一离开帐篷，她便立刻跪倒在草地上，爬行着远离那些人。一旦脱离了可能藏有炸弹或武装恐怖分子的封闭环境，这些观众马上变成了撒马利亚人，开始热心帮助那些感到头晕或受了伤的人。

她瘫倒在草坪上，挥手拦下一位防爆小组的组员，亮出警徽，告诉他在帐篷南侧出口附近的看台底下有个盖着防水布的物体。这名防爆人员立刻通知同事，进入帐篷内查看。

这时，帐篷内的军乐声停了，爱德华·卡德斯基从帐篷中走了出来。

直到看见防爆小组的人员出现，一些观众才明白自己刚才面临着怎样的危险，多亏卡德斯基急中生智，才使他们免于陷入最危险的慌乱中。许多观众一看见卡德斯基便热烈地对他鼓起掌来，但他只是谦虚地点头致意，一心只想着赶紧查看马戏团团员和观众的安全。不过，也有人对他毫不客气——这些人有的是伤者，有的则根本毫发无损，他们对他怒目而视，要求知道究竟出了什么事，又抱怨他应该把现场疏散状况处理得更好一点。

防爆小组和十几名消防队员彻底搜索了奇幻马戏团的帐篷，却没找到任何引爆装置。在那个盖着防水布的箱子里，是满满一箱子的卫生纸。搜索行动从帐篷内部延伸到外面的拖车和货运卡车，但同样一无所获。

萨克斯皱起眉头。他们搞错了吗？这怎么可能？她苦苦思索着。证据明明都在那里，再清楚不过了。莱姆总是根据证物大胆做出结论，尽管他偶尔也会出错，但在这次"魔法师"的案件中，所有的线索汇集之后都清晰地指向奇幻马戏团，这里绝对就是疑犯的目标。

他们没有找到炸弹的事莱姆知道吗？她一边想一边费力地站起来，想找位同事向他借步话机一用；她自己的那部摩托罗拉步话机，此时正支离破碎地躺在帐篷南侧的出口旁，显然已成为这次惊慌骚乱中唯一的牺牲者。

马勒里克蹑手蹑脚地离开查尔斯·格雷迪公寓里的这间小琴房。他回到阴暗的走廊，驻足片刻，聆听从起居室和厨房传出的声音。

他估量着眼前的情况能危险到什么程度。

他事先精心做了不少安排，尽量让格雷迪的保镖失去戒心，把他们在受到惊吓的第一时间便开枪将他射倒的可能性降到最低。两周前，在贝德福车站的河畔旅馆，马勒里克和来自上纽约州的杰迪·巴恩斯与其他民兵成员会面，共进午餐。他拟订了一个计划，提出在他潜入格雷迪家的前一天，最好先派一个人去行刺这位检察官。众人一致决定，最佳的替死鬼人选是坎顿瀑布一位行为不端的牧师——拉尔夫·斯文森。巴恩斯对他要了些手段，控制了他，但还是觉得他不太可靠。于是，昨天马勒里克从哈莱姆河畔脱身后，就换上清洁工的服装，从牧师住的廉价旅社一路跟踪他到社区学校——以确定这个胆小鬼没在最后关头退缩。

马勒里克的计划就是故意让斯文森失手——巴恩斯给他的那把枪，上面的撞针是坏的。根据他的推论，格雷迪的保镖在抓到一名刺客后，心理上会相应地产生一些满足感，从而放松警惕，再遇到第二名杀手时，动用武力的反应速度便会有所降低。

不过，这都只是理论而已，他心神不宁地想。真正实施起来如何，还是走着瞧吧。

他悄无声息地经过更多拙劣的画作、更多家人的照片、几摞过期的法学期刊、《时尚》和《纽约客》杂志以及一堆从街头展销会上买回来的脏兮兮的古董——格雷迪买来应该是想好好整修一番的，但这些东西一直堆在这里，说明他实在没时间。

马勒里克了解这套公寓的布局——不久前，他假扮成维修工人，来过这里一次。但那次只是基本侦察，目的是弄清楚这间屋子的平面图，制定进出路线，他并没有花心思留意这家人的个性和生活。他看到墙上有格雷迪和他妻子的职业证书，原来她也是一位律师。墙上还有许多亲人的照片，但出现最多的就是那个九岁的金发小女孩。

马勒里克想起在河畔旅馆与巴恩斯及其同伙会面时的情景。当时他们曾脱离主题，讨论将格雷迪的妻子和女儿一并杀死有没有意义。根据马勒里克的计划，牺牲斯文森是有道理的，但他想不通的是，为什么要杀死格雷迪的家人。因此，他在大家享用美味可口的烤火鸡时，向巴恩斯和众人提出了这个问题。

"这个嘛……威尔先生，"杰迪·巴恩斯对马勒里克说，"这是个好问题。我只能说，你应该杀掉他们全家人，仅此而已。"

马勒里克点点头，露出若有所思的表情；他很清楚，无论是对观众还是对表演的同伴都绝不能盲从。"好，我不反对杀掉他们，"他说，"但是，除非他们对我造成威胁，比如说她们会指证我，或那个女孩突然想拿起电话报警，否则留下她们的命似乎更合情理。也许，你们之中也有人会反对杀害女人和孩子。"

"呃……既然你这么想，威尔先生，"巴恩斯说，"那我们就支持你的想法。"尽管嘴上这么说，但他们对这个节制的做法似乎不太满意。

现在，马勒里克停在格雷迪的起居室外面，拿出一个纽约市警局的假警徽挂在胸前——他曾在奇幻马戏团外值勤的警员身上见过警徽的样子，当时他还让他们俩下班回家。他向一面从跳蚤市场买来的灰蒙蒙的镜子里瞄了一眼。

好了，他已进入这个角色了，看起来就像一位奉命到这里保护这位受到死亡威胁的检察官的探员。

深呼吸。别紧张。

现在，尊敬的观众朋友，灯光亮起，帷幕揭开。

真正的表演即将开始……

马勒里克把双手自然地垂在体侧，绕过走廊的转角，大步走进起居室。

32

"嗨,情况怎么样?"穿灰色西装的男人问,把胖乎乎的路易斯·马丁内斯警探吓了一跳。路易斯是罗兰·贝尔的手下,性情十分温和。

此时,这位保镖正坐在电视机前的沙发上,腿上摊着一份周日的《纽约时报》。"老兄,你吓了我一跳。"他冲着这个新来的人点点头,目光先扫向对方身上的警徽和身份识别证,接着仔细打量他的脸,"你是来接班的?"

"没错。"

"你怎么进来的?他们给你钥匙了吗?"

"局里给的。"他低声说,嗓音十分沙哑,像是得了感冒。

"多保重,"路易斯咕哝道,"我最近也感冒了,真难受。"

"格雷迪先生呢?"

"在厨房,和他老婆和克里西在一起。你怎么提前来了?"

"没有啊,"这个男人回答,"他们调我过来帮个忙,跟我说的就是这个时间。"

"这种事太常见了,对吧?"路易斯说完,皱起眉头,"我好像没见过你。"

"我叫乔·大卫,"这个男人说,"通常在布鲁克林区值勤。"

路易斯点点头。"第七分局,我刚入行时就在那儿值勤。"

"这是我第一次外调。我是说,头一回被调来当保镖。"

电视里突然跳出一条吵闹的商业广告。

"对不起,"路易斯说,"刚才我没听清楚。你说这是你第一次外调?"

"对。"

"那么,让这次成为你的最后一次怎么样?"说完,这个壮硕的警探扔下报纸从沙发上一跃而起,手中稳稳地握着一把格洛克手枪,枪口对准这个他早已知道是埃里克·威尔的男人。一向沉着温和的路易斯,此时激动地朝他身上的麦克风大喊:"他在这里!他进来了——就在起居室里!"

待在厨房里的是另两名警探——贝尔探员和胖乎乎的朗·塞利托警官。他们神情惊愕地冲出厨房,相互挤撞着从另一条走廊蹿出来,双双抓住威尔的手臂,并抽掉了他别在腰上的消音手枪。

"趴下!快、快、快!"塞利托急促地吼道,手枪抵在这个男人的脸上。马勒里克重重地喘着粗气,惊讶得说不出话来。这张脸的表情真有意思!路易斯心想。这些年来,他不知道见过多少个疑犯在被捕时的惊讶表情,但这家伙的表情可以拿个冠军。但无论怎样,他也不会比他们更吃惊。

"这家伙怎么会到这儿来?"塞利托气喘吁吁地问。贝尔还沉浸在震惊的情绪中,呆呆地摇了摇头。

路易斯粗鲁地给"魔法师"上了两副手铐。之后,塞利托凑近疑犯说:"你是单独行动吗?还是有帮手在外面?"

"没有帮手。"

"别蒙我!"

"我的胳膊,你弄疼我了!"他喘着气说。

"还有人和你一起来吗?"

"没有了，没有了。我发誓。"

贝尔用步话机呼叫其他人。"天啊，进来的居然是他……我真不明白。"

两名被派来保护证人、身着制服的警员匆匆从走廊奔进大门，他们刚才一直埋伏在电梯附近。"他大概是从窗户跳进来的，"其中一名警员说，"就是那个防火逃生用的窗口。"

贝尔瞟了威尔一眼，顿时明白了。"兰汉姆·阿姆斯旅馆的壁阶？你是跳过来的？"

威尔沉默不语，但那是唯一可能的答案。他们在兰汉姆·阿姆斯旅馆和格雷迪住所之间的小巷里埋伏了警力，两幢建筑物的楼顶也有人驻守，但从没想过这个人会从高空一跃而过。

贝尔询问其他警员："没发现其他人吗？"

"没有。他应该是单独行动。"

塞利托戴上橡胶手套，抚拍着从上到下搜查疑犯的身体，结果搜出了一套开锁工具、各式各样的绳索和魔术道具。最古怪的是假指套，粘得很结实。塞利托把它们逐个摘下来，装进塑料证物袋里。如果现场气氛不是那么紧张的话——受雇行刺的杀手已进入被保护者的家中——十根指套装在同一个袋子里的景象真是相当滑稽。

在塞利托搜身的时候，大家都仔细打量着这个疑犯。威尔是个肌肉结实、体格健美的男人，只是那场大火的确在他身上留下了相当严重的伤痕——烧伤疤痕的面积很大。

"有证件吗？"贝尔问。

塞利托摇摇头。"都是些施瓦茨店的玩意儿。"他指的是疑犯身上的纽约市警察局警徽和证件都伪造得相当拙劣，比儿童玩具好不了多少。

威尔看向厨房,但里面空无一人。他皱起眉头。

"哦,格雷迪一家都不在。"贝尔说,似乎这是显而易见的事。

疑犯闭起眼睛,一头栽在老旧的地毯上。"怎么会?你们怎么发现的?"

塞利托提供了一个勉强算是答案的回答。"没想到吧?有一个人一定很乐意告诉你答案。来吧,咱们坐车过去。"

看着这个戴着镣铐的杀手出现在实验室门口,林肯·莱姆说:"欢迎回来。"

"但是,那场火不是……"这个人抬头看向通往楼上卧室的楼梯,一脸愕然。

"很抱歉,我们破坏了你的演出,"莱姆冷冷地说,"我猜你终究还是无法彻底摆脱我,对吧,威尔?"

他把目光移到刑事鉴定家身上,声音嘶哑地说:"那已不再是我的名字了。"

"你改名字了?"

威尔摇摇头。"没有正式改,但威尔代表过去的我,现在的我已经是另一个人了。"

莱姆想起心理学家特里·多宾斯针对此案发表过的意见,他认为那场大火"杀死"了威尔原有的人格,使他变成了另一个人。

这名杀手打量着莱姆的身体说:"你能理解的,对吗?我想,你一定也想忘记过去,变成另一个人。"

"那你怎么称呼自己?"

"那是只有我和我的观众才知道的秘密。"

啊，没错，他尊敬的观众朋友。

威尔戴着两副手铐，一脸困惑，气势锐减。他此时身穿灰色西装，昨天那顶假发已经不见了；他真正的头发是深金色，又密又长。在白天明亮的光线下，莱姆把他衣领下的疤痕看得更清楚了——当年的烧伤真是相当严重。

"你怎么找到我的？"这个人用他独特的嘶哑气声说，"我明明已把你们引到……"

"奇幻马戏团？你的确做到了。"每当莱姆胜过疑犯的时候，他的心情总是特别好，谈兴转盛。"你算计好，'误导'我们去那里。但我把证物表从头至尾看了一遍之后，不禁冒出一个念头：整件事要是这样的话也未免太简单了。"

"太简单？"他轻轻咳了一声。

"在犯罪现场中，通常会有两种类型的证物。一类是疑犯不小心留下来的，另一类则是设计好的证物，被故意留在那里误导我们的。"

"当所有人都冲向马戏团寻找汽油炸弹时，我突然有种感觉：这些证物似乎都是被精心设计过才留下的。这显而易见——你留在第二位被害人公寓里的鞋子上有狗毛、泥土和来自中央公园的植物。这让我想到，一个狡猾的疑犯可能会故意把泥土和毛发抹在鞋底上，然后故意落在现场，好让我们在找到后联想到马戏团旁边的狗丘。还有，昨晚你来找我的时候，说的全是与火有关的事。"他看向卡拉，"这叫言语误导，对吧卡拉？"

威尔困惑地望向那个年轻女郎，从上至下地仔细打量着她。

"没错。"她一边说，一边往咖啡中倒了些糖。

"但我昨天是来杀你的，"威尔嘶哑地说，"如果我是故意误导你，那我必须让你活着才行。"

莱姆笑了起来。"你根本没打算杀我，你从来都没想过要那样做，你不过是想使你说的那些话更可信。你在我的卧室点了火离开之后，做的头一件事就是找了一个公用电话拨了九一一。我查过接警记录，打电话报案的人说他在电话亭能看见火焰从窗户里冒出来，但是，那座电话亭位于一个街角，从那里不可能看见我卧室的窗户。顺便说一句，托马斯出去查看过了。谢了，托马斯。"莱姆大喊一声，此时那位看护正好从门口经过。

"免了吧。"他咕哝着应了一声。

威尔意识到自己犯了严重的错误，闭起眼睛，摇了摇头。

莱姆眯起眼睛，盯着证物板。"所有被害人的职业或爱好都代表着马戏团里不同的表演者——音乐家、化妆师、骑手，而且杀人的手法也都采用了魔术技巧。但是，如果你真正的目标是杀死卡德斯基，那么你一定会误导我们远离奇幻马戏团，而不是指向它，因此这表示你真正的意图是想让我们远离某个目标物。这个目标是什么呢？我又把所有的证物整理了一遍。在第三个现场，那条河边，我们的突然出现把你吓着了——你来不及带走装着记者通行证和旅馆门卡的夹克，这表示，这些东西并不是你故意留下的线索，它们和你真正的目标物之间必定有某种合理的联系。

"那张门卡可能出自三家旅馆——其中一家是兰汉姆·阿姆斯——贝尔警探一听就觉得耳熟，便查看了他的记事簿。他发现，在一个星期之前，他曾在这家旅馆大堂的休息厅里与查尔斯·格雷迪一起喝过咖啡，讨论保护他家人安全的详细事宜。罗兰告诉我，兰汉姆·阿姆斯旅馆紧挨着格雷迪的住所。接下来是那张记者通行证。我给这张你偷来的通行证的主人打了电话，他说他目前负责追踪报道安德鲁·康斯塔布尔的案件，已经采访过查尔斯·格雷迪好几次了……我们还发现一些黄铜屑，往最坏的方向想，那是来自炸弹的定时器。然而，它们也可能来自一把钥匙或某种工具。"

在一旁的萨克斯接口说："还记得那辆掉进河里的汽车里有份《纽约时报》吧？那上面的确有关于奇幻马戏团的报道，但也有康斯塔布尔一案开庭的消息。"

她朝证物板扭了一下头。

民兵密谋杀人案周一开庭

莱姆接口道："还有那家餐厅的收据，你真该把它扔掉。"
"什么收据？"威尔皱起眉头。
"也是在你夹克的兜里找到的，两周前的星期六。"
"但那个周末我是在……"他话没说完便突然住了嘴。
"在市区外，你是不是想这么说？"萨克斯问，"我们早就知道了，那张收据是来自贝德福车站的一家餐厅。"
"我不知道你在说什么。"
"一位在坎顿瀑布调查爱国者会团体的州警打电话到我这里，说要找罗兰，"莱姆说，"我记得这个来电号码的区号，和那家餐厅收据上的电话区号一样。"

威尔的眼神渐渐恢复了镇定。莱姆继续说道："贝德福车站就在坎顿瀑布附近的镇上，而康斯塔布尔就住在那儿。"

"你们一直提起的康斯塔布尔到底是谁？"他迅速发问，但脸上的表情却出卖了他，莱姆看出他其实对这个人相当熟悉。

塞利托接话说："和你一起吃午饭的人里有巴恩斯吧？杰迪·巴恩斯。"

"我不知道你说的是谁。"

"那么爱国者会呢?"

"我只在报纸上看过他们的报道。"

"我们不会相信你的话的。"塞利托说。

"信不信由你。"威尔怒气冲冲地说。莱姆看见他的眼里充满了怒火,这和多宾斯推断的一样。沉默片刻后,他又问:"你们怎么查出我的真名的?"

没有人回答,但威尔的目光投向证物板,落在最后添加上去的那几条细节描述上。他的脸色顿时沉了下来,呼吸急促地说:"有人背叛了我,对吧?他告诉你们那场火和卡德斯基的事。他是谁?"他脸上露出恶毒的微笑,目光扫过萨克斯、卡拉,最后落在莱姆身上。"是约翰·济丁吧?他告诉你们我打过电话找他,没错吧?真是个没骨气的狗屎,他在我面前永远站不起来。亚瑟·罗塞也有份儿,对不对?他们全都是他妈的犹大。我会记住他们的,我会记住每一个出卖我的人。"他突然大咳起来,好不容易平复之后,他的目光直射房间的另一侧。"卡拉……他刚才是这样叫你的吧?你是谁?"

"我是魔术师。"她接受挑战般地勇敢回答。

"原来是同行,"威尔语带讥讽地说,同时再次上下打量了她一番,"一位女魔术师。你在这里干什么?当顾问还是别的什么?也许等我出狱后我该去探望你,说不定我会用魔术让你消失。"

萨克斯厉声说:"哼,威尔,你这辈子都别想出来了。"

魔法师又发出气喘般的冷笑声:"那么,越狱总可以吧?墙壁对我来说不过是个幻影而已。"

"我可不认为你能逃出来。"塞利托说。

莱姆说:"好吧,如果我告诉你'怎么知道的',威尔……或不管你怎么称呼自己,你是不是也该告诉我你的'原因'呢?我们原本以为你要报复卡德斯基,但后来才知道你要刺杀的是格雷迪。你究竟是谁?一个魔术师出身的职业杀手吗?"

"报复?"威尔激动地反问,"报复他妈的有什么用?它能去掉我身上的伤疤、医好我的肺吗?它能让我老婆复生吗?……你们他妈的根本一点儿都不明白!我的人生中只有一件事,只有一件事对我有意义,那就是表演。魔术、幻术。我师父把我训练成一个将为魔术表演奉献一生的人,但那场火把一切都夺走了。我从此失去了上台表演的勇气。我的手变形了,我的声音也毁了,这样谁还会想来看我表演呢?上帝赐予我这些天分,可我却再也不能运用了。如果我唯一能表演的节目是破坏法律,那么我会毫不犹豫地这么做。"

歌剧魅影综合征……

他又看了莱姆的身体一眼。"当你发生意外后,知道自己再也不能当警察时,你心里是怎么想的?"

莱姆沉默不语。但这个杀手的话却击中了要害。他怎么想的?没错,他和埃里克·威尔一样感到愤怒。并且,在意外发生后,他心中的是非观已彻底消失。我为什么不去犯罪呢?他在最沮丧和暴怒时不禁这么想。在这个世界上,要论寻找证物的本事,没人能胜过我,这表示我也可以巧妙地运用它,我可以实施最完美的犯罪……

多亏有好几位像特里·多宾斯这样的心理医生、他的一些警察同事和他自己善良的心灵,上述的这些想法才渐渐退去。不过,尽管莱姆可以完全体会威尔的心情,但即使在他最绝望和最愤怒的时刻,他也从未想过要去夺走他人的性命——当然,除了他自己的以外。

"所以你出卖自己的天分,为了钱受雇于人?"

威尔意识到自己一时失控,说了太多不该说的话,便拒绝再做任何回答。

萨克斯的怒火却升腾起来。她大步走到写字板前,撕下贴在上面的前两名被害人的照片,举到威尔眼前,咆哮着说:"你杀这些人只是为了误导我们?他们对你来说就只有这点意义吗?"

威尔冷冷地看着她,根本无动于衷。过了一会儿,他环顾四周,笑着说:"你们真的以为能把我关在监狱里?难道你们不知道哈里·胡迪尼有一次曾接受挑战,脱下全身的衣服,赤身裸体地被关进华盛顿特区的死囚牢房。他利用狱卒吃午饭的时间,飞快地逃了出来,时间充裕到还能把监狱里的其他门都打开,给那些已被定罪的囚犯对调了房间。"

塞利托说:"你说得没错,不过那是很久以前的事了,现在的监狱设施已做了不少改进。"说完,他又对莱姆和萨克斯说:"我现在带他回局里,看看他是否愿意再对我们透露一点消息。"

当他们准备朝大门走时,莱姆突然说:"等等。"他的目光落在证物表上。

"怎么了?"塞利托问。

"他在小商品集市外被拉里·伯克逮捕时,曾经打开手铐逃脱。"

"没错。"

"我们发现了一些唾液的痕迹,记得吗?你先查查他的嘴,看他有没有把钥匙或开锁工具藏在里面。"

威尔说:"我没有,真的。"

塞利托戴上梅尔·库柏提供的橡胶手套。"嘴张开。如果你敢咬我，我就让你的睾丸消失。明白吗？咬一口，两颗都完蛋。"

"明白了。"魔术师张开嘴。塞利托按亮手电，伸手进去摸索了一会儿。"没东西。"

莱姆说："那么还有个地方我们应该再检查一下。"

塞利托嘟囔着："等我回局里绝对会要求他们这么做的，林肯。有些事就算他们付钱给我我也绝对不干。"

就在塞利托再度拉着威尔向门口走去时，卡拉突然说："等一下！检查他的牙齿。每一颗都要摇摇看，特别是白齿的部分。"

塞利托立刻走了过来，威尔却愣住了。"你不能这么做。"

"嘴张开。"这位胖警察厉声说，"还有，刚才的睾丸规则依然有效。"

"魔法师"叹了口气。"我自己说吧，是右边上面的那颗白齿。我说的是我这边的右边。"

塞利托看了莱姆一眼，才把手伸进疑犯嘴里，轻轻一拉，捏出了一颗假牙，里面藏有一小根弯曲的金属片。他把金属片放在检验台上，然后把假牙装回去。

"这还真小，真的能用吗？"塞利托问。

卡拉查看了一下。"那当然，他可以用这个在四秒之内打开一副普通的制式手铐。"

"你还真厉害，威尔。走吧。"

莱姆又想到了一件事。"啊，朗？"塞利托转头看着他。"你有没有觉出来，他之所以主动招认他嘴里有假牙，也许也是一个小小的误导。"

卡拉点点头。"你说得没错。"

威尔嫌恶地看着塞利托再度把手伸进他的嘴巴。这次塞利托把每一颗牙齿都仔细检查过了，结果在疑犯的左下颌上又拔下另一颗类似的假牙。

"我保证绝对会把你关在最特别的地方。"塞利托警探恶狠狠地说。接着又招来一名警员,在威尔的脚上再加上两副脚镣。

"这样我就不能走路了。"威尔嘶哑地抱怨。

"学学婴儿走路,"塞利托冷冷地说,"慢慢来。"

33

他是在二四四号公路上的一家小餐厅得知这个消息的。他的拖车上没安装电话——他不想装,也不信任电话这种东西——因此总是到这家餐厅来接打电话。

有时候,当他接到别人给他的留言时,都已经过了好几天了。但今天他已预料到会有一个重要的电话找他,所以他加快了步伐——这已达到了他的最快速度——从圣经学校出来便直接赶往爱玛餐厅。

霍布斯·温特沃思生得虎背熊腰,脸上蓄有一圈薄薄的红胡子,有一头颜色比胡须稍浅的蓬松卷发。在纽约州的坎顿瀑布,没有人能把"职业生涯"一词和霍布斯这个人联系在一起,但这并不是说他不必辛苦劳作。他总是给人打零工,只要那份工作是户外的,不需要动脑算计,而雇主又是白种人基督徒,他就会努力地让雇主付出的报酬物有所值。

霍布斯的老婆名叫辛迪,一个恬静朴实的女人,一生大部分时间都用于教养子女、烹饪缝补,以及拜访那些日子过得和她一样的女性朋友。霍布斯则把时间都花在工作和狩猎上,到了晚上,他会和一些男性朋友聚在一起喝酒、聊天和辩论——与其说是"辩论",还不如说是"应和",因为他和那些朋友全都志同道合,想法一致。

他一辈子都住在坎顿瀑布,也相当喜欢这个地方。这里有许多很好的狩猎场地,而且不为外人所知。这里的人们善良憨厚,熟悉自己的一切——"志同道合"一词几乎在坎顿瀑布的所有人身上都适用。霍布斯有很多机会可以做自己感兴趣的事,比如,到主日学校去教书。他只读到八年级,学位帽是偷来的,根本没有什么学问可以示人,霍布斯根本没想到居然会有人希望他到主日学校去教那些孩子。

结果,他竟然深受主日学校那些孩子的欢迎。他从来不带领大家祈祷,不做心理咨询,也不唱《我知道耶稣爱我》之类的歌曲……这些他都不做,他只给那些孩子讲《圣经》里的故事。不过,他对宗教故事的灵活演绎却使他大受欢迎——举例来说,霍布斯不讲耶稣如何用五饼二鱼喂饱众人,而把这个故事改成上帝之子拿着弓箭去狩猎,从一百码外的地方射死一头鹿,将其带回镇上的广场取出内脏,用鹿皮做了衣裳,然后用鹿肉喂饱在场的所有人——为了让这个故事更形象生动,霍布斯还将自己那把复合式猎弓带到课堂上,并且"嗖"的一声,把一支箭深深地射进煤渣砖墙里,好让这些孩子开心。

现在,他刚教完主日学校的课,来到爱玛餐厅。女服务员迎了过来。"嗨,霍布斯,要点馅饼吗?"

"不,给我一瓶维诺斯①汽水、一份乳酪煎蛋饼。还有,有我的电……"

他的话还没说完,她便递给他一张字条。上面写着:请回电——JB。

她问:"是杰迪吗?听声音很像他。自从那些州警在附近出

---

①维诺斯,一种在美国较为流行的碳酸饮料。

没后,我就再也没见过他了。"

他没理会她的问话,只说了一句:"刚才点的东西先别做。"然后便径直走向店里的投币电话。当他费力地在牛仔裤兜中摸索硬币时,他的思绪回到了两周前在贝德福车站河畔旅店的那次午餐。那次坎顿瀑布去了三个人,他、弗兰克·斯坦普和杰迪·巴恩斯,他们和一位名叫埃里克·威尔的男人在那里会面。由于这个人曾是专业的魔术表演者,巴恩斯后来便称他为魔法师。

他那天真是红运当头。当他赶到餐厅时,巴恩斯急忙微笑着站起身来,以夸张十倍的吹捧方式向威尔介绍他。"威尔先生,这位是我们整个郡里枪法最准的人,弓箭就更不必说了。他还是个全能的技术工人。"

霍布斯坐进这家梦幻般的餐厅,面对那些梦幻似的美食,感到既骄傲又紧张——对于能来河畔旅店吃饭,他过去连想都不敢想,他一边用叉子去取当日特餐里的食物,一边听巴恩斯和斯坦普向他解释为什么要来此地和威尔会面。霍布斯知道这个人的身份类似雇佣兵,是追逐利益的冒险家。他注意到这个人脖子上的伤痕以及变形的手指,暗自纳闷他究竟参与过怎样的战争才会造成这样的伤害。也许,是碰上了汽油弹。

起初,巴恩斯并不太愿意和威尔见面,当然,他是担心其中可能会有圈套。但这个魔术师为了让他安心,便让他看了一则某天报纸上的新闻。那是一则关于一名墨西哥园丁遭人杀害的消息。那个墨西哥人是非法移民,在附近镇上的一户有钱人家打工。而威尔把这个人的钱包带来给巴恩斯看。这是他的战利品,就像鹿茸。

威尔一开始便做对了。他告诉巴恩斯和在场的人说,他之所以选中这位墨西哥人,完全是因为在对待移民的问题上,他和巴恩斯的立场是相同的。当然，他本人其实并不相信这些民兵的极端言论，他只在乎如何才能利用他的特殊天赋赚钱。但是，这些话立即获得在场众人的信服。在午餐中，魔术师把他构思好的刺杀查尔斯·格雷迪的行动计划告诉他们，最后和他们一一握了手便离开了。几天前，巴恩斯和斯坦普便按照计划，开车把贪恋女色的斯文森牧师载到纽约，让他在周六晚上去行刺格雷迪。果然不出所料，他一露面就把自己的刺杀行动给搞砸了。

霍布斯的任务是"随时待命"。威尔先生说："万一有需要的话。"

而现在，这个时刻显然来临了。他拨了杰迪·巴恩斯的电话号码，随即听见话筒那端传来短促的一声："喂？"

"是我。"

整个郡的州警都在四处寻找巴恩斯的下落，因此他们早已说好，通话时语言务必精练。

巴恩斯说："你得去做上次我们在午餐上说的事了。"

"嗯，去大湖。"

"没错。"

"带上渔具去大湖？"霍布斯说。

"对。"

"没问题。什么时间？"

"现在。马上去。"

"好。"

巴恩斯匆匆挂断电话，而霍布斯则把刚才点的煎蛋饼换成了咖啡和熏肉鸡蛋三明治，再多加一份卡夫酱，并且全部改成外带。当巴恩斯说"马上去"的时候，就表示不管你现在在做什么事，都得立刻抛下。

食物一准备好，霍布斯便离开餐厅，发动小货车飞速驶上高速公路。中途他只停了一次，将他这辆拖车停好，跳上一辆破旧的道奇汽车——这辆车登记在一个根本不存在的人名下。之后便加速前往"大湖"——实际上，这并不是指一个湖泊，而是指纽约市里的一个特定的地方。

就像"渔具"一样，他带在身上的东西，当然不是钓竿和卷线器。

又回到了"坟墓"。

在这张四条腿都钉在地板上的桌子的一侧，坐着的是阴沉着脸的乔·罗特。这位身材矮胖的律师是安德鲁·康斯塔布尔的辩护人。

查尔斯·格雷迪坐在桌子的另一侧，身旁站着他的保镖罗兰·贝尔。阿米莉亚·萨克斯也在场；她好不容易才从奇幻马戏团的惊吓中慢慢恢复，但这间气氛紧张、窗户泛黄的房间，又让她再次产生幽闭空间的感觉。她心神不宁，不停地将身体重心前后挪动。

房门打开了，警卫带着康斯塔布尔走进房间。他用手铐把犯人的双手铐在身前，便退出房间，关上房门，回到外面的走廊上。

格雷迪开口的第一句话便是"你失败了"。他的语气平静，情绪没有一丝波动。他的家人差点全部被杀，他这样的表现让萨克斯觉得十分诧异。

"什么失败？"康斯塔布尔问，"你说的是那个愚蠢的拉尔夫·斯文森吗？"

"不，是埃里克·威尔。"格雷迪说。

"他是谁?"他皱起眉头,表情显得并不虚伪。

检察官告诉他有人想行刺他们一家的事,告诉他杀手以前曾是一名职业魔术师,叫埃里克·威尔。

"不,不,不……我和斯文森毫无关系,和你的遇刺也没有任何关系。"这个男人看着刮痕累累的桌面,一脸无奈。在他的手边,灰色桌面上被刻了几个字母,先是一个 A,接着是一个 C,然后是一个不太完整的 K。"查尔斯,我自始至终都是这些话:我以前的确认识一些人,他们的做事方式是有点过激。他们把你和政府都视为敌人——替犹太人、非裔美国人或其他民族工作的人——他们曲解了我的话,并拿我的事做借口追杀你。"他压低了声音说:"我再说一次:我向你保证,我和这些事完全没有关系。"

罗特对检察官说:"咱们别耍这套把戏了,查尔斯。你是想套出什么话吧?如果你真有证据能表明刺杀你的事与我的当事人有关,那么……"

"这位名叫威尔的杀手昨天杀了两个人——另外,还有一名警察。全是一级谋杀重罪。"

康斯塔布尔的嘴动了一下。他的律师立刻把话接了过来:"对于那些不幸案件,我感到非常遗憾。不过我注意到,你并没有对我的当事人就此案提出控诉,因为你手上根本没有能把他和威尔联系起来的证据,对吧?"

格雷迪没理他,继续说下去:"我们现在正和威尔协商,看他是否愿意转做污点证人,提供揭发证词。"

康斯塔布尔转头看向萨克斯,仔细打量着她。他显得相当无助,投向她的目光似乎是想求她帮忙,说不定她能基于女性立场,发出一些不同的声音。但萨克斯一直保持沉默,贝尔也一样。毕竟和疑犯辩论并不是他们的工作。这位警探是为了保护格雷迪才到这里来的,他只是想多了解一些杀手攻击检察官的案件,以便为今后类似的任务积累经验。至于萨克斯,她来这里的目的是想了解一下康斯塔布尔和他同党的事,想由此找出起诉威尔更有力的证据。

此外,她还对这个男人感到好奇——据说此人是极端邪恶的,但迄今为止她看见的却是一张理智的、通情达理的脸。它的主人只是因过去几天的这些事件而深感苦恼。莱姆只对证物感兴趣,完全没耐心研究疑犯的思想或心理状况。但萨克斯则不同,她对善与恶的问题十分痴迷。譬如说,眼前的这个男人究竟是无辜的,还是另一个阿道夫·希特勒呢?

康斯塔布尔摇摇头。"听我说,其实对我而言,刺杀你根本没有任何意义。就算杀了你,政府也会改派另一位检察官,而审判会照常进行,唯一不同的是,我还得多背上一个谋杀罪。我何必这么做呢?有什么理由让我非杀你不可呢?"

"因为你是个心胸狭窄的人,一个嗜杀成性的人,一个……"

康斯塔布尔激动地打断他。"听着,我已经受够了,先生,我被你们逮捕,在家人面前被羞辱,又在此遭人虐待,还被媒体报道毁诋,名誉扫地。但你知道我唯一犯下的是什么罪吗?"他两眼死死地瞪着格雷迪说,"问一些该问的问题吧。"

"安德鲁……"罗特碰了碰他的胳膊。但是,当啷一声,这名囚犯把律师的手推开了,此时他已大动肝火,无法就此罢休。"现在,就在这个房间里,我将承认我所犯的唯一的过错。但我首先要问一个让你反感的问题:如果你们都不认为当政府变得过于庞大时,会渐渐失去与群众的联系,那么,监狱里的警察怎么会有权将拖把柄插入黑人囚犯的肛门呢?——更何况,那还是个无辜的犯人。"

"他们都已经被抓起来了。"格雷迪毫无表情地说。

"就算那些人都被判刑也无法还给那个可怜的人尊严,我说得没错吧?而且,还有多少像这样的人没被逮捕?……看看发生在华盛顿的事。他们让恐怖分子长驱直入,我们的性命危在旦夕,而我们竟然不敢自卫,不敢把他们赶走,也不敢要求他们留下指纹或随身携带的身份证件……我再问个问题如何?我们为何不能承认不同的种族和文化之间确实存在差异呢?我从不评判各个种族孰优孰劣,但我敢说,如果你非要让种族融合的话,一定会酿成不幸的憾事。"

"我们废除种族隔离制度已有很多年了,"贝尔慢吞吞地说,"这是有罪的,你很清楚。"

"以前就连卖酒也有罪,警探,以前在周日工作也有罪,以前让十岁大的儿童到工厂工作却是合法的。现在人们变聪明了,改变了这些法律,因为它们违背了人类的天性。"

他倾身向前,目光从贝尔扫向萨克斯。"这里有两位警察朋友……让我来问你们一个很难回答的问题。假设你们接到报案说,有一名男人很可能杀了人,而他是个黑人或西班牙人。如果你们在某条巷子里遇见他,那么,和遇见白人疑犯相比,这时你们扣在扳机上的手指应该会更紧张一些吧?而如果疑犯是一名白人,而且看起来是个文明人——他的牙齿齐整,身上的衣服闻起来也没有隔夜尿的臊味——那么,你们扣动扳机的速度会稍慢一些吧?你们搜他的身时,动作也会轻一点吧?"

这名犯人恢复原来的坐姿,摇了摇头。"这就是我犯的罪,就是这些。像刚才那样问一些诸如此类的问题。"

格雷迪讽刺地说:"说得好,安德鲁,但在你甩出迫害牌之前,你怎么解释在两周之前,埃里克·威尔和三个人在贝德福车站的河畔旅店吃午餐的事?那里离坎顿瀑布的爱国者会的会议厅只有两步之遥,离你家也只有五步远。"

康斯塔布尔眨了眨眼睛。"河畔旅店?"他转头看向窗外。窗户脏得要命,以致完全无法判断外面的天空究竟是蓝色,还是受污染的黄色,抑或是下着毛毛雨的灰色。

格雷迪眯起眼睛。"怎么?你认识那个地方?"

"我……"他的律师再次碰了一下他的手臂,要他住嘴。两个人低声交谈了一会儿,而后康斯塔布尔才缓缓地点了点头。

格雷迪忍不住催促。"你知道谁是那里的常客吧?"

康斯塔布尔看向罗特。律师摇摇头,于是这位囚犯便沉默不语。

过了一会儿,格雷迪又问:"你的囚室如何,安德鲁?"

"我的……"

"你在拘留所里的囚室。"

"我不在乎这个,这里的情况你应该很清楚。"

"等你进了监狱会住得更糟。你一定会被送进独立监禁区,因为那些占多数的黑人很喜欢……"

"够了,查尔斯,"罗特不耐烦地说,"我们不需要知道这些。"

检察官说:"好吧,乔,我到此为止。我现在听到的都是'我没做这个'、'我没做那个',都是有人陷害他、利用他。好,如果真是这样的话……"他转头直接对康斯塔布尔说:"……那你就用实际行动证明给我看。用证据告诉我你和图谋刺杀我和我的家人的案子没有任何牵连,然后告诉我谁有可能涉嫌。之后我们再谈。"

当事人与律师又交头接耳一番。

罗特最后说:"我的当事人可能愿意考虑合作,但他要先打几个电话。"

"这样不够,就现在,把那些名字给我。"

康斯塔布尔满脸焦虑地抬起头,对格雷迪说:"这就是我将要做的事,不过我必须先确认一下。"

"恐怕你还是会投向你的朋友那一边吧?"检察官冷冷地说,"好吧,我的朋友,既然你说你喜欢问难以回答的问题,那我现在也问你一个:如果你那些朋友打算让你的余生都在牢里度过,他们又算是什么朋友呢?"说完,他站了起来。"如果今晚九点以前我没接到你的消息,那么明天我们就按原定计划法庭上见吧。"

34

其实,这不算是个真正的舞台。

十年前,大卫·巴尔扎克结束魔术巡回表演的生涯,买下了这家"烟与镜"魔术商店。他把这家店分隔成两部分,在后半部分布置了一个小剧场。他没有公演执照,不能出售门票,但他还是坚持在每周四的晚上和每周日的下午定期在此举办演出。这样一来,他的徒弟就有了登台表演的机会,并积累一些参与舞台演出的实践经验。

舞台上下的差异相当明显。

卡拉很清楚,在家练习和登台演出,二者的差异就像昼与夜一样。当你在观众面前登台亮相,总会有一些莫名其妙的事发生。有些在家里总是练不好的高难度戏法,会突然做得流畅完美,仿佛有一股神秘的精神力量接管了你的双手,并大声说:"这次你可千万别搞砸。"

与此相反,在登台表演时,你可能会在一些烂熟于胸的戏法上失手,比如"法兰西落币",这是一种手法简单到你事先绝不会想到会失手的戏法,也因此不会有任何心理准备。

在店铺与剧场之间,有一条高高挂起的黑色帷幕将它们分隔开来,随着商店大门在电子报警器微弱的蜂鸣中开启和关闭,帷幕偶尔会随风轻轻荡起涟漪。

在这个星期天的下午，时间已将近四点。人们开始陆续进场，寻找座位。每逢魔术和幻术演出，观众总是从最后排的位置开始坐起，没人愿意冒着被选中做志愿者而登台出丑的风险坐在最前排。

卡拉站在一张黑色的幕布后面，看着舞台。舞台四周黑色的幕布上布满了斑驳的痕迹；已变形的橡木地板上则黏着几十条表演者在排演时设计走台路线而留下的喷漆胶带；舞台的背景幕布仅是一张破破烂烂的酒红色方披肩；整个台面也很小，只有十英尺乘十二英尺。

然而，对卡拉来说，这里就和卡内基音乐厅或米高梅酒店一样，她必须施展全身解数，向观众展示。

就像杂技演员或室内魔术师一样，大部分魔术师都只是简单地把一套固定的节目连缀在一起。他们会始终保持谨慎小心，直到将演出推向最后的高潮。然而卡拉觉得，这种演出就像在看一场焰火表演——每一种烟花都多少有点儿看头，但整体却无法让人满足，因为这些焰火之间缺少主题或连贯性。魔术师的表演应该是讲述一个故事，所有的节目都应该环环相扣，上一个戏法带出下一个戏法，并在结尾处快速重拳出击，带给观众不断的高潮。她希望，她所呈现的是一场令人屏吸凝神的演出。

走进剧场的人越来越多了。她心里琢磨着今天能有多少观众，但实际上，人数对她来说根本没什么意义。她很喜欢罗伯特·胡迪那个故事：有天晚上他登上舞台，发现剧场里只有三个观众。尽管如此他仍然像剧场满员一样全力演出。唯一的不同是，他在表演结束后邀请这几位观众到他家一起共进晚餐。

她对自己的演出流程相当有信心——即使是再微不足道的节目，也被巴尔扎克先生逼着练习了好几个星期。现在，在大幕拉开之前的最后几分钟,她并没有在盘算一会儿的演出内容,而是盯着台下的观众,享受这片刻的心灵宁静。她本来以为自己没有权力去体味这些,一大堆烦人的事让她无法享受平和:母亲每况愈下的病情、不断增长的医疗费用、巴尔扎克先生对她进步缓慢的失望,还有那个在三周前离开、答应第二天一定会打电话给她的"床上早餐"男人。绝对会,我保证。

但是,那"消失的男朋友"戏法,就像"现金蒸发"和"病入膏肓的母亲"一样,此刻都无法影响她的心情。

在她登台时,任何事都影响不了她。

唯一要面对的挑战就是观众脸上变幻莫测的表情,除此以外,什么事都不重要了。卡拉可以看得很清楚:嘴巴微微笑着,眼睛惊讶地睁大,眉毛高高挑起,心中想着在每一场魔术表演中最常重复的话:他们是怎么做到的?

在近景魔术的手部巧技中,最常见的动作便是"拿走"和"放入"。魔术师需要做的是巧妙地拿走原来的物体,然后放入另一个东西替代,而呈现出的效果则是让观众眼睁睁地看着一个物体变成另一个完全不同的东西。这正是卡拉所奉行的魔术哲学,她要拿走观众心中的悲伤、无聊或愤怒,放入快乐、陶醉和平静……她要让他们的心中充满愉悦,即使只是在这短暂的表演时间里。

演出即将开始。她再次从幕布后面窥视观众席。

她惊讶地发现,居然大部分的座位都满了。通常即使是这样晴朗的好天气,来看表演的人也不会太多。她很高兴看见杰妮亚从疗养院赶来,她庞大的身躯一时堵塞了剧场的通道。杰妮亚身边还有好几位斯托伊弗桑特疗养院的护士,她们走到最前面,找了位置坐下。观众之中还有一些是卡拉的朋友,有的是她在杂志社的同事,有的则是她在格林尼治村公寓的邻居。

然后,时间一到四点,黑色的帷幕便拉开了。此时,剧院进来了最后一位观众——就算让卡拉猜上一百万年,她也料想不到这个人会来这里观看她的表演。

"这个地方进出还挺方便的嘛。"林肯·莱姆挖苦道。他操控着那辆光洁耀眼的"暴风箭"轮椅,停在"烟与镜"商店的剧场通道中央。"但今天我们不起诉这里违反了残联的规定。"

一个小时前,他突然提议让大家坐他那辆装有轮椅进出斜板的厢型车,去看卡拉的表演。这个提议把萨克斯和托马斯吓了一跳。

莱姆接着又说:"把这么好的春天下午浪费在房间里,实在是可耻的事。"

所有人都目瞪口呆地望着他——即使意外发生之前,他也很少花时间在户外享受春日的下午——莱姆赶紧说:"我是开玩笑的。托马斯,能请你去把车开来吗?"

"说了'请'就行。"看护回答。

现在,莱姆环顾这座简陋的剧场,发现有位壮硕的黑人女子瞟了他一眼。然后她缓缓起身,走到他们这里,挨着萨克斯坐了下来。她和萨克斯握了握手,并对莱姆点点头,问他们是否就是卡拉向她提过的找卡拉帮忙的警察。莱姆说是。双方寒暄一番便相互认识了。

于是他们知道了这个女人叫杰妮亚,是卡拉母亲就医的康复中心的护士。

她详细介绍了康复中心的工作,看到莱姆怪异地看着她,这个女子立刻心领神会地说:"哈,我说得太复杂了,其实那里就是一个养老院。"

"我是从 TIMC 毕业的。"刑事鉴定家说。

黑女人皱起眉,摇了摇头,说:"我没听过这个地方。"

托马斯说:"那是创伤事故复健中心①的缩写。"

莱姆说:"我管那里叫'残废者旅馆'。"

"但他总在那里故意挑衅。"托马斯补了一句。

"我在脊椎神经中心工作过。我们宁愿病人动不动就发脾气,那些太安静、太高兴的病人反而会让我们害怕。"

莱姆心想,这些人是因为还有朋友能替他们把一百颗西康乐②投入他们的饮料中。或者,他们还有手可以使用,可以把水浇在煤气炉上,然后把开关开至最大。

这叫作:四灶口煤气炉自杀法。

杰妮亚问莱姆:"你是 C4 患者?"

"正是。"

"没用呼吸器,这很不错。"

"卡拉的母亲来了吗?"萨克斯一边问,一边环顾四周。

杰妮亚皱了一下眉头说:"她没来。"

"她来看过卡拉的表演吗?"

这位黑女人谨慎地说:"她母亲并不太清楚卡拉的职业是什么。"

莱姆说:"卡拉说她母亲病了,她现在情况好些了吗?"

"好了一点点。"黑女人说。

---

①创伤事故复健中心,原文为 Traumatic Incident Mitigation Center。
②西康乐(Seconal),一种巴比妥酸盐类的催眠镇静剂,在医疗上的作用是使人镇静和安眠。

莱姆感觉到这背后可能另有隐情，但从这个女人的口气判断，他也知道身为护士的她并不愿意向外人透露患者病情的隐私。

此时，剧场的灯光转暗，观众顿时安静下来。

一位白发男人走上舞台。他有一个酒糟鼻，胡子被烟草熏黄，相貌透露出岁月和艰辛生活的摧残，但是目光仍然十分锐利。他姿态挺拔地走到舞台中央，完全是一副表演者的样子。他站在舞台上唯一的道具旁——那是一个用木头雕出来的罗马圆柱。周围的环境虽然简陋，但他身上的西装却做工精细、合体，也许这是为了符合那条准则：无论何时登上舞台，都得向观众展现出最好的一面。

啊，莱姆心想，这一定就是那个臭名昭著的师父大卫·巴尔扎克。他并没有自我介绍，只是把目光投向观众，缓缓地扫视了一圈，落在莱姆身上的时间要比其他人久一些。然而，不管他在想些什么，他都没有表露出来，而是把目光移开。"女士们先生们，在这里，我很高兴地向大家介绍一位我最有前途的学生。卡拉已在我这里学习了一年多，今天她将为大家奉上一些在魔术历史上从未出现过的隐秘魔术，以及几个由我或她独创的戏法。请别惊讶……"他又投射出一道有魔力似的目光，直接落在莱姆身上，"……也别因为你今天看到的任何事而感觉意外。现在，女士们先生们……让我们欢迎……卡拉小姐。"

莱姆原本打算在这一个小时里要来当个科学家。他喜欢接受挑战，探寻她魔术表演所用的手法，想识破她的戏法，看清她是如何藏起手中的纸牌和硬币，以及找出她把道具服装藏在何处以进行快速变装。不过，在这场"追逐"中，卡拉仍领先莱姆许多，尽管她从没想到莱姆在跟她进行比赛。

这位年轻的女郎走上舞台，身穿一袭胸前有新月图案的黑色紧身衣，外面罩着一件闪着微光的透明披风，类似薄纱般的罗马式长袍。莱姆从没想过卡拉竟会如此迷人，还有些性感，不过，她这身行头完全是为了舞台效果。她就像一名舞者，轻盈优美地滑过舞台，缓缓将视线投向观众，沉默了好一会儿。每个人都感觉到了她的目光，继而大家紧张的期待情绪慢慢积聚起来。终于，她用充满戏剧感的腔调说："变幻，变幻……是多么令人着迷。炼金术能将铅和锡变成金子……"她举起一枚银币放在掌心，合上手掌再打开，这枚银币就变成了金币。她将这枚金币抛向空中，刹那间，金币变成了一片金光闪闪的碎纸飘然而下。

观众立即爆发出掌声和愉快的喧哗。

"而夜晚……"剧场的灯光突然全黑了，一会儿工夫——只不过是几秒钟——又马上亮了起来，"……变成白天。"卡拉这时仍穿着一样的服装，但原本是黑身的紧身衣，此时却变成了金色，胸口的那块新月图案也变成了一颗闪亮的星星。她变装的速度之快，让莱姆不禁笑了起来。"生命……"她手中出现一朵红色的玫瑰，"……变成死亡……"她双手捧起玫瑰，它瞬时变成了黄色的枯枝，"……又恢复了生机……"她手中的枯枝竟变成一大把娇艳的鲜花。卡拉把这把鲜花抛给台下一位笑得十分开心的女人。莱姆听见她惊叹道："这些花是真的！"

卡拉垂下双手，再次把目光投向观众，表情忽然严肃起来。"有一本书，"她洪亮的声音充满整个剧场，"几千年前，罗马诗人奥维德写下一本书，名叫《变形记》。变形……就像一只毛毛虫变成……"她张开手掌，一只蝴蝶飞了出来，飞快地消失在后台。

莱姆学过四年拉丁文，他想起当年帮同学将奥维德作品中的一部分译成英文是如何费力，也还记得《变形记》是一系列用十四或十五行诗构成的神话故事。卡拉提起这本书做什么？想对台下那些律师妈妈和一心只想着 Xbox[①]和任天堂的孩子们讲古典文学吗？——不过莱姆也发现，卡拉身上那件又轻又薄的紧身戏服的确吸引着现场每个青少年的目光。

她继续说："《变形记》……是一本关于变幻的书。关于人变成另一个人，变成动物、植物或是没有生命的物体。奥维德讲述的故事有些是悲剧，有些则令人神魂颠倒，但所有故事都有一个共同点。"她停顿了一下，然后声音洪亮地说："魔术！"突然，舞台上升起一道亮光和一团烟雾，而卡拉便在这光雾之中消失了。

接下来的四十分钟，卡拉便以《变形记》中的一些诗句作为引导，变出一连串的魔术和手部技巧，让所有观众全看得如痴如醉。莱姆彻底打消了想识破魔术手法的念头，也深深沉醉于卡拉的故事中。即便他努力从故事中跳出来，仔细观察她的手部动作，却一次也没看出任何破绽。在一阵热烈的掌声和返场要求声中，卡拉又表演了快速变装，先变成一位瘦小的老妇人，又恢复原貌——"年轻的变老……老的变年轻"，然后才退出舞台。五分钟后，她穿着牛仔裤和白上衣走进观众席，和朋友们打招呼。

一位魔术商店的店员推出了餐点桌，上面有红酒、咖啡、汽水和各种点心。

"没有威士忌吗？"莱姆问，目光扫过桌上这些廉价的饮料和食物。

"很抱歉，先生。"这位年轻的店员回答。

萨克斯端着红酒杯，向走过来的卡拉点了点头。卡拉说："哎，真是太好了，真没想到你们也会来这里看我的演出。"

---

① Xbox，一种著名的电子游戏机品牌。

"该怎么说呢?"萨克斯说,"真是精彩绝伦。"

"棒极了,"莱姆说,目光又回到那张桌子上,"托马斯,没准儿桌子后面藏着威士忌。"

托马斯向莱姆点了点头,然后对卡拉说:"你能把这个变一下吗?"他拿了两杯霞多丽白葡萄酒,在其中一杯插上吸管端至他老板面前,"不喝这个就没得喝了,林肯。"

莱姆先啜了一口,然后才说:"我很喜欢你最后那个'年轻和年老'的结尾,我根本没想到你会这么做,我一直担心你最后会变成一只蝴蝶飞走呢,你知道的,就是那种老套的结尾。"

"你应该有心理准备的。在我身上,肯定会发生一些意料之外的事。记得吗?这是脑部戏法。"

"卡拉,"萨克斯说,"你该试试去奇幻马戏团表演。"

卡拉笑了笑,但没有回话。

"我是说真的,你的水平已经是专业级别的了。"萨克斯坚持说。

莱姆看出卡拉并不想多谈这件事。她轻描淡写地说:"我心里有数,不能操之过急。很多人都会犯冒进的错误。"

"咱们去吃点东西吧,"托马斯提议说,"我饿了。杰妮亚,你也一起来吧。"

这位胖女人爽快地答应了,并且提议去一家位于第六街和第十街交叉口的杰弗逊市场旁边的新餐厅。

卡拉迟疑了一下,但还是说她必须留在这儿加班,为了准备这次表演,有许多例行的工作都耽搁了。

"姑娘,这可不行,"胖护士皱着眉说,"你竟然还想着工作?"

"只是几个小时而已。今晚巴尔扎克先生有一位朋友要举行私人表演，所以他会提早打烊去参加。"卡拉和萨克斯拥抱告别。她们交换了电话号码，并承诺一定会和对方保持联系。莱姆又再次为威尔的案子向卡拉道谢。"如果没有你，我们肯定抓不到他。"

"我们下次会去拉斯维加斯看你的表演。"托马斯说。

莱姆驾驶着"暴风箭"轮椅驶上斜坡，向店门口驶去。途中，他瞥见在他的左侧，巴尔扎克一直盯着他。接着，巴尔扎克马上转身和走过来的卡拉说话。在他面前，卡拉立刻变成了另一个人，一个胆小害羞的女人。

这就是变形，莱姆心想。同时，他看着巴尔扎克缓缓把店门关上，将外面的世界完全隔绝在这位魔术师和他的徒弟之外。

35

"我再说一遍,如果你想要的话,可以请律师。"

"我知道。"埃里克·威尔用他特有的气声低语道。

他们现在已回到纽约市警察局,来到塞利托的办公室。这是一个小房间,大部分的颜色都是灰色。若是用这位警探在调查报告中常用的口吻来描述屋里的陈设,就会这样写:一张婴儿照片、一张男童照片、一张成年女性照片、一张位置不详的湖畔风景照,以及一株已枯死的植物。

塞利托在这间办公室里审讯过成百上千名疑犯。那些人和眼前这位疑犯唯一的区别在于:威尔戴的是双份镣铐。他被牢牢铐在桌子对面的灰色椅子上,身后还站着一名持枪警员。

"你知道?"

"我说过了,我知道。"威尔大声说。

于是,审讯便开始了。

和精于刑事鉴定的莱姆不同,一级警探朗·塞利托是个较为全面的警察,他能体察出隐藏在话语背后的真实意思。运用纽约市警察局和其他兄弟执法机关的资源,连同他的街头智慧以及过人的韧性,他总能查出案情的真相。警察是世界上最棒的职业,他经常这么说。这种工作可以让你变成演员、政客或是棋手,有时候,甚至还得变成带枪的战士和施展近身肉搏术的擒拿手。

其中最有趣的部分是审讯游戏。让疑犯坦白交代,供出同伙的名字,以及赃物或受害人尸体藏匿的地点。

不过,眼前的情况很明显。这个混蛋根本就没打算交代一丝案情。

"好了,埃里克,你对爱国者会了解多少?"

"我说过了,我只在报纸上看过他们的相关报道。"威尔回答,同时尽力抬高肩膀去蹭下巴,"能不能把手铐解开一下?一分钟就行。"

"不,我不能。你只'看过'爱国者会的新闻?"

"没错。"威尔说,咳嗽了一阵。

"在哪里看到的?"

"好像是《时代周刊》吧。"

"你受过教育,谈吐不错。我想,你应该不会赞同他们的哲学观点。"

"当然不赞同,"他咝咝地说,"在我看来,他们是一群偏执顽固的人。"

"既然你不赞同他们的政治理念,那么,正如你在莱姆面前承认的那样,驱使你行刺查尔斯·格雷迪的唯一动机只是金钱。因此,我们想知道花钱雇用你的人是谁。"

"哦,我并没打算杀他。"这名疑犯低声说,"你们误会我了。"

"什么叫'误会'?你带着装满子弹的武器,闯进他的住宅。"

"听着,我喜欢挑战。我只是想看我能不能闯进一个其他人进不去的地方。我根本没打算伤害任何人。"他这些话有一半是对塞利托说的,另一半则对着一台对准他的脸部在拍摄的老旧摄像机。

"那么，肉卷是怎么回事？或者你吃的是烤火鸡？"

"什么？"

"我说的是贝德福车站的河畔旅店。我敢说你吃的是火鸡肉，而康斯塔布尔的人吃了肉卷、牛排和当日特餐。杰迪吃的是哪一种？"

"谁？哦，是你一直问我的那个人吗？巴恩斯。你说的是那张收据的事，没错吧？"威尔嘶哑地说，"其实那张收据是我捡来的。我需要找张纸记些东西，所以随便捡了一张。"

其实？塞利托心想。好吧。"你只是想记些东西？"

威尔努力平复着呼吸，点了点头。

"当时你在哪里？"朗·塞利托强忍住心中逐渐升起的烦躁，继续追问，"你想起需要用纸的时候是在哪里？"

"我忘了，大概在一家星巴克吧。"

"哪一家？"

威尔眯起眼睛。"不记得了。"

近年来，疑犯开始大量频繁地把星巴克当作不在场证明的场所。塞利托猜想，这是因为这些咖啡店越来越多，而且都是一个模样。如此，疑犯便能理直气壮地说，他们也搞不清楚在某个关键时刻自己是待在哪一家咖啡店里。

"为什么这上面是空白的？"塞利托追问下去。

"什么是空白的？"

"这张收据的背面。如果你是为了想写东西才把它捡来，那为什么上面一个字都没有？"

"哦，因为我没找到笔。"

"星巴克里有很多笔。就在收银台，顾客必须在信用卡账单上签字。"

"店员太忙了，我不想去打扰她。"

"那时你想把什么事记下来？"

"嗯……"他又发出气喘声，"电影上映的时间。"

"拉里·伯克的尸体在哪里？"

"谁？"

"那个在八十八街逮捕你的警察。你昨晚告诉林肯·莱姆说你杀了他，尸体藏在西区的某个地方。"

"我只是想让他相信我要袭击的目标是马戏团，为了误导他，我才给他一些假消息。"

"你昨天承认杀害了其他几位被害人，那些也都是假消息？"

"没错。我谁也没杀。那些都是别人干的，有人想栽赃给我。"

啊，这是历史最悠久的一种辩护，而且是最拙劣也最棘手的那种。

尽管如此，这种老掉牙的方法有时的确奏效，塞利托也很清楚，这取决于那些容易上当的陪审团。

"谁想陷害你？"

"不知道。不过，显然是一个认识我的人。"

"因为他们在凶案现场留下了你的衣服、纤维和毛发之类的东西。"

"正是。"

"很好。这样说来，你现在心里一定有一份名单。告诉我几个名字吧。"

威尔闭上眼睛。"我什么也想不出来，"他把头一垂，沮丧地说，"这真让人泄气。"

塞利托已经快控制不住自己了。

这个乏味的游戏持续了半个小时,最后,这个警探只能放弃。他愤懑难平。颇具讽刺意味的是,他想起待会儿回家后,女友打算为他准备的晚餐就是火鸡肉——和那些疑犯在贝德福车站的河畔旅店吃的午餐一样。可拉里·伯克警员却永远也无法回到自己妻子身边了。塞利托已抛开和善的伪装,但仍坚持做完审讯,然后才咕哝着说:"你给我滚吧。"

他和另几位警员一起将这名疑犯押过两个街区来到男子拘留所,以杀人、伤害、人身攻击和纵火等罪名将他登记在册。他还特别交代拘留所的警员,告诉他们这个犯人具有高超的逃脱技能,对方则保证会把威尔关在"特别囚室"里,那里有让犯人插翅难飞的防范设施。

"嗯,塞利托探员。"威尔突然用喉音低声说。

探员转过身。

"我向上帝发誓,我什么也没做。"他喘着气说,声音在空气里回荡,听起来分外真挚诚恳,"也许我好好休息一番后,能想起一些可以帮助你找到真正凶手的事。我真的很想帮忙。"

在"坟墓"的楼下,两名拘留所警员紧紧钳住这名疑犯的手臂,夹着他拖着脚步走向登记室。

我看他也不怎么恐怖嘛,纠察部的警员琳达·韦尔斯心想。这个人很强壮,她感觉得出来,但还比不上他们这里关押过的一些"野兽",那些来自阿尔法城或哈莱姆区的混混——即使再多的可卡因、海洛因和啤酒,也无法使这些人强壮的体格稍有损伤。

她实在搞不清,这个叫埃里克·威尔的男人,一个瘦削的老家伙，怎么能让他们如此大动干戈。

"要抓牢他，眼睛不能离开他的手。另外，千万不能把脚镣打开。"塞利托警员的告诫言犹在耳。可是这个人看起来既忧伤又疲惫，而且似乎有呼吸困难的毛病。她瞥见他手臂和脖子上的疤痕，纳闷这个人过去曾遭遇过什么事。也许是大火或滚油，一想到这种伤会造成的疼痛，她便不由自主地战栗起来。

韦尔斯想起他在拘留所门口对塞利托警探说的话。我真的很想帮忙。威尔当时的神情简直就像一个让父母失望的孩子。

尽管塞利托忧心忡忡，但在按指纹和拍摄存档照片的过程中并没发生什么意外，疑犯很快又被铐上两副手铐和脚镣。现在，韦尔斯和汉克·格沙姆——一位身材壮硕的拘留所男警卫——双双夹着威尔经过这条长长的走廊，将其送往囚室。

韦尔斯曾押送过无数名犯人，早已对他们的哀求、抗议和眼泪无动于衷，但刚才威尔对塞利托说的那句哀伤的承诺，还是令她心有所动。也许他真的是无辜的，他看起来一点儿也不像是个杀人凶手。

威尔的脸抽搐了一下，韦尔斯便略微放松施加在他胳膊上的力气。

没过多久，这个犯人的身子向她这边一歪，靠了过来，脸上的表情十分痛苦。

"怎么了？"汉克问。

"抽筋了！"他吸着气说，"真疼……哦，天啊。"他轻声尖叫起来，"是脚镣弄的！"

他的左脚蹬直、不停颤抖，僵硬得像根木头。

汉克问韦尔斯："要给他解开吗？"

她犹豫了一下说："不行。"然后又对威尔说："咱们接着往前走,你把重心放在这边,我会撑着你的。"她经常慢跑,熟知该如何处理抽筋。他的情况看起来不像是装的——他的呻吟声那样真实,而且脚上的肌肉也硬得像块石头。

"哦,天啊,"威尔疼得叫了起来,"脚镣!"

"我们必须把它解下来。"她的同伴说。

"不行。"韦尔斯坚决地回答,"让他坐下来,我来处理。"

他们扶着威尔坐在地上,韦尔斯开始给他按摩变僵的那条腿,汉克则退后一步,在一旁看着。过了一会儿,她无意间抬起头,发现威尔的双手虽然仍被铐在背后,却已移至腰际,而他的长裤已微微拉下了几英寸。

她凑过去仔细查看,发现在他的大腿外侧有一块创可贴已被揭开,而在这张胶布下的是……那是什么东西?贴布底下的皮肤上有一道细缝。

就在此时,犯人突然举起手掌重重击向她的鼻子,正中鼻梁上的软骨。一阵剧痛顿时在她脸上蔓延开来,她疼得一时无法呼吸。

钥匙!他身上带了钥匙或开锁工具,就藏在那块创可贴盖着的皮肤裂缝里。

在一旁警戒的汉克立刻冲了过来,但威尔的速度更快。他曲起胳膊肘狠狠地朝对方的咽喉猛击。这名警员立刻倒下,两手紧紧护住喉咙,边咳嗽边挣扎着呼吸。威尔把手伸向韦尔斯的手枪,想从枪套中抽出,但她用双手压紧,使出了全身的力气拼命保护身上的佩枪。她想大声呼救,可鼻子流出的鲜血灌进了她的喉咙,使她不住地呛咳。

威尔右手抓着她的枪,空着的左手在短短几秒钟内便解开了脚上的束缚,然后才回过头来伸出双手全力抢夺她的格洛克手枪。

"救命!"她大叫,一边咳着鲜血,"快来人救救我们!"

威尔已把手枪抽出了枪套,但韦尔斯想起自己的孩子,死也不肯放开嫌疑犯的手腕。枪口扫过空荡荡的长廊,扫过汉克,停在他的双手和膝盖上。汉克仍趴在地上不停干呕、艰难地呼吸。

"救命!有警员受伤了!快来人呀!"韦尔斯高叫。

走廊尽头有了动静,一扇门打开了,几个人冲了出来。然而,这条长廊仿佛有十英里长,而威尔把枪握得更牢了。他们摔倒在地,扭打在一起,犯人狂乱的眼睛距她的双眼只有几英寸的距离,而枪口则缓缓指向了她。最后,手枪在他们两人中间停止了。他深吸一口气,食指准备扣动扳机。

"别,求求你,不要……"她低声哀求。枪口离她的脸只有几英寸,她凝视着黑洞洞的枪眼,知道那里随时都会冒出火焰,而疑犯的脸上已浮现出残忍的微笑。

她看见了女儿,看见了女儿的父亲,看见了自己的母亲……

没门!韦尔斯暴怒地跳起来。她的脚在墙上一蹬,猛地撞了过去。威尔向后摔倒,而她则压在他的身上。

手枪发出一声巨响。强大的后坐力震得她手腕发麻;巨大的声响震耳欲聋。

墙上溅上了一大片鲜血。

不、不、不!

让汉克平安无事吧!她祈祷。

但是,韦尔斯看见她的同伴挣扎着从地上爬了起来。他没有受伤。她突然发觉,此时那股和她争夺手枪的力量消失了,那把格洛克好端端地在她自己手上,威尔的手已经放开了。她跌跌撞撞地跳着向后退去,想远离这名犯人。

哦,我的天啊……

那颗子弹直接射入犯人头的一侧,在他脑袋上留下一个可怕的伤口。他身后的墙上溅了一大摊鲜血,脑浆和骨头的碎片也混杂其中。威尔倒在地上,双目圆睁,看着天花板,鲜血从他的太阳穴汩汩地流到地上。

韦尔斯颤抖着号啕大哭:"妈的,看我都做了些什么!哦,妈的!快救救他!谁来救救他!"

十几名警员聚拢来。她转过身看着这些警员,却发现他们全绷紧了神经,蹲低身子采用防卫姿态。

韦尔斯倒抽一口凉气。难道她背后还有另一个嫌疑犯?她猛地转过身,但走廊上空无一人。她再转回来,发现那些警员仍然保持蹲姿,持枪处于警戒状态。他们大声对她喊着,但她的耳朵被刚才的枪声震聋了,一时听不见他们在喊些什么。

最后,她总算听见了。"天啊,你的武器,琳达!快收起来!看看你的枪口在指着哪里!"

她这才发觉,自己在慌乱中竟然拿着这把格洛克手枪到处乱指,指向天花板,指向地板,指向他们,就像一个拿着玩具手枪的小孩。

她为自己的疏忽低笑不止。她把手枪插回枪套,却感觉腰带上有块硬邦邦的东西。她把这块东西剥下来定睛一看,才发现那是一块血淋淋的头骨碎片,是从威尔的头上溅出来的。"啊。"她惊呼一声,立刻把这块骨头碎片扔下,然后忍不住狂笑起来,笑得像她的女儿在被人胳肢呵痒时那样。她往手上吐了点口水,在裤子上来回摩擦抹去血迹。她摩擦的动作越来越快,越来越癫狂,直到笑声戛然而止,接着,她跪倒在地,痛苦地啜泣起来。

36

"妈妈,你真该来看看,我的表演大获成功。"

卡拉坐在椅子边缘,双手捧着温热的星巴克咖啡,纸杯传出的温度刚好与皮肤的温度契合——譬如说她母亲皮肤的温度。依然粉红,依然鲜艳。

"我一个人撑满了全场,整整四十五分钟,怎么样?"

"你……"

这个字并非出自卡拉想象中的对话。床上的这个女人已经醒了,并吐字清晰地提出问题。

你。

但卡拉却不明白母亲说的是什么意思。

她也许是:你刚才说什么?

或是:你是谁?你为什么在我房间里,还坐在这里,好像我们认识似的。

或是:我听见"你"这个字,但我不明白这个字的含义,可又实在不好意思问出口。我知道这个字很重要,但就是想不起来。你,你,你……

接着,她的母亲看向窗外,看着攀爬的常春藤,说:"一切都会好转。我们会平安度过的。"

卡拉很清楚,当母亲处于现在这种状况时,想和她对话只会让自己沮丧气馁。她说的这句话和下句话之间没有任何联系，有时一句话只说了一半，她会突然忘了要说什么，然后声音越来越小，最后迷惑地陷入沉默。

因此，卡拉只能东拉西扯地说下去。她讲述了刚刚表演过的"变形记"，又兴奋地告诉母亲自己如何协助警方逮到杀手。

忽然，母亲的眉毛仿佛听懂般弓了起来。卡拉的心开始狂跳，倾身靠近母亲。

"我找到那个罐子了。我从没想到能再看见它。"

她的头又深陷进枕头。

卡拉攥紧拳头，呼吸急促起来："是我，妈妈！我！你看不见我吗？"

"你？"

可恶！卡拉在心中对那个操纵这个可怜的女人，蒙蔽了她的灵魂的魔鬼大发雷霆。放了她！把她还给我！

"嗨，你好。"门口突然传来一个女人的声音，把卡拉吓了一跳。她在转身之前，抬手巧妙地拭去脸颊上的几滴眼泪，动作流畅得有如施展一次法兰西落币术。

"嗨，"她对阿米莉亚·萨克斯说，"你跟踪我来了。"

"我是警察，干的就是这个。"她走进房间，端着两杯星巴克咖啡，一眼瞥见卡拉手中的纸杯，"抱歉，带了多余的礼物。"

卡拉把手上的杯子捏扁。里面的咖啡已几乎喝光了。她感激地接过萨克斯带来的第二杯咖啡。"只要身边有咖啡，我就绝不会浪费。"她立刻抿了一口，"多谢。你们晚餐吃得还愉快吗？"

"很不错。杰妮亚很有趣，托马斯爱上她了，而且她也能逗林肯开心。"

"她总是能感染周围的人，"卡拉说，"是个好人。"

阿米莉亚说:"演出一结束,巴尔扎克就飞快地把你拉走了。我来这里只是想再次感谢你。还有,请你写一张清单,我们会为你付出的时间付费的。"

"我从来没想过钱的事。你向我推荐了古巴咖啡,这个报酬足够了。"

"不,你还是写张清单,把它寄给我,我保证这笔钱一定申请得下来。"

"我是玩票性质的公务员,"卡拉说,"这个故事我今后一定会讲给我的孙子……对了,我今晚剩下的时间都有空——巴尔扎克先生去会朋友了。我想去苏荷区找朋友,你愿意一起来吗?"

"当然,"女警说,"咱们可以……"突然,她抬起头,目光越过卡拉的肩头:"您好。"

卡拉回头一看,发现母亲正好奇地打量这名女警,便注意看了一下她的眼神。"她现在并不是真正处于清醒状态。"

"那是在夏天,"老太太说,"一定是六月,我敢确定。"说完,她又闭上眼睛,躺回原来的位置。

"她还好吧?"

"这只是暂时的,她很快就会清醒过来。有时候,她的神志的确有点好笑。"卡拉抚摸着病床上那位老妇人的胳膊,问萨克斯,"你的父母呢?"

"听起来似曾相识,我有种感觉。我父亲死了,母亲住在布鲁克林区,离我很近,近到超出我们应该保持的距离。不过我们正在……相互理解。"

卡拉很清楚,在母女之间,"理解"这个词的复杂性有如国际条约,因此她不想多问——至少不是现在。今后总会有机会的。

一阵刺耳的嘀嘀声突然在房里响起,这两个女人同时摸向腰间的呼叫器。真正响的是阿米莉亚那部。"我进来的时候把手机关了,大厅有告示说在这里不能使用。可以借一下吗?"她朝桌上的电话扬了扬头。

"别客气,用吧。"

她拿起话筒拨了号,卡拉则起身抚平母亲床上的毛毯。"妈妈,你记得我们在沃里克的那家'床和早餐'旅店吗?在那座城堡附近。"

你还记得吗?告诉我你记得!

阿米莉亚的声音:"莱姆?是我。"

卡拉还在一厢情愿地和母亲对话,但只过了几秒,就被这位女警尖锐的声音打断了。"你说什么?什么时候?"

卡拉皱起眉头,转身看向阿米莉亚。而阿米莉亚也看着她,不停地摇头。"我这就过去……我现在正和她在一起。我会告诉她的。"她挂断了电话。

"怎么了?"卡拉问。

"看来我还是不能和你一起去了。我们肯定漏掉了一个开锁工具或钥匙,结果威尔在拘留所打开了手铐,还想抢夺警枪。他已经被击毙了。"

"天啊。"

阿米莉亚向门口走去。"我现在要去现场勘验了。"她突然停下脚步,转身看着卡拉,"老实说,我一直很担心他在受审期间的监禁安全。这个人实在太狡猾了。看来,这个世上有时还是存在正义的。啊,对了,别忘了写账单。不管你想收多少钱,记得都把它加上一倍。"

"康斯塔布尔那边有消息了。"电话中传来一个男人轻快的声音。

"他去当私家侦探了吗?"查尔斯·格雷迪挖苦地问。

他虽然挖苦,却并不尖刻。他对乔·罗特没什么成见——尽管此人总是作败类的代表——但毕竟他是辩护律师,而且打算避开他的客户惹来的冗长的司法审判程序。更何况,他向来用诚恳和尊重的态度对待检察官和警方。因此,格雷迪也报之以礼。

"是的,他真这么做了。他打了几个电话回坎顿瀑布,联系上了一些爱国者会的人。利用他们对上帝的敬畏,让他们把事情查清楚,看来是有一些旧会员误入歧途。"

"是谁?巴恩斯?还是斯坦普?"

"我们还没有谈得那么深入。我只知道他非常沮丧,他不停地说:'犹大、犹大、犹大',说了一遍又一遍。"

格雷迪一点也不同情他,近墨者黑……他对律师说:"他知道我没法让他完全免除徒刑吧?"

"他明白,查尔斯。"

"你知道威尔死了吗?"

"知道了……我得告诉你,安德鲁知道这个消息后很高兴。我相信他真的和那些想伤害你的人完全没关系,查尔斯。"

格雷迪向来不会采纳辩护律师的意见,即便是坦率的罗特也一样。他又问:"所以,他已经有确凿的消息了?"

"没错。"

格雷迪相信他。罗特并不是个你随便说说就能糊弄住的人,如果他认为康斯塔布尔打算供出一些人,那么这件事就肯定如此。当然,这对案情的明朗肯定有积极的作用。如果康斯塔布尔能说出有力的消息,让当地的州警能针对爱国者会进行全面侦查和逮捕行动，这样他就有信心可以放这名疑犯一马。

对威尔的死，格雷迪的心情十分复杂。他对这件枪杀案件公开表示关切，并保证会用公正的态度看待它，但私下里却很高兴这个混蛋被解决了。那个打算谋杀他们的杀手闯进他的公寓，侵入他的妻子和女儿生活的家，这让他直到现在仍感到惊讶和愤怒。

格雷迪看着杯中的红酒，多么渴望能细细品尝一番，但他心里很清楚，在接到这个电话之后，他必须先放下酒杯。康斯塔布尔的案子实在太重要，他得保持最清醒的状态。

"他想和你面谈。"罗特说。

这瓶红酒是格利奇酒庄①的赤霞珠。出厂年份绝不会晚于一九九七年。顶级葡萄园，上好的年份。

罗特继续说："你最快到拘留所需要多久？"

"半小时，我现在就去。"

格雷迪挂断电话，对妻子说："有个好消息：不必开庭了。"

路易斯，那位眼神仍充满谨慎戒备的保镖说："我跟你去。"

威尔被击毙后，朗·塞利托便大量减少了保护检察官的人手，只留下路易斯一个人。

"不，路易斯，你留在这里陪我家人吧。这样我会更安心一些。"

他的妻子好奇地问："亲爱的，如果刚才那是好消息的话，那么坏消息是什么？"

"我大概会错过晚餐了。"检察官说，抓了一把金鱼牌饼干塞进嘴里，然后灌了一大口上等的红酒把饼干冲下肚。他心想，管他呢，就算是庆祝吧。

---

①格利奇酒庄，著名葡萄酒产地，位于美国加利福尼亚州。

萨克斯把她那辆已饱受摧残的黄色卡马诺跑车停在中央街一百号外面,将一枚纽约市警察局的警徽扔在仪表板上,便匆匆下了车。她向一名站在刑案现场鉴定车旁的工作人员点了点头。

"现场在哪儿?"

"在后面的一层,从登记处的走廊进去就是了。"

"现场封锁了吗?"

"是的。"

"手枪是谁的?"

"琳达·韦尔斯,拘留所的警员。她现在情绪很激动。那个混账打破了她的鼻子。"

萨克斯提起一个鉴定箱,放在一个行李车上,便推着车朝刑事法庭大楼的正门走去。其他几名刑案现场鉴定师也做了同样的动作,紧紧跟在她的身后。

当然,这个刑案现场并不复杂。一件发生在警员和企图逃亡的犯人之间的枪击意外。事情显而易见。然而,这个事件仍算是一宗命案,需要完整的刑案现场鉴定报告,以提供给枪击事件委员会和任何随之而来的调查和诉讼。因此,阿米莉亚·萨克斯会一如既往地小心处理现场。

一名警卫检查了他们的证件,便带领这个鉴定小组穿过几条迷宫似的通道,进入法庭大楼的一楼。最后,他们推开一扇关闭的房门,站在一个被警用黄色封锁带圈起的区域外面。萨克斯看见一位警探正在对一名制服警员说话,这个女警的鼻子上贴着胶布,鼻孔里还塞着卫生纸。

萨克斯向他们做了自我介绍,说明来意,并告知自己即将开始进行现场勘验。那位警探听完便让到一旁,让萨克斯亲自去问琳达·韦尔斯事情发生的经过。

这名制服女警用鼻音结结巴巴地讲述了那个犯人不知道用什么手法打开了手铐。"他只花了两三秒时间，所有手铐就这样被打开了。他并没有拿到我的钥匙。"她用手指向制服上衣的口袋，那里大概是她放手铐钥匙的地方，"他有开锁工具或钥匙之类的东西，就藏在他的大腿上。"

"藏在他的裤兜里吗？"萨克斯皱起眉头。她记得他们已经仔细搜过他的身了。

"不，是在他的腿上，你等会儿就会看到。"她朝放置威尔尸体的那条走廊扭了下头，"他的皮肤上有一个口子，就在一块创可贴下面。一切都发生得太快了。"

萨克斯想，那个人一定是为了制造一个藏匿工具的地方而割开自己的皮肤。想到这儿她不禁觉得恶心。

"接着他抓着我的手枪，我们扭打在一起。枪走火了，我没想扣扳机，真的没有。我已经尽可能小心控制了……但我没做到。枪就这么走火了。"

控制……走火。她使用这些警察的专用术语，或许是想阻隔一些负罪感，但这对那名犯人的死已于事无补，也改变不了她的生命曾遭受威胁的事实，更不会让其他警员再受这名犯人的蒙蔽。不，一切责任都必须由这个女人承担。女性在纽约市警局的地位向来得之不易，而如果出了事，受到的伤害往往会比男人还要严重。

"我们逮捕他后就仔细搜过他的身了，"萨克斯友好地说，"但我们也没发现他还藏了钥匙。"

"是啊，"这名女警喃喃地说，"但这件事还是会被追究的。"

她指的是枪击事件调查委员会。没错，这件事到时一定会被揪出来的。

看来，萨克斯在写现场鉴定报告时必须多费一番心思，尽可能提供一些对这名女警有利的证据。

韦尔斯轻轻地摸了一下鼻子。"哎，真疼。"顿时，她的泪水涌了出来，"我的孩子会怎么说呢？他们总是问我的工作有没有危险，而我总告诉他们没有。现在看看这个……"

萨克斯戴上橡胶手套，向这名女警员索要她的格洛克手枪。接过这把枪后，她退出弹匣，取出弹膛中的子弹，然后把枪和子弹全放进一个塑料证物袋中。

她无意间用了调查警司的口吻，对这名女警说："你可以去休个假。"

但韦尔斯似乎没听见萨克斯的话。"真的是走火，"她语气空洞，"我并不想开枪，我没打算杀任何人。"

"琳达？"萨克斯说，"你可以去休个假了，一个星期，十天也行。"

"我可以吗？"

"去跟你的主管谈谈吧。"

"嗯，当然，我一定会去的。"韦尔斯转身离开，恍恍惚惚地走向一旁正在接受治疗的搭档。他的脖子上有一大块瘀青，除此之外，看起来一切正常。

刑案现场鉴定小组的人员在枪击事件发生的长廊门外搭了一个临时工作站，他们打开工具箱，拿出证物收集工具、指纹采集器具，准备摄影和摄像器材。萨克斯换上白色的特卫强服装，然后在鞋上绑上了皮筋。

她戴上耳机麦克风，要求总台把步话机通信转接至林肯·莱姆的通话器。在撕下警方封锁胶带打开这扇门的时候，她心里在想：在皮肤上割一条口子藏匿开锁工具或钥匙？她和林肯一起对抗过这么多疑犯,这个"魔法师"是……

"啊!该死!"她脱口而出。

"彼此彼此,萨克斯。"莱姆尖酸的话从她的耳机中传出,"这句话应该是你说的吧?真是见鬼,全是电波杂音。"

"我真不敢相信,莱姆。法医居然没等我做现场处理就把尸体搬走了。"萨克斯看向长廊,血迹尚在,但尸体已经不见了。

"什么?"他高喊,"谁允许的?"

根据刑案现场工作守则,紧急医疗人员虽然可以进入现场抢救伤患,但如果伤者已死,尸体则必须保持原样,即使是法医办公室来的值班医生也不能动,一切都得等刑事鉴定小组的人完成工作再说。这是警察的基本常识。今天不管是谁搬动了"魔法师"的尸体,其职业生涯都会岌岌可危。

"有问题吗?阿米莉亚?"门外一位技师喊道。

"你看,"她愤怒地说,朝长廊扭了扭头,"法医没等咱们来做鉴定就把尸体移走了。这是怎么回事?"

这位年轻的技师皱起眉头。他瞟了一眼外面的同事,才说:"嗯……值班的法医还在外面。你来的时候,我们正在外面和他说话,就是那个正在喂鸽子的人。他说他会在那里等我们弄完,才会进来搬尸体。"

"这是怎么回事?"莱姆咆哮起来,"我听见他说的话了,萨克斯。"

她对莱姆说:"法医室派来的人都还在外面,莱姆。看来他们并没有进来移走尸体。这么说来……"

"哦,天哪!糟了!"

一阵战栗瞬间穿透她的心。"莱姆,你该不会认为……?"

他狂吼道:"你看到什么了,萨克斯?血液喷溅的情形如何?"

她奔向枪击发生的地点,仔细查看喷溅在墙上的血迹。"哦,不对,这看起来不像普通的枪击造成的。"

"有脑浆吗?或是骨头碎片?"

"的确有灰色物质。但看起来又不太像。这里还有一些骨头碎片,但是就近距离射击而言,似乎太少了。"

"做一个血液鉴定,这样才能确定。"

她飞快地跑回门口。

"怎么了?"一位鉴定技师问,但看到她发狂似的翻寻一个鉴定箱中的东西,便自觉地闭上了嘴。

萨克斯抓起了KM血液催化试剂,随即奔回长廊,从墙上采集了一个样本。她在里面加入酚酞,很快便得到了答案。"我不知道这是什么,但肯定不是血。"她看向地板上那摊殷红的痕迹,觉得那里的血液倒很像真的。她取样检验,证明这摊血才是真的。接着,她又发现墙角的地上有一个沾血的剃刀片。"天啊,莱姆,他假装受到枪击,用刀割伤自己,用真的血来蒙骗警卫。"

"快通知警卫。"

萨克斯大喊:"犯人脱逃——封闭所有出口。"

一名警探冲进长廊,瞪着地板。琳达跟在他后面,双目圆睁。起初她还因自己并没有杀了人而短暂地感觉到一丝安慰,但这丝安慰很快便消失无踪,因为她很快便意识到这里发生了更糟糕的事。"不可能!他刚才还在那里。他的眼睛是睁着的,分明已经死了。"她的声音越来越尖锐,似乎快要发狂,"我是说,他的头……他的头上全是血。我看见……我看见了伤口!"

你看见的是伤口的幻影。萨克斯苦涩地想。

警探大喊道:"已通知所有出口的警卫,但是,老天,这并不是一条完全封闭的走廊。当我们关上这里的门，他可能已经爬起来，溜到别处去了。现在他说不定早就偷了一辆车，或坐在通往皇后区的地铁上了。"

阿米莉亚·萨克斯开始下达命令。这位警探的级别虽然比她高，但他现在太过震惊，顾不上质疑她有没有职权下达这些指令。"马上发布通缉令，"她说，"通知市区所有警员，通知联邦和州政府的执法单位，也别忘了通知纽约大都会交通局。犯人姓名是埃里克·威尔，白种男性，五十多岁。在犯人登记站那里有他的特写照片。"

"他穿着什么衣服？"警探问韦尔斯和她的搭档。这两名警员立刻努力回想，提供了一些大致的描述。

我们就算知道这些也根本无关紧要，萨克斯心想。他现在一定穿着完全不同的衣服，他可以改装成任何人。她环顾四周，可以看见四条由此分出的走廊，看见几十个人的身影。这些人有押送员、门卫和一般警员……

也许还有"魔法师"。说不定他已装扮成了这些人中的一个。

然而，在这个时候，她还是把追缉犯人的工作交给这名警探负责，然后转身走向她的专业区域。这个刑案现场原本只需要走走形式，但现在，它已经变成了一个生死存亡的关键所在。

37

马勒里克小心谨慎地走在男子拘留所的一层,心里回想着刚刚逃脱的经过,同时对他"尊敬的观众朋友"默默地说着一段独白。

让我和各位来分享魔术师这行的一种手法。

如果真的要蒙骗观众,仅用幻术误导他们是远远不够的。原因在于,当人们遇到一个与逻辑相违背的现象时,他们的大脑便会不停地思考那个景象,以便搞清楚究竟发生了什么事。我们魔术师将这种行为称为"重建"。除非我们设计的手法足够巧妙,否则一位聪明又具有怀疑精神的观众只会被蒙骗一时,他们在表演结束后很快就会识破我们的手法。

所以,我们该如何蒙骗这样的观众呢?

我们必须用最令人难以置信的方法——要么就简单到荒谬,要么就复杂到超过任何人的想象。

举例来说:有位著名的魔术师表演把整根孔雀羽毛穿过手帕的戏法。观众几乎都无法看出他使用的是何种手部技巧,才能让那根羽毛看起来像穿过了手帕。他究竟用了什么方法呢?羽毛的确穿过了手帕,因为手帕上面有一个洞!观众一开始一定会想到这个方法,但继而便会认为,对这样一位伟大的表演者来说,这种方法实在太简单了。他们宁可相信这位魔术师使用的是更复杂更精妙的手法。

再举一例：一位魔术师和几个朋友在一家餐厅吃饭，席间有人要求他表演几招魔术。他起初推辞，但最后还是同意了。于是他拿起一块备用桌布，把它摊开遮住邻桌一对正在用餐的情侣。不到一秒，那对情侣就消失了。魔术师的朋友均大感惊异，他是怎么办到的？他们绝对不会想到，这位魔术师早就料到他会被朋友要求表演，因此早已和餐厅经理串通做好准备，布置了一张折叠桌并雇用一对男女演员扮演情侣。当魔术师一拿起那块桌布，他们便得到暗号，迅速从现场消失。

当那些在场的人"重建"他们所看到的表演时，都拒绝接受事实，认为明明是即兴表演，其中不可能会有如此精心复杂的设计。

你们刚刚所看见的魔术也是在类似情况下产生的。我称之为"被枪击中的犯人"。

重建。许多魔术师会忽略这种心理活动，但马勒里克绝对不会。他在谋划该如何从拘留所脱逃时，就已经仔细想过了。那两名押解他走过长廊去往监狱的警员，都相信他们亲眼所见的事：犯人挣脱手铐、夺枪，最后被射死在他们面前。

这是多么令人震惊、慌乱和恐怖的情景。

但即使出现这样的高潮时刻，人的思维仍会进行该有的运作。因此，在烟雾消散之前，那些警员虽然惊慌，却也会立刻开始反思整个事件的经过。就像每个展开重建的观众一样，既然他们知道埃里克·威尔是一名经验丰富的魔术师，就难免会质疑这场枪击事件的真伪。

可是，他们听见的是真实的枪声，手枪射击出的是真实的子弹。

他们目睹一个脑袋在子弹下开了花,而且,紧接着看见的是一具软绵绵的死尸,看见了鲜血、脑浆、骨头和一双目光凝滞的眼睛。

这重建的结果指向一个答案——若说这个枪击事件是此人精心设计的结果,未免太令人难以置信。于是,他们坚信此人已死,便把他独自留在现场,没戴手铐脚镣,所有人都到外面去使用步话机呼叫或打电话报告消息去了。

我用的是什么手法呢,尊敬的观众朋友?

当马勒里克被押送着穿过长廊时,他在暗中撕开腿上的胶布,从皮肤上的伤口中取出一把万能钥匙。他解开手铐,徒手攻击了女警的脸和男警的喉咙后,便去拔她枪套中的手枪。一阵扭打争夺……最后他终于把枪口对准自己头的后部,扣动了扳机。与此同时,他接通微型电路板,引爆贴在头皮上被头发掩盖住的小爆竹,炸开一个装有假血、一点灰色的橡胶物质和牛骨碎片的血浆袋。为了增加可信度,他还用一把暗藏在腿部伤口里的剃刀片割破头皮——这是身上出血量大却不会感到太过疼痛的部位。

接着他便倒在地上,像个被抛弃的布娃娃。他尽量屏住呼吸;他的眼睛可以保持睁开不动,因为他滴过一种黏性眼药水,那能让眼珠变得浑浊,同时又能保持眼球润滑而不必眨眼。

妈的,看我都做了些什么!哦,妈的!快救救他!谁来救救他!

哈,韦尔斯警员,现在要救我已经来不及了。

我已经没救了,像一头倒毙在路边的野鹿。

现在,他走在法院大楼地下迂回复杂的通道上,前往地下室的清洁工具间。他早在几天前就已把新的道具服装藏在这里。一进入这个房间,他便脱去衣服,擦掉受伤的伪装,把旧衣服和鞋子塞进几个小盒子里。不到十秒钟,他就换上新衣服,再化上一点妆,完完全全变成了另一个人。

他往门外瞄了一眼,确定走廊上没有人后,便踏出小房间匆匆向楼梯走去。最后那个时刻就快来临了。

"这是出局。"卡拉说。

不久之前,她才从斯托伊弗桑特疗养院被紧急召至莱姆的住处。

"出局?"莱姆问,"这是什么意思?"

"意思是一种备用计划。所有优秀的魔术师在演出时都会准备一两套备用方案。如果你演出时失手或是被观众看出破绽,就必须换上这种出局计划以挽救演出。他一定预先想到自己有可能被逮捕,所以他便启动了出局计划,好让自己顺利逃脱。"

"他是怎么办到的?"

"在头发里藏匿一个血浆袋和爆竹。至于枪击,有可能是用假枪,"她大胆提出假设,"徒手接飞弹的表演者用的都是假枪,或是改造过的,一把枪同时拥有两副枪管,要么就用真枪装了空包弹。他很可能是用假枪调换了拘留所那个警员身上的佩枪。"

"这点我表示怀疑。"莱姆说,转头看向塞利托。

这位邋遢警探表示赞同:"的确,我不认为他能换掉警枪,也不可能有机会卸下真子弹换上假子弹。"

卡拉说:"如果这么说的话,他就只能假装对自己开枪,利用视觉上的角度制造假象。"

"那他的眼睛呢?"莱姆问,"根据现场的人说,他的眼睛是睁开的,根本没眨过,而且眼珠都变得浑浊了。"

"扮成死人的招数和道具有数十种。他可能使用某种特殊的眼药水让眼球保持润滑,这样便可以保持十到十五分钟不眨眼睛。还有一种能眼球保持湿润的隐形眼镜,看起来灰蒙蒙的,能让你的眼睛和僵尸的一模一样。"

僵尸眼和假血……天啊,真是糟透了。"他是怎么通过他妈的金属探测器的?"

"因为那时他们还没进到羁押室,"塞利托解释,"事情是在前往羁押室的路上发生的。"

莱姆叹了口气。接着,他又突然想起什么:"证物呢?"他看着房门,又看向梅尔·库柏,仿佛这位瘦削的技师能让从拘留所递送证物来的人立刻出现似的。现在他们有两个刑案现场了:一个是在发生假枪击事件的拘留所长廊,另一个是在地下室——清洁工具室里。一名搜索人员在那里找到了伪装伤痕的道具、衣物和其他一些东西,统统藏在一个袋子里。

门铃响了,托马斯前去应门。不一会儿,罗兰·贝尔匆匆走入客厅。"简直令人难以置信,"他上气不接下气地说,被汗浸湿的头发乱糟糟地贴在额头上,"确认了吗?他真的逃走了?"

"没错,"莱姆语气阴沉地说,"特勤小组正在搜索那个地方,阿米莉亚也在那里,不过到目前为止一点线索都没有。"

贝尔慢吞吞地说:"他现在应该会跑得远远的,躲起来。不过我认为咱们现在还是应该马上把查尔斯和他的家人全接到庇护所,直到查出到底怎么回事为止。"

塞利托说:"我完全赞成。"

贝尔警探马上拿出手机拨通号码。"路易斯?我是罗兰。听着，威尔逃走了……不，不，他根本没死，是装的。我要格雷迪和他的家人现在马上到庇护所去，直到那家伙被抓到为止。我会派遣一支……什么？"

一听见最后这个震惊的词，所有人的注意力就都转向贝尔。"谁和他一起？……他一个人？你在说些什么啊？"

莱姆看着贝尔，他那张悠闲自在的脸此时已阴郁地皱成一团。又一次，如同在这件案子中屡屡出现的那样，莱姆有种感觉，又有一个早已计划好而又在他们意料之外的阴谋即将揭晓。

贝尔转向塞利托。"路易斯说你打过电话，让保护小组的人都撤走了。"

"打给谁？"

"打到格雷迪的住处。你告诉路易斯，除了他留下，其余人都离开。"

"我为什么要这么做？"塞利托问，"妈的，又是他干的！就像让守在马戏团那里的警员都下班一样。"

贝尔转头对屋里的人说："情况越来越糟了……格雷迪现在独自去下城，想和康斯塔布尔面谈一些认罪减刑的事。"他又继续对着电话说："路易斯，你先把他的家人都聚在一起，然后打电话给其他组员，让他们立刻回来。除了你认识的人，别让其他人进入公寓。我会想办法联系格雷迪的。"他挂断电话，又拨了一个号码，拿着手机等了好一会儿，直到进入语音信箱。"没人接。"他便留下语音信息，"查尔斯，我是罗兰。威尔已经逃走了，目前我们不知道他的下落，也不知道他会去哪里。你一听到这个留言，就尽快找一位你认识的带枪警员寻求保护，然后立刻打电话给我。"

他留下自己的电话号码，接着又打了一个电话，找特勤小组的队长鲍尔·霍曼。通知对方格雷迪目前正前往拘留所,身边没有任何人保护。

这位佩着双枪的男人终于挂了电话,摇着头说:"这下可追不上了。"他看向客厅里的证物表,"好吧,现在这家伙会去哪儿?"

"我只知道一件事。"莱姆说,"他不会离开市区。他会留在这里享受成果。"

在我这辈子里只有一件事,只有一件事对我有意义,那就是表演。魔术、魔术……

"谢谢你,长官。谢谢。"

听见这句彬彬有礼的话,这名警卫不由得微微迟疑了一下。他正押送安德鲁·康斯塔布尔进入位于下曼哈顿"坟墓"上层的会客室。

这名犯人脸上挂着微笑,就像一名正在感谢教民捐款的牧师。

警卫解开康斯塔布尔反铐在背后的双手,然后重新铐在身前。

"罗特先生来了吗?长官。"

"坐下,别说话。"

"一定照办。"康斯塔布尔坐了下来。

"闭嘴。"

他也立刻照办了。

警卫离开会客室,让犯人独自待在房间里。他透过灰蒙蒙的玻璃窗看向外面的城市。尽管他是个彻头彻尾的乡下人,但仍相当喜欢纽约,并和众人一样因九一一事件而深感愤怒。如果他和爱国者会的理想能够实现的话,那个悲惨事件便绝不会发生，因为在他们的理想中，那些想伤害美式生活的人将会被连根拔除、无所遁形。

棘手的问题……

不一会儿，那扇沉重的金属门打开了。警卫让乔·罗特进入会客室。

"嗨，乔。格雷迪同意协商了吗？"

"嗯。我猜他大概再过十分钟就赶到了。不过他还是想从你这里多得到一些消息，安德鲁。"

"哦，会让他满意的。"这名犯人叹了口气，"上次我和你谈话过后，又查出了更多的事。告诉你，乔，那些发生在坎顿瀑布的事情真让我伤心。他们进行那些事已经一年多了，就在我眼皮底下。格雷迪不是一直提到杀害州警的事吗？我本来以为那是胡说。但是，不对，的确有一些人在有计划地干这些勾当。"

"你有名单吗？"

康斯塔布尔说："我当然有。他们都是我的朋友，很好的朋友。至少，以前是。他们不是去河畔旅店吃午餐吗？那些人的确雇用威尔来刺杀格雷迪。我有名单、日期、地点和电话号码，而且还有更多内幕会陆续传来。爱国者会里还有许多人愿意尽力和我合作。不用担心。"

"好极了，"罗特说，露出宽慰的神情，"格雷迪一开始会不好对付，那是他的行事风格。不过，我想这次应该会很顺利。"

"谢谢你，乔。"康斯塔布尔对他的辩护律师赞不绝口，"很高兴请到你来帮忙。"

"说实话，安德鲁，一开始我还有点惊讶，没想到你会雇用我这个犹太律师。你知道的，你过去的一些传闻我也听说过。"

"你现在渐渐了解我了吧？"

"现在我了解了。"

"这提醒了我,乔,我一直想问你。逾越节是什么时候?"

"什么?"

"你们的节日啊。是在什么时候?"

"一个月前。记得有一晚我很早就走了吗?"

"是有这么回事。"他点点头,"'逾越'是什么含义?"

"那是埃及人的新生儿被杀的日子,上帝'逾越'了犹太人的家,宽恕了他们的新生儿。"

"哦,我还以为是因为你们逾越边境,抵达某个安全之地。就像渡过红海。"

罗特笑了。"这样说也不无道理。"

"无论如何。很抱歉那天没有祝你节日愉快。"

"多谢了,安德鲁。"说完,他凝视着这名犯人的双眼,"如果诉讼能按照我所希望的情况发展,说不定明年你和你太太就能来参加我们的逾越节家宴了。为了庆祝这个节日,我们全家人会聚在一起吃晚餐。我们家族共有十五个人,并不全是犹太人。这种宴会还是很有意思的。"

"一言为定。"两个男人互相握了手。"现在我更想早点离开这个鬼地方了。那么,咱们开始吧。你再跟我说说关于起诉的事,还有咱们怎么做才能让格雷迪同意协商。"康斯塔布尔伸了个懒腰。他觉得此刻自己的双手都在体前,而脚上的镣铐又已被除去,这个状态真是舒服极了。事实上,让他觉得舒服的还有另一件事,那便是听着他的辩护律师滔滔不绝地背诵一连串纽约州政府认为他不适应这个社会的理由。尽管这些理由冗长烦琐,可他却觉得很有意思。不过,律师的独角戏还没演完,就被门外的警卫给打断了。他招手示意罗特到外面来。

律师回来后，脸上露出忧虑的神情，说道："我们必须在这里多坐一会儿了。威尔跑了。"

"天啊！格雷迪没事吧？"

"不知道。我猜，他应该带着警察去搜捕他了。"

这名犯人嫌恶地叹了口气。"你知道这件棘手的事该由谁了结吗？那个人就是我。我必须这么做，这些令人作呕的事我真是受够了。我要查出威尔在哪里，究竟打算做什么。"

"你？你想怎么做？"

"我要请坎顿瀑布所有我还叫得动的人一起追查杰迪·巴恩斯的下落。说不定，他们可以说服他，告诉我们威尔的下落以及他现在要做的事。"

"等等，安德鲁。"罗特不安地说，"你该不会做不合法的事吧？"

"不会，我保证绝对没问题。"

"我想格雷迪会很感激你这么做的。"

"这是为了你和我而做的，乔。格雷迪算什么，我才不在乎他呢。这是为了我自己做的。我要找出威尔和杰迪，将他们绳之以法——这样，至少所有人都会相信我是正直无私的。现在我们来打几个电话，然后把这些混乱全部解决。"

38

霍布斯·温特沃思并不经常离开坎顿瀑布。

穿着清洁工的服装,推着一辆装有拖把、扫帚和"渔具"——也就是他的柯尔特 AR-15 重半自动突击步枪——的推车,霍布斯·温特沃思发现,他二十年前造访过的这个大城市,如今已发生了极大的改变。

而且他还发现,之前听人说过的那种缓缓啃噬白人的慢性癌症,如今成了现实。

带领我们到茵茵绿地上的主,请您看看:这里的日本人或中国人之类的黄种人——谁能分得出来呢?——快要比东京还多了。纽约市到处都是西班牙人,就像蚊子一样多。还有阿拉伯人,自从世贸大楼的惨剧发生之后,他一直想不通为什么不把这些人全集中起来,一次消灭干净。街上有个身穿穆斯林服装的女人正在过马路,他看着这个全身从头到脚都裹满布的女人,突然有股冲动想杀了她,因为她说不定认识一些攻击他祖国的恐怖分子。

还有印度人和巴斯基坦人,单凭他完全听不懂这些人到底他妈的在说些什么,就应该把他们全遣送回国,更别说这些人都不是基督徒了。

政府的作为让霍布斯感到愤怒。他们开放边界,让这些畜生闯入，狼吞虎咽地吞掉这个国家，迫使那些高贵的人必须迁移到一些安全的地方——比如坎顿瀑布——而现在，这种地方也越来越少了。

不过，上帝还是对精明的霍布斯·温特沃思眨了眨眼，赐予他祝福，让他成为自由战士。因为杰迪·巴恩斯和他的朋友都知道霍布斯除了能给儿童讲述《圣经》故事之外，还有一项超出常人的技能。他懂得如何杀人，而且做得相当优秀。有时，他的"渔具"是一把卡巴刀，有时是一条勒杀绳，有时是可爱的柯尔特手枪，有时则是复合弓。过去这些年来，他执行过的十余次任务都完美无瑕。其中包括：马萨诸塞州的一名西班牙裔美国人、阿尔巴尼州的一名左翼政客、伯灵顿郡的一个黑鬼、宾州的一名堕胎杀婴的医生……

而现在，他即将在这份名单上再加上一名检察官。

他推着手推车经过中央街几乎空无一人的地下停车场，停在街边许多房门中的一扇前，站在门边等待。他一脸憔悴，看起来和一位正打算开始值夜班的清洁工没什么两样。几分钟后，这扇大门打开了，他快活地向一位从楼下大厅走出来的妇女点了个头。这是个中年女人，手里提着公文包，身穿牛仔裤和白色上衣。虽然她也对他报以微笑，却紧紧将身后的大门带上，然后说，抱歉，她不能让他进去，他应该能理解，这是出于安全上的考虑。

他说，没关系，他明白；然后报以一个笑容。

一分钟后，他把她抽搐的身体塞进推车，解下她挂在脖子上的身份识别卡。他把卡片塞进电子读卡机，这扇大门便应声打开了。

霍布斯搭乘电梯上了三楼。他推着车，用垃圾袋遮住女人的身体,很快便找到了威尔先生说的那间位置最佳的办公室。从这里可以把整条街看得一清二楚,而且,由于这间办公室是属于高速公路统计局的,若没有紧急事故,在这个周日的傍晚根本不会有任何雇员留在办公室内。办公室的门是上锁的,但这个壮汉一脚便把门踹开了——威尔先生说过,时间不够,来不及教他开锁技巧了。

一进屋,霍布斯便从推车中取出那支长枪,装上狙击镜,然后瞄了一下下方的街道。这是一处绝佳的狙击隐蔽点,他不可能失手。

只是,说实话,他有些心神不定。

倒不是因为即将射杀的对象是格雷迪而让他心生困扰;捕获这个猎物对他而言只不过是举手之劳,绝不会有任何问题。让他担心的是事后的脱逃。他喜欢在坎顿瀑布的生活,喜欢向孩子们讲述他自己改编的《圣经》故事,喜欢打猎、钓鱼以及和周围那群志同道合的朋友们聊天。在灯光合适再加上一点点酒精刺激的夜晚,就连辛迪都会变得相当有趣。

不过魔术师威尔的计划里已包括了他的逃跑方式。

格雷迪出现时,霍布斯会从关上的窗玻璃后面瞄准他连开五枪。第一发子弹会击破玻璃,弹道或许会产生一些偏差,但接下来的四发子弹绝对会要了这位检察官的命。然后,威尔先生说过,霍布斯必须先推开一道消防安全门,但不能从那里离开,这样可以"误导"警方,使他们认为他是从那里逃走的。相反,他应该回到那个停车场。威尔已在停车场的残障车位上停了一辆老道奇汽车,他必须爬进这辆车的后备厢里。等时间一到——也许是当天晚上,但更有可能是第二天——这辆车就会因为违规停车而被拖吊到保管场去。

根据规定，拖车组的工作人员在进行拖吊工作时，绝对不可以打开汽车的车门或后备厢，因此根本不会发现后备厢里藏了人。这样他便可以安全地待在车上，跟着拖吊车通过所有路障，抵达车辆保管场。等外面全都安静下来之后，霍布斯便可以从里面把后备厢打开，然后逃回坎顿瀑布。后备厢里贮藏了大量的清水和食物，如果他忍不住想小便的话，那里还有一个空罐子可用。

真是个绝妙的计划。

而且，身为受到上帝青睐的聪明人，霍布斯会倾尽全力实现这个计划。

霍布斯用枪随意瞄准街上的行人，以酝酿猎杀的感觉，同时心中却想着威尔先生一定已经表演了精彩绝伦的魔术。他盘算着，等这些事都结束之后，也许他可以把这个人请回坎顿瀑布，为星期天主日学校的孩子们举行一场魔术表演。

至少，霍布斯心想，他已经编好一套关于耶稣变成魔术师，用巧手戏法把罗马人和异教徒都变不见的故事。

冷汗淋漓。

寒意来自阿米莉亚的腰背流下的冷汗。

寒意也来自恐惧。

仔细搜索……

她转向刑事法庭大楼里的另一条阴暗通道，右手放在枪套附近的位置。

……小心背后。

哦，莱姆，我敢跟你打赌，我很乐意遵循这条守则。但要小心的是什么呢？小心一个五十多岁可能有胡子也可能没胡子的瘦脸男人？小心穿着自助餐馆服务员制服的老女人？还是要小心工人、拘留所警卫、门卫、医护人员、厨师、消防员、护士？在星期天的这个时候，可以在这里合理出现的人有几十个。

是谁，是谁，是谁？

她的步话机响了，是塞利托："我在三楼，阿米莉亚。什么都没发现。"

"我在地下室。这里有十几个人，所有人的证件都没问题，不过，也许他策划这次行动已经有数周了，他身上可能会有仿制的证件。"

"我现在要去四楼了。"

他们结束通话，而她继续搜索行动，沿着长廊走去。这里有数十扇房门，全都上了锁。

可是，对威尔来说，这种简单的门锁根本不在话下。他可以在几秒内开锁，然后藏身于任何一间黑暗的储藏室。他可以潜入法官的办公室，在那里一直躲到周一。甚至，他还可以打开上着锁的铁箅子，钻进公共管道，这样一来，便可任意去往这幢建筑物一半以上的地方，有如地铁一般便捷。

她绕过一个转角，进入另一条黑暗的走廊，边走边试着扭动房门上的把手，结果发现一扇没上锁的门。

如果他在里面的话，就一定会听到她的声音——就算没听到她的脚步声，也会听见她拧开门锁的声音——因此，她没有别的选择，唯一能做的就是用最快的速度冲进这个房间。她把门推开，打开手电筒，准备随时在看见有武器对准她的时候往左边跳开——据统计，右手持枪者在慌乱中射击时，枪身往往会向左偏移，因此子弹会朝你身体的右边而来。

半蹲的姿势让饱受关节炎折磨的膝盖发出抗议，她强忍疼痛，迅速将卤素灯光扫向整个房间。室内只有几个箱子和档案柜，除此之外没有其他东西。然而，在她转身离开时，却想到他曾经只用一块黑布，便完全隐身在暗处。于是她回头又把这个房间仔细查看了一遍，用手电照向每一个角落。

突然，她感觉有东西碰了自己的脖子一下。

她倒抽一口凉气，迅速转身举枪，结果发现自己瞄准的不过是一张黏满灰尘的蜘蛛网。

她回到长廊中。

继续检查更多的房门，更多的死角。

有脚步声向她接近了。一个男人从她身边经过。这个人是个秃头，六十多岁，身穿警卫服装，也挂着真的证件。他经过的时候，对她点了个头。这个人比威尔高，因此她只瞄了他一眼，便让他走过去了。

但是她猛然想起，既然他能快速变装，一定也会有让息变高的方法。

她立刻转过身子。

那个男人不见了，她看见的只是空荡荡的走廊，或者，是一条"看起来"空荡荡的走廊。她想起狡猾的"魔法师"曾一度隐身，以便杀害斯维特兰娜·拉斯尼诃夫，又利用镜子折射突然现身，杀害托尼·卡尔沃特。顿时，她的身体紧张地绷了起来。她掏出手枪，走向那名警卫——或"看起来"像警卫的男人消失的地方。

在哪儿？威尔到底在哪儿？

罗兰·贝尔一路小跑沿着中央街疾行，目光不停扫向前方的街道。汽车、卡车、站在冒着蒸气的金属推车后的热狗小贩、在像永动机一样不停运作的法律事务所或投资银行工作的年轻人、在南街海港灌下大量啤酒之后醉眼蒙眬的人、溜狗的人、逛街购物的人以及几十个被这座城市的能量拖到户外，无论天气好坏都上街漫游的曼哈顿人。

在哪里？

贝尔经常认为，人生就像"钉钉子"——这是他家乡的俚语，意思是射击。他在北卡罗来纳的阿尔比马尔湾长大，在那里，枪械是必需品，而不是爱好者的收藏品。从小他便被教导要尊重枪支，而其中很大部分是与集中精神有关。即使是一次简单的射击，无论目标是纸靶、响尾蛇还是铜头蛇，甚至大到一头鹿，如果无法全神贯注在目标上，就有可能出错而造成极大的危险。

的确，生活也是这样。贝尔很清楚，不管此刻在"坟墓"里发生了什么事，他都必须全神贯注在目前的任务上：全力保护查尔斯·格雷迪的安全。

阿米莉亚·萨克斯刚才已和他通过话，说她正在检查刑事法庭大楼里所有能找到的人，无论他们多大年纪、是何种族或体形怎样——她刚刚才追上一名身材比威尔高大许多的秃头警卫，他和威尔长得毫无相似之处，但也马上就证明他不是疑犯，因为这个人认识她已过世的父亲。她已将地下室的一侧搜查完毕，现在准备向另一侧推进。

塞利托和鲍尔·霍曼手下的人仍在逐层搜索该建筑物的上层部分。而这次狩猎行动中最奇怪的地方，莫过于安德鲁·康斯塔布尔这个人，此时他正想方设法地从上纽约州追查和威尔有关的线索。这可真有意思，贝尔心想，如果脱逃的疑犯被这个原本被他们以企图谋杀罪起诉的男人找到的话。

贝尔一边小跑,一边把视线投入他经过的每一辆汽车内部、每一辆货车,他的目光射入巷道,腰间的双枪已准备好随时抽出。他判断,疑犯最有可能行刺格雷迪的地点就是在这条街上,趁他进入那幢建筑物之前,这样在下手之后活着脱逃的概率更高。他不相信这些人会发动自杀性攻击,那与嫌疑犯的特征不符。在格雷迪停好车,下车走到那幢肮脏的前刑事法庭大楼大门的这段时间,就是杀手最有可能开枪的时刻。而且,这将会是轻而易举的事,因为这里根本没有任何可以躲避的地方。

威尔究竟躲在哪里?

而且,与这个问题同样重要的是:格雷迪在哪儿?

他妻子说他开的是私人汽车,不是公家派的那辆。贝尔已发出紧急车辆定位通知,寻找检察官的那辆沃尔沃,但直到现在都还没有任何发现。

贝尔缓缓转身,目光扫过大街,像灯塔一样站在原地扫视了一圈。他抬头看向对面的建筑,那是一幢崭新的政府机关办公大楼,有数十扇窗户面向中央街。贝尔曾参与过一次发生在这幢大楼内的短暂的人质绑架事件,他也因此得知:周日这幢建筑物里几乎空无一人。这是一个绝佳的躲藏地点,可以在此以逸待劳地等待格雷迪现身。

此外,这条大街也是实施狙击的最佳地点——疑犯可以驾车经过,对街边的目标发动攻击。

哪里?究竟会在哪里?

罗兰·贝尔想起过去在南弗吉尼亚大沼泽区的一天,那次他与父亲一起去野地狩猎。他们遭遇了一头野猪的攻击,而他父亲虽然开枪将它射伤,却让它逃进灌木丛不见了。他的父亲叹了口气说:"咱们必须找到它,绝不能留下一只受伤的动物。"

"可是,是它想攻击我们。"那时还是个男孩的罗兰抗议道。

"听着,儿子,是我们走进了它的世界,不是它主动闯进我们的地盘。不过这并不重要,也不是公不公平的问题。现在的情况是,我们就算花上一整天也必须把它找出来,这不仅是出于人道的立场,而且因为对其他可能来到此地的人来说,这头野兽的危险性已经增加了一倍。"

年轻的罗兰看向四周,灌木林、芦苇、水草和沼泽纠结缠绕,绵延数英里。"可是,它有可能藏在任何地方,爸爸。"

他的父亲微笑着说:"哦,别担心去哪儿找到它,它会主动来找我们的。孩子,把你的拇指放在猎枪的保险栓上。待会儿你可能需要快速射击。没问题吧?"

"是的,没问题。"

贝尔再度不顾一次四周,看向街上的车辆、附近的小巷、法庭大楼旁边和对面的建筑。

什么都没有。

没有查尔斯·格雷迪,没有埃里克·威尔,也没有任何杀手同党的踪影。

贝尔摸了一下他的枪柄。

别担心去哪儿找到它,它会主动来找我们的……

39

"莱姆，我正在逐个搜索房间，现在只剩地下室的最后一侧了。"

"让特勤小组的人去处理吧。"他发现，由于一直对着麦克风说话，他的脖子已经僵硬地向前伸直了。

"我们需要人手，"萨克斯轻声说，"真是一幢大得要命的建筑。"她现在正置身在"坟墓"中，一路沿着长廊向前走，"感觉又很诡异，就像在那所音乐学校一样。"

越来越诡异……

"回头你应该在你的书里加上一章，写一写该如何在阴森的地方搜索现场。"在紧张之余，她仍然开了个玩笑，"好了，莱姆，我现在要保持安静了。待会儿再打给你。"

莱姆和库柏继续研究从刑案现场取回的证物。萨克斯在"坟墓"里的那个发生假枪击事件的长廊上发现的证物有：剃刀片、真血样本、牛骨碎片、大脑灰质海绵体——头骨和脑浆的仿制品——以及假血；他们很快就发现这只是添加了食用色素的糖浆。现场找不到能打开手铐的钥匙或开锁工具，他一定随身带走了。在这个长廊现场，他们没找到一样有用的证物。

至于地下室的那个清洁工工具间，由于疑犯曾在此进行快速变装，因此证物较多：一个纸袋，里面装有血淋淋的爆竹、假血包，以及他在格雷迪住处被逮捕时穿的那身衣服——一套灰色西装和一双牛津牌商务休闲鞋。库柏已从这些东西上找出了许多微细的证物：更多的橡胶和化妆品、一点魔术师专用黏蜡、一些类似他们先前发现过的墨水痕迹、几根结实的尼龙纤维和很多干了的假血痕迹。

纤维来自某块炭灰色的地毯，假血则是某种颜料。库柏进入电脑资料库搜寻，但查不出与此吻合的物质，于是只好将化学成分分析报告和照片送至联邦调查局，作为紧急快件，请他们尽快进行比对处理。

此时，一个念头闪过莱姆的脑海。"卡拉。"他喊道，转头看向这个坐在梅尔·库柏旁边的女子。她正一边看着电脑显示器上的纤维图像，一边在手指间转动一枚二十五美分的镍币。"你能帮我们一个忙吗？"

"好啊。"

"你能不能去奇幻马戏团找一下卡德斯基？请你转告他，疑犯已经逃脱，并再问问他还能不能想起什么与威尔有关的事。比如说他有没有特别喜欢的魔术师，他最常扮演的角色或最爱用的伪装，他重复次数最多的表演……任何能帮我们多了解他的信息。"

"说不定他会留有一些威尔穿戏服的旧照片或剪报。"她一边说，一边把自己那个黑白相间的皮包甩上肩膀。

莱姆对她说这个想法不错，便又扭回头继续盯着证物表去了。这张证物表一直待在那儿，只证明了一个他先前就已经发现的事：他们知道得越多，了解得反而越少。

距夜场演出开演还有一个小时，奇幻马戏团已经生机勃勃了。

卡拉走过那面小丑旗帜，发现有一辆警车停在那儿。这是林肯·莱姆的指示,在发生过下午那场恐怖的疏散事件后,这辆警车便一直留在这里保持警戒。由于卡拉这两天曾客串警探,因此一看到这几名警察,心中便升起一股同志间的友爱之情。她微笑着向他们挥手致意,而这几个警察虽然不认识她,却也笑着挥手回应。

马戏团还没开始收票,卡拉便径自进了帐篷,直接向后台走去。她看见一位举着写字板的年轻人,腰带上别着一张工作证,就在阿米莉亚挂手枪的地方。

"打扰一下。"她开口说。

"有事吗?"年轻人回答,带有浓厚的法式或"法国—加拿大式"口音。

"我想找卡德斯基先生。"

"他不在。我是他的助理。"

"他人呢?"

"不在。你是谁?"

"我是警方派来的。之前卡德斯基先生曾和我们见过面,现在我们还有一些问题想要请教他。"

这个年轻人向她胸前瞟了一眼,大概是想寻找警徽之类的东西,但他什么也没发现。

"好吧,既然是警察,那么我说。他去吃晚餐了,可能一会儿就会回来。"

"你知道他去哪儿吃饭了吗?"卡拉追问。

"不知道。你必须离开这里,不能再进来了。"

"我只是想找他……"

"你有门票吗?"

"没有,我……"

"那么你就不能在里面等。请你马上离开,因为他根本没说过会有警察来找他。"

"哎呀,我真的只是想找他。"她坚持着说,目光直视着这个言行冷淡、相貌英俊的年轻人。

"真的,我必须请你离开了。你可以到外面去等他。"

"那说不定会跟他走岔了。"

"你再不走我要叫警卫了,"他用浓浓的口音威胁她,"我真的要叫了。"

"那我去买张票。"卡拉说。

"全卖光了。而且,就算你买到票,也不能再到后台来。我现在带你出去。"

他带着她从正门出去。现在收票员已经开始准备干活了。一到帐篷外,卡拉便伸手指向他身后一辆写有"售票处"的拖车。"我可以去那个地方买票吗?"

他微微转了一下头。"没错,售票处就在那儿。不过,我刚才说过了,门票已经全卖光了。如果你有什么问题的话,可以打电话到卡德斯基先生的办公室。"

年轻人离开了。卡拉在原地等了几分钟,才绕过帐篷的一角朝后面的舞台出入口走去。她朝门口的警卫微笑致意,而警卫也微笑着回应,同时好奇地瞟了一眼她腰上的证件。现在她的腰带上赫然挂着刚才那位法加裔职员的工作证,那是刚才在她伸手指向售票处,问了一个虽然愚蠢但具有良好误导作用的问题时,轻轻松松从那个年轻人的腰带上取下来的。

这下你可学到一个教训了,卡拉心想:绝对别惹一个懂得手部戏法的人。

一回到帐篷内部的后台区,卡拉便马上把工作证藏进口袋,然后又找了另一位态度看起来比较和善的工作人员。这个女人不停地点着头，耐心听完卡拉的解释——有位曾经当过魔术师的人正在进行一场刺杀行动，警方认为他是卡德斯基先生以前曾长期合作过的一名艺人，因此他们想要找他谈谈。这个女人已听说了这几桩杀人案，便让卡拉留下来等这名制作人吃完晚餐回来。她交给卡拉一张证件，让她可以在贵宾席等候，自己便去忙别的事了。她离开前，还向卡拉保证说她会通知警卫，只要卡德斯基先生一回来就会马上去见她。

在去包厢的途中，卡拉的紧急呼叫器响了起来。一阵急促的嘀嘀声。

她一看到呼叫者留下的电话号码便慌了神。她匆匆奔向那排临时搭建的公共电话区，手指颤抖着按下数字键。

"斯托伊弗桑特疗养院。"电话那端的人说。

"我想找杰妮亚·威廉姆斯。"

漫长的等待。

"喂？"

"是我，卡拉。我妈出事了吗？"

"啊？她很好，你别担心。不过我有件事想告诉你——先说好，你别抱太大期望，也许它根本不代表什么。你妈妈在几分钟前醒过来了，并问起你。她知道现在是星期天晚上，而且还记得你先前来过。"

"你是说'我'？'真正的'我？"

"没错，她讲出你真正的名字。然后又皱了一下眉头说：'除非她现在已经改用那个傻乎乎的艺名了——卡拉。'"

天啊……难道她真的回来了？

"她也认得我，还问我你去哪儿了。她说她有些事想告诉你。"

卡拉的心顿时狂跳起来。

告诉我一些事……

"亲爱的,你最好快点来这里。她清醒的状况也许会持续,但也很可能不会。这种情况你一定很清楚。"

"我现在正在忙一件事,杰妮亚,我一有空就马上赶过去。"

挂断电话后,卡拉心慌意乱地走回座位,情绪紧张到了难以承受的程度。此时,她的母亲可能会问她的女儿去哪了。她也许会皱着眉头,因自己的女儿不在身边而感到失望。

求求你……她暗暗祷告,然后再次抬头看向门口,希望卡德斯基能马上出现。

什么都没有。

她只希望自己能将面前的破旧金属栏杆变成一根山核桃木魔杖,然后往门口一挥,好让那个制作人能立刻出现。

求求你……她再次祷告,在心中举起了那根想象中的魔杖,指向大门。

一时之间,那扇门完全没有反应。接着,有几个人进来了,但没有一个是卡德斯基。进来的是三个穿着中古戏服、脸戴面具的女人。面具的表情虽然悲苦,但凄凉的情绪却早已被这几名即将登台的女演员兴奋的脚步声完全掩盖。

罗兰·贝尔站在曼哈顿下城的中央街上,这附近的街道宛如峡谷,两侧都是高大的房屋。阴森的刑事法庭建筑分立在街道两边,建筑顶上是那座叹息桥,对面不远处则是那幢结构单调的办公大楼。

他依然没见到查尔斯·格雷迪的那辆沃尔沃。

目光如灯塔般再度逡巡。在哪儿？在哪儿？在哪儿？

一声汽车喇叭声响起，从那条桥的入口处传来。接着是一阵喊叫声。

贝尔急忙转身，向那里跑了几步，但心里却立即想到：这是误导吗？不，不对，那只是一场交通纠纷。

他回过头，向刑事法庭大楼门口走去，同时发现查尔斯·格雷迪就出现在他面前，正小心翼翼想穿过马路。这位检察官低着头走路，陷入沉思之中。罗兰立刻向他冲去，同时高喊："查尔斯！快蹲下！威尔已经逃走了！"

格雷迪停住脚步，困惑地皱起眉头。

"蹲下！"贝尔气喘吁吁地喊。

受到警告的格雷迪立刻蹲在两辆停在路边的汽车之间。"出什么事了？"他高喊，"我的家人呢？"

"我已经派人去保护他们了。"罗兰说。接着，他向街上的行人大喊："大家注意！这里有警方行动！请迅速离开此地！"

路人立刻四散逃窜。

"我的家人！"格雷迪绝望地大叫，"你确定他们没事？"

"他们都很好。"

"但威尔——"

"拘留所的枪击事件是假的。他逃了，现在可能就在这附近。我已经调来了防弹车支援，应该正在路上。"

贝尔再次环顾四周，眯眼观察周围的动静。

他总算抵达了格雷迪蹲下的地方，用身体护住他，后背对着对面那幢办公大楼黑洞洞的窗户。

"先待在这儿别动，查尔斯，"贝尔说，"我们很快就能安全离开这里了。"说完，他从腰带上卸下了对讲机。

这是怎么回事？

霍布斯·温特沃思看着下方的目标——那名检察官——正哆哆嗦嗦地蹲在人行道边。他身前挡着一个穿运动夹克的男人，显然是个警察。

狙击镜的十字准星在那名警察的背上游移，却无法找到任何一个可以直接命中格雷迪的位置。

检察官蹲在地上，而警察却是站着的。霍布斯判断，如果他直接开枪射击那名警察的后背靠下的位置，说不定子弹能穿透过去击中格雷迪的胸口。不过，这样做会有点风险。只要弹道略有偏差，则只会打伤格雷迪，而他只要一倒下，就会被街边的汽车挡住了。

但他必须立刻做点儿什么。那个警察正在对着步话机通话，用不了几分钟，这里就会出现上百名警察。快一点，精明的家伙，他对自己说。该怎么做呢？

在窗外的下方，那名警察还在四处观察。他用身体挡住了蹲在地上、像一只在路旁撒尿的母狗一样的格雷迪。

好吧，他决定瞄准这个警察的大腿。这样警察极有可能会向后跌倒，露出检察官的身体。这把柯尔特步枪是半自动的，他可以在两秒钟内连射五发子弹。虽然不是很完美，但这已是霍布斯所能想到的最妥当的计划了。

他决定再给这名警察一点时间，等他走开，或偏移一些，让出一个可以直接射击格雷迪的空间。

他两只眼睛都睁着，但右眼是通过狙击镜，把准星牢牢地定在那名警察的背上。此时，他心里想着，等回到坎顿瀑布，一定要把今天的经历编成一个《圣经》故事。耶稣可以扮演他现在的角色，他手持一把很厉害的复合弓，伏击那些凌虐基督徒的罗马士兵。尤利乌斯·恺撒躲在一名罗马士兵身后，自以为这样便会安全无虞。但耶稣将会一箭射穿那名士兵，同时取了那个皇帝的狗命。

好故事。孩子们一定会喜欢的。

那个警察还严严实实地挡在检察官面前。

好吧，就这样了，霍布斯心想，同时拉开了那把柯尔特步枪的枪栓。没时间再等下去了。硫黄将从天而降，焚烧那些迫害基督教徒的罗马人。

他把十字准星对准那名警察的大腿，开始缓缓在扳机上施加压力，心中唯一的遗憾是那名警察是白人，而不是黑鬼。

但霍布斯·温特沃思早已在生活中懂得一件事：既然找到了目标，就不能放过。

魔法师

音乐学校命案现场

- 嫌疑犯外貌描述：棕发、假胡子、无明显特征。年约五十岁，中等身材，左手无名指和小指粘连在一起。能快速换装扮成年老、秃头的清洁工。
- 杀人动机不明。
- 被害人：斯维特兰娜·拉斯尼诃夫。音乐学校全日制学生。
  正在调查其家庭、朋友、同学及同事关系，寻找可能的线索。
  无男友，无已知仇人。兼职工作为在儿童生日聚会上表演。
- 附有扬声器的电路板。
  已送至联邦调查局纽约办事处实验室检验。
  数码录音器，可能录有嫌疑犯的声音。所有资料都已被销毁。
  录音器是一种"秘密装置"，是自制物品。
- 使用旧式手铐铐住被害人。
  德比式手铐。曾被苏格兰场使用。已派人前往新奥尔良的胡迪尼博物馆查访。
  上个月出售给埃里克·威尔。寄至丹佛的一个邮政信箱。无其他线索。
- 被害人的手表被破坏，指针正好停在上午八点。
- 棉线，用来绑住折叠椅。样式普通，无法追查来源。
- 爆竹，用来制造枪声效果。已毁坏。
  来源过于广泛，无法追查。
- 保险丝，型号普通。
  来源过于广泛，无法追查。
- 现场警员汇报遇到强烈闪光。
  未发现可追查物品。
  闪光棉或闪光纸。
  来源过于广泛，无法追查。
- 疑犯鞋子：十号爱步牌。
- 丝质纤维，染成灰色，经过打磨去光处理。
  从快速变装的清洁工服装上掉落。
- 疑犯可能戴棕色假发。
- 红山核桃树和梅衣属地衣，主要生长地点均为中央公园。
- 泥土中含有不寻常的矿物油。
  已送至联邦调查局化验。
  保养马鞍和皮革的"光洁"牌护理油。
- 黑色丝质布，七十二英寸×四十八英寸，用于遮盖。无法追查来源。
  魔术师经常使用这种黑布。
- 手上戴套子以掩盖指纹。
  魔术师用的指套。
- 橡胶痕迹，蓖麻油，化妆品。
  舞台化妆用品。
- 藻胶痕迹。
  用来铸造橡胶"装备"。
- 凶手武器：白色丝织绳索，有黑色丝质内芯。
  绳索为魔术演出之用，可变色。无法追查来源。

魔法师

- 特殊绳结。
  已送至联邦调查局及海事博物馆，目前尚无进一步消息。
  胡迪尼表演使用的绳结，实际上无法解开。
- 在门房登记簿上使用隐形墨水。

东村命案现场

- 第二号被害人：托尼·卡尔沃特。
  剧院化妆造型师。
  无已知仇人。
  与第一位被害人无明显关系。
- 无明显杀人动机。
- 死因：
  头部钝器外伤致命，死后尸体被锯成两半。
- 疑犯扮成七十几岁老妇人逃亡。正在邻近地区进行搜索，寻找疑犯丢弃的衣服和其他证物。
  尚未有发现。
- 手表被破坏，时间停在正午十二点。
  固定模式？下一位被害人可能在下午四点遇害。
- 疑犯躲藏在镜子后面。镜子无法追查来源。
  指纹已送联邦调查局。
  无相符比对。
- 使用玩具猫（假物）以引诱被害人进入死巷。玩具无法追查来源。
- 再次发现矿物油，与第一个现场相同。等待联邦调查局的化验报告。
  保养马鞍和皮革的"光洁"牌护理油。

- 再次发现来自指套的橡胶和化妆品。
- 再次发现藻胶。
- 爱步牌鞋子被遗留在现场。
- 鞋上有狗毛，可能为三种犬类。
  鞋子上有粪便。
  粪便为马粪，不是狗屎。

哈得孙河命案现场

- 被害人：谢丽尔·马斯顿。
  律师。
  已离婚，但前夫并未涉嫌谋杀。
- 行凶动机不明。
- 疑犯使用的假名为"约翰"。颈部和胸口有疤痕。确认疑犯左手有畸形现象。
- 疑犯快速变装换上斜纹棉裤、正装衬衫，未留胡须，扮成商务人士模样；之后又变装换上牛仔裤和哈雷T恤，扮成摩托车手。
- 作案车辆已沉入哈莱姆河。疑犯可能已逃脱。
- 水管胶带，用于封住被害人的嘴。无法追查来源。
- 爆竹。模式同前。无法追查来源。
- 铁链和扣环配件。无法追查来源。
- 绳索。式样普通，无法追查来源。
- 再度发现化妆品、橡胶和"光洁"。
- 运动袋，中国制造。无法追查来源。内有：

魔法师

迷奸药罗眠乐粉末。
魔术师专用黏蜡，无法追查来源。
铜片（？）碎屑，已送联邦调查局化验。
有时钟装置，可能为炸弹定时器。
普通墨水，黑色。
- 海军蓝防风夹克一件，无姓名缩写或洗衣店记号。内有：
CTN 电视公司通行证，所有人为斯坦利·谢弗斯坦（此人非疑犯——NCIC 和 VICAP 亦无其资料）。
塑料门卡一张，俄亥俄州阿克伦市美国塑料卡片公司制造，型号为 APC-42 型，上面无指纹。
该公司董事长正在调阅销售资料。
贝迪和索尔警探已开始查访市内各家旅馆。
范围缩小至切尔西旅馆、贝克曼旅馆、兰汉姆·阿姆斯旅馆。仍在调查中。
纽约贝德福车站河畔旅店收据一张，表明两周前的星期六，曾有四个人至该餐厅用午餐，桌号为十二。餐品为：火鸡、肉卷、牛排和当日特餐。喝无酒精饮料。餐厅人员已不记得这些客人是谁（同谋？）。
- 魔法师被捕的小巷现场。
开锁脱逃。
唾液（钥匙藏于口中）。
无法鉴定血型。
小锯刀，用来割断束缚绳索。

- 哈莱姆河现场：
泥土上的刹车痕迹，无其他证物。
车上找到一张报纸，报纸上新闻标题有：
电力中断　警察局停工四小时
共和党大会于纽约市召开
家长抗议女子学校安全设施简陋
民兵密谋杀人案周一开庭
周末集会广筹慈善机构经费
老少皆宜的春季娱乐
州长市长会晤共商新西区规划

魔法师

林肯·莱姆遇袭现场

- 被害人：林肯·莱姆。
- 疑犯身份：埃里克·威尔。
  旧住处：拉斯维加斯。
  三年前于俄亥俄州被火烧伤。意外发生于哈斯伯和凯勒兄弟马戏团，制作人为爱德华·卡德斯基。三度烧伤，就医后失踪。
  曾在新泽西州犯危害他人安全罪。
  对火焰着迷。
  精神状况异常，幻想面前有"尊敬的观众朋友"。
  喜欢表演危险性节目。
  妻子玛丽·柯斯葛罗夫，在当年的意外火灾中丧生。
  大火发生后便未再与她家人联络。
  威尔双亲已故，查无其他亲戚。
  自称为"北方的巫师"。
  攻击莱姆动机：因为他会阻止他周日午后的行动（下一位被害人？）。
  眼珠为棕色。
- 心理状况描述（根据纽约市警局心理专家特里·多宾斯）：出于复仇心态行凶，但他本人可能并未察觉。心态失衡，总是愤懑不平。他借助杀人，来缓解一些失去妻子和表演生涯被断送的痛苦。
- 威尔最近和旧日助手联络：居住在内华达州的约翰·济丁和亚瑟·罗塞，询问有关火灾意外和涉及该事件的相关人员。助手形容威尔是疯狂、有支配欲、难以自制、极具危险性但又十分聪明的人。

警方正在联系火灾发生时的马戏团经理爱德华·卡德斯基。
- 因被害人具代表性而引起行凶动机——也许代表他在大火发生之前的某些快乐或痛苦时刻。
- 浸泡过汽油的手帕，来源无法追查。
- 爱步牌鞋子，来源无法追查。

拘留所逃脱现场

- 伪装假伤口用的爆竹和血袋——疑犯自制，来源无法追查。
- 人造血液（糖浆＋红色食用色素）、牛骨碎片、大脑灰色海绵体的仿制品、真血、剃刀片。
- 格洛克警用手枪。
- 手铐。
- 未及擦拭的血液。
- 更多橡胶和化妆品，和之前几个现场类似。
- 黏蜡。
- 普通墨水，黑色，与先前发现的类似。
- 干了的人造血液（颜料），已送联邦调查局比对。

魔法师

- 地毯纤维，已送至联邦调查局。

魔法师描述

- 嫌疑犯会利用误导来对付被害人和逃避警方追捕。
  生理误导（转移注意力）。
  心理误导（消除怀疑心）。
- 逃离音乐学校的方式近似"消失的人"戏法。过于普通无法追查。
- 嫌疑犯身份很可能是魔术师。
- 手部技法熟练。
- 也懂得变换术（快速变装）。使用容易脱下的衣物，尼龙和丝质布料，光头头套，指套和其他橡胶装备。可能为任何年纪、性别与人种。
- 卡尔沃特之死是赛尔比特的"活锯女郎"戏法。
- 精通开锁技巧（可能掌握"擦揉开锁技法"）。
- 通晓脱逃术技巧。
- 有动物表演经验。
- 利用心理分析以取得被害人个人信息。
- 利用手部戏法对被害人下药。
- 企图使用胡迪尼的逃脱戏法"水缸折磨"杀害被害人。
- 腹语术。
  用刀娴熟。
- 熟悉"燃烧的镜子"。该表演十分罕见，高度危险。

40

罗兰·贝尔闻到一股掺杂着塑料、汗水和金属的气味,源自那台摩托罗拉无线对讲机。此时,他正拿着它贴在脸上。

"特勤第四组,你们准备好了吗?完毕。"他朝对讲机说。

"知道了,完毕。"该组中的一个人回答。

"好的,现在——"

此时,峡谷般的街道突然传出数声隐约的枪响。

贝尔跳了起来。

"是枪声!"查尔斯·格雷迪尖叫起来,"我听见枪声了!你受伤了吗?"

"蹲着别动。"贝尔说,同时自己也蹲了下来。他转过身,举起手枪,眯起眼睛仔细观察对面的办公大楼。

他怒气冲冲,飞快地数着。

"位置确定了,"贝尔拿起对讲机说,"特勤第四组,我发现疑犯位于三楼,从北边数第五扇窗户的位置。"接着,他看向那块玻璃窗。"哎呀。"

"再说一次?完毕。"一名组员回话说。

"我说:'哎呀。'"

趴在人行道上的格雷迪问:"怎么了?"随即便打算站起来。

"待着别动。"警探对他说,自己却谨慎小心地站起来,转过身去面朝那扇窗户，同时也扫视着周围的人行道，提防附近可能出现的其他刺客。不一会儿，一辆特勤小组的防弹车发出尖锐的刹车声停下，不到五秒钟，贝尔和格雷迪便被护送着上了车。车的轮胎再次发出尖叫声远离这个危险现场，把检察官带回上东区和他的家人团聚。

贝尔回头向身后望去，看见许多特勤小组的组员已奔过街道，涌入法庭大楼对面的那幢建筑物。

别担心……他会主动来找我们的。

对这点他一直坚信不疑。

贝尔已推断出，疑犯若想刺杀格雷迪，最佳的藏匿位置就是对街的那幢办公大楼，枪手极有可能潜入一间临街的低层办公室。杀手不太可能去屋顶，因为那里有十几台监视摄像机。贝尔之所以把自己当成诱饵公然暴露在街道上，是因为他经历了上次的人质挟持事件后，掌握了一些和这幢大楼相关的资料：比如窗户。和许多新盖的机关大楼一样，这些窗户都无法打开，而且用的都是防爆玻璃。

这样还是要冒一点风险，他很清楚。枪手可能会使用穿透力强的子弹，如此便能射穿这种几英寸厚的玻璃。不过，贝尔也想起几年前他在侦办某件案子时听过的一句话："就算是上帝也说不准。"

他以身犯险做诱饵，诱使狙击手现身，只希望子弹会打碎玻璃，进而暴露其所在的位置。

他的计划成功了——只是出现一个小小的变化，才让贝尔刚才忍不住对特勤小组的人叫了起来。哎呀……

"特勤第四组呼叫贝尔，你说对了。完毕。"

"继续行动，完毕。"

步话机那端的警员又说:"我们进入大楼了,现场没有危险。只是有个小问题,我忘了他们是怎么说的?中了达尔文奖?我的意思是,有时疑犯会做蠢事。完毕。"

"知道了,"贝尔回答,"他射中了自己什么地方?完毕。"

刚才贝尔发现枪手所在的位置,并非因为玻璃碎裂,而是因为他看见有一大摊血喷溅在玻璃上。特勤小组警员说,那个男人对准贝尔开枪,但铜子弹射中玻璃却反弹回来,子弹碎片在枪手身体上造成五六处伤口,特别是鼠蹊部的位置,那里显然有一条大动脉或大静脉被流弹切断了。当特勤小组人员找到位置、冲进办公室时,这名枪手已因失血过多而昏倒。

"是威尔吧?完毕。"贝尔说。

"不,很遗憾。他的名字叫霍布斯·温特沃思,是从坎顿瀑布来的人。"

贝尔怒气冲冲地皱起眉头。这么说,威尔和那些帮手很可能都还在这附近。他又问:"能找到任何与威尔有关的线索吗?有没有办法知道威尔的行动计划或身在何处?"

"没有,"那位行动指挥官瓮声瓮气地说,"只找到他的证件。还有,他身上有一本给孩子看的《圣经》故事书。"他停顿了一下,"真遗憾,罗兰,我们又多了一名被害人。他为了进入这幢大楼杀了一个女人,看来是……好了,我们要封锁这个地方了,然后继续搜寻威尔。完毕。"

贝尔摇了摇头,对格雷迪说:"没发现他的踪影。"

除非,当然,那就是这件案子最棘手的症结所在。也许他们早就发现威尔的踪影了,甚至发现的是威尔本人——说不定他现在是某个警察、医护人员、特勤小组成员、记者、便衣刑警、路人或流浪汉——可是,他们却不知道哪个才是他。

透过会客室发黄的窗户，安德鲁·康斯塔布尔看见一张表情严肃的黑人警卫的脸出现在窗户上，向内窥视会客室里的动静。没过多久，这张脸消失了，这名身材魁梧的黑人警卫离开了门口。

康斯塔布尔立即从金属桌前起身，从他的律师身边经过，来到窗前。他向外望去，看见刚才过来窥视的那个警卫此时正站在大厅里，表情严肃地和同事交谈。

现在可以了。

"怎么了？"乔·罗特问。

"没事，"康斯塔布尔回答，"我什么都没说啊。"

"哦，我还以为你说了什么。"

"没有。"

尽管他这样回答，但却怀疑自己刚才也许真的说了什么。也许是一句感叹，也许是一声祈祷。

他回到桌前，律师正在一大沓黄色纸张中查询，那上面写着五六个人名和电话号码，那是康斯塔布尔为威尔的事和坎顿瀑布的人联络后，从他们口中探听出来的人名。这几个人有可能知道他的行动计划，或是他可能藏身的地点。

罗特看起来有点心神不宁。他们刚刚得知，几分钟前，有位手持长枪的男人企图袭击格雷迪，而且就在这幢大楼的前面。然而，这个人并不是威尔，他目前还是去向不明。律师说："我担心格雷迪现在被吓坏了，不敢来和我们谈判。我认为，咱们应该打电话到他家找他，告诉他我们的发现。"他拍拍这沓纸，"至少，我们应该把这些资料交给那个警探。他叫什么来着？贝尔，没错吧？"

"没错。"康斯塔布尔说。

罗特一面用圆胖的手指在记着姓名和电话号码的纸上移动，一面说："你觉得这几个人都知道威尔的具体计划吗？警方想知道的是一些具有独特性的消息。"

康斯塔布尔倾身向前，看着这张清单，然后又将目光移向律师的手表。接着，他慢慢地摇了摇头。"这点我很怀疑。"他说。

"你……你怀疑？"

"没错。你看见第一个电话号码了吗？"

"怎么了？"

"那是坎顿瀑布哈里森街上的一个干洗工，下面那个是独立食品商联盟，接下来是一个浸礼会的教堂。至于那些人名……"这位犯人继续说，"埃德·戴维斯，布莱特·塞缪尔，乔·詹姆斯·沃特金斯？"

"没错，"罗特说，"他们都是杰迪·巴恩斯的同伙。"

康斯塔布尔咯咯地笑了起来。"不是，这些人名都是编的。"

"什么？"罗特皱起眉头。

这名犯人凑近他的律师，凝视着这位迷惑不解的男人的眼睛。"我是说，这些人名和电话全都是假的。"

"我不明白。"

康斯塔布尔低语道："你当然不明白，你这个让人恶心的犹太佬。"话音未落，他便一拳打向这位处于震惊中的律师的脸，对方根本来不及抬手自卫。

41

安德鲁·康斯塔布尔是个强壮的男人，强壮是因为长期以来的长途狩猎及钓鱼活动，因为需要经常割锯猎物的肉和骨头，还因为需要经常挥斧砍劈木头。

挺着一个大肚子的乔·罗特则完全无法和他相比。这位律师虽想起身求救，但康斯塔布尔牢牢压住他的手，接着又用力攻击他的喉咙。顿时，凄厉的尖叫变成了一阵模糊的喉音。

康斯塔布尔把他拖倒在地，又用被手铐铐住的双拳拼命击打这个早已血流不止的男人。罗特很快就不省人事了，他的脸肿得像个甜瓜。康斯塔布尔把他拖回桌前，背对着门口，扶回椅子上坐好。这样一来，如果外面的警卫又过来朝屋里窥视时，就会以为这位律师正在低头阅读文件资料。接着，康斯塔布尔蹲下把律师的袜子脱掉，拿来擦去桌面上的血迹，又用文件和笔记本遮住擦不掉的地方。待会儿他会杀死这个律师，目前，至少在几分钟内，他必须摆出这副看起来完全太平无事的安宁景象。

只要再等几分钟——在他重获自由的时候。

自由……

这就是埃里克·威尔计划的目标。

杰迪·巴恩斯是康斯塔布尔最好的朋友，也是爱国者会的副会长，他雇用威尔并不是要暗杀格雷迪，而是为了劫狱。威尔将闯入向来戒备森严的纽约市男子拘留所，为他带来自由，护送他离开叹息桥，最后回到新英格兰的荒野大地。在那儿，爱国者会的人可以重整旗鼓，继续他们的使命，发动战争对抗一切不道德、污秽和无知之事。夺回所有被黑人、同性恋、犹太人、西班牙裔和其他外来者侵占之地——这些人都是"他们"，是康斯塔布尔在每周爱国者会的演讲和已有全国数千名右倾思想的市民注册的秘密网站中所攻讦责骂的对象。

康斯塔布尔起身走到门边，偷偷向外窥视。外面的警卫对会客室里发生的事毫无察觉。

他突然想到，自己似乎应该找个武器之类的来防身，于是便从律师血淋淋的衬衫口袋里抽出金属材质的自动铅笔，把铅笔尾端裹在袜子中，以保护手掌。这样锐利的铅笔便成了一把良好的行刺工具。

准备妥当后，他坐回原位面对罗特，心里又想了一遍这次由威尔——用巴恩斯的说法是"魔法师"——精心构思的计划。这真是个伟大的杰作，运用了数十种魔术师的专业技巧。佯攻再佯攻，精密计算时间，不断分散警方的注意力。在威尔的巧思之下，警方从头至尾都以为他们筹划的是一场刺杀格雷迪的行动。他们命令笨手笨脚的拉尔夫·斯文森牧师直接行刺检察官，故意借由这次失败的行动让警方对他们的计划深信不疑。警方会全力保护检察官的性命，从而忽略了防范其他可能的犯罪——例如计划劫狱。

按照计划，威尔故意让自己在第二次刺杀格雷迪行动中被逮捕的，以便能顺利侵入门禁森严的拘留所。

此外，康斯塔布尔这边，也必须做一些误导行动。他已用颇具理性的言论解除了那些捕猎者的武装，强调自己的清白以博取同情，并答应提供足以控告巴恩斯和其他同伙的证据，以此诱使格雷迪在今日下午亲自前往法庭大楼。康斯塔布尔甚至还答应协助寻找那位魔术师，这样又进一步解除了警方的戒心，也让他有机会用密语和外面的朋友联系，告诉他们自己在拘留所中的位置，这样巴恩斯便能把这些信息向威尔转达。

在格雷迪抵达法庭大楼时，霍布斯·温特沃思会实施暗杀检察官的计划，但无论成功还是失败都不重要；重要的是霍布斯能完全分散拘留所的警力。这样一来，已凭借制造假死事件而成功逃脱潜入拘留所中的威尔，就能用伪装过的身份现身，杀死外面的警卫，闯入会客室救出康斯塔布尔。

计划还有一个附加部分——而这让康斯塔布尔已翘首盼望了好几个星期。杰迪·巴恩斯告诉他，在威尔进入会客室之前，他得做一件事。"你要自己动手处理你的律师。"

"什么意思？"

"随便你怎么做，威尔只说你应该自己处理罗特，别让他在那儿碍事。"

现在，看着从律师眼角和嘴里汩汩流出的鲜血，康斯塔布尔想，好了，这个犹太人总算处理掉了。

就在康斯塔布尔还在想着威尔会用什么方法杀掉门外的警卫，会以何种装扮现身，他们会从哪条路线逃亡等种种问题时，他突然听见门外传来了嘈杂的声音——此刻正好是计划中的解救时间。

哈哈，他自由的时刻总算来临了。

康斯塔布尔把罗特拉下椅子，拖到会客室的角落。他虽然想用脚踩住这位律师的喉咙，现在就要了他的小命，但想到威尔身上可能会有消音手枪或一把刀，便打算等他进来后再使用他带来的武器。

会客室的房门上发出钥匙插进锁孔转动的咔嗒声。

门开了。

此刻,第一个跃入康斯塔布尔脑海的想法是:太神奇了!威尔竟然把自己扮成了一个女人。

但是,他立刻就认出她了:眼前的女人是昨天和贝尔警探一起来过这里的那个红头发女警。

"有人受伤了!"她瞥见躺在角落的罗特,便向外高喊,"快叫紧急医疗小组的人过来!"

在她身后,一名警卫马上拿起电话,另一名警卫则按下墙上的红色紧急按钮,走廊上立刻响起一阵刺耳的警铃声。

怎么搞的?康斯塔布尔糊涂了。威尔呢?

他看向那名女警,发现她手中握着一个胡椒喷雾罐——拘留所中唯一允许使用的武器,他心念一转,立即抱着肚子大声呻吟起来。"有人闯进来!是另一个犯人。他想杀我们!"他把染了鲜血的双手按在腹部,藏住那根锐利的铅笔。"我受伤了,我被人刺了一刀!"

同时,他飞快地瞟了会客室外一眼。仍然没见到那个魔术师。

女警皱起眉头,环顾会客室四周。康斯塔布尔这时倒在地板上,心中盘算着:等她靠过来,他就用铅笔尖扎她的脸,说不定可以刺中她的眼睛。他要夺过胡椒喷雾罐,对着她的嘴巴和眼睛猛喷。或许也可以用铅笔抵住她的背;警卫会以为那是一把枪,而把门口让开放他走。威尔应该就在这附近——说不定他就站在外面的安全门那里。

来吧,宝贝儿。再过来一点儿。她也许穿了防弹背心,他提醒自己：一会儿务必对准她可爱的脸。

"这是你的律师？"她问，俯身查看罗特的伤势，"他也被刺伤了吗？"

"是的！是一名黑人囚犯。他说我是种族主义者，还说要给我一个教训。"他虽然低着头，但可以感觉到她正慢慢地朝他走来，"乔伤得很重，咱们必须救救他！"

只要再走几步……

如果疑犯是一名白人，而且看起来是个文明人——他的牙齿齐整，身上的衣服闻起来也没有隔夜尿的臊味——那么，你们扣动扳机的速度会稍慢一些吧？

康斯塔布尔继续发出呻吟，觉得她已经非常接近了。

女警开口说："让我看看你的伤口。"

他紧紧握住铅笔，准备突然扎过去。他抬起头，想锁定攻击的目标。

然而，他看到的却是胡椒喷雾罐的喷嘴，离他的双眼不到一英尺。

她按下喷雾器按钮，顿时一股刺激性的气体射向他的脸，如千百根细针扎进他的嘴巴、鼻子和眼睛。

康斯塔布尔当即发出尖叫，他手中的铅笔已被这名女警夺去了，而且背上也被她重重地踢了一脚。"你为什么这么做？"他高喊，用胳膊肘支撑身体拼命想站起来，"为什么？"

她的答案是：待会儿再说。接着，她又按下喷雾器按钮，让更多的刺激性气体射向男人的脸。

42

阿米莉亚·萨克斯丢下胡椒喷雾罐。

她内心潜藏着的调查警司的特质，正因她无端第二次攻击康斯塔布尔的行为而感到困惑。

但是，在发现他手上藏有那把14K金的小刀后，熟悉街头斗殴情况的萨克斯便完全乐于听见那阵凄厉得如杀猪般的尖叫声了。她再次使用喷雾罐后，便退到一边，旁边的两名警卫立刻上前一左一右把犯人架了出去。

"医生！我需要看医生。我的眼睛！我有权利接受治疗。"

"我让你闭嘴。"警卫拖着康斯塔布尔朝长廊走去，但他的双脚却不停乱踢。警卫停了下来，给他加上脚镣，然后才继续拖着他绕过拐角。

萨克斯和另外两名警卫查看乔·罗特的伤势。他仍有呼吸，但受伤的情况很严重，已完全陷入昏迷状态。她判断，这时最好不要随便移动他的身体。不一会儿，紧急医疗小组的人赶来了。萨克斯先检查了他们的证件，才允许他们入内替律师治疗。他们熟练地为伤者清洁呼吸道，在脖子上套上护颈，然后将他固定在担架上，放上滚轮急救床，推出安全区，送上救护车前往医院。

萨克斯退到门外，观察整个会客室和外面的大厅，以确定威尔没有趁乱潜入这个地方。不对，她无法确定他有没有这么做。

于是，她只好立刻往外走，只有从柜台取回格洛克手枪，她的紧张才能略有缓解。领回枪支后，她用步话机和莱姆联络向他报告这里发生的事。说完，她又补了一句："康斯塔布尔在等他，莱姆。"

"等威尔？"

"我想应该是。当我把门打开时，他似乎显得相当惊讶。他虽然马上假装受伤，不过我还是能看出来他是在等人。"

"这么说来，这就是威尔真正的目的了——劫狱救出康斯塔布尔？"

"我正是这么想的。"

"去他妈的误导，"他嘟囔道，"他让我们把焦点全放在如何保护格雷迪上，没想到他们真正的计划竟然是劫狱。"沉默了一下，他又接着说，"除非，这次的劫狱也是一次误导，而威尔的真正任务还是去暗杀格雷迪。"

萨克斯想了一下。"这么说似乎也不无道理。"

"还没发现威尔的踪迹吗？"

"没有。"

"好吧，那只好继续研究你在拘留所找到的证物了。萨克斯，你马上回来，咱们一起研究。"

"我还不能走，莱姆。"她说，目光瞟向站在大厅那边的十几名看热闹的人们，"他一定还在这里的某个地方，我要继续搜索下去。"

专门为儿童学习而编纂的铃木钢琴教程共有好几册，每册约有十个乐谱，难度由浅至深逐册渐渐增加。每当学琴的孩子顺利完成一册教材后，父母通常会召集亲友家人和钢琴老师，举办一场小型音乐会，让这名完成阶段课程的学生来几段钢琴独奏。

克里西·格雷迪的"铃木教材第三册音乐会"，计划在一周后举行。此刻，她正在家中的琴房里努力练习，并且刚刚弹完一曲舒曼的《狂野的骑士》。

琴房不大，光线也不亮，克里西却相当喜欢这个地方。这里面只有几把椅子，几个摆放着音乐书籍的书架，以及一台漂亮的、闪闪发光的小型平台钢琴——他们把这个房间称为"雅诺房"，正是以钢琴的昵称为名。

她认真地弹了一段克莱门蒂 C 大调小奏鸣曲的行板，然后又弹了一遍莫扎特的小奏鸣曲，以这首她最喜欢的曲目作为犒赏自己的奖品。不过，她觉得今天自己弹奏得并不好——那群聚集在她家里的警察让她分了心。尽管这些警察不论男女都非常和善，也会愉快地和她聊起星球大战、哈利·波特或 Xbox 电子游戏之类的事，但克里西很清楚，挂在他们脸上的愉快微笑并非发自内心的笑容，他们这么做只是为了安抚她，不让她觉得紧张罢了。但是，实际上这些假装出来的笑容，只会营造出使她更害怕的气氛。

虽然他们都没有说，但警察会再次聚集到这里，就表明还有人想伤害爸爸。克里西不担心自己被坏人伤害，只害怕坏人会把爸爸从她身边夺走。她一直很希望他不要再做司法工作了，有次还鼓起勇气，向他提出要求。然而，爸爸却这么对她说："你有多喜欢弹奏雅诺呢，亲爱的？"

"非常喜欢。"

"那好，我对我的工作也是一样。"

"哦，好吧。"她说，虽然心里觉得一点儿都不好。因为弹钢琴不会让人们讨厌你,想动手杀你。她弹错了几个小节,发现自己分了心,便努力集中精神再重弹一次。

她知道他们待会儿就要离开这里,去别的地方住上一阵。妈妈说,就只是一两天而已。但是,万一时间比她说的还长呢?万一他们必须取消下周的铃木教材演奏会呢?她突然觉得有点沮丧,便放弃了练习,把琴谱合上收进书包里。

啊,这是什么?

她看见琴谱架上竟然摆着一条"约克牌"薄荷巧克力糖,而且不是那种迷你装的,而是完整的一大条,是摆在生鲜超市收银柜台旁出售的那种。她不知道这是谁留下的。妈妈不喜欢有人在雅诺琴房里吃东西,而克里西自己也绝不容许吃过糖果黏糊糊的手去碰触她的琴键。

也许是爸爸留下的。她知道他心里一定觉得很不好受,因为他惹来了这么多警察,因为他害她无法参加在社区小学举办的演奏会。

一定是这样没错——这是爸爸偷偷补偿她的礼物,是只有他们俩才知道的小秘密。

克里西透过半开的门缝瞟了外面一眼。她看见人们正在来回走动,听见他们说话的声音。她听出那个平静的声音是来自那位北卡罗来纳的警察,这位警察叔叔有两个儿子,他说过会介绍给她认识。她看见母亲从卧室搬出一个行李箱出来,一脸不快。她听见她说:"这实在太夸张了。你们为什么找不到他?他只有一个人,而你们有几百个。我实在是搞不懂。"

克里西坐回椅子,打开锡箔包装纸,慢慢吃下这块巧克力糖。巧克力全部下肚后,她又仔细检查自己的手指。果然没错,手指的确沾上了一点巧克力,她必须去浴室把手洗干净。她盘算好，等她一到浴室，就要把包装纸丢进马桶冲掉，这样才不会被母亲发现。这叫"湮灭证物"，是她从电视里的《犯罪现场调查》中学到的——尽管她的父母都不肯让她收看这种电视剧，但她只要逮到机会，就一集也不会错过。

罗兰·贝尔已和查尔斯·格雷迪安全回到住处，现在这家人正忙着收拾行李，准备前往纽约市警局设在默里山的庇护所。罗兰已拉上屋里所有的窗帘，并嘱咐他们不要靠近窗户。他看得出这些话增添了他们心中的不安，但他的工作不是心理辅导，而是保护他们的性命不被那位异常狡诈的杀手夺走。

此时，他的手机响了，是莱姆打来的。"那边一切都没问题吧？"

"没问题，这里滴水不漏。"贝尔回答。

"康斯塔布尔已经被送进特别防护牢房了。"

"那里的警卫都是认识的人吧？"贝尔问。

"阿米莉亚说威尔就算再厉害，也不可能把自己变成那两个身材长相都像极沙奎尔·奥尼尔的人。"

"明白了。那个律师情况如何？"

"罗特？他还活着，只是伤得很重。我……"莱姆突然停下来，这时似乎有人进了他的房间。贝尔听见一个细细的说话声，他判断说话的这个人是梅尔·库柏。

过了一会儿，莱姆又对贝尔说："我们还在研究阿米莉亚在拘留所现场找到的证物，目前还没找到特别的线索。不过，有件事我得提一下。贝迪和索尔总算在兰汉姆·阿姆斯旅馆找到那张门卡所属的房间了。"

"登记住进去的人是谁?"

"房客留的是假姓名和假地址,"莱姆说,"不过根据柜台服务员的描述,那个人的外貌和威尔相当符合。现场鉴定小组已在房间的抽屉中找到一支使用过的针筒,我们不知道是不是威尔留下来的,但最好先假设是他的东西。梅尔已在针尖上找到巧克力和蔗糖的成分。"

"蔗糖……是来自糖果吗?"

"没错。另外,针筒里则残留了大量砒霜。"

贝尔说:"所以他把毒药注射到某块糖果里了。"

"应该是这样没错。你问问格雷迪,最近有没有人送糖果给他。"贝尔立刻把问题向检察官和他太太转述了一遍,但他们两人都马上摇了摇头,甚至对这个问题相当反感。

"没有,我们家的人从不吃糖果的。"检察官太太说。

刑事鉴定学家于是又问:"你说过,他今天下午闯进来时,你曾觉得相当意外。"

"的确,我们以为会在大厅、地下室或屋顶逮住他,没想到他竟然直接从大门进来了。"

"他进来之后做过什么事?"

"他就直接在客厅现身,把我们都吓了一跳。"

"所以他应该没时间把糖果留在厨房。"

"不可能,他根本没有机会。"贝尔解释说,"我和朗都待在那里。"

"那么,还有哪些房间是他可能进去的?"

贝尔再把这个问题转问格雷迪和他太太。

"现在到底怎么回事,罗兰?"检察官问。

"林肯刚刚发现了新的证物,他认为威尔可能会把毒药送进你家。毒药可能藏在糖果中,但我们不确定他是否已……"

"糖果?"他们身后传来一个纤细微弱的声音。

贝尔、格雷迪夫妇和所有参与保护行动的警员全都一起回头,看见检察官的小女儿正一脸恐惧地望着贝尔警探。

"克里西?"她的母亲问,"怎么了?"

"糖果?"女孩又喃喃地说了一次。

一张锡箔包装纸从她手中落下,紧接着,她便哭了起来。

贝尔手心冒着冷汗,紧张地观察着所有从查尔斯·格雷迪公寓大门外经过的行人。

一共有好几十个。

其中有一个会是威尔吗?

或是来自那该死的爱国者会的人?

救护车很快便抵达了,车上跳下两名医护人员。但他们在进入大门之前就被贝尔挡了下来,要求他们出示证件接受详细检查。

"搞什么鬼?"其中一名医护人员很不高兴地说。

贝尔不理会他,在检查过后才说:"好了,准备带她出来吧。"他查看了街上的车辆、行人、附近楼房的窗户。确定没问题后,他吹了声口哨,于是那位壮硕安静的警员路易斯·马丁内斯便护送女孩出来,和她母亲一起钻进救护车。

克里西还没有出现中毒的症状,但脸色已十分苍白,浑身颤抖着哭个不停。她吃下了整块神秘出现在琴房的薄荷巧克力,贝尔知道那一定是威尔留下的,也已知道他早些时候从大门闯入格雷迪的住处之时,一定绕了路,先溜进那间摆放钢琴的房间。对贝尔来说，这是无法宽恕的罪恶——伤害无辜的儿童。并且，虽然他先前曾一时被康斯塔布尔理性的谈话所打动，但这次的事件已完全暴露那些爱国者会会员的邪恶本质。

文化差异？种族差异？全是狗屁。真正存在的差异只有一个：一边是正义与善良，而另一边是邪恶与堕落。

万一这个女孩丧命的话，贝尔绝对会申请去旁观威尔和康斯塔布尔两人被处以极刑的过程。他要亲眼看见这两个人接受与他们对克里西所犯下的恶行相符的惩罚——接受毒针注射处死。

"别担心，亲爱的。"他对她说。此时一位医护人员正在给她量血压。"你不会有事的。"

听见这句话，女孩的哭声变小了，只剩下无声的抽噎。贝尔偷偷瞟了克里西的母亲一眼。此时她脸上的表情虽然温和，却无法完全掩饰她的愤怒情绪——远比贝尔的强上数倍。

贝尔呼叫总部，帮他把通话接到他们正火速前往的那间医院的急诊室。他对急诊室的负责人说："我们两分钟后会抵达急诊室大门。现在，你听好——我希望你能清空现场，从那里到中毒急救中心的整条路上都不要有半个人，除非佩戴了附有照片的身份证件。"

"呃……警官，这点我们办不到。"接电话的女人说，"这里是医院最忙乱的地方。"

"这位女士，我可是很顽固的。"

"你说什么？"

"我是说我坚持非这么做不可。现在有一名武装疑犯企图追杀这个女孩和她的家人，如果我到了医院还看见任何出现在我视线范围内，而身上又没佩戴证件的人的话，我保证他们全会被铐上手铐，得到非常无礼的对待。"

"警官，这里是市中心的急诊室，"医院的那个女人不高兴地说，"你知道我一眼望去可以看到多少人在这里吗？"

"不知道，女士，但我可以想象他们全绑上绷带拄着拐杖的样子，如果他们在我们抵达时还留在那里的话。还有，再提醒你一次，从现在开始你只剩下两分钟的时间了。"

43

"案子是会变色的。"

查尔斯·格雷迪坐在急救中心外面等候区的橙色塑料椅上，茫然地低头盯着地上那张已被千百双绝望的脚跟磨秃的绿色亚麻油地毯。

"我指的是刑事案。"

在这个等候区里，罗兰·贝尔坐在检察官旁边，路易斯则用他魁梧的身材堵住一扇房门。此外，在附近另一个通往人员往来频繁的走廊的出入口，站着贝尔的另一个手下——特勤小组成员格雷厄姆·威尔森，他是个英俊又热情的警探，具有侦察员的天分，那双敏锐坚毅的眼睛就像装了 X 光探测器，一眼就能分辨出对方身上是否暗藏武器。

格雷迪太太进急救中心去陪克里西了。和她一起的，还有另外两位负责执行保护任务的警员。

"在学校的时候，我认识一位法学教授，"格雷迪继续说，但表情仍然呆滞，"他做过检察官，后来又成为法官。有次，他在课堂上告诉我们，在他执法的那些年中，他从未见过一起黑白分明的案件。他说，所有案件都是不同程度的灰，有的灰得相当阴暗，有得灰得十分浅白，但无论如何，它们全都是灰色的。"

贝尔看向走廊，看向值班护士为那些受伤的溜滑板者和自行车骑手围起来的临时候诊区。正如贝尔所坚持的那样，医院的人已清空了他们所在的这块区域。

"可是，一旦你亲身涉入某桩案件，它就会变了颜色，变成黑色和白色。不管你是原告还是被告，灰色的部分会完全消失，你所在的这一边是百分之百的正义，而另一边则是百分之百的邪恶。你的眼中只剩下对与错。我的教授说，我们必须留意这点，一定要时时提醒自己，其实所有的案件都是灰色的。"

贝尔盯上了一位护理员。这位年轻的拉美人看起来并不可疑，但他还是朝威尔森点了个头，示意他将这个人拦住，仔细检查他和证件上的照片是否相同。威尔森给了贝尔一个表示OK的手势。

克里西已被送进手术室十五分钟了。为什么没人出来汇报一下情况呢？

格雷迪继续说："可是，罗兰，你知道吗？这几个月来，自从我们发现他们在坎顿瀑布密谋的活动后，我便把康斯塔布尔这件案子视为黑白的了，从未想过其中有任何灰色地带，只知道尽一切力量去调查起诉他。"他苦笑了几声，抬头看向前方，但笑容很快便消失了，"医生怎么还不出来？"

说完，他又意志消沉地垂下头去。

"但是，如果我把这件案子视为灰色，也许就不会把他逼得那么紧；如果我能稍作妥协，也许他就不会雇用威尔，而他或许就不会……"他抬着头向自己女儿此时所在的那间手术室，没说完的话全哽在喉咙，忍不住抽泣起来。

贝尔说："查尔斯，我认为你的教授说错了。至少，这不适用在康斯塔布尔这种人身上。不管是谁干出像他这样的恶行，都不会有什么灰色地带。"

格雷迪搓了一下脸。

"你也有孩子,罗兰,他们去过医院吗?"

只有在他们的母亲过世时去过,罗兰心想,可是他不愿意提这件事。"医院是常去,不过没什么大事——他们顶多是被垒球打到额头或小指,要不就是在冲上二垒的时候和游击手撞个正着。"

"那么,"格雷迪说,"你一定也了解这种担心的感觉。"他又抬头看了手术室一眼,"真让人揪心。"

几分钟后,这位警探发现面前的走廊上有了动静。一位穿着绿色准备服的医生看见格雷迪,便缓缓朝他们这里走来。在他的脸上,贝尔看不出任何表情。

"查尔斯。"这位医生轻声说。

尽管格雷迪的头依然低垂着,但他早已知道这个人正逐渐向他走来。

"黑色和白色,"他喃喃地说,"上帝啊。"说完,他便起身迎向这位医生。

看着窗外漆黑的夜空,林肯·莱姆听见电话铃响了。

"指令。接电话。"

咔嗒。

"喂?"

"林肯吗?我是罗兰。"

听见罗兰的声音,梅尔·库柏立即把头转过来,一脸严肃。他们早已得到报告,知道贝尔此时正和格雷迪全家人一起待在医院里。

"医生怎么说?"

"她没事了。"

库柏闭上眼睛,仿佛有位新教徒过来为他祝福,在这个时刻,莱姆也感到一股强烈的宽慰。

"没中毒?"

"没有。那就是一块糖,里面没有半点毒素。"

"这么说来,这又是一次误导了。"莱姆沉思着说。

"看来的确如此。"

"但这到底表示什么呢?"莱姆轻声问,不是问贝尔,而是问自己。

贝尔提出了意见。"根据我的看法,既然威尔让我们把注意力放在格雷迪这边,就表示他仍有可能另想办法把康斯塔布尔救出拘留所。他现在一定还待在拘留所里的某处。"

"你们已前往安全屋了吗?"

"是的,全家人都在一块。我们会留在那里,直到你逮住那家伙为止。"

直到?

万一逮不到呢?

结束通话后,莱姆驾着轮椅离开窗边,来到那张证物表前。

手比眼快。

除非能克服这点。

魔术技法娴熟的埃里克·威尔现在心里究竟在盘算什么呢?

莱姆感觉颈部肌肉已紧张到了接近抽筋的程度,于是再次看向窗外,思索他们面对的这个复杂难解的谜题。

企图开枪狙击格雷迪的霍布斯·温特沃思伤重而死,目前格雷迪和其家人都安全无虞。康斯塔布尔明显已准备好想从会客室脱逃,但威尔却没有发动任何救援行动。由此看来,威尔的计划可能出了差错。

但莱姆无法接受如此简单的结论。既然疑犯设计让克里西·格雷迪吃下巧克力糖,把他们的注意力全引到拘留所外,莱姆就不得不赞同贝尔的看法,不能排除威尔企图继续拯救康斯塔布尔的可能。

要不,威尔就一定还有别的目的——也许他企图杀掉康斯塔布尔,以免他上法庭成为证人。

莱姆感到一股强烈的挫折感。长久以来,他早已接受自己再也无法亲自逮捕犯人的事实,然而,丧失官能的身体换得的补偿是强大的心理力量。他虽然只能动弹不得地坐在轮椅或躺在床上;但至少在思想上,他永远可以超越疑犯一步。

唯有魔术师埃里克·威尔例外。这个人已完全把灵魂卖给诈术,让他实在无法猜透。

莱姆苦苦思索,看是否还有什么事可做,以求找出这件案子引发的问题的答案。

萨克斯、塞利托和特勤小组队员都还在拘留所和法庭大楼里搜索,卡拉去奇幻马戏团找卡德斯基谈话去了。托马斯正在打电话给威尔以前的助手济丁和罗塞,询问这两天威尔有没有再打电话和他们联系,并问他们是否想起什么其他有帮助的资料。一支从联邦调查局借调来的物证反应小组正在霍布斯·温特沃思误杀自己的那幢办公大楼中搜索,而华盛顿方面的专家还在分析萨克斯在拘留所中找到的纤维和假血颜料。

到底用什么方法才能挖掘出威尔内心的想法呢?

只剩一件事可做了。

他决定试试这个他已多年不用的方法。

莱姆开始亲自走格子。这次搜索从男子拘留所开始,他点亮一盏海藻绿的荧光灯,走过复杂的通道。他绕过转角,来到货架上堆满材料物品的阴暗贮藏室,进入小房间和暖气室。他循着埃里克·威尔的足迹前进,同时也努力探究体悟此人内心的想法。

当然,这次走格子的活动是他闭上眼睛、全神贯注地在脑海中进行的。然而,这种在想象中追逐猎物的活动却是极其恰当的,毕竟,这次他追寻的对象是一个消失的男人。

绿灯亮了,马勒里克缓缓加速前进。

此时,他心中想的人是安德鲁·康斯塔布尔。这个人就像魔术师,他记得杰迪·巴恩斯曾这么说过,他具有心理学家的特质,能在短短几秒内看出一个人的特质,并能说出适当话语让对方安心。他谈吐幽默,充满知性,而且总是站在理性和同情的位置。

贩卖药物给那些容易受骗的人。

就这些人来说,他们的数量可多了,否则就不会有那么多人相信爱国者会这种狗屁团体胡扯的废话。然而,正如那位伟大的经纪人P.T.巴纳姆——马勒里克的经纪人——所说的,在这个世界上每分钟都会有笨蛋出生。

开车行驶在这星期天夜晚的街道上时,马勒里克不禁愉快地想着,此时康斯塔布尔一定完全摸不着头脑,搞不清这是怎么回事。这次劫狱计划中,有一部分是需要康斯塔布尔自己来做的,必须由他来摆平那位律师。几个星期前,在贝德福车站的那个餐厅里,杰迪·巴恩斯对他说:"呃,威尔先生,还有一件事。因为罗特是犹太人,安德鲁一定很想让他受到一点教训。"

"对我来说没什么分别,"马勒里克回答,"只要他高兴,我就可以出手把他杀了,这不会影响我的计划。只是,我希望他能自己摆平,不要碍事。"

巴恩斯点点头。"康斯塔布尔先生听到这个消息一定会很高兴的。"

他可以想象康斯塔布尔此刻惊慌失措、六神无主的模样。现在他一定坐在逐渐冷却的律师尸体旁边,等待变了装束、手持枪械的威尔进来带他离开这幢建筑——当然,这是绝不可能发生的。

当会客室的房门打开时,冲进来的将会是十几名警卫,他们会粗鲁地把他拖回牢房。至于那场审判,也将会照常进行。巴恩斯、温特沃思和所有在上纽约州那个原始帮会中的人一样,他们会迷惑不已,永远也不会知道他们全都被利用了。

在他等待下一个信号灯变换的时候,心里想的是他布置的那个误导戏法——"中毒的小女孩"(虽然有点难听,但这个戏法的名字绝对耸人听闻,马勒里克心想。他通过多年的表演经验得知,越是简单的戏法名,越能让观众从中获得明显的信息),不知是否已经启动。当然,这并不是世界上最好的误导手法:首先,针筒也许不会被发现;其次,糖果也许不会被那个女孩或其他人吃掉。不过,莱姆和他的手下确实相当优秀,因此他猜想那根针筒还是有被找到的机会,而且能让他们推断出恐怖的结论,认定这又是一次针对检察官和其家人发动的攻击行动。等他们白忙一阵后,才会发现那块巧克力糖里面根本没有毒。

那么,为什么要这么做呢?

难道真正下过毒的糖果已被放置在另一个地方?

或是,这根本只是一次误导,好让警方的注意力远离男子拘留所,让马勒里克有机会实施另一个计划以劫出康斯塔布尔?

总而言之，现在警方一定乱成一团，根本不知道案情究竟会往何处发展。

是的，尊敬的观众朋友，在过去这两天里，你们看到的是一场最精彩的表演，将物理和心理两种层面的误导手法完美地结合在一起。

物理层面——把警方的注意力同时引向查尔斯·格雷迪和男子拘留所。

心理层面——消除警方的戒心，让他们对马勒里克的犯案动机深信不疑，而那正是林肯·莱姆骄傲地自以为已经被他破解的：认为他受雇杀害格雷迪，并且计划劫走安德鲁·康斯塔布尔。一旦警方这么认为，他们的脑袋就会停止再去寻找其他答案，不会再多加思考他现在真正要去做的事。

他所要做的，完全和康斯塔布尔的案子没有任何关系。他留下的线索是如此明显——遭到魔术戏法攻击的前三名身份与马戏团有关的被害人、黏有狗毛和泥土的鞋子、俄亥俄州的那场大火与奇幻马戏团的关联……这些线索都让警方相信他真正的目的并不是向卡德斯基复仇，因为正如林肯·莱姆所说，这些线索都太过明显了。他一定还有别的目标。

但是，他并没有。

现在，他身穿医护人员的制服，开着一辆救护车，缓缓驶入马戏团的入口，进入这个世界知名的奇幻马戏团的帐篷区。

他把救护车停在包厢座位区的脚手架下方，下车锁上车门，附近没有任何舞台工作人员、警察或安全人员多看他一眼。这里早些时候才刚发生过疑似炸弹、虚惊一场的事件，现在有一辆特勤车辆驶进马戏团，停在这个地方，可以说是相当正常——用魔术师的说法，这是自然而然的事。

请看，尊敬的观众朋友，这就是你们的魔术师，他悄然出现在舞台中央。

他就是"消失的人"，他以实体出现，但却没人看得见。

没人多看这辆救护车一眼，然而，这毕竟并不是一辆普通的救护车，而是极佳的伪装物，是他早在几个月前便构思好并改装过的。车上原本摆放医疗设施的位置，现在放有十几个塑料筒，里面共有七百加仑的汽油，连接至一个简单的引爆装置。汽油很容易就会引燃，大量致命的液体将会喷进帐篷、射入看台，来到这个超过两千名的观众聚集的地方。

其中也包括了爱德华·卡德斯基。

你瞧，莱姆先生，还记得我们在"烧焦的男人"演出时的对话吗？我说的可不只是行话而已。卡德斯基和奇幻马戏团毁掉了我的一生和我最挚爱的人，所以我要摧毁他们。复仇就是这一切行动的最终目的。

这位魔术师小心翼翼地走出帐篷区，进入中央公园，没有引起任何人的注意。他已脱下医护人员的制服，换上了新的装扮。在夜色的掩护下，他变换了自己的地位，暂时成为观众中的一员。在此，他要寻找一个有利的位置，以便能好好欣赏这场最精彩的表演。

44

家人、朋友、情侣和孩子们正缓缓走入帐篷，找到各自的位置，慢慢坐满看台和包厢，他们从不同的个体变成一种被称为"观众"的东西，形成完全不一样的构造。

变形……

卡拉把视线从那一大群观众身上移开，扭头拦住一名警卫。"我等了好久了，你知不知道卡德斯基先生什么时候回来？我真的有重要的事。"

不，他并不知道。她又问了另外两个人，得到的答案完全一样。

她又瞥了一眼手表，心中充满强烈的悲痛。母亲的形象闪入她的脑海，她看见她躺在斯托伊弗桑特疗养院里，用清晰的目光环顾房间，脸上的表情却十分纳闷：她的女儿究竟去哪里了？想到自己被困在这里动弹不得，卡拉便沮丧得想哭。尽管她渴望此时能马上飞奔至母亲身边，但她也知道必须再等下去，尽自己的力量阻止威尔即将要做的恶行。

她转身看向明亮耀眼的巨大帐篷内部。表演者已在场外等候，他们脸上戴着各式怪异的喜剧面具，准备好开幕时的进场演出。观众席上也有许多孩子脸上戴着类似的面具，那是父母在外面价格昂贵的纪念品摊上买给他们的。戴着狮子鼻、鹰钩鼻和鸟喙面具的孩子左顾右盼,每个人都兴奋不已。然而,卡拉也发现,有些孩子其实是害怕不安的。怪异的面具、马戏团里诡异神秘的布景装饰,也许让他们联想起恐怖电影中的场景。卡拉喜欢为孩子们表演,但她也知道自己必须小心谨慎;他们对现实的看法和成人的不同,而一位魔术师能轻而易举地破坏这些年幼儿童极不稳定的安全感。因此,在孩子面前,卡拉只会做一些趣味性的表演,而且在表演结束后,她会把孩子们召集起来,把刚才表演的戏法技巧向他们讲解一番。

看着周围华丽的舞台装饰,现场热烈的气氛环绕着她,她能感受到观众们的兴奋和期待……她的手心不知不觉地淌出了紧张的汗水,仿佛待会儿是自己要登台演出。哦,要是现在她也在准备登台表演者的行列中该有多好!她会心满意足、充满信心,在兴奋的情绪中,感觉心跳随着时钟指针向登台的那一刻接近而渐渐加快。在这个世界上,没有什么感觉能比这个更好了。

但是,她随即苦笑起来。这里可是奇幻马戏团。

她只不过是一个在魔术店打杂的女服务员。

她不禁怀疑起自己:我做得够好了吗?不管大卫·巴尔扎克先生怎么说,但有时候她的确相信自己是可以的。至少,不会输给当年刚出道的哈里·胡迪尼——他早年唯一成功演出的脱逃术戏法,是让观众受不了看他把简单的戏法搞砸而一个个逃出表演厅。罗伯特·胡迪也是一样,刚开始他对自己的表演也是毫无信心,最后只好赠送观众发条玩具,比如能在戏法盒上下棋的机械土耳其人。

然而,当她看向后台,看着那上百位从小就投入这项事业的表演者,巴尔扎克先生的声音又跃入她的心中:还不行、还不行……她听见这几个字时情绪十分复杂——包含着失望和欣慰。

他是对的，她最后不得不承认。他是高手，而她只是一个小学徒。她必须对他有信心，也许再过个一两年吧。等待肯定是值得的。

更何况，她还有母亲需要照顾……

她现在也许正坐在床上，一边和杰妮亚谈天，一边琢磨她的女儿究竟上哪儿去了——在那天晚上，她已经被抛弃过一次了，现在她不应该待在这个地方。

卡德斯基的助理凯瑟琳·杜妮在楼梯顶端出现了，招手呼唤她。

卡德斯基回来了吗？求你了……

但是，这位年轻女郎却说："他刚刚打电话回来，说他吃完晚饭又去电台接受采访了，所以耽误了一点时间。他说他马上就会回来。他的包厢就在前面，你要不要去那里等他？"

卡拉点点头，失望地朝女郎所指的那个包厢走去，坐下，并再度把目光投向帐篷。她看见那奇妙的变形活动终于完成——观众席上坐满了男女老幼，每一个空位都已被人填满了。

砰。

卡拉被一声回荡在帐篷里的响亮鼓声吓了一跳。

灯光渐渐暗了，最后完全熄灭，整个帐篷陷入一片黑暗，只剩紧急出口指示灯的点点红光。

砰。

群众都安静下来了。

砰……砰……砰……

清脆的鼓声一声声响起，让人感觉自己的胸口也随之共振。

砰……砰……

一盏明亮的聚光灯投射在圆形表演场中央，照亮了一位穿着黑白格子花纹紧身衣的小丑，他戴着与服装相配的半截式面具，手上拿着一根权杖高高指向天空，并以丑角式的淘气表情环顾四周。

砰。

他迈步绕着圆形场地行走，其他表演者也跟着在他身后出现，排成一长串开始列队游行。这些人有其他即兴喜剧中的角色，也有化装成精灵、仙女、公主、王子或巫师的角色。他们有的步行，有的舞蹈，有的像体操运动员般不停翻着跟斗。有些人踩着高跷，走起路来比大部分走在人行道上的行人还要优雅；有些人乘坐四轮马车或手推车出场，车上装饰着薄纱、羽毛和缎带，并缀满一颗颗发着亮光的小灯泡。

所有人都配合着鼓声，完美地前进。

砰……砰……

戴着面具的脸，涂着或白或黑或银或金各色颜料的脸，贴着繁星般亮片的脸……耍着色彩鲜艳的圆球的手，捧着或抱着球、火焰、蜡烛或灯笼的手，撒着如雪片般彩纸屑的手……

庄严、华丽、充满谐趣而又怪诞。

砰……

有如一场催眠表演，这个游行的队伍包含了过去和未来，同时又传递了一个清晰而明确的信息：无论帐篷之外是怎样的世界，此时在这里都已完全失效。在此你可以暂时忘记在生活中学到的一切事物，忘记人性、忘记物理定律。你的心脏现在并非按照自己的节奏跳动，而是完全配合着鼓点；你的灵魂也不再属于你自己——它已加入了这支超越凡俗的游行队伍，和他们一起从容地进入这个幻想的世界。

45

尊敬的观众朋友,最后一个表演节目终于要上场了。

现在,该向各位呈现这个最伟大也最有争议的魔术——臭名昭著的"燃烧的镜子"。

在这个周末的表演中,你们已看到由哈里·胡迪尼、P.T.赛尔比特和霍华德·瑟斯顿等大师创作的魔术。但是,他们都不曾尝试像"燃烧的镜子"这样的表演。

我们的表演者将被困在一个如地狱般的空间里,四周都是逐渐靠近的无情火焰,唯一的逃生门只有一个小小的出口,但那里却被一道火墙封锁了。

也就是说,这个出口很可能是根本无法逃生的。

也许它只是个幻象。

尊敬的观众朋友,我得先警告各位,这个戏法最近一次表演是在三年前,结果酿成了一场悲剧。

我之所以知道,是因为那时我就在现场。

所以,请各位为了你们自己着想,最好先花点时间观察这座帐篷,思考一下当灾难发生时该如何……

不,现在思考可能已经来不及了。也许你们此时最该做的事,就是向上帝祈祷。

马勒里克已走入中央公园,站在离奇幻马戏团灯火通明的帐篷大约五十码的一棵树下。

他脸上又多了胡子,身穿慢跑服装和高领针织衫,一簇汗湿的金发从印有"曼哈顿银行十公里长跑"几个大字的棒球帽下露出。他脸上的汗水来自水瓶,做假的目的是营造出他此时的个人状态:他是一家大银行的主管,在这个星期天的晚上到公园慢跑。现在,他刚好在这棵树下歇息片刻,而且是心不在焉地看着不远处那座马戏团帐篷。

一切都完美得自然而然。

他发觉自己现在异常冷静。这股镇静感使他回想起哈斯伯马戏团在俄亥俄州的那场大火,想起灾难的征兆尚未显露之前的那个时刻。按理说,他应该感到十分诧异才对,诧异自己几乎麻木,诧异自己的情感已完全陷入沉睡。但是,他并没有,现在的他只感受到那些相似的事物,一样听着乐声、听着被绷紧的帐篷增大的低音效果。他听见一样扩散开来的掌声、笑声,以及因赞叹而发出的喘息声。

在登台表演的那些年中,他很少怯场。当你对每个步骤都熟记于胸,事前也经过充分的排练,还有什么好紧张的呢?他现在的情况正是这样。一切都已经过小心的谋划,他知道这场演出将如期上演。

他看着这顶在几分钟后即将从地球上消失的帐篷,发现有两个人影从帐篷里走出来,经过他刚刚开救护车进去的那扇工作人员专用大门。他们是一男一女,两人正在窃窃私语,几乎快把嘴巴贴上对方的耳朵,如此才能压过从帐篷里传出的巨大乐声。

太好了!其中一个人是卡德斯基。他刚刚还在担心,不知道这个制作人在汽油引爆时会不会待在现场。另外那个女人则是卡拉。

卡德斯基伸手指向帐篷，他们便朝他指的那个方向走去。马勒里克估计，他们前往的那个地方大概离那辆救护车不到十英尺。

他看了一下手表。时间差不多了。

现在，我亲爱的朋友，尊敬的观众朋友……

大约在九点整的时候，一道像泡沫般喷出的火焰从门口射进帐篷。一眨眼的工夫，火焰便吞噬了看台、观众和一些装饰，火焰的影子迅速在色彩鲜艳的帐篷上蔓延。音乐突然中断了，被尖叫声所取代，而帐篷顶端也盘绕着升起阵阵黑色的浓烟。他俯身向前，被这恐怖的景象迷住了。

浓烟越来越多，尖叫声越来越凄厉。

他必须努力控制，才不至于让任何一丝"不自然"的微笑浮上他的脸。他做了一个感谢上帝的祈祷手势……他并没有特定信仰哪位神祇，于是便把它献给已故的哈里·胡迪尼——他的偶像，他为自己命名的依据，也是魔术师的最高典范。

马戏团帐篷出现的景象，吓坏了和马勒里克一样待在公园这个角落里的人们，他们有人立刻冲过去参与救援，有的人则瞠目结舌地愣在原地。马勒里克又等了几分钟，但他也知道这座公园很快就会冲进来几百名警察，于是他露出担忧的表情，一边拿着手机假装打电话到消防队通报火警，一边向公园外的人行道走去。尽管如此，他还是忍不住再一次驻足停留。他回过头，看见帐篷前的巨大旗帜已被浓烟遮去了一半。其中一面旗帜是戴着面具的小丑，也可称为哈乐昆，旗帜上的他向观众伸出双手，摊开一对空空的手掌。

请看，尊敬的观众朋友，我手里什么都没有。

但是，就像所有手部技巧的表演者，他的手中其实还是握有某个东西——利用纯熟的反手藏物技法,把那个东西藏在观众无法看到的地方。

而只有马勒里克才知道那个东西是什么。

藏在那一脸腼腆的哈乐昆手中的是——死亡。

第三部 泄底
四月二十一日星期天至四月二十五日星期四

想成为伟大的魔术师，不仅要向观众呈现令人迷惑的幻象，还要让他们深深为之感动。

——S.H. 夏普

46

阿米莉亚·萨克斯的卡马诺跑车以九十英里的时速飞驰在西街的高速通道上,向中央公园急驰而去。

和通往高速公路的罗斯福高架路不同,这条快速通道上不但布满红绿灯,而且在十四街的路口还突然冲出一名慢跑者,使这辆雪佛兰跑车失控打滑,结果让汽车钢板和路边的水泥护栏接了吻,发出长长的刺耳声音。

所以,他们都被这个杀手用另一个更天才的方法给耍了。威尔的目标既不是谋刺查尔斯·格雷迪,也不是救出安德鲁·康斯塔布尔;他们都只是他的误导工具。杀手真正的对象,竟然是那个昨天被他们认为过于明显的目标——奇幻马戏团。

当她紧握着格洛克手枪,快要清查完男子拘留所可以躲藏的每一个角落之时,突然接到莱姆的呼叫,通告目前的状况。朗·塞利托和罗兰·贝尔已朝马戏团出发,梅尔·库柏则跑步赶去救援,鲍尔·霍曼和几支特勤小组的队员也都正在火速赶赴现场的路上。那里需要所有人前往支援,因此莱姆希望她能以最快的速度赶到市中心。

"我这就出发。"她说,关掉对讲机便转身奔向拘留所的大门,离开拘留所前她只停留了一次——停在那扇她曾驻足站立过的房门口,并踢门进去。

只是以防万一。

里面空无一人,也没有半点声响——唯一的声音是存在于她想象中的杀手的嘲笑声。

五分钟过后,她就已坐进她的卡马诺跑车,猛地踩下油门。

第二十三街口又亮起红灯,但这里的交通状况还算不错,于是她便加速闯过。成功通过十字路口靠的是她操控方向盘的优异技术。她既没用刹车,也没启用她车上的蓝色警示灯,因为她不忍心扰乱市民的安宁生活。

一通过这个路口,她便快速加挡,将油门踩到底,隆隆作响的引擎瞬间就让车速达到了八十英里。她伸手摸到摩托罗拉对讲机,便拿起来呼叫莱姆,报告了目前所在的位置,并询问他希望她去执行什么工作。

马勒里克从朝火场奔去的人群中反方向挤出,缓缓离开了公园。

"出什么事了?"

"天啊!"

"快报警……有人报警了吗?"

"你听见尖叫声了吗?听见了吗?"

在中央公园西路和一条横街的转角,他和一名翘首向公园张望的女人撞个正着。这位年轻的亚裔女子问他:"你知道那边出了什么事吗?"

马勒里克心想:是的,我当然知道,毁掉我一生的那个人和那个马戏团都灭亡了。但他只是皱了下眉头,一脸凝重地对她说:"我不知道,但情况看起来似乎很严重。"

他继续往西走，绕了很远，花了半小时才走回自己的住处。在途中，他又进行了好几次快速变装，直到确定后面没有任何人跟踪他。

按照计划，他今晚应该足不出户，然后明天一早便搭乘飞机前往欧洲，在那儿接受几个月的魔术训练后，他就能再度登台——用他的新名字演出。包括他"尊敬的观众朋友"在内，这世上从没有人知道"马勒里克"这个名字，而他就要以这个名字开始他的演艺生涯。只有一件事让他觉得遗憾——他这一生中再也不能表演他最喜欢的戏法"燃烧的镜子"了，因为会有太多人能因此联想到他。不仅如此，他还得放弃很多过去熟稔的戏法——他必须放弃腹语术、读心术和许多他惯常表演的近景魔术。如果让人知道他懂得如此多的技能——正如他在这个周末所展现的那样——会很容易让他的真实身份泄了底。

马勒里克继续往百老汇大道走去，绕了两倍的距离才回到他的住处。沿途他不断留意四周和身后的动静，完全确定没有人在跟踪。

他走进公寓大厅，在门口站了足足五分钟，观察街上的动静。

一个老人牵着贵妇犬走来，马勒里克认得他是住在对街的邻居；一个穿直排轮滑鞋的小孩，两个手拿冰激凌甜筒的少女。除了这几个人，街上没有其他人的踪影。明天是星期一，所有人都得上班、上学，此刻大家都待在家里熨衣服、和孩子一起温习功课……或在电视机前，收看CNN记者在中央公园现场转播的那场恐怖的惨剧。

他匆匆上楼回到住处，关掉屋里所有的灯。

天下没有不散的筵席，尊敬的观众朋友，这场表演已经结束了。

但是，今天观众觉得过时的东西，对明天和后天的其他观众来说，他们会觉得既新鲜又富于创造力。这就是我们这行的本质。

各位朋友，你们知道吗？"谢幕"的意义并不是观众感谢表演者，而是让表演者有机会感谢他的观众，感谢在整个演出过程中将注意力完全交托出来的这些人。

因此，我要向各位致敬，感谢你们出席观赏这场小小的表演。希望各位都能感到刺激和愉快，也希望你们在我这个生命变成死亡、死亡变成生命、真实变成非真实的悲惨世界中，都能感受到一点小小的惊奇。

最后，尊敬的观众朋友们，请允许我向各位深鞠一躬……

他点燃蜡烛，坐在沙发上，目光专注地凝视着这道烛火。今晚，他知道烛火一定会闪动，知道他一定能接到某些信息。他凝视着，保持前倾的姿态，整个人沉浸在仇恨已雪的满足情绪中。他像中了催眠术似的前后摇晃，呼吸渐渐放缓。

烛光开始摇曳了。来了！

和我说话吧。

再闪动一下……

只一下，烛光真的又闪烁起来了。

但是，闪烁的原因并不是他挚爱之人的灵魂想要传递信息的超自然现象，而只是一阵灌进屋内的四月夜晚的凉风——五六名全副武装的警察用破门工具撞破他的房门，瞬间便把这位目瞪口呆的魔术师压倒在地。其中一名警察——他记得她是在林肯·莱姆住处露过面的那个红发女警——正用手枪抵住他的后脑勺，然后语气坚定地背诵出逮捕犯人时的权利宣言。

47

两名特勤小组的警员合力把林肯·莱姆连同电动轮椅一同抬起，走上台阶进入这幢建筑物的大厅。只不过几级阶梯，轮椅加上莱姆的重量便让这两名警察汗流浃背，双手颤抖。幸好一到平地，莱姆就能自己操控轮椅，一路开进"魔法师"的住处，停在阿米莉亚·萨克斯身边。

跟随贝尔和塞利托的特勤小组警员继续去搜查这幢建筑物的其他地方，他们两人则亲自仔细处理这个仍处于惊愕中的杀手。先前莱姆已建议他们向法医检察室借调一名医生过来帮忙搜身，而这名法医果然很快就赶来了，应他们的要求展开检查。结果证明，这个建议是非常正确的：法医在这个人的皮肤上发现了好几处裂痕，看起来都像小疤痕，实际上却都能揭开，里面藏有一根根极微小的金属工具。

"待会儿先把他送进拘留所的医务室做X光检查，"莱姆说，"不对，还要做核磁共振扫描，全身任何地方都不能错过。"

"魔法师"被铐上了三副手铐和两副脚镣，然后被两名警员从地上拽起来，让他坐在地上。他看见莱姆，留有胡子的脸上顿时满是惊讶。莱姆正在查看一间卧室，里面存有数量庞大的魔术道具和各式工具。的确，那些面具、假手和用橡胶做出来的东西让这间卧室显得十分诡异，然而，莱姆看到这些原本应该呈现在千百人观赏之下的魔术道具,此时却因杀手恐怖的复仇动机而被贮藏于此,这让他感到一阵无奈的悲伤。

"这怎么可能？""魔法师"喃喃地说。

看着杀手脸上的惊讶以及不悦的神情,莱姆觉得舒服极了。尽管所有的猎人都会告诉你狩猎的乐趣主要来自追逐的过程,但实际上,唯有费尽心力打到猎物之时,喜悦才能达到极致。如果猎人没有这种感受,他就无法成为优秀的猎人。

"你们是怎么识破的？"他气喘吁吁地问道。

"你是说,你真正的目标是攻击马戏团吗？"莱姆转头看向萨克斯。

她接口说:"证据其实并不多,但可以猜出……"

"什么叫'猜出'？萨克斯,我那时是说证物非常'明显'吧？"

"我们猜出你真正想要做的事,"萨克斯不理会莱姆打岔,继续说下去,"在那个小房间——刑事法庭大楼地下室的清洁工具间,我们找到你藏在那里的袋子,里面装有你脱下来的衣服,还有伪装受伤的道具。"

"你们找到那个袋子了？"

她继续说:"在你的鞋子和衣服上有一些干了的红颜料,还有几根地毯纤维。"

"我一直以为红颜料是用来当假血的,"莱姆摇摇头,露出一副懊恼的样子,"在逻辑上这点符合假设,但我应该再考虑一些其他来源才对。后来,从联邦调查局的涂料资料库里,我们查出这是詹金汽车公司使用的涂料。而且,这种红漆的色度是橘红色,专门用于特勤车辆。这种配方的油漆都是用小罐子盛装出售的,只用于小面积的上色。那些纤维也是车用的,它们来自一块经常使用的商用地毯,而这种地毯则在八年前就已安装在一辆通用公司生产的救护车上了。"

萨克斯说:"所以林肯推断你最近借了或偷了一辆老救护车,并加以整修,目的可能是用来逃亡,或用在另一次谋刺查尔斯·格雷迪的行动中。但紧接着,他想到那一点点黄铜碎屑——要是这些碎屑真的如我们原本认为的,是来自一个炸弹计时器的话该怎么办?而且,因为你上次在林肯的房间里使用浸了汽油的手帕,所以,很有可能,你会把汽油炸弹安装在一辆改装后的救护车里。"

莱姆接话说:"然后我用了一点简单的逻辑……"

"他只是全靠直觉罢了。"贝尔在旁边拆台说。

"直觉是狗屁,"莱姆厉声说,"逻辑则不然。它是科学的支柱,刑事鉴定就是最纯粹的科学。"

塞利托对贝尔扮了一个"又来了"的鬼脸。

但这个嘲笑上级的忤逆动作丝毫没有影响莱姆说话的热情。"我说的是逻辑。卡拉已经告诉过我们,魔术师会故意把观众的注意力引向你其实不想让他们看到的地方。"

最厉害的魔术师会直接说出他即将要做的事,把他接下来要变的戏法告诉大家。如果你不相信,就会去注意完全相反的地方,而当你们这么做时,就中了他的圈套。这样一来,你们就会彻底失败,胜利完全操纵在他的手中。

"至于你所用的……我只能说真的是很漂亮的招数。我很少夸奖人的,对吧,萨克斯?……你因为那次毁掉你一生的大火而想对卡德斯基施加报复,所以你设计了一套戏法,让自己既能实现目的,又能安全逃脱——就像你在舞台上表演的魔术一样,设计了一个又一个的误导。"莱姆眯起眼睛,沉思了一会儿,然后又说:"第一个误导是:你'强迫'卡拉告诉我们魔术师所用的技巧,没错吧?"

杀手什么也没说。

"我确定她是这么说的。一开始,你'强迫'我们接受这个想法,认为你为了复仇而想毁掉奇幻马戏团。但我并不相信,因为企图太明显了。于是我们的怀疑便被导向第二个误导:你故意布置了有格雷迪新闻的报纸、餐厅的收据、记者通行证和旅馆门卡,好让我们推导出你打算暗杀他的结论……对了,还有你遗留在哈得孙河边的慢跑夹克。你是故意把它留在现场的,没错吧?那是你设计好打算让我们找到的假证物。"

他点点头。"没错,那是我故意留下的。不过当时你们突然出现吓了我一跳,才使这个故意留下夹克逃走的举动变得更加自然。"

"接着,根据刚才提到的那些证物,"莱姆继续说下去,"我们认为你是受人雇用,利用魔术接近查尔斯·格雷迪,企图将他杀害……不过,我们虽猜出了你的动机,但还是免不了怀疑……就某种程度而言。"

"魔法师"微微露出了笑容。"某种程度,"他低声说,"看吧,当你用误导去迷惑他人时,那些聪明人仍免不了继续怀疑。"

"所以你再用第三个误导干扰我们,让我们把焦点从马戏团移开,又让我们认为你是故意被逮捕,以便能被送进拘留所,目的不是刺杀格雷迪,而是劫狱救出康斯塔布尔。在那个时候,我们已完全忘记奇幻马戏团和卡德斯基了,但事实上,你一点也不关心康斯塔布尔或格雷迪这两个人的死活。"

"他们都只是道具,用来误导你们的。"他承认了。

"爱国者会的人如果知道你这么说,一定会很不高兴。"塞利托喃喃地说。

他朝脚上的镣铐看了看。"我只能说,现在该担心这件事的人不是我,而是你们吧?"

康斯塔布尔和爱国者会的人都被他耍了,莱姆无法确定他们会不会展开报复行动。

贝尔用头指向"魔法师",问莱姆:"可是他何必大费周折设计康斯塔布尔,安排一个假的逃亡计划?"

塞利托回答:"很明显……这是为了误导我们远离马戏团,好让他有充分的时间能从容地把炸弹安放在那里。"

"其实不是这样,朗,"莱姆缓缓地说,"背后还有别的理由。"

听见这些话,或是听到莱姆故作神秘的口气,这个杀手突然转头看向这位刑事鉴定专家。莱姆立刻捕捉到他眼中一闪而过的谨慎——小心翼翼得近乎恐惧,这是今天晚上他第一次露出这种表情。

这下逮到你了,莱姆心想。

接着他说:"瞧,这案子里还有第四个误导。"

"第四个?"塞利托说。

"没错。他并不是埃里克·威尔。"莱姆大声宣布。这件事连他自己都不得不承认太过戏剧化。

48

这名杀手发出一声长叹,颓然向后倒下,靠着椅子腿,闭上了眼睛。

"不是威尔?"塞利托问。

"这点,"莱姆继续说,"正是他这个周末整个计划的重点。他想要报复卡德斯基和哈斯伯马戏团——现在的奇幻马戏团。但是,如果你只是想复仇而不管如何脱逃的话,那实在是再简单不过了。可是……"他向坐在地上的"魔法师"扭了扭头,"……他想要彻底脱逃,不被警方通缉,继续他的演艺生涯。于是他做了一次身份上的快速变装。他扮成了埃里克·威尔,故意让自己在今天下午被逮捕送进拘留所,留下指纹卡后才逃出来。"

塞利托点点头。"这样一来,在他杀死卡德斯基、烧毁马戏团后,所有人都会去找威尔,而不会去找这个……"他皱起了眉头,"……这个家伙到底是谁?"

"他是亚瑟·罗塞,威尔的徒弟。"

身份被拆穿时,这名杀手发出一声轻轻的叹息,只希望自己能逃离这里——最好能马上消失。

"但是罗塞给我们打过电话,"塞利托提出质疑,"他不是待在西部的内华达州吗?"

"不,他并不在那里。我查过通话记录,他的那通电话显示'来电者无法识别',他假装打长途电话,其实当时他是在西八十七街上的一座公用电话亭。他根本没有老婆,在拉斯维加斯的电话录音也是假的。"

"这么说来,他还假装成威尔打电话给另一位助手济丁,没错吧?"塞利托问。

"答对了。他装出威尔的声音,语带威胁地提到关于俄亥俄州那场火灾的事。这是为了让我们以为,威尔本人此时正在纽约,计划对卡德斯基展开报复行动。为了故意制造威尔重现江湖的假象,他还用威尔的名义订购了那副德比式手铐,也用他的名字买了手枪。"

莱姆盯着这名杀手,又接着说下去:"至于声音呢?"他用讽刺的口气问他,"现在你应该觉得肺部舒服多了吧?"

"你知道我根本没事。"罗塞厉声说,原本气喘吁吁的咝咝声全都消失了。他的肺部根本没受过伤,先前的声音是诈术的一种,好让他们相信他就是威尔本人。

莱姆朝那间卧室扭头说:"我看见里面有几张正在设计的海报,我猜应该是你画的。上面的名字写的是'马勒里克',那个人就是你,没错吧?"

杀手点点头。"我之前告诉你的事是真的——我痛恨我的旧名字,我痛恨那场大火之前的一切,一想起来就痛苦不已。所以,我现在的名字应该是马勒里克……你是怎么识破的?"

"我们封锁了拘留所的现场后发现,你用脱下来的T恤衫擦拭了地板和手铐,"莱姆说,"当我发现这一点后一直想不通你这样做是为了什么。难道是为了清理血迹?这根本说不通。唯一合理的解释是,你想擦掉自己的指纹。可是,那时你刚刚印过指纹留下资料,为什么还要担心在走廊上留下痕迹呢?"莱姆耸了耸肩,指出这个问题的答案简直显而易见,"因为,拘留所资料卡上的指纹和你真正的指纹并不相同。"

"这个家伙是怎么做到的?"塞利托问。

"阿米莉亚在拘留所里发现了一些新鲜的墨迹。这应该是今晚你亲手印上去的。这个墨迹本身无关紧要,但是它和你遗留在攻击马斯顿现场的运动袋里的墨水痕迹一模一样。这就意味着,在今天之前,你就用过这种指纹墨水。我猜,你是偷了一张空白的指纹卡,然后某天晚上在家,在上面印上了威尔的指纹。然后用粘胶把这张指纹卡粘在夹克的里衬上。我们搜身时会留意武器和钥匙,但不会留意一张卡片——按完指纹后,他用计分散工作人员的注意力,趁机调换了指纹卡。他自己的那张指纹卡可能被丢掉了。"

罗塞气得五官扭曲,默认了莱姆的推测。

"梅尔核对了指纹卡,存档的指纹是威尔的,但现场还有另一个完全不同的指纹是属于罗塞的——我们的资料库中已有你过去建档的指纹记录,那时你和威尔在新泽西,同时因为危害他人安全罪而被逮捕。我们也检查了拘留所警员的那把格洛克手枪。她最后抢到了手枪,因此上面留下了你们两人的指纹,而你没有来得及擦掉它。这些指纹也都与罗塞的记录吻合。哦,对了,地上的剃刀片上也有。"莱姆瞥了一眼罗塞太阳穴上的一小块胶布。

"我找不到它,"凶手喃喃地说,"实在来不及了。"

"可是,"塞利托又提出质疑,"他应该比威尔年轻很多吧?"

"他当然比威尔年轻,"他用头比向罗塞的脸,"他脸上的皱纹是用蜡弄出来的,和那些疤痕一样,全都是假的。威尔是一九五〇年出生的,罗塞比他小了足足二十岁,因此他非得化妆不可。"说到这里,他又咕哝道:"啊,差点忘了。我那时应该想清楚一点才对。阿米莉亚不是在几个现场都找到含有化妆品的蜡吗？我原本认为那是来自他手上戴的指套，但这点很不合理，没有人会把化妆品抹在手指上，那太容易脱落了。所以，这些化妆品成分一定是来自其他地方。"话说至此，莱姆凝视着杀手的脸颊和眉毛，"这些橡胶黏在脸上一定很不舒服吧？"

"慢慢就习惯了。"

"萨克斯，让我们看看他究竟是什么模样。"

她费了一番工夫，好不容易才剥下他脸上的胡子以及眼睛、下巴上的皱纹。尽管脸上仍残留着斑斑点点的粘胶痕迹，但结果并没有错，他果然变得年轻多了，脸型也变得完全不同，和先前的那张脸一点儿也不像。

"这和《碟中谍》很不一样吧？没办法一会儿戴上，一会儿又揭掉。"

"当然不一样。真正的易容术根本不是那么回事。"

"还有手指的伪装。"莱姆又看向杀手的左手。

为了让手指呈现出被烧伤熔合过的样子，他先用绷带将两根手指缠紧，然后才在表面敷上一层厚厚的橡胶。时间一长，这两根手指上的皮肤已经起皱、松弛和异常苍白，不过，这两根手指毕竟是正常的。萨克斯仔细检查这两根手指。"我正想问莱姆，那时我们在展销会场上全力寻找一个左手畸形的男人，但你却没有把手掩藏起来。"不隐藏的理由很简单，因为这样就会泄露他的身实身份。

莱姆又将这位杀手仔细打量了一番，然后说："这已经很接近完美犯罪了：你想让我们把目标转移到另一个人身上，让我们认为犯罪的人是威尔，也确实获得了他的身份证明，但我们却永远找不到他。罗塞会继续过他的生活，而威尔却从此不见，成为一个'消失的人'。"

　　罗塞昨天挑选谋害了几个被害人的目的是误导警方,并非有什么深层次的心理动机,但特里·多宾斯最后的判断还是完全符合这个杀手的情况——他的确是因为那场毁掉他挚爱之人的大火而寻求报复。不同的地方只在于,这场悲剧的主角不是失去工作或爱妻的威尔,而是失去恩师威尔的罗塞。

　　"但我还有个疑问,"塞利托说,"他调换指纹卡的目的是将所有事情都推在威尔身上,他为什么要这样对待他的恩师呢?"

　　"朗,你以为我为什么要麻烦那几个大汉把我抬上楼梯,亲自来到这个障碍重重的地方?"莱姆一边环顾房间,一边说,"我是希望亲自来走格子……啊,说错了,应该说'滚'格子。"说完,他开始用触控面板熟练地操纵轮椅,在房间四处移动,最后停在壁炉前,抬头往上看。"朗,我大概找到他了。"他的眼神落在壁炉上一个饰有雕刻花纹的木盒和一根蜡烛上。"埃里克·威尔就在这里面吧?他的骨灰?"

　　罗塞轻声说:"没错。他知道自己活不了多久了,便希望能离开俄亥俄州,在临死前回到故乡拉斯维加斯。有天夜里,我偷偷把他从医院带走,开车带他回家。他回到故乡之后没过几个星期就过世了,于是我贿赂了火葬场的一名夜班员工,请那个人帮忙把他烧成骨灰。"

　　"那指纹呢?"莱姆问,"你是在他死后才采下他的指纹吧?目的是制造假指纹卡?"

　　他点了点头。

　　"所以你已经计划很多年了?"

　　罗塞激动地说:"没错!他的死就像一个好不了的伤口,这种痛苦永远都不会消失!"

贝尔问:"你冒了这么多险只是为了报仇?而且还是替你的老板报仇?"

"老板?对我来说他不只是老板而已,"罗塞愤怒地说,"你不会明白的。我父亲仍然在世,而我一年中只偶尔会想到他几次;至于威尔先生,我每天无时无刻不在想着他。从他走进拉斯维加斯那家魔术商店开始……我在里面表演……小胡迪尼,那就是我的名字……那时我只有十四岁。我永远也忘不了那一天!他对我说,他会给我一个憧憬。于是,我在十五岁生日时便离开家,跟着他走了。"他说话的声音颤抖,然后陷入沉默。过了一会儿才继续说:"没错,威尔先生打我,吓唬我,有时让我的生活过得像在地狱一样;但是他能看透我的心。他照顾我,教我如何成为一位魔术师……"他的脸上露出阴郁的神情,"可是他却被人夺走了,全是因为卡德斯基,是他和他那该死的事业害死了威尔先生,也害死了我。亚瑟·罗塞在那场大火中已经死了。"他抬起头,看着壁炉上的骨灰盒,脸上满是悲伤与绝望的表情。如此不可思议的爱突然让莱姆感到一股寒意,这股寒流从他的脖子向下蔓延,消失在他完全无知觉的身体中。

罗塞转头看着莱姆,发出一声冷笑。"算了,你们虽然抓住了我,但威尔先生和我还是胜利了。你们来不及阻止我,现在那个马戏团已毁了,卡德斯基也毁了。就算他没在这场大火中被烧死,他的事业也永远完蛋了。"

"哦,说到奇幻马戏团和那场火……"莱姆严肃地摇了摇头,"其实,并没有……"

罗塞皱起眉头,目光扫向屋里的其他人,似乎想要弄懂莱姆的意思。"什么?你究竟想说什么?"

"你回想一下先前的事吧,就在今晚稍早的时候。你站在中央公园里,看着马戏团那里的火焰和浓烟,听着那些尖叫声……你觉得差不多该离开了,因为我们很快就会过来寻找你。你动身朝现在这个住处走,但半路上,有位身穿慢跑装的年轻亚裔姑娘撞了你一下。你们还就公园里的意外事故聊了几句,然后就各自离开了。"

"你到底在说什么?"罗塞怒吼道。

"摸摸你的表带吧。"莱姆说。

在手铐铁链的碰撞声中,他把手腕翻转过来,发现表带上多了一块很小的黑色圆形物体。萨克斯上前把这个东西取下来。"这是全球卫星定位追踪器,我们靠它才能追到这个地方来。刚才我们突然撞门闯进来,难道你一点儿都不觉得惊讶吗?"

"是谁?等等!是那个魔术师,那个女人!卡拉!我竟然没有认出她。"

莱姆语带讽刺地说:"现在你总算知道什么叫作魔术了吧?我们早就在公园发现你了,但担心贸然动手会又让你跑了,毕竟你可是这方面的高手。我们判断,你一定会绕一大段路走回住处,所以我才请卡拉换个装。她的确很有一套,变完装后连我都差点认不出来。在她故意和你相撞时,她就把追踪器黏在你的表带上了。"

萨克斯接着说:"我们也可以在街上就进行逮捕行动,但还是担心你会逃脱。还有,我们也想找到你的藏身地点。"

"可是,这岂不是表示你们早在火烧起来之前就识破了!"

"哦,"莱姆轻蔑地说,"你是指那辆救护车吗?防爆小组的人找到了它,只花了不到六十秒就拆掉了。他们把这辆车开走,找来另一辆救护车代替,好让你不会起疑心。我们知道你会留在现场看火烧起来,于是便派了一大群便衣警察进入公园里,寻找一名像你这样体形、看着大火烧起来又很快就离开现场的人。你被好几名刑警同时发现，所以我们便请卡拉把卫星追踪器放在你身上。用不了多久……"莱姆微笑着说，"我们就赶到了。"

"但那场火……我亲眼看到它烧起来了！"

莱姆对萨克斯说："你瞧，我不是一直说证物和目击者之间会有矛盾吗？他'看到'了火，所以'一定'会是真的。"他转而对罗塞说："可是你现在已经知道那是假的了啊？"

萨克斯说："你看到的烟雾，是来自几个国民警卫队的烟雾弹，我们用吊车把烟雾弹挂在帐篷顶部。至于火焰呢？是用丙烷炉弄出来的。先从舞台入口你停放救护车的地方开始点燃，然后又在表演场地里点了几盏炉火，再用灯光投射到帐篷上制造阴影效果。"

"我也听见尖叫声了。"他喃喃地说。

"哦，这就是卡拉的点子了。她认为我们可以请卡德斯基对观众说，他们要先中断表演几分钟，好让一家电影公司进入帐篷拍摄一个场景，内容是关于马戏团里失了火。为了让电影公司现场录音，他请所有人在看到信号后就一起大声尖叫。那些观众都兴奋极了，他们表演得比预期的效果还好。"

"不……""魔法师"喃喃地说，"这是……"

"是魔术。"莱姆对他说，"这全都是魔术。"

由"无法移动者"表演的"脑部戏法"。

"我要开始勘查这个现场了。"萨克斯说，皱着眉头向这间屋子扭了个头。

"没问题，没问题，萨克斯。我是怎么回事？我们待在这里聊天只会让现场持续受到污染。"

在重重手铐脚镣和左右各一名警员的挟持下，这名杀手被拉起来往门外走。这次,他再也不像上次被捕时那样趾高气扬了。

就在两名特勤小组的人准备把莱姆抬下去时,朗·塞利托的电话响了。他接起电话。"她就在这里……"他瞟了一眼萨克斯,"你要亲自和她说吗?……"接着,他对她摇了摇头,继续听了一会儿,脸色有点难看。"好吧,我会转告她。"他挂断了电话。

"是马洛打来的。"他对萨克斯说。

马洛是巡警队的队长。怎么回事?看着塞利托难看的脸色,莱姆不禁觉得有些纳闷。

塞利托继续对萨克斯说:"他希望你明天上午十点去总部,是有关你晋升的事。"接着,这位胖警探皱起眉头,"他有些事要我转告你,是关于你在测验中的成绩。他刚才怎么说的?"他摇摇头,看着天花板,满脸的困惑表情。"到底是怎么说的呢?"

萨克斯脸上并没有任何表情,不过莱姆却发现她有一根指甲开始对拇指的皮肤发动攻击,但很快就被她抑制住了。

这时,塞利托才打了个响指。"哦,对了,我想起来了。他说你获得了全警局有史以来第三的高分。"他皱起眉头,看向莱姆,"你知道这代表什么吗?愿上帝慈悲——现在还活着的人已经没人比她的分数更高了。"

快跑,上气不接下气。

但走廊却像有一英里那么长。

卡拉在灰色的亚麻油地毯上狂奔,脑海里只想着一件事:不是已故的埃里克·威尔,也不是他发了疯的助手亚瑟·罗塞,更不是奇幻马戏团那场又酷又炫的火海魔术。不,她想的只是:我还来得及吗?

奔跑在阴暗的走廊上，鞋底乒乒乓乓地撞击着地板。

飞快经过一扇扇开启或关闭的房门，她听见电视和音乐声，听见在这个星期天探访时间即将结束之时，来访的家人和病房里的人互道再见的谈话声。

听着她自己回荡在走廊里的脚步声。

她在母亲的房门外停顿片刻，连续做了好几个深呼吸以调匀气息。此时的她感到紧张万分，超过登台表演之前的准备时刻。她忐忑不安地走进了这个房间。

先沉默了一下，她才开口说："嗨，妈妈。"

她的母亲把视线从电视上移开，惊讶地眨了眨眼，然后便露出了微笑。"哎呀，看看是谁来了？你好啊，亲爱的。"

哦，天啊。看着那双清澈的眼睛，卡拉心想：她清醒了！她真的清醒了。

她走过去拥抱了这个妇人，拉了一张椅子在她身边坐下。"你好吗？"

"很好，不过晚上有点儿冷。"

"我去把窗户关上。"卡拉站起身，把敞开的窗户关好。

"亲爱的，我还以为你今天不会来了呢。"

"今天晚上很忙。妈妈，我会告诉你我今天做了什么事，你一定不会相信的。"

"我已经迫不及待了。"

卡拉简直兴奋极了，她忙问："你想不想喝杯茶或什么的？"她迫不及待地想把这六个月以来发生的点点滴滴都向妈妈倾吐出来。但是，她告诫自己：放慢速度。她的这些经历对于现在还十分虚弱的母亲来说，实在太刺激了一些。

"什么都不要，亲爱的……你能不能把电视关掉？我想和你好好说话。遥控器在这儿,可是我就是控制不了它。有时我不免胡思乱想,也许有人偷偷溜进来把上面的按钮乱换一气。"

"我真高兴能在你睡觉之前赶来。"

"为了和你说话,我当然要醒着。"

听见这话,卡拉不禁露出了笑容。接着,她母亲又说:"亲爱的,我刚才想起了你舅舅。"

卡拉点点头。她母亲的这位亲兄弟是家族的异类,他在卡拉还很小的时候,就只身前往西部,从此再也没和家里的人联系。每当家族聚会时,卡拉的母亲和外祖父母都不愿提到她舅舅的名字。但是,关于他的谣言却不断:他是同性恋;他是双性恋而且结了婚,但和一个罗马的吉卜赛人有奸情;他曾为了一个女人而射杀一名男人;他一辈子都打光棍,而且还是个嗜酒的爵士乐师……

卡拉一直很想知道他真正的事。"他怎么了?妈妈?"

"你想听吗?"

"当然想啊……告诉我他的故事吧。"她央求母亲,轻轻挨在她身边,双手握住了母亲的手。

"嗯,让我想想,那是什么时候的事了?好像是一九七〇年五月,也许是一九七一年……我记不清是哪一年了,只记得那是五月。你舅舅和一些军队的朋友从越南回来。"

"他当过兵?我从来没听说过啊。"

"哦,他穿军装的样子简直帅极了,不过,他们在那边的确受了一场煎熬。"她的口气变得严肃起来,"你舅舅最好的朋友就在他身旁阵亡,死在他怀里,是个黑大个儿。后来,汤姆和其他伙伴便决定做些生意,以救济他们这位阵亡弟兄的家人。所以他们去了南方,买了一条船。你能想象你舅舅开船的样子吗?我实在无法想象。我觉得这简直是有史以来最怪异的事。他们开始了捕虾的生意,而汤姆也赚了一大笔钱。"

"妈妈……"卡拉轻声说。

这段记忆让她母亲面露笑容,她摇摇头说:"三条船……反正,他们的生意成功了,这让大家惊讶不已,因为汤姆看起来并不聪明。"母亲的双眼闪动着亮光,"你知道他对那些人怎么说吗?"

"怎么说?"

"只有傻人才做傻事。"

"这句话说得很好。"卡拉喃喃地说。

"哎,你一定会喜欢他的,珍妮。你知道他曾被美国总统接见,而且还去中国打过乒乓球。"

老妇人兴高采烈地继续述说几个月前在电视上看到的《阿甘正传》的故事,完全没注意到她的女儿此时眼中已噙满泪水。卡拉的舅舅叫吉尔,但在她母亲的脑海中,他却变成了汤姆,显然把他当成了电影中的主角汤姆·汉克斯。就连卡拉的名字也成了珍妮,那是阿甘的女朋友。

不……卡拉绝望地想:我还是没有及时赶到。

母亲的灵魂来过又离开了,现在留在这房间里的只剩下幻象。

她的叙述开始变得零散杂乱,从墨西哥湾的捕虾船跳到北大西洋一艘遇上"完美风暴"的箭鱼船,一会儿又跳至那艘撞上冰山沉没的豪华游轮,而她的弟弟在沉船前,还穿着晚礼服在甲板上用小提琴演奏了最后一曲。这些印象、记忆和影像来自好几部电影和书籍,纠结在真实的回忆中,但最后卡拉的"舅舅"总是凭空消失,只留下一个个无疾而终的故事。

"他在外面,"这位老妇人总结说,"我知道他就在外面。"然后便闭上了眼睛。

卡拉再次坐近了些，轻轻把手放在母亲光滑的手臂上，直到她陷入沉睡。卡拉心想，至少，母亲在不久前曾清醒过。如果她没清醒，杰妮亚是不会突然打呼叫器找她的。

既然清醒过一次，她敢肯定，母亲就一定会再度清醒的。

过了好一会儿，卡拉才离开房间走进阴暗的长廊，心想，她也许具备成为表演者的天分，却缺少一种她最想要的技能：用魔术把她的母亲传送到另一个地方，回到过去那个上帝赐予她的温馨快乐的日子；在那儿，母亲的心智将清灵无比，清楚地记得一切与家人有关的记忆，在那儿，曾横亘在她们之间的巨大鸿沟终将变成一个魔术上的"效果"——暂时的幻象。

49

杰拉德·马洛是纽约市警察局巡警队的队长。他留着一头浓密的卷发。二十年的街头巡逻再加上十五年监督街头巡警的行政工作,已培养了他最小心谨慎的个性。

现在是星期一上午,阿米莉亚·萨克斯正站在马洛面前,努力忍住膝盖如刀戳一般的关节炎疼痛,笔直地保持立正姿势。这里是纽约市警察局总部,马洛的办公室位于楼层极高的地方。

马洛从办公桌上厚厚的一沓档案中抬起头,视线落在萨克斯身上那套熨得无可挑剔的海蓝色的制服上。"哦,请坐,警员。抱歉,请坐吧……你是赫尔曼·萨克斯的女儿?"

她一边坐下,一边留意到存在于刚才他那段话最后两句之间的犹豫。

"没错。"

"我当时也参加了葬礼。"

"我记得。"

"那是一次隆重的葬礼。"

和所有葬礼一样。

马洛坐直身子,直视着她。"好吧,警员,咱们言归正传。现在的情况是……你惹上麻烦了。"

这句话像一记无形的重拳击中了她。"对不起,长官?"

"星期六哈莱姆河边有一辆汽车冲进河里,那个刑案现场是你负责勘查的吧?"

"魔法师"的那辆马自达汽车,在冲撞过她的卡马诺跑车后,便跑到河里游泳去了。

"是的,勘验的人是我。"

"你在现场逮捕了一个人。"马洛说。

"哦,那算不上真的逮捕。那家伙越过警戒线,在封锁区里乱闯。我叫人把他架了出去,暂时扣留了他。"

"扣留、逮捕,意思是他的确失去了一段时间的自由。"

"是的。因为我想让他离远一点,免得妨碍现场调查。"

萨克斯已准备好接受压力了。这种事每天都会发生,总会有一些讨厌的市民向警局抗议抱怨,没人会真把这些当回事。她觉得松了一口气。

"是这样的,你知道那个人是谁吗?他是维克多·拉莫斯。"

"我记得,他告诉过我了。"

"他是众议员。"

刚刚松懈下来的情绪顿时消失无踪了。

巡警队长摊开一份《纽约每日新闻报》。"在哪儿……在哪儿……啊,有了。"他把报纸翻过来,指着上面的一则新闻。这是一个男子被铐上手铐的特写照片,下面的标题写着:"维克多,中场休息!"

"是你向现场的警员下令逮捕他的吗?"

"因为他……"

"你下令了吗?"

"我想是的,长官。"

马洛说:"他说他是去现场搜救生还者。"

"生还者?"她大笑起来,"那里只有一间不足十平方米的破烂棚屋,被疑犯冲进河里的那辆车撞倒,是有一部分墙壁垮了,但是……"

"警员,你好像有点激动了。"

"……但我认为只有一个装着空瓶的袋子被扯烂,这是唯一受损的东西。紧急医疗小组的人已搜寻过那幢棚屋,所以我才封锁了现场。还活在那里需要拯救的生物,就只剩下跳蚤而已。"

"嗯,"马洛平静地说,但已被她的火气惹得有点不快,"他说他只是去那里确定一下住在里面的人是否都平安。"

萨克斯难以克制地嘲讽说:"里面的人是自己走出来的,没有人受伤。不过我知道后来有一个人脸上多了瘀青,那是在他被逮捕时碰伤的。"

"逮捕?"

"他想偷窃一名消防队员的手电筒,后来又直接对着他撒尿。"

"我的天啊……"

她轻声说:"那里的人都没受伤,他们都是游民,像石头一样硬。这就是拉莫斯所担心的市民吗?"

队长脸上那种掺杂着一点点同情和谨慎的表情消失了,情绪也随之转变,戴上了官僚的面具。"拉莫斯是否在现场破坏了与疑犯有关的证物?"

"有没有破坏并不重要,长官,重要的是规定。"她努力保持冷静,控制自己说话的语气。毕竟,马洛是她的上司的上司的上司。

"我只是想弄清楚事实,萨克斯警员。"他严肃地说,又重复了一遍刚才的问题,"他破坏任何证物了吗?"

她叹了口气。"没有。"

"所以他对现场是完全没有影响的。"

"我……"

"有影响吗？"

"是的，长官。"她清了清喉咙说。"我们追捕的是一个袭警的凶手，队长，难道你觉得无所谓吗？"她尖锐地问。

"对我，对很多人来说，是有所谓的。但对拉莫斯而言，则不是。"

她点点头。"好吧，我这次到底引起了什么风暴？"

"现场有许多电视台的记者，警员。你昨天晚上没有看电视新闻吗？"

没有，我整个晚上都忙着追捕那个杀人凶手，萨克斯心想，但还是选择了另一句话回答。"没有，长官。"

"那我告诉你，昨天的头条新闻就是拉莫斯，所有的电视台都播出了他被铐上手铐的样子。"

萨克斯说："你也知道他闯进现场的唯一理由就是想让自己英勇抢救生还者的样子被拍下来……长官，我不得不怀疑，拉莫斯是不是又想开始参加竞选了？"

虽然说出这种话足以让你提早退休，或是永远无法退休，但马洛却没有多加置评。

"那我会被……？"

"你是指这件事的结果吗？"马洛抿紧双唇，"很抱歉，警员，你被淘汰了。拉莫斯调查过你，发现你刚参加过晋升考试。他动用了关系，让你出局了。"

"他把我怎么了？"

"你不及格。他对负责担任考评的朋友说了这件事。"

"我的成绩是警局有史以来的第三名，"她苦笑着说，"应该没错吧？"

"没错，但那是笔试和口试的成绩，你还必须通过实战评量测验才行。"

"我在测验中同样表现良好。"

"就初期的分数而言的确不错，可是在最后的综合报告中，你却不及格。"

"不可能，我哪里出了差错？"

"有一位担任考试委员的警员不肯让你通过。"

"不让我通过？可是我……"她的声音变小了，脑海中浮现出那个提着霰弹枪从垃圾车后走出来的英俊警员。她那时对他完全不理不睬。

砰、砰……

巡警队长一边翻看文件一边说："他说你对上级并未表现出适当的尊敬态度，也提出证据说你完全漠视同伴，导致情况异乎寻常的危险。"

"这么说来，是拉莫斯找到了想排挤我的人，动用关系让我不及格。很抱歉队长，可是你真的认为一个街警会使用这种词汇吗？'异乎寻常的危险'？算了吧。"

啊，爸爸，她默默在心底对父亲说：这种打击我该如何承受呢？她感到痛心不已。

接着，她小心地看着马洛说："长官，还有别的事吧？一定还不只这样，对不对？"

他抬起头，与她的眼神交汇，然后说："是的，警员，的确还有，而且恐怕更糟。"

爸爸，咱们一起看看还有什么更糟糕的事。

"拉莫斯想让你停职。"

"停职？这太可笑了。"

"他要召开调查会。"

"他是个只知道报复的……"她看见马洛的目光还停在写有她态度无礼的文件上，便硬生生地吞下了"混账"这两个字。

马洛又说："我只能说他真的是气疯了……他会想尽办法让你停职的。"一般说来，停职的处分往往只针对那些被指控涉及犯罪的警员。

"为什么？"

马洛没有回答。当然，他也不需要回答。萨克斯很清楚：为了面子，拉莫斯一定会想办法证明，这位害他当众出丑的警员是个我行我素、不顾后果的女人。

另一个原因是，他是个睚眦必报的小人。

"他要用什么理由？"

"不服从，不称职。"

"长官，我不能失去警徽。"她强忍住沮丧的情绪说。

"关于你的考试结果我无能为力，阿米莉亚。职权在考试委员会手上，而他们已经做出了决定。不过关于停职，我一定会尽力阻止的，可是我无法向你保证。拉莫斯是个有背景的人，全市都有他的关系。"

萨克斯的一只手已忍不住伸向头皮，开始拼命抓挠，直到她感到疼痛为止。她把手放下，看见手指已沾上了一点血迹。"长官，我可以说说心里话吗？"

马洛把身体向后仰，靠在椅背上。"当然，警员，你应该明白这件事让我也很不好受。说吧，你想说什么尽管说。你不用坐得这么直，放松一些，这里又不是军队。"

萨克斯清清喉咙。"长官，如果他想让我停职，我要做的第一件事就是打电话给警员慈善协会的律师，我会尽一切力量把这件事揪出来。"

她一定会这么做的。但她也很清楚，级别较低的警员如果想要通过警员慈善协会为受到歧视或是停职处分等不公正对待抗议，几乎等于宣告与警察这份工作决裂。即使在抗争中获得胜利，职业生涯也会从此大大改变。

马洛死死地盯着她。"我知道了，警员。"

这就是"肉搏时刻"。

关于警察这个行业，她的父亲曾这么说：

阿米莉亚，你要知道：这种工作有时很忙，有时得妥协，有时很无聊，还有些时候，感谢上帝，这种情况不常遇到——会出现"肉搏时刻"。拳头对拳头。你有的只是孤单，没有人会帮你。我指的不只是疑犯，有时对抗的是你的上司，有时对抗的是你上司的上司，也可能对抗你自己的同伴。你想当警察，就得准备好忍受寂寞，这是无法避免的事。

"无论如何，目前你还是坚持做好你的工作。"

"是的，长官。何时会有结果？"

"一两天吧。"

她起身朝办公室门口走去。突然，她又停下脚步，回头说："长官？"

马洛抬起头，似乎对她竟然还没有离开感到有些惊讶。

"是拉莫斯自己闯进我负责的刑案现场。就算闯进来的人是你，是市长，甚至是美国总统，我都一样会这么处理。"

"这样你才不愧是你父亲的女儿，警员，所以他才会如此以你为荣。"马洛伸手拿起桌上的电话，"我们都希望能有个好结果。"

50

　　托马斯带着朗·塞利托走进前廊。此时，林肯·莱姆正坐在他那辆樱桃红的轮椅上，絮絮叨叨地对工人说，要他们在清理搬运楼上卧室的火场残渣时，小心别碰坏了屋里的木头装潢。

　　托马斯一边走向厨房打算继续准备午餐，一边对莱姆吼道："林肯，你别烦他们了，你就不能少操点儿心吗？"

　　"这是原则问题，"这位刑事鉴定专家紧张地说，"那是我的木头装潢，对他们来说却是无关紧要的东西。"

　　"每次案子一结束他就变成这样，"托马斯对塞利托说，"你还有没有什么棘手的抢劫或杀人案？赶快丢给他当奶嘴安抚一下。"

　　"我才不需要奶嘴，"等托马斯闪进厨房后，莱姆才大吼道，"我只要这些人小心我的墙壁！"

　　塞利托说："呃，林肯，我有事想和你谈谈。"

　　这句话的口气引起了莱姆的注意，他立即抬头看着塞利托的眼睛。凭着多年来的共事经验，他可以轻易看出这位警探的情绪，尤其是当他遇到麻烦的时候。怎么回事？他暗暗纳闷。

　　"我从巡警队那里听到一点儿消息，是关于阿米莉亚的。"塞利托清了清喉咙说。

　　莱姆的心跳顿时加速了。当然，他自己并没意识到，最多只是感觉有一股紧张的血流冲上他的脖子、头顶和脸部。

他不免多虑：她中弹了？出车祸了？

但他只是平静地说："你说吧。"

"她被淘汰了，没有通过晋升考试。"

"什么？"

"事实如此。"

莱姆先前的紧张立刻转化为对阿米莉亚的同情。

塞利托又说："成绩还没公开，不过我已经知道了。"

"你从哪儿听来的？"

"这件事已经传开了。萨克斯是警界之星，不管她发生什么事，一定会立刻传开。"

"她考试的成绩不是很好吗？"

"这和成绩无关。"

莱姆操控着轮椅驶进客厅的实验室。外貌看起来比往日更邋遢的塞利托则紧跟其后。

接下来，他们谈的全是萨克斯的事。她曾在刑案现场要求某人离开，而当那个人没有听从她的劝诫时，她便下令把他铐了起来。

"糟糕的是，那个家伙刚好是维克多·拉莫斯。"

"是那个众议员。"林肯·莱姆向来对政治不感兴趣，但他也知道拉莫斯是谁：一个投机政客。过去他对他在西班牙裔哈莱姆区的拉丁选民不闻不问，直到最近政治气候转变了，加上考虑到选民的数量，他才有所转变。这也表示，他可能有意向阿尔巴尼或华盛顿推进。

"他们有办法把她淘汰？"

"算了吧，林肯，他们想干什么都行！他们甚至还想让她停职呢。"

"她会抗争的,她一定会去抗争的。"

"可是你也知道去抗争的巡警会有什么下场。就算她获胜,他们也会把她调到东纽约地区,说不定还会调她去那里做文书工作。"

"妈的。"莱姆脱口说出脏话。

塞利托在客厅里踱步,跨过地上的电线,又看向那张写着"魔法师"一案的写字板。他拖过一把椅子坐下,体重立即让这把椅子发出吱嘎的声响。他捏着腰部的一圈肥肉——"魔法师"的案子严重干扰了他的减肥计划。他用神秘的口吻低声说:"我倒是有个办法。"

"什么办法?"

"我认识一个人,就是上次清理'十八'的那个人。"

"你说的是几年前,证物保管室的证物连续失踪的事?"

"没错,就是他。他在总部的关系可是好得很,局长都得听他的话,而他却听我的话。他欠我一个人情。"接着,他举起手,指着那张写有证物表的写字板,"还有,妈的,看看咱们刚破的是什么案子。我们追捕到了最难缠的疑犯。我来打个电话给他,拉她一把。"

莱姆的视线也转向那张写字板,然后又落在客厅里的实验装备、证物检验桌以及各式书籍上——全都与分析证物的科学有关。过去这几年来,萨克斯曾在这里和他一起研究过各个刑事现场,解决了不少大大小小的案件。"我不知道。"他说。

"怎么了?"

"如果只能用这种方法晋升的话,她一定不愿意接受。"

塞利托反驳说:"林肯,你也知道这次晋升对她的意义。"

没错，他相当清楚。

"我们只是遵循了拉莫斯的游戏规则罢了，既然他想暗中动手脚，那我们也能这么做。既然要玩，那么方法就要公平。"塞利托觉得这个主意棒极了。他又补充说："阿米莉亚绝对不会知道，我会嘱咐我的人守口如瓶，而他一定会保密的。"

你也知道这次晋升对她的意义……

"你觉得怎么样？"塞利托追问。

莱姆一时没有回答。他看着环绕在他身旁的刑事鉴定设备，然后又望向窗外，看向弥漫在中央公园树木上方的那团如烟似雾的春天的新芽，默默地寻找答案。

受损的木头装潢都已打磨干净，卧室中所有被烧毁的东西也已清理完毕。托马斯说它们都被"变没"了，这使莱姆不得不承认这小子确实很能干。卧室里还有一股浓浓的烟熏味儿，不过这只会让林肯·莱姆想到高级的苏格兰威士忌，因此算不上什么大问题。

现在已经是午夜了，在阴暗的卧室里，莱姆躺在他那张医用病床上，凝视着窗外。外头传来一阵翅膀的拍动声，那是住在窗台上的游隼——上帝创造出的动作最流畅的生物——狩猎完毕回家所发出的声音。随着光线的变化和它们运动的姿态，这两只大鸟的身影有时会缩小，有时则会放大。在今晚的这个时刻，它们看起来比白天要巨大，不但身形变大，给人带来的威胁感也增加了不少。此时的它们，也一样因为中央公园里的奇幻马戏团所发出的噪声而感到焦躁不安。

真是的，莱姆觉得有点不高兴。他只打了十分钟的盹儿，就被帐篷那里传来的鼓掌喝彩声吵醒了。

"应该实施宵禁才对。"莱姆对躺在身边的萨克斯抱怨。

"我可以开枪射坏他们的发电机。"她回答,声音相当清楚,显然也还没有睡着。她和他躺在同一个枕头上,嘴唇贴着他的脖子。凭借身体的这个部位,莱姆可以感觉到一点点被她的头发撩拨而生出的瘙痒,感觉到她光滑冰凉的皮肤。除此之外,她的胸部还抵着他的胸膛,小腹贴着他的臀部,双腿和他的两只脚交缠在一起。当然,莱姆是透过观察才得知萨克斯的这些动作的,无法通过触感求证。和过去一样,他只能用视觉来享受这种亲密的感觉。

萨克斯一直遵从莱姆的规则,在刑事现场走格子时身上绝不喷洒香水,以免错过任何嗅觉上的物证。然而,此时并非她的值勤时间,因此莱姆闻到她的皮肤散发着一股令人闻起来身心舒畅的复杂气味。他试着分辨,闻出那是茉莉花、栀子花再加上合成机油的味道。

现在屋里只有他们两个人。他们把托马斯支去和朋友看电影了。两个人整晚听了几张新CD,吃了两盎司的鱼子酱、乐之饼干,喝了大量的香槟,尽管用吸管喝香槟对莱姆而言向来就不是一件容易的事。此刻,在黑暗中,莱姆又想到了音乐,想到这种完全由音调和速度组成的机械化系统,竟然能如此让人着迷。音乐确实让莱姆悠然神往,他越是仔细深思,就越肯定这东西并不像它表面那么神秘。毕竟,他的世界中根深蒂固的观念是:科学、逻辑和数学。

作一首曲子的感觉是什么?如果他从事的复健运动最后出现效果的话……他能不能把手放在琴键上弹奏一曲呢?当他在思考这些问题的时候,透过朦胧的光线,他注意到萨克斯正抬头看着他的脸。"你听说晋升考试的事了吗?"她问。

他犹豫了一下,才轻轻回答:"嗯。"今天整个晚上他一直小心翼翼地避免提起这件事——如果萨克斯想谈,她自己会开口说。因此,直到现在这个问题才正式出现。

"你知道发生什么事了吗?"她问。

"细节我不是很清楚,不过我想这又是一件自私腐化的政府官僚对抗忘情工作的刑事现场警员的故事。是不是这样?"

她笑了起来。"差不多了。"

"我是亲耳偷听到的,萨克斯。"

马戏团那边的音乐声仍在喧嚷吵闹,让人产生了一些复杂情绪。你一面因为被这乐声打扰而感到生气,一面又抗拒不了音乐的诱惑。

她又问:"朗对你提过他想替我动用关系的事?打电话到市政府?"

阿米莉亚绝对不会知道,我会嘱咐我的人守口如瓶……

他略略地笑了起来。"他的确想这样做。你也知道朗这个人。"

音乐声突然停了,紧接着是一阵掌声,然后是有人用麦克风说话的声音。

萨克斯说:"我听说他有办法把整件事摆平,绕过拉莫斯那一关。"

"可能吧,他在警界也混了很久了。"

萨克斯再问:"那你怎么说?"

"你认为呢?"

"是我在问你。"

莱姆说:"我说不行,我不能让他这么做。"

"你说不行?"

"没错。我对他说,你会靠自己的努力获得晋升,否则宁愿不要。"

"可恶。"她喃喃地说。

他低头看着她,突然感到有点儿紧张。难道他判断错了?

"我一定要狠狠地骂朗一顿,他根本连这个念头都不该有。"

"他是好意。"

他相信她环抱住他胸膛的手现在抱得更紧了一些。"莱姆,你怎么不告诉他,对我来说光明正大比什么都重要。"

"我知道。"

"事情可能会更糟。拉莫斯打算让我停职,也许是停薪休息一年。我不知道到时候该怎么办。"

"你可以和我一起当顾问。"

"莱姆,普通市民不能去现场走格子,我只能闷着头乖乖坐着,我一定会发疯的。"

只要你移动,他们就逮不到你……

"我们一定会撑过去的。"

"爱你。"她轻声说。而他的回应是深吸一口她身上的花香味,然后告诉她他也爱她。

"天啊,外面实在太亮了。"她望向窗户,窗外被马戏团的探照灯光照得雪亮。"窗帘怎么没了?"

"烧掉了,你忘了吗?"

"我以为托马斯会买新的回来。"

"他是想要马上装新的,但是太忙了,到处都需要他打点。我叫他先别管这里,晚点儿再弄。"

萨克斯下了床,找来一条备用床单,把床单挂在窗户上,顿时遮去了不少外面的光线。她钻回床上，弓着身子贴紧他，没过多久就睡着了。

但林肯·莱姆却睡不着。他躺在床上，听着外面的音乐和用话筒说话的声音，一个念头逐渐在他心底成形，赶走了好不容易才来的睡意。很快他便完全清醒，陷入沉思。

当然，这个念头和马戏团有关。

第二天早上，托马斯很晚才走进莱姆的卧室，发现他房里竟然有位访客。

"嗨！"他对坐在床边一张椅子上的杰妮亚·威廉姆斯打了个招呼。

"托马斯。"她起身和他握了握手。

托马斯只不过出去买个东西，回来时便惊讶地发觉家里多了一个人。这都得归功于电脑、环境控制设备和触控操纵系统，才让莱姆有能力打电话给别人，邀请他们到这里来，并在他们抵达时开门让他们进来。

"别一脸惊讶的样子，"莱姆刻薄地说，"我又不是没邀请过人来这里。"

"对我来说还真稀罕。"

"说不定我是请杰妮亚来面谈，打算雇用她来取代你。"

"那你何不同时雇用我们两个算了？多一个人，也好分担一些你的虐待。"他笑着对她说，"不过你放心，我不会虐待你的。"

"我处理过比这更糟的情况。"

"你喜欢咖啡还是茶？"

莱姆说："真抱歉！我的绅士风度到哪儿去了？应该早些

把水烧好。"

"我想喝咖啡。"杰妮亚说。

"我要威士忌。"莱姆说。在托马斯抬头看向时钟的时候,他马上又补充了一句:"一小杯就行,这是为了治病。"

"你也得喝咖啡。"看护说,随即离开了卧室。

在他离开后,莱姆和杰妮亚又聊了一会儿,谈论脊椎神经受伤的患者、各种复健运动,以及有助于改善病情的电子刺激治疗设备等话题。随后,一向缺乏耐心的莱姆觉得自己对待客人的礼貌已经做足了,便突然压低声音说:"我有个问题想请教你。这个问题一直困扰我,但只有你可以帮忙,也希望你能帮忙。"

她睁大眼睛,小心谨慎地看着他。"我尽力而为。"

"能先请你把房门关上吗?"

这名体态肥胖的女人瞟了房门一眼,才依言起身去把门关好,然后回到座位坐下。

"你和卡拉认识多久了?"他问。

"卡拉?超过一年了,从她把母亲送到斯托伊弗桑特疗养院开始。"

"疗养院的费用并不低,没错吧?"

"非常贵,"杰妮亚说,"费用高得吓人,不过所有地方都一样,每家疗养院的收费标准都差不多。"

"她母亲有保险吗?"

"只有健康保险,大部分的钱都是由卡拉付的。"杰妮亚说,而后又马上补充,"她会尽力付清。虽然她最近没有欠费,但以前拖欠过好几次。"

莱姆缓缓点了点头。"我还有一个问题想请教你,请你在回答之前先仔细想一想,我希望你能诚实回答。"

"这个啊……"这位胖护士低头看着才刚重新整理过的地板,似乎不太敢肯定地说,"我会尽量配合的。"

下午,罗兰·贝尔来到莱姆的家中。莱姆播放他从网上买来的戴夫·布鲁贝克的爵士钢琴CD,在优美的琴声中,他们谈起有关安德鲁·康斯塔布尔一案的证物。

查尔斯·格雷迪和纽约州首席检察官已决定把开庭的时间延后,以便再增添几桩针对这个顽劣分子的控诉——企图谋杀辩护律师、密谋杀人以及几宗杀人重罪。由于全案涉及康斯塔布尔、巴恩斯和其他爱国者会成员,因此并不是很容易侦办。不过,若是有哪位检察官能让人信服的话,此人非查尔斯·格雷迪莫属。格雷迪同时也准备起诉亚瑟·罗塞,打算以杀害巡警拉里·伯克的罪名要求法官判处他死刑。伯克的尸体已在上西区的一条小巷内被人发现,此刻朗·塞利托正在皇后区参加警界为这名殉职警员举行的隆重葬礼。

阿米莉亚·萨克斯从门口走进来,看起来一脸疲惫。她刚开完一整天的会,和警员慈善协会派来的律师讨论她可能被停职的事。她应该早在一个小时前就回来的,但莱姆从她脸上的表情判断,这次商谈的结果可能不会太好。

他这里也有一件事,这是在他和杰妮亚谈过之后引发的,虽然他想尽快通知她,却一直联系不上她。然而,现在他已经没时间告诉她了,因为另一位访客已出现在门口了。

托马斯带领爱德华·卡德斯基走进客厅。"莱姆先生。"他颔首向这位刑事鉴定专家打招呼,然后又向萨克斯点了点头——虽然他忘了她的名字,接着又和罗兰·贝尔握手,"我接到你的留言,你说那件案子还有一些重要的事。"

莱姆点点头。"今天早上我做了点调查,想到了几个还没了结的问题。"

"什么没了结的问题?"萨克斯问。

"其实我也不知道哪里没了结,应该说:'不知名'的未了结问题。"

她皱起眉头,这位制作人也同样困惑不解。他紧张地说:"该不会……威尔的助手罗塞又从拘留所逃脱了吧?"

"不、不,他还好好地待在里面。"

门铃又响了。托马斯消失了一会儿,没多久卡拉便从门口走进客厅。她环顾四周,头上的短发也随之飞扬。今天她的头发换了个颜色,原本的紫色不见了,变成像雀斑一样的红色。"嗨。"她对大家打了个招呼,但一看到卡德斯基,便惊讶地眨了几下眼睛。

"我要替各位准备喝的吗?"托马斯问。

"托马斯,麻烦你先离开一下,谢谢。"

这位看护瞟了莱姆一眼,但他听出蕴含在这句话中坚定和困扰并存的语气,便马上点点头离开了客厅。接着,这位刑事鉴定专家对卡拉说:"谢谢你来这儿,我只是想再弄清楚和那件案子有关的几件事。"

"没问题。"她说。

未了结的问题……

莱姆向大家解释:"就是那天晚上'魔法师'把救护车开进马戏团的事。我想弄清楚那时候的几个细节。"

卡拉点点头,涂成黑色的指甲轻弹出声。"我很乐意帮忙。"

"那天晚上的表演原定在晚上八点开始,没错吧?"莱姆问卡德斯基。

"是的。"

"当罗塞把救护车停在帐篷门口的时候,你因为接受采访还没赶回来?"

"没错,我无法准时回来。"

莱姆又转头问卡拉。"而当时你一直待在那里?"

"对啊,我看见那辆救护车开进来,但一开始并没有起疑心。"

"罗塞把救护车停在哪儿了?能描述得精确一点儿吗?"

"是在主看台下面,"她说,"虽不是在正下方,不过已相当接近了。"

"不是停在票价最贵的座位区吧?"莱姆问卡德斯基。

"不是。"他回答。

"所以车是停在最主要的出口——最多观众可能由此逃生疏散的地方。"

"正是。"

贝尔忍不住问:"林肯,你到底想问什么?"

"我想问的是:罗塞把救护车停在那里可以造成最大伤害,不过贵宾席里的人却有机会逃生。他怎么知道应该把车停在哪个位置呢?"

"不知道,"这位制作人回答,"他可能事先去现场勘查过了,才看出那里是最佳的地点……我的意思是,最有利于他在一旁观看,又对我们最不利。"

"他'可能'事前勘查过了,"莱姆若有所思地说,"但我们已派了警察在那儿站岗,因此他应该不太愿意冒险去马戏团调查吧?"

"也对。"

"所以,会不会有哪个在'里面'的人告诉他,要他把车停在那里?"

"里面?"卡德斯基问,眉头立刻皱了起来,"你是说有人暗中协助他?不会的,我手下没有人会干这种事。"

"莱姆,"萨克斯说,"你究竟想问什么?"

他没有回答她的问题,又把头转向卡拉。"我是几点请你去马戏团那里找卡德斯基先生的?"

"大概是七点十五分吧。"

"而你一直待在贵宾席里?"她点点头,于是莱姆又说:"离出口很近?"

卡拉又环顾了一下四周,有些尴尬地把双手拧绞在一起。"我想,应该是吧。"她看向萨克斯,"他为什么这么问?到底怎么了?"

莱姆主动回答:"卡拉,我这么问是因为我想起你告诉我的事,有关魔术师在表演时会牵涉到的一些人。魔术师会有站在舞台上直接协助他的助手,也有从观众中挑选上来的志愿者,此外,他还有其他人——他的暗桩,这些人表面上看起来与魔术师无关,他们会伪装成剧场的工作人员或台下的观众,但实际上却是替魔术师工作。"

卡德斯基说:"没错,很多魔术师都有暗桩。"

莱姆直接面向卡拉,严厉地说:"这就是你一直扮演的角色,对不对?"

"怎么回事?"贝尔问,语气充满诧异。

卡拉喘着气,惊讶地拼命摇头。

"从一开始,她就替罗塞工作。"莱姆对萨克斯说。

"不会吧!"卡德斯基说,"她怎么会?"

莱姆继续说:"她急需一大笔钱,因此罗塞给她五万美元当报酬。巴尔扎克也参与了这件事。"

"卡拉?"萨克斯喃喃地说,"不,我不相信,她不可能这么做!"

"不可能吗?你对她了解多少?你知道她的真名叫什么吗?"

"我……"萨克斯一脸困惑地看向卡拉。"我不知道,"她低声说,"她从来没告诉过我。"

这位年轻的女郎拼命摇着头,但早已泪流满面。终于,她开口说:"阿米莉亚,我很抱歉……但你们并不知道……巴尔扎克先生和威尔是好朋友。他们一起合作表演多年,威尔在那场大火中受了重伤,他过世后,巴尔扎克先生也崩溃了。罗塞告诉他关于复仇的计划,巴尔扎克先生便逼我去帮助他。但是,请你们一定要相信,我之前并不知道他打算伤人。巴尔扎克先生说只是想勒索卡德斯基先生,要他为那场火灾付出代价。等我发现罗塞杀了人时,已经太迟了,他恐吓我说如果不继续帮忙,他就要把我的名字告诉警方,而我会被关在牢里一辈子,巴尔扎克先生也一样……"她拭去了脸上的泪水,"我不能让巴尔扎克先生落到那步田地。"

"所以你也是为了你师父。"莱姆痛苦地说。

卡拉的脸上闪过一丝惊慌的神情,突然,她用力推开萨克斯和卡德斯基,拔腿便往门外冲。

"拦住她,罗兰!"莱姆大叫。

贝尔一个箭步冲上前把她拖倒在地,两人在客厅的角落里扭打起来。尽管卡拉很有力气,但贝尔最后还是铐住了她。他气喘吁吁地站起来,走到莱姆身边,拔出腰带上的摩托罗拉步话机,当着一脸沮丧的萨克斯的面,呼叫总部支援一辆防护最森严的囚车准备将这名犯人送到女子拘留所去。

联络完毕后,他放下步话机,一脸嫌恶地回到卡拉身旁宣读她的权利。

莱姆叹了口气。"萨克斯,我本想早点告诉你的,又不好在电话里说。我很希望这不是真的,但事实摆在眼前——她和巴尔扎克都是罗塞的同伙,他们骗了我们,就像欺骗他们的观众一样。"

51

萨克斯喃喃地自言自语:"我竟然……看不出她做了什么手脚。"

莱姆对贝尔说:"她篡改了证物,欺骗我们,布置假线索……罗兰,你到写字板那里,我把问题指给你看。"

"卡拉布置假证物?"萨克斯惊讶地问。

"没错,她的确如此,而且几乎做得滴水不漏。从第一个现场,甚至早在你发现她之前,就已经开始了。你说她偷偷对你打暗号,要你到咖啡厅等她,而这是他们早就设好的圈套。"

贝尔已经站在写字板前了,他逐个指着证物表上的项目,而莱姆便一个一个地解释卡拉如何利用这些证物欺骗了他们。

不一会儿,托马斯在外面喊道:"又有一名警员来了。"

"让他进来。"莱姆说。

一名女警从门口进来,走进萨克斯、贝尔和卡德斯基所在的客厅,她透过一副架在鼻梁上的款式时髦的眼镜,好奇地打量房里的人。她先对莱姆点了个头,然后又用浓重的西班牙口音询问贝尔:"警探,是你要求囚车支援的?"

贝尔朝客厅角落撇个头。"她在那儿,我已经将她逮捕了。"

这名女警向角落看去,瞥见趴在地上的卡拉。"好,我马上把她押回局里。"她迟疑了一下,又说,"但我有一个问题想请教一下。"

"问题?"莱姆皱起了眉头。

"你想说什么?警员?"贝尔问。

她不理会贝尔,用目光上下打量着卡德斯基。"这位先生,我能看一下你的证件吗?"

"我?"这名制作人问。

"是的,我想看一下你的驾照。"

"又想看我的证件?我上次来的时候就查过了。"

"是的,麻烦你。"

这个男人非常不快地把手伸进口袋,掏出一个皮夹。

但这个皮夹却不是他的。

他看着手上这个黑白条纹的皮夹。"等等,我……我不知道这是从哪儿来的。"

"这不是你的东西吗?"女警问。

"不是,"他摸不着头脑地说,开始翻寻身上所有的口袋,"我不知道……"

"你瞧,这就是我所担心的事,"女警说,"很抱歉,这位先生,现在我要以盗窃罪逮捕你。你有权利保持缄默……"

"这太荒唐了,"卡德斯基说,"一定有什么地方出错了。"他打开手中的皮夹,端详了一会儿,接着爆发出一阵惊讶的笑声,随即马上把皮夹里的驾照举高给众人看。这个皮夹是卡拉的。

皮夹里还有一张手写的字条。这张字条掉落下来,他马上从地上捡起:逮到你了。"这是……"卡德斯基说,眯起眼睛仔细打量面前的女警,"等一下,这不就是你吗?"

这名"警察"笑了起来,摘下脸上的眼镜,脱掉警帽以及黏在帽下的黑褐色假发辫,再次露出一头雀斑色的红发。罗兰·贝尔笑得比谁都大声,他拿了一条毛巾递给她,让她擦掉脸上浓重的化妆品,揭下粗粗的眉毛,拔下盖住原本黑色指甲的红色假指甲。接着她从一脸惊讶的卡德斯基手中取回皮夹,又把他自己的交还给他。卡德斯基这才发现,刚才在他和萨克斯被卡拉推开的时候,他的皮夹就已经被她调过包了。

事情的变化实在太戏剧性了,让萨克斯诧异得直摇头,和卡德斯基一起转头看向趴在地上的那个人。

这位年轻的女魔术师走到客厅角落,一把掀起趴在地上的那个人形——原来是个弹簧骨架——它面朝下趴在地上;红褐色的假发扣在头部的位置;身上套着先前穿在她身上的牛仔裤和风衣;贝尔的手铐仍在那儿,但却是铐在一双橡胶制的假手上。

"这是个假货,"莱姆的声音响彻整间屋子,并朝着那副骨架点点头,"是个卡拉的赝品。"

刚刚在萨克斯和其他人把头转向写字板时——这是由莱姆执行的误导——卡拉便挣脱手铐,布置好地上的人形,然后悄悄溜出门外,在走廊上做了一次快速变装。

卡拉收起地上的道具,很快折叠成一个小枕头大小的包裹——先前她就是这样把这些道具藏在风衣里带进来的。她布置的假人模样虽无法经过仔细的检视,但由于它所在的位置是光线较阴暗的角落,加上客厅里这些受到误导的观众根本没人起疑心,因此并没人发现它不是真人。

卡德斯基摇摇头。"你在一分钟内就完成了逃脱和快速变装的动作?"

"是四十秒。"

"怎么做到的?"

"效果你刚才都看到了,"卡拉对他说,"至于表演的方法,我想还是不要公开比较好。"

"这么说来，我明白了，"卡德斯基冷笑道，"你是想争取一个试演的机会？"

卡拉迟疑了一下，但莱姆却对她射来一个鼓励的目光。

"不，应该说，刚才就是试演了。我想去奇幻马戏团工作。"

卡德斯基仔细地看着她。"这只是一种戏法，你还会不会别的？"

"我会很多。"

"在一场表演中你可以变装几次？"

"四十二次，变成三十种角色，而且可以在三十分钟之内完成。"

"半小时变装四十二次？"这名制作人扬起眉毛，一副难以置信的样子。

"是的。"

他考虑了几秒钟，然后说："你下星期来找我。目前我还不会削减其他表演者的时间，不过我可以先雇用你当替补演员。说不定，等冬天我们到佛罗里达州去时，你就可以正式上场演出了。"

卡拉转头看向莱姆，而他肯定地点了点头。

"好的。"她对卡德斯基说。两人握了手表示一言为定。

卡德斯基瞄向角落的弹簧骨架，那是刚才她用来蒙过众人的工具。"那个东西是你自己做的？"

"是的。"

"你应该去申请一下专利。"

"我从来没想过，不过现在会考虑了。谢谢您。"

他又仔细看了她一眼。"三十分钟变装四十二次。"他自言自语地说，点了点头，离开了客厅。他和卡拉两人的脸上都露出很满意的表情，仿佛他们刚才都以极低的价钱买下了一辆名贵的跑车。

萨克斯笑了起来。"可恶，你竟然瞒着我。"她看着莱姆说，"你们两个都是。"

"等等，"贝尔假装受到了伤害，"我也有份，是我去铐住她的。"

萨克斯又摇了摇头。"你们什么时候安排的？"

是从昨天晚上开始的，莱姆解释，那时他躺在床上，耳朵里全是从奇幻马戏团传来的音乐声、节目主持人的说话声，以及观众鼓掌欢笑的声音。这使他联想到卡拉，想到她在"烟与镜"魔术商店里的精彩表演。想到她的缺乏自信，以及巴尔扎克对她的控制和支配。

也想到萨克斯告诉过他关于她有个年迈的母亲的事，而正是这点让莱姆动了念头，决定第二天一早邀请杰妮亚过来谈谈。

"我还有一个问题想请教你，"莱姆那时说，"请你在回答之前先仔细想一想，我希望你能完全诚实地回答。"

这个问题是："她母亲究竟能不能醒过来？"

杰妮亚那时说："你想问的是，她的头脑会不会清醒吗？"

"没错，她有机会康复吗？"

"没有。"

"所以卡拉不可能带她去英国了？"

杰妮亚苦笑了一下："不，不，她哪儿也去不了。"

"卡拉说她不能辞职，因为她必须供养母亲，让她住在疗养院里。"

"她的确需要有人照顾，但不应该在我们这里。我们这里属于短期疗养院，卡拉必须一直支付她母亲的复健、疗养和医疗费用，但是她母亲连今年是哪一年都不知道。我真不想这么说，但卡拉的母亲被送到什么地方都一样。"

"如果把她送到一般的长期疗养院，她的情况会如何？"

"她的情况会持续恶化，最后死亡。不过，如果她继续留在我们这里也是一样。唯一的差别是：送到长期疗养院不会让卡拉破产。"

他们谈完话后，杰妮亚便和托马斯一起外出吃午餐，也许还能利用这会儿工夫交流一些看护患者的心得。莱姆一个人留在家中打电话给卡拉，而她很快就赶来了。他们两人谈了好一会儿——这场谈话令莱姆十分尴尬，毕竟他不擅长这种出于私人理由的交涉。他侵入的是一个温柔的灵魂，相比之下，和一个丧心病狂的连环杀手说话会简单许多。

"我不太懂你们那一行，"莱姆说，"不过星期天我去看你表演的时候，的确被你打动了，真的深深打动。你的表演实在太棒了。"

"在学徒里算是吧。"她谦虚地说。

"不，"他坚持说，"这是专业级的表演，你应该站在大舞台上的。"

"我还没有准备好，不过最后我一定会的。"

沉默了好一会儿，莱姆才说："问题是，有时候你最后也无法到达那个地方。"他低头看着自己的身体，"有时候事情会……出现变化。你因为某件重要的事情而拖延，可能就会永远错失机会。"

"可是，巴尔扎克先生……"

"很明显，他一直在打击你的信心。"

"他是为我好。"

"不,他并不是。我不知道他心里在想什么,但他绝对不是为你着想。看看威尔和罗塞的例子,还有济丁。你记得你自己也说过,师父会如何让徒弟感到迷惑吗?你可以感谢巴尔扎克为你做的一切,和他保持朋友关系,在你第一次登上卡内基剧场表演时送他一张贵宾席的门票。但你现在就应该离开他,趁你还有办法的时候。"

"我并没有被迷惑。"她轻轻笑着说。

莱姆没有马上答话,他察觉她陷入了沉思,思考自己受到控制的程度究竟如何。过了一会儿,莱姆才说:"我们为卡德斯基做了这么多事,他欠我们一个人情。阿米莉亚说你很喜欢奇幻马戏团,我觉得你应该争取一个试演的机会。"

"就算我想,但我目前的私人状况也不允许。我的……"
"母亲吗?"莱姆打断她。
"嗯。"
"我和杰妮亚谈过了。"
卡拉沉默不语。
莱姆又说:"我讲一个故事给你听。"
"故事?"
"以前我是纽约市警察局刑事鉴定组的负责人,你可以想象,这种工作基本上都是管理之类的事。但我最爱的还是亲自去刑案现场勘查,因此在我上任之后,只要情况允许,一定会亲自出马。几年前,布朗克斯维尔区出现了一名连环强奸犯,详细的情况我就不多说了,但那次的情况确实相当危急,而我一心想逮住这个疑犯,一心想制止他。那时我接到巡警通知说半小时前又发生了一起案件,而且嫌疑犯似乎在现场留下了证物,于是我便赶去上城，打算亲自勘查现场。"

"在我抵达现场后，我发现我的副手——我一位极要好的朋友——突然心脏病发作，而且非常严重。他还很年轻，身体又好。无论如何，他说想要见我一面。"莱姆回想着这段痛苦的回忆，继续说下去，"但是我却留在现场，写完所有的证物保管卡，才赶去医院。我已经用了最快的速度，但还是迟了。他在我抵达医院前的半小时就过世了。我并不是想把这件事拿出来炫耀，这么多年过去了，一想到这件事就让我悲痛不已。不过，就算重来一次，我还是会这么做的。不管发生什么事都不会改变。"

"你的意思是，我应该把母亲送到别的疗养院，"她痛苦地说，"找一家比较便宜的，这样我的日子才会好过一些。"

"当然不是，你应该把她送到她真正需要的地方——一家既可以疗养又有人陪伴的中心，而不是留在这家'你需要'的疗养院，不要让这家复健中心让你破产……我的重点是，如果你已经决定了这一生的目标，就应该把它放在最重要的位置。去奇幻马戏团应聘吧，要不，到别的地方也可以，重要的是你必须快点行动。现在时机已经到了。"

"你知道其他疗养院都是什么样的情况吗？"

"也许不是很好，但你的任务是去找出一家你们都可以接受的疗养院。很抱歉我的话可能不太中听，但我说过，我一向是有话就说，不懂得怎样保留。"

她摇摇头说："哎，林肯，就算我愿意这么做，但你知道有多少人渴望在奇幻马戏团找到一份工作吗？他们每周至少会收到上百份简历。"

莱姆露出了笑容。"这我早就想过了。我这个'无法移动者'已经有了一个戏法的点子，我们不妨试一试。"

这就是事情的经过,莱姆此时对萨克斯一五一十地说了。

卡拉接着说:"我想,我们可以把这个戏法命名为'逃脱的疑犯',以后我会把它加入我的节目中。"

萨克斯转身看着莱姆。"你没有早些告诉我的理由是……"

"对不起,因为你有事去了市区,我找不到你。"

"那么,至少也留个话呀。如果你事先告诉我,这场表演说不定会更精彩。"

"对——不——起——我道歉了。你知道,我可不是经常道歉的,你应该能谅解才对。再说,刚才的情况你也看到了,我觉得你在不知情的情况下,反而为这场表演增添了不少效果。你先前的表情真是棒极了,让整出戏增加了不少可信度。"

"那么巴尔扎克呢?"萨克斯问,"他并不认识威尔吧?他应该和这件案子无关吧?"

莱姆向卡拉点了个头。"完全是虚构的。这是事先写好的剧本,是我们两个一起想出来的。"

萨克斯转身面对卡拉说:"上次你假装被人刺死,这一次又变成杀人共犯。"她恼怒地叹了口气,"你说,这样我们怎么交朋友呢?"

卡拉提议上街去买她想了一天的古巴外带餐,不过莱姆怀疑这只是个借口,实际上她想要的只是那家餐厅泥浆般的咖啡。但他们还没决定要不要接受这个提议,就被一阵电话铃声打断了。莱姆下令。"指令。接电话。"很快,塞利托的声音便从麦克风里传来。"林肯,你在忙吗?"

"还好,"他咕哝道,"怎么了?"

"那些坏蛋真是不让人休息……我们又需要你帮忙了。我们又接到一宗怪异的凶杀案。"

"上一次你说'诡异',如果我没记错的话。你是为了引起我的兴趣才故意这么说的吧?"

"不,真的,我们实在想不透这件案子。"

"好吧,好吧,"这位刑事鉴定家嘟囔着,"告诉我细节。"

他的语气充满埋怨,但情绪却一目了然。现在的他高兴极了,因为,那令人闷得发慌的无聊时刻又可以往后延了。

卡拉在"烟与镜"魔术商店外站了好一会儿,结果发现几件在过去这一年半来她从未注意过的事。在店面玻璃橱窗左上角的地方,有一个被玩具子弹或铁弹打破的小洞;店门上有一个小小的螺旋花纹。在橱窗的角落里有一本胡迪尼写的书,上面布满灰尘,翻开的那页正是他过去最喜欢在表演中使出的绳索戏法。

她看见店里有火光一亮——巴尔扎克先生点燃了一根香烟。

她深吸一口气。该这么做了,她心想,便勇敢地把大门推开。

他坐在店内,和一位从加州来的魔术师朋友聊天。此人这个星期才来到纽约,目的是出席一场慈善基金的募捐晚会。巴尔扎克介绍他们认识,说卡拉是自己的学生,她便和这位中年男子握了手。他们又谈了一下昨晚的表演、其他来到纽约的魔术师……以及流传在魔术界的一些流言蜚语。最后,这个男人起身拿起公文包,向他们告辞。他来这里是为了归还一些向店里借的道具,待会儿就要前往肯尼迪机场准备搭乘班机回家。他拥抱了一下巴尔扎克,然后向卡拉点点头,便离开了这家魔术商店。

"你回来晚了。"巴尔扎克先生不太高兴地说。接着,他发现她并不像过去一样一回来就把背包放在柜台后面。他又瞄了一眼她的手,发现她没有带咖啡回来。

他皱起眉头。"你怎么了？"他问，吸了一口烟，"告诉我。"

"我要走了。"

"你要……"

"我和卡德斯基谈过了，我在奇幻马戏团找到了工作。"

"跟他们？去和卡德斯基？不，不，不……你这样就错了。他们那种不叫魔术，而是……"

"是我自己想去的。"

"我们不是已经谈过十几次了？你还没准备好。虽然你已经很不错了，但还没达到伟大的程度。"

"无所谓，"她固执地说，"只要我能站上舞台，只要能表演就行。"

"如果你是一时冲动……"

"冲动？大卫，你说我冲动？那你说我究竟到什么时候才能准备好？明年？再过五年？"过去她很害怕直视他的眼睛，但今天她却鼓起勇气，睁大眼睛凝视他的双眼，"你要到什么时候才肯放我走？"

他沉默了一会儿，然后才开口。"卡德斯基，"他冷笑了一下，"你去他那里能做什么？"

"一开始当助手；等冬天他们到佛罗里达州时，我就能上台表演自己的节目。以后的事就谁也不知道了。"

他按熄烟蒂。"这是错误的决定，你会白白浪费自己的天赋。他那里做的不是我教的魔术。"

"我会得到这份工作，全靠你教我的魔术。"

"卡德斯基，"他轻蔑地说，"那是新魔术。"

"没错，确实是，"她说，"不过我也会表演你教我的戏法。记得吗，这是变形——旧的魔术会变成新的魔术。"

他仍紧绷着脸,但卡拉知道,刚才她提到他的魔术理念一定会让他觉得十分愉快。

"大卫,我想继续和你学东西。等我回到纽约,我一定会再来找你上课。我会付学费的。"

"我不认为这样有用,你不能同时向两个师父学东西。"巴尔扎克喃喃地说。在卡拉已无话可说后,他才勉强说:"咱们等着瞧吧,不过我可能看不到那一天了。"

她把皮包甩上肩膀。

"你现在就要走了?"

"是的,我想这样离开比较好。"

他郑重其事地说了一声:"那就再见了。"然后,便待在柜台后面,沉默不语。

卡拉强忍住眼眶中的泪水,转身朝店门口走去。

"等一等。"他喊道,同时起身走到商店后面。不一会儿,他拿着一个东西回来,把它塞到卡拉的手上。这是一个装有塔贝尔三色丝巾的雪茄盒子。

"拿去,这个给你带着……我喜欢你变这种戏法的样子。滴水不漏。"

她想起她曾得到的那个赞美。啊……

卡拉上前一步,紧紧拥抱了他,心想:在他们第一次见面握手致意后,十六个月来,这是他们第一次身体上的接触。

他有点尴尬地回抱了一下卡拉,然后便退开了。

卡拉走出商店,又停下脚步,转身想对巴尔扎克先生挥手。但他已经消失在阴暗的店后。她把那个装有丝巾的盒子放进皮包,朝第六大道走去,从那条街可以回到她住的公寓。

52

这件凶杀案的确相当怪异。

这次同时有两个死者。命案发生在罗斯福岛上的荒凉地区。狭长的罗斯福岛位于东河,岛上布满公寓、医院和鬼影绰绰的废墟。由于这里离联合国大楼不远,电车通车后,许多曼哈顿的居民便搬到这里,其中有许多人是外交官或在联合国大楼上班的职员。

命案的被害人正是其中的两位居民——来自巴尔干半岛的底层外交官。有人发现他们的尸体,都是被人从后面开枪射杀,射中后脑,而且双手都被绑住。

在阿米莉亚·萨克斯勘查完现场后,发现了几件奇怪的事。她发现某种香烟的烟灰,但在联邦调查局的烟草资料库中却找不到这种烟叶;她还找到一些植物碎片,但品种不属于纽约大都会区;另外,尸体旁边曾摆放过一个沉重的箱子,由现场痕迹判断,在被害人被射杀后,曾有人在这里打开过箱子。

更奇怪的是,这两个人右脚的鞋子都不见了,警方在现场附近遍寻不着。"萨克斯,两个人不见的都是右脚的鞋子。"莱姆看着证物表说。他正坐在证物表前面,而萨克斯则在客厅里来回踱步,"这点该怎么解释?"

但是,这个问题却被搁置一旁,因为萨克斯的手机响了。打电话来的人是马洛队长的秘书,她请萨克斯到巡警队队长的办公室来一趟。"魔法师"的案子已经结案三天了,而维克多·拉莫斯放话说要对她采取行动,到现在也过了三天。然而,关于停职的事,一直都没有消息。

"什么时候去?"萨克斯问。

"呃,现在。"女秘书回答。

萨克斯挂断电话,嘴唇抿成一条直线,看着莱姆。"事情来了,我该走了。"

他们凝视了好一会儿,莱姆才默默地点了点头。萨克斯便朝大门走去。

半小时后,萨克斯已出现在巡警队长杰拉德·马洛的办公室里,在这个中年男人的对面坐下。他的办公桌上似乎永远都会有一份文件,他此刻便在专心阅读。"等我一下,警员。"他继续翻看那份让他全神贯注的文件,偶尔还在上面加上注记。

她如坐针毡,忍不住挠着皮肤,然后又抠起指甲。漫长的两分钟过去了。哦,天啊,她心想,她再也忍不住了。"对不起,长官,现在究竟怎么样了?他打退堂鼓了吗?"

马洛在读到一半的文件上做了一个记号,然后抬起头。"谁?"

"拉莫斯,关于那次晋升考试。"

还有那个一心报仇的混蛋——评级测验的那个好色的警察。

"退堂鼓?"马洛问,似乎因为她的话而觉得惊讶,"呃,警员,要他打退堂鼓是不可能的。"

这么说来,他们叫她来这里面谈只剩下一个理由了。她顿时明白,马洛要保管她的武器和警徽了,她就要被停职了。

该死该死该死……

她紧咬着嘴唇。

马洛小心地合上公文,用充满父爱的目光看着她,让她觉得十分气馁;显然他也觉得她受到的惩罚太重,所以才流露出慈爱的目光,好给她一点缓冲的时间。"像拉莫斯这样的大人物,你是无法打败他们的,没办法在他们的地盘上胜过他们。你可以打赢一个小战役,例如说在刑案现场铐住他,但你赢不了整个战争。像他这样的人总是会赢的。"

"你的意思是,赢得胜利的总是那些愚笨的人?心胸狭窄的人?贪婪的人?"

他明白这句话的意思,但体内属于警察的基因阻止他附和这个问题。

"看看这张桌子。"他说,自己也跟着看去。桌上摆满了文件纸张,好几沓公文夹和备忘录。"我记得,当我是个巡警时,曾抱怨过案头工作太多。"他在一堆公文夹中翻寻,显然在找什么东西。过了一会儿,他放弃了这一堆,改找另一沓。他翻出了几份文件,都不是他想要的,只好花了一点时间整理放回,然后才继续找寻。

哦,爸爸,我真的从来没想过会被停职。

此时,悲伤和失望的情绪在她心中形成了坚硬的巨石。她心想:好吧,既然他们真的想玩,那我就奉陪到底。就算我受到打击,但他们也一定会受伤。拉莫斯和所有像拉莫斯这样的小人,都必须付出代价。

肉搏时刻……

"有了。"队长说,总算找到他想要的东西——一个大型公文袋,上面还钉着一张字条。他很快把字条看了一遍,又瞄了办公桌上那个舵轮形的时钟一眼。"该死,看看现在几点了?我们快开始吧。警员,把你的警徽交出来。"

虽然心痛,但她还是服从命令,把手伸进口袋。"多久?"

"一年,警员。"马洛说,"很抱歉。"

竟然停职一年,她绝望地想。原本她以为最糟顶多停职三个月。

"我已经尽力了,只有一年。请你拿出警徽。"马洛摇摇头,"很抱歉这么急,因为待会儿随时会有人通知我去开会。会议——真是让人发疯,而且今天要开的还是和保险有关的会。一般人都认为我们的工作只是逮捕犯人,要不就认为我们'不去'逮捕犯人。哼,我们的工作有一半以上都是无聊的事务。你知道我父亲怎么称呼'事务'(business)这个词吗?他总是说"busy-ness"①。他在美国标准公司服务了三十九年,当了一辈子业务员。busy-ness,我们的工作也是这么回事。"他举起手,伸向萨克斯。

她心中满是沮丧,几乎快在这种情绪中窒息,但还是把身上那个装有银制警徽和警察证件的旧皮套交了出来。

警徽号码五八八五号……

她以后要做什么?去当大楼警卫吗?

队长身后的电话响了,他转身接起电话。

"我是马洛……是,长官……我们已做好安全防护了。"他们谈论的似乎是和安德鲁·康斯塔布尔开庭有关的事,队长一边说话,一边把那个警察局内部使用的公文袋放在膝盖上。他用脸夹住话筒,在回答来电问题的同时,动手解开缠在公文袋封口上的红线。

---

① Busy 为繁忙的意思。

他用低沉单调的声音谈论开庭的事，谈论新添加在康斯塔布尔和其他爱国者会成员身上的控诉案件。萨克斯发觉队长的口气变得相当不同，充满了尊敬的语气，完美地扮演了服从者的角色。说不定，现在电话那端和他说话的人是局长或市长。

也许是众议员拉莫斯。

玩这场游戏，玩政治手腕……这是警察工作的真谛吗？她明白这和她的本性大相径庭，也让她开始怀疑自己究竟适不适合当一个警察。

不适合……

想到这里，她难过得快哭出来了。哦，莱姆，以后我们该怎么办呢？

我们会撑过去的，莱姆这么说过。但是，生命不该只是撑过去，用撑的方式生活，是一种失败。

马洛仍把话筒夹在耳朵和肩膀间，口中滔滔不绝地说着官僚式的语言。总算，他的手把公文袋打开了，他拿起萨克斯的警徽丢进公文封里。

接着，他又从公文袋里拿出一个包在棉纸里的东西。

"……没时间举行典礼，咱们以后再说。"马洛这句话说得很小声，显然是偷偷对萨克斯说的。

典礼？

他瞄了她一眼，用手捂住话筒，又小声对她说："这些保险的事有谁会懂？我必须弄明白什么死亡率表、年金、重复补偿……"

马洛打开棉纸，露出一个金色的警徽。

他恢复正常的声音，又朝着话筒说："是的，长官，我们会保持最高的警戒状态……我们也会派人到贝德福车站，哈里森堡也在路上,我们已完全做好事前预防了。"

他又悄声对她说:"你的旧号码不变,警员。"他从棉纸中拿起一块闪耀着黄色光芒的警徽,上面的号码正和她的巡警编号一样:五八八五。他把这块新警徽塞进萨克斯的旧皮套里,接着又从这个黄色公文袋中找出另一样东西——一张临时证件,同样塞进皮套中,然后才把皮套还给萨克斯。

这张证件上写着:阿米莉亚·萨克斯,三级警探。

"是,长官,我们已经听说了,根据我们的威胁评估,认为这是可以应付的情况……好的,长官。"终于挂断电话后,马洛接连摇了好几下头,"我宁可审问最顽固的疑犯,也不愿参加什么保险会议。好了,警员,你必须把自己的照片贴在这张临时证件上。"他想了一下,又小心地补充说:"这并不是大男子主义,你别往坏的地方想,不过他们觉得女警员的头发最好还是梳到后面盘起来比较好。不要全部放下来,你明白的。我猜,也许这样看起来比较严肃。对这个你有问题吗?"

"可是……我没有被停职吗?"

"停职?不,你变成警探了。他们没通知你吗?奥康诺应该打电话给你才对,否则他的助理也会打。"

他说的人是丹尼·奥康诺,刑警队队长。

"没有人打电话给我,只有你的秘书。"

"哦,好吧,他们应该打给你才对。"

"这是怎么回事?"

"我说过我会尽全力帮忙的。说实话,我绝对不可能让你被停职,不能让你被赶走。"他犹豫了一下,低头看着满桌的公文档案,"更何况,如果你因为被停职而找上警员慈善协会申诉或仲裁,那肯定会变成一场噩梦,事情一定会闹得很难看。"

萨克斯心想：没错，长官，一定会这样的，绝对会让大家都难看。"可是你刚才不是说一年？"

"我是说晋升考试，明年四月前你都不能再参加了。这有条文规定，我完全无能为力。不过，我有权力把你调到刑事侦查局，这件事拉莫斯可阻止不了。未来你的直属长官就是朗·塞利托。"

她看着这块金色的警徽。"我不知道该说什么。"

"你可以说：'真感谢你，马洛队长。我很喜欢这几年和你一起在巡警队工作的日子，而且非常遗憾不能再继续下去了。'"

"我……"

"开玩笑的，警员，我也是有幽默感的，这和你听说的不一样吧？对了，你也注意到了，你是三级警探。"

"是的，长官。"她说，努力控制不让笑容浮现出来，"我……"

"也许你希望有朝一日能当上一级警探和调查警司，但是依我看，凭你在刑案现场抓人的方式，这条路对你来说恐怕很漫长。无论如何，以后你小心点应对就是了。这是我的忠告。"

"我记住了，长官。"

"现在，请你原谅，警员……我是说，警探。我只剩五分钟可以研究那些和保险有关的事了。"

萨克斯离开警局，回到中央街上，她走向自己的卡马诺跑车，检查车头和车身前两天在哈莱姆区与罗塞的马自达冲撞后受到的损伤。

看来，目前最重要的工作是把这辆可怜的车恢复原来的形状。

当然，汽车是她的专长，她熟知车子的每个部位，无论是车头形状、长度还是力矩,甚至是车上的每一个螺丝和螺栓,她都烂熟于胸、了如指掌。在她位于布鲁克林区的车库里,拥有全套的扳子工具、半球形铁钟、磨碎机和其他工具,绝大部分汽车的故障,她几乎都可以凭自己的能力修理。

但萨克斯并不在意车体。她觉得这很无聊——同样,当时装模特也很无聊,和又帅又傲只会扮酷的警察约会也很无聊。她对车的外观并不太注意,但这也许是个性使然,她自己向来就不太重视化妆品,没把外表看得太重。对阿米莉亚·萨克斯来说,一辆车最重要的是它们的心脏和灵魂:活塞和连杆激烈的响声、皮带的嗖嗖声和完美的齿轮咬合声。是这些东西结合起来,才能使这重达一吨的钢铁、皮革和塑料的组合物进入速度的世界。

她决定把车开到皇后区的阿斯多里亚车厂。她以前在那儿修过车,知道那里的技师都有些天分,也还算老实,而且会对像这种强力跑车充满敬意。

她钻进前座、发动引擎,隆隆作响的引擎声立刻引起附近五六名警察、律师和前来洽谈公事的民众的注意。在她把车开出警用停车场时,她同时做了另一个决定。几年前,她在替这辆车做完除锈工作后,决定给这辆出厂颜色为全黑的跑车重新上漆。那时她选择了鲜亮的黄色。这个决定当然是冲动的,但有什么不可以呢?既然大家都是一时兴起而改变指甲的颜色、改变头发的颜色,那么车辆当然也行。

她心想,既然车厂会换掉这辆雪佛兰跑车四分之一的钢板,就一定需要给整辆车重新喷漆,因此她可以选择换一个颜色。她第一个想到的颜色就是消防车的红。这个颜色对她来说有双重意义:她父亲总说跑车就应该是红的,而且,这也符合莱姆那辆暴风箭轮椅的颜色。这样做是有点矫情,莱姆知道后一定会表现出冷漠的态度,但私下里,他肯定乐得要死。

没错,她心想,红的最好。

她想马上就把车开到车厂去,可是在考虑过后,决定还是暂时延后。车虽然撞坏了,但她还是可以再开几天,她在十几岁的时候就经常这么做。现在,她只想快点回去,回到林肯·莱姆那里和他分享这个重大消息——她的警徽已从银的变成金的了。此外,她也迫不及待地想回去继续工作,挑战那些摆在他们面前亟待解决的谜题:两个被谋杀的外交人员、来自异国的植物、泥地上的奇怪的印痕以及两只失踪的鞋子。

两只鞋子都是右脚的。

The Vanished Man by JEFFERY DEAVER
Copyright © 2003 by Jeffery Deaver
This edition is arranged with Gunner Publications, LLC in association with CURTIS BROWN – U.K. Through Bardon-Chinese Media Agency.
Simplified Chinese edition copyright © 2020 New Star Press Co., Ltd.
All rights reserved.
著作版权合同登记号：01-2019-5730

图书在版编目（CIP）数据

消失的人／(美)杰夫里·迪弗著；夏维译．——2版．——北京：新星出版社，2020.5
ISBN 978-7-5133-3991-9

Ⅰ.①消… Ⅱ.①杰… ②夏… Ⅲ.①长篇小说-美国-现代 Ⅳ.① I712.45

中国版本图书馆 CIP 数据核字（2020）第 043277 号

消失的人

[美]杰夫里·迪弗 著；夏维 译

责任编辑：曹晓雅
责任校对：刘 义
责任印制：李珊珊
装帧设计：人马艺术设计·储平

出版发行：新星出版社
出 版 人：马汝军
社　　址：北京市西城区车公庄大街丙3号楼　100044
网　　址：www.newstarpress.com
电　　话：010-88310888
传　　真：010-65270449
法律顾问：北京市岳成律师事务所

读者服务：010-88310811　service@newstarpress.com
邮购地址：北京市西城区车公庄大街丙3号楼　100044

印　　刷：北京美图印务有限公司
开　　本：910mm×1230mm　1/32
印　　张：17.5
字　　数：408千字
版　　次：2020年5月第二版　2020年5月第一次印刷
书　　号：ISBN 978-7-5133-3991-9
定　　价：69.00元

版权专有，侵权必究；如有质量问题，请与印刷厂联系调换。